向水屋筆語

增訂
注釋版

上

侶 倫－著

張詠梅－注

侶倫照

侶倫於向水屋書室內（1957 年春）

前記

六、七年來，我在香港《大公報》副刊「大公園」裏，用「向水屋筆語」這個欄目寫了一些小文章，每星期刊出一篇。寫這些小文章的本意，是為「大公園」的篇幅補白，……起支筆了就十幾年。這字數後來竟積成了印個篇子的念頭；理由是這些小文章的文章……事，沒有內容，更說……留……自己保存的……

我……留給你自己保留的……用。

人生路程上一切遇……的事情，在我的觀念中都著作……

勿這本小書所收的，是些那些小文章的一部分。

舊時，侶倫那些人事或身世事，也不過此作著譯……

但一詞也在腦海裏浮現起來。「大公園」圖編輯提起了把這些泡沫紀錄下來的機會。都要由我把……

這種泡法，而我又只能在公餘之暇，把……的限制到交稿特……

何的壓力，用的苦趣未免一堆難起……著作……

敘有什計劃性，思想性，現的苦趣未完……一些……

的東西；空有……，但別勁人，強了達自己達到一點……

化著空運那些編生活……的便宜，唯一的作用，竟使我有機會辨認到……

侶倫

侶倫撰寫本書初版〈前記〉之手跡

1934 年第一次文藝茶話會。地點在告羅士打酒店天台餐廳。

前排左起：劉火子、張吻冰、易椿年、舒國藩。

後排左起：杜格靈、張弓、馮節、許錫鎏、李育中、侶倫、謝晨光、蕭漫留、麥思源、陳克文。

侶倫（左五）在思豪酒店茶廳王少陵所作壁畫前的一次文藝茶話會上（1935 年秋）

由左至右：侶倫、黎學賢、劉火子、潘範菴。

侶倫在盧溝橋上（1973 年）

侣伦在上海鲁迅故居前（1973 年）

侶倫在讀書（1979 年秋）

二十年代三位「青年作家」1985 年合照，左起：李育中、謝晨光、侶倫。（盧瑋鑾珍藏）

1985 年侶倫攝於盧瑋鑾家中（盧瑋鑾珍藏）

侶倫與友人，左起：鷗外鷗、麥思源、杜格靈、侶倫。（盧瑋鑾珍藏）

侶倫在寫作（1979 年秋）

出版說明

　　香港著名作家侶倫先生，晚年在《大公報》副刊〈大公園〉撰寫「向水屋筆語」專欄。專欄內容包括侶倫先生的個人生平和日常生活、早期文學團體和書刊、與名家締交經過及書評書介等。據現存專欄剪報，由 1977 年 10 月至 1983 年 10 月間共發表文章達 260 篇，允為戰前戰後香港文學及社會、文化的珍貴第一手資料。

　　1980 年代中，侶倫先生應三聯書店約，輯錄「向水屋筆語」專欄及其他報刊與序跋文字為同名單行本，收入三聯書店「回憶與隨想文叢」系列，於 1985 年 7 月面世。唯全書僅收錄專欄文章共 61 篇，現據剪報補足專欄所有文字，謹呈專欄全貌，俾原書的研究價值隨資料增補而更見完整；另承盧瑋鑾教授提供《落花》一書的題記，為前集所未收，現一併補入。盧教授推動本書增訂出版至為用力，並蒙賜序，為侶倫先生的生平與創作添上最新注腳。

　　為凸顯篇章的文化內涵，特邀張詠梅博士詳加注釋，舉凡重要地名、人物、文學作品與電影等，均提供相關參考資料，足資讀者進一步探索和研究。

　　侶倫先生深耕香港文壇多年，藉本書出版，重現讀者視野，於緬懷前輩篳路藍縷之餘，冀能益添奮發的動力。

三聯書店（香港）有限公司

出版部

初版前記

侶倫

　　六、七年來，我在香港《大公報》副刊〈大公園〉裏，用「向水屋筆語」這個欄目寫了一些小文章，每星期刊出一篇，總共寫了幾十萬字。但是我從未有過把它印個集子的念頭，理由是這些小文章寫的多半是身邊瑣事，沒有內容，更缺乏分量。要不是書店賞臉地向我要稿，我只有留下作自己消閒的用處。

　　而這本小書所收的，只是那些小文章的一部分。

　　人生路程上一切過去了的事情，在我的觀念中都看作舊夢。不論那是人事或是世事，也不論它們是多麼微末得不足道，只要我的思想有所觸動，它們就像泡沫一樣，一個一個地在腦海裏浮現起來。〈大公園〉給我提供了把這些泡沫記錄下來的機會。但是由於字數的限制和交稿時間的壓力，而我又只能在公餘之暇執筆，我的寫作便不可能有什麼計劃性、思想性，總的看起來只是一堆雜亂無章的東西；它們並不光彩，也不動人；除了讓自己得到一點點「懷舊」的快意，唯一的作用，是使我有機會醒覺到，我是曾經那麼樣生活過來的。

　　在我寫下的這些小文章中，比較使讀者感興趣的，據我所知，似乎是部分屬於與香港文化活動有關的文字。在這方面著筆的時候，我無意為一些人所謂的「香港是文化沙漠」這一概念作辯正；我只是憑自己的記憶，把所知的一些人與事記下來，說明這塊「沙漠」也曾經出現過一些水草。但這可不是「史料」，而只是一點點瑣碎的憶語。我不能夠寫得更具體些。如果香港過去有過所謂「文化活動」的話，我也只是走在前輩後面的一個「邊緣人」而已。

　　我想，香港縱使是「文化沙漠」，香港也是有文學的；不管那是怎樣一種性質的文學，卻不能夠否定它的存在。過去一些人的工作成果說明了這一點，近年來越來越多的文學工作者表現出來的成績，更證明了這個事實。這是很可喜的現象。

　　一個更可喜的現象，便是近年來，海外──特別是香港和台灣的文學工作，受到國內的關切和重視。聽說，國內有個別的大學成立了「港台文學研究組」，專門研究港台文學界的活動和歷史。其實這個趨勢是很自然的。華僑過去被稱為「海外孤兒」，今天情況已經改變。在爭取國家統一的大前提下，四海一家，文學事業也應該是同一意義。香港人是中國同胞，不是華僑，但同樣是處身海外，

因此香港的文學活動也像其他海外華僑的文學活動一樣，應該是國內文學活動的一部分。在時代有了變化的形勢下，什麼事情都需要來一次總結、整理，歸納到一條歷史軌道上去，好讓事情好好的發展。我想，國內個別大學的關切海外文學活動所進行的研究，是一項很有意思的課題，這對海外文學工作者將會起著刺激和鼓舞的作用。在這方面的意義上，我在這本小書裏寫下的幾篇有關香港過去的文壇憶語，想來也不致是全無意思的罷？

　　此外，關於這本小書裏的其他小文章，我沒有什麼話要說的了。

1983 年 10 月．香港九龍

新版序

小思

　　看到「包羅萬象的一無所有」這描述，讀者對《向水屋筆語》的內容，會有怎樣想法？我不知道，它就令我困惑很久。

　　這句話是侶倫先生用來總結自己編選《向水屋筆語》的「小書」（編按：參考本書下冊頁 763〈包羅萬象的一無所有──關於「筆語」一束小文章〉）。1985 年出版的，的確是一本「小書」，因為從 1977 年 10 月 29 日開始寫「向水屋筆語」這專欄，一直寫到 1983 年，共四五十萬字，他只嚴選了那麼少一部分。我曾問過他何故選得那麼少，他卻搖首不語，遇到他這種表情，我知道不應追問下去，話題也打住了。

　　對這樣嚴選，又很快在坊間脫銷了的書，自從侶倫先生去世後，我常在念中。因為「向水屋筆語」專欄文章，對我的香港文學研究，影響極大。

　　對早期香港文學一無所知的情況下，這專欄給我啟蒙。一個個完全陌生的作家名字、一本本從無所聞的書刊、一段段新文學活動紀錄，果然「包羅萬象」。而依據那些資料，我開展全新研究及追查文獻方向，而獲取早期香港現代文學的朦朧面貌。因此絕非「一無所有」。正由於這種困惑，我希望把專欄文章齊集出版，以便後來研究者及未讀過此專欄的人，得睹全貌。

　　侶倫先生自己的話，應該不會說錯。等到我從頭再讀「向水屋筆語」專欄全部文章，再加上他的小說、散文、新詩，以及他在友人所藏他舊書中的題字，就悟出語中點滴道理來了，而益信出一本《向水屋筆語》「全集」的必要。

　　讀這「全集」，有幾個問題要掌握。

　　第一：侶倫先生寫散文，同一題材前後會重複出現但有所改寫。其中修訂或多或少，由此可看出寫作時心情與重點何在。

　　第二：許多不算自傳的個人資料，往往如閃爍碎片，散佈在不同篇章中，讀者細心，自可由點連成線構成面，呈現一位滿腔抑鬱，有苦難言的香港文化人面貌。推而廣之，也不難重構與這文化人生活有關的社會背景，及來自不同方向的種種微妙壓力。

　　第三：個人感情濃厚的寫作人，生活在「由於歷史背景的種種因素所造成的特殊環境和社會模式」（引自〈由「文化沙漠」談起〉）的香港，既要謀生，又

堅持個人文藝信仰，他一直無法擺脫無數說得出或說不出的矛盾羈絆，成為「寂寞地來去」的「邊緣人」。

從上世紀二十年代開始，他面對傳統保守舊文化與新思想文藝的矛盾。三十年代，他在抗戰與謀生需要中艱難執筆。四十年代以後，青年時代有著共同信念的文友都紛紛改業，幾乎只剩他仍在不同條件掣肘下，繼續寫作：一為生活，一為愛好。正因如此「堅持」，面對消費流行文化的壓力或政治要求的文藝策略的支配，個人感情為寫作主軸的他，「終於連作品的個性也隨之消失」（引自〈也是私話〉），就自然既寫不出討好的流行作品，又「寫不出什麼積極意義」順從聽令的作品了。就算到七十年代末至八十年代初，文藝氣氛鬆動些，可他已經習慣「在必須『削足』以求『適履』的工作情形下」寫作，「隨筆式的小文章，著筆時是隨意所之，想起什麼就寫什麼；缺乏計劃性，更沒有思想性，也說不上藝術性。這只是一堆雜亂無章的東西」（引自〈生命的泡沫〉）。「向水屋筆語」專欄就是這樣的產品。侶倫先生深信此書內容，已經載下他一生的重要記憶與深切懷念，故說「包羅萬象」。但寫出的作品仍未可暢露濃厚個人感情，更欠自己個性風格，故說「一無所有」。如這樣解讀，我相信他的話就沒錯。

至於難得機會出版在氣氛鬆動下寫成的散文集，何故還要如此嚴選及修訂？他當年沒有答我，最簡單可推說成因他內斂寡言，但與他此書初版關係密切的責任編輯梅子在〈粗讀《向水屋筆語》〉中，有這樣的分析：「侶倫以他的憶述也為我們勾勒了香港文壇的每一個過程怎樣與中國新文學史的步伐相呼應的『真相』。不過這一點，他並非直說，而是『曲』述。」（引自《讀者良友》第一期，1984 年 7 月，頁 71-74）這「曲」字用得恰到「痛」處，相信今天我們都會明白用上「曲述」、「曲筆」的理由。梅子又說：「想了解侶倫的讀者，這本新書也是一把鑰匙，甚至是比《侶倫隨筆》和《無名草》更精密、更有效的鑰匙。」善讀者掌握了有效鑰匙，細解曲述，則大可理解多些這「在灰色的氛圍中掙扎」（引自〈紅茶〉）的靈魂。

第四：最後，當然要說到那些早年香港文壇憶語和懷舊思故資料了。二十年代那群新文學拓荒者的名字：孫壽康、侯曜、黃天石、謝晨光、張吻冰、張稚廬、龍實秀、譚浪英、易椿年、魯衡、陳靈谷、劉火子、李育中、溫濤……幾乎每個都應寫一篇論文，然後合成香港早期的新文學史。特別這「島上的一群」寂寞開墾者，日後各自尋路的足跡，足證在香港這片奇異土壤上植根之艱難。感

謝侶倫先生讓我們今天記住他們的名字。

　　雖然也拖延了幾年，「全集」終能面世，過程也不容易。在此感謝三聯書店的成全，張詠梅、許迪鏘、許正旺諸位的協力支援，讓我了卻一椿心事。

　　此序作結之前，多說幾句交代一下，與侶倫先生兒子李兆輝有關的。2018年4月他把父親《窮巷》改成劇本的手稿及1957年在《大公報》副刊連載小說《欲曙天》剪貼簿，捐贈給香港中文大學圖書館。他說捐贈「整個過程都是『緣』和『冥冥中』在推動，最奇妙的是完成這件事，剛好是先父逝世三十周年」。到2021年2月，他又把剛找到父親的三本戰時日記也捐出。（據侶倫先生自己說戰時日記一共四本，即已失去一本。）我希望這些珍貴資料，不久也有研究者整理出版。這工作就有待後來人了。

小思

2021 年 12 月 25 日

1985 年侶倫與盧瑋鑾合照於盧府（盧瑋鑾珍藏）

目錄　CONTENTS

第一章
1977—1978 ^年

第二章
1979^年

第三章
1980^年

凡例

❋

《向水屋筆語（增訂注釋版）》主要收錄自 1977 年 10 月至 1983 年 10 月期間，侶倫發表於《大公報》副刊〈大公園〉的同名專欄文章，按發表順序排列。「筆語以外」一章，收錄專欄以外與時代和文化有關文字，以及作者為個人作品單行本所撰序跋。

❋

本書每提及香港早期文學活動及其中人事，資料至足珍貴，注者隨見隨注，為便閱讀，間或不避重複。唯「筆語以外」一章中〈香港新文化滋長期瑣憶〉一文，有關敘述較有系統，故注釋特為詳盡，或有勞前後翻檢，期為察鑑。

❋

專欄篇章收入 1985 年版《向水屋筆語》時，作者曾作文字上的修訂刪削，今悉依入集的原貌發排，其餘依初次發表時的文字錄入。唯入集時對專欄原文較大量或重要的文字刪訂，特於注文標出，以存歷史原貌。

❋

內文每篇均列出原刊日期及出處，曾收錄於 1985 年版《向水屋筆語》者也予以說明。

❋

專欄原文偶有手民之誤，逕予修改，不另注出；間有作者誤記者，酌予說明，然偶見行文用字突兀處，不予妄改。

❋

原文每用異體字，如「羣」、「週」、「牀」、「蹟」等，現一律改用通行字體。

❋

本書圖片，除原版所有者，均來自個人珍藏、圖書館藏書翻攝及網絡。

第一章

1977—1978年

向水屋追懷

本文原刊《大公報‧大公園》，1977年 10 月 29 日。其後收入《向水屋筆語》。

　　我的住居並非向水。曾經是向過水的，那是許久以前的事。而且還向過一個頗長的期間。自從那時以後，換過不少住處，都是坐落在屋與屋之間。在這個狹小的都市裏，樓房愈建愈多，愈高也愈密，住在這裏面的人，連山也不容易看到，更不要說看到水了。[1]

　　但是無論住在什麼地方，我的壁上都是掛著寫了「向水屋」三個大字的一張橫額。有些新朋友偶然到訪時看到了，往往笑說那三個字同我的住居環境不相符。可是我還是讓這橫額繼續掛下去。

　　這張橫額是徐悲鴻[2] 先生題的。徐悲鴻是畫家，他的字跡卻不像他的畫那樣為人所習見（除了他自己的畫冊封面上的題字），我卻擁有他的墨寶，這對於我來說是十分珍貴的。

　　我同徐悲鴻原來並不相識，那張題字的來歷是很偶然的。那是二次世界大戰前的事。某一年的夏季，朋友畫家王少陵[3] 應邀為中區思豪酒店[4] 作一張以「孔雀開屏」為題的巨幅壁畫，酒店還為他在樓上開了個房間，供他憩息。這個期間，徐悲鴻恰巧來了香港，住進了思豪酒店。徐悲鴻在進出之間看到了王少陵那幅接近完成的壁畫，似乎頗為欣賞，於是兩人由相識而至於成為藝術上的朋友。由於大家都暫住在酒店同一層樓的房間，有機會時相過從。王少陵是為著能夠結交到這位藝術界前輩，能夠獲得他的教益深感榮幸的。從後來他常常接到徐悲鴻由異地寄給他、而他又公開讓我過目的那些信看來，我知道徐悲鴻是個謙虛而又富有熱情的藝術家。

　　就在那個期間，有一天王少陵到我的住處來。告訴我，他買了宣紙，請徐悲鴻給他寫了一個條幅，同時也請他給我的住居寫一張橫額。隨即把帶來了的一卷宣紙展開給我看，上面是三個筆畫剛勁而又帶有個人風格的字體：「向水屋」。還有上下題款。在署名下面，蓋上篆刻的「陽朔之民」四字的硃紅印章。

　　從此，我住居的壁上，便有了一幅名符其實的珍貴的題名。

　　太平洋戰爭爆發，日軍攻陷香港，許多不方便保存的東西都忍痛毀去了，這張徐悲鴻題字摺疊起來，體積不大，我把它夾進一本書裏面，塞進一隻滿載舊書

的箱子裏。在離開香港的時候，我把箱子交託別人保管，聽天由命。

三年後戰事結束，我回到香港來。僥倖得很，我的那隻滿載舊書的箱子居然還能存在，而那幅徐悲鴻的題字也重見天日了。

其實把自己的住居題名「向水屋」，也如我獲得徐悲鴻的題字一樣是很偶然的。那時候由於我的住居面向的是海，因而我用「向水屋」的題目寫過一篇描述這所房子的小文章，結果在一些朋友之間，這個住居的名號成了一種觀念上的存在；見了面，總是說什麼時候要去看看「向水屋」的風光。

說風光，實在也有一點點。我的住居是在一層頂樓上，屋外有一個寬闊的迴廊式的陽台。憑著石欄，可以看見一片無際的天空（這不是在到處立體建築物的都市中所容易看得完的），可以看見高聳的獅子山下面伸展過來的一塊巨幅的風景畫：一簇簇蒼翠的樹木和一片灰黑的屋頂，——一世紀來不曾變動的古風的殘留。隱藏在那裏面的，是村舍，作坊，醬園，尼庵和廟宇。

視線轉向另一邊，展開眼前的是海了。這個海是那麼深沉，那麼平靜，藍藍的一塊，像一面大鏡子。周圍的山嶺，有如珊瑚雕製的鏡框邊緣。鏡框缺口的地方，便是香港的門戶。每天，有往世界上各個地方去的船隻打從那裏開出去，也有由世界上各個地方來的船隻打從那裏開進來。風雨天，那給薄霧籠罩的遠山，給人以看一張水墨畫的感覺。天晴日子，那明朗得像透明似的景物，叫人聯想到南歐春日的風情。毛毛雨的晚上，遠處朦朧的點點燈光，恍如輕紗封住了鑲嵌在鏡子邊緣的鑽屑；月明的晚上，清爽的柔風鼓起銀蛇一樣的微瀾，有如大海在向著月華自語。……

這就是「向水屋」的環境。[5]

抗日戰爭爆發的一年，漫畫家廖冰兄[6]準備回內地去參加抗戰工作，在我的紀念冊裏寫了這樣的題句：

⋯⋯打算訪問向水屋的丰采，怕他年我歸來，炮灰填滿了海，無水可向了。深願你屋前的水族，有一天會成為能了解我們說話的友人。

但是他沒有機會訪問我的住居，就匆匆上了征途。而寫在我的紀念冊裏的題句卻成了讖語。因為當我在戰後回來的時候，舊居附近的建築物，都因為日軍要擴建飛機場全部拆去了。一世紀來殘留的古風已經消失。而我多年來居住的房子也不再存在了。

如今，我還能保留的，是徐悲鴻為我題下的「向水屋」三個大字。

注 ————————————————

1　本段末原文有兩句：在某種意義說來，真叫人悲哀。

2　徐悲鴻（1895-1953），原名徐壽康，江蘇宜興人，畫家、美術教育家，曾赴日本、法國留學，回國後曾任上海南國藝術學院美術系主任、北京大學藝術學院院長、國立北平藝術專科學校校長、中央美術學院院長等。

3　王少陵（1909-1989），廣東台山人，畫家，1913 年移居香港，加入香港美術會，曾為思豪酒店繪畫大型壁畫，1936 年在思豪酒店舉行首次個展，1938 年赴美進修，1947 年回國任教於南京中央大學藝術系，1948 年後在美國定居。

參考本書下冊〈深秋草〉、〈藝壇俯拾錄（十三）〉，頁 511、610。

4　思豪酒店原名思豪大酒店，位於中環遮打道，於 1956 年重建為歷山大廈新翼。

5　原文句前有「美嗎？」三字。

6 廖冰兄（1915-2006），原名廖東生，廣西人，漫畫家，三十年代開始創作漫畫，於 1947 年來香港，曾參加「人間畫會」，與黃新波等籌辦「風雨中華」畫展，於《華僑晚報》、《星島日報》發表連載連環漫畫，1948 年與張光宇、特偉、鄭家鎮、黃蒙田等出版《這是一個漫畫時代》叢刊。1949 年回到內地。

文藝茶話會與〈新地〉

本文原刊《大公報・大公園》，1977 年 10 月 31 日。其後收入《向水屋筆語》。參考本書上冊〈書的裝幀〉、〈司徒喬瑣憶〉，頁 80、190；下冊〈香港新文化滋長期瑣憶〉，頁 783。

　　儘管有人說香港是一塊「文化沙漠」，但是[1]在三十年代左右，香港已經有一群青年人在熱情地從事著新文藝工作。他們不但有過文藝團體的組織，而且也出過一些同人雜誌。這大概是不大有人知道的事。

　　在那時期，差不多每一份規模較大的報紙副刊都有個文藝版，刊載新文藝範疇的東西。在這些副刊中，值得記憶的是《南華日報》[2]的〈勁草〉。[3]它是在那時期的文藝副刊中水平較高，態度較嚴正的一個。香港較為優秀的文藝工作者都是這個副刊的撰稿者。司徒喬從法國回來，在香港告羅士打行[4]舉行畫展的時候，也是由〈勁草〉擴大版面為他出個《司徒喬畫展特輯》[5]，並且在展覽會上派送的。有部分中國留日學生在東京上演話劇時，也通過人事關係把有關稿件寄到〈勁草〉，出版「演出特刊」以作宣傳。因此，〈勁草〉在當日是頗引起人們重視的一個報紙副刊。

　　為著珍惜這個副刊的成績，那位思想開明的報社社長陳克文[6]，認為副刊與作者之間應該有所連繫，才能把副刊搞得更好。於是主動發起一次招待作者的聯歡會。由〈勁草〉編者出面，邀請全體作者參加。那一次聯歡會的地點是在告羅士打酒店頂樓的茶座。參加聯歡會的共二十多人，除了報社主人之外，都是青年文藝工作者，其中包括寫小說的，寫詩的，寫理論文章的，寫戲劇的，從事木刻畫的。這個聯歡會的目的，原是在於使作者們藉此機會互相認識，聯絡感情；但是在茶話進行中，大家都感到這樣的敘會很有意思，不妨經常舉行。有人提議，有人附和。經過一番討論之後，作出決定：以後每兩星期舉行一次，時間是周末的下午；地點不固定。名義就叫「文藝茶話會」。由報社作東道。茶話會的基本成員是〈勁草〉一群作者，但是可以個別邀請志趣相投的文藝朋友參加。

　　「文藝茶話會」僅僅在一定的期間來一次「以茶會友」，談談閒話，究竟也太單調。為了使這個組織在文藝工作上能夠發揮一點建設性作用，即席又決定了出版一個文藝雙周刊，定名〈新地〉。在茶話會中推出兩人負責編務工作。

　　〈新地〉作為〈勁草〉所屬報紙的一份獨立性附刊出版，篇幅佔一頁報紙的

全版。由於篇幅比普通副刊多了一倍，可以容納較多的東西，編排上也可以有多樣的變化。形式是頗新的。它的基本作者除了「文藝茶話會」成員，還歡迎通過介紹而來的外稿。因為有多方面作者的緣故，一開始就刊登了介紹蘇聯電影（當時蘇聯電影還沒有在香港放映過）和日本的「新興文學」的作品。沿著這條編輯方針的主線，隨後也刊登了好些思想較進步的關於文學或是藝術的理論性譯文。

作為一個文藝副刊來看，〈新地〉雙周刊在當日可以說是態度嚴肅，內容具有特色的一個。可惜的是，這個雙周刊只是持續出版了大半年光景。由於報社改組，行政和人事上都有了變化，〈新地〉便隨「文藝茶話會」的結束而停刊了。

注 ────────────────────────

1　原文「但是」後有「沙漠也有綠洲的」一句。

2　《南華日報》，汪精衛系統的喉舌報，1930 年由朱樸、林柏生、陳克文創辦，1945 年 1 月停刊。參考本書下冊〈香港新文化滋長期瑣憶〉，頁 783。

3　〈勁草〉，《南華日報》的副刊，侶倫 1931 至 1937 年任主編。參考本書下冊〈香港新文化滋長期瑣憶〉，頁 783。

4　告羅士打行原址為香港大酒店，1926 年發生火災，重建為告羅士打行，樓高 9 層。告羅士打酒家位於中環告羅士打行 9 樓。七十年代重建為告羅士打大廈，位於中環德輔道中與畢打街交界，現為置地廣場一部分。

5　1932 年秋，畫家司徒喬在香港開畫展，侶倫為司徒喬編畫展特刊。

6　陳克文（1898–1986），廣西岑溪人，1925 年加入國民黨。

文藝茶話會的一次聚會，右二為侶倫。

詩刊物和話劇團

本文原刊《大公報·大公園》，1977 年 11 月 5 日。其後收入《向水屋筆語》。參考本書下冊〈香港新文化滋長期瑣憶〉，頁 783。

似乎任何地方的文藝領域都有同樣情況，愛好寫詩的人往往比愛好寫小說或其他作品的人要多些。辦雜誌的向作者們索稿的時候，要小說比要詩較為困難，便是這個緣故，這種情況，香港也沒有例外。

在第二次大戰前，香港的新文壇上就出現過好幾個成就頗好的青年詩人。其中最突出的一個是李心若。[1] 他是西醫生李崧的弟弟。李心若的詩經常在上海的文學雜誌發表，在香港發表的卻不多。此外寫詩的有劉火子[2]、李育中[3]、杜格靈[4]、張任濤[5]、黎學賢[6]等人。劉火子在抗戰初期印出過一本詩集（書名已忘記）。[7] 還有一位很年輕卻同樣努力寫詩的易椿年[8]；這個人頗有詩才，可惜才十九歲就因肺病死去了。[9]

直至現在，香港似乎還沒有一本純粹以詩做內容的刊物。但是在一九三四至一九三五年之間，香港卻已經出版過這樣性質的刊物了。那就是上述一群寫詩青年所辦的《詩頁》和《今日詩歌》。[10]

一般地說，詩人從來是文人之中最窮的，在文藝作品也成為商品的社會，詩根本賣不到多少錢；一個人熱衷於寫詩，可以說是純然基於興趣和一股偏愛的熱情，——也可以說是一股呆勁。就是憑著這麼一股呆勁，他們不但不斷地寫，還要拿詩去出刊物；寧可大家掏腰包，集腋成裘地湊一筆印刷費，也得達成共同的心願。上述的兩本詩刊就是這樣誕生的。

《詩頁》是形式很別致的一個刊物。它是廿四開本，卻切成方形；二十五頁左右；白報紙印刷，用大紅灑金的土紙作封皮，粗線釘裝；封面左邊貼上狹長的白色籤條，籤條上印著圍了

《不死的榮譽》書影

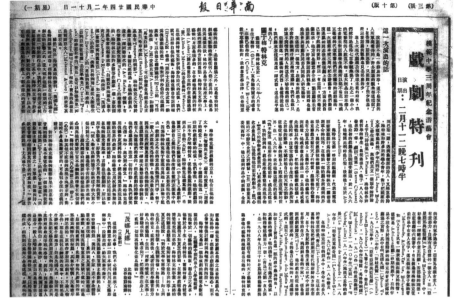

黑邊的「詩頁」二字；看起來具有簡單樸素的民族風格。翻開封面，是一張用黃色紙張印刷的目錄。為了節省成本，這本詩刊只有書頁部分和目錄由印刷店印，其餘裁切封面紙張，黏貼封面籤條，和逐本打孔穿線，釘裝成冊等工作，全部是由幾個興致勃勃的青年詩人共同動手去完成的。為了要推銷得普遍，全部釘裝好之後，幾個人便各自挾一部分書，分頭跑到各書店和報攤去直接寄售。這真是詩人才有的行徑！

《今日詩歌》是繼《詩頁》之後不多久出版的。廿四開本，頁數和《詩頁》差不多，白道林紙作封皮。封面印上褐色的木刻大字「今日詩歌」，有一張木刻襯畫。記得這個封面是由木刻家溫濤 [11] 設計（溫濤後來去了延安，史諾的《西行漫記》[12] 裏曾提起過他）。這一次是直接交給書店發行的。

兩本詩刊的銷路都很不理想。理由很簡單：在那時候的香港，愛好新詩的人並不多，幾乎是寫詩的人就是讀詩的人。不過，幾個辦詩刊的青年，也不在乎銷售的多少，他們出版的動機只在乎自我的滿足。因此究竟賣出了多少冊，也不向書店結算，就連賣剩下來的也懶得去收回來。

香港正式有話劇上演，也是三十年代前後的事。

在話劇出現之前，一般人所認識的只是所謂「白話戲」。那是一種自編自演、題材庸俗的「戲」，多數是在學校的什麼慶典上，作為遊藝節目演出。但是

在一九二八、一九二九年之間，話劇開始上台了。不過，仍然局限於學校範圍。那時候有三兩間較有名氣的女子中學，在學校舉行慶典時，上演了熊佛西[13]，丁西林[14]等人的劇本。

但是把話劇正式公開上演，卻在一九三〇年後。那期間香港有兩個話劇組織：一是以何礎、何厭兄弟[15]為主幹的「模範劇團」[16]，它的成員是何氏兄弟所辦的「模範中學」裏的一些教職員和學生；另一是以盧敦[17]等為主幹的「時代劇團」[18]，它的成員擁有後來轉入電影界的李晨風[19]、吳回[20]、李月清[21]、高偉蘭[22]和彭國華[23]等一群優秀的導演和演員。在一九三〇至一九三四的幾年間，這兩個話劇團曾先後在戲院裏分別演出過《油漆未乾》[24]、《謠言太過》、《茶花女》[25]、《犯人》[26]等幾個戲劇。某次上演歐陽予倩[27]的作品，歐陽予倩恰巧由廣州到了香港，他還被邀請登台同觀眾見面。

由於種種條件的限制，話劇運動在當日的香港沒有能夠順利開展。但是「模範」和「時代」兩個話劇團，卻已經首先把香港居民對話劇藝術欣賞的眼界打開，他們工作的努力也不算是白費的。[28]

注 ─────────────────────────

1　李心若，香港英華書院學生，後至廣州中山大學就讀，三〇年代初在香港《英華青年》、《南強日報·鐵塔》等刊物發表詩作，因在《現代》發表詩作引起注意。參考本書下冊〈藝壇俯拾錄（十六）〉第六十三則，頁 657。

2　陳智德編：《三四〇年代香港新詩論集》（香港：嶺南大學人文學科研究中心，2004 年），頁 210-220〈作者傳略〉提到：

「劉火子（1911-1990），原名劉培燊，曾用筆名火子、劉寧、劉朗，廣東台山人，香港出生。……一九三四年與戴隱郎等組織『同社』，創辦《今日詩歌》，並任主編，三六年與李育中、杜格靈、王少陵等發起成立『香港文藝協會』，……三八年任香港《大眾日報》記者，此後一直從事新聞工作。」

3　陳智德編：《三四〇年代香港新詩論集》〈作者傳略〉提到：

「李育中（1911-2013），曾用筆名李燕、李爾、李航、韋陀、白廬、李遠等等，廣東新會人，……一九二九年開始寫作，一九三四年與張弓等創辦《詩頁》，三六年與劉火子、杜格靈、王少陵等發起成立『香港文藝協會』。三七年與魯衡創辦《南風》，並任主編，……戰後在廣州從事教育工作。」

4　陳智德編：《三四〇年代香港新詩論集》〈作者傳略〉提到：

「杜格靈（?-1992），原名陳廷，又名陳小蘋，另有筆名羅波密、孟津等，三〇年代在香港《珠江日報》工作，並於《今日詩歌》、《小齒輪》等刊物發表詩作……三六年與劉火子、李育中、王少陵等發起成立『香港文藝協會』。」

5　張千帆，原名張建南，又名章欣潮，筆名張千帆，香港客家人。三十年代抗日戰爭爆發前後，任《華僑日報》記者，後回內地參與新聞工作。五十年代初期來港，開展中國新聞社的業務。在他推動下，侶倫創辦對海外發稿的采風通訊社。1957 年出版《文藝世紀》，夏果任主編。又推動吳其敏先後辦了《鄉土》和《新語》。1960 年出版個人散文《勁草集》。

6　黎學賢為《天南日報》副刊主編。

7　應指劉火子：《不死的榮譽》。香港：微光出版社，1940 年。

8　參考侶倫：〈無盡的哀思──悼詩人易椿年〉原刊《南風》出世號，1937 年 3 月。後收入鄭樹森、黃繼持、盧瑋鑾合編：《早期香港新文學資料選（一九二七──一九四一年）》（香港：天地圖書有限公司，1998 年），頁 32-36。

李爾：〈騎鶴而去的人〉原刊《南風》出世號，1937 年 3 月。後收入陳智德編：《三四〇年代香港新詩論集》，頁 124-125。

江河：〈志園冰室的詩人們〉（原刊《鑪峰文藝》第 3 期，2000 年 7 月。後收入陳智德編：《三四〇年代香港新詩論集》，頁 143-144）提到：

「易椿年為人樂觀，……工作時候很認真，他負責集稿編輯《時代風景》」。

9　原文末句有：「他的命運比 Keats 還要可悲！」

10　盧瑋鑾：〈香港早期新文學發展初探〉（《香港文縱》。香港：華漢事業文化公司，1987 年，頁 9-19）提到：

「詩歌方面，一九三二年開始，也有一批青年詩人如劉火子、李育中、侶倫、易椿年、張弓、杜格靈、譚浪英、戴隱郎等，開拓了香港詩壇的耕耘地。他們寫的詩，屬當時流行的現代詩派，出版了《詩頁》及《今日詩歌》兩種詩刊。」

11 溫濤（1907-1950），版畫家，三十年代加入中國左翼美術家聯盟，1932年來香港，創作木刻連環畫，四十年代在桂林、香港從事新木偶戲工作。參考本書上冊〈記起溫濤〉，頁 47。

12 書名應為《續西行漫記》，作者為史諾（Edgar Snow）夫人 Helen Foster Snow，筆名 Nym Wales。

甯謨·韋爾斯（Nym Wales，1907-1997）著，胡仲持等譯：《續西行漫記》（*Inside Red China*）。上海：復社，1939 年。書中〈三·流動劇團〉和〈四·武裝的藝術家〉提到溫濤。

13 熊佛西（1900-1965），原名熊福禧，江西豐城人，戲劇作家，戲劇教育家，筆名戲子、向君等，是中國話劇的拓荒者，作品有《寫劇原理》、《戲劇大眾化的實驗》等。

14 丁西林（1893-1974），原名燮林，江蘇泰興人，戲劇作家、物理學家，曾留學英國，回國後任教於北京大學，1940 年來香港，香港淪陷後離開，抗戰後任教於山東大學，1948 年赴台工作，同年回內地，先後擔任政務院文化教育委員會委員、文化部副部長等職，作品有《一隻馬蜂》、《三塊錢國幣》等。

15 參考本書下冊〈藝壇俯拾錄（十一）〉及注釋，頁 604。

鄭政恆：〈教育、藝術、娛樂、商業？——第一次電影清潔運動的史料發掘與闡述〉（刊《香港評論》第 15 期，2011 年 8 月 15 日，頁 85-92）提到：

「至於何厭，生平資料不多。他是何礎之弟，二人曾合撰《界》一書，1931年由廣州泰山書店出版，為『萬人戲劇叢書』之一，此叢書書目上有何氏兄弟二人的著作、譯作多種。……何氏兄弟二人的作品也見於萬人社主編、廣州泰山書店發行的《萬人雜誌》及梁之盤編輯、梁國英報局發行的《紅豆》，此外，何厭在香港《工商日報》發表國內藝壇碎論文章；何礎改編《紅樓夢》的一幕兩場劇《尤三姐》收錄於胡春冰主編的《中國現代戲劇選》一書。

何礎和何厭曾就讀於歐陽予倩主辦的廣東戲劇研究所附設的戲劇學校，在粵港的文化界、教育界、戲劇界三方面都頗為活躍。……1935 年，何厭發起電影清潔運動。此後關於兄弟二人的資料記載杳然，下落不明。」

16 盧偉力：〈香港現代戲劇生長的時代機遇與文化土壤——《戲劇卷》導言〉（見陳國球、陳智德等著：《香港文學大系一九一九－一九四九導言集》，香港：商務印書館〔香港〕有限公司，2016 年，頁 169-200）提到：

「何礎、何厭兄弟任教的學校，應當是他們父親一九三二年創辦的『九龍模

範中學』（後來易名為『民範中學』），並大力推動戲劇活動。二人或許曾居於香港，二十年代末三十年代初的活動中心在廣州，大概於一九三二年轉移回港，當即積極推動文教事業。」

何厭：〈演劇談屑〉（見《南華日報・模範中學三周年紀念遊藝會戲劇特刊》，1935 年 2 月 11 日，第 3 張第 10 版）提到：

「我們這一群伙伴總算混在一起過了多年的演劇生涯，但直至到廣州劇運以某種原因沉寂下來之後，我們又跑到香港辦了這個模範中學，而且同時幹幹戲劇運動。在三年當中，演過了約模十次的戲，戲也算介紹了幾十個，和若干的派別了。」

17　盧敦（1911-2000），廣東新會人，演員、編劇、導演、製片人，早年在廣州組建話劇團，其後成為電影演員。1936 年來香港，抗戰時期返回廣州，與吳楚帆、白燕、梅綺等合組明星劇團，抗戰勝利後再返電影界，五十年代與白燕、吳楚帆等成立「華南電影工作者聯會」，八十年代創辦「香港影視劇團」。

18　「時代劇團」於 1938 年 7 月 10 日成立，參加者有盧敦、李晨風等，首演歐陽笙《前夜》。

19　李晨風（1909-1985），原名李秉權，廣東新會人，編劇、導演，二十年代入讀廣東戲劇研究所附設戲劇學校，與盧敦、吳回等人組織話劇團，三十年代來港，任中學教師，同時從事話劇活動。抗戰時期參加明星劇團，戰後回港從事電影工作，1952 年與吳楚帆、白燕等組織中聯影業公司。

20　吳回（1912-1996），原名吳耀民，廣東新會人，演員、編劇、導演，二十年代入讀廣東戲劇研究所附設戲劇學校，三十年代來港，後加入大觀聲片有限公司，抗戰時期參加明星劇團，戰後回港從事電影工作，1952 年與李晨風、吳楚帆、白燕等組織中聯影業公司，導演了二百多部電影。1970 年加入麗的映聲任演員、編導，1994 年獲香港電影導演會頒發終身成就獎。

21　李月清（1918-1997），湖南人，演員，丈夫是李晨風，與黃曼梨、馬笑英、容玉意、黎灼灼、高偉蘭等有十二金釵之稱，七十至八十年代曾參演電視劇。

22　高偉蘭，丈夫是盧敦，五六十年代參演電影。

23　彭國華，二十年代入讀廣東戲劇研究所附設戲劇學校，來香港後曾參與現代劇團的演出。

24　〈歐陽予倩：香港話劇的莫基者〉（見羅卡、鄺耀輝、法蘭賓編著：《從

戲台到講台：早期香港戲劇及演藝活動一九零零－一九四一》，香港：國際演藝評論家協會〔香港分會〕，1999 年，頁 39-40）提到：

「一九三四年，歐陽予倩結束在歐州的考察，回國途中在香港逗留了幾個月。這段期間，他從英文改編本《已故的克里斯朵夫·便》的日文譯本轉譯了法國作家勒內·福舒瓦這本喜劇成為《油漆未乾》並由他領導現代劇團在上環必列啫士街中華基督教青年會以粵語公演。參與演出的大部分都是他的門下舊生：盧敦、李晨風、何厭、何礎、李月清、歐愛、彭國華等。他們排練多月後，在該年的十月廿六、廿七兩日正式演出。李化指出這就是歐陽予倩為香港專業話劇所奠下的第一塊基石，也是香港戲劇運動的起步點。李化本人於三十年代成為電影導演，但同時也活躍於劇壇。」

編按：盧敦等成立的是「時代劇團」抑「現代劇團」，莫衷一是。相關資料大都寫作「時代劇團」，1936 的《工商日報》和 1938 年的《工商晚報》先稱「現代劇團」後稱「時代劇團」，上引資料稱「現代劇團」，學者盧偉力則稱原應為「現代劇團」，後改名「時代劇團」，但沒有說明根據何在。

25　參考本書上冊〈關於茶花女〉，頁 110；下冊〈藝壇俯拾錄（八）〉，頁 579。

26　《犯人》，何礎、何厭兄弟創作，參考本書下冊〈藝壇俯拾錄（十一）〉，頁 604。

27　歐陽予倩（1889-1962），原名歐陽立袁，湖南瀏陽人，劇作家、戲劇教育家、導演、演員，筆名有春柳、桃花不疑庵主等，早年赴日本留學，在日本參加春柳社，回國後組織新劇同志會、春柳劇場，後成為京劇演員，編寫京劇劇目。其後到南通籌建伶工學社，創建更俗劇場。二十年代參加戲劇協社，又為上海民新影片公司編寫電影劇本及任導演，1929 年赴廣州創辦廣東戲劇研究所，出版《戲劇》及《戲劇周刊》。三十年代參與中國左翼戲劇家聯盟，參與創作有聲電影，抗戰期間曾到香港、桂林，創辦桂劇學校，抗戰後回到上海，曾任教於上海戲劇實驗學校，四十年代末期來香港任永華影業公司編導，1949 年回內地，曾任中央戲劇學院院長、中央實驗話劇院院長、中國文聯副主席、中國戲劇家協會副主席等。

28　原文末段有一句：「誰能說香港是『文化沙漠』呢？」

聚散與友誼

本文原刊於《大公報・大公園》，
1977 年 11 月 27 日。其後收入《向
水屋筆語》。

不多久之前，在報紙上看到黎冰鴻[1]的名字，很感到高興。尤其高興的是，從那一則新聞報道中知道黎冰鴻（當時）是在南昌，正為南昌「八一」起義紀念館製作大幅的《南昌起義》油畫。新聞中還附有一張電版插圖，是黎冰鴻手提調色板正在揮筆作畫的情景。一看之下，真有如見故人之感了。

黎冰鴻長期以來在國內從事美術工作，但是在新聞報道上卻少有提到他。也許因為這個緣故，這次在報道他作畫消息時，便約略說到他過去的經歷：他是廣東東莞縣人，年輕時從海外回國；抗日戰爭時期曾在廣東、廣西和香港等地作畫。解放後，他在浙江美術學院（前身是中央美術學院華東分院）任教，並先後任油畫系主任、副院長等職。

我是在抗日戰爭爆發之前和黎冰鴻認識，而且做了朋友的。那時候，他剛從安南（現在是越南）來到香港沒有多久，在一位曾在安南做過他教師的李君所辦的影業廣告公司裏做事。他畫廣告畫，我在那裏編寫電影劇本。我們做了同事。

瀟灑、脫略、樂觀，是黎冰鴻的性格特點。生活淡薄，除了作畫，沒有別的更大的嗜好。他可不像那種曉得畫幾筆畫，就故意不修邊幅，放浪不羈，把自己裝成所謂「藝術家」風格的人。他完全沒有那種習氣。相反的，有些時候，他的衣飾穿著得非常講究，一副公子哥兒的樣子。但是這都無損於他作為一個藝術工作者的本質。他一直是本著實事求是的精神去對待工作。他給我的最深刻印象，是對於藝術的一種近於忘我的熱衷。在公餘時候，無論到什麼地方或在什麼場合，他的手上總是習慣地帶著硬面的速寫冊，隨時打開來，對住眼前的事物畫速寫。甚至在食店裏或是咖啡店裏，他也不願虛度時光，而且往往利用為獵取周圍的諸色人等各種形象的機會。因此他的速寫冊常常是畫滿了東西的。

晚上，由於不愛過什麼夜生活，他常常到我的住處來。但是沒有聊上兩句，他便坐下來打開速寫冊揮動他的筆。我常常作了他的模特兒。直到現在，我還保存了好些他替我作的畫像。其中一張，長久以來就掛在我的書室裏。

黎冰鴻就是這樣一個不斷地鍛煉自己的技巧，不斷地追求進步的藝術工作者。

到了今天，黎冰鴻在新的藝術生命中怎樣認真地對待他的事業，這是可以想像而知的了。

在那一則報道黎冰鴻製作《南昌起義》油畫的新聞裏，訪問他的記者引述了他介紹自己創作那幅畫的過程和體會：

> 這是我第三次畫《南昌起義》這幅畫了。修改一次畫和創作新畫一樣，需要付出艱苦的勞動。去年十月中旬，我來到南昌、井岡山地區體驗生活，訪問了老紅軍、老赤衛隊員及其親屬，收集了當年起義領導者各個時期的照片和資料。畫了數十張大大小小不等的油畫習作和速寫、素描等畫稿，並多方面徵求群眾意見，對作品作了一些改動。

新聞報道最後說：為了早日開館展出，黎冰鴻沒有住在安排好的賓館，而是在紀念館裏設了一間工作室。他每天在那裏工作十幾個小時。……

在這裏，我不但看出了黎冰鴻一貫的實事求是的工作態度，更重要的是他的思想狀態：不僅僅是追求藝術上的完美，而是在於追求通過藝術的完美去表達一種歷史的生命。這和帶著速寫冊茫無目的地到處去找尋題材的日子，在意義上是絕對不同的境界。

偉大時代的藝術家是有歷史賦予的神聖任務，黎冰鴻已經把這個任務肩負起來。我高興有這樣一個朋友！

黎冰鴻是在全面抗戰展開（「八‧一三」以後）的初期離開香港回內地去的。在準備走之前，他叫我在他的紀念冊裏寫幾個字。我給他寫上了這樣的題句：

> 人生有聚散，而友誼是永久的。

他看了我的題句，笑著說：「真深情呢！」

但儘管是那麼說，大家分別以後，卻一直沒有通過音訊。在動亂的年代，朋友間要想維持聯絡是不可能的事，人只能把重見的希望寄託於未來的日子。直到解放後第五年，我才從一個由國內來的朋友那裏，聽到黎冰鴻是在浙江美術學院任副院長的消息。由於人事倥傯，而且又沒有什麼必要事情，因此我也沒有給他寫信。

「文革」前的某一年春末，我北上旅行，途經廣州的時候，我試寄了一封信給黎冰鴻，告訴他我回內地旅行的消息，並且告訴他，我在回程中可能到達杭州的日期，希望能夠和他見一見面。由於不了解他的工作和活動情況，我對於自己的希望是沒有多大把握的，到了我自北南回途中，按預定行程去到杭州的時候，已是晚上九點左右。在夜色迷濛的月台上等待著載客的巴士開來，同夥中有人大聲通知我，說是有人找我。我循了指示走到旅客休息處，一個人從椅上起立，迎了過來抓住我的手。——是黎冰鴻！

想不到果然見到他了。他說接到我的信之後，因事離開杭州，這一天是趕回來接車的。隔別十年後的初次會面，加上他這一份熱情的衝擊，真是千言萬語不知從何說起！但是我注意到，他的瀟灑、脫略、樂觀的特點依然沒有改變。年齡和經歷使他的儀容添上幾分蒼老，可是儀容上顯露出來的精神面貌卻是更青春了。

在興奮中幾乎是語無論次地講了幾句話，我和他又匆匆分手。巴士已經開來，我只來得及告訴他我下榻的地點，便跟同夥的人一起上了車。

在杭州的第二天，我有參觀活動，黎冰鴻也忙於自己的事務。晚上十點半，他給我一個電話，約好翌晚來看我。可是翌晚正是我離開杭州的行期；他到飯店來時我已經執拾好行裝，只在客廳裏同他匆促的談了一陣。在我起程到火車站去之前，大家便匆匆握別了。

雖然來去之間，大家只在匆促中見面兩次，但是我並不感到惆悵。因為我體會到這句話的意義：「人生有聚散，而友誼是永久的。」

現在，又是十多年過去了，在長期音訊隔絕之後，看到這個老朋友的消息：他正在肩負著他的神聖任務向前邁步。他說：「一定要把被『四人幫』[2]顛倒了的歷史重新顛倒過來。」

讓我向這個朋友的名字致敬！

注 ————————————————————————

1　黎冰鴻（1869-1952），原名黎炳康，廣東東莞人，畫家，生於越南，師從阮有悅，三十年代來到香港師從李鐵夫，抗戰期間從事抗日宣傳活動，四十年代末期到蘇北解放區，曾任上海軍事管制委員會文藝處美術幹事、《華東畫報》記者及製片室負責人、中央美術學院華東分院（後為浙江美術學院，今名中國美術學院）油畫系主任、副教授、院長等職。

參考本書下冊〈藝壇俯拾錄（五）〉，頁 570。

2　指江青、張春橋、姚文元、王洪文四人在文化大革命期間所結成的團伙。

記起溫濤

本文原刊於《大公報・大公園》，1977年12月23日。其後收入《向水屋筆語》。

美國作家尼姆・韋爾斯寫的《延安談話》[1]，敘述一九三七年她在延安所接觸的一些人物：他們的經歷和他們的生活狀況。其中講到溫濤的一節，在我讀起來，感到分外親切。它喚起我一份遙遠的記憶，使我對於溫濤這個人重再溫習了一次。

溫濤短小精悍，卻很結實。他的頭胚、髮式，在我的印象中，始終如畫像所見的未發跡前的拿破崙形象。他的為人沉著、粗獷、坦率、隨便；具有純樸的藝術家氣質。韋爾斯在她那篇文章裏這樣描寫他：

> 在延安，溫濤的穿著看來是奇異的。他穿上一件卡其罩衫，束了皮腰帶，褲子是黑色的，底部很寬鬆，兩側各有一條紅條子，他穿的便鞋是紗線做的，顏色鮮明。濃密的黑頭髮散披前額，遮掩了一隻眼。

接著，韋爾斯又加了一筆：有人搖搖頭指著溫濤對她說：「他是整個西北地區唯一的豪放不羈的人。」

這一段文字，已經把整個溫濤勾畫出來了。可是，為什麼溫濤會給人那麼特異的印象呢？我想這是同他出身的背景有關係的。自幼年以至長大，他都是在命運的風浪裏打滾，生活上受盡打擊和折磨。由於不滿現實而引起的反抗意識形成了不隨流俗的性格。這種性格並不因環境的變化而有所改變。

事實上，像溫濤那樣在青少年時期就有了那麼複雜經歷的人是很少有的。由於家貧，他很小時候就被賣給了大地主，供作奴役，連自己的親生父母是誰也不知道。雖然大地主供他讀了一點書，可是他忍受不了艱苦的工作和惡劣的待遇，十五歲就跑了出來，參加軍隊，當了三年的差。在一次與土匪作戰中打敗，被土匪解除武裝，並把他收容，要給他當個小頭目，但是他逃跑了。他碰上了機會跟一個商人到南洋去謀生。於是開始了他的流離生活。在以後的不同時期和不同地域中，他做過木匠，牙醫，補鞋匠和寶石匠；做過食店的廚子，麻雀館的侍役，也當過商店的會計和小學教師。全都是為了解決生活問題。

但是溫濤對於藝術的愛好似乎是與生俱來的，儘管是在那麼複雜和曲折的生活狀態之下，基於自己的熱心追求、自學，和一些朋友的幫助，他學到了音樂、歌唱、繪畫和戲劇的知識。他在這方面找到了他的事業的方向。

為了求取深造，溫濤積蓄了盤費，在一九三〇年二十多歲的時候，到上海去，進了一個時期藝術大學。不久又回到廣東，在鄉間教了一陣子書。隨後便來了香港，在一間中學裏教音樂和美術。在那裏呆了兩三年時間。

溫濤這一頁歷史，韋爾斯在她的文章裏有著概括的敘述。溫濤也似乎告訴過我一點點。可是我已經忘記了。（至於他後來離開香港又到上海去，在動盪的時代浪潮中做了些什麼工作，又怎樣到了延安，這些經過，我是從韋爾斯的敘述中才知道的。）我所能記憶的，卻是他在香港生活的部分。

我承認，除了藝術上的志趣，在個人的性格和氣質上，我和溫濤沒有投合之處；奇怪的是彼此卻做了頗好的朋友。自從在一個文藝茶話裏見了面之後，大家便時常往來。他教書的學校在灣仔，他就住在學校後座一個應該是「廚房」的小房間。同住的是一位也在那學校任教的藝術工作者戴君[2]，和一位寫詩的青年朋友張弓。[3] 在那裏，除了帆布床、衣箱，便是靠牆的一列利用肥皂木箱堆砌成的書架。他們就在這樣的環境裏共同過著「拉丁區式」的生活。[4] 那時候，溫濤同戴君組織了只有他們兩個成員的「深刻版畫研究社」，在課餘之暇，努力從事木刻工作。

生活是艱苦的，但溫濤是樂觀的。他有種種方法自娛。有時我到那學校去看他，他便在他的小房間裏表演他的玩意兒招待我。他在衣箱上排列了幾隻碗碟，一手拿著口琴吹著，一手捏住一隻筷子敲打碗碟，便奏出一支完整的曲子。

韋爾斯在延安訪問的時候，溫濤是在延安劇社學校當舞蹈、音樂和演戲教師。他在文章裏寫道：溫濤「喜歡有獨創性的東西，喜歡有所不同的事物。他有創作力，創作了十二個舞蹈和諷刺短劇。當學生們由沿海到達延安時。他能夠在半小時內從他們那裏聽到一首新歌，並用口琴演奏」。那麼，用一隻筷子向碗碟敲出音符，在他也不算什麼回事了。

在心血來潮的時候，溫濤便從灣仔打電話到中區我所工作的報館找我約會。當我拿起話機接聽，他便風趣地用英文道出名字：「ONE TWO！」

記得有一次，他約我到灣仔去喝咖啡，為的是要給我看看他新作的一張版畫。那是一家他習慣了掛賬的小咖啡店。那天他身上沒有一個錢，他所熟悉的老

溫濤攝於延安（錄自尼姆・韋爾斯《續西行漫記》一九三九年復社版）

闆恰巧又不在店裏，可是他半點也不慌忙。離開咖啡店的時候，管賬的攔住要他付錢，他儘說著「老闆知道的了，老闆知道的了」，一面向外走，卻不肯讓我付賬，只是低聲說：「不要管他！」強硬的拉著我跑開。

這就是溫濤！

「如果他不聰明，他就簡直沒法在難以忍受的生活中活下來，成為一個百藝通。此外，他也是冷靜沉著的，具有滿懷信心地面對世界的能力——這是有藝術家氣質的人很少達得到的。他對人生的全部要求，是有一雙巧手。」

這是韋爾斯對溫濤的評語。可是這樣一個人，卻在接近解放的日子就死去了。

在「百花齊放」的今天，我常常這樣地想：假如溫濤還活著呢？……

注 ————————————————

1　書名應為《續西行漫記》。

參考本書上冊〈詩刊物和話劇團〉，頁 36。

2　戴君指戴隱郎（1906-1985），廣東惠陽人，作家、畫家、木刻家，生於馬來西亞，筆名有戴英郎、英浪、殷沫、馬康、疾流等，三十年代就讀於上海中華藝術專科學校，其後來香港，與溫濤一起成立「深刻木刻研究會」，與劉火子、李育中等合編出版《今日詩歌》，三十年代後期回馬來西亞，參與創辦南洋藝術研究社，抗日戰爭前移居新加坡，主編《南洋商報》副刊〈獅

聲），倡議和組織「星洲業餘話劇社」，其後輾轉於上海、台灣、香港，回內地後曾任教於浙江美術學院。

參考本書下冊〈藝壇俯拾錄（二）〉，頁560。

3　張弓（?-1986），原名張一鴻，廣東中山人，曾於《南華日報》的副刊〈勁草〉、《詩頁》、《今日詩歌》等發表作品，後任職於華潤公司。

參考本書下冊〈藝壇俯拾錄（二）〉，頁560。

4　拉丁區為法國巴黎左岸藝術家、知識分子聚集的地區，生活自由放任。

果庚日記述異的聯想

本文原題〈由果庚日記述異想起〉，原刊《大公報‧大公園》，1978 年 1 月 4 日，頁 7。其後以〈果庚日記述異的聯想〉為題收入《向水屋筆語》。

法國畫家果庚[1] 在他的（一九〇三年）一頁日記[2] 裏，記述過下面這樣一個故事：

在一個落雪的晚上，他和太太一同坐在火爐旁邊看書。他太太讀的是愛倫坡[3] 的小說《黑貓》[4]；他讀的是另一位偵探小說家都雷維萊[5] 的作品。

天氣非常寒冷，爐火卻快要熄滅。在這情形下，非在火爐裏加些燃料不可。於是他太太離開屋子向地窖走去。在落階梯的時候，一隻黑貓不知道從什麼地方跑出來，把她嚇得跳起，她禁不住遲疑了一下，還是向下面走去。當她裝好了煤的時候，突然間，在煤堆裏面滾出一隻骷髏來。她給嚇得手忙腳亂，丟下煤鏟回身便跑，進了屋裏就昏倒了。

原來，這間屋子的舊住客也是一位畫家，這畫家曾經有一具全副的人骨，後來因為鬆散了，便把它拋在地窖裏面。想不到會釀成這樣一個恐怖的後果。事情有時竟是這麼離奇！

因此果庚在日記裏寫下這樣的意見：

一個人除非在自己認為可靠的地方，否則千萬不要讀愛倫坡的小說。

愛倫坡這個十九世紀的美國作家，他的作品以佈局詭譎、神秘、氣氛陰鬱的特點，馳譽文壇。果庚勸告人們提防愛倫坡，意思是叫人不要給愛倫坡的恐怖故事嚇倒。同一的意義擴大地說，便是叫人在環境不適宜的情形下，不要讀恐怖性質的作品。

其實果庚日記所說的，完全是一件巧合的事情。它同愛倫坡的小說絕無關係。一個心理不健全的人，在讀著恐怖故事的時候，就算不碰上什麼意想不到的事故，也一樣會感到不安寧的。果庚的勸告也許是出於好意，可是如果理解讀書情趣的人，卻未必肯同意他的話。

我認為讀書是一種精神的娛樂，也是一種心靈的享受；動人的描寫常常會把人的意識溶化於書中的境界。但這還是虛幻的而不是現實的；只要眼睛和意志從

書本上移開，或是偶然給什麼打斷了閱讀，那種一時忘機的虛幻境界便立刻消失。但是假如在意境與讀物溶和之外，進一步做到使現實世界也混合在一起，那麼，我們所感到的樂趣將會更濃厚，而所感受到的讀書情趣也更徹底了。

舉個事例：分明世界上並沒有所謂「鬼」的存在，可是在一般的傳統觀念上，總是意識著「鬼」是可怕的東西，但是白天講「鬼」總不如夜裏來得有興味；在都市講「鬼」又總不如在農村來得有興味。這種體驗正好說明了上述的道理。這就是：如果要講究讀書的情趣，則讀書的時候應該盡可能講究環境、心境、氣氛這種種條件的。也就是說，在某種情況下應該讀某一類的書，或者是，某一類的書應該在某種情況之下打開來。

一個人在憂傷的時候去看一場喜劇來平抑情緒，在興奮過度的狀態中看一場悲劇來鬆弛神經，這是合理的做法。不過這對於當事人的本身說來，卻未必是很自然的事。其實，一個人要流淚就痛哭一場，要歡快就大笑一頓，不是比矯揉的顛倒做法要痛快得多麼？同樣的道理，則讀書為什麼不應該按照性質而尋求內容與現實的一致呢？

《駭癡誦談》書影

我自己就有著這種脾氣，喜歡就環境和氣氛去閱讀性質配合的書。我指的是文學方面的書。

最記得的是抗日戰爭期間，我在一個偏僻的農村裏過著旅居生活。那個地方文化低落，加上戰時交通不便，要想獲得新的讀物非常困難。我手頭只有一本書，那是清代人（名字已記不起）寫的筆記《駭癡誦談》。[6] 這本書包括幾十篇文字，內容敘述的全是一些荒誕離奇的、出乎常情常理的異事。我所以帶了這本書一同走，是因為它與「時代」無關，容易通過當時日軍沿途設置的檢查站的緣故。

我不信宗教，也不信鬼神；當然我也並未見過所謂「鬼」這個東西。不過我對於「鬼故事」卻很感興趣。因此平日除了閱讀應該閱讀的書以外，我也喜歡翻看一點談鬼說怪的書，作為讀書生活上的調劑。[7]

每當淒風冷雨的日子，或是天寒露重的晚上，在傍住河邊的住屋裏一個小房間，在光度微弱的火油燈下，我在無書可讀之中，總愛把這本筆記翻起來。雖然那些故事對於我已不是新鮮的，但是在那種境界下讀起來，卻有另一番新鮮的情趣，——在都市讀的時候感覺不到的情趣。它把全部身心的感受都彷彿溶成一片了。

過去有人說過：「最樂莫如雪夜閉門讀禁書」，而在我來說，我想把這句話改換兩個字：「最樂莫如寒夜閉門讀怪書」。

注 ————————————————————

1　通譯高更。保羅·高更（Paul Gauguin，1848-1903），法國畫家。

2　〈高庚日記〉，見施蟄存編：《域外文人日記抄》（上海：天馬書店，1934年），頁 141-162。

3　愛倫坡（Edgar Allan Poe，1809-1849），美國作家。

4　Edgar Allan Poe 著，錢歌川譯：《黑貓》（*Black Cat*）。上海：中華書局，1935 年。

5　都雷維萊（Jules Barbey d'Aurevilly，1808-1889），法國小說家，擅寫詭秘小說。

6　陳嵩泉著，胡協寅校閱：《駭癡讕談》。上海：大達圖書供應社，1936 年。

7　此句後刪去原文數句：

「在這方面，我感到缺陷的是很少讀到過內容曲折、不含『說教』意味而篇幅又較長的故事，而《駭癡讕談》恰好滿足了我這方面的要求。這也是我在不能帶別的書的特殊情形下，把它帶在身邊的另一原因。」

巴金・赫爾岑

本文原刊《大公報・大公園》，1978
年1月10日，頁7。其後收入《向
水屋筆語》。

　　來自內地的消息：同文壇隔絕了十年的巴金[1]，重再回到他的文學工作崗位來了。據說，巴金除了計劃寫新的作品外，還從事翻譯工作。他正在進行翻譯的，是赫爾岑的巨著《往事與深思》。[2]

　　《往事與深思》是一部回憶錄，作者亞歷山大・赫爾岑是十九世紀俄羅斯的偉大思想家、作家、俄國解放運動的知識分子的領袖。他的生涯充滿著狂濤巨浪。三十歲以前，他便因觸犯了當局而先後被流放過兩次。一八四七年，他帶了家人永遠離開俄國，住在西歐，同各國的革命志士交往，一面創辦革命刊物，攻擊沙皇的專制政治。他的刊物秘密運回俄國，暗中流傳，對當時的俄國青年的思想發生過極大的影響。

　　《往事與深思》就是赫爾岑畢生經歷的紀錄。那裏面有著他所處的那個動盪時代的面影，也有著他個人身邊事故的敘述。感情的豐富和文體的優美，使它的本身成為具有極高文學價值的作品。內容迸發著一種難以抗拒的感人力量。屠格涅夫[3]說赫爾岑的文章是用血和淚寫成的。克魯泡特金在他的《自傳》[4]中說：「赫爾岑文體之美，思想之豪放，以及他愛俄國的深切，使我受著無限的感動，我再三誦讀，不忍釋手。」

一九七九年版《往事與隨想》書影
克魯泡特金《自傳》書影
《誰之罪》書影

　　巴金為什麼這樣熱衷於翻譯赫爾岑這部作品呢？據他對訪問他的記者表示，赫爾岑的文筆對他有很大的影響。四十一年前，他曾經把翻譯赫爾岑這部回憶錄的計劃告訴過魯迅先生[5]而得到魯迅先生的贊同，現在他決定完成這個工作來實現他早年的宿願。另一方面的原因是，他認為這本回憶錄有部分內容在今天看起來，也有非常現實的意義。……

　　如果我沒有說錯，巴金可算是把赫爾岑及其作品介紹到中國來的第一人。事實是，在三十年代中，巴金就開始翻譯過赫爾岑的作品了（在大戰末期，出版過一本似乎是適夷譯的赫爾岑所著小說《誰之過》[6]，但時間已在巴金之後）。在一九三六年三月上海出版的《譯文》雜誌第一卷第一期復刊號裏面，巴金已經發表了一篇題為《回憶二則》[7]的散文；就是從赫爾岑的《往事與深思》一書中摘譯出來的。文章內容是作者敘述母親沉船遇難的慘劇，文筆的沉痛簡直撕裂人心。從這個片斷上多少也可以看出赫爾岑的風格。

　　一九三八年，巴金把《往事與深思》一書中《一個家庭的戲劇》[8]這個部分獨立地翻譯出來，在當時的文化生活出版社刊印了單行本。一九五四年，這個單行本又以《家庭的戲劇》[9]這個書名在上海平明出版社出了新的版本；並且增加了一篇關於原著版本的說明和加上幾張與書的內容有關的插圖。

　　一本超過一百萬字的巨著，一個獨立篇章的單行本究竟是不算得完全的。人們希望能夠讀到作品的全部。巴金對訪問的記者說，他曾經預定在八十歲之前把《往事與深思》全部翻譯完成；現在決定要把時間縮短。這個消息叫人聽了高興。

　　一九六〇年前後，巴金率領一個作家代表團訪問日本後回國，道經香港時，我有機會見過他，聽過他熱情的談吐。那時候他的頭髮還是黑的。去年在報紙上看到巴金的照片，他卻是滿頭白髮了。我覺得，這正是他在擱筆的十年

中，在精神的折磨下堅強不屈的勝利的印記。從照片的笑容上面，正好顯示了他在新生日子的心情舒暢和精神的健旺。他並不像個年紀超過七十歲的人。我有理由相信，他一定能夠如自己所願，在不太長的時間內完成他的艱巨工作。我想，這是廣大讀者的一個共同的期待！

注 ——————————————————————

1　巴金（1904-2005），原名李堯棠，四川成都人，作家、翻譯家，筆名有佩竿、極樂、黑浪等，二十年代赴法國留學，回國後任《文學季刊》編委，主持上海文化生活出版社編務，抗戰時期任《救亡日報》編委，在各地輾轉流亡，五十年代後任平明出版社總編輯、上海市文學藝術界聯合會副主席、中國作家協會上海分會主席等。作品有《激流三部曲》、《寒夜》、《隨想錄》等。

2　赫爾岑（Aleksandr Herzen，1812-1870），俄國作家。

《往事與深思》（*My Past and Thoughts: the Memoirs of Alexander Herzen*）是巴金初擬的書名，後改為《往事與隨想》。上海：上海譯文出版社，1979 年。

巴金未能完成《往事與隨想》的全譯，1993 年 5 月人民文學出版社出版了項星耀的全譯本。2006 年 3 月譯林出版社出版臧仲倫的全譯本，頭三卷採用了巴金的譯文，譯者署名：巴金、臧仲倫。

3　伊凡・屠格涅夫（Ivan Sergeevich Turgenev，1818-1883），俄國作家。

4　克魯泡特金（Petr Alekseevich Kropotkin，1842-1921），俄國作家。巴金譯：《自傳》（*Memoirs of a Revolutionist*）。上海：新民書店，1933 年，再版。

5　魯迅（1881-1936），原名周樹人，浙江紹興人，作家，曾留學日本，回國後任職於教育部，1918 年首次用魯迅為筆名，在《新青年》上發表〈狂人日記〉，1927 年到上海居住直至去世。

6　書名應為《誰之罪》。

Aleksandr Herzen（1812-1870）著，樓適夷譯：《誰之罪》（*Kto vinovat*）。上海：大用圖書公司，1947 年。

7 《譯文》，1934 年由魯迅和茅盾發起，魯迅曾任主編。1935 年停刊，1936 年 3 月 8 日復刊，稱新一卷第一期，〈回憶二則〉刊於該期。1939 年終刊。

8　赫爾岑著，巴金譯：《一個家庭的戲劇》。上海：文化生活出版社，1940 年。

9　赫爾岑著，巴金譯：《家庭的戲劇》。上海：平明出版社，1954 年。

記憶中的新書店

本文原刊《大公報・大公園》，1978
年 4 月 14 日，頁 7。

在書店二字上頭加個「新」字，並非意味著相對於專營舊書生意的舊書店，
而是另有涵義；在三十年代左右，即是香港新文化滋長時期，在香港文化界的口
頭語中，所謂「新書店」，指的是出售新文藝作品的書店而言。這種稱謂，正好
說明了當年新文藝書籍在香港市場上的稀罕。而事實上，夠得上稱為「新書店」
的書店，在那時期是並不多的。

荷李活道曾經被認作香港的文化區，因為那一帶都是報館、印刷舖、學校、
書店最集中的地區。尤其多的是書店。但那些書店幾乎全是出售中英文課本和文
房用品，至多也只是兼售一些風花雪月的鴛鴦蝴蝶派通俗小說，或是木魚書之類
的東西；沒有半點新的氣息。

在那一片庸俗氣氛之中，值得記憶的是一家「萃文書坊」。[1]

「萃文書坊」開設在擺花街（即雲咸街）尾同荷李活道口的交界處。它只是
一間普通店舖的規模，門面半邊是櫥窗，半邊是門口，沒有什麼特別地方。我所
以提起它，是因為這家書店有著異於其他書店之處：除了基本上出售學校課本和
文房用品之外，還同時兼售新文藝書籍，以及屬於思想性、學術性的雜誌刊物，
成為香港最先、也是唯一向香港讀書人介紹新文化、新思潮的書店。

有趣的是，這家有新文化氣息的書店，外表上卻沒有半點新的味道。從它的
名號不叫「書店」而稱「書坊」這一點，可以想像到它的古樸程度。它的門面儀
表和內部陳設，都是在它的同行中最不講究的一家。

主持這家書店的是兩父子；因為店子小，根本用不上夥計，業務上兩個人可
以應付過去。老闆（父親）是個年老的基督教徒，平日總是穿著舊洋服，結著陳
舊的灰綠色領帶，襯衣外面照例加件背心；配合了斑白頭髮和上唇一撮不加修飾
的鬍子，看上去就像一個落泊紳士的模樣。這老人家有著飽歷風霜的一種憤世妒
俗的態度和一副孤僻的性情。他對當時中國政治上爭權奪利的局面極表不滿，碰
上熟識的顧客買書而又有所感觸時，常常會咕嚕幾句牢騷，發洩一下對現實的反
感。聽說這老闆原來是孫中山先生領導的「同盟會」老同志（他的書店裏掛有一
幅孫中山像），早年曾參加過革命工作，可能還當過「民國官」。後來大概對現

實感到失望，因而退出政治圈子做生意，保持自己的「清高」。而他選擇了開書店這個行業，也未必沒有消極中的積極意義。

憑什麼說它有積極意義呢？由於這老闆的本質和一般書商有所不同，所以連他的書店也帶有革命性。他大膽地（在當時而言）經售著各種新文化運動中出現的進步的書籍雜誌。你要想買到當時的新文學團體（創造社、太陽社、拓荒社、未名社等）的出版物，只有到「萃文書坊」去；就是一切具有濃厚思想性而其他書店不肯代售的刊物，它也在半公開地發售。只要熟識的顧客悄悄的問一聲什麼刊物新的一期到了沒有，老闆就會親自從一個不公開的地方拿出來，包好遞給你。還有難得的一點是，那時候賣新文藝書籍和思想性刊物的，「萃文書坊」可說是獨市生意，可是這家書店的老闆並不以奇貨自居，價錢仍舊照當時的「大洋」折算港幣，甚至那些半公開出售的刊物，也不額外取價。

「萃文書坊」後來由老闆的兒子主持。大戰結束後，還繼續經營了一段期間。五十年代初期便關門了。

注 ————————————————————

1　參考本書下冊〈香港新文化滋長期瑣憶〉，頁 783。

「新書店」續話

本文原刊《大公報・大公園》，1978年 4 月 21 日，頁 7。

向水屋筆語

　　香港最初的「新書店」，除了前文所說的「萃文書坊」之外，接著還有好幾家，都是先後出現的。這是隨著愛好新文學的人一天天增加的自然發展。在這裏面，姿態最新的可以說是一家「荷李活圖書公司」。它的店址在荷李活道的中間地段。這家書店的特點是以經售新文藝書籍為主。它的營業方法有著和當時的其他書店不同的地方。一般的舊式書店，都是把書籍排列在鑲了玻璃的書櫥裏，顧客要買那一本書，只能要求店員去把書取出來。這便形成了顧客只能在觀念上有了某一本書的認定時才能去買，卻沒有在事前瀏覽了內容才定奪取捨的機會。但是「荷李活」卻打破了這種「成規」。它除了有書櫥，卻特地在書店中央設置一隻攤台，把各種新書或雜誌公開陳列，供人翻閱。這種情形。在今日的書店中已經是普遍現象，半點也不新奇，可是在三十年代之前，這卻是很新鮮的作風了。

　　那時候的舊式書店叫人反感的地方，除了像上面所說的那種「書禁森嚴」的狀態，還有店員的惡劣態度。當你向他要了一本書，翻看之後卻不打算買，他便會對你露出難看的臉色，你要再麻煩他拿另一本書便感到不好意思開口。假如你有便利機會，不假手於店員而自動從書櫥裏抓出一本書翻看，看得太久了些卻又沒有要買的意思，縱然你的目的不是「揩書油」，不提防就有一隻雞毛帚子凌空出現：它是拿在店員手裏作打掃書櫥狀，在你的面前揮舞起來，使你不能不識趣地把手上的書插回書櫥裏去。前文說過的「萃文書坊」，那位性情孤僻的老闆，對於跡近「揩書油」的顧客也經常有此一著。

　　說到這類煞風景的事，便不由人不記起一家「綠波書店」[1]來。

　　「綠波書店」是在「荷李活圖書公司」之後開辦的。店址同「荷李活」相隔幾個舖位。這家書店的作風比「荷李活」更開明。它不做課本生意，純粹經售新文藝書籍和雜誌。一開張就在櫥窗和店內的書架上面貼了字條，聲明他們是為文化事業服務，歡迎顧客隨意取閱書籍，店員決不干涉。不管這是出於書店老闆的原意還是一種招徠生意的手法，這種開明態度，在香港的書店史上總算得是破天荒的創舉。這家書店還有另一創舉，便是只有一個店員，而這個店員卻是女的。

　　說到僱用女店員的書店，便不能不提起「梁國英書店」了。

第二次大戰前，在香港商場上，大概很少人不知道「梁國英報藥局」這家商號的名字。這家商號的主人，據說在幾十年前是以代理報紙和經銷藥品起家的。他死後，生意漸漸式微。難得的是有個能夠保持令名的兒子。這位年輕的梁氏後人可並未繼承父業，卻獨行其是。他具有濃厚的藝術嗜好和多方面的興趣。他開辦過攝影店，也搞出版事業；辦過綜合性雜誌《紅豆》，和大型的畫報《天下》（主編的是畫家鄭家鎮[2]）。末了，是開書店。「梁國英書店」開設在皇后大道中，現在的大華國貨公司的位置。是規模頗大而又相當新型的「新書店」。它的特點是全部店員都是女性。這在當日的書店行業中，是一件新事。

在九龍方面，差不多同一時期，在上海街也出現了一家頗為別致的新書店，名叫「文人書店」。這家書店由門面以至內部都是髹上黃色。在一片單調的氣氛中，門楣上橫寫的「文人書店」四個黑色大字，便特別顯示出書店的雅致味道。這的確是名符其實的一家文人書店！

說明新文化在香港已經抬頭的另一個的跡象，便是出售新文藝書刊的地方不限於正式書店。今天仍然經營著兒童服裝的美美公司[3]，三十年代開設在香港中區的店舖，就曾經另闢了一個部分，專售新文藝書籍雜誌。同樣，開設在德忌笠街路口，經營刺繡和抽紗工藝品的一家以「都錦生」[4]為名號的店舖，也附設過一隻攤台，陳列新文藝書籍出售。我記得最高興的事，是曾經在那裏買到《良友文藝叢書》[5]中的三冊作家簽名本，那是茅盾的《煙雲集》[6]、郁達夫的《閑書》[7]和靳以的《蟲蝕》。[8]

注 ————————————————

1　參考本書下冊〈《島上草》胎死腹中〉及〈香港新文化滋長期瑣憶〉，頁705、783。

2　鄭家鎮（1918-2000），畫家，三十年代於廣州《越華》、《國華》報發表作品，1939 年來港，1956 年參與創辦《漫畫世界》半月刊，曾任職於《華僑日報》，以筆名楚子、司徒因等畫漫畫及小說插圖。

3　美美公司曾出版望雲的小說《黑俠下集》（1940 年）。

4　都錦生（1897-1943），浙江杭州人，1919 年畢業於浙江省甲種工業學校機織專業並留校任教。1922 年創辦都錦生絲織廠，在上海、南京、漢口、重慶、北平、廣州、香港等全國各地開設營業所，產品遠銷外地。

5　「良友文學叢書」為趙家璧於三十年代主編的一套中國現代文學叢書，由上海良友圖書公司出版。

6　茅盾：《煙雲集》。上海：上海良友圖書印刷公司，1937 年。

7　郁達夫：《閑書》。上海：上海良友圖書印刷公司，1936 年。

8　靳以：《蟲蝕》。上海：上海良友圖書印刷公司，1934 年。

咖啡店・茶樓

本文原刊《大公報・大公園》，1978年4月28日，頁7。

在人類生活中，飲食同文化是有著密切關係的。

據說，在十五、六世紀之間，當咖啡傳到歐洲以後，喝咖啡成為社會的風尚，於是咖啡店應運而生；並且慢慢的變成了小市民聚集的場所。人們高興到那裏去聊天，一面抽煙一面閒談：議論政治問題，批評社會事物。咖啡店無形中是輿論的擴散站。對於政治的措施，社會的風氣，或多或少發生了影響。到了十八世紀，隨著時代的進步，咖啡店更成為文化的搖籃。許多作家、詩人、藝術家都是咖啡店的常客。在英國，以編纂《英文字典》[1]聞名的文學家森姆爾・約翰遜[2]，就經常同他的朋友高爾史密夫[3]、鮑斯惠爾[4]，流連在倫敦的咖啡店裏，以他的驚世的才華和雋永的談鋒引人注目。使年輕的鮑斯惠爾日後憑了紀錄的資料，寫成了巨著《約翰遜傳》[5]而名留後世。

十九世紀的歐洲，咖啡店的文化氣氛更加濃厚。文人藝術家都把泡咖啡店作為日常生活的一部分。他們在那裏寫文章、寫詩、朗誦作品、作畫、作曲。有不少享譽的作品和藝術思潮，在咖啡店裏誕生出來。舒伯特的小曲《聽那雲雀》是在維也納一家咖啡店的菜單背面寫下來的。在英國文學史上，作為唯美主義運動旗幟的《黃面誌》[6]的出版，也是在咖啡店醞釀成熟的。咖啡店是文化活動的溫床。

誰能否認，在人類的文化演進史上，咖啡店不曾發揮過促進作用呢？

現在，咖啡店已經遍設於都市每一個地方，同樣是人們聚談或是朋友約會的方便場所。但是由於時代的變化，情況已經不同。資本主義使社會的一切事物都變成了商業性，咖啡店也因為不能例外而變了質。曾經在過去光輝過咖啡店的那種風氣固然不可再得，就是本身稍微具有純樸和幽雅氣氛的，也是少之又少。近年來，香港也出現了好些講究所謂「情調」的咖啡店，或是附設在高貴酒店裏面的咖啡室，但是那樣的場合和環境，要不是紳士氣息太重，便是「藝術化」的裝飾過分眩感，對於一個真正要想享受咖啡店情趣的人的精神狀態，並不調和。這不是理想的咖啡店哩！

同咖啡店相對，我想起茶樓。

茶樓是廣東特有的飲食場所，北方是沒有的。廣東人講究飲食而盛行「飲茶」（指的是上茶樓），是眾所周知的事。大部分人的日常生活簡直同「飲茶」分不開。在戰前，上茶樓幾乎只是男人享受的「權利」，女人——特別是家庭婦女上茶樓是極稀罕的事，戰後才風氣一變，不但家庭主婦，卻是男女老幼全都上茶樓了。這大概是茶樓所以越來越多，而每天——尤其是假日，到茶樓去要找個座位也成為苦事的一個因素。

茶樓看來有種種等級，但是嚴格分起來，大致不外是兩類：高級的和平民化的。前者是以講究排場的顧客的對象；這類茶樓的點心精美而且款式多，座位舒服。後者的顧客是一般較隨便的人們，他們也注重吃，但更注重的是閒坐，聊天和看報紙。所謂早、午、晚三回茶市，在平民化茶樓是很難劃清界限的，因為任何時間都有接踵而來的顧客。

我有這麼一個體驗：如果不是講究排場又不斤斤於計較吃得精美的人，最好還是到平民化的茶樓去。在那裏，你不但可以化較便宜的錢吃得實際，而且還可以領略到茶樓風味。你可以和同桌的或鄰座的茶客在投機的話題上，隨便搭訕，打發時間。在那裏，差不多每一桌都有個座談會或是小組會，誰都有高談闊論的自由，卻不像坐在高級茶樓那麼樣的保持拘謹。

單純使用眼睛，你也會得到觀察上的自娛樂趣。看見那些茶客一面扯談一面不忘記吃東西，你會知道這決不是「一盅兩件」的人物；看見老人家帶著一群男女，大家都穿著整齊，坐得規規矩矩的，那一定是從市區以外的地方來，把上茶樓看作此行重要節目之一的家族；吃一二碟點心就急著叫炒粉或炒麵的，一定是為果腹而來，吃罷便走的忙人；不吃「大碟頭」而只要點心的，這是不受時間拘束的經常光顧的熟客；成人們在忘形地議論滔滔，讓坐在旁邊的小孩子眼巴巴的望著蒸籠一次一次地溜走，這情景會喚起你記起了幼小時候，跟長輩上茶樓時所經歷過的悲哀。……

縱使你不是個社會學家，僅僅為著豐富你自己而已，平民化的茶樓也是適宜的去處。

注 ────────────────────────────

1　Samuel Johnson, *A Dictionary of the English Language*，1755 年出版。

2　塞繆爾·詹森（Samuel Johnson，1709-1784），英國作家、文學評論家。

3　奧利弗·戈德史密斯（Oliver Goldsmith，1730-1774），英國作家。

4　詹姆士·包斯威爾（James Boswell，1740-1795），英國作家。

5　James Boswell, *The Life of Johnson*，1776 年出版。

6　《黃面誌》（*The Yellow Book*），英國文藝雜誌，1894 至 1897 年共出版
十三期，創刊主編為亨利·哈蘭（Henry Harland，1861-1905），早期比亞
茲萊（Aubrey Beardsley，1872-1898）為它繪畫插圖。郁達夫、梁實秋、
葉靈鳳等曾撰文介紹。

抽煙隨想

本文原刊《大公報・大公園》，1978年 5 月 5 日，頁 7。

　　時至今日，對於抽煙足以損害健康這一事實，大概沒有人敢否定的了。這是起碼的常識。至於抽煙可能引致肺癌，似乎還有保留餘地。記得抽煙與肺癌發生連繫，是二次大戰後才出現的說法；自此以後，醫學家們便不斷地在這個問題上做文章。但是這方面的意見總是翻來覆去，「莫衷一是」。當一個專家引述種種證據，說明抽煙可能引致肺癌之後，另一專家又往往舉出相反的意見，說是抽煙與肺癌沒有關係，把前一種說法推翻。妙就妙在「可能引致」這四個字，這裏面含有既不肯定，又不否定的意味。事實是，世界上不少八九十歲還抽煙的人，而他們的死卻並非由於癌症。

　　不過不管問題的正確結論是怎麼樣，應該承認醫學家的警告是出於善意的，是應該受尊重的。奇怪的是，根據美國有關方面的統計，肺癌警告的威脅越大，香煙的銷量卻越是增加。香煙的新牌子更是如雨後春筍一般出現。這是證明了抽煙的人不但沒有因為受到警告而減少，反而變本加厲的更多了。說這些「煙民」們的性格是「冥頑不靈」也好，說他們是人類中視死如歸的勇士也好，他們就是不肯丟開手上的「棺材釘」！（棺材釘，是善意的醫學家曾經給予香煙的形容詞。）

　　很難理解，抽煙的嗜好在人類生活上佔有這麼牢固的地位。而這種嗜好之不容易戒除，卻又因此不難理解的了。

　　曾經看過一則花邊新聞：一個立心要戒煙的美國人，走到香煙檔子去買他最後一包香煙。他離開檔子走了幾步，立刻又轉回頭去，向賣煙的說：「多要一包。」

　　除非下定決心，並且具有堅強的意志力量，抽煙的嗜好實在是很難戒除的。

　　一個朋友對於旁人拿肺癌威脅的理由勸告他戒煙的時候，回答得很妙：「假如我已經有了肺癌，現在戒煙也沒有用處，假如沒有肺癌呢，又用不著戒了。」

　　我想，這種對待抽煙的態度，在「煙民」中是相當普遍的罷？

　　那麼，抽煙有什麼意味呢？我想沒有一個抽煙的人能夠說得出來。香煙是個好聽的名詞，實際上它並不是香的。但是嗜好香煙的人在抽煙時的一種「適意」感受，卻不是不抽煙的人所能體驗得到。這就是問題的解答。

在應酬場合上，一個新朋友給你遞香煙，假如你謝絕了，縱然不是很煞風景，情形總有點不自然。朋友之間，有許多事情在禮貌上是互相尊重的，抽煙卻是例外。遞香煙的朋友，決不會因為你是不抽煙的，便取消他自己抽煙的權利；不過他可能帶著一種微妙的情感去抽他的煙———一面歉然於自己在不抽煙的朋友面前抽煙，一方面卻多少有點孤單之感。

嗜酒的人有所謂「酒逢知己醉」的說法，愛好抽煙的人也會有類似的情形。抽煙「同志」碰在一起，在閒談中如果缺少了香煙，話題便變得味同嚼蠟。沒有話題時，互相品評各種牌子的香煙，也是一種樂趣。在過去年代，朋友間就是有過這種呆勁的。印象中依稀記得，詩人鷗外鷗[1]愛好的是「三炮台」；徐遲[2]愛好的是「駱駝牌」，他自己說他是「駱駝主義者」。——在沙漠的行程上，駱駝是任重而道遠。而今，徐遲寫的一篇關於數學家陳景潤的文章[3]，為報告文學開闢了新的途徑而受到廣泛的傳頌。我想探問一下，他現在抽的是什麼祖國牌子的香煙了呢？

說到過去的「呆勁」，還有一椿與抽煙有關的、難忘的記憶。

那是二次大戰前的某一年的事。曾經在上海《良友》畫報擔任過攝影工作的朋友張建文君（已故）[4]，在一個夏夜裏邀我到他開設的小型攝影室去，說是要介紹我同張織雲[5]認識。張織雲是中國早期電影壇上很有名氣的演員，那時候她已經退出影壇，由上海來到香港。我對於被稱為「電影明星」這一類人物，觀念上向來淡漠，更說不上偶像崇拜。只是由於讀書時期看過張織雲的戲，現在既然有這機會，覺得也不妨去見見她。

這個晚上，在小小的攝影室裏，主人張君夫婦準備了熱茶和一罐香煙，招待著作為客人的張織雲、我，和漫畫家余所亞。[6]五個人圍著一張小圓桌，展開一場毫不拘束的夜話。出乎我的預想，張織雲原來是非常健談的。尤其使我驚異的，是她對人情世故的深入和對現實社會的認識，使她的談吐完全超越了當日一個「電影明星」的思想範圍。我至今還記得的是，當她用同情的態度說到勞動人民生活的悲苦時唸出的一首打油詩：

餞來飯未到，飯來餞已空。
可憐飯與餞，何日得相逢！

由於愈談愈是興奮，時間也愈來愈是夜深，主人夫婦提議大家不要走了，索性談個通宵。於是五個人就仗著小圓桌上的一罐不斷消耗的香煙，一面抽著一面談話直到天明。

注 ──────────────────

1　鷗外鷗（1911-1995），原名李宗大，廣東東莞人，少年時代曾居於香港，1937 年主編《詩群眾》月刊並任《中國詩壇》編委，1938 年再返香港，任教於香江中學，並主編《中國知識》月刊，抗戰期間前往桂林，任《詩》月刊編委，並任大地出版社編輯室主任。戰後定居廣州。

2　徐遲（1914-1996），浙江吳興人，筆名龍八、史綱、唐琅。1936 年與戴望舒、路易士、卞之琳等在上海創辦《新詩》月刊。1939 年在香港與戴望舒、葉君健等主編英文《中國作家》。三、四十年代在香港《南華日報·勁草》、《星島日報·星座》、《華商報》、《大公報·文藝》、《頂點》等刊物發表詩作、譯詩、散文、小說及評論，著有詩集《二十歲人》、《最強音》。1949 年任英文《人民中國》編輯，1957 至 1961 年任《詩刊》主編。曾任文聯委員、作協理事等職。

3　指徐遲〈哥德巴赫猜想〉，有關數學家陳景潤生平的一篇報告文學，初刊於《人民文學》1978 年 1 月第 1 期，頁 53-68。

4　《良友畫報》，大型綜合性畫報，曾刊登不少「鴛鴦蝴蝶派」小說，1926 年在上海創刊，1945 年停刊，1954 及 1984 年兩次在香港復刊，2001 年改為網絡版，年多後結束。

張建文拍攝的人像，曾用於《良友》第 76 期（1933 年 5 月）、第 82 期（1933 年 11 月）及第 108 期（1935 年 8 月）。參考本書下冊〈藝壇俯拾錄（十）〉第四十二則，頁 586。

參考馬國亮：《良友憶舊 ── 一家畫報與一個時代》（北京：生活·讀書·新知三聯書店，2002 年）。

5　張織雲（1904-1975），廣東番禺人，演員，二十年代入上海大中華影片公司，曾獲選為「電影皇后」，三十年代後移居香港。

6　余所亞（1912-1991），廣東台山人，畫家，早年在廣州赤社讀書，三十年代參加蔡廷鍇組織的中華民族革命同盟，主編《大眾報》，並發表抗日漫畫。抗戰期間在上海參加漫畫界救亡協會，曾主編香港《星島日報》、《珠江日報》、《大眾晚報》的「漫畫周刊」，拍攝提線木偶電影《大樹王子》，1949年後任中央戲劇學院舞台美術系教師、中國木偶劇團藝術指導和藝委會主任等。

悼念黃谷柳

本文原刊《大公報・大公園》，1978年 5 月 12 日，頁 7。

　　對於一個長時期隔絕了音訊的朋友，到了有希望互相聯繫的可喜日子，突然聽到的竟是一個死亡的消息；這種感情上的震撼是難以忍受，隨之而來的悲痛也是沒有適當的字眼可以表達的。

　　黃谷柳[1]之死，就是第一次給了我這種感受。

　　差不多是開始學習寫作的時候，我便同黃谷柳相識。那是「二・二六」[2]後，中國正在陰霾蔽日，氣壓低得叫人窒息的時期，好些青年人都從異地流亡到了香港；黃谷柳是其中的一個。他在一間「新聞學社」[3]唸新聞學，同時在那裏幫忙一些校務上的事情。學社的校長是他父親的老朋友，因為這個關係，黃谷柳才從老遠的雲南省跑到香港來找個立足地的。在「新聞學社」結業以後，他進了一家報館做校對工作，一面向報紙的副刊投稿，藉微薄的稿費收入來補助生活。

　　要說明黃谷柳是怎樣的一個人是有點困難的。他有一副瘦削的、線條單純的面孔，卻賦有不很單純的性格；比較明顯的一點是戇直。他要那麼說話的時候就那麼說，不肯隱藏也不肯矯飾。做事的態度很爽快，因此他的理智比感情要強。沉默的時候似乎很冷漠，不了解他的人會覺得他孤僻，不易接近；可是在面對可以講話的朋友的時候，他又顯出另一種樣子，成了富於幽默感的人，高興起來還會流露一種成人的天真，甚至放聲大笑。儘管日子怎樣難過，他都保持一種樂觀的輕鬆態度去對待眼前的事物。

　　那時候，幾個因文學而結緣的年輕朋友，常常在晚上到「新聞學社」去，聚集在黃谷柳棲身的小房子裏，在書報、原稿紙、講義、手風琴的場合中間，圍坐閒談。這一群人，來自不同的地方，不同的家庭環境，甚至不同的方言；也有各自不同的遭遇。自然，這裏面也少不了三兩個憑個別關係來參與的天真的女孩子，在不同條件下的唯一共同的一點，是對文學藝術的志趣。它把一群年輕人粘在一起。生活是苦的，友誼卻是甘的。因此聚攏起來，從不感到枯燥或是寂寞。有些時候，大家離開那小房子到半山區的般含道上去散步，去看夜色。對著下面彷如撒滿了鑽石的海上燈光，共同編織著未來的美麗夢境，那在年輕人慣常愛編織的、對於事業、對於世界的美麗夢境。……這麼樣一段羅曼蒂克的歲月，用

黃谷柳當日所寫的一句話，可以說明那個時期一群年輕人的精神生活的狀態：「一毛錢花生米吃得普天同慶。」情形的確是這樣子。

但是，時間在推進，人事也在變化。在現實生活的威脅下，沒有家累的人開始有了家累，原是有家累的人又加重了生活的擔子。在這情況下，一群年輕人迫得為各自的前途打算。一個由志趣相投而結成的圈子於是慢慢的散開了。有的人離開香港回老家去，有的人改了行；不改行的也改變了寫作態度和方向，轉了筆頭去寫作那些容易討好，因而也容易「名利兼收」的東西。我和黃谷柳卻固執著自己幹下來的，不改變態度，也不改變方向。也許就因為這一點，儘管彼此的性格和氣質根本不同，卻始終不妨礙兩人之間的了解和精神上的聯繫。

黃谷柳也是在那「各奔前程」的期間離開香港，回到他的老家去的。分別以後，我有三四年的時間沒有見到他，也不知道他幹什麼工作。直至一九三四年春季，他再到香港來，仍舊是那麼一種輕鬆神氣，會面時一見如故，好像沒有離開過一樣。他這次是道過性質，順便來看看朋友。我因為報館工作羈身，沒有多少時間跟他在一起；匆匆會了三兩次面，便又匆匆分手。

抗戰爆發的一年（一九三七年），黃谷柳在廣州。這一場關係著民族存亡的戰爭，感召著愛國青年起來為國家貢獻力量。黃谷柳也投身於抗戰隊伍，參加軍隊的宣傳工作。出發前夕，他抽空到香港走一趟，看看朋友。離去之前，他在我的紀念冊上寫下一個題句：

「笑迎一切艱苦！」

日軍正在猛烈進攻上海。黃谷柳隨軍開往上海前線，在炮火下過著浴血生活。他平時不愛寫信，這時候卻有了這麼一種興致，給我寄了信來。他的信寫在從記事簿撕下的紙頁上面，字寫得密密麻麻。他告訴我戰鬥進行得多麼劇烈；告訴我他是在怎樣的情況下執筆——躲在障礙物下面，把膝蓋當作寫字枱；敵人的炮火不斷地在頭頂上掠過。……他的筆調就像他平日講話時的輕鬆和爽快。簡直令人不敢相信是在戰地寫的。

這充分透露了黃谷柳的豪情：「笑迎一切艱苦！」

上海失守以後，黃谷柳隨軍隊撤退到南京。到了南京失守，他的消息斷絕了。他失了蹤。沒有人知道他的下落和存亡。

但是實際情形是怎樣呢？黃谷柳是活著的。他在南京陷落的時候，混亂中成了一個散兵。幾經艱險才在日軍的搜索下保存了性命。他在老百姓家裏躲下來，

一個愛國老婆婆冒險掩護他。在日軍的血腥大屠殺中，他隱蔽著度過了幾十天驚險日子。後來，靠了那老婆婆的幫助，他化裝逃出了南京。輾轉跑到上海，最後到了重慶。

黃谷柳這一頁傳奇性的經歷，是戰後他告訴我的。據說在重慶的時期，他寫過一篇題名〈乾媽〉[4]的小說，就是敘述他在南京蒙難時，那個老婆婆救助他的故事。這篇小說後來還被譯成世界語文字。

大戰結束以後，我和黃谷柳都從內地不同地點先後回來香港。大家都通過一場戰爭，在另一樣式的世界中重聚了。黃谷柳的太太在整個抗戰期間失掉聯絡之後，帶了兒女從異地跋涉長途來到香港，終於找到了黃谷柳團聚。他們一家寄居在一位當警員的姪兒家裏，多了人口，生活的壓力更加沉重。然而他忍受了下來，仍舊以輕鬆態度去應付現實，對生活比過去更有信心。也許就是基於這麼一股精神力量，使他有勇氣一面為生活掙扎，一面從各處搜集複雜的資料，孕育著《蝦球傳》的寫作計劃。這部小說終於獲得成功，黃谷柳是應該高興的。

一九五○年，黃谷柳全家回內地去了。人事倥傯，我們一直沒有通過信。我不知道他的狀況，也無從去知道他的狀況。這是人事不斷變化的大時代呵！

而今，正當許多人在慶幸新生的日子，黃谷柳卻在應該活下去的時候死去了。這是他的不幸！

所幸的是《蝦球傳》活著，而且繼續活下去！

注 ────────────────────────────

1　黃谷柳（1908-1977），原名黃顯襄，廣東防城人，作家、記者、編輯，筆名黃襄、丁冬、冬青等，生於越南，出生後隨母赴雲南，1927 年來香港，入新聞學社修讀新聞學，後進《循環日報》當校對，開始文學創作，抗戰時期回國參加抗日工作，抗戰後重回香港，1947 年開始寫作《蝦球傳》，1949年回內地參軍，先後擔任廣州南方書店《文藝小叢書》編輯、《南方日報》記者、中國作家協會理事等。

2 「二・二六」，應指 1927 年初國民政府擬驅逐蘇聯顧問鮑羅廷的政治紛爭。武漢國民政府在鮑羅廷主導下，實為中國共產黨及國民黨左翼所控制，國民革命軍總司令蔣介石密謀驅逐鮑羅廷，是年 2 月 26 日中央政治會議議決要求第三國際撤回鮑羅廷。事件膠著，後汪精衛赴武漢與鮑羅廷合作，蔣介石在南京成立黨政中樞，史稱寧漢分裂。未幾，蔣介石進行「清黨」，大量捕殺共產黨人。

3 即香港新聞學社，由黃天石創辦，若干學員後長期服務新聞界。

4 黃谷柳：〈乾媽〉，《文藝陣地》第 2 卷第 3 期，1938 年 11 月 16 日，頁471-472。

書與愛書家

本文原刊《大公報‧大公園》，1978年5月19日，頁7。其後收入《向水屋筆語》。

　　有一位英國作家說過，「書籍當你煩悶的時候不會以背脊向著你」。這句話把人與書的關係形象化地表達出來。它的意思是說，為著心境的舒適或是精神上的愉快，我們離不開書籍。

　　書成為人類的精神糧食，是永遠有生命的事。

　　論形式，書是非常簡單的東西，一疊印上文字的紙張，用線連繫起來，裝釘成冊，便是它的全部。然而人類幾千年來的思想文化，卻憑著它流傳下來並且流傳下去。人類文明的進步固然是由於有文化，如果沒有書作為文化傳播的工具，文化的作用還是有局限性的。設想一下，世界上如果沒有書，將會是怎樣的一個世界呢？

　　書之不因時代的演變而有所演變的固定形式，正象徵了它屹立於人類精神領域的永遠不變的雄姿！

　　看起來雖然是那麼簡單的一本書，只要你選取得適當，則在你悲哀的時候會得到安慰，在你消沉的時候會得到興奮，過分興奮的時候又會得到平靜。一切情感上的需要，你都能夠從書的本身去得到滿足。書雖然是無知無覺的東西，但是它一躺在你的手上，便成為你的師長，良友，甚至是戀人，——一件有理性也有感情的東西了。

　　書與人的關係既然是這麼密切，那麼，一個與書相伴而生活的知識分子，對於書的觀念當然是更加著重的：他們愛書，珍惜書，有的人簡直把書看作自己的第二生命。

　　文人之愛書成癖，古今中外都不乏例子。究竟書有什麼可愛之處，這個問題不是外行人所能理解的。誠然書是「精神食糧」，但是拿這個抽象的概念去解釋愛書者的心理，卻並不恰當。一個一接觸著書就想據為己有的人，未必就意識到那本書適合自己的需要。事實是，愛書者對於書是無所謂需要不需要的。他們的愛書可以說是全憑直覺，甚至是憑一種觀念，——不過這種觀念原始已經通過「精神食糧」這一概念而完成，有了觀念基礎，一直覺到那是書，便感到它的可

愛。走進書店，看到陳列著的琳瑯滿目的新書，往往油然生起每本書都希望能為自己所有的慾念，便是這種心理的體現。

即使不是愛書狂，一個文人起碼也是個愛書家，因此每個文人都有買書的癖好。買了書是否一定讀，卻是另一問題，就以讀書來說，讀借來的書總不如讀自己所有的書要舒服，至少是免受歸還時間和小心保護的心理所拘束。所以，有些書本來可以向別人借讀的，也覺得不如自己有一本的好。這也是一個文人買書癖好的由來。

分析一下文人的買書，也有種種不同的意味。有的人是為讀書而買書，有的人為藏書而買書，有的人為買書而買書。前一種人買了書一定讀，第二種人未必讀，後一種人則必不讀。後一種人買書的動機，或是由於炫耀，或是由於湊趣，——看見人家買，自己也跟著買；但是買了就完事，事後把書丟到那裏去了，連自己也不清楚。認真愛書的人，像上述的前二者，他們對於書特別珍惜，決不隨便放置；讀之前有求知慾的驅使，讀後又有蒐藏的興趣。這種人往往把自己的書安置得整齊有序，他記得某一本書放在書架的什麼部位；記得某本不存在的書是誰人借去了。

說到借書，世界上沒有任何行為比這個更不負責任。借債還有歸還的日子，借書卻往往沒有歸還的希望。借債有字據，必要時可以憑法律去解決。借書呢，誰也不致採取那麼嚴重態度去對待。因為有了這個利便，一些借書的人便有機會做缺德的事了。你的書給借去了，不歸還，你奈何不得。於是你的書一別便成永訣。有人說，借書的人是真正的「國際公法」的擁護者，一借便是「九十九年為期」。

不過，在借書的人中，不一定沒有「良心分子」，借了書終究會歸還。但是縱然有這「幸運」，你也得以迎接浪子回家的心情，準備接受那本書的可悲的形相：要不是「蓬頭垢面」，也必然有如火炙魷魚，面目全非。這對於一個愛書人的確是不勝刺激的事。

外國有過這樣一個愛書家，他每次買書都同樣買三本，一本作藏書，一本供自己讀，一本預備別人借。這辦法可說十分周到。但決不是一個普通文人所能做到的了。

關於愛書，外國有這樣一段逸話。一位女愛書家藏有一冊稀世的珍本，為一

位男愛書家所垂涎，必欲得之而後快。他千方百計也沒法把那本書弄到手，最後
妙想天開，採取他認為最聰明的一著：索性向女的求婚，他希望成了她丈夫之
後，那珍本便是他的了。可是女的也夠聰明，她看穿了對方的用心，毅然拒絕了
他的求婚。

人書之間

本文原刊《大公報・大公園》，1978年5月26日，頁7。

買了書，在書的扉頁上寫上自己的名字，這是很自然的習慣，在一個愛書的人尤其如此。因為這是那本書屬於誰人的證明，有如軍隊佔領一個地方之後所豎的一面旗幟。

由於這種心理的發展，有許多愛書的人就更具體地用一種標記來表示：在中國，是藏書印章；在外國，是藏書票。藏書印章在表面上較為簡單，在一枚長方形、圓形或橢圓形的印章石上面，刻上某人或某齋（或其他名號）藏書等字樣，用硃紅印色蓋在書的扉頁上。藏書票則較為複雜。那多數是用彩色紙張印上設計精美的圖案，圖案中嵌入藏書者的名字或字頭，成為圖案的組成部分。藏書票是長方形或正方形，通常是三寸左右的大小，看起來彷如一張畫片。它的用法是貼在書的封面裏邊的一面。

藏書印章與藏書票，是方式不同而意義則一的東西。藏書印章適宜於蓋上中國線裝書，為的是線裝書的紙張（特別是宣紙）能夠顯出金石雕刻的雅致；而藏書票則適宜於洋裝本子，因為硬的書面才能黏貼畫片，而且顯得調和。藏書印章與藏書票在東西方都有悠久歷史，這種運用趣味由古至今一直為愛書家所保持著。不過這究竟是有閒者的玩意兒，在人事紛繁的今日，不要說由自己計劃和印刷，把自己的書一本一本的貼上藏書票是件怪麻煩事，就是逐本書蓋個藏書印章，也未免太費神了。

其實在書裏寫上名字或是加上什麼標記，作用是完全說不上的，你的書不離開你，你沒有表示那書是屬於你的必要，如果它離開你落在別人的手上，儘管你有什麼標記也沒有用處；別人大可以把你的「佔領地」改換「旗幟」──毀了你的標記，換上他自己的。書根本斷送了，還有什麼標記可言！

由於書是「知識寶庫」，它本身就具有高尚、文雅的條件；它可以自己享用，也可以作為禮物送人。但是把書作為餽贈禮物，在我們的社會習慣上一向是不流行的。即使是知識分子中也是如此。一般人在打算「送禮」的時候，觀念上總是脫不了從物質範圍內去考慮，陳陳相因，流於庸俗；很少人肯從這個狹小圈子裏跳出來。我想，與其送一張在對方不一定需要的「禮券」，為什麼不利用那

「禮券」的代價送一批書更有意思呢？

　　以書作為餽贈禮物，有著它本身獨特的好處。書的門類繁多，你可以適應對方的志趣去選擇；並且，書是每本或每套獨立的，「禮」的厚薄，可以按照自己能力的大小去適當地購辦。接受的人只覺到你這份禮物的別致和實用，簡潔而又莊重，決不會計較它的物質上的價值。比如，朋友結婚，你送他（她）一些有關兩性知識、生理衛生或有關家庭生活的這一類健康的學理著作，比什麼擺設的東西還好；或者你的朋友喬遷之喜，你送他一套百科全書或是《魯迅全集》之類，既可以閱讀，又可以作為陳設，這些都比其他庸俗的東西有意思得多。

　　除了作為禮物以外，每個人都有在某些時候送點什麼給朋友，藉以表示情意的興致，而書也是最適合的東西。外國人最盛行送書的時候是「聖誕節」。每到十二月初旬，在貼上「Christmas Gift」標語的書店櫥窗裏，都陳列了色彩繽紛的成人書籍和兒童讀物，等著顧客採購，而家庭收到的聖誕禮物中，書也佔有一份位置。

　　外國的事物不一定比我們好，但以書作為彼此餽贈的禮物，卻是不妨效法的好風氣。不必一定在「聖誕節」，就是在新年或是什麼喜慶節日，個人的生辰或是朋友遠別，互相送一本好書，總可以點綴一下節日的情趣，聯絡一下彼此間的情誼。書是珍貴的物品，而你的友誼的記憶，將會隨著餽贈的書而長存於朋友的心中。

書的裝幀

本文原刊《大公報‧大公園》，1978年6月2日，頁7。

　　書的裝幀就是書的服飾，也如同人的服飾一樣。俗語所謂的「先敬羅衣後敬人」，雖然是形容世態的一句話，然而撇開勢利的意義來分析一下這裏面的「敬」字的涵意，卻有著不盡然是壞的內容。愛美是人的天性，同是一個人，穿上漂亮衣服與衣衫襤褸一比，在直覺上給予人的美感與惡感是截然兩樣的。所謂「敬」，抽出動機的好壞來說。多少是通過了美的感覺而表現出來的態度。對於書，我們也有同樣的心理和情感。一本書的裝幀的美醜，未必就決定它銷路的命運，但是一本裝幀漂亮的書必然比一本裝幀拙劣的書更具有吸引力，影響所及，它的銷路便可能有程度上的差異。不是有的愛書的人往往是因為一本書裝幀得太美而把它買下來麼？

　　事實上，一本書裝幀的好壞，對於讀者的心理與精神都很有關係。我們讀一本裝幀漂亮的書和讀一本全不講究裝幀的書，情感便不相同。至少，前者在你開卷掩卷之間，精神上為那本書的美感渲染，會覺得分外愉快，而後者是不會有這感覺的。何況，書除了供人閱讀，還有收藏以至裝飾陳列的價值；誰喜歡保存一種缺乏美感的東西呢？

　　值得高興的是，以新中國成立為起點，中國的出版事業有了蓬勃發展，連帶對於書的裝幀藝術也很講究。記得在一九六一年二月，香港舉辦過一次中國書籍

《偽自由書》書影
《二心集》書影
《而已集》書影

《彷徨》書影
《朝花夕拾》書影

展覽，就是以裝幀藝術為表現的重點。在展出的各式各樣書籍中，有不少是曾參
加過外國的書籍展覽而在裝幀設計方面獲獎的。

　　但是在舊中國，出版界對於書的裝幀並不看重。就是在被認為新文藝狂飆運
動的「創造社時期」，書的樣式還是非常隨便的，幾乎千篇一律是把「平釘」式
的一帙書頁包上一塊封面便算。封面通常只是印個書名和作者名字，另外便是出
版書店的名字，連作為點綴的封面畫也難得有一張；單調而又難看；絕對談不上
美感。那時候從事出版的書店老闆被稱為書商，商人需要的是賺錢，同藝術扯不
上關係，這是沒有辦法的事。

　　到了「創造社」自己成立了出版部，獨立自主的掌握出版工作的時候，書的
形式才出現了一個新面目。它出版的書不但紙張講究，印刷認真，還大膽地首倡
了橫排形式；而且在裝幀方面做了一番工夫。像當時由創造社出版部印出的《少
年維特之煩惱》[1]，郭沫若著的《落葉》[2]，創造社同人合集《灰色的鳥》[3]、《木
樨》[4]、《音樂會小曲》[5]……等單行本，都弄得相當漂亮。硬朗的封面和封底都
是摺邊的，封面印上配合的襯畫，扉頁全面印有圖案。這種新穎形式洗刷了過去
單行本的拙劣形相，為中國的書裝幀的歷史揭開了新頁。在這方面，當年創造社
成員之一的葉靈鳳[6]是應該被記起的。葉靈鳳是作家，又是美術家，他在創造社

出版的書中發揮了他的裝幀書籍的長才。

　　和創造社同時期在出版物上注重裝幀工作的，還有北新書店[7]，開明書店[8]，未名社[9]等。它們出版的書不像創造社的書那樣帶有浪漫主義色彩的奢華，可是卻有它們特具的高雅大方的風格。值得提起的是魯迅先生。魯迅是非常重視自己作品的裝幀設計的。像他的《而已集》，《二心集》，《偽自由書》，《朝花夕拾》[10]等單行本，聽說封面設計都是自己動手。他早期出版的《彷徨》[11]、《吶喊》，則由他特別賞識的畫家陶元慶[12]為它們作封面畫。司徒喬[13]也曾經為他的書的封面效勞過。魯迅對於自己的書的裝幀有個愛好的特點，是喜歡法國式的不切書沿的毛邊裝。

　　抗戰之前，在書的裝幀方面致力的出版界，我們忘不了「良友」[14]和「生活」[15]兩家書店。《良友文學叢書》[16]和《生活文庫》[17]，可以說是兩家書店的精神代表。除了上述兩種叢書之外，它們所出版的其他種類的書也同樣認真。一個共同特點是，無論它們出版的是精裝本還是平裝本，在裝釘方面都是採「串線釘」式（也就是普通所謂的釘書脊），不像別家所出版的書那樣，外表是精裝本而書頁卻是「平釘」式，翻讀時極感不便。

　　時代的演進，簡化了人類的不少事物，卻簡化不了書的形象。特別是在這百花齊放，出版事業蓬勃的日子，踏進書店，看到那些裝幀美麗的書，你會禁不住想像到每一本書的裝幀設計者都是藝術家。而當那書林中的太濃烈的色調把你包圍著，使你心神眩惑的時候，你真有置身於花肆一般的感覺了呢！

注 ————————————————

1　Johann Wolfgang von Goethe（1749-1832）著，郭沫若譯：《少年維特之煩惱》（*Werthers*）。上海：創造社出版部，1926 年。

2　郭沫若：《落葉》。上海：創造社出版部，1926 年。

3　成仿吾等：《灰色的鳥》。上海：創造社出版部，1926 年。

4　陶晶孫等:《木犀(創作集)》。上海:創造社出版部,1926年。

5　陶晶孫:《音樂會小曲》。上海:創造社出版部,1927年。

6　葉靈鳳(1905-1975),原名葉蘊璞,江蘇南京人,作家、編輯、藏書家,二十年代曾加入創造社,主編《洪水》半月刊及與潘漢年合辦《幻洲》。抗戰期間加入《救亡日報》工作,其後上海淪陷,隨報紙遷至廣州,三十年代後在香港定居,日佔時期一度被捕,抗戰後任《星島日報·星座》編輯直到退休,長期為《星島日報》、《大公報》、《新晚報》、《文藝世紀》、《海洋文藝》等報刊寫稿。早年曾就讀上海美術專門學校,不少刊物及書籍插圖均出自他手筆,風格接近其鍾情的英國插畫藝術家比亞茲萊。

7　北新書局成立於1925年,由北大新潮社成員的李小峰與孫伏園創辦,魯迅與書店關係密切,北新書局曾出版多種魯迅著作,又曾發行《語絲》雜誌,曾數次被查封,曾改名為「青光書局」,於1952年結束。

8　開明書店成立於1926年,章錫琛、章錫珊兄弟在家裏成立開明書店,1929年改組為股份有限公司,杜海生、章錫琛先後任經理。抗戰期間遷至桂林、重慶,抗戰後遷回上海,曾出版《開明活葉文選》、《開明國語課本》、《開明兒童國語讀本》、《開明英文讀本》、《中學生》等,1953年與青年出版社合併改組為中國青年出版社。

9　未名社由魯迅發起,1925年於北京成立,成員包括魯迅、韋素園、韋叢蕪、李霽野、臺靜農、曹靖華等,當時魯迅正為北新書局編輯專收譯文的《未名叢刊》,故以「未名」為社名,叢刊歸該社發行。後又編輯出版《未名新集》,專收社員創作。未名社活動以譯介外國文學為主,兼及文學創作,曾出版《莽原》及《未名》,至三十年代初停止活動。

10　魯迅:《朝花夕拾》。上海:未名社出版部,1929年。封面由魯迅設計,陶元慶作畫。

11　魯迅:《彷徨》。北京:北新書局,1926年。封面由魯迅設計,陶元慶作畫。

12　陶元慶(1893-1929),原名黃顯裏,浙江紹興人,畫家,曾任職於上海時報館,二十年代到北京因作家許欽文之介紹而與魯迅結識,為魯迅翻譯日本廚川白村的《苦悶的象徵》作封面畫,其後為魯迅《彷徨》、《墳》、《朝花夕拾》、《唐宋傳奇集》、許欽文小說集《故鄉》、《未名叢刊》、《烏合叢書》、《沉鐘》等繪製封面。

13　參考本書上冊〈文藝茶話會與《新地》〉、〈司徒喬瑣憶〉,頁33、190;下冊〈香港新文化滋長期瑣憶〉,頁783。

司徒喬：〈憶魯迅先生〉（見《美術》，1956 年 10 月，頁 28）提到：

「這時的北京，正是五四運動後不久，新文學蓬勃發展的時候，就是一個意識十分模糊的人，也會被《晨報》副刊、《新青年》、《語絲》等刊物打開眼界。我逐漸接觸一些新文學，特別喜愛魯迅先生的作品和譯作。我入迷地讀著《吶喊》、《彷徨》、《熱風》、《墳》……。我在校旁小巷裏散步時，隨處都看見祥林嫂、閏土、阿 Q、小栓……。他們又使我想起童年在開平鄉間所見到的祥林嫂、閏土……。我開始愛上他們，並痛恨那些壓彎他們的脊樑、榨乾了他們血液的人吃人的制度；我便開始畫，畫他們的苦痛和憤怒。

一九二六年，我的畫在北京中央公園展出，魯迅先生來看了展覽，也買了畫，可惜開會期間我因有事回廣州，沒有見到他，他也始終不知道這些畫是在他的作品影響下畫成的──當然，我接受他的影響是不夠深刻的。」

14　良友圖書公司成立於 1925 年，由伍聯德在上海創辦，1926 年出版《良友》畫報，後聘趙家璧為主編，編輯《中國新文學大系》、《良友文學叢書》、《一角叢書》等。抗戰爭時期曾停業，後遷至桂林、重慶，抗戰後遷回上海，1946 年停業，伍聯德之子伍福強在香港繼承父業，良友圖書公司於 1984 年在港復業。

15　生活書店成立於 1932 年，由鄒韜奮在主編《生活》周刊社基礎上成立，抗戰爭時期遷至武漢、重慶，曾於香港設立分店，抗戰後總店遷回上海，1948 年遷至香港，與新知書店、讀書出版社合併，成立了「生活‧讀書‧新知三聯書店」。

16　參考本書上冊〈「新書店」續話〉，頁 61。

17　「生活文庫」應為「世界文庫」，由鄭振鐸主編，1935 年創刊，上海生活書店發行，每月一冊，介紹中外古典文學作品。

苦樂談書

本文原刊《大公報‧大公園》，1978年6月9日，頁7。其後收入《向水屋筆語》。

我不是愛書狂，也說不上是愛書家；因為我還缺乏這方面的好些條件。但是對於書有著特殊的偏愛，卻是不可否認的事。這也只是一個文人起碼的一種趣味而已。

我喜歡讀書，也喜歡買書。可是不曾從心所欲地痛痛快快的買過一次書，卻是我對書發生感情以來一樁最遺憾的事情。這便是我沒有資格成為愛書狂或是愛書家的緣故。

正因為這樣，我便有一種寧願把手頭僅有的錢去買一本自己看中的書，而不願化在別方面的必需用途的脾氣。這麼一種脾氣，決不會是行外的人所能理解的。十九世紀英國的潦倒作家喬治‧古辛[1]，在他的一本有名的隨筆裏，就敘述過他怎樣為著要買到自己喜愛的書而挨飢抵餓的經歷。多年以前，看過一部描寫巴黎拉丁區藝術家生活的影片 *La Boheme*[2]，說到一個詩人在窮到沒飯吃的時候，牽了一隻猴子到外邊去賣技，弄到一點錢回住處去時，經過舊書攤，突然發現了一本他找了二十年的詩集，歡天喜地的把它買到手，結果幾個窮朋友等待他回來解決的飯餐卻沒有了著落。這一類在當時認為滑稽的故事，到了自己有了這種體驗以後，才知道故事裏面是含有眼淚的。

由於喜愛富有美感的書，往往看到一本裝幀講究的書就把它買下來，也是我個人的脾氣。有些時候，在同樣的情形下也會考慮一下，覺得那並不是急需的，不買也罷。可是離開書店以後，心裏又總是對那本具有誘惑力的書念念不忘。於是經過一番內心的鬥爭之後，結果還是跑到書店去把它買到手來。然而這麼一種惡劣的習性，卻無形中加重了自己經濟上的負擔。而我的書架上所有的一批數量不多的「存書」（不是藏書），便是在這種並不輕鬆的情形下積累下來的。

對於一個文人，書真是生活上的沉重負累。我想不少的人也有同樣的感覺。特別是生活在香港這樣一個狹小的都市，居住的地方有限，容許放置書的地方更有限；偏偏書的數量卻又不斷膨脹；加上環境和人事上的許多複雜因素，使人不能在固定地點長久安居，搬起家來，首先得為書的安放地方煩愁。在我碰上這個難題的時候，唯一的解決辦法便是「疏散」：每每遷居一次便賣書一次，自己艱

苦積累的書一下子成批斷送，說起來是很傷心的事，卻又是無可奈何的事。

　　說到賣書，新的書也只能當作舊書賣，一句話說，就是不值錢。在我來說，最大規模賣書的一次，是日軍攻陷香港，我要離開這個「地獄」回內地去的時候。那時候賣出的書是論斤計值的，有如出賣廢紙。事實上，即使在今天，情形也沒有兩樣，不同之處只是，有些舊書店還肯按書的性質或是冊數約略估價。代價低得還是不成比例。但賤價買入而高價賣出，卻是舊書店老闆的經營方法。在我的記憶中有過如下的兩回故事：

　　有一次，我把清理出來的一束舊書，疊起來有兩尺來高，送到住處附近的一家舊書攤去。因為不能無端割愛，只好當作半送半賣的索價兩塊錢；老闆用鄙屑眼光看看那些書之後，只願付我所要求的半數。我只好將就。回去住處不多久，一個愛逛舊書攤的朋友來訪，手上拿著一隻報紙包裹，他笑著把包裹打開來，是一本廚川白村的《文學十講》。[3] 他問道：「是你賣掉的書罷？」他是從我曾經加工裝幀這一點認出來。我問他買了多少錢。他豎起兩個指頭：兩塊。這一刻間，我不知道說什麼話才好了。

　　另一次的事。偶然同朋友黃蒙田[4]兄碰頭，他告訴我，在中區某舊書店裏見到有我失存的書。我急忙趕去。果然在那舊書店的雜亂無章的書堆中，找出了我正要找尋的書，而且一共有三本。我抽出一本向那小胖子的老闆問價錢。他說兩塊錢。我還價五角。我認為只值這個數目。[5] 那小胖子瞪眼看著我，說我不識貨。他指住那本書，用了儼如內行人面對外行人的神氣：「你知道這是名家作品嗎？」這可以說是舊書商在顧客面前對什麼書都用得著的口頭語。其實他根本就不懂什麼。

　　我極力製造理由把書的價錢貶低，他也極力製造理由把價錢提高。我幾乎忍不住失笑出來。

　　「三本全要，價錢低一點不可以嗎？」

　　不可以！這老闆的固執叫我奈何不得。看見他要把書放回書架裏去，我只好委屈地退讓了。我花了六塊錢買了三本殘舊的書。

　　有什麼辦法？這本書是我寫的！

注 ───────────────────────────────

1　喬治‧吉辛（George Gissing，1857-1903），英國作家。

2　《波希米亞人》（*La Bohème*），普契尼（Giacomo Puccini，1858-1924）創作的歌劇，後改編成電影，King Vidor 導演，港譯《陋室明娟》，於 1927 年上映。1965 年由 Wilhelm Semmelroth 執導改編再拍，未悉文中「多年以前」所指是二十年代還是六十年代的電影。

3　應為《近代文學十講》。上海：學術研究會叢書部，1921-1922 年。

4　黃蒙田（1916-1997），作家、美術家，原名黃草予，又名黃茅，抗戰期間參與美術宣傳工作，1945 年來香港，參與組織香港人間畫會及人間書屋，曾主編《海光文藝》及《美術家》等，長期擔任香港集古齋顧問，作品以散文為主，結集為《花燈集》、《竹林深處人家》及《春暖花開》等。

5　此句後刪去原文一句：「因為舊書店的書都是賤價大批買入的」。

富蘭克林筆下的「紅番」

本文原刊《大公報·大公園》，1978年6月16日，頁7。

最近在這裏重映的一部美國影片《藍衣戰士》[1]，演的是上一世紀美國騎兵屠殺印第安人的故事。影片映期不長，可是在一些影評人的筆下卻頗為讚賞，原因是這部影片的內容不同於其他同類的美國影片，它敢於暴露歷史的真實，具有控訴的意義。

撇開別的不談，僅就故事的本身來說，就給予人以這樣一種概念：白種人自詡的所謂「文明」，原來是騙人的假話；印第安人被說成是「野蠻」種族，純粹是出自歪曲和誣衊。實際上這兩種相對的形容應該顛倒過來。影片中的女主角——一個白種女人通過了親身經歷，看清楚了兩種人的本質，她毅然抉擇了自己的路向，寧願跟「野蠻」的印第安人生活在一起，也不願意跟「文明」的白種人回去他們的世界。這個諷刺是非常深刻的！

讓我們看看歷史。在哥倫布「發現」新大陸之前，美洲是印第安人的天下。他們世世代代生息在那一片廣漠大地上，過著和平的、純樸的日子。但是殖民主義者入侵以後，他們的安寧生活結束了。白種人挾著有所恃而來的優勢，佔領他們的土地，蹂躪他們的家園，他們的目的是要取代印第安人的地位，做這一塊大地的主人。他們把印第安人驅趕到絕境。這自然引起了反抗，從而引起了鬥爭。白種人於是抓住了報復的憑藉，對印第安人進行殘酷的屠殺，使得手無寸鐵的一個弱小的種族瀕於滅亡境地。這是人類歷史的悲劇！

殖民主義者為了表現白種人的「優越感」，不惜把有色人種的印第安人看作低等動物，看作「野蠻人」，甚至給予「紅番」的名號，為的是表示他們的屠殺手段是正當的。記得在我們小學時代，看過不少當時電影製作所流行的「長片」（有如現在電視中的片集），那些影片故事多數是有「紅番」參與的。影片裏的紅番造型都是不給人好感的——陰沉，殘忍，愚昧，猥瑣，陰陽怪氣，叫人害怕。故事的情節往往在收場之前安排一個紅番佔了優勢的局面，在危急關頭，白人救兵騎馬飛馳而來，進行解圍，把紅番殺個落花流水，全部殲滅。於是全院的觀眾拍起掌來，為「英雄」的白種人的「勝利」歡呼。永遠沒有人對「紅番」有個好印象。

這麼樣一個是非顛倒的謊言，把人們愚弄了兩個世紀。

同樣是白種人中，對於屠殺印第安人表示憤慨的，只有很少數具有正義感的人物。美國獨立戰爭時期的進步思想家和政治家富蘭克林[2]，便是這裏面的一個。

富蘭克林在他所寫的一篇有關印第安人慘遭屠殺的調查實錄[3]中，有一段作如下的敘述：

> 一九六三年[4]十二月十四日，我們某些邊疆城鎮中的五十七個人，事先計劃好怎樣進行毀滅這個聯邦，他們跨上馬背，攜帶火槍、短劍和戰斧、乘夜穿過印第安地區，趕往康奈斯透哥莊園。他們包圍了印第安人茅舍聚集的小村子，在破曉時分，突然衝了進去。他們只找到三個男子，兩個婦女和一個男孩。他們就向這些可憐的手無寸鐵的人們下手，連刺帶砍，全部殺害。其中那個男孩還在床上就給斬成片段。所有的人都被剝掉了頭皮，剁得血肉模糊。隨後，他們又放一把火，把茅舍差不多燒光。最後，這一幫人為了幹了這一樁好事，洋洋自得地分途回家去了。
>
> 那些年幼的印第安人回家後，看到他們被殺害的父母親人被燒焦的屍體，呼天搶地，──這一切都是筆墨所難以形容的。

另一次屠殺，富蘭克林寫道：

> 這些殘暴成性的人再度集合起來。他們聽說十四個印第安人正在蘭開斯脫的臨時勞役所裏，於是就在十二月廿七日突然在那裏出現。其中有五十人同前次一樣攜帶了武器。下了馬，跑到勞役所砸開了門，有如兇神附體似的直衝進去。那些印第安人看到周圍沒有可以自衛的東西，又沒有辦法逃走，只好分成幾個小堆，每一小堆是一家人；孩子緊緊的抓住父母。他們跪在地上，哀求地說他們是無罪的，並且說他們一生中從來沒有傷害過任何英國人。就是這樣跪倒在地上，他們仍舊一個一個地被砍死。男人，女人，小孩，全部遭到慘無人道的殘酷殺害！
>
> 作出這樁暴行的野蠻人，他們的行為是他們的國家和國旗永遠的玷辱！但是他們跨上馬背，得意地歡呼，就彷彿打了一場大勝仗的，然後安然

離去。……

看呵，這些二百年前紀錄的事跡，同《藍衣戰士》裏面的場景有什麼兩樣！

那麼，印第安人是「野蠻人」嗎？讓富蘭克林在一七八四年所寫的一篇文章[5]給我們作答：

　　我們把他們（指印第安人）稱做野蠻人，因為他們的風俗習慣和我們不同；我們認為自己的風俗習慣已經達到文明禮貌的極峰，他們認為他們也是如此。

　　如果我們公正地考慮一下不同民族的風俗習慣，我們便可能發現沒有一個民族粗野到沒有任何禮節的地步，也沒有一個民族是百分之百地文明，而不保留一點粗野的殘餘。

　　印第安人在年輕時代都是獵人和戰士，年紀老了，他們就充當顧問，因為他們任何事情都得聽從年老的賢哲的意見。他們不使用暴力，沒有牢獄，沒有官吏來強迫服從或施行刑罰。印第安婦女從事耕田、烹飪、撫育孩子，同時在腦子裏保存著並且傳給後代一切有關公共措施的事情。男人和婦女的這些工作被認為是合理而且是光榮的。由於他們很少奢侈的需要，因此他們有很多空閒通過彼此交談來提高自己。……

誰能夠在這樣的生活內容中找得出「野蠻」的成分！

注 ───────────────────

1 《藍衣戰士》(*Soldier Blue*)，Ralph Nelson 導演，1971 年在香港上映。

2 富蘭克林（Benjamin Franklin，1706-1790），美國政治家、科學家、開國元勳之一。

3 Benjamin Franklin, *A Narrative of the Late Massacres, in Lancaster County, of a Number of Indians, Friends of this Province, by Persons Unknown. With some Observations on the Same*，1764 年出版。

4 應為一七六三年之誤。

5 Benjamin Franklin, *Information to those who would Remove to America, and, Remarks Concerning the Savages of North America*，1784 年出版。

我的書感情

本文原刊《大公報・大公園》，1978 年 6 月 23 日，頁 7。其後收入《向水屋筆語》。

因為愛書，我對書便有一份特殊的感情。我盡可能要保持書的潔淨和完整，這就養成了我愛好裝幀書籍的習性。即使是一本新買的書，我也高興用自己的方法把它改裝。所以一本新書到了我的手上，常常會換了另一種面目。基於同樣的心理，對於陳舊了的書，我更隨時把它們重新改裝，換上新的儀表。這就使新舊書籍並排陳列的時候，在感覺上顯出劃一的美，看起來叫人感到心情舒暢。

長期以來，裝幀書籍的愛好，成為我個人的一種生活趣味，也是我在繁忙生活中調劑緊張情緒的一種方法。偶然閒下來的時候，看看由自己的手加以裝飾過的每一本書，想想這麼樣形狀的書，世界上僅有這一本，這種樂趣是只有自己才能體會到的。

正如有些愛書的人不願意借出自己的書一樣，我也有這麼樣一種脾氣。這並不是吝嗇，而是為了愛惜，尤其是由於我在書的本身上面付出了精神上的代價。而憑了一般的經驗，借出了的書幾乎百分之九十九是一去不回的。這並不是借書人的貪婪，而多半是由於他們對於書的觀念淡漠，因而缺乏了責任心。不過不願意借出自己的書也不是絕對的態度，有時也得看情形而定奪。一個人如果連一本書也不肯借出，情理上說不過去，更談不上什麼人與人的關係。而我便是在這樣半軟硬的心腸中，無可避免地遭受損失了。

在我的那些一去不回的書中，有幾本是我念念不忘的。它們並非什麼了不起的作品，甚至在別人看來全不足道，可是在我卻有著值得珍惜的意義。其中一本是成紹宗譯的《漫郎攝實戈》[1]，出自十七世紀法國一個僧人作家手筆的古典名著。讀過小仲馬的《茶花女》[2]的人，都會記得小說開頭時敘述在茶花女死後拍賣的遺物中，有一本阿芒題詞送給茶花女的書，便是這本《漫郎攝實戈》。成紹宗的譯作是這本書的第一個語體文譯本。這個譯本的

《漫郎攝實戈》書影

裝幀設計很漂亮：黑色書皮，封面印上金色圖案字的題名，簡潔高雅，富有古典味；書是毛邊裝。葉靈鳳初到香港時，我和他在九龍城宋皇台畔同住了一個月[3]，在這期間，他寫信向上海光華書局要了一批文學書籍寄來送給我，其中一本是《漫郎攝實戈》。經過一場太平洋戰爭的變亂，那一批書還能保存下來的只有這一本。後來不知道是誰人借（其實是拿）了去，不明不白的失了蹤。[4]

書失落了，是由於不知道借書的人，固然是沒法可想，相反的情形，自己的書分明知道是誰借去，到頭來一樣是失落，更是無可奈何的「憾事」。

若干前年，一位要好的朋友到日本去唸書，把一套鄭振鐸[5]編著的《文學大綱》[6]送給我留念。這是廿四開四厚冊的初版本，褐色的厚紙作封面，重磅的粉紙書頁，用四號鉛字印刷，每冊都附有彩色或木刻線條畫的插圖。是相當豪華的版本。這套書對於我不但是難得的禮物，更主要的是連帶的一份珍貴的友情。我保存著它，而且決心不讓它離開我。可是有一次，一位陌生的出版人到我的住處來訪我，同我商量有關出版的事情。同來的有他書店裏的一位編輯。這編輯發見我書架上的《文學大綱》，高興地向我表示，他正要編著一種供中學生閱讀的文學問題的書，問我可否借《文學大綱》作為參考一用。我在沒有理由拒絕的情勢下，只好讓他把這套書拿去。他許諾用畢便可送回。但是我一等十年，始終沒有消息。到了我知道那家書店人事有了變動，我才知道我的書的命運已經定了。

離開了我又自動回到我手上的書，只有一本，那是伍光建譯的精裝本《拿破崙日記》。[7]為著這一「奇跡」，我曾經在歸來了的《拿破崙日記》的襯頁上寫了如下的幾行誌語：

　　這本書在太平洋戰爭爆發之前已經失蹤，我也不知道是誰借去了。戰後十年，一次在宴會上同平可兄見面時，他告訴我，他手上保存著我這本書。我這才知道它的下落。事隔一年，他把這本書託人送回我。雖然書的面目有了些殘舊，但是經過一場大戰，一本舊書還能夠存在，而且回到我手中，無論對於書的本身或是對於這件奇跡一般的事情，都是值得珍惜的。

　　什麼時候再有這樣的奇跡呢？

注 ————————————————————————

1　Abbé Prévost（1697-1763）著，成紹宗譯：《漫郎攝實戈》（*Manon Lescaut*）。上海：光華書局，1929 年。

2　小仲馬（Alexandre Dumas fils，1824-1895），法國作家。《茶花女》（*La Dame aux Camélias*），1800 年出版。

3　參考本書上冊〈故人之思〉及〈故人之思續筆〉，頁 352、356。

4　以下刪去原文一段：「一本是我收藏很久的戴望舒譯的小說《少女之誓》。這是法國十九世紀初葉浪漫主義先驅者沙多布里安的名作。內容包括《阿達拉》與《核耐》兩個形式上獨立卻又有連貫性的中篇。故事是講述一個歐洲的『逃世』青年，在荒野的北美洲土人社會中遇上一個印第安少女，由於種族間的種種障礙而不能結合的悲劇。情節簡單，全書卻交織著非常淒愴的情緒。這本書在中國還有別的譯本，但是不及戴望舒譯的那麼動人。我是非常喜愛這本書的。結果也是記不起是誰借去而且消失了。現在我手頭保留了一本從舊書攤買到而我卻看不懂的法文本，我只能夠從它的身上寄託我對那本失去了的中譯本的懷念。」

5　鄭振鐸（1898-1958），生於浙江溫州，原籍福建長樂，作家、學者，曾創辦《新社會》雜誌，參與發起成立文學研究會，創辦《文學周刊》與《小說月報》，曾任教於清華大學、燕京大學、輔仁大學、暨南大學等。五十年代曾任中國科學院考古研究所所長、文化部副部長、全國文協常委、中國作家協會理事等。1958 年率領中國文化代表團赴開羅訪問途中飛機失事身亡。作品有《插圖本中國文學史》、《佝僂集》等。

6　鄭振鐸：《文學大綱》。上海：商務印書館，1927 年。

7　伍光建譯：《拿破崙日記》。上海：商務印書館，1931 年。

鬼話不連篇

本文原刊《大公報・大公園》，1978年 6 月 30 日，頁 7。

　　不多久之前，一份晚報的專欄版報道了一項有趣的消息，一位心理系的大學生，發起一個由六個人組成的「探鬼隊」，準備在預定的晚上，到香港幾處有名的「鬼屋」去探鬼。他們的計劃是要在那恐怖的環境中，盡量使用各種迷信傳說中的引鬼方法。即使達不到鬼魂出現的目的，也得使隊員的心中產生鬼的幻覺。他們並不信鬼。他們這樣做的目的，在於利用這種手段，收集各個隊員在恐怖氣氛下的心理反應，以便進行心理學的分析。

　　如果這個「探鬼隊」的壯舉真的實現的話，不管他們的收穫如何，也總是一件很有意思的事。一方面組隊者的心理學分析有了依據，不虛一次「冒險」之行；另一方面也附帶地可以證明這個世界上究竟有沒有鬼，對於那些迷信鬼的人造福不淺。

　　鬼是真有的嗎？這一問題似乎至今還不可能有個肯定的結論。因為有鬼與無鬼兩種說法始終各有依據地並存。世界上似乎沒有比所謂「鬼」這個東西更模稜兩可。許多與鬼有關的事物，往往顯得似是而非，似非而是；任你如何去作解釋，一樣能夠成立。比如說，鬼是真有的，那麼，在治安惡劣的情形下，沒有比死於劫殺，死於姦殺的人的沉冤更需要昭雪，為什麼被害者的鬼魂不假借任何方式向那些歹徒報復，而讓他們逍遙法外呢？說鬼是根本不存的，則在科學已發展到人類可以飛翔太空，登陸月球的今日，還有不少的人專心致志去鑽研靈魂學，組織什麼通靈會之類，進行研究同鬼魂通話。而這些人的努力在他們自己看來似乎也不完全是徒勞。問題就微妙在這個地方。

　　其實自神權思想支配了人類的時代起，鬼的陰影便在人們的心裏紮下了根，並且在潛意識裏成了不能擺脫的存在。可是它究竟是不可捉摸的東西，而它的「存在」實際上也是一個謎了。孔子被稱為「聖人」，聖人應該是高人一等地智慧，可是孔子卻不談鬼——「子不語」。在我看來，這也是無法應付這個問題的表示。他所能做的只是「敬鬼神而遠之」。分析起來，「敬」便是畏怕，「敬而遠之」就有「避之則吉」的意思，無形中是承認了鬼（神）的存在。只是不要惹它為好而已。而對於「鬼」這個若有若無，若無若有的問題，最聰明的看法是古

人中記不起是誰說過的這句話：「信之則有，不信則無。」

　　我看過這樣一則出自日本的故事：某甲一向誇耀自己大膽，什麼厲鬼都不怕。幾個朋友不服氣，於是同他訂下贏輸的條件，打賭一次，做法是給他若干條竹籤，要他帶到一個厲鬼出名的荒墳，由頭至尾每一座墳頭插下一支。朋友們翌日同去墳場查看，如果那些竹籤的確全部墳頭都插遍，便算他完成了任務，贏了這一場打賭。某甲如約照辦，提了燈籠獨自向指定的墳場去。朋友們聚攏在一起等候消息。但奇怪的是，某甲在應該回來的時間也不見回來。朋友們焦急地等到天亮，一同跑往墳場去看看。墳頭果然遍插了竹籤，在最末一座墳的前面，發現那位冒險家倒臥在地上，睜著恐怖的眼，面部呈現著受到極度驚嚇的表情。他所穿的和服散開來，一支竹籤連同衣角插在地面。人是死了。

　　這裏面的疑問是：某甲是插了竹籤時給出現的鬼嚇死，還是因為他在慌忙中把竹籤插在自己的衣角上，卻誤以為鬼扯住他，以致驚慌過度倒下的呢？這又是模稜兩可的情形。

　　但是在一些難以解釋的現象中，至少有一句俗語「疑心生暗鬼」是有道理的。由於觀念中的先入為主的關係，往往會「踩著芋莢當蛇」，弄出自己嚇唬自己的笑話。舉例說：有一位住在半山區的年青貴婦，平日愛好閱讀一些恐怖題材的小說；某一天，她因為身體有點不舒服耽在家裏，倚在床上讀書消遣。突然想起叫女傭去買點她希望吃的小菜，便伸手按按通往工人房的電鈴。一會之後，她聽到一聲「少奶！」從書上抬起頭來，一眼見到房門站著一個披頭散髮，肩上裹了白布的人，她禁不住驚叫一聲便昏倒過去。

　　原來這個一向梳髻的女傭剛剛洗過了頭，長髮正待吹乾，聽到女主人召喚，便急忙趕來應命。想不到竟弄出這樣一齣活劇。

　　還有一樁是一位的士司機的經歷。在一個細雨朦朧的寒夜時間將近十點鐘。在寂靜的灣仔區，一個男子截停了一輛的士，鑽進車裏之後，說是到薄扶林去。一個人在這麼夜的時分去那麼偏僻的地點，的士司機已經有點奇怪；在行車途中，司機從反照的鏡裏注意著這個坐在後座的乘客。他的大衣領向上翻起，氊帽拉得低低的，兩眼深沉的低垂著，一副心事重重的樣子。司機越想越感到不安，還有些害怕。他懷疑這個乘客不知道是人還是鬼。幸而到了薄扶林道中段，他便下車了。付了車資，他跨出車外，看看雨大起來，他急忙走向路旁一幢房子去，在屋旁可以避避雨的地方站下來。正當他焦躁期待雨止的時刻，冷不防他背後的

窗子伸出一隻手，向他的臉龐一摸，迅速縮了回去。這個避雨者在受驚之下立刻跑了開去。

整件事情拆穿了，就是這麼簡單的一回事：那個的士司機眼中的神秘乘客，並不是鬼，因為司機手上接到的車資並不是如世俗所傳說的「冥鏹」；他原來是個賭徒，這一晚輸光了錢，才在那麼夜的時分坐的士回家，而他所以半途下車，是因為自己身上所有的錢僅夠坐到那個地點。至於那隻從窗口伸出的手也不是鬼手，而是屋裏的人伸手出來試探是否還在下雨，卻意外地摸著一塊人面，以為是鬼，便立刻縮了回去；可是這倒把那個避雨的人嚇了一大驚。這便形成了一幕連環恐嚇的滑稽劇。

所以，鬼多半是人的心理上長出來的，它是活在人的心裏面的世界。由於有了傳統的潛意識的存在，碰到適當機會，它便抬頭起來。因此，「唯物論者不怕鬼」便是一句真理的名言了。唯物是科學態度，用科學眼光去看問題，看事物，便避免了許多自我困擾。對於「鬼」也應該這樣對待。

那麼，是不是古代就沒有「唯物論者」呢？不是的。具有開明思想的古代人正多著。他們不但不為鬼所壓倒，反而把鬼壓倒。這類人的行徑正是我們的好榜樣。在這方面，有一本書值得一讀，這便是最近重再發行的《不怕鬼的故事》。[1]

注 ————————————————————

1　中國科學院文學研究所編：《不怕鬼的故事》。北京：人民文學出版社，1961 年初版，1978 年第二版。

「鬼話」外一章

本文原刊《大公報‧大公園》，1978年7月7日，頁7。

「朋友，你信鬼嗎？」

夜行列車在軌道上飛馳著，一位旅客聽到坐在身旁的一個陌生人那樣問他。

「我不信。」旅客信口回答。

那個陌生人突然消失了。

據說，這是世界上最短的鬼故事。這個故事造得夠精彩。但也只是故事而已。如果真有那麼樣一個陌生人拿同樣的問題問我的時候，我也是像那位旅客一樣作否定回答的，除非那個問話的人真的會突然消失。但是世界上決不會有這樣的事。

其實我是很有理由成為「有鬼論」者的。如果先入為主的道理對於我發生作用的話。因為我是在充滿神話鬼話的環境裏長大的。直到今日，我還忘不了在個人生命中一段去得很遙遠的日子。在灣仔地區的山腰地帶，一處倚山建築的地台上，自成一角地住著幾十戶歷史悠久的人家，共同的方言使那裏形成一個彷如聚族而居的部落。在那小社會裏，充滿著封建的迷信思想，神權勢力在人們的觀念中是至高無上的。一年中，春冬兩次的「作福」「還願」是兩樁大事：這類神聖的儀式照例是公開舉行：在街上疊起兩張高桌，香燭高燒，桌上供奉著三牲果餅之類的獻祭物品。主持儀式的喃嘸先生，站在那裏喃著誰也聽不清的經文，隨後是朗聲宣讀寫在一張黃色紙上的街坊的名單。在他後面，跪著一大群給家裏打發出來的孩子，跟著喃嘸先生的作揖動作而合什齊拜。在一種迷信的精神壓力下，他們的小膝蓋得挨上成個鐘頭的苦刑。

但是不管怎樣，「敬神」還是熱鬧的事。最可怕的卻是「拜鬼」。那裏的居民保持著牢不可破的傳統習俗，平日除了向卜卦的占吉凶，通過「巫婆」同死去的親人「通話」來製造自我傷感的資料；最典型又最認真的是所謂「做覡」（客家人方言）的把戲。這是當一個病人的情況已經到了群醫束手的境地才舉行的求救辦法。兩個專業的巫師被僱定以後，病人家裏事先做好各種有關的準備工作。到了晚上，病人之家的門口就擺好「做覡」的場景。兩個巫師一個扮作女人，一男一女的共同進行「法事」：男的敲鑼打鼓、女的搖著紙扇，一面歌唱一面跳

舞，在固定的範圍裏互相追逐。一根附有枝葉的竹竿是必需的道具，上面掛著病人一件黑衫，還掛有一面鏡子。竹枝握在一位老婆婆手裏，坐在那裏一面作旋轉的搖動，一面哀告似地呼喚病人的名字「魂魄歸來」。這種氣氛實在叫人難受。把戲一直進行至晨前三四點鐘左右，恐怖氣氛升到了頂點：男巫師手提一把明亮的香火，一面吹著號角一面朝黑暗的遠處前進，據說是給鬼魂拋火球。於是每家的成人都叫醒了孩子們坐起來，據說是免得孩子夜遊的靈魂碰上那接火的「鬼」；直到號角聲停止才許再睡。……不管病人經過「做覡」之後是生是死（事實上結果還是死去的），至少小孩子們就給嚇得半死了。

我就是在那樣的環境包圍中長大起來的。但是我不信鬼。

在二次大戰的時候，我和兩個親人離開香港北上，在半途中因為盤費用盡，在東江上游一個縣份的農村滯留下來。那裏真是窮鄉僻壤的地方，山多樹多；外間人極少往來，因此風氣閉塞，文化水平低落。由於地方貧困，物資缺乏，連日軍也不願到那裏去，使它在戰火連綿之中還能留下一點安靜土，我們便在那一點安靜土上度過了三年多的教書生活。

學校是孤零地坐落在樹林的包圍中，遠遠地離開村屋，環境靜得可怕。初來時是暑假期間，生活更加寂寞難耐。而這個窮僻的地方多的是連篇鬼話，聽來叫人毛骨聳然。一次薄暮時分，我獨自沿住山邊小徑往相隔兩華里的墟市去拿郵件，歸途中趕著要在入黑之前回到學校去。正在急步走著，在朦朧發見前有四五個白影迎面而來，再看清一點，卻是身穿白袍、頭戴尖頂帽的「物體」，我在不及防的情形下的確感到了震撼，私下裏想著，我的「無鬼論」這一趟要崩潰了。折回頭嗎？人說「鬼」會追逐膽怯的人的。怎麼辦呢？只好挺著身子迎頭走去再說。同那些「物體」擦身而過的時候，我才察覺他們是人不是「鬼」。後來打聽，原來是新近死去親人的喪家的女人，按俗例有三晚要到墳頭去「送火」的。我的天！

所以，如果向我問：「你怕鬼嗎？」我的回答是「不怕」。原因是我根本沒有見過鬼。事實上也沒有鬼！

欲罷不能的續筆

本文原刊《大公報・大公園》，1978年7月14日，頁7。

　　近來，偶然寫了兩篇有關鬼話的文章，談到了我個人對於「鬼」這個東西的看法；想不到竟引起部分讀者的興趣。其中一位給我寫了信來，表示了他自己的思想上的困惑。他說他並未見過鬼，因此也同意我的意見，否定鬼的存在。但矛盾的是，他不相信有鬼，可是內心裏卻又怕鬼；因此心理上採取了這一種態度：寧可信其有，不可信其無。

　　在對待「鬼」這個問題上，具有像這位讀者朋友那樣態度的人，我想是頗為普遍的。因為私下裏信其有，對自己沒有什麼損失；不信呢，萬一它真的「出現」豈不是糟糕！這種心理是完全可以理解的。在某些微妙的情形下，人有時是很可憐的動物。

　　這位讀者朋友給我寫信原來有個「天真」的目的：為了有助於更堅定他自己不信鬼的意志，他願望能夠從我個人的體驗中聽到更多一點有關的事實。

　　這真是難倒我的一個要求。我並不擅長講「鬼故事」。前文所敘述的，只在於說明我所以不信鬼的原因，這對於別人不一定具有說服力。不過，如果我的體驗還可以起到一點作用的話，我倒願意再寫出一些事例來。

　　話題仍舊回到戰時我在那裏教過書的農村去。

　　儘管那是抗戰時期，在炮火燒不到的地方始終還是舊中國。文化低落的窮鄉僻壤，半點新鮮氣息也是嗅不到的；相反的是封建思想壓得叫人窒息。而我就是生活在那樣的環境裏面。在崇山峻嶺包圍下，正是種種式式的鬼話流傳的淵藪。在那裏，叫人聽來最感到恐怖的一個傳說，是「鬼藏人」。所謂「鬼藏人」便是鬼把人藏起來，當事人自己並不知道。而這個人所以有這種遭遇，通常被認為是在「時衰運滯」的時候。村裏如果有一個人莫名其妙地失蹤了，不管他是外出去了不見回來，或是晚上，在家裏像魔術似地消失，人們便認定是「鬼藏人」了。碰上這個災禍，鄰里的人們便全都動員起來，有人打鑼，有人吹號角，大夥兒出發到荒山野嶺去找尋失蹤者。據說，一番叫喊之後，最後總會有人在某個草叢中，或荒墳角落，發現那個失蹤的人倒在那裏，昏迷不醒；嘴裏塞著泥土、蚯蚓和青蛙之類的東西。人被扛回家裏救醒以後，他才說出來，他是在做夢狀態中被

人邀去吃飯，醉倒後就什麼都不知道了。

　　像這樣荒誕的「鬼藏人」的事，談起鬼來人人都會說起，但是何時何地曾發生過這樣的事，卻沒有人能夠具體地說清楚。至少我在那裏生活了三年也不曾見到過。我懷疑，這是什麼好事之徒從《子不語》這一類筆記小說中搬出來嚇唬人的。它在婦孺之間傳開去，漸漸以訛傳訛地附會到地方上紮了根，變成了發生在當地的事情。這也不是不可能的事。有一次，我帶著好奇心去訪當地一位基督教傳教士。這傳教士在幾十里範圍內是有他一小撮信徒的。他的一家住在一間舊祠堂裏，並且利用那祠堂作了每星期聚會的場所。但是我從來沒有去過聽他講道。這一次訪他是為了向他探問：所謂「鬼藏人」是否有這回事。出乎意料，這位傳教士夫婦竟然用嚴肅的表情回答我，說那樣的事是有的。我問他，拿宗教的眼光怎樣去解釋呢？他說這是魔鬼作祟，不值得奇怪。然後，他強調說，「一正遏千邪，信上帝的人決不會碰到這種事！」我這才明白他的用意。可是很抱歉，我沒有因此就去參加他的星期日聚會。我不信鬼，同樣也是不信神（上帝）的。

　　顯然，決沒有「鬼藏人」這回事！

　　農曆七月十四日是盂蘭節，俗稱「鬼節」。據迷信的傳說，這一天，「陰間」的無主孤魂是要跑出「陽門」討衣討食的。因此習俗有所謂「施幽」之舉。在我居留的農村便有這麼一個習慣。那一年我還是初到的來客，並不知道這儀式是傳統地在學校門前的空地舉行。到了晚上，人們搬來一些紙衣紙錢之類的東西，堆在空地中心，桌上陳列了香燭和祭品。村民們從四方八面聚攏了來看熱鬧，有人把成束的香火由學校旁邊作起點，沿住山徑一直插到墳場上去。據說這是給鬼魂作引路的標誌，好讓它們到來接受施捨的衣食。喃嘸先生作好了法事，人們幫忙著把紙製衣物焚燒，把祭品撒到地上，儀式便算完結。人們就像害怕什麼似的，匆忙忙的分頭散去了。地面留下一堆閃著星火的灰燼，在夜風中輕輕飄動；山徑上的香火彷如一條火龍，忽明忽滅；除了四處蟲聲唧唧，便是一片死寂的氣氛。這樣的情景，實在叫人感到心寒。

　　我和兩個同伴回進學校裏。在我的想像中，假如鬼是真有的話，這個不尋常的晚夜，總該有些什麼跡象了罷？但是很失望：沒有！什麼都沒有！

舊影片及其他

本文原刊《大公報・大公園》，1978年 7 月 21 日，頁 7。

　　電視對於我的唯一好處，是使我有機會重再看到一些舊影片。我所謂的舊影片，是指三、四十年代的，或者是五十年代的西片。這些西片在今天的電影院裏是不會再上映的。而我最近在十日內就重看了三部，它們是：《美人如玉劍如虹》[1]、《左拉傳》[2] 和《一曲難忘》。[3]

　　儘管電影的攝製技術隨著科學的進步而迅速發展，今天的影片同過去的影片在任何方面都有了很大的差距，但是我仍然同意有部分人的看法：在某些角度說來，今天的影片比不上過去的影片。比如，主題的突出，製作態度的認真，演員做工的洗練與表現的深度，都是那些影片的起碼條件。這些條件，在今天大部分電影作品中是難以求全的。由於當時的技術水平所限，它們不會像今天的電影製作者那樣在影片上賣弄花巧，眩惑觀眾的感官去掩藏它的內容的貧乏：更不渲染色情、強調暴力去媚俗取寵，叫人反感。它們只是樸素地向觀眾訴說一個完整的故事，而藉著演員的成功演技去打動人心。這些都是我認為今日的影片比不上過去影片的地方。現在有些影片在看了之後，離開戲院，腦子裏一片空白，即使不空白，也不知道它們要表達的是什麼；而過去的影片，看後卻給人留下印象，歷久不忘。

　　在過去的舊影片中，叫人念念不忘的作品很不少，就記憶所及，像文藝電影《塊肉餘生記》[4]（大衛・谷柏菲爾）、《賊史》[5]、《雙城記》[6]、《亂世孤雛》[7]（二孤女）、《賴婚》[8]（*Way Down East*）、《風流世家》[9]、《羅密歐與朱麗葉》[10]、《戰爭與和平》[11]、《復活》[12]、《簡愛》[13]、《咆吼山莊》[14]、《凡夫行徑》[15]、《紅字》[16]、《五月時光》[17]、《賓虛》[18]、《十誡》[19]、《孤星淚》[20]、《鐘樓駝俠》[21]、《春殘夢斷》[22]（安娜・卡列妮娜）；差利卓別靈的《大獨裁者》[23]、《摩登時代》[24] 等，都是。

　　不僅舊影片在某些地方要比今天的影片好，就是拿舊影片故事重拍的影片，似乎也有「今不如昔」的感覺。我想這不一定是「先入為主」的心理關係。有重拍價值的影片，多半是改編自小說，而且初拍的一部必然在影壇上有過地位；但是要重拍，決不能一切都重複照拍，而必須加以改動，——不管是情節或是

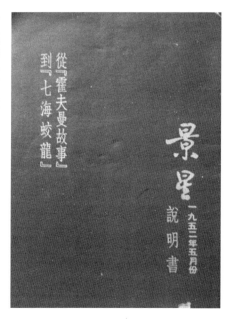

結構，以顯示有別於初拍的一部影片；這樣一來，便往往不可能忠於原著。即如曾經重拍的《雙城記》、《叛艦喋血記》[25]、《凡夫行徑》、《鐘樓駝俠》、《咆吼山莊》等片，都不免有這類缺陷。至少看起來總覺得有些地方不如前一部的好。

改編自 Scaramouche 一書的《美人如玉劍如虹》，同過去舊影片根據同一題材所拍的一部《為國犧牲》[26]，內容就完全兩樣。舊的一部同是以法國大革命時代為背景，可是內容卻突出貴族與平民之間的階級矛盾和鬥爭，而重拍的《美人如玉劍如虹》，雖然也講革命，強調向貴族復仇，但它的主線只在於敘述一個錯綜複雜的愛情故事，這就連作品的主題都改變了。

世界是不斷進步的，事情也是不斷向前發展的；但是如果拿「一分為二」的觀點看問題，新則的東西也不是全好，舊的東西也不是全不好。對於電影，也應該這樣看待。即使技術上已經在淘汰之列的舊影片，作為一種過時的藝術品，我認為還是有欣賞價值的。雖然這也許是我的個人趣味。

說起個人趣味，我想起一件事情。在五十年代初期，尖沙咀地區有一間小型的卻頗有歷史的「景星」[27]電影院（即今日「新聲」戲院原址），在一個相當長的時期內，它作過一項很別致的營業：每天放映一部影片，都是有分量而值得重看的舊影片。一日四場，天天換片。每個月由戲院刊印一本贈閱的小冊子，內容是一個月內所映影片的說明書，以及關於影片的介紹。這個做法很受歡迎。可惜後來因為戲院改建而結束了這項營業。更可惜是沒有戲院再作這種嘗試。

注 ————————————————————————

1　《美人如玉劍如虹》（*Scaramouche*），George Sidney 導演，1952 年在香港上映。

2　即《左拉光榮傳》（*The Life of Emile Zola*），William Dieterle 導演，1938 年在香港上映。

3　《一曲難忘》（*A Song to Remember*），Charles Vidor 導演，1938 年在香港上映。

4　即《塊肉餘生》（*David Copperfield*），George Cukor 導演，1935 年在香港上映。

5　《賊史》（*Oliver Twist*），Frank Lloyd 導演，1926 年在香港上映；四十年代有另一版本《苦海孤雛》（*Oliver Twist*），David Lean 導演，1948 年在香港上映。

6　《雙城記》（*A Tale of Two Cities*），Jack Conway 導演，1936 年在香港；五十年代有《新雙城記》（*A Tale of Two Cities*），Ralph Thomas 導演，1958 年在香港上映。

7　即《劫後孤鴻》（*The Search*），Fred Zinnemann 導演，1948 年在香港上映。

8　《賴婚》（*Way Down East*），D. W. Griffith 導演，1922 年在香港上映。

9　《風流世家》（*Anthony Adverse*），Mervyn LeRoy 導演，1937 年在香港上映。

10　《羅密歐與朱麗葉》（*Romeo and Juliet*），George Cukor 導演，1936 年在香港上映；五十年代有另一版本，Renato Castellani 導演，1954 年在香港上映；六十年代有三個版本在香港上映，其一 Lev Arnshtam 導演，1961 年上映；其二《新羅密歐與朱麗葉》，Paul Czinner 導演，為芭蕾舞劇，主要演員有瑪歌芳婷、雷里耶夫，1967 年上映；其三《殉情記》，Franco Zeffirelli 導演，1969 年上映。

11　《戰爭與和平》（*War and Peace*），King Vidor 導演，主要演員有亨利方達、柯德莉夏萍等，1957 年在香港上映；七十年代有《新戰爭與和平》，Sergei Bondarchuk 導演，1972 年在香港上映。

12　《復活》（*Resurrection*），Edwin Carewe 導演，1927 年在香港上映；

三十年代有《復活》（*We Live Again*），Rouben Mamoulian 導演，1935 年在香港上映。

13　《天妒紅顏》（*Jane Eyre*），Christy Cabanne 導演，1937 年在香港上映；四十年代有《薄命紅顏》（*Jane Eyre*），Robert Stevenson 導演，1946 年在香港上映；七十年代有《簡愛》（*Jane Eyre*），Delbert Mann 導演，主要演員有佐治史葛、蘇珊娜玉等，1971 年在香港上映。

14　即《魂歸離恨天》（*Wuthering Heights*），William Wyler 導演，1939 年在香港上映；七十年代有《新魂歸離恨天》（*Wuthering Heights*），Robert Fuest 導演，1972 年在香港上映。

15　《凡夫行徑》（*The Way of All Flesh*），Victor Fleming 導演，1929 年在香港上映；四十年代有 Louis King 導演的另一版本，1940 年在香港上映。

16　即《懲淫紅字》（*The Scarlet Letter*），Victor Seastrom 導演，1928 年在香港上映。

17　即《三世姻緣》（*Maytime*），Louis J. Gasnier 導演，1924 年在香港上映；三十年代另有《五月時光》（*Maytime*），Robert Z. Leonard 導演，1937 年在香港上映。

18　《賓虛》（*Ben-Hur: A Tale of the Christ*），Fred Niblo 導演，1928 年在香港上映；六十年代有另一版本，William Wyler 導演，1961 年在香港上映。

19　《十誡》（*The Ten Commandments*），Cecil B. DeMille 導演，1926 年在香港上映；五十年代 Cecil B. DeMille 重拍《十誡》，主要演員有查路登希士頓、尤伯連納等，1958 年在香港上映。

20　《孤星淚》（*Les Misèrables*），Henri Fescourt 導演，1928 年在香港上映；三十年代有 Richard Boleslawski 執導的另一版本，1936 年在香港於上映；五十年代另由 Lewis Milestone 執導，1952 年在香港上映；六十年代有 Jean-Paul Le Chanois 導演的版本，1960 年在香港上映。

21　即《駝背英雄》（*The Hunchback of Notre Dame*），Wallace Worsley 導演，1924 年在香港上映；四十年代有《鐘樓駝俠》，William Dieterle 導演，1940 年在香港上映；五十年代有《新鐘樓駝俠》，Jean Delannoy 導演，主要演員有安東尼昆、珍娜羅露寶烈吉妲等，1957 年在香港上映。

22　《春殘夢斷》（*Anna Karenina*），Clarence Brown 導演，1936 年在香港上映；四十年代另有 Julien Duvivier 導演的版本，1948 年在香港上映。

23 《大獨裁者》(*The Great Dictator*),差利卓別靈(Charles Chaplin)導演,1941 年在香港上映。

24 《摩登時代》(*Modern Times*),差利卓別靈導演,1936 年在香港上映。

25 《叛艦喋血記》(*Mutiny on the Bounty*),Frank Lloyd 導演,主要演員有查理士羅頓、奇勒基寶等,1936 年在香港上映;六十年代有 Lewis Milestone 導演的另一版本,主要演員有馬龍白蘭度、杜利華侯活、李察哈里斯等,1963 年在香港上映。

26 《為國犧牲》(*Scaramouche*),Rex Ingram 導演,1925 年在香港上映。

27 鄭寶鴻編著:《百年香港華人娛樂》(香港:經緯文化出版有限公司,2013 年,頁 47)提到:

「1921 年 11 月一間位於尖沙咀北京道與漢口道間,與域多利設計風格相同的景星戲院落成,出租了人經營,接洽者為『李基號』的李耀祥。該戲院有八百五十個座位。」

關於《時代風景》

本文原題〈回到手上的舊刊物〉，原刊《大公報·大公園》，1978 年 8 月 1 日，頁 7。內容經刪改後以〈關於《時代風景》〉為題收入《向水屋筆語》。

　　前些日子，收到朋友黃蒙田兄託人送給我一本他偶然得來的舊刊物《時代風景》，這是三十年代香港出版的新文藝刊物。我曾經是這個刊物的編輯人之一。[1]

　　蒙田兄附了一張字條說，這本刊物是連同其他舊書由上海批發到他們所經營的舊書店的，發現時已經是殘缺不全；他特地送給我做個紀念。這份盛意對於我來說，實在非常可感。因為一本四十年前的刊物，即使殘缺，歷盡大時代的滄桑還能存在，已經是不容易的事，何況它又通過這麼曲折的途徑回到我的手。如今翻看起來，真有隔世之感了。

　　這本文藝刊物有一百五十八頁，二十七頁之前連同目錄和扉頁全都缺去。這一部分刊登的是什麼文章，因為沒有「目錄」，已經無從查考。[2]

　　事隔多年，我還清楚地記得這本刊物是怎麼搞出來的。

　　那時候，幾個對新文藝有共同興趣的朋友，聚攏在一起時就常常談到辦刊物的計劃，對於刊物的形式、內容以至編排設計，大家都是胸有成竹，只是一涉及實際問題（主要是印刷費、發行等等）的時候，便因沒法解決而使理想變成泡

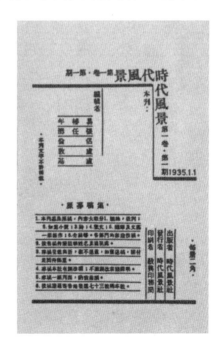

《時代風景》書影及廣告

影。但是有志者事竟成，終於有一天，這個美夢通過一種方式實現了。一位本身是新聞記者的張任濤[3]，自告奮勇地願意憑他廣泛的社會關係，向各方面拉廣告，藉此籌措紙張和印刷的費用，幾個合作的朋友，擔任寫稿卻不拿稿費，同時向其他作者們作義務惠稿的「情商」。結果大家都為成全一個新文藝刊物的出版而熱心地給予支持。《時代風景》就是在這樣的情形下面世的。一九三五年一月一日出版了創刊號。現在回到我手上的缺殘本子就是這一期。

翻著這一本殘缺不全的舊刊物，想起過去年代一群青年朋友，為著一件共同的事業而獻心的豪情，說是沒有感慨是不可能的。在這殘缺本子裏的版權頁上，五個列名的編輯人之中，被認為賦有詩才的易椿年[4]，十九歲時已經死去；曾經是新聞記者而促成《時代風景》出版的張任濤，在文化大革命期間也在國內去世了。[5]

注 ———————————————————————

1　原文此段開頭文字比較詳細：「前些日子，收到黃蒙田兄託人送給我兩本《美術家》，夾著一本他偶然得來的舊文藝刊物《時代風景》，在連續多日的酷熱氣溫下，彷如突然感受著一陣沁人身心的涼風。太高興了。

儘管香港地方是這麼小，由於大家忙於自己事務的關係，朋友間往往是長年也難得見到面的。可是這並不影響彼此精神上的關係。蒙田兄就給我體驗到了這一點。有些事情雖然很小，卻也使我忘記不了；他知道我對書有特別的感情，若干年前有一次，他在什麼廉價書攤裏發見了《郭沫若全集》中屬於小說部分的一冊，於是買來託人送了我。另一次是一本日本作家賀志直哉的小說《焚火》；那是我曾經送給一位寫詩的朋友的；後來這朋友不幸死了，蒙田兄從他遺下的書籍中發見了有我題字的這本書，便又抽出來送還我。而現在這一次是一本《時代風景》——是三十年代香港出版的新文藝刊物。我曾經是這個刊物的編輯人中的一個。」

參考本書上冊〈苦樂談書〉及〈記《五十人集》〉，頁 85、289。

2　原文有以下兩段：「我想其中至少也有我自己的文章，在這一點上說，缺

了頁還是可喜的事，否則重讀自己當日的『作品』，不知道會怎樣地慚愧！

其實會使我慚愧的不僅是自己的『作品』，還有別方面的東西。即如，刊物的名稱是我擬定的，封面的設計是我出主意的。現在想來真奇怪自己會有那麼一種膽量。不過，年青人當做一件自己認為有意思的事時，是不去顧慮什麼的；往往就是憑著這麼一股銳氣，從無到有地幹出一種事業來，儘管事後看來是多麼幼稚和可笑。」

參考本書下冊〈香港新文化滋長期瑣憶〉，頁 783。

3　參考本書上冊〈詩刊物和話劇團〉，頁 36。

4　同上注。

5　篇末刪去原文數句：「一九五五年他由國內來過香港。久別重逢，我被邀去他的住處吃飯。當他拿出紀念冊給我題字的時候，我在喜悅的情緒下寫上兩句古詩：

今夕復何夕，

共此燈燭光。

如今，燈燭依然光著，人卻不能共照了。」

關於茶花女

本文原刊《大公報・大公園》，1978年 8 月 4 日，頁 7。

在西洋文學中，小說人物為中國讀者普遍熟悉的恐怕要算茶花女了。上了年紀的人，在早年已經讀過由林紓與魏易合譯的文言本《茶花女遺事》[1]；三十年代中，又有夏康農用語體文翻譯的全譯本[2]；在這之前，更有劉半農翻譯的《茶花女》劇本[3]；而且荷里活也拍過《茶花女》影片[4]，舞台也演出過《茶花女》歌劇。[5]愛好新文藝的人，對於這一切都不致沒有印象。

作為法國十九世紀小說家的小仲馬，生平還寫過別的作品，可是他的名字卻因《茶花女》一書而被記憶。這是由於小說女主角的悲劇身世打動人心的緣故。正如對於其他的動人小說所引起的反應一樣，讀者們在流過眼淚之後，往往會發生這樣的疑問：茶花女是真有其人的嗎？

一個作家不會全無意識地去創造作品，尤其是內容有血有肉的作品。縱使他不承認自己的製作是為了什麼目的，而只是基於某種情感的衝動而寫起來（這是創作的起碼條件），但是那種衝動的情感，至少也是根源於客觀上某種現象的刺激而覺得非加以表達不可。這無形中就隱藏著目的了。小仲馬寫《茶花女》，是透過那女主人公的故事，去反映十九世紀法國上流社會的荒淫醜惡，和揭露那些為高貴紳士們當作玩物的可憐女性的淒苦人生。既然社會是存在著那樣的現象，那麼，現象之中自然也存在著那樣的人物了。茶花女瑪格烈・吉哥耶是其中典型的一個。

因此，茶花女是實有其人的。

根據後人探索所得的資料，那個被小仲馬當作茶花女去描寫的妓女，真姓名是阿爾封仙・披萊茜斯（Alphonsine Plesis）。據說，她是法國北部一個小村的窮家女兒。她和小仲馬同是一八二四年出生。她的父親是個性情兇暴的小商人。他的妻子因為怕他而離開了他，丟下阿爾封仙兩姊妹，跑到別處去當傭工。阿爾封仙長到十四、五歲左右，便跑到巴黎去自謀生活。傳說她曾在裁縫店當過女工。後來不知憑什麼機緣被一個公爵看上，又憑了這個關係，她踏上了進身上層社會的階梯。在《茶花女》小說裏所寫的瑪格烈的關係人 D 伯爵，指的就是這個「恩人」。

和小說描寫的瑪格烈相同，阿爾封仙是個容貌和儀態都非常美麗和嫻雅的女子。也是憑了這些天賦條件，才使得那些享樂主義的上層社會人物拜倒她的裙下。可是阿爾封仙卻有一種超俗的性格，她並不以能夠顛倒眾生為榮，倒是祈求著安靜的環境和淡薄的生活。因此她的賣笑生涯愈是得意，她的內心愈是苦悶和虛空。但是她的處境又迫著她不得不以色笑迎人。在這種矛盾的境界裏，使她感到了生存的厭倦。這種超俗的性格竟然賦於一個為世俗所鄙視的妓女身上，在具有冷靜頭腦的小仲馬看起來，不能不為她傾心了。

小仲馬是在一八四四年秋天同阿爾封仙相識的。兩人相戀的經過，大致也如《茶花女》小說裏所敘述的阿芒和瑪嘉烈之間的情形。只是小說和事實卻有出入的地方，──這是文學作品所以成為文學作品的常例。他們的關係維持了一年期間。在一八四五年八月底，小仲馬給她寄出了表示決絕的信；信的內容正如小說的第十四章阿芒寫給瑪格烈的那封信一樣。小仲馬那封信在阿爾封仙死後的遺物中被發現，後來落在古董店老闆手中，又由小仲馬從古董店把它買回來。在阿爾封仙死去三十年之後，小仲馬把那封珍貴的書簡送給了當代英國最有名的女優薩拉‧朋赫[6]（Sarah Bernhardt）。她是一八八一年在倫敦上演《茶花女》戲劇的第一人。

小說與事實的另一點不同之處，便是，阿芒給瑪格烈寄那封信時，不過是故事情節發展到中途的事，可是小仲馬給阿爾封仙寄那封信時，卻是他和她的一段戀情的結束。他為了這件事情苦惱著。恰在這個時候，他的父親（大仲馬）正要往西班牙旅行，小仲馬也跟隨父親一同去，藉此對那段戀情斷念。但是當旅行把他心上的創傷漸漸醫好，他從西班牙回到法國，在馬賽耽擱的時候，竟突然聽到

劉半農譯《茶花女》書影
夏康農譯《茶花女》書影
林紓與王壽昌合譯《茶花女遺事》書影

噩耗：阿爾封仙因肺病死了！

薄命的阿爾封仙死時才二十三歲。這一朵嬌豔的春花是飽受人世風雨的摧殘而萎謝的。這在厭倦生存的阿爾封仙自己，似乎沒有什麼缺陷，然而對於小仲馬，卻是個晴天霹靂。他倉惶趕回巴黎。在阿爾封仙生活過的舊居，他只看到豪華消逝後的荒涼場景。門庭依舊，人已長離！

為了宣洩自己傷痛的情懷，為了展示賣笑女人的內心痛苦和她們的高潔的靈魂和人格，小仲馬決心寫一部小說，把阿爾封仙作書中的女主角，她的化身就是瑪格烈·吉哥耶。

有些嚴格的批評家認為，在藝術上說，《茶花女》算不上是第一流的文學作品。但是這並不影響它的存在價值。它的有血有肉的內容，具有一定的意義和力量，叫人對於被踐踏與損害的女性感到同情；而對於形成她們痛苦命運的社會背景加深了仇恨！

注 ————————————————————

1　合譯者應是王壽昌。Alexandre Dumas fils（1824-1895）著，林紓、王壽昌譯：《茶花女遺事》（*La Dame aux Camélias*）。上海：文明書局，1906年重排再版。

2　夏康農譯：《茶花女》。上海：知行書局，1933年，重版。

3　劉半農譯：《茶花女劇本》。上海：北新書局，1926年。

4　《茶花女》（*Camille*），George Cukor 導演，主要演員有琪烈特嘉寶、羅拔泰萊等，1937年在香港上映。

5　威爾第（Giuseppe Verdi，1813-1901）作曲，皮亞威（Francesco Maria Piave，1810-1876）改編小說為歌劇劇本 *La Traviata*，於1853年首演。

6　莎拉·伯恩哈特（Sarah Bernhardt，1844-1923），法國演員。

由《雙城記》說起

本文原刊《大公報・大公園》，1978年 8 月 11 日，頁 7。其後收入《向水屋筆語》。

　　一位女孩子讀完了狄更斯的《雙城記》[1]，把書送還我的時候，我問她對這本小說有什麼「讀後感」，她回答說是非常感動。特別是對於故事的結尾部分。主角之一的流浪漢薛尼・卡頓，為了成全他所暗戀的露絲・曼納蒂同她的未婚夫──那個因為被指是貴族身份而判了死刑的查理・丹尼能夠結合，他不惜冒險潛入死囚監獄，設法救出查理・丹尼，把自己化裝為查理・丹尼，代替他上斷頭台。

　　「這種為了自己心愛的人的幸福而自我犧牲的精神，真是太偉大了。不是嗎？」

　　我同意這位女孩子的感動理由，可是在思想方面我是有所保留的。

　　狄更斯的這部作品，也如他的其他作品一樣，自有其不可動搖的文學價值，這方面我沒有資格評論。不過就事論事（僅僅是就事論事），把薛尼・卡頓的那種「自我犧牲」形容為「偉大」（我想不止是這位女孩子有這樣的想法），在今日的眼光看來，是有可商榷之處的。我們不否定那種「捨己為人」的精神的崇高，但是它的出發點如果只為了「愛情」，或為了個人的「友誼」（如對查理・丹尼），那圈子還是很狹小，它只能贏得小部分人的喝彩。如果能夠把那種「自我犧牲」的精神加以發揚、加以擴大，越出那狹小的圈子，為更多不幸的人的幸福和好處去作「自我犧牲」，意義將更為重大，也才配得上廣大的人們用「偉大」這字眼給予頌揚。

　　不過，話說回頭。不管是屬於哪種性質的「自我犧牲」（為少數人抑或是為眾多的人），它同樣會叫人深受感動。原因是在於我們的實際生活中，同樣的事情太少的緣故。物以罕為貴，就是由於少有，因而從藝術（無論是文學或電影）的表現上見到的，好像都是「超現實」的神話一樣。《雙城記》所以感動人，我想也是這個緣故。雖然這不是狄更斯寫這本書的目的。

　　且不說「自我犧牲」，就說起碼的「幫助別人」的行為罷，在實際生活上也不容易見到。「自我犧牲」和「幫助別人」兩者意味雖然不同，精神上卻有同等的意義：都是為他人設想。在自我犧牲的行為中，實際已經包涵了幫助別人的成

分，可是在幫助別人的行為上卻不一定需要自我犧牲。舉個例子：一個老態龍鍾的老太婆上不得電車，你從旁給她扶掖一下，或者，當你落巴士的時候，有個同時落車的女乘客，因為拖男帶女而顯得狼狽，你幫忙她牽個孩子；諸如此類的行為，對於你沒有什麼損失，更說不上有所犧牲。然而在對方卻獲得了好處。

但儘管是那麼簡單的事情，在我們的生活環境中也並不普遍。原因在哪裏呢？我想，並不是人們不能做，而是不肯做。在我們生活著的這個充滿勢利、自私的病態社會，加上種種客觀因素造成的顧慮，人與人之間已經豎起了一道無形的高牆，彼此互相防範與猜忌，使得傳統的良好德性不自覺地趨於泯滅，結果是大多數的人形成了一種「獨善其身」的心理。一方面是好管閑事，一方面是袖手旁觀。常見的現象是，當一個路人在街上昏倒了，大家一窩蜂的聚攏了來，把情景當作熱鬧看，但一致是「眼看手勿動」的「循規蹈矩」分子。偶然有個見義勇為的人出來，把昏倒的人扶起，加以救助，那麼，這種人同那些把意外事作熱鬧看的人們之間便有了區分：往往被劃入「善心人」範圍裏去了。

顯然，這個現象是不正常的！

為什麼不思量一下，把這種不正常的現象改變過來呢？這並不是很困難的事，假如我們能夠深切地認識到幫助別人的崇高價值。

我想，一個人所以缺乏幫助別人的精神，大抵是不曾感受過受人幫助的好處。有一個很普通的經驗，最能夠說明問題。比方，你家裏不幸有了病人，病情突然惡化，正在舉家惶然、不知所措的時刻，忽然來了一位朋友；這位朋友表現了「視別人事如自己事」的可敬的態度，熱心地為你奔走：替危急的病人想辦法，或是請醫生，或是買藥物，總之是幫忙一切有關的事情。不管這一番熱誠結果能否挽回病人的危機，他（她）那種幫助你的行為，將會使你永久也忘不了，而且永久以感激的心情去記憶他。

其實這位朋友那樣做的時候，並沒有費多大工夫，但是他的行為贏得你的感激和記憶，超過他應得的程度不知多少倍。這是因為他當時給予你的幫助，正是你需要那樣幫助的時候。這正如你把自己口袋裏暫時用不到的錢，送給生活已經陷於絕境的人同樣有好處。這個道理是說明了幫助別人的價值。這便是：付出的很少，贏得的卻很多！

一個人施恩不須望報，然而幫助別人的人，卻自然而然地會獲得報酬，這便是內心的快樂。這種快樂是值得每一個人去追求的，也決不是含有什麼虛榮成分的。

1　查爾斯・狄更斯（Charles Dickens，1812-1870），英國作家。《雙城記》，*A Tale of Two Cities*，1859 年出版。

夜歸記

本文原刊《大公報·大公園》，1978年8月18日，頁7。

榮幸地，我作了中國藝術團正式演出之前的招待場[1]賓客。由晚上九點半開始，欣賞了幾個十分精彩的表演節目；完場時已接近午夜十二點了。帶著高興的情緒走出新光戲院的大門。在簇擁的人潮中，腳尖像破冰船似地鑽著一條出路；碰到相識的人時只能匆匆用表情打個會意的招呼，我急著步子向海邊那一頭去。

北角碼頭還有燈光，一隻渡海輪停泊在那裏。和我同一方向走的有十多個人。我認出其中有幾個是電影女演員，其他都是陌生的。有人在說：「快一步走，這班船還趕得上。」我於是跟著這些人一起跑步。想著能夠趁早一班船，早一點回到家也好。時間實在太夜了！可是還未跑到碼頭的閘門，一個準備拉閘的人迎面大聲叫著：

「快些呀，船要開了！再沒有船了！」

原來這竟是開往九龍碼頭去的最後一班船。一口氣跑到二等位坐下的時候，才抒了一口氣。看看手錶，已經是十二點零五分。僥倖還趕上了這一班船，我感到一點滿足的快意。點上一支香煙，我欣賞著展開在眼前的夜景。遠處的輝煌燈火，恍如鑲嵌在岸邊的一條滿綴寶石的長帶；在月色映照下，海水像一片柔滑的油；船就在這片油面上向前溜去。

好些年來，我沒有在這樣的時分獨自過過海。這段海程雖然只是短短的十多分鐘，卻還能夠喚起我一種新鮮的感覺，使我落在詩意的境界。但是這種情感，很快就給現實中的另一件事情打碎了：我沒有忘記，我還得坐上一段路程的車才能夠回到我的家。如果是白天，這是不成為問題的事，而現在卻是深夜呢。

船泊了岸，我和別的人一齊上了碼頭。最安慰的是一出了閘就望見路邊的鐵欄外面停放著一列的士。急忙向那裏走去時，才發覺另一群從頭等座位出來的乘客已經快了一步，一窩蜂的把全部的士都搶去了，一部一部的開走了。剩下我和一齊落船的十多人，留在那裏送行。

大家帶著茫然的希望，期待著會有的士開來。但是沒有，一直都沒有。偶然有一兩輛巴士駛來，繞個大圈子就到它們的總站停下。碼頭的廣場一片空虛。燈光也是寂寞的。

幾個電影女演員商量了一會，離開了；別的人也離開了。顯然，他們都是各自想辦法回家去。我呢，孤零零的一個，留在那裏空焦急。

但是我能夠不為自己想辦法麼？

由於我一向對這個碼頭的交通系統不熟悉，我只好跑到巴士總站去，隔了車窗向售票員請問：這裏的巴士路線，有沒有可以搭到九龍城的。

「九龍城，你搭十二號Ａ罷，總站是紅磡碼頭，你得跨過前頭的馬路去等車經過。不過還有沒有車，可不知道。」

於是我馬上離開碼頭，跑往馬路的另一邊，找到十二號Ａ巴士站，帶著碰運氣的心情站下來。馬路上，的士不斷的飛馳過去，卻都是載了客的，沒有乘客在那地方下車。這方面簡直是絕望！

焦急，患得患失，惶惑，……這一類惡劣的情緒，在心裏絞作一團。

夜是死一般寂靜，街上冷清清的，沒有幾個行人。這樣的境界最容易滋長的是恐怖的感覺。

一個人突然向車站跑來，同我站在一起。他肩膊掛著個皮袋，氣喘喘的。似乎是剛從工廠下班的工友。他向我問著：「你搭幾號車？」

我告訴了他，同時說不知道還有車沒有？

「你等了多久了？」

我說大約十五分鐘。

他看看手錶：「那麼，可再等一等，十二點半有一班車由紅磡開出。」

顯然地，這個人是同路的。我的心情鬆弛下來。我不但慶幸有個候車的同伴，而且有了可靠的希望。

果然，十二號Ａ在期待中來到了。我同他都上了車。把車費投進老虎機的時候，我才相信自己是在車上。

心頭放下了大石，我才有興致向同座的工友問起來：

「朋友，你怎麼知道十二點半會有十二號Ａ由紅磡開出呢？」

他回答道：「因為那是最後一班車。」

注 ————————————————————————

1 有關報道見〈藝術交流的盛會〉，刊《大公報》，1978 年 8 月 19 日，第 2 張第 5 版。

〈藝術交流的盛會〉剪報

在獨行路上

本文原刊《大公報·大公園》，1978年 8 月 25 日，頁 7。

深夜時分，一個渡海回家的人，僥倖地搭到最後開行的一班船，又在渺茫希望中趁到最後的一班巴士；這是應該慶幸的罷？可是在我卻並不。因為倒霉的事還在後頭。

我的住處是在這條巴士路線的中途站，下了車，還得通過一條頗長的隧道，然後走一段路，再轉進一條橫街去。因此即使搭上了巴士，我還得擔一份心事的：路程雖然不太長，但是在晚上不到十點鐘就處處關門閉戶的這個地區，安全已經沒有保障，何況時間是午夜，何況路程中還有一段是隧道！

在思想上浮泛著「如果此刻已經上著家裏的樓梯就好了」這樣一個念頭。

巴士裏是空洞洞的，連我只有四個乘客。司機似乎急著要「收車」，把車開得飛快，在彎曲的路上左搖右擺，顛簸得好像要把人拋上半天。在將要到預定車站的時候，我按了鐘就走近車門站住，準備下車。可是車輪的轉動聲可能把鐘聲吞沒了，巴士沒有停下，一直向前飛馳。我焦急著，在到下一個站之前再重重的按一次鐘。巴士才無可奈何似地煞掣，只是到了完全停下來的時候，已經超過了車站很遠。除了急忙下車，一肚子的氣能夠向誰發洩呢？

巴士繼續飛馳著遠去，我有著被拋落在四顧茫茫的郊野一般的感覺。展開在眼前的是一條兩頭望不盡的馬路，馬路兩旁是一些高樓大廈的建築物，彷彿是列隊蹲在那裏的龐大的怪獸。路燈的光從高處灑下來，把夜色蒙上一層慘白。四處是一片死寂的氣氛。

就是在這樣的環境裏，我被迫著獨自走一條回去住處的長路。在這條長路上會碰到些什麼事，我不知道，也不敢想像。我只是急著步子向回頭的方向走。

為著避免前頭必須穿過的一條隧道，我索性由這邊的行人道跑到另一邊的行人道去；這兩程得跑過那一條寬闊的馬路，跨過兩道繞住行人道的鐵欄杆。在平時，這樣的行徑是「犯法」的，如果出現在警察的眼前，準會給抓到警署去。但可喜的——卻又可悲的是，街上沒有一個警察。

因為沒有一個警察，便不由我這個夜行人不感到驚慌了。這也許是我平日沒有本領跨鐵欄杆，而這時候竟然有了這種本領的一種動力。在另一邊的行人道

上，我一面走一面害怕。並不是害怕會碰到鬼，而是害怕會碰到人，——另一種的人。這種人幹的是缺乏人性的事。白天，他們已經到處橫行，何況是晚上，更何況是深夜！除非幸而他們沒有出動，或者，幸而沒有讓我在這一時刻這一地點碰上他們，否則我的命運是可以肯定的。

在我們生活著的這個地方，外表上是個美麗繁華的都市，實質是個罪惡的淵藪。在種種條件的「默許」下，讓缺乏人性的人更加猖獗，使循規蹈矩的人更加遭殃。人的安全沒有保障：在刀尖面前，不但送出了財物，也送出了寶貴的生命！殺人者往往逍遙法外，即使給抓住了也不需以命抵償。於是到處是「沉冤待雪」的哀聲！

在我走著的行人路的對面，是「法國醫院」。[1] 我的一個具有畫家前途的外甥，是在這家醫院裏斷氣的。事前兩天，他在回家的樓梯上給兩個「斯文人」從後面趕上去，挾持著他，把他的腦袋向牆頭撞。他昏倒以後，身上的錢失去了。他給送進醫院急救，可是一直昏迷不醒。從此永遠也不再醒來了！

這個沉痛的記憶推動著我的腳步，我急促地向我的目的地走。我知道這不是我傷感的時刻。

注 ————————————————————————

1　即聖德肋撒醫院，位於九龍城區太子道。

恐怖電影與小說

本文原刊《大公報‧大公園》，1978年9月1日，頁7。

在渡海小輪上，坐在旁邊的兩個似是剛從寫字間下班的女士在談著電視。一個說：

「今晚有恐怖片看了，——提心吊膽劇場。」

另一個比她的同伴觀念更深：「哪裏？星期六晚才是。今天是星期五哩。」

看起來，這兩個女士都是「恐怖片」的擁護者。她們對於電視台的這一節目是很有興趣的。我不知道電視台安排這項節目是出自什麼動機，但是憑我的生活範圍內接觸所及，在青少年和家庭婦女中，的確有不少人愛看這個節目，或者把話說得廣義些：愛看恐怖片。甚至有些人事先就互相提醒收看，事後把影片內容作為閒話資料，互相評論它的恐怖程度。可見電視台的這一類影片還有它一定的觀眾；雖然它們都是舊片，題材千篇一律，有部分作品，簡直連嚇唬人的目的也達不到。

但是無論如何，恐怖電影（不限於螢光幕上播映的）仍舊有它穩定的市場，卻是事實。像近年放映的什麼《驅魔人》[1]，什麼《凶兆》[2]之類的製作，不是為一些人所津津樂道嗎？

在科學昌明的時代，為什麼人們還喜歡看這一類內容荒誕不經的影片呢？嚴格地說來，並不是由於迷信思想，而是出於逃避現實的意識。因為資本主義的社會生活太繁雜、太緊張，形成精神

電影《凶兆》報紙廣告

上的沉重壓力，叫人在緊繃的生活羅網中不自覺地要求解脫，要求鬆弛；而把精神投入於另一種與現實生活完全相反的境界的恐怖影片，正是最適宜的娛樂。

從另一方面說，追求刺激是人類共通的天性，愛好恐怖事物，是滿足這種天性的表現之一。聽說蘇東坡最喜歡聽鬼故事，他的文章卻並不顯出他是個相信鬼怪的人。這正好說明了人是愛好刺激的。

正因為人類有著這種共通的天性，在文學上便有了適應這種天性要求的產品：所謂「恐怖派文學」。這類作品，我們簡直可以追溯到兩百年歷史。

十八、九世紀的歐洲，新思潮已經湧現，產業革命雖然也在開始，但科學還未十分昌明，人們對於正在出現的新事物固然趨慕，可是腦子裏殘存的封建陳腐思想卻還未完全擺脫，依然迷信著那些怪誕不經的東西。因此在文學上屬於神秘主義的作品——描寫瘋狂的人性、幽靈、鬼魅、墳場、古堡、詭異的謀殺。拿這些事物作題材、作故事背景的小說，便大大的迎合了一般讀者的趣味。適應著這類趣味的要求，自然也出現了產生這類恐怖派文學的作家。在當時，這類小說曾經出版過相當可觀的數量。而這種作風幾乎成為一個時期的文學主流。

但是在大量的恐怖派小說中，能夠說得上有價值的作品是並不多的。其中值得人們記憶的僅是寥寥幾本。可以提起的，有一七六四年出版的英國華爾波爾的《奧脫倫吐的堡壘》[3]；一七八三年出版的韋廉壁福的《瓦狄克》[4]；一七九五年出版的賴特克利芙夫人的《郁多浮的神秘》[5]；同年出版的路易士的《僧人》[6]；一八一八年出版的瑪麗·雪萊的《弗蘭根斯坦》[7]，以及一八二〇年出版的麥圖連的《浪人梅爾慕斯》[8] 等。寫下這些作品的都不是文學史上佔重要地位的人物，但是他們的名字卻因他們的代表作品而為後世所認識。尤其是路易士，他的同樣性質的作品有好幾種，可是為人稱道的只是那本《僧人》。他寫這部怪異小說的成功，竟使他的名字和作品聯繫在一起，人們稱他為「路易士僧人」。

在神秘主義作風盛行下，有不少文人有過同樣的嘗試。詩人拜倫寫過一本《吸血鬼》[9]；雪萊也寫過一本《聖伊凡：煉丹的道士》。[10] 但是雪萊的成就是比不上他的太太瑪麗·雪萊的。《弗蘭根斯坦》是屬於恐怖派小說中具有科學意義的成功作品，根據這本小說改編題名為《科學怪人》[11] 的影片，不知道拍攝了多少部，而且成為初期恐怖電影中最震撼人心的製作。據說瑪麗·雪萊寫這個作品時只有十七歲。憑她所生存的時代環境和所受的教育，那麼年輕的女孩子從那裏去獲得寫那本小說時的科學知識，和主使她去寫那個新奇題材的思想，是叫人感

到奇異的事。但為人所公認的卻是，沒有路易士作品的啟發，她可能不會寫出那樣出色的一本小說。

作為十九世紀恐怖派的代表作家，路易士的小說在文學的藝術上說，是沒有多大價值的。但是他對文學所發生的意義，卻不在於作品的本身，而在於日後那些比他更有才氣的作家所發生的影響作用。在這一點上，他差不多同十九世紀及以後的許多作家都有著關係。他不但在某種特異形式裏，影響過斯各德 [12]、拜倫和華盛頓歐文 [13] 的作品，就是後來鮑惠爾·李頓 [14]（《傍貝城末日》作者）寫出他出名的傳奇小說《一篇奇異的故事》[15] 和《魅人者與被魅者》[16]，尤其是史蒂文生寫出為世人傳頌的名著《鬼醫》[17]，更是沿住同一的精神傳統發展出來的果實。

注 ————————————————————————

1　《驅魔人》（*The Exorcist*），William Friedkin 導演，1974 年在香港上映。

2　《凶兆》（*The Omen*），Richard Donner 導演，1976 年在香港上映。

3　即賀瑞斯·渥波爾（Horace Walpole，1717-1797），英國作家。

《奧脫倫吐的堡壘》，*The Castle of Otranto*，1764 年出版。

4　即威廉·貝克福德（William Beckford，1760-1844），英國作家。

《瓦狄克》，*Vathek*，英譯本 1786 年出版。

5　即安·拉德克利夫（Ann Ward Radcliffe，1764-1823），英國作家。

《郁多浮的神秘》，*The Mysteries of Udolpho*，1794 出版。

6　即馬修·路易斯（Matthew Gregory Lewis，1775-1818），英國作家。

《僧人》，*The Monk*，1794 年出版。

7 瑪麗‧雪萊（Mary Shelley，1797-1851），英國作家。

《弗蘭根斯坦》（一譯《科學怪人》），*Frankenstein*，1818 年出版。

8 即查爾斯‧羅伯特‧馬圖林（Charles Robert Maturin，1780-1824），英國作家。

《浪人梅爾慕斯》，*Melmoth the Wanderer*，1820 年出版。

9 拜倫（George Gordon Byron，1788-1824），英國作家。他並沒有寫出《吸血鬼》，而是在聚會中講述構思，由約翰‧威廉‧波里道利（John William Polidori，1795-1821）寫成第一部吸血殭屍故事 *The Vampyre*。

10 雪萊（Percy Bysshe Shelley，1792-1822），英國作家。

《聖伊凡：煉丹的道士》，*St. Irvyne, or The Rosicrucian*，1811 年出版。

11 最早把《科學怪人》改編成電影 *Frankenstein* 的，是 1931 年 James Whale 導演的製作，1932 年在香港上映。

12 即華特‧司各特（Walter Scott，1771-1832），英國作家。

13 華盛頓‧歐文（Washington Irving，1783-1859），美國作家。

14 即愛德華‧鮑沃爾‧李敦（Edward Bulwer Lytton，1803-1873），英國作家。

《傍貝城末日》，*The Last Days of Pompeii*，1834 年出版。

15 《一篇奇異的故事》，*A Strange Story*，1861 年出版。

16 《魅人者與被魅者》，*A Strange Story and the Haunted and the Haunters*，1864 年出版。

17 羅伯特‧斯蒂文森（Robert Louis Stevenson，1850-1894），英國作家。

《鬼醫》（一譯《變形怪醫》），*Strange Case of Dr Jekyll and Mr Hyde*，1886 年出版。

新秋抒情

本文原刊《大公報‧大公園》，1978年9月8日，頁7。

收到由報館轉交的一封郵件，上面的筆跡很陌生。打開封套，才知道是港大一位盧君[1]寄來的。裏面是一帙影印的冊頁。附有一封客氣的信。信上說，讀了我日前刊出的一篇文章[2]，知道我偶然得到的一本舊刊物《時代風景》缺了二十七頁；他在港大圖書館裏看到了存有這本刊物，特地把那二十七頁影印了送給我。這是我想像不到的事。

對於一個我並不相識的人，那麼費神地給我影印了我所缺少的冊頁這種不尋常的情誼，真使我有說不出的感謝和感動！

在道謝的信裏，我這樣寫著：「我為我的殘缺的刊物慶幸：為了你的好意幫忙，使它能夠恢復完整。今後當我翻起這本刊物的時候，我會記起你的名字。」除了這樣說，我還能夠怎樣表達我的心情呢？

人與人的關係是很微妙的。因此在人事上常常會出現一些可遇而不可求的事情。我記得在多年前有過一次，我在彌敦道丟落了一封準備付郵的信，心裏很不舒服。雖然那不是什麼重要的信，但是落在別人手裏總覺得不大好。兩日後，忽然有一封陌生人的信寄到我的住處。我撕開封套時，抽出來的竟是我丟落了的那封信。顯然是一個第三者做的好事：他按照那信封背面寫著的發信人地址，把信寄回來了。附著的字條只寫了幾個字，說明那封信是什麼時候在彌敦道某處地面拾得的。字條上連署名也沒有。這使我要向這個第三者表示謝意也無從道達。我一直感到遺憾！

長久以來，由於所謂「文字因緣」而締結的友誼，在我是頗不少的。除了筆墨上的來往，有些人會過面，有些人沒有會過面。這在我看來都是沒有關係的。精神上的維繫，不是比什麼都更可貴，更有深長意味麼？我是這麼想。

在珍貴的「文字因緣」中，一位譚君給了我一個奇趣的遭遇。在生活環境的範圍內，我們是經常有機會碰上的鄰人，可是大家並不相識。那一次是新年期間，郵件多的是賀年咭。有一張朋友寄給我的卡片，在郵差的大意下混進譚君的一批郵件裏去了。他看見信封上的名字，意外地發覺了我是他的鄰居。到了我知道有一張卡片誤投到他那裏，於是跑去向他取回，彼此便因此相識，他對我竟像

是「一見如故」的朋友。原因是在於他說的那句使我聽來感到慚愧的話:「你的書我差不多全都有了。」

使我忘不了的,還有下面這一回事:

那一年,我的一個出生五個月的孩子生了病,長期間沒有好轉;憑了旁人的介紹和推薦,我太太把孩子送到一家天主教醫院去,遵照介紹人的指示,找那位負責醫院事務的修女C姑娘。太太回來的時候很高興,說是那位修女為人十分好,她請來了醫生給孩子看病,給了藥,並且指定隔日去注射一次;但是分文也不肯要。為什麼呢?我覺得奇怪。太太說,那位修女問了我們的底細,顯出非常歡喜的樣子:「原來她是你的讀者呵!」

直到孩子的病全好了,我也沒有去拜訪過那位修女。兩三個月後,孩子又發病;雖然她說過,有事可以隨時帶孩子到醫院去,但是這一次我們卻不願再去麻煩她,主要是為了她不肯要我的錢。可是到了孩子的病沒有起色,而且情形趨向惡化的時候,除了再送到醫院去,不能再作別的考慮了。這時候我才會到了這位穿戴著白袍白帽作了修女的讀者。然而這卻不是心情輕鬆的時刻。她認真地察看了我的孩子之後,斷定是患上了肺炎;必須留在醫院。我們沒有意見。可是接著來的問題是病房都住滿病人,沒有床位。這位修女只好破格地在走廊上安排了一張嬰兒床,安頓著我的孩子,然後進行一切必要的治療手續。這一切過程都是叫人深深感動的。

這一夜,我們就坐在那裏伴著奄奄一息的孩子。為了防備他可能抽筋,他的手腳給縛在床子的欄杆上。兩個被特別囑咐了的護士小姐,隔一定的時間就走來給孩子探熱和打針。但是這些殷勤都似乎沒有用處。孩子整夜在生死之間掙扎著,喘息著,體溫繼續上升。天亮之前,他就在一〇八度高燒之中,結束了小小的生命。

到了早上,我們被邀到醫院的會客室裏坐下來。這位修女準備了點心和熱咖啡來招待我們。她語重心長地,用了一套宗教理論來解釋生死的哲學,企圖溶解我們的傷心。末了,她希望我有空時多點研究宗教問題,多點同她聯絡。……

我理解這位修女的出於善意的用心。但是我只能領她的情,因為我是無神論者。我一直沒有再去探訪過她。只是每年聖誕節,我不忘記給她寄一張祝她快樂的卡片。

注 ────────────────────

1 「盧君」即盧瑋鑾（1939-），廣東番禺人，教授、作家，筆名小思、明
川。當時任香港大學中文系助教。

2 參考本書上冊〈關於《時代風景》〉，頁 107。

《簡愛》‧三個姊妹作家

本文原刊《大公報‧大公園》，1978 年 9月 15 日，頁 7。參考本書上冊〈漫話勃朗蒂氏姊妹〉及〈外甥送的明信片〉，頁 132、278。

最近，《文匯報‧筆匯》欄刊出一篇英國通信[1]，報道了《簡愛》一書的作者夏綠蒂‧勃朗特[2]博物館成立五十周年，夏綠蒂的故鄉舉行紀念活動的消息。通信作者還敘述了本人專誠前往夏綠蒂故鄉遊覽，並參觀博物館的情況和見聞。讀起來很引起人們的遐想。

英國十八、九世紀產生的女作家很不少，但是像夏綠蒂‧勃朗特那樣具有那麼動人的文學故事的，可說是絕無僅有。提起夏綠蒂，人們總要聯想到所謂「勃朗特氏姊妹」[3]，這裏面是包括了她的兩個妹妹——愛眉莉和安妮。三個姊妹都曾經以她們的文學上的成就震動過十九世紀的英國文壇，但是都像掠過夜空的流星一樣，一個一個的給肺病吞噬了生命。

父親柏迪勒克‧勃朗特，是英格蘭北部約克郡海華斯村的窮牧師。年幼時已喪失了母親的三個姊妹就在性情孤僻、態度嚴厲的父親管教下，在荒涼、寂寞的海華斯村裏度過了童年，甚至度過短短的一生。由於一個有錢的姨母的資助，姊妹們都受到一點學校的教育，夏綠蒂和愛眉莉還到過布魯塞爾唸書。但是因為家事，因為體弱多病，她們的學習生活時常中斷。為了要自立，為了要陪伴患了眼疾的老父，她們還是留在家裏。她們分別做過短期的家庭教師，也計劃辦家庭學

劉柳〈《簡愛》作者勃朗特紀念館成立五十周年紀念〉剪報

校，但是不成功。

　　儘管所受的教育不健全，儘管生活多變動，可是文學天分對於她們彷彿是與生俱來的。她們老早就各自寫了些詩。到了互相發覺了之後，三姊妹決定自費出版一本詩集。[4] 結果只賣出了兩本。

　　夏綠蒂曾經給當時英國的「桂冠詩人」騷塞[5] 寫信，表示了她對文學事業的志趣，要求他給予指導、但是騷塞給她澆冷水。他回答說：「文學不是女子的事業。」夏綠蒂姊妹卻沒有因此氣餒。她們開始寫起小說來了。

　　夏綠蒂寫的第一本小說是《教授》[6]，愛眉莉寫的是《咆吼山莊》[7]，安妮寫的是《愛格利斯·嘉萊》。[8] 由於當時的社會看不起女性作品，她們便用了個男性化名：夏綠蒂叫寇拉·貝爾（Currer Bell），愛眉莉叫伊尼思·貝爾（Ellis Bell），安妮叫艾克敦·貝爾（Acton Bell）。三本作品分別寄到倫敦的出版公司去，都給退了回來。但是《教授》的退稿中卻附了一封信，說是作者如果有一部較長的作品，他們願意考慮。夏綠蒂的另一本小說正好完成，她立刻把稿件寄出。出版家把稿件讀了以後，大感滿意，決定接納。書出版了，很快就震動了文壇。這本小說便是《簡愛》。

《孤女飄零記》書影
《簡愛自傳》書影

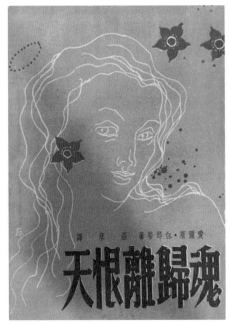

　　由於夏綠蒂的成功，兩個妹妹的作品也被出版家接納了。隨後便發生了一樁有趣的逸話。

　　因為三姊妹的小說先後出版，而且在文壇上引起哄動，有些書評家認定寇拉‧貝爾和艾克敦‧貝爾是同一個人。這事使出版家感到困惑，於是寫信邀請兩個作者到倫敦去見見面。夏綠蒂為了澄清這個誤會，只好同安妮悄悄的去陌生的倫敦走一趟。當她們走進出版公司，自我介紹的時候，出版家見到兩位作者竟是女的，禁不住大吃一驚。

　　在中國，第一個把「勃朗特氏姊妹」介紹給中國讀者的人是金仲華。[9]一九三〇年，金仲華主編商務印書館的《婦女雜誌》。那一年，《婦女雜誌》出了一個「婦女與文學專號」，金仲華用「十九世紀英國文壇的白朗蒂氏姊妹」為題，寫了一篇頗長的專文。[10]

　　至於《簡愛》譯本，有一九三六年由李霽野譯的《簡愛自傳》[11]，收入上海生活書店出版的《世界文庫》中。在此之前，也有商務印書館出版的伍光建譯的《孤女飄零記》。[12]愛眉莉的《咆吼山莊》，目前書店裏有羅塞的譯本[13]；一九五六年，上海出版了插圖本《呼嘯山莊》。[14]

注 ——————————————————————

1　劉柳：〈《簡愛》作者勃朗特紀念館成立五十周年紀念〉，刊《文匯報》，
1978 年 9 月 7 日，第 10 版。

2　夏綠蒂．勃朗特（Charlotte Brontë，1816-1855），英國作家。

《簡愛》，*Jane Eyre*，1847 出版。

3　夏綠蒂．勃朗特另有兩位妹妹：艾蜜莉．勃朗特（Emily Brontë，1818-
1848），及安妮．勃朗特（Anne Brontë，1820-1849）。

4　Charlotte Brontë, Emily Brontë, Anne Brontë, *Poems by Currer,
Ellis, and Acton Bell*，1846 年出版。

5　羅伯特．騷塞（Robert Southey，1774-1843），英國作家。

6　《教授》，*The Professor*，1906 年出版。

7　《咆吼山莊》，*Wuthering Heights*，1847 年出版。

8　《愛格利斯．嘉萊》，*Agnes Grey*，1847 年出版。

9　金仲華（1907-1968），浙江桐鄉人，杭州之江大學畢業後，入上海商務
印書館任《婦女雜誌》助理編輯，1938 年在香港任《世界知識》和《星島日
報》主編，1949 年回內地，先後任《新聞日報》、《文匯報》社長、中國新
聞社社長。

10　金仲華：〈英國文學史中的白朗脫氏姐妹〉，《婦女雜誌》第 17 卷第 7
號，1931 年 7 月，頁 95-101。

11　李霽野譯：《簡愛自傳》。上海：生活書店，1936 年。

12　伍光建譯：《孤女飄零記》。上海：商務印書館，1935 年。

13　羅塞譯：《魂歸離恨天》。上海：聯益出版社，1949 年。

14　楊苡譯：《呼嘯山莊》。上海：平明出版社，1956 年。

漫話勃朗蒂氏姊妹

本文原刊《大公報・大公園》，1978 年 9 月 22 日，頁 7。「勃朗蒂」內文均作「勃朗特」。參考本書上冊〈外甥送的明信片〉及注釋，頁 278。

提起「勃朗特氏姊妹」，稍為涉獵近代英國文學的人，都知道這是十九世紀英國文壇上三個「才女」——夏綠蒂、愛眉莉和安妮的總稱；卻很少注意到她們的兄弟白倫威爾[1]這個人物。原因是白倫威爾沒有像他的妹妹們的那種成就。然而，他卻是構成她們這個「文學家庭」動人的戲劇性的一個成分。

白倫威爾在三個姊妹中居於長兄地位。他為人聰明，有藝術天分。他在家裏獲得比三個姊妹更多的寵愛。父親不送他入學校，自己負起教育他的責任。他長得並不英俊，卻很早熟：健談，很能飲酒。他常常到海華斯村的小酒店裏，為旅客畫像，或是伴旅客飲酒破除寂寞。他的志趣是做畫家，在成年以後，曾經到倫敦去進藝術學院，可是沒有耐心，研究了一個短時期便回家去。後來又做過家庭教師，做過鐵路的售票員，都不長久。

似乎是由於最初驕縱壞了，白倫威爾養成放浪不羈的性格，不務正業，只會花錢。他的行徑成為全家的苦惱。一八四二年，他被一個富有的牧師聘為家庭教師，沒有多久，竟同牧師的年輕太太鬧上戀愛。事情揭發以後，牧師對他下逐客令，聲明永遠不許他再接近他的妻兒。白倫威爾大受打擊。可是他死心不息，仍然同那位牧師太太暗中來往。這場戀愛因了那位牧師突然死去而露出轉機，那女人居然表示願意同他私奔。白倫威爾高興得瘋了似的，大跳大叫。但是到了要實踐諾言的時候，那女人卻又變卦。她給他信說：如果她同他在一起，她半點遺產也得不到了。她要求同他斷絕關係。她也決心永遠不見他。

癡情的白倫威爾經不起這個絕望的打擊，他開始自暴自棄，拚命酗酒，並且抽上鴉片。終於如願以償地自我毀滅了生命。

白倫威爾不僅賦有藝術天才，同時也賦有文學天才。他會寫詩，會寫小說，甚至有過這樣的傳說：愛眉莉・勃朗特的《咆吼山莊》實際是出自白倫威爾手筆；又有傳說，小說的開頭幾章是白倫威爾寫的。引起傳說的是下面這個故事。

據說，白倫威爾有兩個朋友，有一次約好他在一家旅館會面，各人誦讀自己新寫的詩。輪到白倫威爾時，他拿出原稿才發覺是帶錯了，那不是詩而是幾頁小說。他抱歉地收回那幾頁原稿的時候，兩個朋友卻止住他，要求他索性就誦讀那

幾頁小說。白倫威爾躊躇了一會，終於答應了他們。但是唸到一個段落，他忽然停止，不再唸下去，卻把故事情節在口頭講出來。白倫威爾隨後說，他的小說還沒有定下題名，也不知道能否找到出版家。那兩個朋友聽到白倫威爾所唸的文字和所講的情節，都同後來《咆吼山莊》一書描寫的一樣。

事實是否如此，無從知道，也無從查考。但是夏綠蒂‧勃朗特卻斷然指出那種傳說是不真實的。《咆吼山莊》是愛眉莉的著作。夏綠蒂還為這本書的再版寫了一篇長序，加以證明。

對於白倫威爾的死，夏綠蒂非常傷心。她們姊妹是那麼崇拜這位哥哥的。白倫威爾死後不久，性格倔強得有如她的小說主人公的愛眉莉接著死去了。幾個月之後，最小的安妮也跟著死去了。

愛眉莉和安妮都沒有結婚。夏綠蒂拒絕了好些追求者。但是為了老父的衰老和眼疾加深，他的職務需要有個好助手，夏綠蒂便終於接受了一位副牧師的求婚。十個月後，她因難產去世。

父親柏迪勤克‧勃朗特[2] 活到八十四歲，是一家之中最後去世的一人。

《簡愛》和《咆吼山莊》兩本小說都不止一次被改編了拍成電影或電視片集。以勃朗特氏姊妹一家的故事為題材的電視片集，三年前在螢光幕上播映過一部（片名忘記）。[3] 但是在銀幕上播映的影片，拍得具有藝術性和文藝氣氛的，是在戰後出現過的《夢斷巫山》。[4]

注 ————————————————

1　勃蘭威爾‧勃朗特（Branwell Brontë，1817-1848），英國作家、畫家。

2　柏迪勤克‧勃朗特（Patrick Brontë，1777-1861），英國作家、牧師。

3　*The Brontës of Haworth*，五集電視劇，1973 年製作。

4　應為《魂斷巫山》（*Devotion*），Curtis Bernhardt 導演，1947 年在香港上映。

長城石的憶思

本文原刊《大公報・大公園》，1978 年 9 月 29 日，頁 7。

書櫥裏面擺設著一個石頭，像一隻玻璃紙壓那麼大小；它的表面有一種久歷風霜的灰暗色調。這樣一個普通的石頭，在什麼郊野地方都可能撿拾得到。可是我多年來一直保存著它，為的是它對於我有著特殊意義。我是從遙遠的萬里長城帶回來的。我自己給它一個名字叫「長城石」。

在這個「長城石」身上，維繫著我一份時間也磨損不了的記憶。

那是文化大革命前的某一年國慶節，我有幸回去祖國的首都參加國慶觀禮，也是我第一次到北京。在興奮的情懷下，我曾經寫了用下面的句子作為開頭的一首詩：

> 踏上祖國的地土，
> 有如遊子重倚慈懷。
> 壯麗的山河，
> 壯麗的天地；
> 我看見，
> 閃耀於眼緣的
> 家園的豐收季。

祖國是豐收的，在一窮二白的基礎上，艱苦地建設起來，而且繼續向前邁步。新的形象和新的事物，都使一個從舊世界來的人感到眩惑，感到鼓舞。儘管行進的路程是曲折的，可是誰都能夠隱隱地看到光芒的遠景。於是在我的那首詩裏，我不自禁地寫了這兩句作為結尾：

> 我驕傲，
> 我是屬於
> 一個偉大的群體！

就拿個人來說，我也是豐收的。至少友誼方面是如此。在長長的旅途上，我增加了不少新結交的朋友；尤其是在北京停留期間，我有了機會在種種場合中，認識了和見到了好些可敬仰的文學界前輩。這是平時難得償願的事情。

我記得在參加「政協」邀請的一個盛大的宴會裏，冰心[1]和我同席。這位早年就以《寄小讀者》一書打動了我們的可敬的作家，用了上了年紀的人的那種慈祥和藹的態度頻頻說著：「祖國天天在變化，多些回來看看呵！」和我並坐一起，以主人的身份不斷舉杯向大家邀飲的，是穿了杏灰色中山裝，像是軍人模樣的人。他面型飽滿，容光煥發，眯起眼睛微笑著應酬客人。我記不起在什麼地方、什麼時候見過他。在閒話的時候我忍不住冒昧地問他大名。他微笑著，把放在面前的一個覆轉了的名牌（那是為編座安排的）翻過來，紙片上寫的名字是：

「衛立煌。[2]」

我才恍然地醒悟，我對他的印象原來是從報紙上來的。這位原國民黨將軍是在香港隱居了一段日子之後，也像別的看清了大勢的同袍一樣，採取了棄暗投明的行徑，返回大陸為國家貢獻力量。我想不到竟會在這樣的機會下見到了他。

比這個的記憶更要深刻的事，應該是國慶節日參加觀禮的儀式了。這一天意外地下著滂沱大雨，然而半點也不影響天安門廣場上瀰漫著的火樣的熱情。由上午十點鐘開始的三個多鐘頭內，五十萬群眾像海洋一樣在廣場上飄蕩前進，那裏面包括了受檢閱的軍隊、工人、農民、學生、婦女、少數民族、機構團體、體育大隊、文藝大隊。……夾雜在巡行隊伍中的是輕重型武器，工農業生產成果的巨大模型，標語牌，數不盡的紅旗和揮舞的花束；歌唱、口號、歡呼，把五十萬人的熱烈情緒表達到了最高點。

接著大巡行的結束而來的另一個情緒高潮，是毛澤東主席和別的領導人在天安門檢閱台上，向廣場的人群揮手的時候。人群像決了堤的河水似的湧向天安門下面，朝著檢閱台上揚手高呼：「毛主席萬歲！」

這麼樣的偉大場面，任何曾經看到過的人都會畢生難忘。

國慶節後的第三天，大夥兒離開北京到八達嶺去。在萬里長城上撐著步子走了一回。頂住強烈的北風，眺望那彷如長蛇一樣向前伸展的城牆，我不期然想起中國過去的光輝的歷史，也想像著未來的更光輝的年月，心是熱熱的，並不覺得眼前的塞外風光，有什麼如前人所感到的淒涼味。

離開長城的時候，我在城牆下面的草坪上撿了一個石頭。它就成為我這一趟北行最好的紀念物。

注 ————————————————————

1　冰心（1900-1999），原名謝婉瑩，福建長樂人，作家、翻譯家，曾加入文學研究會，於燕京大學畢業後赴美留學，回國後先後在燕京大學、北平女子文理學院和清華大學國文系任教。抗戰期間於昆明、重慶等地流亡，抗戰後赴日本講學，五十年代回國，曾任中國文學藝術界聯合會副主席、中國作家協會名譽主席等。作品有《寄小讀者》、《超人》、《關於女人》等。

2　衛立煌（1897-1960），國民軍軍人，曾任職副軍長，1949 年來香港，1955 年回北京。

颱風與我

本文原刊《大公報・大公園》，1978年10月6日，頁7。

　　生活在香港，如果住居與工作地點是相隔一個海，早晚上班下班必須趁一次巴士和船的話，那麼，到了颱風季節，就不由人不擔上一件心事：隨時得準備接受颱風的威脅。一號風球 [1] 是個提示；三號風球是個警告；八號風球已是風暴來臨的序幕了。過海回家的人們就像潮水一樣的湧向碼頭，湧向船上，好像跑遲了一步，船便要停航似的。沒有人會考慮到過量重載的船，在風浪中航行可能招致怎樣危險的後果；唯一的希望是爭取趁上這一班船。

　　在這樣的情形下，夾在擠得不能轉動身子的人叢中顛簸著，我常常會生起一種隨時可能沉船的預感。尤其是有一次，當船開動的時候，一個小輪公司的職員站在碼頭上，用擴音喇叭向船上大叫：請乘客分一部分到下層二等位去，維持重量的平衡。

　　不必說到船泊岸後在歸心似箭的人堆裏面擠迫巴士的苦處，僅僅是渡海時這一段驚心的滋味，就叫人難受了。風暴，就個人的生活來說，真是可怕的時辰！

　　但是說起來實在可笑，有過那麼樣一段日子，我對於颱風是很欣賞的，或者說簡直是喜愛的。它給予我的感受非常深刻。在還是童年時代，我便有著這樣一種奇怪的特性，每當颱風來臨的時候，在大自然的氣象出現激烈變化的情景中，我會感應到一種自己也不明所以的情緒。

　　分析起來，我想這是同我童年的生活和處境有著關係的。那時候，我是住在一個窮僻的地方，房子建築在山腰地帶；由於居民的共同方言，把那個地方形成了恍如聚族而居的部落，同周圍的地方都不發生關係。在記憶中，我的印象是一片灰暗和沉鬱的色調。我記不起可曾在那裏看見過明朗的日子。我就是在那麼寂寞和沉悶的氣氛中度過了童年。沒有什麼可以滿足我的童心的東西，也沒有一個遊玩的伴侶。這便自然地使我的性情變得孤僻起來。

　　住居有個天台，這是我在寂寞時候的好去處。在天台上面，我可以望見前面一個廣闊的海。對住海面走動著或停泊著的許多船艇，我會生起許多幻想；這些幻想隨著視線伸展到遠處，我會想起另一個更大的海洋，在海洋上航行著的作海員的父親。一顆心就浮沉於父親回來時的喜悅的幻想中了。這樣的時候，我往往

會呆呆的站立許久才離開。海成了我唯一的朋友。然而也是寂寞的。

有時，我望見不遠的海軍船塢裏一枝桅桿上掛了一隻像燈籠的東西，我知道那是颱風的訊號——風球；我的心就高興起來，立刻跑回去告訴屋裏的人們：颱風要來了！

當颱風吹到了，屋裏的人們習慣地聚攏一起在打牌消遣的時候，我靜靜地坐在一邊（如果是夜裏便躺在床上），聽見外面風吹雨打的聲音，緊閉的百葉窗被搖撼得格格作響，屋子也在震動著。然而我不感到恐怖，倒是有一種舒爽的快意浮上心來。好像那長期積聚在靈魂深處的重壓；那種孤零的憤懣，那種環境給予我的寂寞和哀愁，都在大自然的劇烈震盪中粉碎了。我有一種彷彿給洗刷過的澄清了的心境。這境界不是旁人所能了解的，可是我滿足著。

我大概是因此喜愛颱風的。但那是過去的事了。人事隨了年齡的增長而變化，視野也隨了思想的變化而擴大。我對颱風的觀念完全改變過來。想起人竟會對颱風感到喜愛，這真是荒謬的事情。只有那些把生活當作享受的人才會因颱風而添上生活的情趣；然而對於大多數在生活下掙扎的人，颱風卻意味著災難！

在颱風吹襲的晚上，經常聽到消防車或是救護車拖著刺激的響號在黑夜中飛馳，我會難過地想像某一處的木屋區正在遭遇著的悲劇。……我尤其怕聽到天文台發出這樣的氣象報告：

「呂宋以東的太平洋上，一個低氣壓在形成中。」

注 ————————————————————

1　風球，指香港天文台發出的颱風（後稱熱帶氣旋）信號。

偷書與借書

本文原刊《大公報·大公園》，1978年10月13日，頁7。其後收入《向水屋筆語》。

　　報紙上有一則外電報道：一位意大利籍的大學講師，在牛津一間著名圖書館裏偷取價值極高的罕本書籍，在牛津法庭被控以偷書的罪名。這位講師在法庭上道出他所以這樣做的原因：

　　　　我喜愛舊書，這些書的味道使我想拿走它們。我知道這可能被認為是滑稽的。但是只有視舊書如生命的人才會了解得到。

　　這位講師自己道白的幾句話真是可圈可點。且不管他那樣做的真正動機，至少他是說出了一個「愛書家」心理的一面：為舊書的特有氣味著迷。

　　對於愛書的人來說，書的確是有它本身氣味的。我見過有些人在買到一本新書的時候，首先是翻開來嗅嗅書頁，從那裏散發出來的油墨和紙張混和的濃烈氣味，感到一種滿足的刺激。而舊書所具有的那種由時間甚至年代所累積而成的特有氣味（當你走進專賣舊書的書店時便會感覺到），對於「愛書家」更是強有力的誘惑。

　　如果理解古人的所謂「嗜痂之癖」，則對於「愛書家」之為舊書氣味所吸引的道理，自然也是可以理解的。這並沒有滑稽可笑的地方。如果因對舊書的氣味著迷而至於發展為「偷竊」行動的話，把問題孤立來看，書的經濟價值未必在行動時的考慮之列。但是我這裏說的只是理論，並沒有為那位在牛津法庭被控的大學講師辯護的用意。特此聲明。

　　其實偷書行為的動機，一般說來是很單純的，為舊書味所誘發而偷書，可說是屬於高雅而又特殊的少數。普通情況則不外是由於求知慾所驅使，對於某一本自己渴望讀到的書，卻沒有能力買到，迫得冒險偷取，以償心願。有種人則是由於佔有慾作祟，見到心愛的書，要想據為己有，卻沒法得到，只好出於一偷以達到目的。這一類具有佔有慾的愛書家，是最可怕的人物，為了佔有一本書，他可以一切都置諸度外。兩世紀前，外國有過這樣一個愛書狂，當他擁有一冊自以為是「孤本」的書時，發覺別人也有同樣的一冊，心裏很不舒服，為了要使自己的

一冊成為真的「孤本」，竟然使出瘋狂手段，放火燒屋以毀滅對方的那一冊書。後來他的陰謀被揭發，給法庭宣判有罪而送上絞刑架。這種愛書狂的所為，真的如牛津法庭上那位講師所說的，「只有視舊書如生命的人才能了解得到」。

文人雖然多數是窮的，但是愛書家卻不一定愛好偷書。英國十九世紀的作家喬治‧吉辛，一生窮愁潦倒，儘管他常常說著「如果我吃得飽肚就好了」這種沉痛的話，可是他寧可犧牲吃飯的錢去買一本自己喜愛的書，也不願把書偷到手來。從這裏可以看出愛書家之中也是「人各有志」的呢！

偷書雖然事屬「風雅」，和竊匪潛入富人家裏不拿財物而拿走書畫有同樣的意味，但是「不問自取是為賊也」，萬一失手給抓住了，加上個「偷書賊」的名號，實在並不光彩。在商業社會裏，我想決不會有那麼開明的書店老闆，會因為你的行徑「風雅」而寬恕了你的罷？

說起借書，這是和偷書截然不同的兩回事，可是從某種意義說來，卻又有著可以相提並論之處，偷書是冒險的行為，而對於愛書家，讓自己的書借出去也是一種冒險的「賭博」。因為離開你的書架的「寵物」會不會再回來，是沒有保障的。借書不歸還，在讀書人中似乎是天公地道的事。所謂「識斯文重斯文」的說法，沒有比借書一事顯得更不值錢，即使是借書時指天誓日的說會把書送回，結果多半是食言了事。但是在相識者之間，偶然借一本書，任何有理性的人也決不會拒絕。你能以小人之心度君子之腹，一口咬定對方不會破例把書送回你麼？苦處就在這上頭。

碰上這種情況，我想最好的做法是來一個「反借書」，這就是，人家向你借一本書，你也同樣向對方借一本相等價值（不一定指物質上的價值）的書；對方不還書時，你也不還；無形中把你借入的書作為「書質」。這是最有保障的公平辦法。[1]

注 ————————————————

1　原文結尾有一段：

「有（仿製）打油詩為證：

問道書堪借
何妨大借書
有書皆可借
無借不成書
借自由他借
書還是我書
世間借書者
人亦借其書」

關於愛情之類

本文原刊《大公報‧大公園》，1978年 10 月 20 日，頁 7。

「青年男子誰個不善鍾情？妙齡女郎誰個不善懷春？」

郭沫若譯的《少年維特之煩惱》[1] 卷首所題的詩句，多年來不知有多少人拿它用在與愛情有關的文章裏面，差不多變成了通俗化的歌謠；可能有些引用那詩句的人連哥德那本名著也不曾讀過。可是這一點並沒有關係，至少那詩句之慣被引用，說明了它的本身是有生命的。

兩性之間，基於本能關係而發生愛情，是很自然的事，而這種愛情的發生，又不限於「青年男子」和「妙齡女郎」，它是通過一切年齡而存在的。哥德一生就鬧過不知多少次戀愛，甚至到了七十三歲的高齡，還同一個十七歲少女相戀。這便是一例。

人不是為戀愛而生活，也不可能為戀愛而生活；但是健康的、崇高的愛情，卻可以發揮偉大作用，同人的生活相輔而行，叫人生活得更美好，推動人的精神趨向高超的境界。歷史上多少人物，在愛情力量的鼓舞下成全了輝煌的事業。這是值得歌頌的愛情！

相反地，不健康的、庸俗的愛情，它可能發揮的是破壞作用，叫人生活墮落，沉淪，事業崩潰，甚至身敗名裂！

無論是怎樣一種形態的表現，愛情在人類的生活上是存在的。它是人的生活的一部分。

如果承認文學是生活形態的反映，則文學作品便不可能脫離了愛情的成分。設想一下，在文學上的成功作家，像托爾斯泰 [2]，莎士比亞 [3]，巴爾札克 [4]，雨果 [5]、左拉 [6]、福樓貝爾 [7]……等，假如把他們作品內容的愛情描寫全部抽去，那將會成為怎樣的作品呢？事實上，愛情的因素在這些作家的作品中，正是構成它們反映現實，暴露或是批判某種社會腐朽面的有機性環節。

「四人幫」橫行時期，把「描寫愛情」劃為文藝創作範圍的「禁區」，簡直是扼殺文學事業的生命。這是每一個忠於文學的真實性和忠於文學的藝術性的人所不能同意的。

可喜的是，國內的文藝工作者在解脫了長期羈絆的精神枷鎖以後，在寫作上

已經恢復了「描寫愛情」的自由，而且在工作上也有了表現。

　　最近，一項外電從北京發出的報道，說是停刊了十二年的《世界文學》已經復刊。報道引述了詩人馮至[8]在《世界文學》第一期發表的一篇文章中的話：即使「十八至十九世紀的資產階級文學」的作家，「站在個人主義立場，戀愛至上，有玩世不恭觀點，而且是逃避現實」，但仍可以從他們的作品中取得教訓。又說，「這種文學在暴露及抨擊封建社會和資本主義社會方面，也起了巨大的作用」。

　　這是對「四人幫」在文化藝術方面的禁錮主義的有力反擊。也是文化藝術前途的喜訊。國內的追求進步的文學愛好者，將會有機會廣泛地接觸到許多東西。過去被迫著損失了的，將會逐漸地、很快地補償回來。

　　這幾個月來，國內的文化園地的確出現了百花齊放的燦爛景象，在《世界文學》之前，好些停刊了的報刊恢復出版了。表現得更突出的一個方面，是許多西洋文學的古典名著都有系統地陸續出版；而且裝幀的講究、印刷和插圖的精美，都是前所未見的。

　　一切的現象都在說明一個事實：中國是在穩定地、自信地、踏實地邁步前進，不僅是在文化大道上而已。

注 ────────────────────────

1　參考本書上冊〈書的裝幀〉，頁 80。

2　托爾斯泰（Leo Tolstoy，1828-1910），俄國作家。

3　莎士比亞（William Shakespeare，1564-1616），英國作家。

4　巴爾札克（Honoré de Balzac，1799-1850），法國作家。

5　雨果（Victor Hugo，1802-1885），法國作家。

6　左拉（Émile Zola，1840-1902），法國作家。

7　福樓貝爾（Gustave Flaubert，1821-1880），通譯福樓拜，法國作家。

8　馮至（1905-1993），原名馮承植，河北涿州人，作家，二十年代先後參加淺草社和沉鐘社，編印《沉鐘》雜誌和《沉鐘叢刊》，曾留學德國，回國後任教於西南聯合大學、北京大學等，五十年代後先後任中國社會科學院外國文學研究所所長、中國作家協會副主席、中國外國文學學會會長等職。作品有《昨日之歌》、《十四行集》、《東歐雜記》等。

我談《黃皮書》

本文原刊《大公報・大公園》，1978年10月27日，頁7。

讀了紫櫻先生的〈從「紅皮書」到《白皮書》〉一文，使我想到《黃皮書》。但這只是字面上的聯想，同前者是風馬牛不相及的。

我所說的《黃皮書》（*The Yellow Book*）[1] 是一本雜誌的名字。它是十九世紀末葉英國文學上一個流派的產物。

《黃皮書》是同另一個雜誌《沙屋》（*The Savoy*）[2] 雜誌的名字聯繫一起而被提起的。只是《黃皮書》較為人所熟知。這兩個雜誌，直至今日仍舊為研究英國文學的人所追憶：不僅因為它們是世紀末英國文藝運動的一面旗幟，而且也為了集中於這面旗幟下共同努力的一群文學青年的業績，以及對他們的奇才所喚起的興味。

兩本雜誌的壽命很短，可是它們在文壇和藝壇所造成的影響，卻起過一定的作用。它們的特點，是以強調藝術這目標為前提，容納以作家個性為主的各種不同思想和風格的作品。它們的分子中有小說家、詩人、批評家和畫家。這一群鋒芒畢露的青年作家，有著奇怪的共同命運，差不多都是短命早死。其中活得長命的，都在英國文壇佔有相當的地位。而他們所從事的文藝活動，也直接或間接影響著日後英國文藝思潮的趨勢。現在還為我們所知的奧斯卡・王爾德[3] 的作品《莎樂美》[4]、《少奶奶的扇子》[5] 和《杜連格萊畫像》[6] 等，都是與這種思潮一脈相承的產物。

提起《黃皮書》，不由人不連帶想起有密切關係的一個人：琵亞詞侶。[7] 這個天才而又薄命的青年畫家，以他的纖巧精細、新奇絕俗的繪畫，使這本雜誌大為生色。琵亞詞侶原是《黃皮書》創辦人之一。據雜誌的發行人約翰蘭恩[8] 的憶述：有一天，他同琵亞詞侶和小說家哈蘭特[9] 聚集在一個俱樂部裏閒談，說到辦雜誌的事，只花了半個鐘頭，便決定了辦《黃皮書》的計劃。文藝部編輯是哈蘭特，美術部編輯由琵亞詞侶擔任。《黃皮書》創刊號便在一八九四年四月面世，是個季刊。雜誌的封面是黃色的，據說是象徵世紀末的徬徨無主的文藝思潮。

《黃皮書》出版後，立即引起極大的注意；尤其是琵亞詞侶的色情意味濃厚的繪畫，更引起頭腦保守的衛道之士的反感。雖然發行人不顧一切非議，繼續進

行，但是終於抵不住四方八面的攻擊。《黃皮書》第五期出版後，琵亞詞侶給解除了職務。

缺少了琵亞詞侶作品的《黃皮書》，比前大有遜色；加上雜誌內容缺乏生氣，漸漸支持不住，終於在第十三期上宣告停刊。

當《黃皮書》因琵亞詞侶的離去而陷於消沉的時期，有些愛好藝術的人打算籌辦一個純粹的文學美術雜誌，意圖代替《黃皮書》的地位。實現這個計劃的人是一家書店的老闆史密特斯 [10]，他請詩人西蒙士 [11] 負責進行籌劃。西蒙士提出美術部必須由琵亞詞侶主持為條件。一個新雜誌《沙屋》便於一八九六年創刊。但是這個雜誌的遭遇也不比《黃皮書》好，由於它的態度和風格同前者沒有多大分別，尤其是因為《沙屋》仍舊刊登琵亞詞侶的畫，它所招致的譭謗同前者也是差不多的。在這方面，《布萊克論》一文的插畫事件表現得更為明顯。

在《沙屋》第三期上，發表了詩人夏芝的一篇《布萊克論》[12]（按布萊克是同時代的所謂神秘詩人），同時插上一張布萊克本人作的水彩畫。書店竟不肯讓這一期的《沙屋》雜誌陳列。原因是書店主人原想看看琵亞詞侶對文章的插畫是怎樣繪製的，結果看見的是布萊克的手筆，大不高興；因此以拒售來抵制。夏芝感到這是自己文章所闖的禍，於是寫了一篇解釋的文章送到一家報紙去發表，又遭到報紙的拒絕；理由是，他們不願刊登琵亞詞侶的名字。由此可以看出來，當時一些人對這位天才畫家的態度是譭多於譽的。

在四面楚歌的情勢下，《沙屋》僅僅出版了一年，便辦不下去；一八九七年終於停刊了。

雖然兩個雜誌的歷史都不長久，但是它們在英國文學史上是有一定的位置的。作家 O. Bubdeit 說過這樣的話：「如果沒有這兩個雜誌，當時的藝術運動就不能給後世留下明確的觀念了。」

注 ————————————————

1 《黃皮書》即本書上冊〈咖啡店‧茶樓〉一文提到的《黃面誌》。

2 《沙屋》（*The Savoy*），英國文藝雜誌，由阿圖‧西蒙斯（Arthur Symons，1865-1945）主編，比亞茲萊負責插圖。

3 奧斯卡‧王爾德（Oscar Wilde，1854-1900），英國作家。

4 Oscar Wilde, *Salomé*，1893 年出版。

5 Oscar Wilde, *Lady Windermere's Fan*，1892 年出版。

6 Oscar Wilde, *The Picture of Dorian Gray*，1891 年出版。

7 即比亞茲萊（Aubrey Beardsley，1872-1898），英國畫家。

8 約翰‧蘭恩（John Lane，1854-1925），英國出版商。

9 亨利‧哈蘭（Henry Harland，1861-1905），美國作家。

10 史密特斯（Leonard Smithers，1861-1907），英國書商、出版家。

11 阿圖‧西蒙斯（Arthur Symons，1865-1945），英國作家。

12 夏芝，通譯葉慈或葉芝（William Butler Yeats，1865-1939），英國作家。

威廉‧布萊克（William Blake，1757-1827），英國作家。

William Butler Yeats, "William Blake and His Illustrations to the Divine Comedy", *The Savoy*, No. 3, July 1896.

琵亞詞侶和他的畫

本文原刊《大公報·大公園》，1978年 11 月 3 日，頁 7。

　　同十九世紀末葉英國文學雜誌《黃皮書》和《沙屋》有密切關係的畫家琵亞詞侶（Aubrey Beardsley，一譯比亞茲萊），在中國還不算是很陌生的。在他還未被中國普遍認識之前，他的以纖巧為特點的黑白對照分明的線條畫作風，已經反映到中國的藝壇上來。在三十年代前後，追慕琵亞詞侶「畫風」較顯著的人，有葉鼎洛[1]和葉靈鳳（兩人同是文藝作家）；尤其以後者予人的印象更深。葉靈鳳在當時他所主編的文藝刊物《幻洲》月刊[2]裏，就經常加入他自己的繪畫插頁；此外，在創造社出版的單行本中他所作的一些裝飾畫，也是琵亞詞侶式的。

　　至於對琵亞詞侶作出具體介紹的，應該算是魯迅先生。一九二九年，魯迅先生在他編印的《藝苑朝花》中的第四輯就是《比亞茲萊畫選》[3]，選印其作品十二幅。一九五六年，瀋陽的遼寧畫報社又出版了《比亞茲萊畫集》[4]從作者二百餘幅作品中選出六十幅。這應該是琵亞詞侶作品介紹到中國來的較豐富的一冊了。

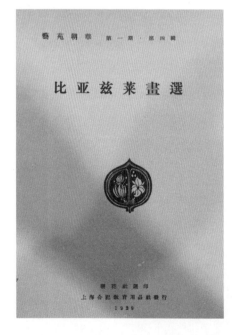

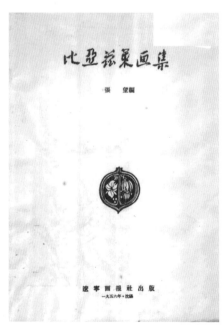

《比亞茲萊畫集》書影
《比亞茲萊畫選》書影

對於這位有高度才華的畫家，魯迅先生在《藝苑朝花》第四輯的文字裏說了這樣的話：「沒有一個藝術家，作黑白畫的藝術家，獲得比他更為普遍的名譽；也沒有一個藝術家影響現代藝術如他這樣的廣泛。」又說：「視為一個純然的裝飾藝術家，比亞茲萊是無匹的。」這是相當高的評價。

然而，具有這樣高度成就的藝術家，他的壽命只有二十六年。

琵亞詞侶一八七二年出生於一個金銀匠的家庭，幼年時期就患上肺病。他短短的生涯幾乎全部消度於與死亡作鬥爭。但是不幸的命運妨礙不了他的藝術天分的發展。在年輕時代他已經對繪畫和音樂有特別的愛好。他的姊姊是個歌女，他和姊姊常常出現於音樂會中演唱，或是上舞台演劇。十六歲離開學校以後，他先後在倫敦一家建築師事務所和保險公司做事。因為閒暇時候常常出入於書店，他認識了一個書店老闆。這老闆很賞識他的繪畫才能，推薦他替幾個作家的書作插圖；他便辭去保險公司的職務，決心獻身於藝術事業。不久他認識了美國畫家班尼爾[5]；班氏後來在一本美術雜誌上刊出一篇文章，對琵亞詞侶的作品大加推崇，增加了他不少的聲價。一八九四年，琵亞詞侶才二十二歲，擔任了《黃皮書》的美術部主任。他的作品震動一時。在任職的一年間，琵亞詞侶的畫成為英國社交界的談話資料，稱他畫筆下的女性為「琵亞詞侶式的女性」。

但是隨了聲譽而來的是另一方面的譭謗。思想保守的人們認為琵亞詞侶的畫是敗壞道德的東西而加以攻擊。尤其是一八九五年王爾德因男色事件入獄，而琵亞詞侶是替王爾德的《莎樂美》[6]作過插圖，因而大家更誤認他也是同樣的變態性慾讚美者，對他的攻擊更不留情。琵亞詞侶忍受不了刺激，結果直接加深了他的肺病。於是他離開英國到法國北部海岸去休養。當詩人西蒙士為著《沙屋》雜誌的出版跑到法國找他合作時，琵亞詞侶的健康已經很壞。不過他仍然答應擔任《沙屋》的美術工作。他的生命還延長了三年。

一八九八年三月十六日，琵亞詞侶在他的母親和愛姊的陪伴中咽了最後一口氣，他的藝術生命只是短短六年。

琵亞詞侶在繪畫上創造了藝術的個人風格，以誇張的筆調、詭趣的構圖去表現上層社會人物的性格化形象，隱含著諷刺和嘲笑。這是它本身具有的積極意義。然而用今日的思想尺度去衡量，他的作品仍有缺陷的一面的。這是歷史條件局限的結果。不過作為批判地接受的藝術遺產，他的作品卻還有其本身的價值。這也是魯迅先生當年把它介紹給中國的動機。

注 ———————————————————————————————

1 葉鼎洛（1897-1958），江蘇江陰人，作家、畫家，畢業於杭州藝術專科學校，其後到不同學校任教，為書籍插圖，曾加入「綠波長沙分社」，與趙景深、田漢三人合資出版《瀟湘綠波》文學期刊。

2 參考本書下冊〈香港新文化滋長期瑣憶〉，頁 783。

3 朝花社選印：《比亞茲萊畫選》（藝苑朝華第 1 期第 4 輯）。上海：合記教育用品社，1929 年。

4 張望編：《比亞茲萊畫集》。瀋陽：遼寧畫報社，1956 年。

5 應指愛德華·伯恩·瓊斯（Sir Edward Burne-Jones，1833-1898），但伯恩·瓊斯是英國而不是美國畫家。

6 Aubrey Beardsley, *Aubrey Beardsley's Illustrations to Salomé*，1900 年出版。

話說情書

本文原刊《大公報‧大公園》，1978年 11 月 10 日，頁 7。

　　如所周知，情書是戀愛男女表達情意的書信。每一個有過戀愛經驗的人，不論男女，都有過寫情書的經歷。這是無須隱諱的事情。儘管在郵電事業發達的今日，遠距離有了電報，近距離有了電話，可是這些便利的溝通工具卻沒有能夠取代郵政事業的地位，同樣也沒有能夠取代情書的寄遞。因為只有用筆墨才能表達的情意，決不是機械文明的電話所能「勝任」的。情書是性質獨立的東西。

　　因此，情書的產生，一個基本條件是當事人雙方有個空間的距離，不管是天涯海角，或是近在咫尺也好，總之是各處一方，才有必要憑筆墨互訴心曲；否則日夕面對，有什麼理由以書面交談！即使是聾啞的人，也可以用手勢來表達情意的呢。

　　不過也有例外。男女之間，由於身份不同，或是別的條件關係，礙於客觀環境的壓力，即使近在咫尺，也有如隔天涯之感。在「相望不相親」的情形下，只能靠通信互訴衷情。這類情況，杜思托也夫斯基的小說《窮人》[1] 裏面的故事，可以為例。在貧民窟裏，一個在衙門當小職員的老頭兒，又猥瑣又自卑；他同住在對面屋子裏的一位年輕孤苦的女郎相愛。兩人憑了通信，互相訴說各自的生命歷程，訴說生活環境的事物，互相關心對方的生活起居；全是出於窮人之間的一種純潔樸素的感情。直到女的最後獲得歸宿，老頭兒替她辦了結婚的用物，一場感情關係才結束。情節相當動人。

　　但是情書之中最動人的，恐怕要算《阿伯拉與哀綠綺思的情書》[2] 了。這一對生於十一世紀時代的法國的大情人，因為環境的阻力而不能達到結合的目的，在無可奈何中，男的到寺院去做了僧人，女的也進修道院去做了修女。各自藉此了卻塵緣。可是後來哀綠綺思在一個偶然的事件中知道了阿拉伯對她並未忘懷，於是寫了一封信安慰他。

　　阿伯拉給挑起了舊情，忍不住寫了回信，這樣一來一往，兩人重再築起了感情的橋樑。但是他們的愛情始終是維繫在通信上面，直至生命的終結。《阿伯拉與哀綠綺思的情書》雖然只是四封信，但是每封信都是相當長的。信中充滿著無可奈何的哀怨情緒，具有非常打動人心的力量。即使作為古典文學，也是一本成

功的作品，然而這卻是真人真事的情書。

其實一般以文學作品的面目出現的情書，多半還是帶有作者的自傳性質的，甚至是完全真實的。過去的如，蔣光赤《紀念碑》[3]，就是作者與亡妻若瑜的通信結集；徐志摩的《愛眉小札》[4]，是作者寫給陸小曼的書信；廬隱女士的《雲鷗情書》[5]，也是作者同李惟建的通信結集。魯迅和許廣平的《兩地書》[6]，也可以說是這一類，雖然魯迅先生可能不願把它列為情書。

在中國新文藝運動以來所出版的情書作品中，值得提起的還有郭沫若的《落葉》。[7]這本書是在創造社時期出版的。內容是一個中國留學生同一個日本女郎戀愛的故事。這故事是從日本女郎寫給中國留學生的一束信中反映出來。男的因患肺病進了醫院，在臨終的時候把女的寫給他的一束信交給了一位朋友處理。《落葉》全部內容就是那一束日本女郎寫的信。由於這一束信寫得非常纏綿悱惻，感情豐富，而且帶有濃厚的異國情調，因此在出版後的北伐時期，十分流行，再版多次，成了一般愛好新文藝的青年男女都讀過的書。

由於情書的性質是獨立的，除了日記，情書是最能夠表現一個人的內心的東西。對於作家，尤其是如此。文章是寫給別人看的，而情書只是寫給一個人——在自己的心目中是世界上唯一的人看的。因此，特別引起人們的興趣。

說來似乎可笑，卻又並不可笑，在三十年代左右，被當時稱為「香港新文壇第一燕」的《伴侶》雜誌，也出版過一期「情書專號」[8]，而且由司徒喬、黃潮寬[9]兩畫家作插圖。

注 ————————————————

1　陀思妥耶夫斯基（Fyodor Mikhailovich Dostoyevsky，1821-1881），俄國作家。

韋叢蕪譯：《窮人》（*Poor Folk*）。北京：未名社，1926 年。為《未名叢刊》一種。

2　Pierre Abelard（1079-1142）、Heloise（1101-1164）著，梁實秋譯：《阿伯拉與哀綠綺思的情書》（*Love Letters of Abelard and Heloise*）。上海：新月書店，1928 年。

3　蔣光慈（1901–1931），安徽人，小說作家，筆名有光赤、光慈、敦夫、陳情等。

宋若瑜、蔣光慈：《紀念碑：宋若瑜蔣光慈通信集》。上海：亞東圖書館，1927 年。

4　徐志摩（1897–1931），浙江人，詩人、散文作者，與胡適、聞一多、梁實秋等成立新月社，因飛機失事去世。

徐志摩：《愛眉小札》。上海：良友圖書印刷公司，1936 年。

5　廬隱（1898–1934），本名黃淑儀，福建人，小說和散文作者。

廬隱、唯建：《雲鷗情書集》。上海：神州國光社，1931 年。

6　許廣平（1898–1968），廣東人，筆名景宋。曾是魯迅學生，1927 年與魯迅同居。

魯迅、景宋：《兩地書》。上海：青光書局，1933 年。

7　參考本書上冊〈書的裝幀〉，頁 80，注 2。

8　「情書專號」刊《伴侶》第 10 期。參考本書下冊〈香港新文化滋長期瑣憶〉，頁 783。

9　參考本書下冊〈香港新文化滋長期瑣憶〉，頁 783。

再說情書

本文原刊《大公報·大公園》，1978年 11 月 17 日，頁 15。

　　一般人對於「情書」有一種狹義的看法，認為這只是男女間在戀愛時期的玩意兒，是沒有「世故」的產物。過了這個階段，——即如結了婚，面對了實際生活，即使在某種特殊情形下（如相隔兩地）需要寫信，也不會像過去日子那樣，提起筆來就訴說心曲那麼詩意，而自然而然地換上另一套內容了。這正是生活問題由前門進來，愛情由後門溜出去；這時候寫起信來，多少也帶一點柴米油鹽的味道。進一步有了兒女的話，則代替了往日那種纏綿情話的，將是：「阿 B 要交學費了！」「天氣很涼了，阿女去年買的禦寒衣服已不合穿。」或是：「包租婆來了兩次催交房租，真難應付呵！」……之類的呼籲。

　　這已經不是「情書」而是「家書」了。

　　「家書」和「情書」當然是不同的。如果拿情書比作「詩」，那麼，家書便是「論文」了罷？詩是情感的化身，而論文卻是理性的產物；表面看起來是兩種形式的兩種東西。不過，高明的理論家卻可以把論文寫成「詩化」，寫得像詩——至少像散文詩一樣具有引人入勝的魅力。同樣的道理，「家書」何曾不可以變成「情書」！問題是在於雙方的共同生活是否維繫著愛情。

　　因此我覺得，「情書」的定義不是那麼狹窄的。它應該通過實際生活而存在。事實也是，只有具有生活基礎和生活內容，同時也互相了解生活實際的人，他們的愛情才是真實的，經得起考驗的。這樣一種關係的人的通信，為什麼不應該是情書呢？

　　黃花崗烈士中的林覺民是個好例子。這個熱血沸騰的革命志士，在參加起義的前夕，以必死的決心寫給他妻子道別的一封「絕命書」[1]，訴說他愛她又不能不離開她的原因，最堅強的人讀起來，都會為那一份既激昂又淒婉的情緒感動得落淚。這便是夫婦之間最典型的最有生命的情書！

　　在我們的上一代，寫情書這回事可說是沒有的。在傳說的封建思想和道學觀念長期支配之下，男女之間要想通信，簡直是「大逆不道」的行徑，誰也不敢冒犯。所謂「紅葉題詩」、「紅娘遞柬」這一類風雅故事，在讀書人中已成為千古佳話；其稀罕程度可以想見。中國的青年男女敢於公然通信，大概是「五四」運

動以後的事。而寫情書之舉,當然也是由此發展而來。

中國自古是文化之邦,在這方面,西方國家沒法追趕得上。然而寫情書一事,他們卻比中國跨進了一步。在若干世紀之前,他們的社交生活中已經流行情書這種東西。

德國作家霍夫曼(Camill Hoffmann)[2]在一九一二年編纂了一本《歐洲近二百年名人情書》,便是集西方名人情書之大成的工作。這本書據說是根據德、英、法、意等國的一百二十種名人書信選編而成的。時代由十八世紀初至十九世紀末的二百年期間。內收情書二百多封;寫信人二百多名,其中包括歐洲各國的帝王將相、皇后妃嬪、軍人、政治家、文學家、詩人、思想家、舞蹈家、優伶等等歷史上有名人物。真是洋洋大觀。

這部《歐洲近二百年名人情書》在一九二八年出現了中文譯本[3],上海亞東圖書館印行。先出上冊,一九二九年出了下冊。上下冊合計共五百五十多頁。以這樣的規模出版外國人的情書集,在當日中國的出版界中也屬罕見。

值得一提的是,花了那麼大的魄力去翻譯這本書的人,是一位署名魏蘭的女士。據〈譯者序言〉中透露,她本人是在香港的。〈序言〉中有這樣的話:

> 當一個青年作家初次出版一部著作的時候,他或她總要在序言中說,那是他或她的「敲門磚」或「處女作」,藉此表示那頑意兒還未成熟,對不住讀者。我是破題兒第一遭翻譯外國文學的作品,因此我也可以說,這是我在文學譯述中的「敲門磚」,或處女的「處女譯」。

遺憾的是後來並未見到這位譯者再有什麼其他的譯作。

注 ────────────────────────────

1　林覺民(1887-1911),廣州黃花崗起義七十二烈士之一,起義前夕(1919年4月24日)給妻子陳意映(1891-1913)寫下遺書,後世名為〈與妻書〉。

2 霍甫曼（Camill Hoffmann，1878-1944），德國作家。

所編名人情書集為德文版：

Briefe der Liebe: Dokumente d. Herzens aus zwei Jahrhunderten europäischer Kultur（*Letters of Love: Documents of the heart from two centuries of European culture*），1913 年出版。

3 Camill Hoffmann 編著，魏蘭譯：《歐洲近二百年名人情書》及續集。上海：亞東圖書館，1928 及 1929 年。

兩個詩人的女性觀

本文原刊《大公報・大公園》，1978 年 11 月 24 日，頁 7。

　　法國近代作家莫洛亞（Andre Maurois）所著的《雪萊傳》[1]，雖然寫的是雪萊的生平，但有相當大的部分是關於拜倫的敘述。這兩個十九世紀英國大詩人的歷史（特別是生命的最後時期）是聯繫在一起的。奇妙的地方是，兩個詩人都同樣具有正義思想和反抗性，——雪萊在伊頓大學時因鼓吹「無神論」而被趕出校門，後來又寫過好些政治長詩；拜倫更為參加希臘革命而獻出了生命；可是他們的性格和氣質卻並不相同。拜倫是不羈的而近於狂妄的人物，雪萊則是溫柔得有如女性。

　　兩種不同的性格和氣質，從他們對女性、或者更貼切地說對戀愛的態度上，可以反映出來。叫人感到興趣的，卻是兩個同時代的詩人的戀愛關係糾結在一起這個事實。這恰好給我們顯示了兩個詩人的戀愛姿態，以及他們在女性的心目中發生著怎樣的眩惑作用。

　　雪萊在十九歲的時候，就和他妹妹的同學哈麗葉[2]結了婚。哈麗葉是一個小酒店老闆的女兒，並未好好的受過完善教育。她簡單的頭腦裏滋長著的，只是日益明顯的虛榮思想，高興結交一些不正當的男朋友。到了雪萊察覺到她的缺點和不可改造的時候，他感到對婚姻的失望而痛苦了。他對妻子的感情趨於冷淡。這個時候在他的面前出現了另一個吸引他的女孩子，那是葛特文[3]的女兒瑪莉。

　　葛特文是當代的權威思想家，政論家。雪萊早已因為仰慕他而同他熱烈地通過信，末了是同他見面和訂交。葛特文有一個相當複雜的家庭，他先後結過三次婚，有一群異母甚至異父的兒女。當雪萊出現在這個家庭的時候，大大的打動了一群女孩子的心，對雪萊私戀得最熱烈的是其中之一的克妮亞。[4]到了在異地唸書的瑪莉放假回來的時候，她也同樣愛上雪萊了。

　　瑪莉是葛特文前妻[5]所生的女兒。她有健全的教養和美麗的容貌，在溫柔的外表下隱藏著堅強的性格。這一切都符合了雪萊理想伴侶的條件。他不期然的也愛上她了。

　　可是事情並不如想像的美滿。葛特文因為雪萊已結過婚而極力反對他同瑪莉的戀愛。雪萊知道要達到兩人結合的心願的困難，於是決定採取一個斷然的計

劃，和瑪莉一同私奔。

　　在一個濃霧的早晨，雪萊準備好一輛馬車，停在葛特文家的街口等待著。意外地，和瑪莉一同悄悄地溜出來的，卻有臨時決定參加這一幕戲劇性行動的克妮亞。她願意跟雪萊和瑪莉一齊逃跑。

　　三個人離開英國向法國前進。雪萊帶著兩個女孩子跑到巴黎的時候，身上的錢已經用盡，只好變賣一些用物，到他們原定的目的地瑞士去。但是究竟因為生活上缺乏接濟，到了不能夠再耽下去的時候，三個人又狼狽地回到英國。

　　葛特文因了雪萊誘逃他的女兒而非常忿怒。他拒絕同雪萊再見面。雪萊設法弄到一點錢，便在倫敦郊外租了房子，和瑪莉、克妮亞同住。可是日子並不安靜。愛的佔有慾使瑪莉發脾氣，她不高興克妮亞共同生活在一起，許多微妙的事情使得克妮亞感到難堪。克妮亞只好痛苦地離開雪萊。但是她的一股熱情得有個去處。她要找一個相當於雪萊那樣的人物才能滿足她的報復心理。結果她想到了拜倫。

　　這時候，拜倫正因為離婚事件引起社會的非議。他準備離開英國。克妮亞寫過幾封信給他，並且親身去拜訪他。倨傲的拜倫不回信也不接見。終於，克妮亞寫了一封在一個自尊的女人不輕易寫得出來的信，同時也是使一個男子不容易抗拒的信，約拜倫「私會」。結果是拜倫「投降」了。他滿足了她。

　　但拜倫是愛的遊戲主義者，他離開英國到瑞士去之後，什麼都忘記了。克妮亞卻是不能忘記的。她需要拜倫。雪萊明白克妮亞的心事，同情她的處境；於是偕同瑪莉伴送克妮亞到瑞士去找拜倫。兩個詩人因此在日內瓦初次會到面。憑了克妮亞的關係，他們締結了友誼。克妮亞為兩個同時代的詩人的友誼在英國文學史上寫下了珍貴的一頁，她自己卻沒有半點收穫。因為拜倫又有了新的愛侶，他對克妮亞十分冷淡。這使雪萊也感到難過。三個月後，他又和瑪莉把克妮亞帶回英國。

　　在英國的雪萊前妻哈麗葉，因為行為不檢而自慚地投河自殺了。雪萊便正式和瑪莉結婚。為了要想把哈麗葉生下的兒子接回自己撫養，他同前妻的家人打了一場失敗的官司。他也有了和拜倫相同的遭遇，受到社會的攻擊。他也起了遠離英國的念頭。這時候，克妮亞已經生下一個女孩子，那是拜倫的骨肉。克妮亞要把女孩子交給拜倫撫養。雪萊夫婦便於一八二一年八月，同克妮亞帶著她的女孩子，前往拜倫所在的意大利。

　　拜倫接納了女孩子，可是拒絕和克妮亞見面。雖然經過雪萊懇切的要求，也沒有結果。失望的克妮亞只好跟雪萊走了。她和拜倫的關係也就這樣結束。五年之後，在拜倫撫養下的女孩子也夭折了。

　　一八二二年七月，雪萊溺死於意大利，相隔兩年，拜倫在希臘的獨立軍中病死。戀愛的糾紛隨著兩個詩人的生命完結，克妮亞後來隱居在佛羅倫斯，度過她傷心的餘年。

　　有人對兩個詩人的女性觀有過這樣的評語：雪萊對於女性是朝天上看的；拜倫對於女性是向地下看的。

注 ────────────────────

1　安德烈‧莫洛亞（André Maurois，1885-1967），法國作家。

André Maurois, *Ariel: The Life of Shelley*，1924 年出版。

2　哈麗葉（Harriet Westbrook，1795-1816），為她的「不檢」辯護的包括馬克吐溫。

3　即威廉‧戈德溫（William Godwin，1756-1836），英國作家。

4　即克萊爾‧克萊爾蒙特（Claire Clairmont，1798-1879），與瑪麗‧雪萊沒有血緣關係的姊妹。

5　葛特文前妻是瑪莉‧沃斯通克拉夫特（Mary Wollstonecraft，1759-1797），英國作家。

克妮亞與拜倫

本文原刊《大公報·大公園》，1978 年 12 月 1 日，頁 7。參考本書上冊〈兩個詩人的女性觀〉，頁 157。

詩人拜倫雖然生下來就是個跛子，但是由於他長得英俊瀟灑，由於他在文壇上的聲名，更由於他對十九世紀英國社會傳統法則的反叛行徑，使一些保守的衛道之士把他看作「惡魔」。可是愈說他是「惡魔」，他便愈成為引動女性好奇心的「英雄」。他的名字成了當日倫敦社會的一種眩惑。有不少女性以能夠愛上他為榮。在那些自願獻上身心的女性之中，克妮亞小姐是其中的一個。

克妮亞是個熱情的而又敢作敢為的女子。她是詩人雪萊夫人瑪莉的異母姊妹。因為雪萊愛上瑪莉，使她感到失望的悲哀之後，她決心要抓住拜倫來寄託她的熱情填充她心頭的空虛。她怎樣去進行這個計和劃呢？

克妮亞打聽到拜倫的住址，開始寫了這樣一封信：

> 一個完全不相識的人給你寫信，這是太冒昧了罷？我所要求的不是你的恩惠：我並不是窮困。……假如有一個女子，她有純潔的名譽，既沒有保護人，又沒有丈夫的約束，她整個地投身在你的面前，帶著跳動的心向你表白她多年來對你的熱愛；假如她只要得到你一點好意，就用深切的愛和無限的專誠來回報你，你忍心辜負她嗎？你會保持墳墓一般的沉默嗎？……請你儘快給我答覆。回信請寄……

那時候，拜倫正準備離開他所厭惡的英國到瑞士去。他對克妮亞那封信不發生興趣，也不理會。她又寄出第二封信，拿「有特別重要的事情商量」為理由，約定時間要求見面。一樣沒有結果。第三封信又寄出了。這次換了題目：說她打算獻身舞台，要求拜倫介紹她進有名的 Drury Lane 戲院。這一回拜倫回了信，卻叫她直接去拜訪戲院的經理面談。克妮亞沒有辦法。可是她並不氣餒，仍舊再接再厲的寫信。她說她改變了從事戲劇的志趣，打算致力文學事業：她已經完成了半部小說，要求他批評和指導。拜倫又拿沉默回答她。

但是克妮亞的決心是一往無前的。她終於拿出大膽的態度，還用了一個熱情女子的最後一計——

「也許你會說我這個人鹵莽和缺乏品格，」她這樣寫她的信，「但是至少有一件事情你慢慢會明白──我愛你，柔情而又誠心。……我要忠實的告訴你，你將來是屬於我的。

「對於下面的安排你不致有意見的罷？星期四晚上，我們一同離開市區，坐公共馬車或郵車，到城外十哩或十二哩的地方去。在那裏，我們將是絕對的自由，沒有人認識我們。第二天早上我們便可以回來。我已經摒當好一切，決不會引起別人的疑惑。……」

這封信果然發生了力量。拜倫屈服了。他接受了克妮亞的安排。

克妮亞勝利了。拜倫卻沒有把事情放在心上。他離開了她就不再記起她。克妮亞痛苦著。雪萊和瑪莉送她到瑞士去找拜倫。他們在日內瓦和拜倫住在同一家旅館。兩個同時代的詩人在異國第一次會面，彼此非常投契。雪萊和拜倫之間，性格有許多不同的地方，相處得還是很愉快的。不愉快的是克妮亞。拜倫對她表示厭倦，而且極力要避開她。

雪萊見到拜倫對克妮亞的冷淡態度，很感到為難，尤其是因為克妮亞已經懷孕。他提出克妮亞的問題和拜倫討論。拜倫坦白地表示，他只願照顧那未來的孩子，對於克妮亞的前途，他並不關心，因為他對她沒有愛情。這一番無結果的談判，使得雙方友好的感情也受到了微妙的影響。雪萊夫婦倆感到相處下去的尷尬，於是決定回去英國，一方面也藉此減輕克妮亞的痛苦。

回去英國之後不多久，克妮亞生下了一個女孩子，名叫亞利嘉娜，母女倆依附雪萊生活。

在雪萊家裏，亞利嘉娜的身份只當作是別人寄養的孩子。可是克妮亞疼愛孩子的表現，卻使人看出她是亞利嘉娜的母親。而雪萊是這個女孩子的父親這樣一種猜測，竟在鄰人中間流傳起來了。這情形使瑪莉感到麻煩。同時，雪萊回到英國以後，一連串不如意的人事打擊，也使他精神上感到苦惱；加上亞利嘉娜事件的困擾，促成了夫婦倆要改換生活環境的計劃。他們決定到意大利去，順便把亞利嘉娜這可憐的女孩交給拜倫。

那時候，拜倫是在威尼斯過著荒唐浪漫的生活。雪萊會到了他。拜倫的態度依然是那麼堅決，他只願接受那個女孩子，不肯再見克妮亞。克妮亞無可奈何，只好放棄了同拜倫再續前緣的一切希望。她仍舊回到雪萊那邊和他們一起過活。

亞利嘉娜五歲時死在寄養的一間修道院裏，克妮亞聽到消息非常傷心。她託

雪萊寫信給拜倫，索取一幀亞利嘉娜的照片和一撮頭髮，給她作紀念。

克妮亞一直跟雪萊的家住在意大利。晚年時候，有一位搜集詩人史料的作家去訪問她。

「你也如別的人一樣，以為我是愛拜倫的罷？」克妮亞對訪客說，「我只是受到他的眩惑，但那不是愛情；也許有一天會變為愛情的，可是我卻沒有」。

「那麼，對於雪萊呢？」

年老的克妮亞含羞地回答：「我是深深地愛他的呵！」

難忘的記憶

本文原刊《大公報・大公園》，1978年 12 月 9 日，頁 15。

　　一九四一年十二月八日的前一晚，同一個由香港過海來的詩人朋友在九龍城一家咖啡店裏閒聊，談著辦刊物的計劃；一直坐到深夜才分手。事後提起這一晚的事時，大家都苦笑著說：「真不知道死期將至。」因為第二天一覺醒來，戰爭竟突然地臨頭了！

　　那一天早上八點鐘左右，我是給一陣沉重的爆炸聲驚醒的。我急忙跳下床來，跑出陽台向外望。這是個陽光高照的明朗日子，蔚藍的海水像天空一樣清澈，一隻長久停泊在海中心的緝私艦旁邊，正揚起一團團的白煙，水花在白煙下飛濺起來；半空裏，幾隻銀白色的飛機在盤旋著。我立刻意識到這是什麼回事。急忙把同床的陽弟推醒：「快起來！日本飛機來了！」

　　穿好衣服再跑出陽台去看時，同居的楊君隱身在窗檻後面仰望著。成隊的飛機拖著震撼人心的音響瀰漫在空中。楊君指住高空咒罵地說：「就是這些傢伙，果然來了！」楊是一家航空公司職員，幾天前就聽到他說，公司的文件都撿拾好了，用飛機運到中國大陸去；局面似乎很緊張，但是他還不相信日軍會打香港。現在，他不能不叫出來，「果然來了！」

　　日軍進攻香港，首先遭殃的是九龍。別說香港那邊的居民，事發後還有些人以為是防空演習；就是九龍方面，也有好些人不相信戰爭已經來到。當第一顆炸彈落在城南道的時候，驚動了整個九龍城街市的人群，一個巡邏的印度警察安慰著路人說，這是「皇家空軍」演習；可是到了情形愈來愈不像樣，那個印度警察逃得沒有蹤跡。在另一個區域，一個路人疑惑地望著高空，推測地自語：「是演習罷？」旁邊跑過一個穿了制服的防空隊員張惶地插上嘴：「不，這一次是真的了！」

　　是的，這一次是真的了。

　　突如其來的一聲狂吼在頭頂掠過，我看到一隻飛機用了俯衝姿勢在不遠的侯王廟上空劃了一道弧線，隨即又飛起。接著是轟隆一聲，一股濃煙在下面冒起來，許多分辨不清的破碎東西在濃煙中飛上半空。

　　看情形，我們再也不能在屋裏耽擱了。隔一條馬路就是警署，左邊不遠便是

飛機場，這些地點都可能是轟炸的目標。我於是急忙同家人們離開住處。落下樓梯的時候，一種不曾經驗過的恐怖感覺抓住每一個人的心。我的母親簡直拖不動步子。唯一能夠支持她的是掛在口邊的「觀音菩薩」的名字。

樓梯下面已經成了臨時避難所。許多人擠在那裏，屏息著聽候命運的安排。我們走了一半就不能再落下去了。外面，正響著炸彈聲和疏落的高射炮聲。日本飛機還在上空兜圈子。

直到一切音響都靜下去以後，避難的人們像退潮一樣湧出外面去。我們立刻回進屋裏，分頭撿拾自己簡單的衣物，準備離開危險的住居。一刻鐘也不能停留。

街道上，店舖都關上了大門。人像水銀瀉地似的滾來滾去；幾乎全都背著包袱或是扛著匆促紮好的行裝，向著各自以為安全的地方跑。人人的臉上都是一副緊張和焦慮的神色。半是由於恐慌，半是由於惶恐：怎麼辦呢？成群的日本飛機突然襲擊，卻沒有本地的飛機起來應戰。

差不多到處都見到被轟炸的痕跡。最厲害的災難落在城南道。一個巨彈由屋頂直穿到地面，兩邊毗連的樓房同時塌了下來，不幸遇難的人們都埋身於頹牆瓦礫之中。在馬路上，一輛貨車拖著一架滿身彈痕的練習機，由啟德飛機場出來，慢慢地走著，不知道拖到什麼地方去。

我們避難的目的地是相隔不遠的姊姊的家，那裏是比我們原來的住處較為安全的地點。在姊姊的家匆匆吃過早飯，我們利用剛剛經過了轟炸的空隙時刻，又冒險回家去走一趟，為的是搬出一點糧食和一些生活上必需的用物。當我們在下午兩點鐘重再回到姊姊家裏的時候，空襲警報又響起來了。

從陽台向外望，日本飛機已經聯群地在高空飛翔著，找尋目標投著炸彈。憑了空襲常識，最現成的逃避地方還是比屋子低一點的樓梯。於是幾層樓的住客都不約而同地聚攏在樓梯的轉折處。恐怖壓住每一個人的心。整個地區肅靜得好像沒有一個生物。

每次轟隆一聲，人便感到一下震撼，一隻為透光而設的玻璃窗面漾起一陣光波，在這樣的境界裏，誰都不容易鎮定下來。一位鄰居的女學生手上一直捧住一本書，這時候沒有能夠看下去；另一位少女，為了想起家人思念她而焦躁著。她在前一天從香港到九龍城來看朋友，現在沒法回家去了。

「該不致在頭頂落下一顆炸彈來的罷？」這樣一個在空襲時候常有的疑問心

理，得到的事實答覆僥倖是否定的。半個鐘頭後，我們終於能夠安全地回進屋裏。日本飛機走了。

晚飯吃得特別早，為的是聽到了謠言。一個當防空救護員的人帶來一個消息：這一晚將有比白天更兇的夜襲。

薄暮時分，街上沒有一個行人。冷落和愁慘的氣氛沉沉地罩著大地，預示著未來將是一長串的艱苦日子！

聖誕節聯想

本文原刊《大公報・大公園》，1978年 12 月 29 日，頁 7。

　　執筆的時候正是聖誕節。我不是教徒，聖誕節同我沒有關係。可是我對這個節日卻有著宗教以外的感觸。它使我憶起了舊事。一九四一年十二月二十五日，曾被人稱為香港（當然不僅是香港）的「黑色聖誕」。因為這一天，在日軍的飛機大炮連續十七天的轟擊之下，香港的守軍終於宣佈投降。

　　這一場災難雖然是事隔多年，在我的生命途程上卻留下深刻的烙印。這就是為什麼每年到了十二月——特別是聖誕節，我總會記起太平洋戰爭的原因。

　　在已經不可能再詳細記憶的許多可怕的事情中，仍舊清晰地保留在腦子裏的，是下面這一回生死線上的經歷。

　　香港淪陷以後，人們生活上最主要的是糧食問題。我所隸屬的電影界，便有了一個「華南電影界救濟會」的組織。這個會每隔相當時候，向日本佔領軍糧食配給機關「交涉」到食米，便輾轉通知各電影公司的從業員，分頭到設在九龍城的會址去領取。

　　這是配給食米中的一次。照例向「救濟會」主持人付了錢，登記了名字，在購米證上蓋過了印，便把布袋讓辦事人量進了米。我會合了同來的人一道回去。我們一共是四個人。

　　橫在「救濟會」前面的譚公道是「禁區」。「救濟會」背面的北帝街是通行的道路。「禁區」照例在兩頭攔上鐵絲網，豎起小木牌：「通行禁止，違者槍殺」，然而實際情形卻並不明確。有些所謂「禁區」的，在解「禁」後木牌沒有除去，跟鐵絲網一同躺在地面。不知是誰做了第一個冒險家以後，就有許多後來者放心地在那上面踏來踏去。相反的情形，有些地方簡直沒有鐵絲網和小木牌，也可能是「禁區」的了。這對於不知底細的人簡直是陷阱。

　　而譚公道是沒有鐵絲網的，小木牌也不知道豎在什麼地方。但是由於觀念和習慣，我們每次都是沿北帝街走。照例是轉進屋背的一條小巷，由救濟會的後門進出。

　　當把米袋背起來的時候，四人中的一個代替一位女演員而又第一次參加買米的徐，毫不思索地拉開前門就大步踏出去。我覺到他的糊塗，卻因為同來的兩個

人已經跟了他走，自己在匆促中也彷彿受了催眠一樣跟上去。心裏思量著：徐這麼放心走，也許這條街道也同別的「禁區」一樣，無聲無息地解禁了罷？可是才走出橫貫譚公道和北帝街的通路中間，一個刺耳的吆喝聲突然飛過來了。

兩個提了步槍的日本兵，拖著沉重的步聲向我們跑來。顯然是我們在通道中的出現被發覺了。這是躲在隱蔽地方的站崗兵。

大家都知道再動一下是危險的，只好就地站下來。

兩個日本兵一個是瘦長子，一個是矮的；同樣是一副兇狠面相。他們不問情由就提起槍桿，挨次向四個人的腿部狠狠的打了一槍柄，隨後把槍桿子朝地面重重的搗幾下，我們會意地把米袋放下來。聽著他們指手劃腳的咭咭格格著一連串的演說。在這樣的境界，說我們的沉默就是鎮定，這是騙人的話。但是縱然滿腔憤火，又能夠怎樣做呢？我們是手無寸鐵，面對的是：步槍、刺刀、短劍和一副兇狠面相！

日本兵訓過了話，把我們交給一個在附近巡邏的「自衛團」員監視著，匆匆的走開。我趁勢向那個「自衛團」員說話：要求他立刻到「救濟會」請負責人 H 先生出來。我的目的是希望 H 君能夠給我們幫助。

但是那傢伙不肯動一動。他說，他給指定了看守我們，不能離開那裏。沒有辦法，我們的厄運是定了。

瘦長子的日本兵首先轉回來。他跑到我們前面，依然是咭咭格地作一頓演說，除了說話裏面夾雜著的「大日本」這字眼，我們完全不懂他在講什麼，只見到他的表情越來越是激動。配合了他的情緒，他突然提起槍來，嗶嗶啪啪的拉開槍膛，一手打開腰間的皮包，掏出子彈塞進槍膛裏去，便扳著槍機對住我們。

「我們完了！」這個思想在我的腦子裏閃過。

「轟」的一聲，槍口冒出火光，子彈射上天空。這一槍的作用，是要使我們明白他那一番話的意思：走進這個「禁區」是要槍殺的。看情形，我們還有一個等待安排的不可知的命運！

就在這個時刻，那個矮的日本兵在我們剛才被發現的通道那邊轉出來了，旁邊伴隨著我們正苦於沒法通消息的 H 君。（事後才知道，那個矮兵是到「救濟會」去打電話，向「上峰」請示處置我們的辦法。同時 H 君也接到別人的報告知道我們的遭遇。）他同那矮兵指指點點的商量著講話，向我們前面走來。我們的眼前閃出了一線希望。可是仍舊不能放心，因為那個矮兵沒有半點緩和的神

氣，顯然不肯接納 H 君的某種要求。

「他們都是電影公司職員，只因為不知道這是禁區，犯了錯誤，沒有什麼意圖，我敢保證。」

也不知道兩個日本兵是否聽懂 H 君的話，他們向我們要證據。把我們的購米證仔細看了一遍。然後，矮兵豎起一隻食指：「一個，一個。」表示至少得留下一個人——槍殺！

H 君感到困窘。他纏住那兩個日本兵，除了講話，又用筆在一張紙上寫字，表達他「懇求」的意思。末了，居然說動了對方。兩個日本兵商量了一會，終於向我們作出一個「走罷！」意思的揮手。

演了一個多鐘頭的驚險戲劇，這時候才結束了。當我們重再背起米袋向前走的時候，仍舊擔心著背面有一顆子彈射過來。然而沒有。三個月後，我離開香港。

第二章

1979年

兩「年」之間

本文原刊《大公報·大公園》，1979年1月5日，頁7。

「過了一個年還有一個年。」

元旦過去以後，總會聽到人們說這句話。儘管農曆正月初一日早已被定為春節，可是一般的傳統觀念上，總是認定春節才是過年；把陽曆元旦看成了只是曆法上一種編制；沒有過年的感覺，更沒有過年的味道。而社會環境，也多方面在成全那種傳統觀念。像習俗上一切同過年有關的事物——「辦年貨」、「年宵市場」、「賣揮春」……等等商業活動，都不會在陽曆元旦之前出現，便更有理由確定了春節才是過年這個想法。這種社會化了的習慣勢力，可說是其來有自的，是幾千年來封建社會的傳統意識形成的結果，要改變也不容易。

聽說在「北伐」後的國民黨統治時期，曾經強迫實行新曆（陽曆），廢除舊曆（農曆）；可是這種欠顧實際情況，近於矯枉過正的措施，引起普遍的反感，結果出現了「政府行新曆，民間過舊年」這樣的現象。

在封建社會，過年的確是一件隆重的事情，特別是「大年初一」，更是個神聖日子。人們一碰頭就得來一個「恭喜」，說些「吉祥」的話語。就是彼此平日存有什麼積怨，在這一天也不便算賬。除夕是討債的最後日期，欠債的人在大除夕千方百計的躲避債主，只要能夠避過了子夜，便可以安然過關。因為到了「大年初一」，即使碰上債主，他也是不好意思開口的。有這樣一個故事：一個負債的人在除夕那天碰得頭崩額裂才避過了債主，到了年初一的早上，他在門外貼上這樣一副對聯：「昨夜一頭霧水，今朝滿面春風。」可說是把這類人的情景形容盡致。

人的思想是隨著時代變化的。儘管一般人還是習慣地過春節的年，至少不再把「年初一」看得那麼神聖了，也不再把「過年」看得那麼隆重了。在生活擔子重壓之下，人們已經消失了像過去時代那種「過年」的情趣。記得幾年前，在街頭賣揮春的檔口看見過一副出售的對聯，用廣東話寫著：「世界難撈有乜心機除舊歲，商場不景幾乎吊頸過新年。」連「吊頸」這樣「不祥」的字眼也出現在揮春上面，這固然是對社會現實不滿的一種控訴，同時也表現了對「過年」的觀念的變化。

但是不管從什麼角度看，陽曆年也好，農曆年也好，我覺得過年總是有意義的一回事。過一次年，無形中是在時間的過程上劃下一個階段，也即是在人的生命過程上豎多一個里程碑，使人在里程碑前面有所警覺：我們又長多一歲了。

在某種觀點說來，年齡的增長對於人生是一件可怕的事。我記得在小學時代，「時間」的觀念是非常淡薄的，儘管一些警惕性的成語，像「一寸光陰一寸金」，或是「光陰如流水」之類，時常從教師口中或歌唱中都會聽到，而且記憶深刻，可是沒有用處，心裏對於它們從不著急，更不會去玩味一下它們的內容和意義；好像它們同我自己全不相干似的。

但是到了成年以後，特別是懂得生活是什麼回事以後，感覺便不一樣了。童年時代最喜歡過年，可是渴望過年卻是一段無窮盡的期待。成年人怕過年，不渴望過年，卻彷彿轉瞬之間又是一年。這種隨了年齡而變化的感覺，叫人不由得生起恐懼心理，從而醒悟了生命的可貴，醒悟了時間的價值！

人長多了一歲，生命便無形中短去一年，這句話說起來似乎叫人沮喪。然而這卻是自然的定律。人也不必為這個感到悲哀。相反的，正因為存在了這個定律，才應該愛惜自己的生命，好好地利用自己的生命。並且，在新的一年到來的時候，應該嚴厲的檢討自己：過去一年的成功和失敗。總結過去的經驗，計劃未來的新的工作，把應該做的努力地繼續做去，把已經做得滿意的進一步做得更好。

不管你是過陽曆年還是農曆年，意義都是一樣的。

異族的人情

本文原刊《大公報・大公園》，1979年1月12日，頁7。

清理一些積存的記事簿，在其中的一冊裏面，發現一張夾在那裏的名片，背面寫有三個字：「謝淑麗」。字體的大小寫得很勻稱，只是筆畫有些稚氣。這是一個美國女子的手筆；而「謝淑麗」是她的中國名字。

這張名片上面的三個字是怎樣來的呢？我很快就記起來了。

那是幾年前的一次國慶節。在一個慶祝酒會裏，外國來賓比往常多了些。在這類場合，外國人慣例是同一些身份相等的人站在一起應酬的。這一次卻出現一個偶然的例外：我發覺在捏住酒杯來來往往的賓客中，一個年青的外國女客站在一群人的包圍中間，同圍繞著她的幾個工人和酒店女服務員在講話，態度親切而又客氣。一種好奇心把我引到那個人堆去。原來這個外國女客正在用一口流利的普通話同那幾個以趣味神色圍繞她的人交談，同時回答一些問話。我的興趣不期然給引起來了。我向她遞出了酒杯：

「你的中國話講得真好，敬你一杯！」

她欣然地轉向我，舉起她手上的杯子喝了一口酒。

她是美國人，從北京來的。似乎是周恩來總理接見過的研究亞洲問題的一個美國學者組織的成員之一。她們是道過香港回去美國。

「那麼，請你把中國人民的友誼帶回美國去呵！」

「一定的，一定的。」她客氣地笑著點頭。

再喝一口酒之後，她問我：「你姓什麼？」

反正她是懂中文的，我索性給她一張名片。她看著名片，會意地點頭。我趁勢請她給我簽個名字。她匆促中找不到紙筆。我便再掏出一張名片，連同我的原子筆一起遞給她。她就在名片空白的一面動筆，慢慢的簽出「謝淑麗」三個字。

我接過名片，道謝了她。這一番友好的應酬全部是普通話對白。我感到事情很新鮮也很有趣。

我當時大概是把那張名片夾進我的記事簿裏，就這樣一直在遺忘中保存下來。

我不知道，我給她的名片是否仍舊存在，還是老早已經丟掉。但是我卻知

道，如果這位取了個中國名字的美國女人現在生活得好好的話，她一定會跟她的關心亞洲也關心中國的同伴們一齊高興：中國和美國終於建交了！

像這一類隔膜中的異族人情，在我的生活上還有可以翻起來的篇頁。

有過一個時期，住在一幢新建不多久的大廈裏，我同一些外國人做了鄰居。這些外國人是一些法國工程師的家眷。她們大部分是婦女和小孩子，男人都在外邊忙於工作，難得見到。

雖然在大家進出之間，常常會互相碰到，可是由於語言的隔閡，彼此只是點頭作個招呼表示，便各走各的。但是日子久了，情形便慢慢改變過來。有一次，那些法國主婦們聚攏在她們的門口聊天的時候，見到妻拖住小女兒出外，從她們面前走過。她們向妻打個招呼，其中一個便把小女兒抱上手，舉得高高的逗她玩，直到小女兒覷腆地掙扎著，才讓她回到母親手裏。她們隨即轉過來把我們的小女兒當作話題議論著，說的是法國話。看得出來，她們對於我們的孩子很發生興趣。

相對地，妻也喜歡那幾個法國女孩子。她們比我們的小女兒大一點，都是五六歲左右。她們一有機會，便跑到我家的門口，用好奇的眼光向屋裏探望。當妻招手叫她們進屋裏玩時，她們便像鼠子似的溜開了。

我許過一個心願，假如有一天，這幾個法國女孩子同我們的小女兒做了一同玩耍的小朋友，我準備送她們一些玩具，——純粹中國色彩的玩具，好讓她們將來回國以後，保留一點在東方作客的記憶。

但缺陷的是，在我還沒有想得出送些什麼玩具之前，那幾個女孩子卻要走了。那些法國工程師因為合約中的工程已經完成，全家回法國去了。我沒有償到心願，很感到悵惘！

柏拉斯太太的家

本文原刊《大公報·大公園》，1979年1月19日，頁7。

說起「異族的人情」，我忘不了柏拉斯太太的家，忘不了我曾經度過的一個時期的家庭教師生活。

那是一樁遙遠的舊事。

柏拉斯太太的家和我家是鄰居。在我家搬進新住處時，她們已經是樓上的住客。她們一家的成員除了柏拉斯太太，便是她的一個女兒，三個兒子；還有一個共同生活的姨母（柏拉斯太太的妹妹）。柏拉斯太太還有一個長子在外國做生意，很少回家。連同一個女傭，她們是七個人住在一起。

初時彼此並不相識。雖然是同一道樓梯上落，究竟因為她們是外國人，大家都是格格不相入的；甚至還有一種傳統的抗拒心理。我還記得，當聖誕節或是她們的什麼喜慶日子，往往邀了朋友來舉行家庭舞會；踏步聲整夜由樓頂傳下來，叫人不能安睡，於是我家的人便拿了長竹篙朝樓頂拚力地衝撞，以示抗議。但效果是沒有的。她們只是有所警覺地把舞步放輕，不多久又是故態依然，直到興盡而止。第二天，她們便派個人來敲門，為前一晚的事向我家道歉。日子久了，同樣的情形成了習慣，家裏的人也在「諒解」中不再理會。彼此便默契地相安下來。

柏拉斯太太身體肥胖，從外邊回家時，拖著步子上到第三層樓梯，便累得沒法舉步，照例在我家門前的拐彎處停下來喘氣。碰著我家有人進出，她就主動地打招呼，並且問候各人的安好。這種態度緩和了我家的人們的偏見，覺得這些異族人並不如想像的那樣不可相與的，不期然的也發生好感了。

但是使彼此的「鄰誼」增長起來的還在於另一個更主要的原因。外國人久居香港，懂廣東話並不奇怪，奇怪的是柏拉斯太太和女兒、姨母還懂廣東方言——會講「客家話」，這就不能不引起我們的好奇心，而同時又平添一種親切感；因為我是客家人。共同的語言是最容易打破彼此間的隔膜的。而我們的好奇心也很快得到解答。

從那個經常碰到的女傭的閒談中，我們了解到柏拉斯太太家庭的一點底細。原來柏拉斯太太是西班牙血統的秘魯籍人；她姊妹倆都同是在秘魯嫁了華僑作丈夫。柏拉斯太太已經是寡婦，姨母的丈夫仍舊在秘魯做事。⋯⋯除此之外，女

備不能知道更多一些。但可以想像的是，她們的華僑丈夫一定是客家人，她們也可能給帶回中國家鄉住過相當的期間，這是她們能夠學到客家話的原因。至於她們的家庭為什麼安頓在香港，卻無從知道。

　　儘管柏拉斯姊妹嫁的是中國人，可是她們始於保持住自己的外國人本位；無論是外表上，衣飾上和生活習慣上，都是外國的；她們在家裏說的是西班牙話。從一切的表現上都看不出半點中國的痕跡。事實上，她們對中國沒有什麼好感。在口頭上，他們把中國稱為「唐山」，把中國人稱為「唐人」。這也難怪，在那時候的舊中國，政治腐敗，變亂頻仍，民不聊生，叫人想起來就害怕。有什麼值得她們依戀！

　　至於同我家的交情，在柏斯拉太太看來，是一種獨立的關係，不受什麼成見的干擾。她還常常說出口來：我的家是她所認識的最好的中國人家。

　　這種親切的卻又有著某種距離的友誼關係，一直維持到柏拉斯太太遷居。

　　遷居以後，雙方的關係是仍舊維繫著的。柏拉斯太太的第三兒子每隔相當時候就到我們家裏一趟，代表他的家人給我家的人問候。每到農曆新年的除夕，柏拉斯太太就打發她那十二三歲的幼子到我們家裏來吃年夜飯。她們是不過農曆年的。

　　有一次，不知道是哪一條腦神經動起柏拉斯太太的念頭，她叫兒子來邀我到她的家裏去坐坐。她向我提出一個要求，如果不妨礙我的話，可不可以教她的兒女學習一點中文；每星期安排幾個晚上到她的家裏上課；她給我一點作為交通費的報酬。這建議在我是很難拒絕。我的淺薄的知識對幾個初學中文的「學生」，自問可以應付過去。於是答應下來。

　　我就是這樣做起柏拉斯太太的家庭教師來的。一星期五個晚上，我都花一個半鐘頭時間，坐在一張大圓桌旁邊「上課」。我的「學生」便是柏拉斯太太的四個兒女，除了她的幼子，每個人的年齡都比我大，可是他們並不感到尷尬，倒是學習得很熱心。在「上課」時間，柏拉斯太太照例是躲在房間裏，哼著西班牙小曲踏縫衣車。直到「下課」以後，她才出來，伴同她的兒女同我應酬幾句閒話。然後，我告辭了她們，趁車回家。

　　這樣的生活過了一年多，由於我要進報館做事才結束。雖然大家都感到遺憾，但是事實上也不能繼續下去。因為更大的變化來了。

　　「九一八」事件爆發以後，敏感的人都預感到世界將有大事，香港最終也難避免。柏拉斯太太在外國那個長子的籌劃之下，全家離開香港，回她們的老家秘魯去。這以後，再聽不到她們的消息。但是我希望她們還活著，分沾今天作為中國人的光榮！

想起一個除夕

本文原刊《大公報·大公園》，1979年1月26日，頁7。其後收入《向水屋筆語》。

明天又是農曆的除夕。每年到了這日子，我便記起我曾經寫過的這一首小詩：

除夕，
給雨封住了。
如在空間劃上五線譜。

異鄉，
有徹骨的寒冷，
和流亡的淒涼味。

室內病妻的呻吟，
屋外的爆竹聲遠聲近，
混合於五線譜之中。

壁上，
被冷落的生豬肉，
也滴著淚了。

我不會寫詩，然而這幾行句子，卻記錄了我當時的情景和心境。多年來也不曾忘記。因為這是我有生以來所經歷過的一個最不愉快的除夕。而以這個除夕的記憶為中心，又連帶地使我想起別的事情。

那是太平洋戰爭期間，我離開了淪陷後的香港回到自由區；和我一道的，是我的弟弟陽和願意跟我走的沈。我們的目的地是曲江，但是到了東江上游一個小市，因為旅費用盡而滯留下來，給當地的人挽留著在一間小學裏教書。

那個地方以山多出名，文化非常落後。由於我們是從香港來的知識分子，一

些純樸的鄉親們對我們另眼相看。想著這是戰時，我們是異鄉飄泊，孤立無助，即使為了解決生活，也應該留下來；何況在愛國主義立場，我們也有義務為抗戰宣傳做一點工作，特別是在這個落後的地方。

就是基於那種思想，我們欣然地接受了學校的聘書。在下半年的學期中，我們做了好些在那學校的教師以前不曾做過的事情。我利用異地朋友寄來的報紙摘取新聞資料，辦手寫的壁報，按期貼在公眾地方，讓人們知道一些世界大事，陽本來就有一副好歌喉，他教學生們唱抗戰歌曲；沈教低年級的小學生一些用新的歌詞配合的簡單舞蹈。而在地方上舉行什麼慶祝大會的時候，我們寫告民眾書，寫標語；為遊藝會編寫話劇，甚至參加表演。這一切，在我們自己看來，都是能力所及而應該做的事，也是那個地方的小社會所喜歡的事。但是想不到我們自以為正當的做法，卻惹來了災禍性的麻煩！

原來那個地方雖然很小，環境卻是複雜的。在同我們相識的人中，就有著另外一種人馬。[1] 這些人自己不做對公眾有益的工作，卻不高興別人做對公眾有益的工作。他們放出了流言：×市來了共產黨了！「這些人能寫、能說、能唱歌、能跳舞、能辦壁報；有男有女，什麼都懂，不是共產黨是什麼？」

在他們的淺薄而又簡單的腦子裏，共產黨就是那樣子的，共產黨就是那麼容易做的。這真是滑稽得可笑！可是儘管如此，我可不能等閒看待這個流言。因為小報告已經暗中打到縣衙門去了。有人通知我：縣長很注意我，要我到縣城去見他。

我明白我是處在什麼環境，什麼時代；為著自己的安全和同伴的安全，我不該逃避。於是在學校放寒假的時候，我支撐著正在發作瘧疾的身子，在山區裏獨自走了一整天的路程，到了縣城已經是入夜時分，在客棧住了一晚，第二天才到縣衙門去。不巧得很，縣長出巡去了，也不知道回來的日期。我倒高興這個戲劇性的遭遇；我留下一張名片表示我是來過的，便離開縣城。

接著到來的，便是那個窮愁、淒清而又寒冷的除夕。

注 ─────────────

1 「另外一種人馬」原文作「國民黨人馬」。

谷柳在香港的日子

本文原刊《大公報・大公園》，1979 年 2 月 9 日，頁 7。其後收入《向水屋筆語》。參考本書上冊〈悼念黃谷柳〉，頁 71；下冊〈黃谷柳的憶想〉，頁 700。

春節之前，在《新晚報》副刊上讀到夏衍先生為重印《蝦球傳》而寫的〈憶谷柳〉[1] 一文，使我不期然又追思起這個難忘的朋友。

去年，我曾在《大公報》寫過一篇〈悼念黃谷柳〉，敘述谷柳初來香港時的生活狀況，以及在從事文藝工作中建立的私人交情；也敘述了他回內地參加抗戰，戰爭結束後又回來香港，以至在全國解放以後他離開香港回內地去這一段歷程。夏衍先生這篇文章的內容，正好填補了我所敘述的未盡的地方。因為谷柳在回內地以後的情形，我並不清楚。時代的急激變化，加上環境關係這些複雜因素，朋友間沒有必要的理由是不方便通信的。我和谷柳便長時期在音訊隔絕之中。我所間接知道的只是從刊物上看到的消息：在朝鮮戰爭時期，他曾經同巴金一道到戰地去採訪寫作資料。一九五七年，香港文化界朋友為女作家蕭紅舉行遷葬儀式[2]，把蕭紅的骨灰由香港運回廣州安葬，葉靈鳳代表香港朋友把骨灰盒送到深圳，代表廣東文聯到深圳迎接骨灰的人，便是谷柳。除此以外，我便沒有機會知道更多一些關於谷柳的情況了。

夏衍先生的那篇文章，不但透露了谷柳回去內地以後的事情，而且使我知道谷柳的歷史已隨著新時代的到來而掀起了新的一頁。他完全地獻身於人民事業！作為了解的朋友，他的這種表現，是在我意料之中的。

我和谷柳雖然戰前已經相識，但是在生活上有了密切關係，卻是戰後的事。那大約是一九四七年春季，他從內地再到香港來，同隔別多年而帶著三個兒女由異省[3] 趕來的太太團聚。一家人在九龍城一位當警員的姪兒家裏棲身。我的住處是在同一區域，因此我和谷

一九三四年春，侶倫與黃谷柳（右）攝於九龍城。

柳幾乎天天有見面機會。通常是，黃昏時候，大家相約了同到漫長的太子道去散步；白天，在不妨礙大家的工作而身上又有足夠零用錢時，便到小咖啡店去閒聊半晝。這純粹是無可奈何中的生活上的一種調劑。

那是個艱難的年代。戰後初期的香港，社會結構是畸形發展的，一切事物都是失常狀態。文化事業沒有應得的地位。報刊上可以容納稍為「正派」作品的園地沒有幾個，一個認真地從事文藝工作的人，要想靠筆墨來支持生活是十分困難的事。在這樣的情形下，谷柳一家生活的艱苦是可以想像出來的。幸而他住在姪兒家裏不需付租錢，在客廳裏設置了兩張板床就安頓了一家五口。而在另一邊，利用樓梯底下的一個空隙地方，擺上一張僅可容納的小桌子作為他寫作的書枱。

儘管處境是這麼侷促，谷柳是忍耐了下去。他的倔強的性格，寧願把痛苦藏在內心卻不願露於外表讓人看見。他永遠保持著對於未來的信心。在這方面，夏衍先生的觀察是深刻的：「他為人正直，不阿諛從俗，不隱諱自己的觀點，在生活上他不避艱險，敢於走別人不敢走的最困難的道路。」

也許就由於谷柳具有那麼堅強的性格和對於未來的信心，儘管遭遇了多麼大的打擊，他在生活上也保持著樂觀態度。有一次，他因為急需一點錢支付生活費，寫了一封信向一個「白領階級」的朋友，商量借三、二十元應急。對方無能為力，回了一張字條表示歉意。谷柳打開一看，忍不住哈哈大笑。原來字條上寫的是八個字：「月尾月尾，原諒原諒。」他並不為借不到錢而沮喪，卻欣賞那八個字的簡練和傳神。這就是谷柳性格的一面。

全國解放前夕，內地許多文化界先進人士都集中在香港，正是漫天風雨待黎明！谷柳為此感到興奮。他以醞釀成熟的題材著手寫《蝦球傳》，這部小說在《華商報》刊出以後，讀者的反應很是熱烈，單行本出版以後，被認為是反映現實的一部成功的作品。

谷柳要不是死得太早，他一定會寫出更多更好的作品來。[4] 這豈僅是我個人的惋惜而已？！

注 ────────────────────────────────

1　夏衍:〈憶谷柳──重印《蝦球傳》代序〉,刊《新晚報‧星海》,1979年1月9日。

2　參考下一篇〈關於蕭紅骨灰遷葬〉。

3　「異省」原文作「雲南省」。

4　這兩句原文為:「谷柳雖然是病死的,然而要不是間接受過『四人幫』的迫害,他一定會寫出更多更好的作品來。」

關於蕭紅骨灰遷葬

本文原刊《大公報・大公園》，1979年2月16日，頁7。其後收入《向水屋筆語》。

在〈谷柳在香港的日子〉一文中，我提到女作家蕭紅[1]的骨灰由香港運回廣州安葬一事。[2]時間已經迅速地過去了二十年，人事滄桑，當日曾參加骨灰遷葬儀式的一群文藝界朋友，生活上也隨了時代的變化而不知道發生幾許變化。更令人惆悵的，是送迎蕭紅骨灰的兩個人：葉靈鳳和黃谷柳都已先後逝世。在今天，能夠保留事情的印象的還有幾個人呢？

魯迅先生有過一篇文章的題目是：〈為了忘卻的紀念〉[3]，我想，這個題目對於凡屬不再存在的人和事的追記都是適合的。那麼，把我所保留的有關記憶移到紙上來，該是被容許的吧？

我不認識蕭紅，也沒有見過她；只是通過認識她的朋友，我才間接知道一點關於她的情況。蕭紅是在抗日戰爭全面爆發後，從北方流亡到香港來的。她的愛人是作家端木蕻良。[4]她們在香港住下以後，繼續從事寫作。蕭紅身體不好，又患上肺病，生活是很艱苦的。太平洋戰爭爆發，戰火燒到了香港；在兵荒馬亂之中，她的日子更加難過。在生活問題嚴重，病體又缺乏醫療的雙重壓力下，她的生命支持不住，終於在一九四二年一月二日逝世。那是香港淪陷後還不到一個月。由於那是非常時期，社會秩序混亂，蕭紅的遺體於兩日後便舉行火化，隨後匆匆葬在淺水灣海邊。一個曾經用筆桿為苦難的人們申訴的文化戰士，就這樣長眠於海涯下面。

戰爭把人打得各散東西，還留在香港的蕭紅朋友葉靈鳳和戴望舒[5]，據說曾在半年後到淺水灣去探訪過一次蕭紅的墓，並且拍了照片

一九五三年清明節前，香港《文匯報》副刊編輯於淺水灣蕭紅墓畔（站立者身後據說即為蕭紅葬身之地）。

留念。以後，人事悾惚，似乎沒有誰再到過那裏去了。

　　但是時間會改變一切事物的，十多年的悠長歲月，使淺水灣海邊換了面目。蕭紅墓已經破壞得不成樣子，作為標誌的寫有「蕭紅之墓」四個大字的木牌也消失了。一九五七年春季，有人發見了這個情況，並且在文藝界朋友中間傳開，大家都感到了不安，商議著謀求挽救的辦法。葉靈鳳是十五年前見到過蕭紅墓，並且拍過照片的人，大家便要求他出面為這件事作出呼籲。

　　葉靈鳳負起了任務，就在那一年三月，在香港中英學會為蕭紅墓地的問題作一次講話，喚起眾人的注意。在會上，他介紹了蕭紅的身份和她的著作，報告了蕭紅墓地給糟蹋了的情形；同時拿出十五年前所拍的照片和新近拍的「現狀」照片並列起來作個對照，證明那給糟蹋了的地點正是蕭紅的墓地所在。這件事引起了眾人的共鳴，一致認為對蕭紅墓的遭遇不能漠視，必須設法把蕭紅墓保存。中英學會的代表們還準備把問題向理事會提出討論。

　　但是怎樣把蕭紅墓保存呢？埋葬蕭紅骨灰的地點，不是當地政府規定的墳場地區，因此附帶的問題很不少。而事實上，一項預定的建築工程卻已經在墓地上進行著了。

　　就在這個困惑時候，中國作家協會廣東分會給香港來了信，說是接納了在國內的端木蕻良的委託，要將蕭紅的骨灰運回廣州安葬，要求香港文藝界友好給予協助。這樣一來，問題便有了轉折。蕭紅墓不須考慮怎樣在原地保留，索性把骨灰取出來便一切都解決。

事情決定以後，由香港文藝界朋友組織了一個「香港文化界遷送蕭紅骨灰返穗委員會」，進行辦理有關事情。由葉靈鳳出面向有關當局申請開挖墓地遷移骨灰的許可證。獲得證件之後，便在七月二十日著手發掘墓地。

在場看著件工進行發掘工作的，是葉靈鳳、陳君葆先生和市政局派出的一名英籍負責人。花了四、五個鐘頭時間，終於把蕭紅的骨灰罐掘出來了。按照預先的決定，骨灰護送到九龍漆咸道的厝房裏暫時安置。

八月三日，是蕭紅骨灰運送回廣州去的日期。[6] 這一天清晨，幾十個文藝界朋友趕到了九龍漆咸道厝房，集中在永別亭裏面，參加預先安排的一個小規模送別會。

蕭紅的骨灰罐載在市政局贈送的一隻精緻小木匣裏，安放在一張「靈台」上面。骨灰匣後面是鑲嵌在一隻大花環中心的蕭紅遺像。靈台左右兩邊也排列著花環。文藝界朋友靜默地站立在靈台前面鞠躬致哀。別了，蕭紅！

護送蕭紅骨灰的香港文藝界代表，捧著骨灰匣登上汽車。車頭掛著用花環圍繞的蕭紅遺像。一列載了文藝界朋友的汽車，緊跟在後頭，慢慢地向火車站前進。

我同蕭紅不相識，卻有幸參加了她的骨灰遷葬儀式。當我靜默地坐在汽車裏送別的時候，我心裏在唸著我悼念蕭紅的詩句：[7]

著作等身算得什麼呢？

如果那只是一帙白紙。

蕭紅沒有等身的著作，

然而她寫下的每一頁都不是白紙。

注 ————————————————————————————

1　蕭紅（1911-1942），原名張迺瑩，黑龍江呼蘭人，作家，筆名蕭紅、悄吟等，1930 年因逃婚出走至北平，認識蕭軍，開始文學創作。抗戰時期在各地流亡，1938 年與端木蕻良結婚，1940 年來香港，1942 年病逝。

2　小思編著：《香港文學散步》（第三次修訂本）「蕭紅」（香港：商務印書館〔香港〕有限公司，2019 年，頁 182-238）提到蕭紅在香港及其骨灰遷葬情況。

3　魯迅：〈為了忘卻的紀念〉，《現代》第 2 卷第 6 期，1933 年 4 月號，頁 772-778。後收入《南腔北調集》。

4　端木蕻良（1912-1996），原名曹漢文，又名曹京平，遼寧昌圖人，作家。三十年代畢業於清華大學，後加入「左聯」，開始文學創作，抗戰時期輾轉於上海和武漢，1938 年與蕭紅在武漢結婚，後於重慶復旦大學任教，編輯《文摘副刊》。1940 年與蕭紅到香港，在香港曾主編《時代文學》，1949 年回內地，曾任北京市作家協會副主席、中國作家協會理事等。

5　戴望舒（1905-1950），原名戴朝安，浙江杭州人，作家、翻譯家，1938 年來香港，曾主編《星島日報》副刊〈星座〉。1941 年日治時期曾入獄，出獄後任職於隸屬日本文化部的「大同圖書印務局」，曾主編《華僑日報》副刊〈文藝周刊〉、《香港日報》副刊〈香港文藝〉及《香島日報》副刊〈日曜文藝〉，戰後曾主編《新生晚報》副刊〈新語〉。1946 年回上海，1948 年再來香港，1949 年回北京，1950 年因病逝世。

6　鄭樹森、黃繼持、盧瑋鑾合編：《香港新文學年表（一九五〇－一九六九）》「一九五七年八月三日」：

「蕭紅骨灰由香港遷返廣州，『香港文藝界遷送蕭紅骨灰返穗委員會』在紅磡永別亭舉行送別會。」（頁 133）

7　侶倫：〈哀敬·送蕭紅女士遷葬〉，刊《大公報》，1957 年 8 月 3 日。

藝術家的苦惱

本文原刊《大公報・大公園》，1979年 2 月 23 日，頁 7。

記得孫福熙[1]曾經為一本文藝雜誌的創刊，在卷首題過這樣的語句：

「藝術說假話，騙人走長路不叫苦。」

可以譬喻說，藝術是一種神奇的東西，有如一個崇高而又貞潔的美女幻像，她具有可望而不可即的魅力，你愈是捉摸不著，愈是追求不捨，這種追求是沒有止境的。熱衷於這種追求的人，往往在「長路」上做了傻子也不自覺，因而也「不叫苦」。

不過話雖如此，能夠在這條「長路」走到盡頭（其實是沒有盡頭）的人是並不多的。有些人走到中途就折回頭，或是從岔路溜了開去。理由是，拿「理想」作比較，「現實」是最殘酷的東西；可是再沒有比「藝術的理想」所碰上的「現實」更無情。比如，你畫了一張畫，自以為是天才的作品，卻沒有人賞識，肯給你購買；你寫了一本書，自以為可以震驚文壇的傑作，卻沒有一個出版家肯接納，為你出版。在這類無情的現實打擊之下，你們獻身於藝術的決心經不住考驗，便由動搖而至退縮下來。有些人即使甘願走長路不叫苦，也因為種種牽制，結果沒法走下去了。畫餅不能充飢呵！

孫福熙寫那句題詞的時候是三十年代，但它的意義是同時代沒有關係的，也同地域沒有關係的；因為「藝術」這個東西在世俗一般的觀念中沒有應得的地位。所謂「藝術家」這行業，在世俗一般的觀念中也未具體地成型。一個要從事藝術事業（不管是文學、美術或是音樂）的人，除非他（她）有個非常開明的家庭環境，否則他的事業和思想決不容易為長輩所諒解。理由很簡單：他們（長輩）從傳統之中根本尋不出有誰個祖先曾經在「藝術」這一門中成功立業，更不相信一個人能夠憑所謂「藝術」這個東西「光宗耀祖」。在這樣的環境下，縱然那熱衷於藝術工作的兒子能夠幹得下去，也很難獲得同情，更不必說鼓勵了。

據說，當巴爾札克長到應該決定事業方向的年齡，他的家人問他打算從事什麼工作。巴爾札克爽快地回答：「作家！」他的母親在意外中發出來的驚叫聲是無法形容的。

其次，工作上得不到家庭了解，也是藝術家所苦惱的事。

英國作家梅立克寫過一個短篇小說[2]，敘述一個劇評家的故事。這評論家在倫敦是鼎鼎大名的，可是他的家庭對他的事業全不了解。老人家帶著好奇心去試讀他兒子的著作，感到莫名其妙。他認為，「明知一部戲裏的主角並不是真實的那個女人，卻去討論她應不應該有這樣的舉動，那樣的舉動，」簡直是可笑的事。因此說他兒子的工作「正是白費時光」。

梅立克這個小說的主題並不在於表現這一點，但是僅從這一段敘述上，也令人感觸到作藝術家的悲哀！

還有一個真實的故事：

在三十年代，上海出現過一個為文壇注目的青年作家[3]，他的出身很不錯，父親是上海金融界有名人士，他本人又是大學生。他們作品最初在有名的雜誌上發表時，相識的人把這件事告訴他的父親。那位金融家找到那本雜誌看了他的兒子寫的「新派」小說，便對那個被譽為天才作家的兒子說：「我實在不懂你寫的是什麼東西。我奇怪辦雜誌的會給你登出來！」一句話說：他不相信他兒子的作品有資格給千萬人讀。後來，小說的單行本也出版了，並且獲得好評。這金融家才相信他的兒子在文學方面是有才能的。於是對兒子改變了態度。他作出一個提議：他想利便人事上的關係，請幾個當時的「黨國要人」給兒子那本著作加上些題詞，藉此提高聲價。這使做作家的兒子聽來感到啼笑皆非！

我覺得，最值得敬佩的，是那些堅持在藝術的「長路」上走下去的「傻子」；因為他們一面執著於自己認為正確的方向，一面得向那充滿功利主義思想的環境作鬥爭，而不計較結果的成敗。

注 ————————————————————————

1　孫福熙（1898-1962），浙江紹興人，作家、美術家，筆名丁一、春苔、壽明齋等，畢業於浙江省立第五師範學校，曾任北京大學圖書館管理員，後兩次赴法國留學，回國後曾任教於國立西湖藝術學院、杭州藝術專科學校等，曾主編《藝風》、《旅行》雜誌，五、六十年代任人民教育出版社高級編輯、北京編譯社高級編輯等。

2　梅立克（Leonard Merrick，1864-1939），英國作家。陳西瀅譯：《梅立克小說集》。上海：商務印書館，1930 年。

侶倫提及的作品是〈時間同人開的玩笑〉，頁 79-96。

3　應指穆時英，其父親曾是實業家，後因經營股票破產，家道中落。

司徒喬瑣憶

本文原刊《大公報·大公園》，1979 年 3 月 2 日，頁 7。其後收入《向水屋筆語》。參考本書上冊〈文藝茶話會與《新地》〉、〈書的裝幀〉，頁 33、80；下冊〈香港新文化滋長期瑣憶〉，頁 783。

> 佈告與船位訂單都在告訴我，去國之期一天近似一天了。祝福這個年頭，祝福這個年頭的年尾，祝福這個年尾的十一月 × 日，因為那是行期。……

這是司徒喬寫的〈去國畫展自序〉開頭的一段。那是一九二八年。這篇序文發表在當時香港出版的文藝刊物《伴侶》雜誌上。我感覺到司徒喬不但畫寫得好，而且文章也寫得好，是從他的這篇序文開始的。也是因為這樣，序文開頭的一段文字深印在我的腦子裏，也如司徒喬的形象深印在我的腦子裏一樣。

一九二八年，我還只是十多歲，便在《伴侶》上讀到司徒喬寫的那篇序文。那時候司徒喬正準備到法國去求深造，行前在香港開個畫展會。而這個「去國畫展」的會場，就在雲咸街《伴侶》雜誌社樓上；畫展的規模很小，只陳列了二、三十幅作品，都是油畫。我對於繪畫藝術完全是外行，尤其是在我那個年齡上，只因收到《伴侶》社的一張請柬，便也到場去參觀。事實上我對司徒喬所知道的並不多：他是魯迅先生賞識的畫家，曾經替魯迅先生的書作過好些封面畫，如此而已。

我認識司徒喬，卻是五年後的事。

一九三二年，司徒喬已經回來中國。那一年秋季，他把一批新作品由廣州帶來香港，舉行一次規模比五年前那一次要大的公開展覽。展覽地點是在中區告羅士打行地下。那時期我是在一家日報做副刊編輯，報社社長陳先生是司徒喬在嶺南大學時期的同學[1]，他要在自己主持的報紙上為司徒喬的畫展出個「特刊」，同時把「特刊」的版面獨立印成單張，在畫展會場派給觀眾。而計劃那個「特刊」的編排任務正好落在我身上。「特刊」的文章和圖片等資料，是由陳先生經手集好了交給我處理的。我為著能夠替司徒喬的畫展出點力量感到高興。

那一次畫展期間是四天，展出的作品相當豐富。司徒喬每天出現在會場裏，

司徒喬畫像

有時還親自把「展覽特刊」遞到觀眾手上。

畫展結束以後，陳先生以舊同學的情誼，假座中區的大三元酒家為司徒喬舉行宴會。被邀參加的都是他們的舊同學和報館的部分職員，包括我這個小小編輯在內。

那一晚，賓客潘先生挾了一本速寫簿來到酒家時，便報告一個消息：司徒喬今晚準備替大家畫個速寫像。這消息引起了哄動。想不到這一晚會有這個意外的收穫！

司徒喬來了。當他提著手杖用輕快的步子走進廳房的時候，在座的人中立刻揚起一陣歡聲。司徒喬穿了黑色洋服，人很矯健；有一張輪廓顯明的面孔，一個寬闊的前額，隆起的大鼻子，寬闊的嘴；兩道濃眉底下是一雙又圓又大的眼睛。這個形象，我在告羅士打行的畫展會場裏參觀他的畫的時候就有了印象的，可是在眼前這樣的場合，卻另有一種親切的感覺。特別是當陳先生把在場的陌生客人向他介紹，而提到我是替他的畫展出了一點力的人的時候，我在握手中所感到的熱意是一直忘不了的。

在席上，有人怪他不同太太一道來。他說他的太太在廣州，否則她一定來的。司徒喬的太太是馮伊湄[2]，她寫得一手柔美的小詩，那時的《現代》雜誌就發表過她的作品。

宴會完了，接上的節目便是畫像。司徒喬打開速寫簿，擺出正襟危坐的姿勢，捏住鉛筆注視著前面的對象。第一個被畫的是潘先生的太太。也許因為自己成了眾人注意的中心而覺得難為情，她侷促得左轉右轉，不知怎樣做個姿態才好。潘先生在旁邊打趣地說：「對了，我不是聽你說過，你有一邊面孔是比較美麗的嗎？」大家都給引得哄笑起來。

在笑聲裏，司徒喬的筆尖已經在速寫簿上活動著。配合了那飄逸的手勢，他的眼睛閃著光芒不斷地射向前頭，彷彿要抓住一個靈魂的什麼秘密似的。

只是幾分鐘光景，一個速寫像便完成了。司徒喬在畫像的一角簽上了名字。於是另一人又坐到被畫者的位置上去。……

一個多鐘頭的時間，全體的像都畫好了。大家紛紛把畫像互相傳觀。有人在開玩笑地估價：某一張應該值多少錢，某一張又應該值多少錢。於是話題便轉到了「作品與價值」這方面去。司徒喬湊趣地講了一些有關這個話題的藝術家的故事。

宴會是在愉快的氣氛中結束的。

以後，我沒有機會再見過司徒喬。

一九五八年三月，司徒喬逝世。在哀惜之中還叫人感到安慰的是：司徒喬已經成為人民藝術家。

最近在報紙上看到一項報道，司徒喬的部分遺作，由他的女兒從北京帶回廣東開平縣，贈送給家鄉人民。我因此觸動了舊事的記憶，寫下這篇文章。

附：關於《伴侶》與司徒喬

本文原收入《向水屋筆語》，為〈司徒喬瑣憶〉之附文。

最近，收到由大公報轉交的一封上海來信，是復旦大學中文系魯迅著作注釋組寄給我的。信的內容是要求我提供一點關於三十年代前後香港出版的文藝刊物《伴侶》以及司徒喬與《伴侶》的關係的資料；目的是藉以解決他們在注釋《魯迅日記》的工作上遇到的「難題」。

信裏引述魯迅先生一九二八年十月十四日日記的話：

> 下午司徒喬來並交伴侶雜誌社信及《伴侶》三本。

由於上海見不到《伴侶》，他們便希望從我這方面了解情況。至於為什麼會想到我這方面來呢？據說是「據司徒喬之女司徒羽介紹」，我是「該刊編者之一」。因而希望從我方面知道：伴侶社當日寫給魯迅先生的信的內容。

這個委託對於我是很為難的。司徒羽女士的「介紹」是錯了。我根本不是《伴侶》編者之一。《伴侶》出版時我才十多歲，只在學習寫作而向《伴侶》投稿，極其量不過是投稿者之一。此外沒有其他關係。至於後來我見過司徒喬，也不是緣於《伴侶》關係，而是在另一種情形下碰上的「機緣」。

那是《伴侶》停刊以後的事。我在一家報館做個小小副刊編輯。司徒喬從法國回來後不多久，在香港舉行一個作品展覽。報社的社長和司徒喬是舊同學，特地在自己主持的報紙上為司徒喬的作品展覽出個畫展特刊。這個特刊的編輯任務落在我身上，我便是因為這個偶然的機緣認識司徒喬的。今年三月，我在本欄寫過的一篇小文章〈司徒喬瑣憶〉，敘述的就是事情的經過。

至於司徒喬同《伴侶》雜誌的關係，我並不清楚。但是憑著一些瑣碎的印象，我臆測他們的關係是相當密切的。《伴侶》並不是由什麼文學團體創辦，它是一家廣告公司的出版物。而廣告公司的主幹人和司徒喬是大學時期的同學，也許因為這個緣故，司徒喬便同《伴侶》雜誌合作起來。他為雜誌作封面畫，為刊載的小說作插圖。同司徒喬一起在這方面貢獻力量的，還有一位以「水朝」署名的畫家黃潮寬。他們的協作使《伴侶》生色不少，在當年成為香港獨具風格的雜誌，被譽為「香港新文壇的第一燕」。

司徒喬到法國去以後，《伴侶》雜誌仍舊繼續出版，黃潮寬繼續為它作插圖。

司徒喬一九二八年十月十四日交給魯迅先生的伴侶社的信，內容寫的什麼，由於我不是伴侶社同人，也不是《伴侶》雜誌編輯之一，所以無從知道。憑我的臆測，那可能是向魯迅先生約稿的信。我記得在《伴侶》雜誌出版期間，先後就發表過來自上海的名家作品，他們是沈從文、葉鼎洛和胡也頻。

我對於復旦大學中文系魯迅著作注釋組人員的研究精神，表示十分敬佩。我為著不能給他們最微小的幫助而深感遺憾！

1　侶倫時任《南華日報》副刊〈勁草〉編輯，社長為陳克文。參考本書上冊〈文藝茶話會與《新地》〉，頁 33。

2　馮伊湄（1908-1976），廣東惠州人，作家、美術家，筆名伊湄、秋子等，曾於《秋野》、《藝風》發表作品。曾赴法國留學，三十年代回國後與司徒喬結婚，抗戰期間輾轉東南亞各地，曾任報紙副刊編輯，戰後與司徒喬赴美，1950 年回國，任人民出版社編輯。

記起孫中山逝世的時候

本文原刊《大公報・大公園》，1979 年 3 月 9 日，頁 7。參考侶倫：〈一點追憶：紀念孫中山先生誕辰隨筆〉（三），《鄉土》第 22 期，1957 年 11 月，頁 8-9。

　　還有三天——三月十二日，便是孫中山先生逝世紀念日。這一天，對於我來說是有著不尋常的意義。我對孫中山先生最初有了深刻印象，以及對孫中山先生的精神和人格的認識，都是由於他的死才開始的。

　　孫中山先生逝世的時候，我只是高小學校的小學生，但是直到現在，許多有關的事情我還記得很清楚。最難忘的是，那時候許多社團和學校都下半旗（那時掛的是五色旗）一個星期，有好些人在手臂上纏上黑紗，表示哀悼。更難忘的是，在孫中山先生逝世後的期間，延綿不斷的下了許久的細雨，整天是陰霾四佈地不肯放晴。這樣的天氣，原是南方春季的自然現象，可是有些迷信的人就附會地說，這是同孫中山先生逝世有關。不過無論如何，這種現象湊合了現實的一椿大事，就更叫人感到心頭壓力的沉重，情緒滿是哀愁！

　　那個年代的香港，差不多在提到「學生運動」四字人們只會想到「打足球」的那種思想狀態下，即使是個中學生，他所能知道的東西總不會比從課本上所得到的更多一點，小學生更不必說。當社會上哄傳著「孫文死了！」（當時香港一般人稱孫中山先生多叫孫文）的時候，極其量只有這樣一種概念：中國一個大人物死去了！

　　但是我對孫中山先生，除了「大人物」這概念，卻還有多一些的了解：知道孫中山先生是個「偉大的革命家」。在這一點上，我不能不感謝我在唸書的學校和教師給予我的啟發。直至今天，我仍舊因為自己能夠碰上那麼開明的教師而感著驕矜。他們不但給了我課本上的教育，並且還給了我許多課本以外的教育。我曉得自己閱讀，曉得去探索知識的世界，便是從那階段開始。在他們的引領和鼓勵下，我接觸了好些在我當時的年齡和學力所難得接觸到的東西。

　　學校訂閱的報紙是在那時候最有新氣息的《中國新聞報》。這家報紙的主筆是當日在香港新聞界中因「敢言」出名的陳秋霖。[1]——他是在香港「大罷工」時期因報紙停版而離開香港，後來在廖仲凱[2]先生被狙擊的場合一同遇難的人。當孫中山先生逝世後的一段日子，那份報紙天天登載著有關孫中山先生的文章。其中有些文章是我的教師寫的。讀了那些文章，更幫助我去認識孫中山先生是怎

樣的一個人物。

在學校裏舉行「孫中山先生逝世追悼會」，就當日的政治環境來說，這種作風在香港教育界中可說是勇敢的行為。我記得開會那天，正是陰沉的下雨日子，作了會場的課室裏籠罩了一層沉哀的氣氛。全體教職員和幾十個小學生集合在那樣的氣氛之下，肅立在孫中山先生遺像面前，進行悼念儀式。掛在孫中山先生遺像旁邊的一對白紙輓聯，是教師臨時作的。它寫的是這樣的辭句：

> 國事尚蜩螗從今不讀出師表
>
> 列強如鷹虎午夜誰呼殺賊聲

實在，那時候我對於這辭句的意義並不懂得。後來沒有多久我就懂了。隨著個人的認識領域的逐漸擴大，我看到了孫中山先生逝世後的幾年間，一連串的內憂外患在怎樣地折磨著我們的國家和民族，我開始了解到孫中山先生的死對於我們是怎樣一種重大的損失；便也了解到那一對輓聯的意思是多麼沉痛！

如今，通過時代的急激變化，中國已經在歷史上跨進了一大步。孫中山先生進行革命的目的和他終生追求的理想境界，已經一步一步地實現。中國人在新的生活方式中作為人的資格站立起來，中國也在世界上以強大國家的姿態昂起頭來了。

但是孫中山先生的業績和他所走過的道路，是永遠存在著它的歷史意義的。

1　陳秋霖（？-1925），報人，曾任《閩星日報》總編輯，二十年代在港協助陳炯明辦《香港新聞報》，1924 年 7 月《香港新聞報》改名《中國新聞報》，聲明擁護孫中山，與陳炯明脫離關係。1925 年省港大罷工後《中國新聞報》被港英政府查封，陳秋霖返廣州，任《民國日報》主筆，並任國民政府監察院委員。1925 年與廖仲愷同行參加會議時遇刺身亡。

有關陳秋霖和《香港新聞報》可參考楊國雄：〈陳秋霖和《香港新聞報》的報變〉，見《香港戰前報業》，頁 180-203。

2　即廖仲愷（1877-1925），原名恩煦，又名夷白，字仲愷，政治家。生於美國，隨母親回國，畢業於香港皇仁書院後赴日本留學，1905 年加入同盟會，辛亥革命後到廣東任都督總參議、中華革命黨財政部副部長等，隨孫中山反對袁世凱，1921 年孫中山到廣州任非常大總統，廖仲愷任財政部次長，其後曾任中國國民黨中央執行委員、財政部長、工人部長、農民部長、黃埔軍校黨代表等職。1925 年遇刺身亡。

關於寫日記

本文原刊《大公報・大公園》，1979年3月16日，頁7。

一年開始的時候，我總會想起寫日記，同時想起已經寫了終於又毀滅了的日記。

戰爭（我所指的是非正義戰爭）真是可詛咒的罪惡。它所造成的破壞是無可饒恕的。除了目擊和身受的不說，僅僅是個人心血的損失，已足夠叫人終生不忘。在這方面，最使我感到痛心的是累積了十三年而只在一個下午就全部火葬了的二十多本日記。這對於我來說的確是無可補償的損失：縱然我再有那樣一種重寫的恆心和毅力（其實是決不可能再有的），卻也不能夠回到過去的生命中再活一次了！

我的那些日記並非全部連續不斷的。有些時候為了心境或是為了人事關係，或是為了疏懶，我會間斷二三天或一星期甚至一個短期間，但是總沒有間斷過一年或半年；所以在人事的紀錄上一直是連貫著的。生命的成長，思想的變化，生活的哀樂，這一切我都能夠在那裏面找尋出一點點痕跡。因此我愛惜我的日記，比愛惜我的作品還要深切。後者是用思想去寫，而前者是用生命去寫的哩。

寫日記，我承認沒有什麼具體目的；既沒有像盧梭那樣要寫一部《懺悔錄》[1]的企圖，也沒有要藉此作為省察自己做人方法是正是誤的用心。除了覺得這是保留消逝的生命的唯一手段，我所能說得出的理由，恐怕只是自娛而已。但是在我漸漸寫上相當年月以後，我卻有計劃地繼續寫下去。我希望一直寫到生命的末日。我想，縱然我一生之中沒有做成功一點什麼，至少也寫成了一份日記；它會證明給我看：我不曾辜負了一生的存在。可是沒有想到我的生命還未到了末日，我的日記卻到了它的末日了。

我的二十多本日記，是在香港淪陷的時候，日軍開進九龍之前一天的下午，連同我的一些寫作稿件一齊燒燬的。在一個敵我矛盾的時刻，一切屬於文件的東西都可能是關係個人生命的贅疣，我除了忍痛地作一個斷然的處置，還有什麼別的方法呢？

在我的那些日記中，我自己認為最珍貴的、也是作為第一本日記保存下來的，是一個棕色皮面的袖珍本子。寫那本日記時我是十七歲，跟一位親人在軍隊

裏過了一個時期的浪蹤生活。我的日記就是在櫛風浴雨的生涯中寫下來。一顆年輕的心對於光明的嚮往與失望，都交織在那一個皮面的小冊子之中。我寫得那麼隨便又那麼真實；時間越久，我越感到珍惜。因為不管那種心情在事後看起來是多麼幼稚得可笑，然而它究竟是天真的、單純的。而從那個年齡開始，不容許我保留一點人生的詩的情趣。一條通往複雜人事的崎嶇世途，便無情地在我的前面展開了。

其次使我珍惜的是一九三七年以後寫的幾本日記。那是抗日戰爭開始的年代。我和由內地流亡到香港來的朋友廖，一同住在九龍城一個住區角落，過著艱苦的寫作日子。那時候他正接受一家出版機關的特約，編寫一些關於中日問題的書籍，靠了並不豐厚的報酬維持生計。相同的生活，相同的思想和氣質，把兩個人的感情融和在一起。他和我成為那時期最接近的朋友。

廖對於寫日記有著可驚的毅力，十多年中沒有間斷過一天，即使在流亡生活中也沒有改變。我的寫日記的習慣，也因為他的影響而形成起來。至少有三年期間，我的日記是天天寫著的。在日記裏面，我記下了那時期所看到的一切和感觸到的一切：我的思想，我對未來的信心，我的愛和我的恨。

那樣有恆心去寫日記的習慣，一直到了人事上有了變動才告一段落。廖回內地到軍隊裏參加工作去了，我也走進了職業的圈子。為了稍微多起來的事情，特別是缺少了朋友的影響作用，我的日記再也沒有繼續一天天地寫下去了。我想，沒有繼續下去也好。誰能夠知道會不會再有那麼樣一天，把保留下來的日記再來一次燒燬呢？[2]

注 ————————————————

1　盧騷（Jean Jacques Rousseau，1712-1778），法國作家。《懺悔錄》，*Les Confessions*，英譯 *Confessions*。

2　現存侶倫戰時日記三冊，已由家屬送贈香港中文大學圖書館。見本書頁 17 小思〈新版序〉。

夫婦倆

本文原刊《大公報‧大公園》，1979年 3 月 23 日，頁 7。

像這樣一對夫婦——或者說像這樣一對夫婦的命運，在我們生活著的現社會裏，同樣的事例是少有的。兩個人都是知識分子，可是在特殊情況下，卻共同過著精神上痛苦的日子。

壓力來自家庭，確切地說，是來自一個人——母親。

淵源是怎樣來的呢？事情得追溯到十年前去。

男的是個獨子。那時候他還年少，早已是寡婦的母親，企圖以自己的意志造成她認為滿意的一椿婚姻。他不肯就範，就在母親以中止供他讀大學作為威脅的時候，毅然脫離家庭，遠走高飛去過流浪生活，和家庭斷絕了一切聯絡。到了他厭倦的時候，突然回來一別十年的老家。身邊伴隨著由戀愛結合的異省夫人，——一個自幼隨著家人在日本住居並且接受教育的女性。

他向家庭伸出了手；沒有遭到拒絕；卻也沒有怎樣熱烈的歡迎。不過雙方總算和解了。然而不是諒解。兒子方面是一種無所謂的態度，根本他已經是鬥爭的勝利者，身邊的夫人是個賦有賢淑的品質和溫雅風範的女子，這些條件和老人家所苛求的標準沒有多少距離。女的呢，老早就從丈夫那裏明瞭了他們母子之間的一切，也明瞭了老人家的為人；她知道該抱著怎樣的一種做人態度去適應環境。她所以能夠遷就，雖說是基於教養關係，但仍然是有所犧牲的；這種犧牲是出於對丈夫熱切的愛。她希望他母子之間能夠相處得安靜，更希望丈夫能夠享受一點家庭的溫暖。

可是事實並不如想像的圓滿。做母親的是個理智強得近於嚴厲的人，十年的時間並沒有沖淡她的舊恨。好像兒子出走以後就給否定了他的存在似的，他的重歸並未在她的感情上發生什麼意義。簡單的說，她不曾原諒兒子，倒是因為再見到兒子，更挑起她的反感情緒。她用著近於敵意的態度去對待兒子和媳婦，仗著封建思想所形成的作母親的絕對權威！她一向皈依了佛教，挾著家產消度她的優遊歲月；周旋於同一思想同一志趣的諸色人物中間，用種種施惠手段去換取阿諛和諂媚，造成了屬於她的小社會的勢力和輿論。兒子方面呢，在是非還不能表現得明白的時候，要想以抗議的動機離開家庭是處於吃虧地位的。他飄泊歸來是孤

立無助，在若干方面他還得分佔家庭一點利益。在這樣的處境下，夫婦倆只能沉默地忍受一切，勉強維持著一種相安的局面。然而他們是痛苦的。儘管時代在前進中，新的要摧毀舊的；但是在某種微妙的情勢支配下，青年人有時還不能擺脫舊社會的殘餘勢力的羅網。

但是夫婦倆並不是屈服。他們是在爭取一個有利的時間，要在獲得應有權益的情形下實現他們的計劃：和母親分居。他們以互相的信賴、諒解和熱切的愛情這些唯一的慰藉，暫時支持那痛苦的等待。可是就在這掙扎的期間，厄運來了：丈夫發現了患上危險的病症，──頸項生了腫瘤！

在醫院裏住了兩個月，病情有了好轉跡象。「據醫生說，經過鐳錠治療的結果，相信不致再發作。這是他的經驗。我希望他的經驗是寶貴的。……」這是病者出院後在一封給朋友的信上寫的話。

不幸的卻是，醫生的估計錯誤了。不上三個月，他的腫瘤又發作了。他到那醫院裏重再接受鐳錠的治療，然而已經不能遏止病症的惡化。身體因為經不起兩次手術而陷於極度衰弱，便在家裏躺了下來，於是在一個早上，作為他的朋友，我便突然接到一個緊急通知。……

趕到這個朋友的家的時候，我還來得及。房間裏面集中著關心病者的人們（除了他的母親），以一種無能為力的眼光圍住床邊。病人躺在床上，沉重的病勢使他消失了人形。他伸著兩隻手，讓別人淋著冰水去緩和他的心的煩躁。腫瘤出血，他已經不能言語，只能用筆寫字。誰都看得出來，他不會支持得多久了，卻沒有一個人敢在神色上透露這個消息。人世間還有什麼比這個更可悲的場面呢？面對住一個被死神繳去了武器的垂危的生命，沒有半點救援辦法，只能共同等待那最後的時辰！眼淚已是不能申訴這種淒清的東西了，可是在不能迸出第一聲哭泣之前，沒有人能夠當著仍在苟延的氣息的他流下一滴眼淚！

我退出客廳裏，聽我這朋友的太太含淚敘述丈夫病狀變化的經過。她已不知多少天沒有吃，沒有睡；為了丈夫，她忘記了自己的存在。她已經明白沒有希望把他的生命挽留，只願在分離之前，盡可能給他多一分一秒的服侍，用著超於一切的愛情！

對於有著不可分離的愛的人，她的遭遇是無可慰藉的；世界上最好的詞彙和言語，都成了沒有生命的東西。我只能沉默了。

「夫婦倆」餘話

本文原刊《大公報・大公園》，1979年3月30日，頁7。

有讀者來信，說是讀了〈夫婦倆〉一文，心情頗不舒服。對於兩個主角的命運極感同情，——特別對於那個女的。可是另一面又有些疑惑：認為像兩人的那種遭遇不應該發生在知識分子身上。只有蠢鈍的人才會在封建思想的母親面前顯得那麼軟弱（雖然是短暫的）。我想，理論上是如此。但遺憾的卻是事實的存在！

在那篇文章裏我已經寫了這樣的話：「儘管時代在前進中，新的要摧毀舊的，但是在某種微妙的情勢支配下，青年人有時還不能擺脫舊社會的殘餘勢力的羅網。」實際上也是這樣。

我應該補充一筆，我所敘述的故事發生的時間，並不是現在，而是大戰結束後的時期。不過這一點也沒有關係。時代背景未必是決定某種現象會不會發生的因素。你能夠肯定，即使在今天，我們的周圍就不會有同樣的事情麼？也許只是程度或方式不同。

那麼，那位〈夫婦倆〉中的女主角——丈夫因患上腫瘤死去的年青「未亡人」，她的下場是怎樣的呢？為著滿足那位來信的讀者（也許不僅僅是來信的讀者）的好奇心和關心，我似乎還有作個交代的義務。

可以想像，丈夫一死，未亡人在家庭裏的地位更加孤立。她的艱難日子開始了。可是在另一方，老人家卻並不感到兒子的死去是一種損失。兒子的存在與不存在，在她看來是一樣的：反正有過一段時期他已經脫離了家庭，而且早已消失了母子的情分。她沒有因為兒子死在家庭而感受到什麼衝擊；她依然保持住她的「小王國」。在外邊，是那一群阿諛諂媚地圍繞著她的「道姑」們；在家裏，是仰仗她生活而受她驅使的幾個窮親戚寄養的女孩子；她依然掌握「統治者」的權威。

然而未亡人呢，她的損失是永遠不可補償的了。在過去丈夫生存的日子，是兩個人共同支撐那環境上的壓力，至多只是處於分擔壓力的地位。如今，壓力的重點是落在她一個人身上了。這裏面還加上更難受的成分：老人家假借兒子之死作為「家運不好」的口實，把造成「家運」的責任嫁在媳婦的身上，——「剋死

了丈夫」，這正是兒子當日「忤逆」母親意旨的「報應」。她在自己的「小王國」裏贏得「先見之明」的稱譽。為了滿足她的「報復」意識，她認為這「報應」在媳婦方面也應該分擔一半，這就是，媳婦應該有在家裏「守」一輩子「活寡」的命運。為了要造成一種「羈絆」，她在兒子病危的時候就拿「續嗣」的理由，從親戚那裏給兒子過繼了一個僅在學步的孩子。

但是未亡人是不是應該接受這種「命運」——老人家強硬給她安排的「命運」的那種人呢？讓事實來答覆！

死者安息了三個月之後，我聽到了消息：未亡人離開香港到北方去了。她是突然地走掉的。她留下的信說是回去哈爾濱的老家探親；三個月後回來。她的過繼孩子由老傭人照料著。

但我後來知道的事實是，她沒有踐約，她不曾在三個月後回來。而且，一直沒有回來。

在我們難忘的一九六八年的秋季，我意外地接到一封由北方來的信，原來是這位出走了十多年的未亡人寫的。

她寫著：由於聽到在她記憶中已成為遙遠之夢的地方出了不尋常的事情，她才想起我這個朋友，因此試寄一封信向我問候。但是不知道經過十多年人事變化之後，她的信是否還能寄到我的手上，因此她不能詳細的告訴我，她回到北方以後所經歷過的一切事情。她能夠簡單地報告我的消息是：她目前生活得很好，也很愉快。她說她青春年代的痛苦遭遇，在生命中已經沒有半點記憶的價值；因為在一個新的世界中，她的生命也是新的；而她也決心用整個身心獻給為廣大人群的幸福設想的莊嚴工作。……

我覺得，我不需要知道更多些什麼，僅僅是這幾句話語，已經值得為她的新生命祝福了。你們，關心她的，也一起為她祝福罷！

書話抒情

本文原刊《大公報·大公園》，1979年4月6日，頁7。

曾經寫過三兩篇關於書的文字，一些人以為我在這方面頗有「研究」，其實這個想法是錯誤的。是知識分子，在生活上最接近的要算是書；尤其是愛好讀書的，大抵都有一種愛書的觀念，而我只是其中之一而已。

說起愛書，儘管在文人中很普遍，可是對待書的態度卻不是每一個人都相同。有些人對書非常珍惜，讀的時候小心翼翼，不願把書弄髒或弄皺，讀後又把它珍重收藏；有些人對書卻非常隨便，坐也讀，躺下也讀，只求方便自己，不管手上的書給弄成什麼形狀；讀了那本書之後，隨手丟開，也不管它以後落在什麼地方。自然，也有些是屬於兩者之間的「中庸」派，不過仍然以上述的兩種絕對的類型為最突出。

但是把上述的兩種類型作個比較，還是前一種佔較多數。因為在文人中，我們只聽到有所謂「愛書家」這一類人物，卻沒有聽到過「惡書家」或「恨書家」這樣的名詞。

說得上「愛書家」的人，他們對於書具有超越情理以上的鍾愛；對於書簡直發生近於病態似的感情。但是不屬於病態的愛書心理，卻是一般愛好讀書的人所普遍具有的；起碼的限度是對於一本讀完的書不肯隨便丟掉，而總要把它保存起來。這便是普遍的愛書心理的表現。

一個喜歡把書保存的人，往往不大願意借出自己的書，即使借書的是自己要好的朋友（自然偶或也有例外），這種情形不是旁人所能理解的。儘管他在別方面的事物常常是非常慷慨，只要觀念上接觸到自己心愛的書時，他便變成吝嗇的了。這種心理要分析起來，實在相當微妙。

本來，書並不是什麼了不得的東西，除非那是所謂「孤本」或是什麼「善本」的書，有錢總可以把它買到手；何況印刷術發達、書籍大量出版的現代，照道理說，書原不值得怎樣看重。但是問題的焦點便在這上頭：惟其因為不值得怎樣看重，一般人對書的態度便流於隨便了。把這種態度表現得最顯著的一面，便是借書。大多數的人借了書往往不負責歸還，這不一定是借了書的人有意把書據為己有，而是根本不把那本書的存在放在心上的緣故。

退一步說，即使借書的人還有點責任感，把不再需用的書送回，那本書多半已不再是本來面目了。這變化不能否認是書本身的「損失」，但這卻是無從去計較的事。惟其如此，在作為那本書的主人的心中，便成了不愉快的感受。形成了不願意借出自己的書的原因，多半是由於這種情況而來。

不過，理論是這麼說，事實又是另一回事。當人家向你借本什麼書的時候，如果你是珍惜你的書的，儘管你是多麼「吝嗇」，大概也很難謝絕。一個人如果連一本書也不肯借出，還算是什麼朋友呢？

愛書人最感為難的時刻，便是碰上那一類愛好「附庸風雅」卻又沒有什麼深厚交情的人，他看見你書架上那麼多的書籍，便以有了機會表示自己也是同道為榮。於是把你的書亂翻一頓：「這本書內容是講些什麼的呀？」「那本的內容又講些什麼的呀？」這樣隨翻隨問。發見自己以為合看的，不徵求主人是否同意，便不客氣的要借。這對於愛書的主人是最感痛苦的事！

愛書人對自己的藏書唯一的保障辦法，是在書的扉頁上寫上自己的名字，表示那書所屬的主人。有的人更進一步用一種標誌來表示，這方面的表現形式，在中國是蓋上藏書印章，在外國是貼上藏書票。

其實在書上面不管加上什麼標誌，作用都是說不上的。假如你的書不借出去，你沒有表示它是屬於你的必要；假如它離開你落在別人手上，縱然你貼上一個照片，一樣沒有用處，借書的人不會因為有你的標誌就把書送回來。

我曾經在一篇文章裏說過，保險借出書籍的「權益」的唯一辦法是：人家借你一本書，你不妨也向他反借一本書，平衡交易，不過不失。「但是──」如果你這樣問，「碰到對方是個無書可借的傢伙，又怎麼辦呢？」這就活該倒霉了！

同屋的女住客

本文原刊《大公報・大公園》，1979年4月13日，頁7。

這個女人給我最特殊的印象，並不是她的好看的面貌和所謂健美的體型，而是她愛好鞭打自己女兒的癖性。

當我搬進接近工作地點的新住處的第一天，就開始認識到她的這種癖性。她不但狠狠地把孩子痛打了一頓，還把慘叫著的孩子從房門口摔到甬道去。當時我感到很不舒服，顧不了自己是新房客，立刻跑出去看看。只見那個七八歲左右的女孩子倒在甬道上抽咽著；兩個同屋的婦人和她們的小孩遠遠的站在那裏，用憐憫的眼光看著她。我走前去想把她扶起來，包租婆卻走過來抽抽我的袖子。我會意地跟她走到陽台去。

「李先生，你不要管閒事，你理會她，她就更受罪了。」

「什麼原因呢？」我感到困惑。

「住下去你會明白的。」

可是住上了一個多月，我還是沒有機會明白。我是早出晚歸，根本沒有多少時間留在住處。一個深夜，我從報館下班回來，給我開門的不是包租婆，卻是那個女孩子。我奇怪地問她為什麼還未睡。她回答說，她在等媽媽的門。

「每一晚你都得等門嗎？」我停下來悄悄的問她。

「不一定。如果我媽太晚回來的話，我就得等她。」

我給喚起一個想像，她的母親可能是個不正派的女人，她虐待女兒，也許是討厭女兒妨礙她別方面的生活。但這樣做不是太殘忍了麼？

「麗兒，（我已知道她名叫麗兒）我問你，你媽為什麼常常打你？」

「我不知道。」

「你憎恨她嗎？」

她搖頭：「媽打了我，她自己會大哭起來的。」

「你爸爸呢？」

「他死了，我媽說他死了。」

第二天早上，我的想像似乎得到了證明。當我到盥漱間去的時候，在通道上碰到那剛從外面進門的女人（顯然她昨夜沒有回來），眼皮帶著困倦的神氣。她

向我微微的點頭打個招呼，便進她的房間去。

　　奇怪的是，除了隱諱自己的身份，她對旁人的態度卻很隨便，也很和氣。只是大家似乎因為了解她的性格，便彼此默契地保持一定的距離。在這樣的情形下，我和她也漸漸的熟起來了。

　　有一次，在我考慮到可以開口的時候，我鼓起勇氣問她：「如果你不喜歡麗兒，把她送給別人不是很乾脆？」

　　「怎麼？送給別人去糟蹋嗎？我自己生下的女兒，讓我自己糟蹋好了！」

　　我不明白她的意思，但是她反應的神色卻使我明白，我不適宜和她討論這件事情。

　　於是來了這麼一次，當我又聽到那女孩子慘叫聲的時候，我不顧一切的跑進她的房間去，從她的鞭子下面把女孩子搶過來，喝著：「你再打，我便叫警察，我從未見過像你這樣的母親！」

　　她果然給我的警告威脅住了。她看我一眼，立刻丟下了鞭子，朝床上一躺就掩住面孔哭起來。

　　這樣以後，有半個月期間，我察覺到她沒有再打女兒。我為這女孩子慶幸著。也許，她會因為我的干涉而免卻災難了。但是一個晚上，——那是我因業務事情被報館派往澳門耽擱了一個星期才回來的那個晚上，我回到住處的時候，給我開門的不是麗兒，卻是包租婆。麗兒哪裏去了呢？

　　包租婆冷然地告訴我：那女孩子患了急性腦膜炎，三日前給送進醫院去了。我問以後的情形怎樣，包租婆說，她不知道。

　　第二日天還未亮，我給急促的門鈴聲鬧醒。一個醫院派來的人大聲的通知：麗兒在半夜裏死去了。他問她的關係人要怎樣處理這小孩子的後事。做母親的給包租婆叫醒了跑出來。她用了對付一樁意中事的平淡態度來接受這個不祥消息，她跑出來回答那個醫院的人說：

　　「那個女孩子是沒有父母的孤兒，任由醫院處置好。」

　　我感到憤怒，真想向她發作一下。但是當我聽到她回進房裏的時候「哇」的哭出來，我的感情便起了變化，我的憤怒消失了。她還算得是個母親！

　　我接受了她的要求，陪她到醫院去看看她的死去的孩子。在起程之前，她邀我進她的房間去。她從衣櫥的抽屜裏取出一張六吋大小的照片給我看。這是她同一個中年以上的男子的合照，在照相時她的手上抱著一個嬰兒。

「這個男子是什麼人呢？」我問她。

「是什麼人？」她咬住牙齦回答，「就是這地方的有名紳士。我是他家裏的用人，也是他的不知第幾位太太。他就是麗兒的父親。我們母女倆就是糟蹋在這個人的手上。現在麗兒死了，我為她慶幸，她比我活著受罪好得多了」。她劃了一根火柴把照片點著，喃喃的自語：「我恨他入骨，早就不願保存這張照片，但是我恐怕自己早死，便把它留給麗兒，讓她長大的日子，可以憑這張照片找那負心鬼算賬。現在，保留著也沒有用處了！」

「以後，你沒有牽累，不是可以從頭過新生活了嗎？」我安慰她。

「我要活下去的，活著來看那傢伙怎麼樣收場！」

由「紅磨坊」畫家想起

本文原刊《大公報・大公園》，1979年 4 月 20 日，頁 7。

　　在電視螢光幕上，意外地看到一部舊影片「*Moulin Rouge*」。[1] 這部描寫十九世紀法國畫家洛特列克[2] 生平事跡的影片，過去在戲院放映時中文譯名為「青樓情孽」，使得一些有藝術興趣的人放過了觀賞的機會。這正如有過一部被譯名為「慾海浮生」[3] 的影片一樣，誰也不會想到它所敘述的竟是畫家梵・谷訶的故事。在一個商業社會裏，利潤至上，為了達到目的，什麼不相干的事物都得渲染上一點刺激官能的誘惑色彩；電影更不例外。結果是，有所認識的人看到片名給趕跑了，而被吸引了的普通觀眾卻看得不知所云。這真是不調和的事。上述的兩部影片，過去我還是無意間看到的，而且是在「公餘場」。但這裏舉的只是一個例子。是不是還有別的使我發生興趣的影片，在相同的情況下溜走了，我不知道。因為我不是很常有機會看電影的人。

　　而這一次在電視裏重看到這部舊影片，便分外感到喜悅。

　　我不懂繪畫藝術，對於洛特列克這個十九世紀法國藝壇上的奇才，更沒有什麼研究：可是這個人的故事，卻有使我感動的一面。以藝術家的命運來說，洛特列克是很不幸的。他的不幸，可不是像大多數藝術家那樣，生前不被賞識，死後才受推崇；相反的，洛特列克活著的時候已經成名，但是他的命運依然一樣坎坷。所以如此的原因，在於他的長相的醜陋和肢體的殘缺。由於少年時代曾摔跤兩次，腿骨折斷而中止發育，形成了身長腳短的畸形體格。這個難看的樣相使他內心非常痛苦。他的生理條件局限了他的事業活動的範圍。幸而他的藝術的天分，使他找到精神的寄託。

　　洛特列克在巴黎和同時代的畫家們交往，他大部分時間活動在燈紅酒綠的蒙馬特區，用他的畫筆去描繪那些舞女、娼妓的生活和形象；晚上則流連於歌壇舞榭、咖啡店，更多的是以「踏踏舞」出名的「紅磨坊」夜總會。他拿舞台作為作畫題材；最擅長運用強烈的色調和獨特的技巧去表現動態中的舞女；畫面上洋溢著誘人的魅力和藝術氣氛。它成為洛特列克作品的獨特風格。就憑了這種風格，他為「紅磨坊」的表演節目畫了不少「海報」，為「紅磨坊」的夜生活添上了藝術色彩，使他名傳後世。

洛特列克雖然名氣很大，然而填補不了他內心的寂寞和虛空。他所戀慕的舞女、女演員和模特兒，沒有一個肯接受他的愛意，甚至因他的畫筆渲染而揚名的女藝員也不願愛上他，甚至拿他的醜陋向他揶揄。這便大大傷害了他的自尊心和加強了他的自卑感。在失望和痛苦的刺激下，洛特列克產生了自暴自棄的思想，只好向妓女身上去購買廉價的愛情；一面縱情肉慾，一面酗酒來要求麻醉；作為對命運的消極反抗。終於毀了自己的生命。這是一個藝術家的悲劇！

洛特列克的行徑只能贏得同情，卻不值得欣賞。人不是為愛情去生活的，特別是對於有所貢獻的藝術家。由於缺乏一種堅強的意志，結果是，毀了有限的肉體生命，就連無限的藝術生命也一起毀掉了。

人的美醜，不管是先天的還是後天的條件所形成，都是無可奈何的事。這同人的生存和活動應該是沒有關係的。問題在於自己是否善於對待，善於自處。在歷史人物中，有不少是因了他們的成功而掩蓋了他們本身的缺陷的：像貝多芬、舒伯特、康德、叔本華，甚至巴爾札克，都是儀表上各有缺陷的人物，然而半點沒有妨礙他們事業上的發展。這也是他們所以偉大的地方。誰都知道拿破崙是個矮子，他卻說：「全世界的人同我講話都須低頭。」這句話雖然有些解嘲味道，但是應該有這氣概。

注 ———————————————————————

1　《青樓情孽》(*Moulin Rouge*)，John Huston 導演，1953 年在香港上映。

2　羅特列克（Henri de Toulouse-Lautrec，1864-1901），法國畫家。

3　《慾海浮生》(*Lust for Life*)，Vincente Minnelli 導演，主要演員有卻德格拉斯、安東尼昆等，1956 年在香港上映。

可尊敬的朋友

本文原刊《大公報・大公園》，1979年 4 月 27 日，頁 7。

　　肉體的生命有限，而藝術的生命卻無限。一個有貢獻的藝術家（廣義的說法也包括文藝工作者），不應該因為自己生理上的缺陷（如果是有缺陷的話）而自毀了前途。這是我寫〈由紅磨坊畫家想起〉這篇文章時的感念。事實也是這樣。設想一下，假如愛羅先珂[1]因為自己是瞎子就心灰意冷，決不會成為我們所知的俄國詩人和童話作家；假如貝多芬因為自己是聾子（對音樂家來說這是致命傷）而放棄了他的事業，人類的音樂領域還有像今天這樣豐富的產業麼？因此我覺得最值得尊敬的是身體殘缺卻仍然有所成就的人！不管成就是大是小，至少是不曾辜負了生存，而他們的人生也有了一定的價值！

　　像那樣值得尊敬的人，在朋友範圍內我也有幾個。他們雖然和正常人的活動習慣有不同的地方，但是他們一樣保持著對人生的樂觀態度。其中一位 A 君兩腿癱瘓，需要靠輪椅走動，可是天天寫著文章；他的名字天天在報紙副刊上出現；另一位 L 君是腰身和兩腿都只能挺直，不能彎曲；可是他仗著一根手杖便到處走動，不但參加種種社交場合，而且還到遙遠的地方去旅行參觀。他是漫畫家，也是作家，憑了他的這些專長，他廣泛地結交了多方面的朋友。還有一位寫漫畫和從事木刻畫的 Y 君，他的兩腳殘廢，小腿向後屈曲，沒法站起身子，成了永遠是蹲著的狀態。他兩手握著兩張特製的小木凳代替兩隻腳，每走一步便先後移動木凳子；因為操縱慣了，運用起來便非常靈活。這個朋友戰時已經由南方到北方去；現在定居北京，依然努力從事他的藝術工作，而且很有成績。

　　比上面的幾個朋友的情形更不如的，還有另一個人。這個人是我在這裏要特別提起的。

　　三十年代初期，香港出現過一本文藝刊物名叫《小齒輪》[2]：十六開本，四十頁左右；白色的封面，上沿印著刊物的名字，下面三分二的部位印上一塊斜面的紅色，在紅白交界處蓋上一隻黑色的齒輪。在那時期的香港文化情況，這樣的一個刊物是頗為新鮮和引人注目的。但是誰也想像不到，這個刊物除了文字部分，它的編輯工作、校對以至封面設計（包括題字和繪圖），全部是出自一個除了一雙手就全身不能動彈的人的手。

我最初和他認識，是由於他給我寫信。那時候他已經在報紙副刊上發表一些文章。讀到他的信之後，我才知道他是怎麼樣的一個人。他的信說，他是個不幸的殘廢者，命運剝奪了他像正常人那樣的活動權利；他非常孤獨和寂寞。他需要朋友，要求我去探望他。

當我按照他的住址，到旺角地區一間樓宇去探訪的時候，才發覺他的處境比我事前想像的更不幸。他住的是騎樓的一角，人躺在一塊幾乎貼地的板床上面，腰部以下罩了一個圓拱形的木架；一張薄被由木架下面一直蓋到他的胸前。顯然是不讓人見到他的殘廢了的腿。他的軀體也是不靈活的，只能仰躺著身子。因而他的視野永遠只限於騎樓外的一角天空。他的住處同時也是工作室。書報雜誌堆滿枕邊，頭頂的牆壁上，掛著用肥皂箱作的書架。要取某本書時，就用小鏡子反看書架，然後反手向後面抽取。他的「書桌」是一塊木板，寫作的時候，用鐵夾子把原稿紙夾在木板上面，一手托著木板，就在原稿紙上寫起字來。我為著這種情景深深地感到難過。我在想，對著這樣的人，誰能夠吝嗇自己的友誼呢？

事實上在那個時候，差不多每一個香港的文藝工作者都同他做了朋友，這是長時期以來他藉著通信方法去締結友情的收穫。基於同情，也基於關心，朋友們在能夠抽空的時候都經常去看他；同他閒談幾十分鐘，對於他是很大的安慰和滿足。

除了朋友之外，日常同他在一起的是一個年老的母親。她照料著他生活範圍內的一切事情；還有一個大約十二、三歲的妹妹供他使喚，兼做他的跑街。

儘管生活上是這麼不方便，但是他從來不表示什麼怨言，或什麼自傷的情緒；更不曾影響他對文學的熱情。只是由於缺乏社會生活的經驗，使作品內容顯得虛空。他所能寫的，只是過去曾經見過的事物。他是有過康健日子的。他曾經送給我一張照片，背景是美國，他穿了大衣和圍巾，在雪花飛舞之中站立著拍照。他讓我知道，他在美國生活的時候患上了風濕，在醫院住了許久沒有起色，迫得回來中國，在香港的老家裏躺下來。一直起不了身子。在這樣的情形下，他愛上了文學。

叫人佩服的是，儘管寫作的題材是多麼貧乏，他依然是努力地寫著，寫著。他不僅要寫，還要辦刊物。並不是為了滿足虛榮心，而純粹是為了對文學的熱情。為了實現這個志願，他自己設法籌措印刷費，而只願朋友們在文字方面協助。《小齒輪》就是這樣出版的。

這種文學關係的交往，給突然爆發的戰爭打斷了。在大動盪的局面下，朋友們都為著生存而各散東西。對於這個沒有腿子可以走動的朋友，誰也不敢設想他是怎樣地消失了生命的。

但是他永遠存在我的觀念中。他的名字是魯衡！[3]

注 ───────────────────────────────

1　愛羅先珂（Vasilï Eroshenko，1890-1952），俄國作家。

2　參考本書下冊〈藝壇俯拾錄（十二）〉、〈香港新文化滋長期瑣憶〉，頁607、783。

3　魯衡曾在香港《工商日報》副刊〈文庫〉發表作品。1932年4月19日起至28日一連九天（8月24日周日無報）刊出他的〈殘廢人〉，最後一篇末段說：「現在，他在悲哀之中，努力研究一種學問，希望他想念著的幸福降臨，雖然他知道永遠沒有實現的日子。」

閒話「生死之謎」

本文原刊《大公報·大公園》，1979年5月4日，頁7。

似乎是福爾摩斯的作者柯南道爾[1]說過這樣的話：這個世界最缺陷的事，是沒有人收到過由死去的人，寄回來一本另一世界的遊記。

這種基於對「另一世界」的探索的好奇心所產生的非非之想，是不少人都具有的。《少年維特之煩惱》的女主角夏綠蒂的未婚夫克斯妥納，在他的私人日記裏記過一件事：當哥德因為癡戀夏綠蒂感到絕望而決心離開的前夕，他們三個人在月下的園子裏閒談，夏綠蒂向哥德提出一個約言：他們三個人中，誰先死去誰就給生者報告另一世界的消息。

可見人們從來對「另一世界」是抱有一種觀念的，儘管它是多麼虛渺的東西。究竟在宇宙間除了人類生活著的現實世界，是否還有什麼「另一世界」，除了宗教家以外，我想決沒有人會加以肯定的。無奈這個世界充滿了矛盾，在科學時代，還存在著「靈魂不滅」論者，存在著所謂「靈媒」這類研究「人鬼溝通」的人物；加上種種似是而非，似非而是的現象，人們在思想上碰到什麼困惑的時候，便往往捨棄了科學而接受玄學。於是在這些人的心裏，生死便成了不可解釋的謎，而「另一世界」這個觀念也存在意識中了。

實際是不是如此的呢？

一個朋友對我說過下面的故事：

那時候是抗日戰爭爆發之前，他在廣州一間中學校當教員；家人都住在鄉下。因為教務羈身，他只在假期中才有回去看看家人的機會。平時他是住在學校裏。

有一夜，在他睡著的時候，矇矓中忽然聽到哭聲，聲音非常淒切。他睜眼一看，發覺自己是在家裏，躺在廳中一張板床上面。他的母親，妻子和妹妹都坐在他的附近，掩住面孔在哭泣。許多人在屋內走來走去，一片擾攘而又忙亂的景象。他不知道究竟發生了什麼事情。他想向她們探問一下，可是不能開口。正在疑惑中，卻覺得他自己不由自主的豎起身子，並且輕飄飄地離開了板床。回頭一望，他看見自己的身體還躺在板床上，筆直地動也不動，面部卻蓋了「元寶」，床沿下面有一隻插了香燭的瓦盆。他才恍然明白這是什麼回事。原來他是死了！

在一陣驚惶中，他想起自己就這樣訣別家庭，訣別所有親愛的人們，心裏十分難過。他想去安慰一下哭著的家人，可是沒法做到。他感到無可形容的悲哀！同時覺得身子輕飄飄的，不由自主地向大門口飄出去了。

他聽到那哭聲漸離漸遠，他已經飄浮在一個從未到過的境地。那裏沒有天、沒有地，只是迷迷濛濛，無邊無際；到處充滿了輕淡的煙霧，一片灰灰暗暗；分不出是白天是晚夜；好像時間和空間都同樣是無窮無極的。

他就在那樣的境界裏，不由自主地飄盪著，不知道自己究竟往哪裏去；除了他自己，還有別的人，那些人也是同他一樣地飄盪著的，都是在煙霧中隱隱現現，凌虛地來來去去。但大家都是漠不相干似的，彼此不相聞問，沒有半點關係。

不消說，他也是那些飄浮東西中的一個了。在這樣迷茫的境地裏，再也看不見自己的家，看不見自己的親人，也沒有一個朋友，只是寂寞，孤零。……一想起這些就覺得十分淒涼！接著又懷疑地想：自己真是死了嗎？這就是死了的境界嗎？……可是得不到解答。

有一天（毋寧說是有一次，因為他實在分不出日子的界限），他聽到好像有叫喚他的聲音，他對於家的思念忽然強烈起來，於是好像有一種力量把他推移一般，他轉了一個飄浮的方向，瞬息之間，他發覺自己已經在他的家門外面。他要回家去看看的一種渴望，好像成了推動的力量。他向大門飄去，那個門對於他只是一個形體，卻不能成為一種障礙；他不須把它推開，很自然地就穿過去，而且進到屋裏去了。

屋裏給一片愁慘空氣籠罩著。他看見他的妻和妹妹坐在一張「靈柩」旁邊，低了頭在摺紙錢。她們都穿上白的衣服，頭髮纏上了白絨線。

看見這情景，他知道自己的確是死了。他重新感到傷心。他渴望撫摸一下她們，可是正當他挨近她們的時候，他的妻好像突然感到寒冷似的抖了一下，立刻丟下了工夫，一手拉住他的妹妹急忙走進房間去。

在這一刻間，他不但傷心，簡直是痛苦了。死去的人就是要親近一下自己的親人也不可能的嗎？他和她們是這麼接近，而距離卻又這麼遙遠呀！

他想，他再也不能在家裏耽擱的了，他已經是自己家庭也要遺棄的東西。帶著這種悲哀情緒，他又輕飄飄的溜出去，落在煙霧迷離的世界中。他忽然哭出來。

在哭泣中，他醒過來了。是睡在隔壁房間的校役叫醒他的。校役聽到他的哭聲，知道他發了惡夢。

「我慶幸我所經歷的只是一個夢境。」我這個朋友結束他的敘述，「但是我已經迸出一身冷汗」。

隨後他又說：「我不暇去研究我這個夢的成因，只是擔心這是什麼不祥事情要來的預兆。足有一年時間，我在戰戰兢兢地過日子。」

「那麼，你對於這個夢怎樣看法呢？」我問他。

「由於它對我並未發生什麼可怕的意義，這證明了好些人的所謂預兆這個東西完全是荒謬的！其他一切更不消說。你看對不對？」

注 ————————————————————————

1　柯南‧道爾（Sir Arthur Conan Doyle，1859-1930），英國作家。福爾摩斯（Sherlock Holmes）是作者創作的偵探人物。

著書都為稻粱謀

本文原刊《大公報·大公園》（專欄名為「今世說」），1979 年 5 月 11 日，頁 7。

　　謝謝你的來信。你也像我所知道的別的一些人那樣，奇怪我為什麼長時期沒有寫作，又奇怪我為什麼在長時期沉默以後，這一兩年來又提起筆來。在沉默的期間，我究竟到哪裏去了呢？我聽說，甚至有人以為我已經悄悄地不存在了。無論人家怎麼樣想，都是出於關切的動機，都是應該感謝的。尤其是像我這樣一個沒有值得關切條件的人。

　　但可以告慰朋友的是，我還活著。我現在正在稿紙上寫著文章，便是證明。至於上面提到的兩個「為什麼」，我自己也無從解答。因為我覺得擱下了筆和重提起筆來，對於我都是沒有關係的。犯不著大驚小怪。我確是寫過一些東西，可是我從來不因此就把自己看成一個作家；也從來不因為寫了幾篇小說就認為這是文學事業。事實上，在一個把作品當作商品看待的社會，拿寫作生活說成是文學事業，這只是漂亮話而已。當作品換不到錢的時候，寫作生活也就完了，還有什麼事業可說！在這方面，我頗欣賞郁達夫曾經寫過的一副對聯：

　　　　避席畏聞文字獄
　　　　著書都為稻粱謀

　　在此時此地的環境，「文字獄」的顧慮還是少有的，但「稻粱謀」這三個字的含義卻依然是現實的寫照。至少我就是為生活而寫作的。我羨慕那些以寫作為消遣，純粹為寫作而寫作的人。他們不須在時間的限制下趕著去完成一個作品，不須在寄出作品之前算算字數，估計可能換到的稿費是否符合生活開銷的預算。在相當長的一段時間，我嘗夠了這種滋味！

　　創作生活對於我，自始就不是愉快的。想起在世界上無數的生活方式中，自己竟闖上這一條道路，實在不能夠怨天尤人。原始是為了興趣而寫作，慢慢的卻變成沉重的負擔了。

　　差不多有十年時間，我沒有寫過什麼東西。可是在那之前的一個階段，很慚愧，我已經印出了近二十本的書。但是我寫出了什麼呢？我說不出來。除了很少

一部分作品，是在特殊情形下還容許我按照自己的意志寫出來的之外，可以說，大部分都是適應市場的需要而產生的。為著能有發表或出版的機會，我不能不接受報刊或出版家的要求而執筆。我的筆即使不為迎合讀者的口味而寫，可是不能不為適應發表場合的性質而運用。結果呢，發表的場合不同，作品的風格也不一樣。把相當的篇數輯為一個單行本的時候，便往往顯得作品的風格分歧，也缺乏精神的統一。在我自己看來，這是十分懊惱的事。

很多時候，有些稿件在寄出時，往往私自許願：打算在準備印單行本之前，把它們按照自己的原意重寫一遍。但是結果卻沒法如願地做到；生活和人事都不容許我有這種機會，結果只好由它照樣印出來了。在工作的意義上說，這同樣是我深感悲哀的事！

在必須「削足」以求「適履」的工作情形下，人的思想和筆桿就像擠迫在狹窄鞋尖裏面的腳趾，難得有自我舒展的活動餘地。這真是對於文藝工作者的侮辱與損害！而我就是在這樣的情形下，度過了人生的精力充沛的時辰。

有人說，「文章裏面有作者」，在作品已經商品化了的社會，這種說法是消失了意義的。因為我們在作品裏面所發見的已經不是作者，而是文化商人的面影了呢！

自然，我所說的是過去的事，也是說明我的寫作生活在「著書都為稻粱謀」這前提下的小小經歷。

在這裏，我記起了曾經看過的一幅文藝漫話，很有意思。一位胖胖的出版家打開一卷原稿皺起眉頭，一面對旁邊一個瘦弱的作家說：

「你知道嗎？你的作品愈寫愈差了。」

「老實說，老闆，為稿費而寫的作品是不會寫得好的呵！」作家坦白地回答。

出版家接上說道：「那麼，你給我寫些不要稿費的作品好嗎？」

說說《窮巷》

本文原刊《大公報‧大公園》，1979年5月18日，頁7。其後收入《向水屋筆語》。

　　一位去年夏季才相識的來自南美洲一個遙遠國度的朋友，在回去僑居地以後給我寫信，要求我替他找一本《窮巷》寄給他（因為他在書店裏買不到）。我沒有如他所願。但是我沒有因此感到歉意。理由是這本書是不值得他再讀的。[1]

　　我說不值得他再讀，是因為這本書寫得並不好，至少我自己就覺得有許多不滿意的地方。我所寫的是大戰結束後的香港。幾個身份不同的人，共同生活在一起，他們一面對生活作鬥爭，一面又從各自不同的命運中發生種種不同的遭遇。故事是複雜的，主題也還算是健康的。唯一的缺陷是我寫得不夠深刻，我的筆沒有達到我預期達到的地步。

　　不過在另一方面的意義說，《窮巷》的寫作留給我的卻是非常深刻的記憶。因為在我執筆的過程中，正是我生活上最困難的歲月。因此從寫作至出版，都經歷著重重波折。

　　《窮巷》最初是在夏衍先生[2]主編的《華商報》副刊上連載[3]，隨寫隨發表。那是全國解放前夕。大約刊至三萬六千字左右，夏衍先生離開報館；人事上有了變動。副刊的新編輯上場時有他新的編務方針，而我的小說又不能在他所希望的短期內全部刊完，我只好自動把它停止。

　　但是在小說連載期間，新民主出版社[4]已經有意在《窮巷》全部登完時出單行本，便趁報館排版的便利，逐日將印好報紙的《窮巷》排版借去，預先打了紙型。事後才託人通知我，並徵求我對於出書的同意。對於這樣一番盛情，我是沒有異議的。只是這樣一來，我卻不能不把這部小說繼續寫下去了。

　　我是一個不能把寫作當作職業，事實上卻又被迫著形成了職業的人，可是一部二十萬字的作品要能夠順利地寫成，在我當日的生活狀態下是沒有可能做到的事。許多為著生活而經常得應付的事情，不斷地佔有了我的精神和時間；《窮巷》的寫作進行因此時續時輟，沒法如願迅速完成。不久之後，新民主出版社為著配合時局的需要，出版方針有所改變。初步書店的胡鐵鳴先生[5]徵求了我的同意，把《窮巷》的出版權轉移到他的手。我只有一個要求：容許我把已發表的部分從頭再寫，這便得把預先打好的紙型全部犧牲。胡先生慨然答應，事情便這樣決定

下來了。

出版權轉移以後，一拖竟然三年時間。在生活緊張、人事紛繁的情形下，我一直不能安定下來把小說寫好交出付印。我在精神上所擔負的重量，實在比負一筆債所感覺的還要痛苦。在這期間，胡先生以了解一個像我這樣的作者處境的寬宏度量，隨時給我的困苦生活以熱誠的援助，目的是鼓勵我把作品寫成。這真是難得碰到的一個好出版家！

我最感遺憾的是，當我的小說接近完成的時候，胡先生不能夠再等候了。隨了時局的發展，他要把書店搬往國內去。於是《窮巷》的版權又由初步書店轉讓給文苑書店。一九五三年，書才印了出來。[6]

《窮巷》出版以後，我在報刊的評論上看到了好些珍貴的意見。這些意見的共通之點，是認為我不應該把那樣的故事渲染上悲劇的色彩；苦難人們的遭遇應該有個好收場；對於落在絕境的人更應該給他們指出正確的道路和方向。……

對於別人的可感謝的意見，我一直沒有作過什麼反應表示。這並非由於我的創作態度一向不主張拿文藝作品當作說教工具，而是由於我有著不能不那樣寫的理由。這不會是只憑直覺去看作品的人所能了解的。

五十年代是個政治敏感性強烈的年代，也是文藝工作者不容易自由運用筆桿的年代。一個文化商人如果希望自己的出版物能夠順利地賣出去，便不能不注意作品的內容是否有值得顧慮的東西。聽說，因為我在《華商報》發表過小說，我在台灣銷售的一些單行本就被禁止了。《窮巷》將要寫完的時候，書店負責人就找我討論小說「結尾」的問題，為的是恐怕我會添上一條「可怕」的尾巴。此外，書名有個「窮」字，也容易喚起患「敏感」症的人的某種聯想，為了擔心書發行到海外某些地區時不許進口，《窮巷》便用了兩個書名，另一個書名是《都市曲》。[7]兩個書名按不同地區分別應用。這事說來有些可笑，但是誰願意冒險做虧本生意呢？

《窮巷》卷首本來有一篇〈序曲〉[8]，可是也因為有著上述的顧慮，在出書之前，給出版人抽去了。

這些都是沒有人知道的事情。

1　收入《向水屋筆語》時刪去原文首段：「朋友 C 夫人把一卷我拜託她找尋的稿件叫人送回的時候，額外地附入一本《窮巷》。書雖然殘舊，卻仍然給我一份意外的喜悅。因為幾個月來，我一直在設法找尋這本書，都沒有結果。如今竟意外地得到，事情是這麼湊巧。」

另刪去本段末數句，原文為：「如今它既然意外地出現在我的手上，就作為替朋友辦一件被委託的事，我也只好把書寄給他，了卻一個義務。」

2　夏衍（1900-1995），原名沈乃熙，浙江杭州人，作家、劇作家，二十年代在上海從事翻譯和工運工作，為上海藝術劇社創辦人之一，三十年代參與左聯工作，1941 年來香港，和鄒韜奮、范長江等人創辦《華商報》。後太平洋戰爭爆發，輾轉到重慶，負責主持中共在當地的文化活動。1946 年到南京、香港等地做統戰工作。1949 年回到內地。作品有《上海屋檐下》、《包身工》等。

3　侶倫《窮巷》於 1948 年 7 月 1 日開始在《華商報》連載，至 1948 年 8 月 22 日完結。

4　新民主出版社有限公司成立於 1946 年 1 月 4 日。

羅隼：〈「新民主出版社」尚在〉（見《香港文化腳印二集》。香港：天地圖書有限公司，1997 年，頁 38-41）提及：

「新民主出版社搬來大道中一七五號之前，門市部設在利源東街口二樓，……利源東街之前，這家出版社社址設於干諾道中，當時主要出版新書。都是宣傳馬列主義……廣東每解放一地，運進去供應解放區學習的文件書籍，最早的都是他們的出版物。……全國解放後，北京、上海、天津等大出版社相繼成立，出版物逐漸多起來，香港的新民主出版社也從出版變成發行國內新書。從輸出變成輸入，足履遍及東南亞歐美。」

5　羅隼：〈五十年代的「初步書店」〉（見《香港文化腳印二集》，頁 30-33）提及：

「舊高陞茶樓對面直街市域多利皇后街，即現在三聯書店所在地，上大道中轉角處，屬大道中八十五號，門牌在皇后街上，目前是一間涼茶舖，這處地方未改建前，五十年代初期是一家『初步書店』所在，這家書店店堂很小，門口又在斜坡，但那時追求進步青年是無人不知的一家書店。……因為它是小書店，夥計除老闆胡鐵民外，還有一名姓洪的夥計，可能還有其他一兩位，姓胡姓洪的，都是外省人，……三聯書店，新民主出版社也在附近，但

三聯的職員一臉嚴肅，店內看書人都不言語，不及初步書店讀者與經營老闆打成一片了。……

『初步書店』售賣的都是進步書籍報刊，所謂進步就是相對於國民黨御用書刊死氣沉沉，老氣橫秋。……『初步書店』說它是書店，不如說是一個書報攤更確切，以現在的書報攤來說，大檔的也足比美。初步書店有固定的讀者群，像我以及海辛……等人，經常在中環上落的就是他的常客和老讀者。……大概是一九五二或是五三年初，那時許多人都爭取回祖國參加建設新中國，胡鐵民告訴我們，說他要回國參加工作了，……胡鐵民離港後，初步書店就結束了。」

文中提到初步書店的創辦人是胡鐵鳴，羅隼文則稱「胡鐵民」。1986 年侶倫的新版《窮巷》序稱：「初步書店的胡鐵鳴先生……他們的名字是同這部小說的記憶連在一起的。」應以「胡鐵鳴」為是。

6　初版年份應是 1952 年。據文苑書店出版的《窮巷》及《窮巷》續集，出版年份均標 1952 年。

7　侶倫：《都市曲》。香港：文苑書店，1952 年。其後更名《月兒彎彎照人間》。香港：文淵書店，缺出版日期。

8　〈序曲〉後收入侶倫：《窮巷》（香港：三聯書店〔香港〕有限公司，1987 年），頁 1-2。

一個年代的面影

本文原刊《大公報・大公園》，1979年 5 月 25 日，頁 7。

在〈說說《窮巷》〉那篇文章裏，我談到了五十年代的「政治敏感症」。在那種流行病影響之下，文藝工作者為著維護出版家的利益而不得不束縛住筆桿，不讓它有活動的自由。作品的內容最好寫的是風花雪月，否則一旦涉及所謂「思想性」，便可能成為有問題的作品，是一般的出版家不方便接受的。作家們要靠寫作支持生活，就不能不遷就這種無形的壓力。但是這個責任可不能歸在出版家身上。

《窮巷》這本小說就是在那樣的「時勢」環境下出版的。

我說過《窮巷》的卷首本來還有一篇〈序曲〉，因為有所顧慮而在出書前臨時被抽出來。這篇〈序曲〉我一直還保留著不肯毀掉。如今是七十年代的末期而不再是五十年代了，我想，我不妨趁著談起這本書的機會，讓它見見天日了。

下面，便是《窮巷》的〈序曲〉：

香港，一九四 × 年春天。

戰爭過去了，但是戰爭把人打老了，也把世界打老了。然而在這個經歷了血腥浩劫的南方小島，卻依然是青春的，——一樣是藍天碧海，一樣是風光明媚。

隨著米字旗代替了褪色的太陽旗在歌賦山頂升起，一百萬以外的人口從四方八面像湖水一樣湧到這裏來，像無數的螞蟻黏附著蜂窩。

這裏面有著忍受了八年的辛酸歲月之後，跑來換一口空氣的特殊身份的人物；有著背了殘破行囊回來找尋家的溫暖的流亡者；有著在暴行與飢餓威脅下窒息了三年零八個月，而終於活下來了的人們；有著⋯⋯

吉普車、軍旗、戰艦、美式裝備的中國兵，戴著綠色帽子的英國「金冕多」部隊，在陸上海上熙來攘往。這一切都在喚起一百萬以上的人們一個虛榮的觀念：我們勝了！

告羅士打、大酒店的下午茶廳，為勝利國民打開了歡迎的大門。巴士的售票員向著爭先恐後擠進車廂的乘客們大聲呼叫：「一等國民請守秩序！」

——我們終於勝利了，好日子接著會來了！不是嗎？

到處是興奮的情緒，到處是光明的遠景。

有辦法的人都盡可能用種種方式的享受去娛樂自己。儘管戰犯法庭在進行著清算罪惡的任務；天星碼頭在展覽著戰犯們的照片，上頭是幾個大字：「君認識彼否？」這些只是一種政治上的手續。誰願意再去關心那些猙獰面目？誰願意再去回味那些可詛咒的日子？

在下午茶廳裏，勝利國民的紳士淑女們，以消閒的態度交談著：「你說，徐國楨[1]會判死刑嗎？野間[2]什麼時候開審呢？」而眼睛卻落在報紙的廣告上面：尼龍絲襪、玻璃雨衣、沙士堅。……

戰爭嗎？那已經是一場遙遠的噩夢！

香港，迅速地復員了繁榮，也迅速地復員了醜惡！

穿著掛了徽號的美式黃色襯衫的，驕傲地說：我們是從內地抗戰回來的呢。身上因為落過水還濕淋淋的，也穿上同樣服飾驕傲地說：我們是曾經作地下活動的呵！

在抗戰中獻出良心也獻出一切而光著身子復員的人，一直是光著身子。曾經出賣民族利益的販子，搖身一變之後，卻重新有了後台，招搖過市；把日子打發得舒舒服服。

「國際女郎」們依舊在夜街裏活動著，送了舊客又迎新客；昨天才是靜子或菊子，今天卻是瑪莉或露絲。

這是無恥嗎？這正是對整個社會的諷刺！

這裏有絕對，也有相對；有憎恨，也有寬容。

然而有歡笑的地方同樣有血淚，有卑鄙的地方同樣有崇高。

真理在哪裏呢？它是燃燒在黑暗的角落裏，燃燒在不肯失望不肯妥協的人們的心中！

注 ────────────────────────

1　徐國楨，香港日治時期附敵，為憲兵隊密偵，拘捕人數眾多，並施酷刑，有致死者，後為香港法庭判處絞刑。

2　即野間賢之助，日治時期香港憲兵隊隊長，有「香港殺人王」之稱，後被判絞刑。

燈火

本文原刊《大公報‧大公園》，1979年6月1日，頁7。

向水屋筆語

　　香港當局為了節省能源而頒佈了有關用電的規定，有些人提起這件事的時候，索性用句口頭語把它說成是「燈火管制」。這句話，驟然聽起來有點刺激：它叫人想起了戰爭年代。事實上這個說法也是不符實際，因為它是有時間上和技術上的限度的，和真正的「燈火管制」不同。不過想深一層，似乎又不致完全說不過去。至少在實踐上感到不便這一點，意義便有相同的地方，只在乎程度的差別而已。

　　「燈火管制」這個詞語是戰爭時期的產物。沒有經歷過戰爭的人，不會體驗到「燈火管制」的滋味。不必說到「夜襲」（敵人飛機晚上轟炸）的恐怖心理，僅僅是沒有亮燈的自由，人們只能在黑暗中度過漫漫長夜，這感覺便夠難受。

　　我忘不了二次世界大戰時期的事。

　　太平洋戰爭爆發之前，香港已經籠罩著戰爭陰影，並且舉行了幾次「燈火管制」演習。每次演習時間通常是由晚上八時至午夜。在這一段時間內，港九兩地的燈光都得熄滅。平日像寶鑽一般綴飾著香港全島的迷人夜色全都消失在一片漆黑之中。從海面的軍艦分頭打出來的探射燈的光柱，像劍一樣劃破夜空，互相交疊地組成了直線的圖案，搜索那作為假想敵在高空飛翔的飛機。

　　由於一向生活在被稱為「世外桃源」的島上居民，大多數都不相信戰爭真會發生在這個地方，因此最初「燈火管制」演習時雖然情緒緊張過一陣子，但是後來成了「例行公事」的時候，情緒便鬆弛下來，反而覺得情景的好玩；好些人在「燈火管制」演習的晚上，到街上或是海邊去閒逛，去欣賞氣氛。沒有人會想像到，那探射燈的光柱在夜空裏交織成的十字架，正象徵著人類將要臨頭的災難！

　　到了日本飛機突然轟炸，掀起了進攻香港的序幕，正式開始「燈火管制」，情形便不同了。平日例行「演習」的時候，在「違例者處罰一千元」的法令下，仍舊有些居民偷偷摸摸的亮燈，使防空隊人員奔走呼號，叫人關燈。可是在戰爭已經來臨的時候，縱使懸賞一千元獎金，也沒有人能夠找出一絲的燈光來。因為戰爭是真的來了！

　　事情更難堪的是，在忍受了四個晚上黑暗的夜生活以後，九龍被攻佔了。佔

領了九龍的日軍向退守到香港去的英軍作戰；白天出動飛機轟炸，入夜便同香港的守軍互相炮轟，徹夜不歇。每一個民居都在火網範圍之內。相當時刻便一聲「轟隆！」，誰也不知道炮彈會不會——或是什麼時刻會落在自己的屋子的。能夠見到天明，便算是僥倖又度過了一個黑暗的長夜。

從我所保存的部分「回憶錄」裏，我還可以找尋到那時候的心境：

「沒有一種境界比這種滋味更痛苦了。寒夜，燈火管制，懷著沉重的心，茫茫然地坐著過夜。——我說『坐著』，是因為沒有地方可以躺下身子。所有的空隙地方都安置了臨時床鋪，讓那些為了避難而聚攏在一起的老年人、婦女和小孩子們佔有；年青的人只好分頭坐在靠椅上睡覺。

「如果在平日，不論什麼原因使我不能安睡，我隨便可以捻亮燈火，去觀摩自己心愛的書，或是做些什麼可以遣悶的事情。而現在，好像被縛住一雙手的瞎子一樣，不能如意地看，如意地做。我所能聽到的，只是從各處傳出來的鼾聲和外面的炮彈聲；我所能接觸到的，只是椅子的靠手。我感到一種沉重的壓力使我喘不了氣。但是我知道，要從這種痛苦的境界裏解脫出來並不是困難的事；歸根地說，我只是缺少一個光罷了。是誰搶奪了我的光呢？

「在這個非常時代，拋開了一切的理論和口號不去說它，每一個缺少了光的人類，僅僅為著爭取自己失去了的一盞燈，已經值得為正義事業而流血了。……」

暴亂之夜 ── 永逝的洄流之一

本文原刊《大公報‧大公園》，1979年6月8日，頁7。

　　一位年青朋友看了我前一篇文章說到「燈火管制」的舊事，很感興趣。他出生比我遲得多，對許多世事都不清楚；因此希望我能複述一點戰時的經歷，讓一些像他那樣懷有同樣願望的人，能夠體會一下那種感受。

　　其實戰爭時期的感受是不值得回味的；而我個人的經歷也並不全面。我只能就自己當時生活環境的限度所接觸到的，憑自己的記憶所及寫下來。下面，便是我的生命史上最難忘卻的一頁。

　　那時候我是住在九龍。英軍已經撤退，日軍還未開進來。整個地區處在真空狀態。街道上是一片靜寂，好像一個突然絕滅了人煙的荒城。生活在這個城市的人，從來沒有看見過比這個薄暮更蕭條、更愁慘的景象。點綴著這景象的，只有滿街滿巷丟棄著的東西──撕了封面的書籍，四分五裂的畫報，書頁和紙碎；隨了晚風輕輕的飄動。

　　一些空著的巴士拋棄在馬路邊，司機不知道什麼時候跑了。三兩隻失了主人的西洋狗，在車輪旁邊嗅著，逡巡著，到處是死氣沉沉地。

　　一切希望都斷絕，整個城市的命運完全定了。暮色愈是陰暗，人的心也愈是向下沉。把它們壓住的是一股極度不安的情緒，而這股情緒卻又那麼複雜：誰也不知道日軍什麼時候進來，卻是什麼時候都可能進來；誰也不知道日軍進來了將會怎麼樣，卻是誰也能夠想像到將會怎麼樣；可怕的故事聽得多了，現在是到面對它們的時候了。此外還有一個謠言，說是有部分守軍據守在九龍山頭，沒有撤退；他們是準備對日軍作一最後的打擊；日軍所以遲遲沒有進來，也許是防備會中伏。如果傳說是事實的話，那麼，日軍進來時說不定會發生激戰，而退守到香港那邊去的英軍也可能隔海向九龍發炮。這些事情的出現說不定就在這個晚上。

　　然而罩在人們心上的一個濃厚陰影，卻是老早有了消息而現在已經接近眼前的災難；沒有什麼比這災難更為現實，──那些準備趁亂打劫的人馬已經一群一群的攜帶著「發財」的工具出發了。

　　由於那陰影的逐漸擴大，屋裏的情形比起街外死氣沉沉的景象是截然相反的。每個有家的人都回到家裏去了，只有家才是人們最後的避難所。每一間樓房

裏都展開了一種愁慘的熱鬧，一種緊張的紛擾。

　　男人們在整理門戶，用鐵絲，用繩索，把關鍵地方拴得牢牢；有些人在磨著菜刀和別的利器，把所有可以作武器使用的東西尋出來。年青女人們把旗袍換上樸素的短衣長褲，帶著埋怨理髮師傅的心情，很費力地梳理鬈曲的頭髮，匆促地束起來結成髻子；好像誰能夠在最短時間化裝得成功，誰就能夠逃脫可怕的厄運。中年婦人們忙著把鈔票和金飾埋在神龕的香爐灰裏，或是別的自以為安全的不受注意的地方。老人家呢，她們跪在菩薩座前上香和叩頭，或是張惶地走來走去，嘴裏喃喃地唸著經文。她們不是祈求降福，而是祈求神明賜以「免災」的庇佑！

　　家家在作著同樣的準備，準備迎接那必然要來的風暴！

　　夜來了，另一種人的活動開始了！

　　大地彷彿蠕動起來，把凝結著的一股死氣砸碎，開始從各處迸出雜亂的聲音。這聲音帶著傳染性普遍地散開來，像電流一樣震動著人們的神經。

　　屋裏混亂著，屋外更是混亂著。大規模的劫掠行動在進行了。在沒有了政府沒有了法律的時刻，罪惡衝破了羈絆，道德觀念讓位給機會主義，只要有一把刀，有膽量，誰都可以有個「好運氣」。他們以幾個人組合為一個集團，分頭下手。於是整個地區，每一條街道都成了他們的活動範圍。幾乎沒有一家店舖，沒有一戶人家，能夠倖免於同一的災難。除了屋裏面的人，滿街滿巷都是劫匪。他們叫囂著，呼喝著；挨次闖進每一店每一家，把利器威脅著無助的人們，無所忌憚地搬取一切財物。滿載而去的時候，他們高呼著同一的口號：

　　「勝利！」

　　口號聲震撼著夜空，震撼著整個城市，叫人感到戰慄。沒有輪到份的人家，擔心他們來到；已經遭過劫掠的，又擔心另一群到來。有些人家，遭劫的次數在三次或五次以上，什麼都給搶光了，只剩下一眶淚水！

　　可以形容這種情狀的只有兩個字：洗劫！因為幾乎沒有人能夠從劫運中漏網出來。有的人家，門鍵拴得牢固，不肯向敲門的匪徒屈服，轉眼之間，樓梯就燃起熊熊大火。火油氣味混合了濃煙直冒起來，幾層樓房陷在火海之中。無路可逃的人悲慘地叫喊著，從高樓上面向街上跳下來；有些人，不肯給劫匪開門而終於給撞破了門闖進去，結果就死在刀尖之下。

　　整夜震盪著威脅的吆喝聲、重重的打門聲、猛烈的格鬥聲、女人的尖叫聲、

搬動器物聲、洶湧的口號聲和槍聲,混成一片而又連綿不歇。整個城市罩在恐怖的氣氛之中。

人們的心裏只有一個共同的呼籲:什麼時候才天明呢?

錢包與橫禍——永逝的洄流之二

本文原刊《大公報·大公園》，1979年 6 月 15 日，頁 7。

天氣寒冷又挨近薄暮。

在尖沙咀半島酒店對面的車站，一輛等待已久的巴士開到了，下車和上車的幾百個乘客交織著混合成激湧的人浪。我用了差不多是搏鬥的氣力擠進車裏，而且捷足佔到了一個擠迫的座位。

我穿著臃腫的大衣，一手挽了一袋別人託我由香港帶回九龍的米，另一手拿著兩本書，——是從一位回內地去了的朋友留下的許多書中揀出來的。雖然自己也決定要走了，而且自己的藏書也在賤賣中了，可是看到了愜意的書，又忍不住帶回來一兩本。這樣累贅的一身，竟然佔到一個座位，我慶幸著自己的運氣。買了車票，除了希望這輛巴士順利地（至少不要在中途遭到戒嚴之類的麻煩）把我載到目的地，我什麼都不去想。

當巴士走了兩個站，我聽到擠擁的乘客中有個女人同售票員發生爭執：她因為上錯了車而埋怨售票員事前不宣佈這輛巴士開往那裏。我下意識地看看手上捏住的車票，才發覺票孔是打在「深水埗」的一格裏面，而我的目的地卻是九龍城。顯然我也同那女人一樣大意。費了那麼大的氣力才擠上車，開了車才知道這一番氣力完全白費，多麼倒楣！但是已經沒有辦法。我只好決定讓巴士走到兩條路的分岔處時下車，再作打算。

巴士經過九龍健康院的車站的時候，跳上一個日本軍官和兩個隨行的士兵，他們從人叢中間擠進了車心站立著。凡是有日本軍人混雜的場合，誰都有一種呼吸也不自然的感覺。除了售票員在人叢中發出來的「買票！買票！」的單調聲音，全車都沉默著了。

當售票員走到那日本軍官身旁的時候，一陣騷動突然出現起來。那軍官咭咭格格地吵鬧著，暴跳著；同時車裏的鐘聲也打著緊急停車的訊號。全車的乘客都給驚動了。

「發生了什麼事情呀？」有人這樣問出來。

「失去了錢包！」

這一句說明使全車的空氣突然緊張起來，因為失主就是那日本軍官！他仍舊

在那裏暴躁地吵鬧著，一面激動地把自己的衣袋摸來摸去。站近他的人們都盡可能地閃開了身子。全車人的注意都集中在那日本軍官身上，全車人的心都恐慌得在收縮。憑經驗，誰都明白在淪陷區裏，侵略者即使失落了一根頭髮，也可能發展出嚴重的後果，何況錢包！

巴士在擾攘中停下來。日本軍官拉著一個士兵一同落車，站在車門外面，指手劃腳的要把全車的乘客逐個搜身。怨咒聲四方八面的迸出來了。因為即使能夠搜查出來，這失竊案可以「責有攸歸」，至少也耽擱了不少時間；萬一來一次「共同負責」呢，不是更糟糕麼？如果根本查不出來，後果更是不堪設想了。人們忘不了有過這樣的事：一個扒手在巴士裏給抓住，巴士被命令開到憲兵部去，把全車的乘客「灌水」。

最先被叫下去的，是在車裏貼近那軍官站立的一個穿外套的青年。日本士兵在軍官的監視下把他全身搜查一遍，並沒有失去的錢包；但是還得站住不許走動。於是第二、第三、第四個……依次被叫下去搜查，仍舊沒有結果。看樣子快要輪到我了，我所擔心的不是搜查，而是我帶在手上的兩本書，是知識分子的標記；這在當時是多少有所顧忌的事；而侵略者對待淪陷區的人又慣於節外生枝。……

正當我惶惑著的時候，突然有了轉機。留在車上的另一個日本士兵咭咭格格的叫起來。原來他發覺那個錢包就丟在那軍官站立過的地方，這顯然是人走空了才現出來的。那個士兵把錢包拿上手，一面報告一面向車窗外的軍官揮動著，遞給了軍官。全車裏的緊張空氣這才鬆弛下來。

不管那個錢包是怎樣掉落的，（事實上，誰敢在太歲頭上動土！）這件公案也該完結了罷？反正已經是物歸原主。然而事情並未完結！那日本軍官似乎深恨他的失物不是從乘客的身上搜出來：他不滿意這種的解決方式。當那個穿外套的青年正要跟隨同樣受過搜查的乘客回去車裏，他的臂膀被抓住了，隨即是驟雨一般的巴掌落在他的臉上。那青年惶惑得面色發青，他找不到這橫禍從何而來的答案。他沒有勇氣再上車，可是走不得，那日本軍官拉住他的臂膀把他推進車裏去。巴士又繼續開動。

誰能知道，這幕戲還有什麼不可知的下文呢？我在思索著怎樣擺脫這個厄運。我不等待去到兩條路的交岔處，趁巴士因為有人上車而停站的機會，立刻從人叢中鑽空跳下來。

巴士在繼續開行中，我在馬路邊走。我看到車窗裏的人堆中又起了波動，隨即有一個人在閘口被推出來，像一隻輪子似的在地上滾了幾下，便躺在馬路上寂然不動，面上滿是血水。這是剛剛上車的那個新客。也許那輛巴士已經成了「囚犯」的專車，他是被「賞光」地給日本軍官推出來的罷？這個橫禍是從何而來的呢？我想他是比那個穿外套的青年更找不到答案；甚至跌死了，也不明白自己為什麼該這樣跌死！

缺題故事兩則——永逝的洄流之三

本文原刊《大公報．大公園》，
1979 年 6 月 22 日，頁 7。

一

這是日軍佔領九龍後的事。

每一條街道照例有一個至兩個日本兵在站崗。他們握住上好刺刀的長槍，擺開了八字腳，監視地望著街上戰戰兢兢地走路的行人。

誰要是經過站崗時故意迴避，不向日本兵鞠躬，立刻會被呼喝著叫到面前，接受日本兵的巴掌，左一記右一記的打在臉上；或是被命令跪在地上，直到他滿意的時候，然後揮手放行。

在 × 區的一條橫街裏，這一天，一個站崗的日本兵在那裏逡巡著，在靠近一座樓房前面的溝渠邊站下來。那座樓房是四層的。

居民們習慣了這種現象，對於街上站崗的日本兵已經不大在意，有時甚至未意識到那麼一個傢伙的存在。屋內的生活是照常進行的。即使記起了日本兵，誰管他站在哪裏呢？於是災禍來了。不知道哪一層樓上有人用水淋花，水點從上面滴下來，恰恰落在那個日本兵的旁邊。

向上望，由二樓至四樓的三個陽台都有花架。

橫蠻，無理取鬧，是侵略者的特性。現在是機會來了。

一雙八字腳踏著沉重的步子，跑上二樓門外拚命的打門，用著兇狠的語調詢問：誰向他潑水？

看到那樣兇狠的來勢，屋裏的人們著慌了。誰敢承認那些水點是自己的樓上滴下去的呢？雖然那只是灑花的水。

二樓不承認，三樓不承認，四樓也不承認。

在危急中希望推卸了責任來保存自己，是人類的本能。但是糟了！

碰了一鼻子灰的日本兵，冒著滿腔怒火，蹌踉的跑下樓梯，用身子封住了門口，一面大聲的向遠處叫來了同伴。向同伴指手劃腳地講了幾句話，兩個人便一同向樓梯跑上去。

每層樓的門都給踢開了，每層樓裏的居民都有同一的命運——倒在亂插的刺刀之下。

二

在九龍城馬頭角，一塊曠地上有個比地面高了幾尺的地基，上面有一列一列的黑色木屋，四面圍著鐵絲網。這些木屋有個名字，叫「孤軍營」。

中國抗日戰爭爆發了不多久，在沙頭角作戰的中國軍隊撤退時越過了英界。香港方面把幾百個戰士繳了械，並且把他們拘留起來。接著便撥出馬頭角那塊曠地建築了那些黑色木屋，幾百個中國「孤軍」便給關在那裏面。

香港危急的時候，孤軍恢復了自由，同英軍比肩作戰。孤軍營空下來了。

而當日軍佔領了香港之後，孤軍營作了囚禁英軍俘虜的集中營。

俘虜們日常的生活是並不好過的。每天在日本兵的驅使下，一群一群地攀上運輸車出發到牛池灣那一頭去，替日軍作擴建飛機場的勞役。

沒有派到份的俘虜，閒下來時便坐在鐵絲網裏面曬太陽；望望高空，期待著盟軍飛機出現。

有些俘虜則坐在那裏讓同伴剪髮。由於勞作和營養不良，他們都顯得瘦弱和憔悴，而且是蓬頭垢面，鬍子長得像野人。

襯著鐵絲網的前景，他們就像被關在籠中的鳥群。

鐵絲網算不了什麼，但他們是沒有法子跑出來的。因為擎著槍桿的日本兵整天在鐵絲網外面巡來巡去。

就在這樣的情形下，一件事情發生了。

薄暮時分，一個香煙販子托著一盒子的香煙，在隔了一條馬路的人行路邊一面走一面叫賣。

集中營裏是不容易獲得香煙的。這販子的出現，對於煙癮重的俘虜們正是久旱中的甘霖。一個俘虜於是遙遙地向煙販子招手。

隔了鐵絲網和比平地高的集中營基地，香煙販子明白了俘虜用手勢表示的語言。俘虜把一張鈔票從鐵絲網裏邊拋出來，香煙販子把一包香煙朝鐵絲網裏邊拋進去。

這一切的動作都落在巡邏著的日本哨兵的視線內。一聲叱喝，日本哨兵立刻飛跑過來，把香煙販子牢牢抓住。在日本兵之前最易遭受到的幾個巴掌之下，香煙販子驚嚇得面孔發青，有如屠刀下的羔羊似地渾身發抖，聽任對方對於他的命運的擺佈。

辯白是完全沒有用處的。「嫌疑」這字眼根本不存在侵略者的「軍法」之內。

因此，罪名是沒法解脫了：這是間諜通訊的行為！

　　這宗冤案的結局是：香煙販子的頭被砍下來。而在集中營裏，據說有九個俘虜的頭落了地；因為他們都分享過那包香煙。

病與遐想

本文原刊《大公報・大公園》，1979年7月6日，頁7。

我的身體不算很好，平時卻很少生病；一年到晚都不看一次醫生。只有偶然患上感冒，也只要吃三兩邊銀翹解毒片之類的成藥，便很快好轉過來。旁人往往把我的健康看作奇跡似地羨慕著。因為年紀比我輕的人，也經常與藥物伴隨。

然而這一次我卻病倒了。習慣在開始感到不舒服的時候就服下成藥，結果沒有見效，當晚便發起燒來。一燒竟是三日三夜。白天頭痛得難耐，渾身困倦；晚上給熱度煎熬得無法入睡，昏昏迷迷地。這期間，我是看過醫生的，可是吃藥只能減輕辛苦的程度，卻不能夠一下子把病消除。我也只好聽其自然了。其實我患的並不是什麼大病，只是較為嚴重的感冒，但是也使我嘗到了病的滋味。

由於平日個人的事務紛繁，精神上的壓力太重，我曾經羨慕那些因病而被迫休息的人，因為他們可以拋開了日常的工作，無牽無掛地過日子，哪怕是短暫的日子，也是在緊張的都市生活中難得享受到的「幸福」。這一次我便私自慶幸有了這樣的機會。我覺得正好利用耽在家裏的空閒時間，清理一些平日沒有機會清理的身邊瑣事，一面也可以轉移病的感覺。誰知我的想法太天真了，實踐起來才知道做不到。在「病」的控制下，心情散漫，什麼抓上手都打不起勁頭，甚至打開了書也看不上一頁就得丟下。我這才領會到平日「身在福中不知福」這句話的意義。

在這情形下，我所能做的只是思想的活動。只有思想的活動才是不受拘束地自由發展。於是躺在床上或是椅子上的時候，腦子裏的東西就像長了翅膀一樣飛翔起來了。……

過去在什麼時候，我曾經患過同樣嚴重的感冒呢？我想起來了：那恍惚是很新鮮的記憶，卻已經是六年前的事。那一年的八月，在北京的時候我已開始感到不適，離開北京去到青島時，感冒便發作了。勉強作了幾回參觀活動，終於支持不住，在旅店躲下來。那一天，同伴們都出發到青島啤酒廠去參觀啤酒的生產情況，大喝嶗山礦泉水，我沒法參加，卻獨自耽在旅店裏吃藥。這是我那一次北行中留下的一個最大的缺陷。

離開青島之後，我們取道濟南、南京到上海去。我忘不了寫詩的劉火子[1]，

他是我在上海唯一的一個朋友。在這之前幾年,我到上海的時候,他領我去南京路一家咖啡店坐了半畫,讓大家重溫一趟過去在香港時的生活趣味。但是這一次再到上海,在幾天的繁忙活動中我一直打聽著他的消息,卻沒有結果。一個晚上,我們給招待著在下榻的錦江飯店一個小型劇場裏看電影。放映的是印支抗美戰爭時期,西哈努克秘密回到朗諾統治下的柬埔寨的解放區訪問的紀錄片,片子拍得很瑣碎,很長。完場時已經是深夜,場裏燈光亮起來的時候,我帶著疲倦的眼睛站立起來,發現另一邊的座位出現一個高大的身型,一看就認出是劉火子。我們就在這預料不到的場合會到面了。人事是這麼不可思議的哩!

「人生不相見,動如參與商。」這兩句古詩,意味著古代交通不便,河山遠隔的朋友要想見面,有如出沒不同時辰的參商二星要碰頭一樣困難。其實這一詩句在今天還沒有消失它的意義的。現在交通已根本不是問題,但是相隔兩地的朋友要想見面,有時也並不容易。有許多人為因素,常常會成為人與人之間不可踰越的障礙。劉火子進過「五七幹校」,假如我在那期間到上海去,根本見不到他。「四人幫」時期製造的所謂「海外關係」,更使許多親戚或是朋友被迫斷絕了往來。這真是時代的悲劇!自然,這悲劇應該是落幕了。

那麼,什麼時候再見呢?

注 ───────────────────────────

1　參考本書上冊〈詩刊物和話劇團〉,頁 36。

不屈的人——永逝的洄流之四

本文原刊《大公報‧大公園》，1979年7月13日，頁7。

這是香港淪陷時期的事。

由東區開往西區的一輛電車經過灣仔的時候，頭等座裏跑上一個穿洋服的青年乘客。他的手上挽著一個名貴的照相機，坐下的時候，他把照相機放在腿子上面，一隻手按住照相機的皮篋。

電車走了三個站，這青年突然發覺有一隻大手從後面伸了過來，要想抓他的照相機。青年本能地把照相機按牢；回頭一望，看見一副狡猾的笑容——是個日本軍官。他說著不純粹的普通話，要求讓他「參觀」一下照相機。這青年知道拒絕是沒有理由，也辦不到，便鬆下他按住照相機的手。

日本軍官把抓上手的照相機仔細地端詳著；接著又用內行的手法把它的機件逐件打開來，一面研究地看，一面逗青年搭訕著關於照相機的話。這青年只是淡漠地敷衍著他，無可奈何地。他沒有忘記已經變動了的世界，和許多事物的不可思議的命運。他明白自己和那照相機的關係已經到了動搖時候了。

也許是「識斯文重斯文」罷，那日本軍官似乎多少也得維持一點身份上的虛偽尊嚴，不方便一下子來得太兇，他把照相機的機件還原之後，終於把它交回物主。

然而，當這青年私下裏慶幸脫險的時刻，那隻大手又從後面伸過來了。他要求讓他再看一下那照相機；而且來勢進了一步：不問自取了。青年預感到自己和那照相機的關係，僅是一線之懸了。可是有什麼辦法？

辦法是有的。雖然自己的目的地還未到，這青年在中環街市就站起身來。他回過頭去向日本軍官說：「對不起，我要下車了！」一手取回了照相機就匆匆走下樓梯。

這一次可真是脫險了！這青年想著，急著步子向前走。

可是才走了一段路，突然地，後面來了似乎熟悉的聲音：「喂，你的照相機！……」

這青年回頭看，又是那一副狡猾的笑容。原來那日本軍官並未放鬆他的目的物，他也下了車跟蹤追上來了。

但是不管他。這青年仍舊跨開闊步走他的路。由德輔道轉上皇后大道，他希望擺脫那貪婪的魔鬼。然而沒有能夠。那魔鬼始終在纏住他。到了郵政總局附近，那日本軍官終於趕上他的前頭，轉過身來迎面對住這青年，命令地喝一聲：

「檢查！」狡猾的笑容換上了莊嚴的面孔。

就像一個特務被截住了一樣嚴重。路上的行人帶著緊張的心情注意地看著這幕戲的開演。但是只有這青年和那日本軍官才彼此心照這幕戲的內容。

青年只好站住。日本軍官聲明要檢查那照相機。青年沒法抗拒。照相機在日本軍官的手上翻來覆去，全是裝模作樣，實際是檢查不出什麼可作犯禁藉口的東西。事實上這也不是目的。可是在無數的眼睛注視下，既不方便強要，又沒有可以憑藉的機會下場，這個似乎還要維持一點虛偽尊嚴的日本軍官有幾分困窘。沒奈何地把照相機交還對方的時候，他是惱羞成怒了。他要找方法洩憤，於是轉過口氣來，喝道：

「搜身！」

青年舉起一雙手，但是那雙手牢牢拿著照相機。

外衣搜過了，要搜查內衣，叫青年把外衣脫去。末了，要脫了內衣搜查身體。最後，連長褲以至內褲都得脫下來。……

這青年沉默地忍辱地照命令做。然而在全部過程上，無論怎樣困難地應付每一項動作，他都是把照相機由右手轉到左手，由左手轉到右手，牢牢地拿著，保護著；不讓它在任何情形下離開他。寧願咬緊牙根忍受一切，也不讓對方得到他希望得到的東西！

這麼倔強而又合理的態度，使那個要維持虛偽尊嚴的日本軍官沒有半點退步餘地。後來，大概認為「洩憤」目的已經達到，只好照例咕嚕幾句，像一個贏不到觀眾喝彩的丑角那樣沮喪地退場——走了。

勝利是屬於不肯屈服的人！

隔膜的友情

本文原刊《大公報・大公園》，1979年7月20日，頁7。

我在一篇文章裏說過，縱使現在交通便利，但是兩地遠隔的朋友要想見面，有時也並不容易；好些基於種種關係所形成的人為因素，常常造成彼此交往的障礙。即如在文化大革命期間，回到內地的時候就不方便去找朋友，為的是省卻不必要的麻煩。這只是一個例子。在海外，在另一種社會環境下，是不是就容易同朋友碰頭呢？事實上也不一定。而成為朋友之間的隔絕因素的，卻是生活的緊張和人事上的繁忙。這種共同的處境，使大家都難得有經常見到面的機會。

香港地方很小，可是從另一種角度看，它的空間又似乎很大，因為有些朋友，一年也可能不碰上一次，甚至三幾年不碰上一次，也不算是奇怪的事；這並不是缺乏人情，而是大家都沒有相遇的機會。主要原因，是大家工作崗位不同，或是工作性質不同，各自有各自的生活圈子；平日已經缺乏精神上的聯繫，加上空閒時間不多，除非有必要的事情，否則不會無端去找朋友。這便形成了永遠在隔絕狀態中。有些時候，彼此偶然在街上或是什麼場合碰到。匆忙地寒暄幾句之後，分手時說句「幾時找個機會茶敘一下罷！」往往也只是應酬上的口頭語，多半是不會兌現的，轉眼就忘記了。這一切都似乎不近人情，但既然彼此都是一樣，也就不能拿世俗的所謂「人情」去衡量。事實上大家也不會因此見怪。這些現象，全是緊張的都市生活和社會環境造成的。大家由於習慣而變得安於現狀，不正常的也成為正常了。

一位朋友說過一句很沉痛的話：平日難有機會見面的朋友，最能夠集中在一起碰頭的地方是殯儀館。這話聽起來很不自然，但事實卻是這樣。一個在朋友間有著共同的友誼關係的人不幸死了，儘管事務最忙的人也得抽個時間到殯儀館去參加殯殮儀式，同死者見最後一面。這便無形中成全了生存的朋友們相聚一堂。雖然在那種氣氛裏互相碰到決不會是愉快的，但是誰希望有這種機會呢？

我想，朋友間能夠經常會面固然可喜，但是真摯的友情卻不一定建立在形體的接近這一方式。共同的思想和深厚的感情，互相的了解和心靈的溝通，都是最牢固的友情上的鎖鑰。這是時間和空間都不能夠分化的。

在這方面，我頗高興我有一份這一類的友情。最典型的事例是，朋友分別之

後，不管時間多久，互相間也從不寫信；可是重再會面時卻一見如故，好像彼此之間不曾有離開過這回事似的。因此，朋友分別時沒有惜別情緒，重聚時也不激動。這是過去一群朋友的關係上的特點。

最近，這一類的友情又讓我體驗了一次。

那條，在我完全沒有心理準備之下，接到江君一個電話。他告訴我：CT 受廣州詩人鷗外鷗[1]的委託，有一束詩要交給我處理，需要同我通個電話說明一下。江把 CT 的電話號碼告訴了我，叫我直接撥電話給他。……這件突如其來的事情，使我一時間落在迷茫的境地。

CT 同我是有了長遠交情的朋友，但是戰後以來，由於人事關係，我們一直沒有會過面。他由文學工作轉到商業活動，沒有機緣再把彼此的關係扯在一起。人事的變化這麼大，人也應該有些變了罷？在長時期隔絕之後，突然打起電話來，我不知道話該從何講起。

但是握著電話機的時刻，我的情緒立刻平靜下來了。

「你是 ×× ？」問過來的，是我已經忘掉了的，他過去對我的一種暱稱。拖住一聲我所熟悉的笑。

我忍不住說出我的心裏話：「我真高興，大家仍是一見如故。」

「不，一聽如故才是，你還沒有變哩。」

「沒有變麼？你根據什麼說的？」

「我從你的語調聽出來。你仍舊是那個 ×× 。」又是一陣親切的笑聲。

時光倒流，我簡直回到了那應該是不再來的年代。

注 ────────────────

1　參考本書上冊〈抽煙隨想〉，頁 67。

燈火的頌讚

本文原刊《大公報·大公園》，1979
年 7 月 27 日，頁 7。

　　小孩子看見燈火會喜悅，會發笑；而當夜裏啼哭的時候，突然亮起了燈火，也往往會止住了啼哭靜下來，恍如獲得什麼撫慰一樣。因此有著這麼一種說法：人類是自始就喜愛光明的。

　　光和熱不能分開，有光的地方便有熱；有溫暖，有希望。黑暗使人感到窒息，而光給予人的是解脫、自由、輕鬆的感受；縱然微小得只是一顆燈火。

　　不過習慣了都市生活的人，是不會體驗到一顆燈火的珍貴的，正如習慣了豐富的物質享受的人不會體驗到一枚銀幣的珍貴一樣。但是從都市回到農村，特別是舊中國的農村，你便會認識到一顆燈火的價值。在這方面沒有比戰爭年代給人感受得更深。在漫長的逃難或是流亡的路上，那艱苦的行程是往往不能因太陽的出沒而劃分起止段落的，有時在晚間也得走路。在黑沉沉的郊野，在茫茫然的摸索中，突然發見遠處出現了燈光，那種喜悅心情真不能用言語表達得出來。即使那不是目的地，可是只要有了光，便是有了生氣。在這種出於心理感應的慰藉下，人會一時間忘記了疲勞，忘記了恐懼，而只會感到鼓舞、興奮、信賴和保障的潛在。

　　我忘不了的是有一次，在旅途上步行了一整天，已經到了入夜時分了。這一晚沒有月亮，也沒有多幾顆星星；還有三十里路程才能趕到我們預定目的地的一個墟市。沿途都是荒山和樹林；沒有人家；除了腳踏的石路是模糊一片灰白，什麼也看不見。到了連那一點灰白也溶和於夜色裏，人只能在無際的漆黑之中摸索著走。這時候，連扛著女人的轎伕也不願意再前進了；他們沒有把握在那麼黑的夜裏能夠安全地走上二十里路。怎麼辦呢？我們不能夠在荒山上過夜，附近又沒有可以投宿的地方。

　　在一面摸索，一面商量地要求轎伕繼續走下去，藉此推延這困窘處境的時候，我們突然發見了前頭閃現著一點火光，大家高興得不期然叫出來，也不期然地舒一口氣，好像趕到那個光的所在，便什麼困難都會解決似的。

　　原來那是路旁的幾間破落的屋子。我們全體在那屋子前面停下來，並且向那人家敲門，告訴屋裏的人，我們只是過客。因為時間太晚，問他們能否給個方便，

讓我們借宿一宵。但是對方拒絕了我們的要求，卻答應給我們一個火照路。

也好，一個火，對於在黑暗中趕路的人，不是最大的恩惠，最大的幫助了麼？於是我們表示了謝意，接受了從屋裏遞出來的一個火把，繼續走我們未走完的路。

憑了火把的光，我們可以看見沿途那些圍繞著園地的破籬笆，我們把那些曾經受過雨淋日曬而利便生火的籬笆竹子折下來，沿途延續著火光的生命。這樣，我們終於安全地走完了全程。

這是一件小事，可是在我的感受中，卻認識了它本身的不尋常。因為我是這麼地想：假如我們那一夜缺少那一個火，結果會怎麼樣呢？……

同燈火有連帶關係的，還有另一件事情。

也是那個戰爭的流亡時期，我在農村裏度過三年多的教書生活。校舍是在一條小河旁邊一塊高地上面，校舍的背後是山壁。我的住處是校舍二樓一個靠近山壁的小房間，在面對山壁的一隻小窗子下面是我的書桌，書桌上放著一盞小小的火油燈。在靜寂的夜裏，我就是伏在那盞火油燈下面讀書和寫作。白天得上課和改卷，只有晚上是我自己的時間。我記憶最深刻的，是一本以日軍攻陷後的香港作背景的小說，就是花了三個星期的時間，伏在那火油燈的微弱光暈下寫成的。作品寫得並不成功，可是脫稿時我曾經非常愉快。現在，每當我偶然翻起這本書的時候，我直覺地總會記起，那照耀我在稿紙上運筆的火油燈。[1]

注 ————————————————————

1　侶倫鄉居時期寫的抗日小說，後收入《無盡的愛》，1948 年出版。參考本書上冊〈關於兩本書〉，頁 324；下冊〈重印《無盡的愛》〉、〈《無盡的愛》前記〉，頁 722、824。

也談《馬賽曲》

本文原刊《大公報・大公園》，1979年8月3日，頁7。

讀了龔念年先生寫的〈《馬賽曲》的新風波〉[1]一文，頗感到些不痛快。我不是法國人，卻也覺得把一首莊嚴神聖的國歌加以改動，使它成為「新潮派」的流行歌曲，簡直是不可饒恕的褻瀆。這有如把一位尊長的照片，故意在上面加些筆畫，弄成一副滑稽形相一樣叫人反感。

為什麼我這麼維護《馬賽曲》[2]呢？理由是我喜愛這首歌曲。我對它有著深厚的觀念，為了它所具有的激昂雄壯的激情和鼓舞人心的力量。聽起來令人振奮。而它本身的故事卻又那麼傳奇性。

《馬賽曲》是誕生在震撼歐洲的法國大革命時代。正如《國際歌》[3]不是出自音樂家手筆而是出自一個工人的創作一樣，《馬賽曲》也不是出自音樂家手筆而是出自一個工程師的創作。一七九二年，法國革命正鬧得天翻地覆，在國內，革命勢力分成幾個黨派，互相作著激烈鬥爭；在國外，一些封建君主國家同法國保皇黨勾結，包圍法國向革命政府進攻。形勢對於革命政府極端不利。法國的愛國民眾紛紛武裝起來，對外進行作戰以保衛革命成果。駐在萊因區的愛國隊伍整裝待發，一位領導人授命工程師盧熱・德・黑烈作一支軍歌來鼓勵士氣。盧熱・德・黑烈答應下來。於是拿了紙墨和小提琴，關上房門進行創作。在愛國熱情鼓舞之下，一夜之間就把一支軍歌寫成，題名《萊因區軍歌》。第二天，盧熱・德・黑烈在斯特拉斯堡市長家裏作首次演唱，博得在座聽眾的熱烈讚賞。這支軍歌很快就傳播開來。因為愛國隊伍由馬賽前往巴黎集隊時是唱著這支軍歌的，後來就被稱為《馬賽曲》。

同《馬賽曲》有關的史話，蘇聯作家曼弗烈德在他所著的《十八世紀末葉

龔念年〈《馬賽曲》的新風波〉剪報

刊於《新青年》的劉半農〈靈霞館筆記──阿爾薩斯之重光 馬賽曲〉

的法國資產階級革命》[4]一書裏，有這樣的敘述：

> 巨大的愛國主義熱潮籠罩了全國。在極短期間內成立了許多志願軍大隊，並且歌唱著充滿熱情的歌曲……從法國各條道路開赴東部邊境。有些省的聯邦隊伍來到了巴黎，馬賽人唱著新的《萊因區軍歌》挺進；這首歌是人民的憤恨和勇敢的天才體現，它是在人民激動時，盧熱‧德‧黑烈在斯特拉斯堡所創作的。它從南方帶來，隨著馬賽營經過全國而到了巴黎，經過幾個月以後，以《馬賽曲》為名而成了奮起保衛祖國的全體革命人民的戰歌。

在戰前，美國電影拍過一部以《馬賽曲》為題材的影片，名叫 *Captain of The Guard*。[5]為著要戲劇化，故事內容是歪曲了的。但由於飾演盧熱‧德‧黑烈的是歌唱家 John Boles，所以能聽到幾次《馬賽曲》的演唱。而當劇情演到法國的愛國隊伍由馬賽開到巴黎時，高舉火炬唱著《馬賽曲》浩蕩前進的情景，卻是令人長久難忘的動人場面。

在中國，《馬賽曲》是早就受到注意的。新民主革命時期，一本名叫《中國青年》的刊物就印出過用《馬賽曲》曲譜填上歌詞的革命歌。更早些時，馬君武已經用文言翻譯過《馬賽曲》歌詞[6]，發表在「五四」運動時代的有名刊物《新青年》上面。我曾經有機會見過一冊《新青年》合訂本，便也讀到過馬君武的譯文。因為印象深刻，現在還能就記憶所及錄出開頭的幾節：

> 我祖國之驕子，
>
> 趣赴戎行，

今日何日？

日月重光。

暴政與我敵，

血旌已高揚。

君不聞四野賊兵呼喚急，

欲戮我眾，

欲殲我妻子以勤王。

我國民，

屬而兵，

秣而馬，

整而行伍，

誓死進行；

即彼穢血以為糞，

用助吾耕！

為問保皇黨，

為問民賊與奴兒，

若曹竊弄威權久，

今後獼獼猨將何為！

為問桎與梏，

為問縲與絏，

置汝非一日，

置汝究為誰？

嗚呼，人誰不為己，

法人寧甘奴隸死？

豈曰僥倖可成功，

忍無可忍乃出此。

丈夫生當有所為，

破除奴制自吾始！

……

注 ────────────────

1 龔念年:〈《馬賽曲》的新風波〉,刊《大公報》,1979 年 7 月 31 日,第 7 版。

2 《馬賽曲》(*La Marseillaise*)由克洛德‧約瑟夫‧魯日‧德‧李爾(Claude Joseph Rouget de Lisle,1760-1836)作曲。

3 《國際歌》(*L'Internationale*)由皮埃爾‧狄蓋特(Pierre Degeyter,1848-1932)作曲。狄蓋特為家具製作工人。

4 曼弗雷德(Aĺbert Zakharovich Manfred,1906-1976),俄國作家。

《十八世紀末葉的法國資產階級革命》,方兆璉譯。北京:生活‧讀書‧新知三聯書店,1955 年版。

5 《法國革命史》(*Captain of the Guard*),John S. Robertson 導演,1930 年在香港上映。

6 作者應為劉半農(儂)。劉半農:〈靈霞館筆記──阿爾薩斯之重光 馬賽曲〉,《新青年》第 2 卷第 6 期,1917 年 2 月,頁 1-16。

颱風記

本文原刊《大公報·大公園》，1979
年 8 月 10 日，頁 7。

　　早上六點鐘醒來，聽收音機裏的天氣報告；天文台仍掛三號風球；但是卻
說，如果颱風依照目前的途徑吹襲，較高號數的風球將會掛起。我立刻起身。為
了想爭取時間，盡可能在風球改換之前趕過海去，於是在七點鐘時我便跑到街上
擠上了巴士。

　　回到寫字間是八點鐘，我是最早到的一個。扭開桌上的原子粒收音機一聽，
才知道七點鐘已經改掛了八號風球。我這才想起坐在船上的時候，在零落的乘客
中有人互相道著「八號」，「八號」，原來並不是說著玩的。七點鐘，正是我擠上
巴士的時刻，如果當時就知道了這回事，我還會趕著過海麼？我肯定自己不會。
人的行事多的是這類一著之差！

　　但是無論如何，八號風球便是意味著渡海小輪的隨時停航。一切機關也得停
止辦公。我沒有必要留在寫字間，只好趁小輪停航之前，趕著回九龍去了。我就
是這樣馬不停蹄地在兩個鐘頭內跑來跑去。想起來實在可笑！

　　滿天瀰漫著灰色的雲塊。海面上許多較大的船艇都朝著同一的方面駛
去——避風塘。風比早些時強勁，浪也比早些時洶湧；船感到微微顛簸。船上
的乘客在疏落中也多了些，大概都是趕著回家去的。我坐在接近船的出口處的
第一列座位，後一列座位只是集中地坐著四五個女學生。她們在埋怨著天氣惡
劣，太掃興；看到她們穿的 T 恤短褲，每個人手上都挽了一膠袋的東西：小型
唱機、麵包、盒裝飲料之類，可以斷定是去不成旅行而臨時折回頭的。和我同一
列座位的是兩個婦人，中間的一個已經上了年紀，黑色衫褲，手上帶了一隻載滿
了衣物和包裹的雞皮紙袋；坐在末端的一個年紀較為輕一點，穿的是灰色衣服，
似乎是個做「鐘點工」的女傭。大家保持著不相識的沉默。

　　一陣鈴聲響起來，一個水手跑過來拉船邊的繩索，跳板慢慢的給扯起來，把
船邊的缺口封住。看他把繩索拴好的時候，我搭訕地問他：什麼時候停航呢？

　　「接到電話通知就停航了。現在是不知道的。」

　　聽到水手的回答，那黑色衫褲的老婆子情緒上似乎起了反應，她立刻向水手
問道：

「現在是幾號風球？先生。」

「是八號風球啦！」

「什麼話？八號風球了嗎？天哪，我以為還是一號風球呀！」老婆子驚異地瞪著眼。

「昨晚已經是三號風球了啦，哪裏還有一號！」那個灰色衣服的婦人忍不住開口。

老婆子有些惶惑。她自言自語的咒罵那個對她說仍是掛一號風球的傢伙；早知如此，她就不過海了，但是現在已經在船上，怎麼辦的好？她轉向站在那裏看海景的水手問道：「先生，我要到黃大仙去，回頭還會有船搭嗎？」

那水手笑著回答：「上帝也不敢保證！」灰衣服的婦人插上嘴：「船隨時會停航，停了航，也不會很快有船開的呵。我勸告你，最好的做法是船到埗後馬上搭船轉回去。你要去黃大仙，不是有什麼要緊事情的罷？」

老婆子在惶恐中沒有正面回答，卻沉吟自語地在盤算著：「那麼，這樣一來，我白白要花去八毛錢了呢！唔，八毛錢！」她的想法是，假如去不成黃大仙，她便無端地要花去了來回的船費了。

灰衣服婦人似乎領悟到些什麼，她急忙問道：「你身上還有錢沒有？」一面伸手去掏自己的口袋。

「有的，有的，」老婆子毫不隱諱地拍拍自己的身子，「我有幾塊錢，我有幾塊錢」。

這短短的一幕，使我這個冷靜地坐在旁邊的人深受感動。我不知道在我們生活著的社會裏，還保留著多少這類原始的、率真的、崇高的人性。我真想向兩個彼此原是陌生的人表示敬意，但是我做不出來。

船在顛簸中繼續前進。

颱風再記

本文原刊《大公報·大公園》，1979年8月17日，頁7。

香港居民，每年夏秋之間，總會受到幾次颱風的威脅；儘管颱風不一定是正面吹襲，有時卻也是相當厲害的，除非居住的不是當風地點。尤其是假如颱風掠過時較為接近香港的話，也有一陣子時間恍如十號風球下的猛烈。

遭遇過颱風災害的人，對於颱風的來臨是很敏感的。有些人即使沒有遭受過什麼災害，可是一聽到颱風的消息，也生起戒懼心理，甚至可以說是「恐風病」。住在危樓或是木屋區的人們，更不消說。

在某種意義說來，現代人算得是「幸運」的。就拿香港來說，大戰前和大戰後就是兩種情形。至少在颱風襲港的時候，無論日夜，人們都能夠從電視或收音機裏不斷地聽到有關颱風消息的報告，知道風勢的遠近，有著心理準備。可是在大戰前的年代，並沒有這個便利；唯一的傳播媒介只有報紙。天文台掛了風球，只能憑報紙上的報道，一日之間風勢有了什麼變化，是無從知道的，除非有直接關係的水上人才例外。那時候作為標誌颱風動態訊號的風球，由一至十共有十個，人們是根據天文台所掛風球的號數來判斷風勢的強弱的。這種傳統心理直至今日還存在著，雖然訊號的形式和它所代表的意義已經有了變化。不過一般人對於這種變化並不習慣。從前，人們對於三號風球看得很平淡，如今三號風球一跳便是八號風球，因此即使掛三號球，菜市場和士多店立刻就擠滿顧客了。

香港遭遇最大的一場風災是什麼時候的事呢？曾經從一些已經過世的老人家口中聽說過是「八月初一」。這在他們的口中已成為「掌故」。而我只是在小學時代從所讀的「國文」教科書裏知道那一頁簡短的歷史。我還記得那篇課文的內容是這樣的：

> 一千九百有六年，颱風為虐，香港汽船，多沉沒者，時為九月十八日，中曆八月初一也。遇風之日，舟人多溺死，次日，海面汽船，皆下半旗誌哀。

發生在一九○六年的那一場颱風想來是很厲害的，聽說當時是死人上萬，更

不必說到物質上的損失。由於事前沒有預告，沒有防備，颱風突然正面吹襲，結果釀成空前巨災。傳說那位天文台負責人後引咎自殺。不知道是否有這回事。但那一場風災成為香港有史以來的嚴重天災之一，卻是可以肯定的。至少在打了一場大風之後下半旗誌哀這樣的事，好像從來不曾有過。

我生活在香港，每一年都經驗著幾次颱風，但是比較起那些遭遇過颱風災難的人來，我的經驗是微不足道的。不過我也有這方面的忘不了的記憶。

有過一回，我是住在靠近海邊的一間四層樓上，是一列樓房的第一間，圍繞住屋子的是一個所謂「走馬騎樓」，非常當風。那一次，颱風晚上吹來，愈來愈是猛烈，窗子不歇地格格作響。整夜亮著燈光，也和緩不了心裏的恐懼感覺。一陣陣加緊的狂風暴雨，彷彿從四方八面衝擊過來，把屋子搖撼得在顛簸；人在屋裏恍如寄身在一隻驚濤駭浪裏的船。全家的人都預感到不能夠再耽擱下去了，於是決定離開屋子跑往樓下，也許這會安全些。才出了大門，背後就傳來嘩啦一聲巨響，我們不暇理會，急步落下樓梯去。但樓梯下面卻擠了一堆人，原來是住在低窪地方的人們給大水趕出來，跑來躲避的。大水也浸到了樓梯下面。門外正是狂風暴雨，我們沒法多走一步了，只好耽在那裏茫然地等待。

接近天亮，風逐漸靜下來，我們才回進屋裏去。在全屋濕淋淋的場面上，出現了是意外又是意中的景象：一幅正面的牆倒下來了，磚頭和沙泥散開了堆滿一地。鏡架的玻璃混在磚頭和沙泥之中。……

這就是颱風！

我的母親

本文原刊《大公報·大公園》，1979年8月24日，頁7。其後收入《向水屋筆語》。

　　每一個人都能夠寫出一篇關於自己母親的文章，我也能夠。但是我可寫不出我母親在我心目中的那種高超形象。我只能用一種戀慕的心情去追憶她！

　　我母親是舊社會裏無數苦難女人之中的一個。她生長在封建思想濃厚的時代，並且出身於農村的窮苦家庭。她沒有進過學校，也沒有機會去識字。她的童年和青春都是在勞動生活中度過去的；在她看來，讀書是另一種人的「福分」。「如果我識字，還會有這樣淒涼的日子麼？」這是每當感受到什麼刺激的時候，母親帶著感嘆口氣說的話。她以為一個女人識字就會幸福，就會有好日子過。這種想法，形成了一種牢不可破的心理，使她覺得不識字是人生多麼大的缺陷。

　　作為一個人生，母親的缺陷還不是那樣單純的。她的命運，就是一切舊社會裏缺乏知識的女人所遭遇的——受壓迫、受欺凌、受奚落的最典型的命運！她很年輕就以盲婚形式落在我們的家。我父親是個海員，大半生在太平洋上度過，到處為家；每一年只是隨著航期到香港四次；在短短幾天的停留中，他也不是耽在家裏的。他有他的享樂的去處。一句話說，環境決定了他，無可避免地沾染了過去當海員的人的生活作風，他把一手弄來的錢也由自己一手花去；他的好日子沒有給家庭帶來什麼幸福。母親呢，自卑的意識使她對於現實只能逆來順受，除了怨艾自己的命運，多的是含淚應付生活的日子。

　　雖然到了中年以後，由於兒女的長大和自立，母親的生活表面上算是安定了些，她的知識也因時代的變動，和兒女方面的感染而變得豐富了些，但是她的思想仍舊脫不掉出身條件的限制。她對世界上的事物懂的並不多；種種不如意事的打擊，早就成了生命中磨滅不了的烙印，使她一直在憂患之中度著年月。太多的痛苦把她折磨得麻木之後，她變成一個安命的人。儘管期望前頭有個好日子，也是只要不再在憂患中過活，便算心滿意足。在這樣的態度下，她對下一代也不作什麼苛求。她不了解——並且也不去了解兒女的事業或工作，可是她卻信任兒女：認為兒女能夠認真地去做的，便一定是對的，是值得她放心的。

　　像母親那樣的人，她的身心都難得有個安靜日子，也難得有什樣閒情逸致的時辰；可是出乎意料的，有一次，她的粗糙的手竟然捏起從來沒有捏過的筆，畫

了一幅小小的自由畫。這真是不可思議的事情！

那是抗日戰爭期間，我們住在九龍城。住居的橫邊有一列窗子，窗子下面靠壁放了一張方桌。[1]弟弟向陽就常常伏在那裏畫漫畫。

下午的屋裏是很靜的，假如母親已經做好了日常的家務，她便會在方桌旁邊彎下半身，肘子支在桌上，看向陽正在畫著的東西。就是那樣一個時辰，我察覺母親對於向陽的畫看得很有興味，不知道什麼意念驅使我，我賭趣地說：

「媽，我沒有見過你畫東西，你試畫點什麼，看你畫得怎麼樣。」

向陽也附和我的提議，他向母親遞過一支鉛筆。

在我們的想像中，母親決不會接受我們的要求。她會因為自慚的心理不敢嘗試！這會引起我們發笑的。

但是我想像錯了。母親雖然難為情地應著我說：「我嗎？如果我曉得畫，我也該識字了呢！」一面卻捏了鉛筆，湊趣似地在手邊的一張小紙頭上畫起來。……

這是最難得的、最寶貴的時刻；是消逝了的童心偶然回到生命裏來的一陣閃光。在這閃光之下，一個人頭的形象給畫出來了。

雖然筆觸是那麼幼稚，線條是那麼單純的一幅小小的自由畫，然而卻是母親的一件稀罕的手跡。它永遠留在紙上，也永遠留在我的心中。

注 ——————————————————————

1　此句後原文有兩句：「這張方桌除了作吃飯用，還作別的事務用。」

父親的故事

本文原刊《大公報·大公園》，1979年 8 月 31 日，頁 11。其後收入《向水屋筆語》。

比起母親來，我的父親有另外一種人生。他不像母親那樣出生在舊社會裏，終生受著封建思想的束縛；卻是一出身就接觸「洋」氣社會。據我推想，他很年輕就出來為生活工作，打的是洋人工。在我開始對人事有所認識的時候，印象中他已經是個海員；而且這一直成為他的終生職業，他所工作的是美國輪船，這些輪船的航線是固定的，經常來往於中國、日本和美國的大城市，香港也是其中的一個站。照例是三個月才到香港一次。我的父親便是這樣長年累月在太平洋兩岸來來去去，消磨了大半生的。

由於長時期呼吸著西方空氣，加上生活環境的影響，他的思想和習染，多少也帶有「洋化」成分。他沒有忘記自己的中國人本位，可是對於鄉土的觀念卻非常淡薄；雖然也注意中國的時事，卻並不是出於關切。不過他也不盲目崇拜外國，只是在碰到看不順眼的中國社會的缺點時，便往往拿外國人來比擬：人家就不是這樣子。「難怪老番看不起唐人！」這便是他習慣的口頭語。事實上在父親的那個時代，中國的確有許多事情不爭氣，使得許多具有民族自尊心而思想上又認識不清的人，由失望陷於絕望。我的父親便是這一類人之中的一個。

就是因為職業環境所形成的「洋化」思想，加上長時期生活在海外，我的父親的家庭觀念也是淡薄的。他對我的母親沒有感情，對於兒女也沒有感情。他每次隨船回到香港，彷彿是一個過客，兒女也把他看作是一個遠方的來客。因此當他離去的時候，沒有什麼惜別的情緒，回來的時候，也沒有什麼興奮的情緒。他的冷漠得近於嚴肅的態度，叫人不願意去接近他。甚至一些親戚，對他也有一種敬畏的心理。這就是我的父親的典型。

但人是會變的。這主要是決定於種種客觀方面的因素。當時勢越來越顯得不能再像過去那麼好，一個人再也不容易操縱自己命運的時候，他便會醒悟著應該怎麼樣去處置自己。我的父親儘管還沒有到退休年齡，他的好日子已經是一場消逝了的華夢。於是他把接近暮年的生活，由海上轉移到陸上，在家裏安頓下來。他對於大半生自己賺錢自己揮霍的行徑有沒有悔意，誰也不知道。所能知道的卻是，他的「洋化」思想，隨著環境的變遷慢慢地扭轉過來了。他在精神上回到不

再同家人和親戚長久隔膜的圈子裏來了。

於是在生命的新階段上，出現過一場喜劇。

那一次，是我母親的「外家」辦喜事，請吃喜酒。地點是在九龍城郊區一條村子裏。父親是從來不同一切有親戚關係的人來往的，他的脾氣是討厭「庸俗」，怕應酬。這一次卻破例地答應了邀請，使主家非常高興：難得這位嘉賓光臨。

母親和家人提早到主家幫忙做事去了。父親沒有早去的必要，他記下了路徑和入席時間，獨自隨後去。當他按照了提示沿著通往主家的小徑向前走時，中途給一個人迎面截住，把他牽到路旁一處喜氣洋洋的場合裏去；那裏的一家屋子的庭院裏，幾桌喜酒正吃得喧鬧。父親給拉到空位就座，給同桌的賓客們包圍著勸酒，只好禮貌地應酬著。奇怪的是見不到一個相識的面孔。他只好向一位招待的人找尋我的舅父朱秀。

「朱秀在裏邊忙著，不要管他。」對方匆忙地回答，「反正是自己人，不要客氣啦！」

原來在同一地區裏，兩家姓朱的同時辦喜事；無巧不成話，同樣有兩個名字相同的人。顯然地，事情是搞錯了！

正當我父親困惑著的時候，正式主家那邊也在困惑。人們奇怪著一位難得的嘉賓遲遲未到。擔心他不識路，便派了幾個人到路上去查看；走到中途，一眼望見在另一家喜筵上喝得半醉的我的父親，才恍然明白，嘩叫起來。……

這件事的結局是，我父親窘得連大衣手杖也沒有拿，便急忙跟了來人到正式的主家去。隨後叫人送去一個紅封包作賀禮。

父親的生命原是一片空白，可是因為這一幕喜劇的緣故，卻使他的形象在關係人的記憶中，連同那喜劇一齊存在。

買書‧讀書‧漫話

本文原刊《大公報‧大公園》，1979年9月7日，頁7。

工作的地方來了一個新同事。他是不久之前才由內地到香港來的。他原是印尼華僑，二十多年前回去中國，在中國期間，他經歷了一個知識分子在大動亂時代所經歷到的一切。「四人幫」垮台以後，他來了香港。從精神上的枷鎖擺脫出來，他最愉快的感受之一便是能夠買到書。

在「四人幫」橫行霸道時期，中國文化事業遭到殘酷扼殺，書店成了文化沙漠；除了硬性的政治理論著作，或是少數被特許的作品外，就沒有別的東西；西洋文學中有了定評的「文學遺產」，也被指為「資產階級腐朽文化」；結果使得愛好讀書的人無書可讀。這對於知識分子說來是非常痛苦的事。一旦踏進截然相反的環境，自然有了一種「豁然開朗」的感覺，他們的愉快心情是可以理解的了。

而我的這個新同事，每天午飯後的一個生活「節目」，便是逛書店，去發現他所喜愛的而自己又有能力買到手的書；藉此補償他十多年來，生活在文化沙漠中如飢似渴的損失。幾乎在工作地點附近的所有書店，他都走遍，而且不怕重複。有時看見他興沖沖的挾著包裹回來，我知道他又有什麼收穫了。不管他買到的是什麼書，至少這都是值得欣賞的時刻！

我記起大戰結束後的一個時期，一些由異地復員回來的人，有過每天在麵包店門前排隊輪購麵包的事。其實在平時，麵包算得什麼呢？只是因為太久不曾吃了，便成了稀罕的物品了。我真佩服那個創造了「書籍是人類精神食糧」的人！

事實上，愛買書是每個愛讀書的人的癖好，只是買了書是否一定讀，卻是問題。有的人是為讀書而買書，有的人是為買書而買書。這是愛書人對書的觀念所產生的兩種態度。前一種態度是正常的，後一種態度卻也不能說是不正常的，這是個人的興趣問題。他要買那本書，是因為對那本書發生興趣，覺得要買下來才滿足。理由嗎？說不出來。

我也愛買書，只是不像這位新同事表現的那麼狂熱。第一，我慚愧沒有什麼「損失」需要「補償」，其次是，擔心發現什麼心愛的書非買不可時，會加重自己精神上的壓力：因為自己買下來的和朋友送給我的書已經太多了，我不知道要花多少時間才能夠把它們讀完；因此除非有必要的理由，我不大熱心去逛書店。

《旅人之眼》書影

對於書，我有著個人的一貫的態度。也和好些人一樣，我也有一種寧願把僅有的錢去買一本心愛的書，而不願花在別方面必須用到的脾氣。由於喜歡裝幀漂亮的書，單純為一本書的儀表所吸引而把它買下來是常有的事，儘管對於那本書的內容完全不懂。此外，我對書的版本也有興趣；尤其是古氣盎然的書；我高興按出版的年代去研究它們的裝釘、印刷、紙張和書的形式。我的這種愛好沒有什麼目的，也不是要冒充附庸風雅，純粹是出於個人的趣味。這正如我愛好蒐集那些印有古典繪圖的聖誕卡片，純粹基於藝術趣味，但我可不是宗教徒。

我不是藏書家，也缺乏蒐集什麼珍本書的條件。我的書架上放了幾本我自己認為「珍貴」的舊書，都是隨緣而遇地得來的。在戰前，中環德忌笠街出現過一家專賣外國舊書的 ABC 舊書店。規模頗大，書價也不很貴，遺憾的是我沒有那麼多的閒錢。在那裏我只花了很少的代價買過幾本書，一本是英國十九世紀詩人羅雪蒂[1]的袖珍本詩集，皮面金邊，每頁有精美的插圖；一本是小型袖珍本的都德小說 *L'Enterrement d'une Etoile*。[2] 這本書是硬面裝釘，書頁紙張非常堅韌，用細小字體排印得十分精緻，有插圖。還有一本十八世紀英國出版的 *Letters On The Mind* [3]，羊皮裝釘，書脊飾花燙金，內文用英國古體字排印，相當雅致。此外，是幾本精裝的日本書，那是已故友人葉苗秀[4]送給我的。其中珍貴的一本，是畫家川島理一郎所著的外國遊記《旅人之眼》[5]，文字和插繪都是作者手筆；扉頁有作者的親筆簽名。

注 —————————————————————

1 斯汀娜·羅塞蒂（Christina Georgina Rossetti，1830-1894），英國作家。

2 阿爾封斯·都德（Alphonse Daudet，1840-1897），法國作家。

L'Enterrement d'une Etoile，英譯 *Burial of a Star*（明星的葬禮），1896年出版。

3 *Letters On The Mind*，未詳。或指 Hester Chapone（1727-1801），*Letters on the Improvement of the Mind*, London: H. Hughes for J. Walter, 1773.

4 葉苗秀，從三十年代開始為報章副刊寫稿，直至七十年代。作品大多為文化藝術或山川風物的知識性雜文，主要根據外文譯述或再組織而成。相關資料可參考黃蒙田：〈記葉苗秀〉。《香港文學》第 129 期，1995 年 9 月 1 日，頁 64-68。文中提到：

「他發表文章的地盤不多，除了華僑日、晚報副刊，以《星島日報》副刊《星座》最集中，不但數量多，質量也高。」

平可：〈誤闖文壇憶述〉（六）（見《香港文學》第 6 期，1985 年 6 月，頁 98-99）提到：

「他姓葉，筆名苗秀。苗秀是一個獨特的人，他從不創作，卻是翻譯能手，他懂英、日、俄三種文字，而以日、俄兩種為最當行。他交稿最準期，從不延誤，所以極受副刊編輯歡迎，他寫稿自定限額，只要每月的稿酬足以應付生活費，他就認為限額已滿，不再寫了。他由於每晚都在陸羽『候教』，便自然而然地成為一個核心，許多朋友不一定為了要見他而到陸羽，但都曉得到了陸羽便不愁沒有朋友相陪聊天，最低限度有苗秀一個。大家既有這種心理，陸羽二樓便無形中成為大家的聚會地點。」

5 川島理一郎（1886-1971），日本畫家。《旅人之眼》，東京：龍星閣，1936 年。

平凡的獨語

本文原刊《大公報·大公園》，1979 年 9 月 14 日，頁 7。參考本書上冊〈文藝茶話會與《新地》〉，頁 33。

三十年代的某一年，我在一家報紙上主編一個文藝副刊。一群在那副刊投稿的作者組織了一個「文藝茶話會」，半個月聚集一次。在文藝茶話上產生了一個名叫〈新地〉的文藝雙周刊。每逢星期日，以報紙全版的篇幅出版一期。由茶話會的成員供稿。刊物內容包括了所有文藝部門的東西。

為著使刊物內容添上一點趣味，同時增加彼此之間的了解，〈新地〉另闢了一個定名「自畫像」的欄目，在這個欄目下每人寫一篇自述的文章，依次按期發表。我的一篇〈平凡的獨語〉，是其中的第九篇。

我曾經把〈新地〉從報紙裁下來裝釘成冊地保存，但是它卻和我所保存的別的東西同一命運，在戰爭年代全部毀掉了，只有獨立地剪下夾在一本書裏的一篇〈平凡的獨語〉，還奇跡地保存下來。事情有時是這樣不可思議的！

下面便是我的那篇「獨語」。

無論是什麼，只要一經筆墨寫出來，無形中便顯得莊重。要一個在任何方面都沒有可驕傲之處的人，寫出自述之類的文字，在我是有些困難的。實際上是不知從何說起。如果說「從平凡中見非凡」，這是決不會在一個平凡的人的生命階段上放得進去的話。

我的年紀還輕著，卻是個長子身份；並且負擔著弟妹們的教養責任，和母親的滿懷熱望。比我年長的是一個姊姊。在能夠運用一下筆墨因而贏得旁人的尊重這一點上，她作為女性是很應該的；只是我的自私心理，卻抱怨她為什麼不是一個哥哥！雖然我對於自己負擔著家庭責任這個命運沒有怨懟，可是當一種生活問題的刺激來到身上的時候，我便免不了要這樣想了：如果我有個長兄多麼好呵！

二十多年來我沒有什麼值得記錄的事情，只是生活稍微有些曲折。我沒有讀完小學課程就離開了學校。十六歲的一年，隨了一位舅父在軍隊裏飄泊過一個時期。離開軍隊以後，因為一點身邊瑣事的刺激，感情無從發洩，便提起筆來學習寫作。直至現在還是寫著。在這幾年中，我做過異國人的中文家庭教師，社團的書記；最近兩年是在報館裏工作。

雖然生活上有過種種變化，但沒有變化的是寫作的志趣。我對文學沒有什麼虛榮的野心，也不是把文學當作遊戲。我知道這條路並不好走，可是既然走下來，也只好走下去了。

截至現在，自己沒有一篇稱心的作品。不過我並不悲哀，因為我還有著時間。穩固的樓房是需要堅實的材料去建造的；我需要多看些再多看些，多經驗些再多經驗些；在能夠成功之前，一切的努力都只是學習。

未來的計劃不願說，我只願保持著我的向上心。同自己作預約，也如同別人作預約一樣不需要。

從幼年時代起，我就接受著在航海中過活的父親的孤僻性格的遺傳，和受盡人生痛苦的母親的感情氣質的影響；碰上任何叫人感動的事情，都容易掉落眼淚。這麼樣一種不健康的氣質，可以說是最初使我提起筆來寫作的動力，可是發展下去，我知道無論對人生或是對事業都沒有好處。沒有能夠擺脫它，是我的一件痛苦的事！

人不可能沒有缺點，因此毀譽在我都看得很平淡。一個人由出生以至入土，毀譽都是纏住生命的行腳。算得什麼呢？我需要信賴的是我自己！

要說的話是太多了，在我還沒有資格寫自傳的時候，我覺得就寫著這一點點已經足夠了。

我是廣東省惠陽人，出生卻在香港。

重讀這篇小文章，我喚起了一種惘然的感觸。它是我寫出來的，又彷彿不是我寫出來的。我看出這裏面有著我自己，卻又感覺到我自己並不存在那裏面。

三十多年的時間，僅僅是人事的演變已經太多，也太不尋常。如果容許我在這篇小文章的後面再續上一些敘述的話，將要添上多少更曲折和更複雜的筆觸，才能夠把我的「自畫像」表現得完全呢？但是我不能夠這樣做到。這也是我重讀這篇小文章時喚起最大感觸的地方：時間過去得這麼悠久，我仍舊一樣沒有寫自傳的資格！

權威的理髮師

本文原刊《大公報・大公園》，1979年 9 月 21 日，頁 7。

　　有這樣一個謎語故事。一個小朋友問他的同伴：「皇帝在他的面前也得脫帽的，你猜這是什麼人？」他的同伴一時間答不出來。那小朋友揭開了謎底：「是理髮師呀！」

　　這個謎語相當有趣。它不但很形象化，而且還具有實際上的意義。我不知道別人的看法是怎麼樣，在我自己感覺起來，理髮師的確是世界上最權威的人物。他們不但統治了皇帝的頭，而且統治了全人類的頭。——人類中有誰不理髮的呢？頭在文字上稱為「首」，地位高的人稱為「首」腦，則頭在人體所佔的位置的重要，可想而知。而在理髮師的手下，上自首腦人物的頭，下至普通人士的頭，都得受他們的操縱。聽說曾經有理髮店在門外貼過這樣一副對聯：「問天下頭顱幾許，看老夫手段如何！」也許這只是故事，但也的確道出了理髮師的威風。

　　就因為他們的威風，每隔相當時候，我就得進理髮店去接受這些「皇帝在他的面前也得脫帽」的人施展他的權威了。但這可不是出於我的自願，而是無可奈何的。假如有人問我：生平最怕的事情是什麼？我會毫不思索地回答：理髮！

　　因為怕理髮，要不是頭髮長到非剪不可的程度，我決不願意踏進理髮店的門檻。現在，長頭髮成為時尚，但是在「時尚」之前，我早已經走在時代的前頭。有個對我的頭髮看不順眼的人，曾經開玩笑地向我提警告：「當心，煥然工會要給你寄律師信了啦！」

　　為什麼我怕理髮呢？費時失事還是其次，主要的理由是討厭那種活受罪的滋味。首先一登上那張理髮椅，便無異是上了一架「刑具」，那不是電椅，也不是斷頭機，——如果是，倒還乾脆些，痛苦只消一剎那就完結了。可是坐上那架「刑具」呢，至少有一個鐘頭給你消受。短時間的痛苦當然比長時間的痛苦容易忍受，而理髮不但是長時間，而且是長時期——一生不知道要忍受多少次。

　　在椅子一坐下來，一塊白布蓋到身上來了；頸項給纏得緊緊的，又加上一個頸圍，把你扮成一個滑稽角色——吃奶的嬰兒。兩隻手蓋在白布下面無法活動；儘管你平日是個最愛搗蛋的傢伙，這時候也只能斯斯文文的，把兩手端端正

正的放在膝蓋上面，循規蹈矩地正襟危坐，聽任擺佈。

　　於是剪刀開始在頭上颯颯的活動起來了。髮碎像松針似的落在頸項周圍，使你癢得渾身不舒服，欲搔不前，欲忍無從。這還不止，隨著他工作上的方便和需要，你的頭簡直成了侵略家手下的地球儀：或推左或推右，或按低向前俯下，或扳起向後仰高，完全任他的意志支配。難受是你自己的事，忍耐和涵養非硬著頭皮鍛煉不可。一切都得逆來順受。你不能表示怨意，更談不上抗拒。

　　較剪和磨剪都過去了，剃刀在抹面之後來了。「刑具」由立體伸展成為平面。人躺著身子，由滑稽角色變為莊嚴身份——有如施行解剖的大手術。這一階段不必忍受「地球儀」的苦處。可是也不要高興得太早，坐椅變成躺椅並不是苦盡甘來的徵兆；這不過是讓你躺著有機會來體驗另一種感受而已！較剪儘管如何橫暴，當其衝的不過是頭髮，剃刀卻有切膚之感了。平日自己捏著保安刀片刮鬍子，輕重是自知分寸的，也不免些戒心；如今剃刀是拿在別人手上，不是很危險嗎？這種過慮的心理已經使我軟了一半，加上看到對方手上白茫茫的剃刀若無其事在我的面前揮舞，這裏一刮，那裏一削，耳邊只聽到刀鋒索索有聲，整個面部作了他的用武之地。我只能閉上眼睛暗自祈禱。然而他似乎不容許你看輕他的工夫似的，必須用手指撐開你的眼皮要你欣賞，同時把刀鋒伸到險要地帶的眼角尖，作幾下無此必要的「搜刮」，不外要你承認「看老夫手段如何」！這樣的時刻，不但毛管直豎，簡直冷汗橫流；就算是最「唯物論」的人也變成「天命論」者：祈求上帝賜佑他「刀法如神」！

　　然而這一切的苦處，你都只能沉默地忍受，不容抗議。儘管世界上政治制度怎樣地進步，理髮店始終是傳統的獨裁機關。你坐在理髮椅上永遠談不到民主！

脫出軌道的星球

本文原刊《大公報・大公園》，1979年9月28日，頁7。

　　從每天寄到我任職的報館編輯部來的許多稿件之中，我讀到下面的一篇文章。沒有題目，也沒有署名。但顯然是女人寫的。文章寫得不算好，內容卻頗有趣；因此把它介紹出來。

　　看在上帝份上，請不要羨慕我。我寫這篇文章的用心並不是向人炫耀，而是——是什麼呢？訴苦嗎？我想你未必肯接受這個字眼；因為在你們之中（假如你是一位女讀者的話），我知道有不少的人在「崇拜」作家，同時在羨慕一個做作家太太的女人的。我自己便是過來人。我不但崇拜作家，並且追求做作家太太的地位。結果我是成功了。可是我自尋苦惱的努力也成功了。

　　那麼，作家不值得崇拜嗎？我說是值得的，他們能創造出種種式式的故事，使你哭，使你笑；你簡直不明白他們的腦子和筆尖究竟有什麼神力扶持，或是魔鬼作怪。可是他們實實在在是一個人，同你同我沒有兩樣；所不同的只是，他們是人，卻有著別的普通人所沒有的長處：他們曉得寫，而且曉得怎樣去寫。

　　和那樣的「超人」生活在一起，不是夠新奇、夠幸福的嗎？不錯，我就是為這麼樣的一種觀念所迷惑。我冒著一個富家子說是不能佔有我就吞安眠藥自殺的危險（感謝上帝，幸而他沒有勇氣！），毅然地嫁給了這些寶貝中的一個：這就是我現在的作家丈夫！他寫得一手好小說，那麼細膩，那麼動人。我相信你和我同樣是他的讀者。我當時是自告奮勇地認為，只有我才是讀者中，不，是世界上唯一了解他的藝術的人；我是為了他才活到人間來的。

　　是的，我是為了他才活到人間來的——來吃苦呵！我說吃苦，你也許要說我太折福。但是我要說，如果你認為那不是苦的話，讓你來享受好了，我享受得夠了。一句話說，我的「作家太太」的理想是完全幻滅了，它距離我的理想太遠了。原因是，我嫁的不是「超人」，而是一個瘋子！

　　你說，還有比所謂作家這類人的生活狀態更合情理的嗎？只要他捏了一支筆，對著一帳原稿紙，他簡直就忘了整個世界，更不要說近在身邊的妻子。他有他自己的世界，有他的另一個家庭，唉，甚至有他的妻子和情人。他往往整個

兒沉迷在另一境界裏邊，你去惹他就活該倒霉，他認為這是擾亂他的「創作世界」。假如你還不識趣再去囉嗦些什麼，那麼，他桌上的什麼可以信手拈來的東西就可能變成了火箭炮或手榴彈。……可憐呀，我這個「世」外人！

假如他有一個固定的時間「發瘋」，倒還可以忍受，偏偏他的寫作又得講究什麼「靈感」；這「靈感」是什麼東西，只有他自己才知道。我懷疑那是鬼魂附身之類的事情；因為它是來無蹤去無跡的。所謂「靈感」一來，他便著了魔似地埋頭在書桌上，連吃飯睡覺都忘記了。你想想，這樣的人有什麼方法可以共同生活下去？一個女人的生存如果是為了守活寡，她還結婚幹麼呢？我詛咒自己的愚蠢，我竟相信了一個在作品上表現了懂得那麼豐富的人情世故的作家，他的實際生活一定也像他的作品一樣叫人陶醉，誰知道完全不是這麼回事。可是我平白地犧牲了！

像這樣的生活，不反感除非是一塊石頭。有些時候，我簡直為我的命運哭了。他怎樣看法呢？唯一的表示是怪我不了解他——也即是說，不了解「作家」。否則便是這一套理論：「所以我肯定我們沒法產生偉大作家和偉大作品；你想想罷，托爾斯泰夫人替丈夫的巨著《戰爭與和平》的原稿謄抄了七次，換上了你，還做得到麼？」我不示弱，我說：「天老爺，你不是托爾斯泰呵！」你猜他怎樣反應呢？「如果你能夠做到托爾斯泰夫人，我還不是托爾斯泰嗎？」你聽，氣不氣煞人！

我承認我沒有資格做托爾斯泰夫人，但是我不知道托爾斯泰是否也像他一樣，平日連柴米的價錢也搞不清楚。還有更可笑的事哩：如果你戰戰兢兢的（為的是恐怕擾亂他的「靈感」）通知他：「房東催過三四次了，租錢今天設法付給她好嗎？」他便好像碰到什麼意外事似的叫起來：「怎麼？又付房租！不是幾天前才付過了？」分明過了租期，他還若無其事，虧他還滿有理由似地去查看壁上掛著的月曆，結果只好沉默下去，因為他這時候才發覺，月曆上面已經有二十多個方格不曾劃過了。

寫到這裏，我有個結論：作家是一個特殊階層，他們的生活是超現實的。在傳統的社會習慣中，他們簡直是脫出軌道的星球。

「既然如此，你為什麼不索性離婚呢？」你會這樣問我罷？我能夠回答你的只有一個理由：我欣賞這樣的瘋子！

月圓之夜

本文原刊《大公報‧大公園》，1979年 10 月 5 日，頁 7。其後收入《向水屋筆語》。參考本書下冊〈造反記〉，頁 519。

　　童年在學校裏讀到有關月亮的詩文，觀念是很淡薄的，並不曾喚起過什麼感觸；月亮對我的生活發生意義，還是離開學校以後的事情。而給我留下最深記憶的只有一次。

　　那正是我丟開了還未唸完的課本，拋開了家庭的溫暖，去追求我憧憬中的軍隊生活的時候。說這是為了生活上的需要，卻也不能排除是經不起時代火焰的激盪，才使我懷著興奮情緒走到那樣的一條道路上去。自然，這條道路不見得是舒適的，有的倒是死亡的機會。然而為一種信念所迷惑的人，卻認為生命縱然死亡了，另一面的生命卻會誕生。也同當時的許多人一樣，我懷著熱情，懷著理想，把實生活上的艱苦感受，掩埋在自己虛構的愉快之中。我有的是剛好成年的歲數，和同樣幼稚的一顆單純的心。

　　在並不很長的時間，我跟大夥兒在好些地方駐紮著過日子。這樣流浪式的生活，不能說是不愉快的生活，只是安定的日子並不曾持續得長久，遲早要來的事情終究要來了。

　　那時候我所屬的部隊是駐防在廣東西江的一個縣份，為著時局的突然變化，醞釀著不同系統的軍隊與軍隊之間的衝突。為了戰略上的部署，作為一方的我所屬的部隊，便奉了緊急開拔的命令，向另一個陌生的異鄉出發了。行動是保密的，除了高層的負責人物，誰也不知道要開拔到什麼地方去，也不知道是為了什麼原因。使我感到迷惑的是，那位我所隨從的親人竟然派給我一支手槍，要我這個並非負擔戰鬥任務的少年人把它掛在腰帶上，好作行軍途上的自衛需要。

　　每天由早上走到黃昏或是入夜，便停下來駐宿一晚；第二天早上，在軍

在軍隊裏的侶倫

號聲裏起來，展開在眼前的，又是一條伸展到遠遠的長路。踏著衰草上的露珠，讓刺骨的寒風和冰一般的冷雨吹拂著面孔。想到這是行軍，我只好咬著牙根忍受下去。

許多日子以後，部隊終於在一個窮僻的小市鎮歇下來。這時候才有機會知道，這一次出發並不是「前進」而是「退卻」。在我們的後頭，「敵方」隨時有追趕上來的威脅。部隊在這小市鎮停下，為的是等待「友軍」到來會合，準備向「敵方」反撲。……1

在那小市鎮裏耽擱的日子，身心從疲乏中解脫出來，儘管是很短暫的，究竟有了機會舒一口氣。於是什麼感念都乘著空隙襲上心來。我開始醒覺著我已經把靈魂作了怎樣的買賣！

我清楚地記得，那是陰曆十一月十五夜，我聽說過這一夜的十二點鐘是「月當頭」。但只是很短促時刻，人立在月下會看不到自己的影子。記起「人生幾見月當頭」的詩句，就覺得這一夜應該十分珍惜。入夜以後，我伴隨著我所隨從的親人，和一位常常走在一起的團附，到那泊在一條小河邊的「茶艇」去吃宵夜和喝酒。帶著薄薄的醉意離開「茶艇」走上沙灘的時候，是十點鐘光景。月亮已經升得很高，圓圓的，像嵌在天上的銀盤。高空明淨得恍如一湖青色的水。走在廣漠的沙灘上面，讓寒風吹著臉上的酒熱，三個人拖著影子向團部的駐地漫步走去。回望隔河那邊，樹叢中漏出一點點民家的火光；前頭房屋的瓦面上，飄動著一支旗幟的陰影。

對於這一夜有點依戀，回到住處不願立刻就睡，打算等候「月當頭」的時刻到來。但是天氣太冷，人只好躺在用禾桿作墊子的床上，望著從窗口探進來的月光挨著時間。心是平靜又澄清的，一些雜亂的思想和無端的憂鬱，又不期然地湧了起來。從那沉長的軍號聲裏，喚起了人的懷念，家的懷念，少年生活的懷念；這一切如今都離開得那麼遠了呵！但是為了什麼離開得那麼遠呢？我能夠給自己回答，眼眶裏卻漾著模糊的東西。我沒有興致再等待「月當頭」的時刻，就把眼眶的薄淚帶進了夢境。在夢境中，我見到一個為一件崇高工作而長年同疾病搏鬥的朋友，在遙遠的地方死去了。

在那個小市鎮耽擱的一個月，在我的記憶中留下鮮明印象的，只是這個月夜。我沒有成全自己的心願，見到「月當頭」。可是在這一夜所引起來的深長考慮中，我立下了決心，從另一面成全我的心願，這就是：在一個適宜的機會中，

我終於離開了那一條茫茫的長路！

回到香港，我知道在「月當頭」之夜所做的夢很不幸地成了事實：我的那個從事崇高工作的朋友果然離開了人世。而在內地一場不可避免的內戰過去以後，那一位在軍隊裏的親人離職到香港來。他告訴我：那位在軍隊裏常常同在一起的團附，已經在炮火下陣亡了，他身上中了七顆子彈。

對於一個出賣了自己的人，是不可能拿「人生幾見月當頭」這句話為他慨嘆的罷？

注 ────────────────────────────

1　以下刪去原文一段：「擺在眼前的就是這麼樣的事實。舊的惡魔給消滅了之後，新的惡魔又戴著『英雄』的面具湧現出來，牠們一樣在爭權奪利，一樣在割據稱霸；把那些為光明所迷惑，懷著豪情壯志去追隨牠們的純潔的人們，推到祭台上作犧牲品！」

應元宮之冬晨

本文原刊《大公報·大公園》，1979年 10 月 12 日，頁 7。

我不知道那座「應元宮」是不是仍舊存在，但在我的記憶中，它卻是永遠存在的。時間過去得那麼久遠，它留在我腦子裏的印象還是那麼明顯。這間坐落在廣州市觀音山下的殘舊、蒼鬱的古廟宇，是我在軍隊生活中度過最後幾天的地方。離開這個地方，就是我的生命階段轉變的關鍵。這是我對「應元宮」的記憶所以深刻的原因。

在那月圓之夜，經過了一番思考而立下離開那種無意義生涯的決心之後，我還得繼續走那一條「出賣靈魂」的長路，這種度日如年的滋味是很難受的。我只能忍耐下去等待時機。

使我的心感到壓迫的，還有另一方面的感受。自從看清楚了那些「英雄」們的面具後的原形，我對於他們的憎恨情緒不期然地一天天加深。這並不是由於自己心理的變化，而是基於事實的存在。我看得很清楚，那些所謂「為民眾謀幸福」的英雄好漢，根本就沒有為老百姓做一點有利益的事情。相反的，卻是在老百姓面前作威作福。在駐防時候舉行什麼「軍民聯歡會」，在行軍的路上沿途貼上的花花綠綠的「親民」標語和口號，都只是滑稽把戲。根本沒有老百姓願意接近他們。而這些人的本質，沒有比在行軍的期間暴露得更透徹。在預定了目的地的前夜，照例由部隊裏的「副官」從地方上僱請一個鄉人作第二天行程的嚮導。為著一兩枚「大洋」的代價，這嚮導就得在指定的大清早時間來到；首先就接受那「副官」逞威風的一輪呼喝。部隊起程以後，那個嚮導如果在一處三叉路口站住，稍微躊躇一下在定奪方向，無情的幾個巴掌就由那「副官」的手揮過來落在他的臉上，使得嚮導失魂落魄，卻還得賠著笑臉道歉，硬著頭皮向前走。

一個士兵或低級的「司書」因為是帶病出發，在路上支持不住，倒在路邊呻吟，長官是不屑一顧的，誰也不知道他們掉了隊的後果將會怎樣。……

這些現象看在眼裏，使我感到了痛苦！

能夠盡快地離開這個圈子就好了。這麼樣一個思想越來越是強烈。但是我沒有宣洩出來，也沒有人可以讓我宣洩，甚至那個我所隨從的親人。

多變的時局，卻又在我的處境上增加了困擾。原是駐在西江那個小市鎮等待

一支「友軍」到來會合的，結果在「友軍」沒有來到之前，事情又發生了變化。部隊突然接到了命令：立即拉隊回廣州去，應付新的任務。

部隊到達廣州的時候，正是淒風苦雨的一個冬天早上。我還記得，全隊的人的頸項都纏上由兩色的布條組成的「識別帶」──是作戰時部隊的識別標誌。戰爭似乎迫在眼前了。

部隊一直開到「應元宮」安頓下來。

雖然表面還是「保密」的，可是人們已經打聽到消息：部隊準備打仗，目前是在部署中，隨時可能開拔。在「應元宮」安頓的期間，除了高級官員，誰也不許出外，也不許請假。

在「應元宮」裏，像囚禁似地過了一個星期，這也是我最苦悶的一個星期。我知道這是我生命上的關鍵時候，我不能夠再隱諱我的心事。但是那個我所隨從的親人，天天都出外去：開會議或是作交際應酬。我沒有可以同他談心的機會。

我不能忘記的是在「應元宮」的最後一晚。第二天是出發日期了，我的那個親人去了赴宴，半夜還未回來。我在焦躁中只有一個辦法：給他寫一封信──一封長信。我坦率地告訴他，我的思想、感受和我要離去的決心；我說，我不願意在「內戰」中去摧殘我的志願。

深夜兩點鐘，我給叫醒過來。我放在那個親人桌上的給被看過了。我聽到這個回答：「好啦，明天你不必隨隊出發了。」

天剛放亮，正當部隊準備出發的緊張又混亂的時刻，我悄悄的溜出來，離開了「應元宮」。

我就這樣離開了那使我失望的生活。我找回了我自己！

秋的情懷

本文原刊《大公報・大公園》，1979年 10 月 19 日，頁 7。

是秋天了呢。我喜愛著這個感情的季節，為了它會撩起我去咀嚼那凝結在生命裏的哀傷。你已經知道我的靈魂上有著幾許的疤痕，也知道它們的色素是多麼複雜！

而自從你在我的生命歷程上劃下了痕跡，秋天對於我，便成為蘊藏得更豐富的季節了。

去年這個時候，我們第一次會了面。那真是一段戲劇性的情節。彼此通了一年多的信，始終不曾互相認識，也沒有誰起過要認識的念頭；而大家卻是住在同一的區域，相隔只是幾個車站的距離。但是終於來了那個可紀念的日子——那個秋天的下午。

你許願了要請我看一部有名的文藝影片，於是把一張預訂的戲票寄給我。當我獨自坐在戲院裏等著影片放映的時候，卻沒有想到，你懷了奇趣的心情訂了我旁邊的座位。可是你的天真掩飾不了你的秘密；在你跳著走進座位的時候，你便矜持不住笑出來。這一笑便立刻洩露了你自己。我們就這樣相識了。

這以後，彼此的關係便不再是陌生的了。

通過事先一年多的精神上的溝通，無形地縮短了彼此的了解所必須的過程。這一年來，你更進一步了解著我的一切——我的為人，我的氣質，我的喜悅和我的悲哀。並且，你更為我分擔著我的苦惱和不幸。你讓一顆在迷茫中的心發見了涯岸，讓一個寂寞的靈魂找到了倚傍的支柱。

假如人生還找得到可祝福的意義，還有比這個更應該祝福的麼？

而在這周年紀念的日子，把一本小書送給你，自然有著我自己的意義了。

你看到我在怎樣的環境和心境之下生活著，也看到我怎樣艱苦地一點一滴地寫我的作品；你自然明白我的工作是失敗多於成功的。因此我能夠送給你的只是這麼一本不成樣子的小書。在這裏面，有著我的思維，我的情感，我的歡樂和我的嘆息。縱使都是一些精粕，究竟也是從我的筆尖寫出來的東西。我知道你會如我一樣珍惜它，正如珍惜我們的相識和一份珍貴的友誼一樣。

收在書裏的作品，你比我自己更能夠客觀地明瞭它們的好壞。你也明瞭它們

都是在怎樣的情形下寫出來的。你了解我在創作本身所感到的苦處。

寫作對於我說來並不是愉快的事。我說過，在世界上無數生活方式中，自己竟闖上這一條道路，是沒法怨天尤人的。我知道自己寫得不好，便不敢輕率的寫；而對工作過分認真的習慣（即使是為了生活而執筆），卻使創作過程成了精神上的苦役。同時，我一直把寫作當為學習，因此什麼性質的題材都在嘗試。但是由於生活圈子的限制，我不曾寫出過自己認為稱心的東西。加上個人的氣質關係，儘管我如何去變換題材，本質上仍舊擺脫不了感情濃厚的趨向。雖然我知道有些人似乎喜愛著我那種濃厚於感情氣氛的文章，但我決不是為了這一點而趨向，卻是純粹順承自己的意志去著筆的。我覺得，為著適應讀者的口胃而寫作，簡直是侮衊文藝工作的尊嚴。事實上，一個忠於自己的作者，當著在稿紙上運筆的時候，是根本不意識到讀者的存在的。至少我自己就是如此。

但是無論如何，在我送給你的這本小書裏所寫的，以及我在別的書裏所寫的，對社會或個人任何方面的意義說來，都是不足道的東西。我只願在今後的日子裏，在我的精神上獲得可喜的支持下，能夠寫出一些像樣的作品來。

讓我頌讚你的崇高！

鄉村裏一個寒夜

本文原刊《大公報·大公園》，1979年10月26日，頁7。其後收入《向水屋筆語》。

長時期生活在都市，因為戰爭關係，才使我在流亡中有機會在農村裏度過幾個年頭，有機會看到舊日中國的農村面貌，同時深刻地體驗到農村社會的人情世態。[1]

那是下毛毛雨的冬天，晚上分外寒冷。室內照例燒著熊熊的爐火，大家正圍著爐火聊天，突然有人在樓下重重地打門。誰會在這個時候來呢？我帶著疑問離開爐火，把通小陽台的門拉開，迎著一股寒氣向下望。在朦朧夜色裏，有一個人站在門坪上仰起頭來。

「我找李先生。我是熱水來的。這裏有一封朱先生叫我帶來的信。」

我提了油燈到樓下去，把笨重的大門打開，迎進那個陌生人。從他的手上接過了信，就在油燈下撕開來。

信是我的一位親戚寫的。他在流亡生活中做著流動醫生；因為在地方上建立了一點名氣，便常常被各處的鄉紳，邀去看病。這封信便是在病人家裏寫的。是這樣一回事：一位熱水鄉的鄉紳病得很沉重，他趕到時，已經太遲了；假如即夜能夠有方法挽救，或者還有度過危關的希望。現在他要替病人找一支人參救急。他知道只有我的居留地一位富戶家裏有人參；因此叫病者的家人帶了錢和信，漏夜跑二十里路來找我，要求我帶著來人到那富戶家裏去，同富戶商量，希望他收回相當的代價割讓一支人參。

這任務是關係著一個病人的生命的。於是我立即和那個來人一同出去。連火也來不及燃點，便在黑暗中摸路。在路上，沒有交談半句話語。我明白對方是懷著家裏有了臨危病者的惶急心事，而我自己也有一份不調和的情緒：從熱烘烘的爐火邊，突然接受著這麼殘酷的現實。太難受了。

十分鐘後，來到這村子最堂皇的一間大屋的門前。兩條黑狗吠得很兇；遠近的狗也隨聲附和起來。有人拿了火枝從屋裏出來，知道了來的是誰，便喝止了狗吠，開來鐵柵讓我們進去。

說明了這個時分來訪的緣由，我們便給領進屋裏，向左面一個垂了竹簾的偏間走進去，那是戶主的房間。戶主在中年以上，是個表情嚴峻、近於冷酷的人

物。他享受著豐厚的先人餘蔭，擁有遼闊的田地和一間開設在墟市的雜貨舖子；利用放穀債、收田利和經營商業這些手段，成了當地的大地主。他把業務交託他信任的人料理，自己卻什麼事情都不幹，玩著小老婆和煙槍，消度著他的多餘的人生！

房裏亮著燈光，主人橫躺在床上抽著鴉片。見到人來，立刻豎起身子來了。對著那一副嚴峻的面孔，我道達了來意，同時遞出我親戚寫的那封信。他把燈火端到衣櫃上面，戴上眼鏡。

用了恍如審問的態度向那個來人問了關於病者狀況的話（他們是同一階層而且是相識的）之後，他從衣櫃裏面取出一隻鐵箱子。打開箱子，從許多人參中揀出一支，用一張紅紙包裹好，然後抓了一張紙寫了幾行字，把它們交給來人帶回去。

付過錢道謝了打擾，我們告辭出來了。在一陣狗吠聲裏，人又落在冷寂的黑夜之中。

出了村子，便是草坪和無際的田野。為著抄捷徑，那個來人要同我分路了。

「沒有帶個火走路嗎？」我這才想起這件事。他起程的時候也許還早，可是此刻卻是深夜了。

「沒有。」他淡然地回答。

「這麼黑的夜怎麼看得見路呢？」

「沒有關係，我們鄉下人是走慣夜路的。」接著說了一句感謝我幫忙的話，他便消失在黑茫茫的夜色中。

獨自走著回住處去的路，我的心給另一種沉重的東西壓住了。我想起那個大地主的嚴峻的面容，想起那位遙遠的病者，和病者的家人的惶急情景。……在我們的農村裏，相同的情形有多少呢？生活在這環境下的人們，都得賦有特殊的生命力才能夠適應他們的命運的。在命脈垂危的時刻，他們應該有期待一個人走四十里夜路去找一支人參的能耐。家裏藏有人參的富戶是多著的，然而能夠有方法去獲得一支人參的人卻是太少的罷？那麼，那個遙遠的病者是有福的了：縱使那個買人參的使者趕到家之前他已經斷氣，他畢竟還有期待那支人參的資格。

1　以下刪去一段，原文為：「在那個艱苦的年代，只有白天才是為生活忙碌的時間，晚上是到處關上門戶，一切的人事活動全都靜止。偶然一次例外，便顯得不尋常。這就是我對於那一夜的記憶特別難忘的緣故。」

「獨弦琴」的傳奇

本文原刊《大公報·大公園》，1979年11月2日，頁7。

在一本外國名人書信集裏，有一封普魯士名將毛奇（Moltke）[1] 於一八四一年十二月寫給他愛人的信，信上敘述了下面的一個故事：（當然，內容是經過我的整飾。）

若干年前，在意大利的剌溫拿（Revenna）地方，有一個面貌醜陋得出名的男子。他頭髮蓬鬆，有一張毫無表情的臉，永遠是陰沉沉的。但是當什麼刺激得情緒波動時，表情便立刻變化，他的臉皮會抽搐起來，同時眼淚奪眶而出堆在兩隻發光的眼珠上面，好像火山在雪的掩蓋下噴發似的。這樣一個醜陋而性格怪異的人，沒有人願意接近他，他便成為世界上最孤獨的人了。

有著缺陷的人往往有彌補缺陷的長處。這青年的長處是超卓的音樂天才。由於自卑和孤獨的痛苦經常折磨著他，他只有把無處申訴的抑鬱憑音樂去宣洩出來。但是那種出於靈魂叫喊的淒傷調子，誰會去傾聽呢？

有一個晚上，他放下四弦琴的時候已經夜半。他打開窗子舒一口氣，忽然聽到什麼地方傳來了清脆的鼓掌聲，顯然含有讚賞意味。他的靈魂都震動了。他想到了那鼓掌的人是他的芳鄰——那天使一般的女孩子安茜娜（Ancella）！

安茜娜！一個青春、美麗的富家女兒，從來是想起她的名字也覺得是非分的。現在，他卻不能自已地不斷要想起她，而且遏抑不住燃起一股愛火了。

但是安茜娜沒有見過他，他也不敢讓她見到。他要向她傾訴心曲的唯一方法，只有憑著他的四弦琴。一夜又一夜地，讓琴音代替了語言，也代表了他的存在；並且，那琴音成了一道橋樑，在兩顆心之間溝通了關係。

不管怎樣，兩人終於相見了。不可思議的是，安茜娜並未因為這青年的醜陋影響她的愛情。在她的觀念中，他的音樂天才和他的神奇技巧把他的形象美化了。即使他再醜陋十倍，她仍舊是愛他的。

但是那自卑的青年卻不放心。像安茜娜那樣年輕美貌的富家女兒，會愛上像他那樣一個醜陋的男子嗎？他不相信有這樣的事！在他那燃燒著火樣熱情的心中，滋長著一股彷如受了欺騙的憤怒情緒。他不信任愛人，不信任一切。他愈是崇拜她就愈是妒恨她。她為了取信他而流的眼淚，和對他說的誓言，在他帶了成

見的感覺中，都成了欺騙的證據。他為了這個而感到苦惱！但是一方面，為了要平靜自己的心，他又強迫自己去相信她的表白，事實上卻又不能丟開他的疑惑。就在這樣反覆的矛盾心理中加深了自己的痛苦。末了，這痛苦發展到不能自已的時候，他竟然生起了殘忍的犯罪念頭。

終於，純潔的安茜娜被這瘋狂的愛人用一把短刀刺死了。⋯⋯

也許被當作神經不健全，他沒有被法庭判處死刑，只是關在淒清的牢房裏，孤零零地度日。唯一同他作伴的是帶在身邊的四弦琴。

在深沉的夜裏，他往往幻覺到一些奇形怪狀的東西，在牢房頂上和四壁顯現出來，向他包圍著。他驚嚇得大聲叫喊，可是沒有人理會他。他只好發狂地拿起四弦琴來鎮靜自己的神經。可是他手上的弓才觸到弦線，一陣清脆的動人聲音，便從弦線上飄出來：像哀怨的申訴，像溫柔的責備，像嘆息，像低語；這一切都嵌在弦線音調之中。多麼奇怪，這分明是安茜娜的聲音呵！

這個囚犯醒悟著可憐的安茜娜的心靈原來寄託在他的琴弦上面。他猜想著，他的罪惡可能因他的痛苦抵消一部分了，如今伴在他身邊，把心靈寄託於他的四弦琴的安茜娜已經饒恕他了。於是他把琴弦拉得更起勁，更瘋狂。在激流一般的音韻中，突然地「崩！」的一聲，──一根弦線斷了，隨後又是同樣的一聲，第二根弦線又斷了！接住又是一聲，第三根弦線斷了。一個淒厲的尖叫從房頂落下來，這正是安茜娜被刺倒時的那種慘叫聲呀！

這個囚犯疲乏地倒在床上，自責和懊悔交混一起的極度痛苦，使他消失了知覺。

第二天，他非常熱切地懇求監守人，設法替他找三根弦線，因為他全部的安慰已經維繫在這幾根弦線上頭，但是他沒法打動對方的同情心。無可奈何地，他只好帶著沒有人了解的絕望心情，對住那隻只剩下一根弦線的提琴在凝思。

每一個晚上，當他覺到安茜娜已經和他同在的時候，他照例拿起那隻單弦的提琴，拉著拉著，從單調的聲音中去試練變化。經歷了一段長期的艱苦演習，逐漸克服了困難，他居然創出了奇跡，一隻殘缺的樂器，在他的手上變成完整的。憑了僅有的一根弦線，他能夠奏出別人在四根弦線上奏不出的樂曲。

十年後刑滿出獄，這青年回到現實世界來了。他改換了名姓，離開了意大利到處飄泊，去表演他音樂的絕技。有一個很長的期間，他隱秘著他的過去，他怕別人從他的琴弦上會聽出他的感情。但是為了生活的緣故，他不能不到處去演

奏。漸漸的，他的聲名震動了樂壇，也震動了歐洲。

　　無數好奇的音樂聽眾湧進戲院裏，為著要欣賞這個神秘音樂家的魔術一般的表演。

　　這個音樂家的確是神秘的。他筆直地站在台上動也不動，披著蓬亂的長髮，面容蒼白，神色頹喪。直至演奏開始，他才活動起來。聽眾們隨著他演奏時的神奇技巧而迸發的熱烈讚嘆，全都引不起他什麼反應；一雙消失了光彩的眼睛沉鬱地盯住台下的聽眾，他的心是另有所屬的樣子。到了曲終的時候，他才像從一個虛幻的世界裏覺醒過來，回復了他的自慚的和恨世的本性。於是他在熱烈的掌聲中倉惶地退場，逃避似地跑回他的住居去。

　　他的成功帶給他豐富的收入。但是金錢並不能給他什麼快樂，也填補不了他內心的空虛。唯一能感到一點安慰的滿足，只有他的獨弦琴。安茜娜永遠在他的琴弦上活著。

　　你知道這個故事的主人公是誰嗎？他的名字是──柏格尼尼。[2]

　　音樂家的故事，沒有比柏格尼尼更富於神秘和詭異的色彩。在他身上，的確附會了不少古怪的傳說。缺陷的是，在音樂家的傳記中，我們讀過巴哈、海頓、貝多芬、舒伯特、史特勞斯、蕭邦、柴可夫斯基，……卻沒有柏格尼尼。

注 ──────────────────────

1　毛奇（Helmuth Carl Bernhard Moltke，1800-1891），普魯士和德國軍事家。

2　帕格尼尼（Niccolo Paganini，1782-1840），意大利音樂家，有魔鬼小提琴手之稱。

外甥送的明信片

本文原刊《大公報 · 大公園》，1979 年 11 月 9 日，頁 7。參考本書上冊 〈《簡愛》、三個姊妹作家〉、〈漫話 勃朗蒂氏姊妹〉，頁 128、132。

　　到英國讀書的外甥畢業後回來，送給我幾張明信片，使我很感到高興。這些明信片在香港是不可能買到的，更難得的是它們卻同英國十九世紀女作家白朗特氏姊妹有關。其中一張是她們故居的圖片，——那間位於英格蘭北部約克郡地區、因白朗特氏姊妹而聞名的「霍華斯牧師家」。它是坐落在一塊丘陵起伏的荒原上面，為一片寂寞、蒼涼的氣氛籠罩著。長姊夏綠蒂 · 白朗特的《簡愛》，妹妹愛眉莉 · 白朗特的《咆吼山莊》和安妮 · 白朗特的 *Agnes Gray* 三本小說，都是產生在這一間屋子裏。據說，屋裏面還保存著夏綠蒂姊妹們當年生活的遺跡；牆壁上還刻有她們小時候量度高矮的刀痕。

　　另一張明信片的畫面是夏綠蒂紀念館。那是兩層高的紅磚樓房，建築在比草坪稍高的地基上面，外表樸素而又莊嚴；正面有上下兩列鑲嵌了方格的窗子；樓房的正中是一道白色的大門，門前的石階沿住地基直落到草坪。這個紀念館去年九月成立五十周年，夏綠蒂故鄉舉行了紀念活動。記得文匯報「筆匯」欄當時刊出過一篇英國通信，記述了這件事情。通信上的夏綠蒂紀念館插圖，同我手頭這張明信片所印的一樣。

　　另一張不是明信片而是一個狹長的白色書籤；鋸齒形的邊緣，上頭是愛眉莉的側面像，像的下面印上四行愛眉莉寫的詩句；書籤下沿貼有一條海青色綠帶，非常雅致。

　　最後提到的一張明信片，這是同勃倫威爾 · 白朗特有關的了。勃倫威爾是夏綠蒂姊妹的兄弟，他也如他的姊妹們一樣，是嚴峻而又孤僻的傳教士父親的教養之下成長。他沒有受過什麼正規的學校教育，卻具有文學的品賦和藝術天才。他高興作畫，有志做個畫家，卻沒有做成功；可是他有著藝術家的浪漫不羈的性格，愛花錢和愛飲酒；常常到霍華斯地區裏的「黑牛」酒店去走動：陪旅客聊天，喝酒，替旅客畫像。

　　明信片的畫面就是那家「黑牛」酒店。它是一座紅磚建築物；矗立在高地上，樓高兩層，屋頂是斜面的。屋角處突出一塊木板招牌，刻著「Black Bull Hotel」白字。一盞古式街燈用扭花的鐵枝凌空撐出來。酒店旁邊是一列依了傾

斜地勢建築、看起來一直細小下去的房子。背景是一塊廣漠的荒野，荒野上只見一片青空。

勃倫威爾是怎樣的一個人呢？英國現代作家毛姆在一篇文章裏引述一位第三者的話去描繪他：「他有一頭紅髮，高高的向後梳——也許這樣可以使他顯得高些；有一個高而凸出的聰明的前額，幾乎佔了他整個面部的一半。他有一對深陷的善於搜索的小眼睛，隱在眼鏡後面。鼻樑高，嘴以下長得不好看。眼睛老是愛向下望，要隔好久才抬起來迅速地看人一眼。他既小又瘦，初次見他時覺得不大順眼。但他有他的長處，他的姊妹們崇拜他，希望他能夠轟轟烈烈的作一番大事。……」

但是勃倫威爾並未如他的姊妹們的所願。他不務正業，放浪不羈；他的行徑反而使她們感到苦惱。更叫她們痛心的是，他受聘去當一個牧師的家庭教師時，竟同年輕的女主人鬧戀愛而被逐出來。在受到這個沉重打擊之後，勃倫威爾萬分消沉，更加自暴自棄，拚命酗酒，而且抽上鴉片。他追求刺激而終於自毀了前途，也自毀了生命。

有個傳說，在勃倫威爾自知活不下去的時候，他不肯躺在床上而堅決要站著死。旁人勸說不來。傷心的夏綠蒂給旁人拉開了，老牧師、安妮和愛眉莉眼看著他在最後掙扎之後，終於站著死去。

勃倫威爾雖然沒有成為大畫家，他卻為他的姊妹們作了一幅長留後世的畫像：在畫布上把三個人的形象畫在一起。儘管他在藝術史上沒有地位，但是當人們讀到白朗特氏姊妹的傳記時，總會連帶想到他。

《新雨集》與《新綠集》

本文原刊《大公報·大公園》，1979年 11 月 16 日，頁 7。其後收入《向水屋筆語》。

　　六〇年代初期，香港文藝界的活動呈現過頗為熱鬧的情況：外地來的作家和當地的作家混合一起，互相交流；一些文藝刊物和單行本陸續面世。在出版物中顯得較有特色的，是一些由幾個作者的作品湊合起來印成一本叢刊式的集子。其中首先要提起的是《新雨集》和《新綠集》[1] 這兩本書。

　　《新雨集》由香港上海書局出版。廿四開本，用道林紙印刷，全書三百一十四頁，硬紙皮裹上厚紙的封面，突邊，由夏果[2]設計裝幀；相當美觀。這是阮朗[3]、李林風[4]、夏炎冰[5]、夏果、洪膺[6]、葉靈鳳的六人合集。

　　關於《新雨集》，葉靈鳳在卷首寫的〈序〉文裏，作了這樣的說明：

　　　　《新雨集》是由我們六個人的寫作合成的。事實上，我們六個人相識已久，彼此已是老朋友；但是六個人的寫作彙集在一起，一同與讀者們見面，除了在刊物上以外，這還是第一次。因此雖是舊雨相知，也不妨以新雨的面

《新綠集》書影

《新雨集》書影

目,與讀者們結交文字緣了。

六人之中,夏炎冰、李林風、阮朗,一向是喜歡寫小說的,雖然偶爾也寫一點詩和散文,這次卻用他們本色的作品與讀者相見;夏果和洪膺是喜歡寫詩的,都是詩人,可是這次兩人拿來參加《新雨》的作品,夏果則是十三首清新流麗的詩,洪膺卻是一輯小品文。不過我們只要讀一遍,就可以看出這些散文不僅寫得含有濃重的詩人氣質,而且有許多篇都是談詩的,可見詩人到底是詩人。至於我自己呢,以前雖然很喜歡寫小說,可是藏拙已久,多年來寫的全是一些短短的隨筆,只好選了一輯來湊熱鬧。

幾個朋友湊合著來出版一本集子,在我們的新文藝運動初期是常有的事,近年則除了叢刊以外,這種方式倒不常見了。⋯⋯

至於《新雨集》的內容和六個作者作品的性質,〈序〉文裏已經有所介紹,不須贅述。只是有一件事說來叫人悵惘,六個作者之一的葉靈鳳,已於三年前不幸去世;原是英文《東方地平線》編輯的洪膺,則在更早之前,在海外一次飛機失事中不幸罹難!

另一本同樣是叢刊式的《新綠集》,出版於一九六一年九月,比前者遲了五個月。由新綠出版社印行。這本書是二百九十五頁,它的形式和裝幀設計與《新雨集》相同。這一本也是六個人的合集。他們是葉靈鳳、張千帆[7]、柳岸[8]、侶倫、吳其敏[9]、向天。[10]

《新綠集》與《新雨集》不同的地方,是六個作者的作品全是散文或小品。向天的一輯總題是「讀書雜談」;吳其敏的一輯總題是「幕邊掇拾」;侶倫的一輯總題是「燈前絮語」;柳岸的一輯總題是「今物語」;張千帆的一輯總題是「綠窗小札」;葉靈鳳的一輯總題是「歡樂的記憶」。

《新綠集》的〈後記〉是史復[11]寫的。他在讀了全書之後道出他的感想:

不知道作者們為什麼要給這本書取上「新綠」的名字,莫非他們和我一樣,也是喜歡新生的綠色麼?他們雖是同一集中人,料想彼此的趣味未必這樣一致。如果「新綠」是作者的自命,那就未免太謙虛了。六位當中,⋯⋯特別是葉靈鳳先生,則是大家早已知道的老作家。那麼,「新綠」難道是指作品的本身而言,雖出之於老作家之手,也還是充滿了新鮮和生命力,像

春天裏生長出來一叢叢、一樹樹的綠色麼？要不然，就是說，這個島上的文藝園地還是頗有些冬天似的荒涼，像這樣的書能夠出版，實在叫人看了有春天新綠初呈時的歡喜。不管作者們的原意如何，我自己倒是有著這樣的歡喜的。……

注 ————————————————————————

1　兩書均 1961 年出版。

2　夏果即源克平（1915-1985），作家、編輯，1937 年畢業於廣州市立美術專科學校，抗戰時於廣西南部文工團工作，戰後來香港，張建南邀請他主編《文藝世紀》，源克平常用筆名為「夏果」、「龍韻」，曾於《大公報》和《新晚報》寫專欄，作品結集為《聞步集》、《石魚集》。

3　阮朗即嚴慶澍（1919-1981），作家，筆名阮朗、唐人。1949 年到香港，任職於《大公報》，後任《新晚報》編輯，作品有《人渣》、《金陵春夢》等。

4　李林風即侶倫。

5　據羅琅先生口述（2018 年 8 月 16 日），夏炎冰是黃永剛的筆名。

黃永剛（？-2014），廣東人，作家、教育家，筆名有柳岸、黃如卉等，1948 年開始任職於勞工子弟學校，歷任教師、校長、校監及香港勞校教育機構、港專機構主席等職。五十至七十年代於《大公報・文藝》、《文藝世紀》、《海洋文藝》等報章雜誌發表作品，又於五十至八十年代以黎於群筆名於《文匯報・采風》版主持「生活信箱」專欄。

6　洪膺即劉芃如（1921-1962），作家，翻譯家。作品有《書、畫、人物》等。梁羽生：《筆・劍・書》（香港：天地圖書有限公司，1985 年）中〈記劉芃如〉（頁 94-98）提到：

「他是英國留學生，專攻文學，中英文造詣都很好，德文意文也懂得一點。回國後曾任四川大學外語系講師，一九五〇年南來香港，從事新聞工作，最

初是在《新晚報》做翻譯，後來擔任英文雜誌『東方月刊』的總編輯。……他是因飛機失事死的，一九六二年七月十九（日），他應阿聯邀請，參加阿聯建國十周年紀念，飛往開羅，中途失事，機毀人亡。」

7　參考本書上冊〈詩刊物和話劇團〉，頁 36。

8　柳岸是葉靈鳳與黃永剛都用過的筆名。

9　吳其敏（1909-1999），作家，曾任電影編劇，1956 年創辦新地出版社及主編《鄉土》半月刊，1960 年創辦嚶鳴出版社及主編《新語》半月刊。七十年代任中華書局海外辦事處副總編輯，創辦及主編《海洋文藝》雜誌。作品有《望翠軒讀書隨筆》、《望翠軒雜文》等。

10　向天即張向天（1913-1986），原名張秉新，安徽人，作家、學者，曾於清華大學求學，三十年代開始以筆名「張春風」於《論語》、《宇宙風》、《大風》等文藝雜誌發表作品，定居香港後任中學教師，寫作文史小品及研究魯迅的文章，作品結集為《魯迅舊詩箋注》、《魯迅詩文生活雜談》、《毛主席詩詞箋注》等。據羅琅先生口述（2018 年 8 月 16 日），張向天曾任職中新社。

11　史復即羅孚（1921-2014），編輯、作家，原名羅承勳，筆名有絲韋、柳蘇、吳令湄、辛文芷等，1948 年來香港，負責統戰工作，曾任職於《大公報》、《文匯報》及《新晚報》，1982 年謫居北京十年，1993 年回香港。作品有《南斗文星高──香港作家剪影》、《香港的人和事》、《香港，香港》、《香港文化漫遊》、《文苑繽紛》、《北京十年》等。

一本散文集和小說集

本文原刊《大公報‧大公園》，1979年11月23日，頁7。其後收入《向水屋筆語》。

前一篇文章，說起六〇年代初期，香港部分文藝界高興出版叢刊式的集子——由幾個作者的作品合印成一個單行本。其中的《新雨集》和《新綠集》都談過了；值得提起的還有兩本。這是《海歌‧夜語‧情思》[1] 和《市聲‧淚影‧微笑》。[2]

兩本書分別在封面的書名之前標明「青年散文創作集」、「青年短篇小說創作集」，清楚地劃分了兩本書的性質，同時也顯示了作者們是有計劃地編印這兩個集子的。而它們的一式的裝幀設計，和樸素又高雅的封面，都說明了這一點。

《海歌‧夜語‧情思》是散文集。作者十八人，他們是舒巷城[3]、呂達[4]、谷旭[5]、韋凡[6]、鄭辛雄[7]、陸如藍[8]、羅漫[9]、藝莎[10]、甘莎[11]、秋適[12]、寧珠[13]、黃夏[14]、田咩[15]、沈思[16]、黃辛[17]、柯遼沙[18]、思敏[19]、昌雯。[20]

全書共收散文三十七篇，每個作者都有他們各自的筆調和寫作風格，但是一個共同之點，便是濃厚的生活氣息。它像脈絡似地貫串在一百六十六頁版面之中。大部分文章寫的都是作者對所接觸到的事物的感念；用樸素的筆觸去喚起讀者的深思。這是這本散文集的特點。

為這個集子寫〈後記〉的吳其敏先生，對這本散文集的內容作了注腳：

> 這本集子展示的，是我們目前所處環境下面的一些生活橫斷面，眾生相裏，正好兼備著鹹甜甘酸苦的許多味道；甚至可以說，苦味相當多。但尋味下去，總就覺得苦是有盡的，至少每每會有別種的滋味來中和著它。——就是這個緣故，使人對生存獲得了鼓舞，不至於喪失了應有的希望與憧憬。在這裏，應該看出我們的青年作者們是如何憑藉著一顆顆光明熾烈的心，在照臨和溫暖向他們視野所及那麼一個個黑暗冰冷的角落。

小說集《市聲‧淚影‧微笑》，作者十七人，包括秦西寧[21]、黎文[22]、甘莎、鄭辛雄、雙火[23]、寧珠、秋適、呂達、徐亮[24]、黃夏、牛琦[25]、韋凡、田咩、沈思、谷旭、藝莎、黃辛。大部分是散文集裏的作者。

《市聲・淚影・微笑》書影
《海歌・夜語・情思》書影

　　全書二百二十五頁，共收短篇小說二十六篇。這些小說的背景差不多都在都市（實際就是香港），題材是側重於社會的某一面的現象，可以說是具有深刻的現實意義的作品。在這一點上，它和上述的散文創作集在意味上有相同的地方。然而它比前者卻更明顯地隱含著申訴和控訴的情緒。

　　同樣為這本小說集寫〈後記〉的吳其敏先生，對這本集子的內容有這樣的評語：

　　　　可以說，我非常喜愛青年朋友們的作品，特別是好些對當前廣闊的現實生活有較多的體驗閱歷的青年人，他們用樸質的、真實的表現方法來描寫他們的所聞所見，所感所受，常常叫我看到他們一顆赤熱的心，躍然紙上。他們有時也許僅僅是一個「悲天憫人」的旁觀者，有時則是以身受者的身份，憤慨激昂地站出來作了不容保留的控訴。總之通過他們正直的筆尖，往往有意無意地在我們眼前展開了現實社會一隅中一幅幅血淚淋漓的圖畫。

　　　　這一冊短篇小說集，最基本，也是最共通的一點精神，正是保持了上述所提到的那麼一點可愛的特色。

這是六〇年代香港文藝工作者一點可記憶的業績。還有應該提及的，是對這一群作者的工作給予出版上的支持的萬里書店。

注 ────────────────────────────

1　舒巷城等：《海歌・夜語・情思：青年散文創作集》。香港：香港萬里書店，1962 年。

2　秦西寧等：《市聲・淚影・微笑：青年短篇小說創作集》。香港：香港萬里書店，1961 年。

3　舒巷城（1921-1999），原名王深泉，廣東惠陽人，作家，抗戰時期在中國內地輾轉流亡，戰後回到香港，先後任職於不同機構，業餘從事寫作，曾參加美國愛荷華大學「國際寫作計劃」。近年花千樹出版有限公司陸續出版其著作，包括《鯉魚門的霧》、《太陽下山了》等。

4　呂達即李陽，作家、編輯，筆名呂達、徐冀，曾主編《茶點》，協助吳其敏編《新語》，協助源克平編《文藝世紀》，曾任職於萬葉出版社，五十年代開始創作，曾於《文匯報・文藝》發表作品，作品有《海與微波》、《黑夜與黎明》等。

5　谷旭即林真（1931-2014），原名李國柱，玄學家，五十至八十年代曾於《文匯報・文藝》、《青年樂園》、《海洋文藝》等刊物發表作品，八十年代曾主編《文學家》雙月刊。著有《林真說書》等。

6　韋凡即楊祖坤（1943-），曾任《大公報》總編輯，五六十年代曾於《文匯報・文藝》、《青年樂園》等刊物發表作品。

7　鄭辛雄（1930-2011），作家，筆名海辛、范劍，四十年代來香港，曾入讀南方學院，從事不同行業，「鑪峰雅集」早期創辦人之一。作品有《遠方的客人》、《塘西三代名花》等。

8　陸如藍即陳琪，於 1959 年創辦萬里書店，後更名為萬里機構出版有限公司。

9　羅漫即羅琅（1931-），又名羅隼，廣東人，作家，筆名有羅漫、羅烺、

林琅等，五十年代開始為報章雜誌寫作，曾任出版社發行主任及編輯，1959年開始組織「鑪峰雅集」，作品有《雨葉集》、《北窗夜鈔》、《香港文化腳印》等。

10 藝莎即譚秀牧（1933-），廣東開平人，作家、畫家，四十年代來香港，曾主編《南洋文藝》月刊，曾任《華僑日報》編輯，主編《香港年鑑》，作品有《明朗的早晨》、《金色的旅程》、《譚秀牧散文小說選集》等。

11 甘莎即張君默（1939-），廣東人，原名張景雲，作家，筆名有張君默、張柳涯，四十年代來香港，曾任《知識》半月刊編輯，《明報》記者、編輯等，作品有《江湖客》、《青春的插曲》、《遙遠的星宿》等。

12 秋適，原名麥秋適，五六十年代曾於《文匯報·文藝》發表作品，作品有《月球旅行記》等。

13 寧珠，原名林愛蓮，五六十年代曾於《文匯報·文藝》發表作品。據羅琅先生口述（2018 年 8 月 16 日），寧珠曾任上海書局編輯。

14 黃夏，原名黃瑞夏，曾於《茶點》發表作品。據羅琅先生口述（2018 年 8 月 16 日），黃夏曾任職於電影界。

15 田咩，原名放揚，曾於《兒童報》發表作品。作品有《人怎樣才算美》等。

16 沈思，原名鄧仲文，曾於四十年代來港就讀於達德學院，後於《鑪峰文藝》發表作品。據羅琅先生口述（2018 年 8 月 16 日），沈思曾任職於上海書局。

17 據羅琅先生口述（2018 年 8 月 16 日），黃辛曾任職於電影界、報館。

18 柯遼莎即王方，原名王智濃，作家、編輯，筆名有蕭藍、東方亮、東方強、王亮、柯遼沙、顏如玉、柳如眉等，畢業於廣州華南文學藝術學院，五十年代來香港任《大公報》副刊編輯，並於《大公報·小說林》發表作品，其後曾任《新晚報》、《東方日報》、《成報》編輯。

19 思敏即李祖澤（1933-），廣東東莞人，作家、編輯，1952 年加入三聯書店，任店員、編輯主任，後為聯合出版（集團）有限公司董事長兼總經理。現任世界中文報業協會主席、香港報業公會主席、中國出版工作者協會副主席。

20 昌文即朱昌文，五六十年代曾於《文匯報·文藝》發表作品。據羅琅先生口述（2018 年 8 月 16 日），昌文曾任職於《大公報》。

21 秦西寧即舒巷城。

22　黎文，原名伍國才，曾於《文匯報·文藝》、《海洋文藝》發表作品。據羅琅先生口述（2018 年 8 月 16 日），黎文曾任教師。

23　雙火，曾於《文匯報·文藝》發表作品。

24　徐亮，原名鄧仲燊，曾於《文匯報·文藝》、《文藝世紀》、《茶點》發表作品。作品有《十年》。據羅琅先生口述（2018 年 8 月 16 日），徐亮曾任職於電影界。

25　牛琦即歐陽芄（1932-），曾於《文匯報·文藝》、《文藝世紀》發表作品。作品有《海畔集》、《螢火篇》、《海歌集》等。

記《五十人集》

本文原刊《大公報·大公園》，1979年11月30日，頁11。其後收入《向水屋筆語》。

在六〇年代香港文藝界中人盛行出版「合集」的風氣中，還有一本不能不提及的《五十人集》。[1] 這是集合五十位作者的文章印成一冊的書。像這樣規模的「合集」，不但香港不曾有過，似乎國內也不曾有過，——除了像三〇年代生活書店出版的《我與文學》[2] 那樣把許多作家的自述文章輯印成書，以及像什麼文藝年鑑那樣把某個作家某一年中最好的作品選印成書。但是《五十人集》在性質上卻是不同的。

《五十人集》並不是什麼選集。它只是一本散文。由每個作者拿出一篇自己的文章加入，湊合成書。作者裏面包括小說家、詩人、散文家、畫家、書畫家、文藝理論家、新聞工作者、教授、攝影家、漫畫家、演員。⋯⋯他們是王季友[3]、史復[4]、史民[5]、任真漢[6]、西河柳[7]、朱省齋[8]、阮朗、呂韋[9]、吳其敏、吳雙翼[10]、何達[11]、李凡夫[12]、李元龍[13]、李怡[14]、李陽、李仁[15]、阿甲[16]、林靄民[17]、林檎[18]、易人[19]、南楓[20]、侶倫、高伯雨[21]、高旅[22]、高陽[23]、夏炎冰、夏果、夏易[24]、秦西寧、張千帆、曹聚仁[25]、梁羽生[26]、陳君葆[27]、陳迹[28]、陳實[29]、紫莉[30]、童華信[31]、馮時熙[32]、寒冰[33]、黃般若[34]、黃蒙田、黃兆均[35]、黃墅[36]、黃夏、無涯[37]、葉靈鳳、寧珠、樓上客[38]、鄭辛雄、羅漫。

由於五十人所寫的文章內容不同，編者按照它們的題材性質分門別類地歸納為幾個項目。第一輯是「詩和詩人」，第二輯是「畫和畫家」，第三輯是「海外風光」，第四輯是「掌故與藝術」，第五輯是「小品散文」，第六輯是「隨筆雜記」，第七輯是「生活素描」。

《五十人集》用道林紙印刷，三百三十六頁，硬紙精裝，粉藍色書面，書名燙金，三育圖書文具公司出版。那是一九六一年七月。

也許因為《五十人集》的體裁新穎和內容的豐富多樣，勝於一本個人專集或是一本文藝刊物，這一特色引讀者興趣，所以出版後受到歡迎，銷路不錯。這使得出版人感到了鼓舞，要求《五十人集》的主幹人再行集稿，再出一本；這就是一九六二年一月面世的《五十又集》。[39]

《五十又集》全書三百三十八頁。是平裝本，由詩人兼畫家夏果設計裝幀，

比《五十人集》要漂亮。這本集子的作者大半是前一本的作者，另一半是新加入五十人行列的。他們是：山戔一[40]、包有魚[41]、史得[42]、旦明[43]、任遜[44]、沂新帆[45]、辛文芷[46]、李宗瀛[47]、李惠英[48]、芒夫[49]、阿黃名名[50]、周然[51]、林下風[52]、金侃[53]、柳岸、耶戈[54]、若望[55]、徐冀[56]、茗堂[57]、梁半園[58]、陳思[59]、黃信今[60]、葉林豐、趙一山[61]、劉戀[62]、鄭強[63]、盧敦[64]、盧野橋[65]、澹生[66]、穆齋[67]、餘翁。[68]

　　編輯方法也如《五十人集》一樣，把五十個作者的文章按內容的性質分別歸納為五個項目：㈠「歷史・掌故・文物」，㈡「山水・風土・人情」，㈢「詩畫・書籍・文玩」，㈣「花木・鳥獸・昆蟲」，㈤「戲劇・生活・其他」。

　　葉靈鳳為這本集子寫了〈後記〉，裏面有這樣的話：

　　　　《五十又集》的體裁，自然也與《五十人集》差不多，但是內容方面，在我匆匆的翻閱了一遍所得的印象，覺得有了不少新的特點。第一是此五十人並非全是彼五十人，有不少是新的參加者，使得本書的讀者獲得不少新的朋友；其次是本書的第二輯：山水、風土、人情那一部分，有許多是僑居海

外的朋友的作品。印尼、緬甸、馬來亞、新加坡、甚至一向被我們忽略了的
澳門，在這一輯裏都成了被描寫的題材或是題材的背景；此外還有幾位最近
有機會出門去作壯遊的朋友，他們所寫的遊記也包括在這一輯之內。……

事實上，集合五十人（實際不止五十人）的作品印一本書，是並不容易的
事，而這一群人有著各自不同的工作，不同的生活圈子；互相之間也並不全部相
識，但是大家卻能夠欣然地拿出作品來成全這件工作，先後出版了兩本合集，意
義很不尋常；僅是這一點，已足夠在六〇年代香港文藝界的活動史上寫下一頁。

注 ──────────────────────

1　王季友等合著：《五十人集》。香港：三育圖書文具公司，1961 年。

2　鄭振鐸、傅東華編：《我與文學：文學一周年紀念特輯》。上海：生活書
店，1934 年。

3　王季友（1910-1979），原名王桂友，廣西人，作家，筆名有宋玉、酩酊
兵丁等，1937 年來香港，於《探海燈》發表作品，後回到內地，抗戰後再來
港，於報章雜誌發表作品，作品有《塘西金粉》等。

4　史復即羅孚。

5　史民，曾於《閱卷》發表作品，作品有《鳥聲蟲語》等。

6　任真漢（1907-1993），畫家、作家，曾於《文藝世紀》、《海洋文藝》、
《七十年代》發表作品，以筆名「忽菴」於報章上寫連載歷史小說，作品有
《西太后》等。

7　西河柳即舒巷城。

8　朱省齋（1901-1970），作家、書畫鑑賞家，曾於抗戰期間主辦《古今》，
四十年代來香港，為《星島日報·星座》作者。

9　此處疑誤記，呂韋應為呂章。據羅琅先生口述（2018 年 8 月 16 日），呂

章曾任職於《大公報》。

10　吳雙翼（1929-），廣東人，作家、編輯，筆名吳羊璧，1948年來香港，長期任職副刊編輯，曾於《大公報》、《文匯報》、《文藝世紀》、《海洋文藝》、《鄉土》、《鱸峰文藝》發表作品，曾與友人合辦《伴侶》、《書譜》等，作品有《一秒‧一年‧一生》、《頂嘴》、《王老五之戀》、《龍蛇馬羊》、《書法長河》等。

11　何達（1915-1994），原名何孝達，福建閩侯人，詩人，筆名有洛美、尚京、何思玟、夏尚早、葉千山、陶最、陶融、邵俞、夏早、林願、黎望、林千峰、凌紫韻、舒克、時中再、歐陽洛等，三十年代開始創作，四十年代曾就讀西南聯大，四十年代末來香港，在《文匯報》、《新晚報》、《文藝世紀》、《伴侶》、《海洋文藝》發表作品，作品有《我們開會》、《出發》、《洛美十友詩選》、《又綠集》等。

12　李凡夫（1906-1968），原名李和，漫畫家，曾於1925年參加「赤社美術研究會」，1928年與漫畫家葉因泉共同創辦「廣州漫畫社」，合作長篇連環漫畫《阿老大》，1933年李凡夫把阿老大改名為何老大，創作長篇連環漫畫《何老大》。四十年代後期來香港，五十年代與鄭家鎮等創辦《漫畫世界》。

13　李元龍，作品有《京劇瑣話》。據羅琅先生口述（2018年8月16日），李元龍曾任職於電影界。

14　李怡（1936-2022），原名李秉堯，廣東新會人，作家，四十年代後期來香港，任職於上海書局編輯部，五十年代投稿到羅孚主編的《文匯報‧文藝》，曾主編《伴侶》與《文藝伴侶》，任《七十年代》（後改名《九十年代》）總編輯，曾主持電台《一分鐘閱讀》節目。

15　李仁，曾於《文藝世紀》發表作品。

16　阿甲即陳凡（1915-1997），廣東三水人，作家、報人，筆名周為、阿甲、徐克弱。四十年代初於加入《大公報》，曾任職記者、副總編輯等，曾與金庸和梁羽生合寫「三劍樓隨筆」專欄，用「百劍堂主」筆名寫武俠小說《風虎雲龍傳》，作品有《往日集》、《抒情小品》、《燈邊雜筆》等。

17　林靄民（1906-1964），湖坑鄉洪坑人，報人，曾任《星島日報》、《星島晚報》、《正午報》等報章社長。

18　林檎，也作林擒，原名林世忠。作家、漫畫家，曾於《星島日報‧星座》、《中國學生周報》、《文藝世紀》、《新晚報‧星海》發表作品。作品有《人海傳奇》、《心連心》、《柱杖遊江南》等。

19 易人，曾於《中國學生周報》發表作品。

20 南楓，作品有《祖國萬里行》。

21 高伯雨（1906-1992），原名秉蔭，又名貞白，廣東澄海人，掌故家、畫家，筆名有林熙、秦仲龢、溫大雅等，生於香港，曾赴英國進修，抗戰時期逃難到香港，曾主編報章副刊，為報刊雜誌寫專欄文章，曾於《大成》、《文藝世紀》、《熱風》、《信報》等報刊發表作品。六十年代創辦《大華》半月刊，作品有《聽雨樓隨筆》、《聽雨樓雜筆》、《聽雨樓叢談》等。

22 高旅（1918-1997），原名邵慎之，江蘇常熟人，作家、記者、編輯，筆名有符崇離、酒家、佳天、大聲公、上海佬、黎民等，抗戰後來港加入《文匯報》工作，曾於《大公報》、《晶報》、《華僑日報》、《東方日報》、《天天日報》等報刊發表作品。作品有《困》、《補鞋匠傳奇》、《彩鳳》、《深宵艷遇記》、《杜秋娘》、《山東響馬傳》、《高旅雜文》等。

23 據羅孚先生口述（1994 年 11 月 5 日），高陽是周榆瑞的筆名。周榆瑞（1917-1980），福建閩侯人，作家，曾任職於英國新聞處、美國新聞處，四十年代末期來香港，任職於《大公報》，1952 年調回北京，1957 年來香港任職於《大公報》，其後往英國，六十年代曾任台灣《聯合報》駐倫敦特派員。作品有署名「宋喬」的《侍衛官日記》。

24 夏易（1922-1999），原名陳絢文，廣東新會人，作家，抗戰時就讀於西南聯大，其後就讀於清華大學，畢業回港從事教育工作，曾於《新晚報》、《文匯報·文藝》、《文藝世紀》、《青年樂園》、《海洋文藝》。作品有《香港小姐日記》、《決不演悲劇》、《橙色的誘惑》等。

25 曹聚仁（1900-1972），記者、作家、學者，抗日戰爭期間曾任戰地記者，1950 年來港，任《星島日報》編輯，又任新加坡《南洋商報》駐港特約記者，1956 年後多次以《南洋商報》特派員名義訪問中國，1959 年後與林靄民合辦《循環日報》、《循環午報》、《循環晚報》（後合併為《正午報》）。作品有《酒店》、《採訪外記》、《北行小語》等。

26 梁羽生（1924-2009），原名陳文統，作家，以新派武俠小說聞名，1949 年來香港，曾任職於《大公報》及《新晚報》。作品有《龍虎鬥京華》、《雲海玉弓緣》、《白髮魔女傳》等。

27 陳君葆（1898-1982），作家、學者、藏書家，三十年代起任職於香港大學中文學院，歷任馮平山圖書館館長、中文學院教授，於日據時期妥善保存珍貴書籍及香港政府檔案。作品有《水雲樓詩草》、《陳君葆文集》、《陳君葆詩文集》、《陳君葆日記全集》（謝榮滾主編）等。

28　陳迹（1918-2004），廣東南海人，攝影家、畫家，筆名有阿跡、魯丁、小丁等，曾習畫於香港詠青畫院，加入全國木刻協會香港分會，抗戰期間任《大公報》戰地特派員，赴中國內地採訪。戰後經越南等地返港，曾任《長城畫報》攝影記者、《循環日報》攝影主任、《大公報》及《新晚報》記者和編輯，主編《良夜》周刊等，作品有《香港記錄（1950's-1980's）——陳迹攝影集》。

29　陳實（1921-2013），廣東海豐人，作家、翻譯家，二次大戰時先後在桂林及昆明英軍服務團任翻譯員，1945年來香港，1947年參與創辦人間書屋，此後一直在港從事新聞及翻譯工作。曾於《華僑日報》、《文匯報》、《大公報》、《星島日報》、《中國詩壇》、《文藝世紀》發表作品，作品有《陳實詩文卷》、《聶魯達詩選》、《拉丁美洲散文詩選》等。

30　陳智德編：《三四〇年代香港新詩論集》，頁 210-220〈作者傳略〉提到：

「江河，筆名紫莉、金力、魯柏等，原籍福建永定。三四〇年代在港先後任職於廣告公司及電影機構，曾任《藝林》雜誌編輯，……戰後任職於香港《華僑日報》，八三年移居加拿大。」

31　據羅孚先生口述（1994年11月5日），童華信是鄭家鎮的筆名。

32　馮時熙，曾於《文藝世紀》發表作品。據羅琅先生口述（2018年8月16日），馮時熙曾任職於中新社。

33　寒冰，曾於《立報》、《茶點》、《中國學生周報》發表作品。

34　黃般若（1901-1968），原名鑑波，畫家，參與組織「癸亥合作畫社」，1924年「癸亥合作畫社」擴大為「廣東國畫研究會」，同年來到香港，設立「廣東國畫研究會香港分會」，並任《探海燈》三日刊編輯。1926年離港北上，1927年回港任職於香港官立漢文中學，香港淪陷後返回廣州。1948年來港定居，曾多次舉辦畫展。

35　黃兆均（1920-2011），廣東順德人，作家、報人，筆名有無牌議員、無忌等，抗戰期間加入《廣西日報》，從事採訪、翻譯工作，1948年回港加入《大公報》，1950年任《新晚報》採訪主任，曾於《大公報》、《新晚報》發表作品。六十年代到英文《東方月刊》工作，後歷任《大公報》英文版經理、副總編輯。

36　黃墅（?-1982），曾任職娛樂記者，後任職於廣告公司。曾於《新生晚報》發表作品。

參考本書下冊〈生命的勇士——悼念黃墅〉，頁 646。

37　無涯即陸無涯（1912-1984），廣東鶴山人，畫家，抗戰期間在內地輾轉流亡，戰後來香港，參與「人間畫會」、「庚子畫會」，曾協助吳其敏主編《鄉土》，主編《娛樂畫報》，任《新晚報》美術主編。作品有《風雨集》、《中國山水紀遊畫集》等。

38　樓上客，曾於《文藝世紀》發表作品。

39　山戔一等合著：《五十又集》。香港：三育圖書文具公司，1962年。

40　山戔一，曾於《文藝世紀》發表作品。

41　據羅孚先生口述（1994年11月5日），包有魚是鮑立初的筆名。鮑立初，報人，曾任《大公報》承印人。

42　史得即高雄（1918-1981），原名高德雄，作家，筆名有三蘇、吳起、經紀拉、小生姓高等，1944年來香港，長期為多份報章寫稿，曾任《新生晚報》副刊編輯，作品有《經紀日記》、《香港二十年目睹怪現狀》及《三蘇怪論選》等。

43　旦明，曾於《文藝世紀》發表作品。

44　據羅孚先生口述（1994年11月5日），任遜是任真漢的筆名。

45　沂新帆即張千帆。

參考本書下冊〈漫話作者簽名本〉，頁539。

46　辛文芷即羅孚，據稱諧音「新聞紙」。

47　李宗瀛，報人，任職於《大公報》，作品有《東北行》（與劉士偉、廖冰兄合著）。

48　李惠英，曾於《文藝世紀》、《新晚報》發表作品。作品有《李惠英通訊集》、《別了，二十世紀》、《難忘的旅程》、《九個女性及其他》等。

參考本書下冊〈藝壇俯拾錄（十六）〉，頁657。

49　芒夫，生平不詳。

50　阿黃名名，曾於《文藝世紀》、《新晚報》發表作品。

霜崖：〈讀《五十又集》〉，刊《新晚報》，頁6。其中提到：

「聽說是用中文寫作的一位緬甸作家，所以名字才這麼怪：阿黃名名。」

51　周然（1915-2008），原名查良景，又名田魯，浙江海寧人，作家、編劇，三十年代參與創辦「嘉定青年文化促進會」，曾任鑄民中學校長，抗戰後赴上海加入上海電影劇本創作所，開始創作電影劇本。五十年代來香港，任長城電影製片公司編導室主任。作品有《女子公寓》、《眼兒媚》、《雪地情仇》、《樑上君子》等。

52　林下風即侶倫。

53　金侃，生平不詳。

54　耶戈，旅居印尼，曾於《文藝世紀》發表作品。

55　據羅孚先生口述（1994 年 11 月 5 日），若望是黃兆均的筆名。

56　徐冀即李陽。

57　茗堂，生平不詳。

58　梁半園，曾於《文藝世紀》發表作品。

據羅琅先生口述（2018 年 8 月 16 日），梁半園曾任職於報館。

59　陳思即曹聚仁。

60　黃信今即吳康民（1926- ），廣東人，教育工作者、作家，畢業於廣州中山大學後來香港，於培僑中學任教，1958 年擔任該校校長，1985 年專任校監。七十年代創辦香港教育工作者聯會並任創會會長。作品有《書卷多情》、《遊蹤寄語》、《尋找他鄉的情趣》等。

61　趙一山，電影工作者，曾任演員、導演、監製等，與妻子劉戀於 1956 年創辦華文影片公司，拍攝風光紀錄片與戲曲片，作品有《西廂記》、《火燒臨江樓》、《齊魯英豪》等。

62　劉戀（1923-2009），山東人，電影工作者，抗戰時期參與業餘劇團到各地演出，來到香港參與拍攝《孤島天堂》、《歌女紅牡丹》等電影，後加入香港龍馬影片公司、香港長城電影公司等機構任演員，曾主演《江湖兒女》、《一家春》、《姊妹曲》等電影，與丈夫趙一山於 1956 年創辦華文影片公司。

63　鄭強，生平不詳。

64　參考本書上冊〈詩刊物和話劇團〉，頁 36。

65　盧野橋，曾任《文藝世紀》督印人。

66　澹生即葉苗秀。

參考本書上冊〈買書‧讀書‧漫話〉，256。

67　穆齋，生平不詳。

68　餘翁即包天笑（1876-1973），原名包公毅，江蘇吳縣人，作家、翻譯家，曾發行《勵學譯編》，後移居上海，曾主編《小說時報》、《婦女時報》、《小說畫報》等，晚年移居香港，作品有《梅花落》、《迦因小傳》、《釧影樓回憶錄》、《衣食住行的百年變遷》等。

寂寞地來去的人

本文原刊《大公報‧大公園》，1979 年 12 月 7 日，頁 7。其後收入《向水屋筆語》。參考本書上冊〈詩刊物和話劇團〉，頁 36；下冊〈香港新文化滋長期瑣憶〉，頁 783。

香港最初出現純粹的新文藝刊物，是在二〇年代末期以至三〇年代初期，像《伴侶》、《鐵馬》、《島上》，都是在差不多的時期先後出版的。其後的《時代風景》、《時代筆語》、《激流》、《詩與木刻》、《今日詩歌》、《紅豆》等的出版，已經是三〇年代中期的事。但是有了刊物不就是新文藝的活動開始的標誌，事實是，在刊物出現之前，香港已經有好些人在靜靜的進行著新文藝的開墾工作了。

由於時代潮流所趨，二〇年代中期，香港的報紙大多數都設有刊登新文藝作品的副刊；使得從事新文藝寫作的人有了立腳點，同時也培養了日漸增加的同一路向的文藝工作者。

那時期，從事文藝工作的人都不可能是專業的；他們都有固定的職業，有些還是仍在唸書的中學生，有些是由內地來的異省青年。他們純粹是基於對新文藝的愛好而執筆。這些人都只是各自努力，除了個別的小部分，大家都不互相認識；因而也沒有什麼團體的組織。只是在一九二八年元旦，當時的《大光報》邀請它的副刊投稿者舉行了一次聯誼性質的聚餐，才使一群互不相識的作者有一次聚首機會。[1] 後來，在幾個較常在《大光報》投稿的志趣相投的青年人中，產生了一個「紅社」；但是只用「紅社」的名義印了些原稿紙，各人要了一份作寫稿用，便沒有什麼有計劃的活動。

在那個沒有組織的「拓荒」時期，在新文藝工作上較為突出的作者，有幾個人是值得提起的。他們是黃天石[2]、謝晨光[3]、龍實秀[4]、張吻冰、岑卓雲、黃谷柳、杜格靈、張稚廬、葉苗秀。⋯⋯他們都是經常地在報紙副刊上或是雜誌上發表作品。

黃天石在新聞界，主持過報紙，也辦過政治刊物；但是卻一貫地致力於文藝寫作。他當日在報紙發表的中篇小說《露惜姑娘》，可說是香港新文藝園地中第一朵鮮花；而他的在受匡出版社出書的《獻心》[5]，也是具有清新氣息的散文集。謝晨光除了在香港報刊寫作之外，同時也在上海的《幻洲》、《戈壁》、《一般》[6] 等雜誌發表作品。他的小說集《貞彌》在受匡出版社[7] 出版，印好之後不知什麼原因卻沒有發行；他的另一本小說集《勝利的悲哀》[8] 是在上海現代書局出版的。

《床頭幽事》書影
《秋之草紙》書影
《深春的落葉》書影

龍實秀也在受匡出版社印出了小說集《深春的落葉》。[9] 杜格靈在廣州金鵲書店
出版過一本文藝短論《秋之草紙》。[10] 張稚廬是香港文藝刊物《伴侶》的主編人；
他的作品都是在《伴侶》發表，他的作風很受沈從文和廢名影響；他在上海光華
書局出版了兩本小說集：《床頭幽事》[11] 和《獻醜之夜》。……[12] 這些都是他們
在香港新文藝工作上收穫到的一點點成績。

　　但是奇怪的現象發生在新文藝在香港已經扎根的時期，事情卻出現了轉折。
特別是在抗日戰爭爆發以後，有部分曾經為新文藝工作致力的作者，卻隨了讀者
「口味」的轉變而轉變：離開了新文藝崗位，換上筆名去寫連載的章回體小說。
傑克（黃天石）以《紅巾誤》[13]，望雲（張吻冰）以《黑俠》[14]，平可（岑卓雲）

以《山長水遠》[15]等單行本，分別為各自的新路向打開了門戶，而且贏得了讀者。

　　這是香港新文藝運動過程上一個小插曲。

　　經過了一場大戰，人事都起了變化了。謝晨光和岑卓雲是最早脫離了文藝工作圈子的兩人。張吻冰、龍實秀、張稚廬、黃谷柳、葉苗秀都已經先後去世。活著的還在寫著，寫著。但是不管一塊土壤長的是什麼花草，開墾人的名字是應該被記起的。不是嗎？[16]

注 ────────────────

1　平可：〈誤闖文壇憶述〉（三）（見《香港文學》第 3 期，1985 年 3 月，頁 97-99）提到：

「那次宴會的來賓是替《大光報》副刊寫稿的作者，人數不多，我大概是最年輕的一個。經過介紹，我認識了仰慕已久的『星河』和『實秀』。更有一個

發現令我興奮，原來『星河』是謝晨光的筆名。（這兩人日後跟我有幾十年的深厚友誼。現在龍實秀已去世多年，謝晨光依然是我最要好的朋友之一。）」

2　黃天石（1899-1983），原名黃鍾傑，廣東番禺人，作家、報人，筆名傑克、黃衫客。曾任廣州《民權報》、《大同報》、香港《大光報》總編輯，《循環日報》、《華字日報》主筆、《珠江日報》董事，馬來西亞大霹靂埠《中華晨報》社長等，1927 年自日本返港，創辦香港新聞學社並任社長，創辦《文學世界》雜誌，任國際筆會香港中國筆會首任主席，並任中國書院院長。作品有《名女人別傳》、《改造太太》、《紅巾誤》、《合歡草》等。

有關黃天石生平參考楊國雄：〈黃天石：擅寫言情小說的報人〉，見《香港戰前報業》，頁 131-153。

3　平可：〈誤闖文壇憶述〉（三）提到：
「我就讀的那家學校有一土庫，裏面有一塊張貼報紙的木板。有一天我發覺板上張貼的報紙中有《大光報》。該報的文藝副刊全部用白話文，有標點符號，編排新穎⋯⋯有兩位作者幾乎每天各有一千字左右的散文在那副刊發表，那兩篇文章用悅目的『花邊』圍著，非常突出。其中一位作者的署名是『星河』，另一位是『實秀』。⋯⋯」

謝晨光，原名謝維硪（據《陳君葆日記》，唯其中也有寫作維楚）。中學就讀於香港英皇書院。1910 年代開始在香港《大光報》、《大同日報》、《伴侶》雜誌發表作品。1929 年與侶倫等組織島上社，出版《鐵馬》、《島上》雜誌，作品也在上海《現代小說》、《幻洲》發表。

4　龍實秀，任《工商日報》編輯，曾於《墨花》、《大光報》發表作品。

5　黃天石：《獻心》。香港：受匡出版部，1928 年。

6　《一般》雜誌，1926 年 9 月至 1929 年底出版，由豐子愷、朱光潛、陳望道等創辦，夏丏尊主編。

7　吳灞陵：〈香港的文藝〉（見《墨花》第 5 期，1928 年 10 月，收入鄭樹森、黃繼持、盧瑋鑾合編：《早期香港新文學資料選（一九二七──一九四一年）》〔香港：天地圖書有限公司，1998 年，頁 6-10〕）提到：

「近來已經有了一個出版機關，但也不是純粹香港的，是『港粵』的，這，就是受匡出版部了。她所出版的書籍，關於文藝的，香港方面的作者做的，已有幾部，像黃天石的《獻心》，龍實秀的《深春的落葉》，鄭天健，謝晨光（書在印刷中）等。」

8　謝晨光：《勝利的悲哀》。上海：現代書局，1929 年。

9   龍實秀：《深春的落葉》。香港：受匪出版部，1928 年。

10   杜格靈：《秋之草紙》。廣州：金鵲書店，1930 年。

11   張稚子：《床頭幽事》。上海：大光書局，1935 年，第 4 版。

12   張稚子：《獻醜之夜》。上海：大光書局，1935 年，第 3 版。

13   傑克：《紅巾誤》。香港：香港復興出版社，1939 年。

14   望雲：《黑俠上集》。香港：香港梁國英書報局，1940 年。

     望雲：《黑俠下集》。香港：香港美美公司，1940 年。

15   平可：《山長水遠》。香港：工商日報營業部，1941 年。

16   本文提到的刊物和人物，可參考本書下冊〈香港新文化滋長期瑣憶〉，
     頁 783。

思想的漫步

本文原刊《大公報・大公園》，1979 年 12 月 14 日，頁 7。

　　在長久擱筆之後，這一帙〈筆語〉的小文章，一寫竟然跨了三個年份，是完全出乎自己意料的事。原始是由於經不起編輯先生的好意鼓勵而提起筆來。卻也不準備寫這麼長的日子。雖然每星期只是短短一篇，但在我也不是完全不感到吃力的。職業上的工作只容許我晚上才有自己的時間，而這點時間還得分出來去應付一些生活瑣事，剩下來的不會很多。使我感到苦處的更是我的寫作習慣：筆尖進行的緩慢。寫文章從來不打稿，每一段每一行，都在思索好了才著筆。說來你不會相信，稍長的文章我往往會花上兩個晚上才完事。為著完成一篇文章，我通常在晚上只睡三四個鐘頭。（夏易女士為此吃驚，一次聽我說起的時候。）

　　但是我寫出了什麼呢？由於開始動筆時沒有計劃性，因此性質上沒有範圍，隨意所之，漫無目的。回顧起來，半點意思都沒有。

　　一年又將盡了，我應該繼續寫下去嗎？我在考慮著。

　　我曾經寫過幾本無聊作品，其中有一兩本似乎給讀者留下較著跡的印象。這使我感到慚愧！我明白，並非因為作品本身有什麼特別的地方，而是由於我和讀者之間，可能有著偶然溝通的感情。

　　叫人讀了流淚的作品未必就是好作品，而我寫的時候也沒有這樣的意圖。我記得若干年前，有過幾個天真的女同學憑人介紹來訪我。她們想從我方面知道：我的某一篇小說內涵的是什麼意義；好讓她們在讀書會裏討論時有所根據。這種盛意使我非常感動。但抱歉的是我不能滿足她們的願望。我承認我的作品是沒有什麼「意義」的（至少是在我寫那些作品的時候）；也許讀者會從中感受著一點什麼東西，那也是我把作品寫出後的事，卻不是我著筆之前的原始動機。我在一本小說集的序文中說過，我是為了一種興致，一種感念，甚至為了忘記某種痛苦，因而企圖從筆墨中去滿足個人感情的適意，所以提起筆來，此外沒有其他目的。別人怎麼看法是別人的事，我只是對自己的情感盡傳達的義務而已！

　　一個作者只要他還在活著，都應該是在學習中。我的筆所能達到的，僅限於

表現而不是說教。我覺得，說教是理論家的責任；文藝工作者的義務，是在於把自己對事物的觀感，用藝術手段忠實地反映出來。自然，這反映還得通過本身的思想、社會觀以及世界觀。判斷這反映之正確與否，是批評家的事；作家呢，應該有其站在嚴正立場去選擇反映角度或反映方法的自由的。而這種選擇，卻是取決於作家生活圈子的大小，和生活經驗的深淺而有不同的歸趨。

　　由於我的創作態度是以個人的感念出發：感觸到什麼就寫什麼；因此常常在同一個時期內，我會寫出風格不同的小說。在這情形下，假如斷章取義地，拿作品寫出的時期作為衡量作者思想的根據，即使不致錯誤，也不能算是準確的事。

　　我不否認我有著濃重的感情氣質，但是我卻否認我是別人想像的那樣一個感傷主義者。我有我的信仰、我的態度和對一般事物的觀點。

　　我生活在都市，我只能寫出我的生活範圍內所能接觸到的 ── 也就是耳目所能接觸到的事物。但是即使在這一點上，我的筆所能活動的圈子也太狹窄，而且也太浮面。不過，「感觸到什麼就寫什麼」是我一向的創作態度；也許這態度不一定對，但沒有辦法的是：人事和環境都決定了我：只能為生活去寫作，而不能為寫作去生活！

聖誕卡及其他

本文原刊《大公報・大公園》，1979年 12 月 21 日，頁 7。

　　書店或是文房店裏擠滿了人，有男有女，——多的是女學生；都像花叢中採蜜的蜂群一樣，在色彩繽紛、令人眼花撩亂的場面裏穿來穿去。他（她）們並不是買書，而是採購聖誕卡片。在這些人中，我也佔了一分子。但我可不是採購準備寄給別人的聖誕卡片，卻是「找尋」滿足我自己需要的聖誕卡片。

　　許多年來，我便有著蒐集聖誕卡片的癖好，但是並非凡是聖誕卡片都留起來，而是限於具有聖誕意味的一種；也就是最能夠喚起聖誕感覺的，富有聖誕色彩的；這方面最具體的表現，便是印在卡片上面的畫圖，尤其是那些描繪過去世紀的聖誕景象的古典畫圖。——漫天風雪的路上，一輛四輪馬車滿載著穿紅著綠的男女旅客，冒著風雪飛馳，趕著回家去度節；行李衣箱縛在車頂上，一個車伕站立在揚鞭的御者後面吹小喇叭。或是，明月當空，大地上皚皚白雪，一群穿了臃腫寒衣的人，疏落地走在雪路上，向遙遠的前頭一座教堂走去。或是，寂靜的街頭，幾個裹著大衣的男女，照例還有一個戴了雪帽的小孩子，一同站在一支路燈下面，捧住歌譜在唱讚美詩；不遠的背景是一座樓房，門上掛著一隻花環，窗口露出一棵聖誕樹；或是，在一間店舖的門口，魚貫地走出一家大小，各人的手上捧著紮上絲帶的禮物包裹，高高興興地走向停在卵石路上的一輛馬車。……這些充滿人情、風俗、節日情趣的描繪，在我看來，都是富有詩情畫意的藝術品。而我喜歡蒐集的正是這一類聖誕卡片。有些把過去畫家的名作複印在上面的卡片，更加名貴；而這類聖誕卡是較難碰上的。

　　在二次大戰前，聖誕卡一般都是像上述那種以聖誕為主題的形式；大戰以後卻逐漸淘汰，大多數都捨棄了舊日的風格而換上新事物為題材的設計。隨了聖誕節慶祝內容的現代化，聖誕卡也變得現代了。這就是我在書店或文房店裏所以要「找尋」目的物的原因。

　　說起有關聖誕的風俗畫，我不期然記起一本書。描寫聖誕節情趣的文學作品，恐怕沒有比十九世紀美國作家華盛頓・歐文的 *The Old English Christmas*[1]（此書似乎未有過中文譯本）更引人入勝。這本書是敘述古老的英國社會，在聖誕期間的過節習俗，充滿了歡樂氣氛。我手頭存有這本書的豪華本。硬面，毛

邊的書頁，一百二十三頁；是本世紀初英國一家書店出版的。書的內容共有五章：驛車；聖誕節；聖誕前夕；聖誕節日；聖誕節晚餐。文章是作為一個旅遊者的身份寫的，筆調親切動人。但是這本書最珍貴的地方卻是它的插畫。十六幅出自名插畫家手筆的彩色製作，每一幅分別貼在一張灰色的厚紙上面，分別釘裝在書頁中間。十分精緻。

抽開過於濃厚的宗教色彩，聖誕可說是美麗的同時是藝術性的節日；至少在音樂方面，每年只聽到一次的讚美詩和頌歌，往往會把人的精神推向崇高、淨化的境界。這是一種享受。

我欣賞聖誕，但我可不是宗教徒！

The Old English Christmas 的插圖

注 ————————————————————

1　*The Old English Christmas*，倫敦：T. N. Foulis，出版年份不詳。T. N. Foulis 於 1904 年創立，是書出版應在是年之後。

據本書下冊頁 673〈聖誕節的欣賞〉一文，作者稱此書出版於 1905 年。

第三章

1980年

一張照片的聯想

本文原刊《大公報·大公園》，1980年1月4日，頁7。

很意外地，我接到平日少有機會見面的朋友黃墅的一封信，並且附有幾張照片。真是說不出的歡喜！

照片中有一張是彩色的三人合照。這三人是徐遲、劉火子和馬國亮[1]，都是舊朋友。照片背面有黃墅寫上的說明：

> 一九七九年六月，與徐遲、火子、國亮諸兄同遊上海豫園，為攝合照。

照片是送給我「存念」的。凡屬於「存念」的東西都是珍貴的東西，而這張照片對於我卻具有更大的意義。在經過過去的十年浩劫，內地文化界朋友們還能夠在苦難中生存下來；而且依然一樣壯健，容光煥發（我第一次感到彩色攝影功能的價值）；這顯然是與生活上重見天日，心情開朗有關係。這是最值得慶幸的事。在過去好些年中，我幾次北上旅行，只在上海見到劉火子，卻沒有機會見到徐遲和馬國亮。在那「期間」，是不方便探問──也是無從去探問──朋友消息的。我心裏留下一個缺陷。如今，可喜的是故人無恙，看到照片，卻有著「恍如隔世」之感了。儘管彼此的音信在隔絕中，可是在〈大公園〉版面上，我間中還能讀到馬國亮的「特約稿」，而有機會讀到徐遲的被許多人認為成功之作的報告文學《哥德巴赫猜想》一書，更足夠補償了我的缺陷。

也許為著滿足我的心理，黃墅把徐遲最近寄自武昌的一封信影印了寄給我一讀。看到信裏的一句：「當年我對侶倫的感情很深，如能見到他，乞代為問好。」這話使我很受感動。它讓我知道他沒有忘記舊朋友；同時喚起我對於遙遠舊事的記憶。

徐遲說的「當年」，所指的是三十年代的某一年。那一年秋季，他由上海到香港來居留了兩個多月，同杜格靈住在一起。那是雲咸街一幢樓房裏的一個小房間，杜格靈為他安排了一張床子。徐遲是詩人，到了香港還是不忘寫詩。他在床頭放著一本厚厚的札記簿子，他把它題名《網思想的小魚》，它的用處是隨時把一剎感觸到的東西寫在簿子裏面。在白天，杜格靈上班去了，他如果不到外面去

走，便留在房子裏，打開他的札記簿子，捏了筆桿去「網思想的小魚」。我是在報館做夜班工作，下午有空便常常到他那裏同他聊天：談文學，談上海文壇的人和事。徐遲是從上海來，他多的是這方面的資料。

到了晚上，常常是我們（包括杜格靈在內）的咖啡店時間。徐遲對朋友很熱誠，也很認真。我記得有一次，為著替我解決一個很受困擾的個人問題，他在咖啡店裏同我討論到半夜。

這段難忘的日子的一椿難忘的事，是徐遲忽然生起來的一種奇想：他邀我合作出版一本雜誌。也許由於大家都熱衷於文學而又有著共同的趣味，在他看來這是合作的好條件。我知道事情是難辦的，可是卻願意順承他的意志。於是大家越談越是成熟。他的計劃是，由兩人在上海和香港分頭約稿，他回上海去籌措出版的資金。稿件集好以後，寄到上海由他負責編輯，並且在上海印刷和發行。

徐遲回去上海以後，的確為雜誌的出版籌劃著，但是事情並不如想像的順利。他有過幾次來信，告訴我進行的情形。結果這個理想還是趨向幻滅。

「七七事變」一來，漫天烽火，我和徐遲的聯繫也在這時候隔絕了。

注 ——————————————————

1　馬國亮（1908-2001），廣東順德人，作家、編輯、畫家，曾任職於良友圖書公司，主編《良友》畫報，戰後來香港，其後回中國內地，任上海新文藝出版社編輯，九十年代移民美國，作品有《露露》、《綺羅春夢》、《昨夜之歌》、《良友憶舊》等。

未衰褪的友情

本文原刊《大公報・大公園》，1980年1月11日，頁7。

　　黃墅寄給我的照片，除了前文所說的一張徐遲、劉火子和馬國亮三人合攝的之外，還有幾張同樣引起我的追憶。

　　那都是三十年代中期所攝的照片，我已經沒有保存。由於人事變化太大，主要是經過一場戰爭，許多自己認為值得保存的東西，都在不知道是怎樣的情形下消失了。在事隔多年的今日，根本也忘記了自己曾經攝過這樣的一些照片。如今看到了它們，使我有機會重溫一次舊夢，在腦子裏重新浮現過去的人與事，我不能不感謝使我有這一份意外喜悅的朋友。

　　據黃墅寫給我信說：日前在杜格靈那裏，發見了我和朋友合攝的幾張照片，他把這些照片複印了幾份，分別寄給了在內地的徐遲、劉火子、鷗外鷗諸兄；我也收到一份。

　　杜格靈手上還能夠保存著這些舊照片，實在是意料不到的事！這意義真是太不尋常！在黃墅影印了寄給我看的那封徐遲的來信裏，寫有這樣的話：「這樣的照片還能保存著，可見友情的深厚，我們這裏則什麼照片都沒有，也不可能保存的了，但友情卻未衰褪呵！」

　　複印的照片不比原照片的清晰，卻同樣是值得珍貴的。其中最耀目的一張，是一群人並排地站著的合照。這一群人全是當日文化界的朋友；照片的背景是郊區，有幾個人的頸項都纏了圍巾，頭髮在狂風裏揚起；顯然這是一次寒冷季節的集體旅行。像這樣的「盛事」，在我的記憶中已沒法記得起來了。這一群朋友，如今大部分已經星散或不存在；其中的張吻冰，就是後來用「望雲」筆名寫章回小說的，在大戰後由內地復員回來香港，不多久便短命死去；另一位一直當新聞記者的麥思源[1]，是個脫略不羈、生活作風令人想起蘇曼殊那種性格的人物；朋友間在通信中提起他的時候，曾經以「思源尚在人間」這樣的句子去形容他，可以想像他的為人。大戰結束後，他由內地來了香港，後來又去了東南亞；幾年前，看到東南亞某地一份報紙刊出一則消息，才知道他在當地逝世，並且知道他在當地成為一個有名的「集郵家」。還有一位寫詩的黎學賢，他是個沉默的憂鬱青年，在大戰期間去了美國，幫助在波士頓開店的哥哥工作，太平洋戰爭爆發

後，他便斷絕了消息，並且一直沒有消息。在想像中，他可能在美國對日本宣戰後，以美籍公民的身份被遣調往前線去，而且再也沒有回來了。……我的書架上，保存著他在波士頓時寄給我的一本著名畫家夏登（Chardin）[2]的畫冊，是我對他的唯一的紀念品。

另一張是徐遲、杜格靈和我三人的合照，是半身形式。攝照時是徐遲到香港來住了一段日子的時期，不知道是誰心血來潮，想起到照相館去攝個照片。原來是沒有什麼目的，現在看來卻很有意思。至少是留住了那一段友情的痕跡。

還有一張照片是四個人合照的：杜格靈、麥思源和我之外，便是鷗外鷗。我記得那個時期，鷗外鷗在廣州主編一本詩月刊名叫《詩選手》，二十四開本，薄薄的二十多頁，卻印得很雅致；經常在刊物出版以後，他自己便帶幾本到香港來送給朋友，並且在香港玩幾天。那張四人合照便是他某次到香港來時，在梁國英書店主人開辦的印象照相館攝的。鷗外鷗當年在我們眼中是個「紳士式」詩人，他到香港來時往往穿著筆挺的洋服，結上配合的領帶，手裏握著一罐「吉士」香煙，施施然地在街上漫步。現在，這種型態我想總該改變了罷？

最後提到的一張照片，使我強烈地想起一個人——已故的潘範菴[3]先生。潘範菴比我們一群人的年紀要大，在我的眼中他是一位「長者」，但是他卻顯得那麼年青，高興同一群從事文藝工作的年青人打成一片。我是當他擔任大光報副刊編輯的時候，因為投稿關係和他相識的。後來他成了我們一群人的朋友。當我們有了什麼問題需要研究和解決的時候，他總是參加一份，同我們討論，給我們意見。那張照片攝的，就是那種場面的情景。

潘範菴在他主編的副刊上發表過一個題名《浴場歸來》的長篇小說，出版過一本雜文《飯吾蔬菴隨筆》[4]，在我看來，都是好文章。

注 ─────────────────────────

1　平可:〈誤闖文壇憶述〉（三）（見《香港文學》第 3 期,1985 年 3 月,頁
97-99）提到:

「少年老成型的麥思源是電影迷,每星期看兩三部電影,所有名片都不錯
過。他對電影有敏銳的觀察力,橋段上和演技上的微小特點和破綻他都看
得出來,批評時還拿得出充分理由去支持他的觀點。我們聚談時只要有他在
場,話題就自然而然轉移到電影去。我喜歡聽他發表意見,因為他所說的話
對我很有啟發力。我領悟到影片所用的手法技巧也適用於文藝作品,特別是
小說。麥思源應該是一位出色的小說家,可惜他並不寫小說。」

參考本書下冊〈藝壇俯拾錄（六）〉,頁 573。

2　夏丹（Jean Baptiste Simeon Chardin,1699-1779）,法國畫家。

3　潘範菴,曾於二十至三十年代主編《大光報》編文藝副刊,後任教於培正
中學,曾加入香港華人革新協會,作品有《飯吾蔬菴微言》、《範菴雜文》等。

4　書名應是《飯吾蔬菴微言》。香港:大眾書局,1934 年。

一個舊朋友

本文原刊《大公報・大公園》，1980年1月18日，頁7。

因為寫字樓要搬遷，事前得把文件和書刊之類的東西作一回天翻地覆的撿拾和處理。有些打好包裹長期放在書架不去理會的舊書籍，這一次卻有閒情去解開來看一下。無意中發現了一本用粗糙土紙印刷的戰時在內地出版的殘書。這是舊朋友廖君寫的作品。

記起這個舊朋友的名字，不由得在腦子裏翻起過去生命歷史的一頁。

廖[1]是梅縣人，是詩人侯汝華[2]的同鄉。我和他並不相識，卻是神交已久的朋友。那是抗戰開始之後兩年，我在失業中，開始正式提起筆來從事寫作。就在這個期間，廖離開家鄉來到香港，住在九龍一個親戚家裏。因為大家志趣相同，而且從文章上彼此互相有過認識，很快地我們就成了朋友。

廖在香港沒有人事關係，不能夠找到什麼工作，只好以賣文維持生活。他的生活雖然比我簡單，——身邊只有一個年輕妻子，但是也不比我的日子過得好一點。為了生活可以勉強支持，不願負累別人，他另租房子居住。白天，我們各自在家裏埋頭寫文章；寫得倦了，我就放下了筆出外面去，走過幾條街道去敲他的門。有些時候，便是他微笑著出現在我住所的門檻外面。大家見到了，便最先問著這一天寫了些什麼，寫了多少字數。他是能夠寫得很快、寫得很多的。我的情形恰恰和他相反，常常是筆尖沉滯得有如蝸牛踱步。感受著他的工作精神和魄力的鼓舞，同時也為著見面問起時少些慚愧，我漸漸的也寫得多起來了。

晚上，我們常常一同出外邊散步。在明亮的街燈下，在整齊的草坪旁邊的行人路上，一同打發著一天來精神的疲勞，到了腿子有點倦了，我們習慣是踏進附近的一家咖啡店裏，喝杯咖啡，抽幾支香煙；談著文學或是關於人生之類的話題。到了大家都不願再耽下去，才離開那裏。

回到住處，扭開我書室裏的枱燈，坐在書桌前面，我望著窗外的夜海，一點點的漁火像滾珠似的在海面溜來溜去。我覺得這一夜過得充實而又溫暖。於是我愉快地打開了綠蒂的《冰島漁夫》[3]，或是廖送給我的 C・白朗特的《簡愛自傳》。[4]

在《簡愛自傳》的末頁，還留下我當時寫上的幾句誌語：「一九三九年一月

《中日八年戰爭回顧》書影

二十日寒夜,讀完此書。這時候祖國正在連天烽火之中,我和廖卻在香港九龍城畔,無可奈何地度著隱士一般的生活。」

雖然那隱士一般的生活在時代意義上說來是不調和的;然而對於為了不可擺脫的人事羈絆而陷於無可奈何境界的人,卻不是罪過。想起那時候的香港,許多一面在口頭上說著漂亮動人的言語,一面在行為上過著另一種生活的二重人格的人們,至少在生活嚴肅這一點上,我們並不感到慚愧。我們是這樣互相安慰著,而且安慰著自己。

憑了這一點安慰所帶來的平靜心境,我們沉默地做自己的工作。生活是那麼艱苦而又那麼沉重,但是從工作和友誼中,我們獲得愉快;只要文章寫得多一點,發表得多一點,我們就像耕耘的農夫滿足於自己的收穫一樣滿足著。

記得那是一九四〇年春天,我進了一家電影公司做事,廖也實現了他籌謀了好久的一個計劃,回內地參加抗戰工作。撇下了那一頁苦趣的生活,我們便分手了。

接著來的是個大動亂的年代,我和廖都斷絕了音訊,互相間都不知道彼此的存亡。

抗戰結束後第二年,出乎意料,廖突然來了香港,但只是匆匆會了一面便又離去。在短促的談話中,我知道他在抗戰期間大部分時間是在湖南。他經歷了長沙兩次大會戰。戰後,他留在長沙主持一份報紙。

分別的時候,廖把帶在手頭的一本書送給我,是他在長沙寫成並且在那裏出版的。這就是我這次從包裹中發現的一本殘書。書名是《中日八年戰爭回顧》。[5]

在這本書的扉頁,印上摘自《聖經》句子的題詞:

含淚播種的,

必歡呼收穫!

注 ————————————————————————

1 據文末提及的書名，可查證廖即廖子東。在該書後記中，作者說：「我於一九三七年一月三日來到了香港，在九龍城下一家平房裏，遙望著雲海天影，我過了一堆無光無色的日子，有辛有辣的生涯。……」

廖子東（1909–1993），廣東梅縣興寧人，1927 年畢業於梅縣師範學校。1937 至 1940 年曾在港居住三年。後離港回內地參與抗日，先後任衡陽《湘潮日報》和長沙《國民日報》總編輯。戰後專研學術，於魯迅研究頗有建樹。參考興寧市人民政府〈歷年《興寧年鑑》人物傳略（三）〉，網址：xingning.gov.cn。

2 侯汝華（1910-1938），廣東梅縣人，作家、曾於《紅豆》、《今日詩歌》、《時代風景》、《現代》、《橄欖月刊》等發表作品，參與創辦「七星燈」文學社，與林英強一起創辦《東方詩報》，作品有《單峰駝》、《海上謠》等。

3 Pierre Loti（1850-1923），法國作家。《冰島漁夫》，*Pêcheur d'Islande*，1886 年出版。

4 Charlotte Bronte 著，有李霽野譯本《簡愛自傳》（*Jane Eyre*）。上海：生活書店，1936 年。

5 廖子東：《中日八年戰爭回顧》。廣東：時事日報社，1945 年。

有一部車子的詩人

本文原刊《大公報・大公園》，1980年1月25日，頁7。

　　在平淡生活中，沒有什麼比這樣的事情更感興奮的了：一個長期隔斷了消息的朋友，居然獲得聯繫；彷如高空裏斷了線的風箏，重再給抓住了那根飄浮中的線頭。

　　事前幾天就接到〈大公園〉編者的電話，說是有一位姓譚的[1]打電話找我，並且說出了名字。顯然他是因為看到我的小文章而發現了找尋我的線索。這使我一時間落在茫然的驚喜之中。這是可能的嗎？我這麼想著。暗自計算一下，在我和這朋友之間所隔斷的時間，竟然已經四十年。這是說，自從太平洋戰爭以後，彼此就不曾再會過面了。動亂年代加上戰後人事的變化，時間消逝得有如做夢似的迅速；只有偶然有機會觸動起來，才感到吃驚。

　　不過，儘管是這樣，我一直沒有忘記這個朋友。他的健康的膚色，他的響亮的聲音，講話時帶著笑容的神情，以及改變不了的濃重的鄉音，深深的留在我的記憶裏。他是個不著重儀表整飾的青年，常常愛穿短褲，把襯衣的袖子捲上臂膀，一副勞動者的樣相。事實上他也是個勞動者：我記得他是從事建築行業的。他的儀表正是配合他的工作上的需要。似乎也是基於工作上的需要，他有一部殘舊的開篷小汽車。他常常駕駛他的小汽車到工地去巡視，偶然也開著車子去看望朋友。這在三十年代香港文藝工作者的生活上是很稀罕的事。我最記得的是，他的這部「半殘廢」的小汽車在一次接待遠方來客中所派過的用場。

　　那是三十年代某一年夏季，謝冰瑩[2]從日本回國經過香港，這個曾經當過「女兵」，以一本《從軍日記》[3]為林語堂[4]所推薦的女作家，在當日的環境下，她的行蹤是不方便公開的；朋友中搞木刻的溫濤事先得到消息去接了船，然後約好幾個較為接近的朋友——譚、劉火子和我，在第二天引領謝冰瑩環遊香港。那天坐的就是由譚自己駕駛的「半殘廢」的小汽車。連同一位與謝冰瑩同來的友人，六個人把車子擠得滿滿的。車走在市區裏還沒有什麼，到了郊區，道路不平坦，顛顛簸簸的，車子便頻頻出毛病，譚不時把車子停下來修整，弄出不少笑話。結果還是完成了全部行程。

　　譚就是這樣一個性格粗豪的人物。但是他卻愛寫詩，而且是三十年代香港文

藝界中一個活躍分子。離開了他的勞動工作，他主編過報紙的文藝副刊——〈海鷗〉，組織過詩社——「英社」[5]；也做過中學教員。憑了他的組織能力，通過他掌握的業務，他聯繫了不少文藝界、戲劇界、書畫界和教育界的分子，而且利用相同的志趣，把他們集中起來，推動著種種促進友誼的康樂活動。這樣一種熱鬧的群體生活，到了太平洋戰爭爆發而被迫停頓，人事也隨著時代的變動而分化了。

香港淪陷以後，朋友們各散東西，我和譚也失去聯絡，一直不知道他的消息。

知道他是在香港以後，我根據譚託〈大公園〉向我轉告的電話號碼，多次撥電話，都找不到他。在焦躁中卻接到他由報館轉交的一封信——一封長信，我的心才平靜下來。

在這封長信上，他告訴了我我所希望知道的事情。他在香港淪陷後回去家鄉，後來便去了美國。去年他才由美國回來香港，隨後又去了廣州和上海。在國內，他見到了我們共同的朋友。只有我還未見到面。

他告訴我在廣州時的一個奇遇。從黃新波[6]那裏見到他在戰時失落了的一本書：溫濤題了字送給他的木刻集。這本書流落在中山圖書館；黃新波是從圖書館借來的。真不知道是悲是喜！

還有多少不知是悲是喜的事情要告訴我的呢？我等待著見面的時刻到來。

注 ——————————————————

1　指譚浪英。譚浪英，三十年代曾於《時代風景》發表作品。

參考本書上冊〈共此燈燭光〉，頁 404。

2　謝冰瑩（1906-2000），原名謝鳴崗，湖南新化人，曾參加過軍事訓練，跟隨北伐軍參戰，後赴日本留學，抗戰時期參加軍中救護工作，主編文藝刊物與副刊，四十年代末期赴台灣，晚年定居美國。作品有《從軍日記》、《軍中隨筆》等。

3　謝冰瑩:《從軍日記》。上海:光明書局,1933 年,再版。

4　林語堂(1895-1976),福建漳州人,作家、學者、翻譯家,曾赴美國、德國留學,回國後任教於北京大學、廈門大學等,曾創辦《論語》、《人間世》、《宇宙風》等刊物,四十年代末期赴美國,六十年代赴台灣,後到香港。作品有《吾國與吾民》、《生活的智慧》、《京華煙雲》等。

5　文藝副刊〈海鷗〉未詳。另「英社」未詳。譚浪英與劉火子、溫濤等曾組「同社」。

6　黃新波(1916-1980),原名黃裕祥,版畫家,三十年代赴上海學習版畫,曾參加中國左翼作家聯盟、中國左翼美術家聯盟等,發起成立上海木刻工作者協會,四十年代到香港,曾任《華商報》記者,參加人間畫會,1949年回到內地,曾任中國美術家協會廣東分會主席、廣東畫院院長等。

冬日抒情

本文原刊《大公報‧大公園》，1980年 2 月 1 日，頁 7。

　　一位陌生朋友，通過〈大公園〉轉寄給我一本舊刊物，是香港新文藝運動初期出版的刊物。那是幾個志趣相投的青年朋友合辦的。這又給了我一份意想不到的喜悅！

　　我並不直接認識這位陌生朋友。附在刊物寄來一封兩頁紙的信，下款署名的地方只寫著「恕不具名」字樣。顯然是不讓我知道他是誰，他的目的只是要把那本刊物送給我。僅是這一點難得的情誼，已應該感謝了。而那封信的內容，更喚起我許多遐想。

　　他說，當我接到那本刊物和他的信時，心頭可能泛起一種難以形容的感受，因為刊物裏面有著我的創作和我為一些文章所作的襯畫。而這一冊也許是世界上唯一的「孤本」，卻回到了我的手中。因而我會奇怪把這本刊物寄贈的人究竟是誰；而這本刊物又為什麼能夠保存這麼長久？事實的確如他想像的那樣：我為這件事情感到困惑。

　　這個謎很快給揭開了。他說他是曾經同我認識過的。是那本刊物出版後的三十年代初期，香港青年會開辦了一個「日語班」，他和我在日語班裏做過同學。「你無論怎樣窮搜你的腦子，都不會記憶得起這個日語班裏面的一個同學罷？」是的，我的確記不起來。我只記得在那時期的生活中有過進日語班這回事。同我一起去參加的還有黃谷柳，麥思源和當時共同從事文藝工作的幾個青年朋友。日語班只是每天下午上個半鐘頭的課，下了課便各自散開，同學之間沒有什麼交際活動，除了個別關係，也不互相認識；我對於這位陌生朋友沒有留下印象，是並不奇怪的罷？

　　這位陌生朋友在信上說，他不是「作家」，但曾經是「文藝青年」，愛好文學，也寫寫文章；因此對文藝的作者和文藝出版物都很注意和感到興趣。也許這就是他當日買了這本刊物的緣故。但是能夠一直保存下來，實在叫人感到不可思議！因為無論從任何方面說，那麼淺薄和幼稚的一本東西，是沒有保存價值的。而現在，它在這位陌生朋友的好意蒐藏中卻榮幸地成了「孤本」。

　　我為著這位陌生朋友信中寫的話深深感動：「日來我在清理著我的舊書，它

一再映進我的眼簾，我想，與其給我存下來，倒不如把它送到一個曾經付出過血與汗來滋養哺育過它的人的手裏。這樣一來，我覺得我做了一件很快意的事。」

我覺得我比這位陌生朋友更快意：因為我在意想不到的情形下得到了一本已經失落了的舊刊物，同時也是在意想不到的情形下得到了一份在茫茫人海中的友誼！

感情的散步

本文原刊《大公報・大公園》，1980年2月15日，頁7。刊登時題目誤植為〈感情的散佈〉。

也許由於近年來我極少寫作，同時也極少參加文藝範圍內的各種活動，便使一些平日少有機會碰頭的朋友，對我的生活和思想都有些疑惑以至誤解。他們要不是認為我的性格孤僻，便是懷疑我的為人可能已經變了。無論這部分朋友的關心是基於什麼動機，我都是感激的。好些年月以來，我都是在溫暖的友誼中生活著。他們通過了珍貴的感情給我以安慰，給我以鼓勵和援助。在我需要的時候，從不吝嗇他們力所能及的給與。這一切都使我忘記了心靈的寂寞，忘記了人事的煩愁。在人生的路途上，隨了時間的消逝，帶走了我許多損失，而在另一方面，也帶來了足夠抵償損失的收穫。一想到在世界上有著夠得上稱為「朋友」的朋友，就覺得生命是值得祝福的，而生存也是有意義的了！

然而，話得分開來說，朋友並不是一式地好的，正如人不是一式地好的一樣。人終竟是人，在人與人之間，無論形體怎樣地接近，總也有一道透明的牆在彼此之間隔絕著，甚至永遠隔絕下去。我們的耳目能夠親自接到對方的音容，可是我們的心卻未必能夠進入到對方的靈魂領域；對於一張畫，一首詩，不是往往有你說好而朋友卻說壞的時候麼？要是因此就嘆息自己的寂寞是多麼可笑！明白了人是怎樣的一種動物，於是悲哀別人對自己的誤解也成為多餘的事了。

多少年月之前，我就看清楚了這一點，我也是在這麼一種認識之下生活下來的。在朋友中，一個名字的增加或是減少，都不會過分衝擊著我的喜悅或惆悵的感情。然而我仍舊需要朋友。因此我從不自己造成一種觀念，因為誰是真正朋友，誰是所謂泛泛之交，便轉變我的相處態度。相反的，我倒是喜歡憑了一同在「世途」上舉步前進的機會，更清楚地認識一些人的形相，和那形相常常會活現起來的變化；同時在那裏面找尋出我所高興的真面目來。

說起人與人之間的隔膜，還有著使我哭笑不得的經驗。有過一個年頭，為了要把自己的生命劃下界線，我把許多已經成了過去灰色的生命痕跡的東西（是曾經那麼珍惜過來的！）丟進火裏去焚葬的時候，我寫了一篇敘述這件事情的文章。有幾個人讀過之後，並沒有重視我在文章裏面所告白的思想和心情，卻無端地著目於偶然為他們所喜歡的幾節文字；他們認為我不妨在那樣一種文體上去運

用我的筆，去開展我的文章作風。這恰恰是和我寫那篇文章的原意相反的。想起人與人之間的距離竟是這麼遠，這麼漠不相干，於是為別人的誤解所引起來的懊惱倒又不算什麼回事了。

由於人與人之間有著距離，我是不著重別人的誤解的。一向以來，毀與譽在我都看得很淡漠。我所需要的是一顆向上的心，我所滿足的也是一顆向上的心。

題外話說的太多了。

至於為什麼這些年來我減少了寫作，這有著我個人的理由。自從把工作目標轉移到比文學更有意思（純粹是個人的感覺）的新聞事業以後，我幾乎完全擱下了寫作的筆，冷卻了一貫的熱情；偶然寫一點什麼文章，也純然是作為業餘的情緒上的排遣。這也可以解釋我為什麼很少參與一些文藝範圍的活動的緣故。一方面是由於時間關係，另一方面也是由於個人的興趣問題：我不願意讓我認為是「事業」以外的事情去分心，雖然兩者在本質上似乎一致，究竟也有分別。我在文章裏這樣說過，我雖然寫過一點「作品」，但都是不足道的東西，因此我從來不把自己看成是什麼「作家」；也因此，如果要我在某種情形下以所謂作家身份講話，簡直是一種「僭越」。我不參與一些帶有文藝意味的應酬活動，這是很自然的事了呢！

關於兩本書

本文原刊《大公報·大公園》，1980
年 2 月 22 日，頁 7。

春節期間，在報上讀到杜漸[1]的一篇文章，談及我的三本舊書。[2] 頗有感慨。那是應該被遺忘的作品，杜漸卻再重提起來，而且給它們以非分的獎飾，真使我既感謝又慚愧！

但是既然被提起了，我不妨就它們的本身說幾句閒話，作為一點有關的說明或是追憶也好。不過，在這裏我要談的只是它們之中的兩本：《無盡的愛》[3] 與《永久之歌》[4]（杜漸誤書《永恆之歌》）。因為在我的小說集中，這是戰後初期為讀者們樂意接受的兩本集子。

《無盡的愛》是我戰時在內地寫成的，戰爭結束後回來香港，兩年後才找到機會出書。這個小說寫的是日軍攻陷香港後發生的一個交織著愛與仇的鬥爭的故事；人物和情節是構想出來的，但產生那些人物和情節的背景和環境卻是真實的。香港淪陷後，我在能夠離開之前有五個月時間還留在香港，我經歷了這期間的淪陷區生活，看到了日本軍閥的面目和整個社會的苦難情況。我的故事就是安排在這個真實的場景之中。這是個異國情侶的故事，——一個葡萄牙少女為著營救在作戰中被俘而囚禁在集中營裏的愛人，不惜忍痛地作了日本軍官的情婦；她通過種種設計，鼓勵她的愛人逃出集中營，結果失敗而遭日軍槍殺；最後她在仇恨中毒害了日本軍官作為報復，她也因此犧牲了自己的生命。在小說集〈前記〉中，我寫過這樣的話：「在整個戰爭巨浪中，這只是一點波沫，然而……我自信在這裏面總算說出了一些東西。」

但是卻有人把這本書看作普通的愛情小說。書出版以後，除了發給了一些普通書店之外，出版社叫人拿了樣本到一家當時所謂的「進步」書店去徵求代售；

杜漸 《絕版已久的《無名草》》剪報

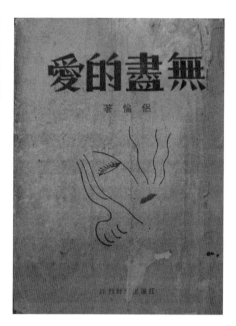

書店老闆接過了書，看見《無盡的愛》這書名，立即搖頭表示婉拒，說他們是不賣這種書的。可是兩日後，那書店卻派人到出版社去要書，據說因為不斷有人去找這本書。他們不能不做生意啊！這真是個滑稽的諷刺！

《無盡的愛》先後印了四版。

至於《永久之歌》則是太平洋戰爭之前，用《黑麗拉》[5] 的書名在上海出版的。那是我學習寫小說以來的第一本結集。稿件集好時碰著抗日戰爭爆發，個人的思想隨著時代的變動而變化，我把稿件擱了下來，不打算出版這種與當時的現實不調和的作品。後來，一位辦電影刊物的朋友康君，為了業務事情要到上海去，他堅決要把我的稿件帶往上海出版。那時候戰火還未蔓延到上海。書出版後很快便賣完，到了第二版出書時，太平洋戰爭爆發了。

由於《無盡的愛》出版後被讀者接受，出版人要求我把《黑麗拉》在香港再印，我同意了，但是把書名換上《永久之歌》（這純粹基於個人的喜愛）。這本書在香港發行的時候，也和《無盡的愛》有同樣的遭遇。由於它比前者更缺乏「現實性」，有某些書店認為是「隔日新聞」而勉強接受下來。但奇怪的是它的銷售情況並不壞。它也同《無盡的愛》一樣為讀者們接受著。從我當日所接到的好些來自本地、來自廣州、來自東南亞地區的讀者們的來信，都給了我這種感覺。

〈寂寞的夢——讀侶倫的《無盡的愛》與《永久之歌》〉剪報

五人書評

寂寞的夢

——讀侶倫的「無盡的愛」與「永久之歌」

森明　孟仲　文牽　周志　韋誠

小有產者的胃口，有一點就是作者所開拓的題材的觀對，使這層讀者感到興味，像「漂亮的明春」和「隔田大佐的幸運」，可說屬於「間諜文學」一流的；像「穿黑綢袍的太太」，那些有些像偵探的荒唐無稽的「鬼戀」了……像「黑麗拉」……却是寫了都市的墮落浮世、愛的游戲：以至一些淨人戀愛的故事，「四班牙小姐」和「無盡的愛」，「永久之歌」等等，是把愛寫得深切入微，構結綿邈致的，很有都市色彩，且帶希異國的情調。

作者的創作方法，是重情節不重人物性格的。好像他為着情節的佈置，怎樣逐步發展、化了不少心思，而人物性格的現實性如何，却不大細加體緊，不，也許可以說，作者是把他的理想來關照可以看出是一個怎樣的作品。太過重視情節，就可能帶來了種種離奇和偶然的穿插痕跡，還會使作品內容與現實游離。傳奇性過重，往往使作品中人物，服從情節。雖然普通讀者一時看來，興致甜然，有真實性。但如果那位置者讀了再讀，就會發現這是小說人物的不真實。但人物性格的現實性如何，却不大細加體緊，有些人物性格的心境，顯然可以看出是

一

侶倫先生的小說，特別是「無盡的愛」與「永久之歌」，聽說在本港以至華南一些地方，博得相當廣泛的讀者的喜愛，這當然表示這些小說，有它的吸引力，才能建立這個境地，實在不能易的。按一些寫作的朋友說，是它的故事曲折離奇，文筆細膩優美，感情也願為真摯，這是構成為讀者所喜愛的條件。因此，我們也引起透過這些小說的慾望，大家讀了也有點意見，就把這些意見寫出來，我們不敢「自以為是」，企望和作者與讀者討論討論，我們相信我們的態度是誠懇的，目的是希求能夠在寫作與閱讀的範圍互相爭取更多更深的認識吧了。

二

是在這個國際性的近代都市——香港，故事內容在時間的距離，也不很遠，難怪本港的讀者感到親切；而且在這些小說裏面，又是大多集中在男女關係以至性愛的主題，還到這點市井流俗小有產者的胃口。提到這點，我「並不是有意貶抑戀愛這主題的描寫，而是眼看怎樣窺見作者對愛的看法，這點下面再談。

凡俗的，他把它提到更理想化神聖化的境界，他對於這問題跟一些迎合色情痛恨的東西，是深惡痛恨的，讀者別會把這問題跟一些迎合低級色情趣味的東西——「不曾稍微遷就時俗（在「無盡的愛」）」——「不屑同流合污的流行遊論。」這種不影同流合污的行徑味的作品。——却是有他的好處的。我們說他合乎這淨化都市

種離奇和偶然的穿插痕跡，還會使作品內容與現實游離。傳奇性過重，往往使作品中人物，服從情節。雖然普通讀者一時看來，興致甜然，有真實性。但如果那位置者讀了再讀，就會發現這是小說人物的不真實。現實要事物不能加以思索下去的。侶倫先生的小說，有一個時期，可以看出這種偏向，胭脂邊厚，鼠瘀的俤奇性，可以上述「鬼戀」式的穿黑綢的太太」，雖然陰森神秘的氣氛，寫得很好，終使得最露色的作品像「聊齋」——樣。妮娜、勤戀，如果有好果也不過是一個鬼故事。但是鬼故事，

《永久之歌》連同在上海出版的兩版一共印了六版（在香港被盜印的不算在內）。這是連我自己也莫名其妙的事情。但是我沒有因此感到什麼虛榮的滿足，相反的是，我只感到不安，感到慚愧，甚至感到罪過。因為我的這些作品，並不曾給讀者們什麼好處！

杜漸的文章提到的，當日留在香港的幾位文學界前輩曾經為我上述兩本書而舉行過座談會，是有過的事實，（他們所歸納的意見發表在一九四九年一月份的《青年知識》雜誌裏面）。[6]但是我沒有被邀參加。

注 ————————————————————

1　杜漸（1935-2022），原名李文健，廣東新會人，作家、編輯，筆名有潘侶、李芃、穆川、孟德林等。五十年代回內地讀書，畢業於中山大學，於廣州人民廣播電台文藝部任編輯，七十年代回港，任《大公報》副刊編輯及電訊翻譯。1978 年創辦讀書雜誌《開卷》，後任三聯書店出版之《讀者良友》總編輯，九十年代移居加拿大。作品有《書海夜航》、《書癡書話》等。

2　杜漸：〈絕版已久的《無名草》〉，刊《明報》，1980 年 2 月 19 日，頁 8。

3　侶倫：《無盡的愛》。香港：虹運出版社，1947 年，初版。

4　侶倫：《永久之歌》。香港：虹運出版社，1941 年，初版。

5　侶倫：《黑麗拉》。上海、香港：中國圖書出版公司，1941 年，初版。據現存資料，《黑麗拉》1941 年 7 月初版至 11 月再版之間，應有一個香港初版本。參考香港中文大學圖書館香港文學資料庫「館藏精粹」網頁。

6　霖明、孟仲、文燊、周志、韋誠：〈寂寞的夢 —— 讀侶倫的《無盡的愛》與《永久之歌》〉，刊《青年知識》第 41 期，1949 年 1 月 1 日，頁 8-11。

豐子愷的知音者

本文原刊《大公報・大公園》，1980年 2 月 29 日，頁 7。其後收入《向水屋筆語》。

接到明川女士寄贈一本由她編印成書的《緣緣堂集外遺文》[1]，是新春的一件高興事。這本書的印刷和裝幀設計很雅致，[2]特別是由豐子愷[3]女兒豐一吟[4]女士題寫的書名，幾乎就是豐子愷的真筆一樣的字體，更在直覺上給人以親切和諧的感覺。

《緣緣堂集外遺文》是收集豐子愷生平的九本散文集中沒有收進去的文章，一共四十二篇；所以題名《集外遺文》。這樣做的目的是「希望能起些補充作用，讓讀者對豐先生的了解會全面一點」。（見編後小記）。從這個動機看來，明川女士對豐子愷的作品是非常喜愛的，而且對豐子愷的作品是有著深入的研究和理解的。事實也是如此。據豐一吟女士為《集外遺文》寫的〈遙寄編者〉一文裏透露：明川女士曾在日本京都國際性研究會上作過關於豐子愷的專題報告。豐子愷為此許為「真是難得的知音者！」（雖然雙方並未見過面）這個事實可以說明一切。

也就由於這個緣故，明川女士編印這本《集外遺文》並非像一般從事同類工作的人的作法那樣——把所能找到的現成材料信手拈來地輯集成書那麼簡單，她是付出了相當的魄力和心力去進行這項工作的。她從過去多方面的報紙雜誌去搜集豐子愷的「集外」文章，時間貫穿豐子愷從事寫作生活的整個過程。更難得的是，她對於每篇文章的出處和寫出的年份，都旁徵博引地加以精細的考據，半點也不苟且。同時對於文章中誤植的字眼或是標點符號，也加以合理的改正；而對於原作中出現的不適合的用字，卻由於尊重作者而不「妄加改動」。這種對待編輯工作的認真態度，從書中「凡例」裏面的有關說明中全部體現出來。可以說，明川女士為了編印這書而搜集豐子愷的「集外」遺稿，簡直當作一項任務。

她對豐子愷維護的善意，可以從〈編後小記〉的這一段文字上得到解釋：

> 對於豐先生的文章，許多人批評他個人主義色彩太濃厚，儘說家事，沒有反映社會現實，……也有人批評他這種赤子之心，實在是不成熟的表現。甚至因為他給佛畫《護生畫集》，有人說他迂腐。其實，只孤立某幾篇文章來分析，或單從坊間常見的選本所載文章，來看豐先生的精神全貌，恐

怕不夠全面。例如在抗日期間，他寫的抗日宣傳文字；抗戰勝利後，他對當時黑暗政治、衰敗經濟狀況的批評，對新時代來臨的渴望，……都不易在已出版的九本文集裏找到。愈多聽了別人對豐先生的意見，就愈急切要把《勞者自歌》、《告緣緣堂在天之靈》、《佛無靈》、《中國就像棵大樹》、《藝術必能建國》……等文章，輯印成書。自豐先生去世後，這種想法就更強烈了。

上文裏所提到的幾篇文章，現在都收進《緣緣堂集外遺文》一書中。明川女士的心願是償到了。

不管編印這本書是出於什麼動機，至少在維護文化產業這一角度上，這項工作的意義是應該肯定的。而明川女士所付出的努力，也應該贏得敬意。[5]

我同明川女士並不相識，但是對於她的治學精神卻很敬佩。讀了《緣緣堂集外遺文》以後，我禁不住寫下這篇小文章，表示我的喜悅，也作為對這本書的推薦，雖然這是不必要的。

注 ————————————————————

1　明川編：《緣緣堂集外遺文》。香港：問學社，1979 年。

明川即盧瑋鑾，參考本書上冊〈新秋抒情〉，頁 125。

2　此句原文為：「這本書的印刷和裝幀設計的雅致，首先就喚起人的好感。以複製的豐子愷自用原稿紙作封面和封底裏的襯頁，馮康侯篆書的扉頁題字，都很有特色。」

3　豐子愷（1898-1975），原名潤，又名仁、仍，後改為子愷，浙江崇德人，作家、畫家、教育家，於浙江第一師範畢業後赴日本，回國後從事教學及翻譯工作，三十年代於石門灣建造緣緣堂，抗戰期間於各地輾轉流亡，抗戰後回到上海，曾任上海市中國畫院院長。作品有《爸爸的畫》、《緣緣堂隨筆》等。

4 豐一吟（1925-2021），豐子愷幼（三）女，著有《天於我，相當厚：豐子愷女兒的自述》等。

5 以下刪去原文一段：「在〈編後小記〉裏，明川女士還表示，她曾經有個許願：準備為豐子愷寫一本評傳。這是個可喜的消息。我想，以她長期來對豐子愷的深入研究，加上有了豐一吟女士的協作，她是有條件完成她的寫作計劃的。作為讀者，我們有理由期待。」

記《文藝世紀》

本文原刊《大公報‧大公園》，1980 年 3 月 7 日，頁 11。其後收入《向水屋筆語》。參考本書上冊〈《新雨集》與《新綠集》〉、〈一本散文集和小說集〉、〈記《五十人集》〉，頁 280、284、289。

不多久之前，我在這裏談過六十年代前後香港文藝界的風氣，流行著出版叢刊式的同人合集，——如《新雨集》、《新綠集》、《五十人集》、《五十又集》、《海歌‧夜語‧情思》和《市聲‧淚影‧微笑》等。但這都是個別地表現他們同人之間的文學趣味的形式；而較能具體地集中表現那時期香港文藝界的活動主流的，應該是定期出版的文藝刊物。在這方面，值得提起的是《文藝世紀》。[1]

《文藝世紀》是月刊。夏果編輯，上海書局發行。創辦於一九五七年，創刊號出版於那一年六月。它是同時期的一些以「文藝」標榜而實際是綜合性雜誌的刊物中較突出的一本。它的內容純粹是文藝性質的；而且也是較有分量的。因此出版後，頗受到注意。因為在此之前，香港還不曾有過像《文藝世紀》那樣風格的文藝刊物。尤其是在「街頭所見的小冊子，除了特定的八股而外，便是三四角錢的『阿飛文學』」（曹聚仁語）盛行的時期。

《文藝世紀》是十六開本，每期頁數在四十六頁至五十頁之間。雖然是薄薄一冊，內容卻包括了一份文藝刊物所應有的項目──創作小說、詩歌、散文、劇本、特寫文章、雜文、隨筆、小品、翻譯小說。此外，還有文藝作品、美術作品的評介，中外作家評論，中國古典文學和外國文學的研究；對青年作者，有寫作指導和介紹創作經驗的文章。

這不是同人雜誌，而是容納所有香港各方面作家作品的文藝刊物。當時經常為《文藝世紀》撰稿的有：葉靈鳳、曹聚仁、陳君葆、張向天、胡春冰、辛文芷、阮朗、何達、黃蒙田、夏易、夏炎冰、洪膺、張千帆、王乃

《文藝世紀》一九五七年十月號書影

凡[2]、蕭銅[3]、吳其敏、侶倫、林檎、夏果、葉苗秀、吳羊璧、李陽、洛美、海辛、陳浩泉[4]……等。畫家有黃般若、伍步雲[5]、任真漢、鄭家鎮……等。

《文藝世紀》每期還增刊「青年文藝專頁」，為香港、澳門和海外青年作者提供了文藝創作園地。同時為每篇作品寫的評介文字，很受到各地青年作者的歡迎。

由於刊物除了在當地發行，也發行到海外各個地區，同海外各地區的文藝工作者和畫家發生聯繫；他們都向《文藝世紀》寄稿，因而使這本刊物內容平添了濃厚的海外生活氣息。特別是經常刊載關於東南亞國家的民間故事和民間傳說，更使刊物內容具有海外的地方色彩。

也許就由於刊物內容具有較好的分量和它本身的特點，《文藝世紀》才在有「文藝沙漠」稱號的香港能夠站穩腳跟而且出版下去。這決不是偶然的。曹聚仁在他的《海天談藪》中談到《文藝世紀》時，曾經說過這樣的話：

> 有一位朋友問我：「假如我袋中的錢只夠訂一份雜誌的話，叫我看哪一種的好？」我想了一想，說：「那只好選購《文藝世紀》了。」我的話並非由於偏好，而是由於這一刊物確乎讓我們對於文藝這一部門的常識知道得很不少；而編者對於選用稿件，對於表達的文字技巧上，同樣是注重了的。

這可說是對《文藝世紀》的一個評價。[6]

一九六六年，《文藝世紀》出版已經滿十年。葉靈鳳在《新晚報》二月六日的《霜紅室隨筆》裏也說過如下的話：

> 《文藝世紀》是一個已經有了十年歷史的純文藝刊物。一個銷路並不特別大，一直維持著一定水準的文藝月刊，在這裏居然能支持了十年，簡直是一個奇跡。如果說這個刊物已經有了什麼成功，我覺得它的存在就是最大的成功。十年樹木，經過十年的灌溉，無論有人說香港是什麼文藝沙漠，經過這樣長期的培育，撒下去的種子總有一些已經落地生根，發芽成長了。[7]

這是真的，一個文藝刊物能夠從未脫過期地支持十年，在香港的確是個奇跡。而這奇跡比葉靈鳳所讚嘆的時間還延長多兩年。《文藝世紀》是在出版了

一百五十一期之後，在一九六九年十二月停刊的。

　　《文藝世紀》雖然沒有能夠繼續辦下去，但它究竟是香港新文藝歷史上一個劃階段的標誌。

注 ————————————————————————

1　《文藝世紀》，1957 年 6 月 1 日創刊，上海書局發行，督印人盧野橋，源克平（筆名「夏果」）主編，主要作者有曹聚仁、葉靈鳳、黃蒙田、吳令湄、夏易、高旅等。1969 年 12 月停刊。

參考王乃凡：〈源克平和《文藝世紀》——悼念香港文壇一位誠實的作家〉，刊《文匯報》，1985 年 5 月 11 日，頁 13。

2　王乃凡，本名王統發，作家，筆名有王夫。祖籍海南瓊山縣，生於曼谷，曾任《真話報》記者，《全民報》副總編輯，《南辰報》執行總編輯等，1960 年來香港，任中國新聞社香港辦事處總編輯，後任香港中國通訊社社長。曾於《新晚報·星海》、《海洋文藝》、《文藝世紀》發表作品。作品有《頭家與苦力》、《泰國內望》、《雁》等。

3　蕭銅（1929-1995），原名生鑑忠，香港身份證上的名字是沈健中，江蘇鎮江人，作家、編劇，筆名有祥子、金大力、趙旺等。生於北京，四十年代末期到台灣，六十年代到香港，曾於《新晚報》、《文匯報》、《明報》、《明報月刊》、《文藝世紀》、《海光文藝》、《海洋文藝》等發表作品，作品有《無風樓隨筆》、《京華探訪錄》等。

4　陳浩泉（1949-），原名陳維賢，福建南安人，作家、記者、編輯、編劇，筆名有夏洛桑、歌舒鷹等。六十年代來香港，曾任香港《正午報》、《晶報》記者，任職於華漢文化事業公司及維邦文化企業公司，九十年代移居加拿大。作品有《青春的旅程》、《香港狂人》、《香港小姐》等。

5　伍步雲（1904-2001），畫家，三十年代來香港，曾任英華書院美術主任，曾於北京、上海、武漢、廣州舉辦巡迴展覽，其後定居加拿大。

6　引文出處未詳。

7　霜崖：〈晁《文藝世紀》〉，刊《新晚報·霜紅室隨筆》，1966 年 2 月 6 日，頁 10。霜崖為葉靈鳳筆名。

方先生與方太太
——「夫婦倆」之一

本文原刊《大公報·大公園》，1980年3月14日，頁7。

有些時候，在機會容許的情形下，如果你能夠以冷靜的眼光去注意一對鬧著意氣的夫婦的衝突，你不但會覺得這是很有意思的消遣，而且，會感到你以和事老自居所作的調解，是怎樣地多餘！

方先生的為人的溫雅和處事的精細，在朋友間是有名的。對於一切事物，他都習慣地安排得很有條理，毫不苟且。但是方太太卻比丈夫更進一步，她是個絕對的形式主義者：她的精細之處簡直達到苛刻的地步，譬如，皮鞋或便鞋一定得放在固定的地方，衣服一定得分類放進衣櫥裏某一個固定部位，——不管你是否立即就要穿著；只要它們反常地顯露在眼底，她便不憚煩地以機械式動作把它們遣調妥當。甚至在她自己工作進行中（像拿著換洗的衣物正要走出房間），偶然瞥見桌上一本書或一隻煙灰缸放得不順眼，她也得停下來把它們擺正了才去做自己的事。正如丈夫一樣，方太太的精細是為了自己感覺上的舒服，然而她的舒服卻是方先生的痛苦！

每天早上，方先生的寫字枱照例是給撿拾得乾乾淨淨的；可是接著便發現這是「多餘的善意」所施行的刑罰。——在全面撿拾整齊的外觀下，書報文件弄得有秩序的一團糟！「待辦」的文件塞進「已辦」的文件夾裏，一疊昨夜很困難才彙齊了賬單，還不曾核算出一個總數目，卻化整為零地不知分散到什麼天涯海角去了。……有時，方先生尋出一本舊書放在桌上，正打算洗過手就回頭來翻看，可是轉回來時那本書已經失了蹤，末了又得再到書架去費一番工夫把書找出來。這些小小的生活瑣事，都是夫婦倆把衝突形成「家常便飯」的好資料。

「一百次一千次都是這樣子！」在忍不住的時候，方先生開口了。

「又怎麼啦？」

「我說過不止一次了，你愛好整齊是好習慣，我承認。可是太機械了，卻失去意義。……」

「怎樣失去意義呢？你說。」方太太不讓丈夫說下去就攔腰質問著。

「即如……」方先生照例舉出惹他反感的現實卻並不新鮮的事例作證據。末了的結論是：「所以我警告你，最好是屬於我範圍內的東西你不要管，我自己會

安排。」

於是方太太感到自己的美德受到損害似地冒火了:「真是好心沒好報,我替你撿拾還算給你賞光,到頭來卻受你責備,你這人真折福!」

「你才折福,我不稀罕這樣的好心!」

「不稀罕,最好娶個像樓下王師奶那樣的妻子,除了會打牌,什麼事都不管,看你怎麼樣!」

「我不曾說過王師奶好,可是你卻又太苛細,我受不了。」

「那你從新去找個不苛細的女人好了?反正沒有孩子牽累,現在還不算遲的呀!」

方先生反應的不會是順耳的話。於是勢均力敵的形勢展開了。逗著相因相成的激動情緒,兩個人的話語愈來愈越出了問題的界限,甚至枝節橫生;大家只求口角贏得勝利,誰也不問自己為了什麼鬧起來,而出口的話又是否合理。這樣便演變成一場不可收拾的鬥爭。一方是拍案、咆哮;一方是哭泣,叫喊,甚至撿拾衣箱,準備拆夥。大家都用激烈的動作和表情來說明他們共同生活的絕望,只差一點就要決裂的樣子。——可是只差一點什麼呢?誰也不知道。最後,感情的波瀾平伏下去了,人靜下去了。當然,衣箱沒有搬出去。方太太仍舊是屬於方先生的。這是重複又重複的公式!

然而有一次卻並不公式,使我這個旁觀者為他們捏一把汗。

雙方激動的情緒一直發展到頂點,卻並不低降,而且繼續延長;好像大家都感到那重複的收場已經是平凡的,誰也不讓對方的理性有出來緩和一下的機會。看樣子,兩人是一點什麼也不差地臨到了決裂的邊緣。可是同樣看得出來的一面是:彼此都給這一場衝突弄得疲倦了。

就在這個靜默時刻,方先生打開煙盒掏出一支香煙點上火,深深的抽了一口。方太太彷彿感應著一種動作的節奏,伸手抓到桌上一隻小紙包,打開來,撿了一粒話梅放進嘴裏,同時有意無意地把紙包向丈夫面前一遞。方先生沒有料到這一著,順手撿了一粒話梅的時候,兩個人都忍不住噗嗤的笑出來。

尋針記——「夫婦倆」之二

本文原刊《大公報．大公園》，1980 年 3 月 21 日，頁 11。

當一個女人說：「男子做得到的事情，女子也一樣能夠做得到。」的時候，儼然有巴爾札克說「拿破崙的劍做不到的，我用筆去完成它！」這句話的自豪氣概。但事實是否如她自詡的堂皇冠冕，是值得商榷的。我且拿一件小事作為反證。當然，並不是說所有的女子都是如此。我只願拿我的太太為例，是因為她平日的自尊和好勝，個性強和主觀重，完全有資格代表一部分女性的典型。

（古先生這樣開了個頭，便繼續把他的故事講下去：）

我太太有個莫名其妙的習慣，是常常掉落了縫衣針，每當她縫著衣服或縫補破爛的時候，偶然停了手去拿一根線或什麼需要的東西，回頭來時，喜劇便上演了。她的開場白是：

「注意警告，莫說我不聲明，我掉落一枚針了！」

接著便睜大著一雙眼，用了恐懼和追憶的神氣向正在用針的衣物堆裏搜索；同時張開兩手做個局部戒嚴的警戒姿勢。……一聽到那個警告和看見那種嚴重情形，我知道麻煩又來到我身上了。

她最慣掉落了針偏偏又最怕掉落了針。她並非吝嗇一枚針而是害怕那掉落了的針會闖禍。她說針刺進人的身體是最危險的，它會四處走動，最後走到心房，人便會死亡，沒有辦法挽救。因此她觀念上的「邏輯」便是：要避免這可怕的死法只有不讓針刺進身體，不讓它刺進身體就根本不要掉落了針。針一掉落，彷彿就有魔鬼主宰似的，必然是伺機害人的了。

在這麼嚴重的局面下，即使花上幾許精神和時間，那枚掉落了的針非尋出來決不休止。而在這尋針的進行中，我要想安靜下來置身事外，是不可能的事。因為我假如袖手旁觀，只有拖長她的騷動時間，甚至助長她因為找尋無著而鬧起脾氣來，到頭來吃苦的是我自己。因此每在警告一來的時候，我便不能不忍痛犧牲一部分精神和時間，參加尋針工作。兩個人蹲在地面，聚精會神的視察和找尋。由掉落的地點以至整個房間，都是搜索工作的活動範圍。結果是腿子蹲得麻痹了，腰彎得疲倦了，頭昏眼花，滿天星斗。太太最先宣告絕望，坐到椅上去嘆氣，最後總是我意外的歡呼挽救了她的希望：那一枚掉落了的針終於在我的眼底

發現出來了。

然而，照例是吃力不討好的。她不但不表示感謝，反而認為理所當然：「即使你不發現，我也會尋出來的；我打算休息一會便去你發現的地方注意一下的了。」

可是儘管我不佩服她這一類風涼話，每一次當她掉落了針的時候，我還是非效勞一番不可。這是無可奈何的事。有什麼辦法？她是我的太太呵！

我要說說更出色的一次。那一晚，當我從外面回來，跨進房間，便看見她蹲在地上，手上捏了較剪在地面掃來掃去，一面像平日掉落了針時的習慣，口中唸著她的「尋針咒」：「針呵針，較剪替你做媒人。……」我已經知道我的一份義務是無可推卸的了。我不待她提出警告或求助，便立刻蹲下身子幫她的忙，捻亮了手電筒作探射燈。一根頭髮也看見了，可是沒有針，急煞人！

我忍不住為著這份苦役提出抗議：「真奇怪，你怕掉落了針，自己偏又不小心！」她答道：「你知道奇怪便好了，它要掉落的時候讓你說小心的嗎？」好像這是天注定的遭遇似的。接著便自言自語的怨艾：「唉，我想這次一定是死在這一枚針了，要不是，為什麼總是尋不出來的呢？──針呵針，……」

我聽得不耐煩，叫她看看是不是把針別在她的衣襟上面，因為女人在擱下工作時是有這習慣的。她卻指天誓日的說，用不著我提醒，她沒有這麼糊塗。沒有辦法，在一頓無結果的努力以後，我只好自動「辭職」。我承認再蹲下去，即使站得起來，也變成半殘廢的了。我勸告她還是放棄希望，明天再算。但她不依是當然的，尋不出來也是當然的。

結果，她狼狽了半夜，極度不安地失眠了半夜；不斷地嘆息著：「唉，我想這次一定是死在這一枚針了！」

第二天早上，她起來穿上外衣的時候，我指住她的衣襟叫出來：「不要動！你看這是什麼？」

那枚針果然是別在她的衣襟上面。

你以為她怎麼說呢？──

「值得什麼大驚小怪！是我昨晚別在這裏的。」

「堡壘」裏面的人
——「夫婦倆」之三

本文原刊《大公報．大公園》，1980年 3 月 28 日，頁 11。

　　似乎是法國文學家法朗士[1]說的這句話：「結婚是一個堡壘，未結婚的人拚命要從外面打進去，結了婚的人拚命要從裏面打出來。」差不多每個有實際體驗的人都承認它是對的。但是比較地說來，打進那個堡壘並不困難，只是打進去之後要想打出來卻並不容易。因此有人把結婚生活看作精神上的無期徒刑。在沒有希望徹底解脫的時候，能夠有個短期的「假釋」機會也是好的。明白了這種心理，則對於丁先生願意讓他五年來形影相依的太太離開他，有什麼值得奇怪呢？

　　一個月前，丁太太試探地徵求丈夫的意見：她太久沒有見到她的姊姊了，很想到澳門去探望一下，小住幾天。丁先生不但答應了她，而且還鼓勵她。他說，姊妹之間隔別太久，而她姊姊又忙於校務，不容易抽身，作妹妹的能夠走動，主動去看看她，在情理上是很應該的事。丁先生在語氣間，頗認為太太的提議未免太遲的樣子。

　　「那麼，我離開你，你慣麼？」丁太太試探地問道，「在澳門，除了姊姊還有些舊同學，到處去探訪一下，恐怕一個星期的時間也不夠呢！你慣？」

　　「不慣也是沒法的事，難道作丈夫的，為著太太的快樂，犧牲一下也辦不到嗎？」

　　因為丁先生說話時的忍痛表情演得相當成功，丁太太便有點難過地，用一種感謝的心情相信了。

　　其實丁太太的離開，在丁先生是不在乎的。五年的共同生活，時間不算很長，但日子過得太刻板，太平凡，也太膩了。趁這機會從無形的壓力下解放一下，正是求之不得的好事。不要說一個星期，就算是兩個星期，三個星期的隔別也算不了什麼。丁先生不相信一個男子沒有太太在身邊便不能過活！

　　於是接受了丁太太一番關於生活細節的叮囑，——即如，飲食必須保持定時定量、早眠早起、治安不好，晚上外出時不要太夜回家，……之類，丁先生便在一個早上，同太太演出一幕「碼頭揮淚」的悲喜劇。送了太太上船，離開碼頭的時候，丁先生高興得真想這樣叫出來：「謝天謝地，太太終於走了，我有十天八天的假期！」

太太不在家的好處，開始感到的第一件事便是：襯衫和襪子可以隨便穿著，不必受那計日更換的監督了。其次，在聚精會神的看報紙或是讀著書的時候，不必隨時得應付耳邊的囉嗦：「喂，辣椒的辣字是怎樣寫的？它同棘手的棘字分別在哪裏？」或是「你說，火星上面真有人類嗎？」或是「你猜猜，中國太空人幾時上天呢？」……這些都是平日非答不可的問題。第三，在外面應酬的時候，不必時刻記住吃飯時間趕著回家，以致犧牲了朋友請下午茶的機會。還有……總之好處說不了；僅僅是舉例的幾點，便足夠使丁先生感到結婚簡直是自投羅網。

丁先生夫婦還沒有孩子，家裏並未僱有用人。早晚兩餐到飯店去吃，倒有點新鮮的趣味。晚上從外面回來，洗澡之後，自己動手洗滌內衣褲和手帕，也覺得相當好玩。這一切都彷彿像小孩子玩「煮飯仔」一樣奇趣。可是才過了一個星期，感覺便完全變味了。人的奴性似乎由教師管束的小學時代起就養成的。說是飲食必須定時定量，根本上脫離了「家庭飯餐」就不容易做到；加上沒有外力支配，每餐總想隨意所欲地吃些可口的東西，經濟的開銷便失去預算；每晚的洗滌工夫由玩意變成了苦役。由兩晚洗一次變成三晚洗一次。最後感到最好是不須洗。可是不行，不洗便接不上替換；而這類一夜便晾乾的細軟東西，又犯不著送去洗衣店，而且也費時失事。苦處便在這上頭。

最難耐的是，一個星期過去了，兩個星期也快滿了，丁太太卻還不回來。信也沒有一封。丁先生發急了。

正如一個人病倒了才認識健康的可貴；丁先生開始感到太太的好處。——一個男子要結婚原來不僅是為了生理問題。於是丁先生不能不「呼籲」太太回來了。

連續寄出了幾封情詞懇切的信，都沒有效果。到了掛號信也寄去以後，丁太太才來了回信。信上卻抄了丁先生的話：「是你自己說過的：不慣也是沒法的事。難道作丈夫的，為著太太的快樂，犧牲一下也辦不到嗎？」

無話可說！一個寫意的假期，享受的不是丁先生而是丁太太。

注 ────────────────────

1　法郎士（Anatole France，1844-1924），法國作家。

理想的住居

——「夫婦倆」之四

本文原刊《大公報・大公園》，1980年4月4日，頁11。

　　于先生近來一件最高興的事，是找到了他心目中認為最理想的房子。于先生本來並不是講究住居，只是一個從事寫作的人沒有一個安靜的環境，照他自己的說法便是：正如有了佳餚沒有爐灶。而于先生卻有著許多等待完成的寫作計劃。

　　現在，心願終於償到了。

　　那房子是在偏僻的區域，不但環境清幽，而且交通也便利；難得的那是個資產化的家庭。房東是上了年紀的、姨太身份的寡婦，靠丈夫遺下的物業消度安逸的餘年。家裏除了女僕，只有一個青春的女兒。據女僕私下裏說，主婦交遊很廣，平日到外邊玩的時間比留在家裏的時間多，而小姐每天有半日到一個法國女教師那裏學鋼琴，留下女僕看屋；家裏氣氛太寂寞，因此空下後座一個房間，打算物色一伙適當的住客，給她們做個伴。所以當于先生夫婦倆憑了介紹去租房時，看見這一對「職業高尚」又沒有孩子的夫婦，使那位打扮得雍容華貴的姨太高興萬分。於是一切租賃條件都不費唇舌的圓滿解決。當告辭出來的時候，于先生和太太在樓梯裏聽到那位小姐對母親說的話：「真好啦，媽媽，寫小說的，我們家裏將要搬來一位著作家！」

　　「進伙」的晚上，于先生叫太太晚飯時添些酒菜，說是慶祝他們的理想住居終於償到心願。在興奮情緒中，于先生忘形地說：「看罷，偉大作品將要在這裏產生。」

　　畢竟女人的思慮比男人周到，于太太說，房東姨太的為人看來很好，但這是表面的，「相見好同住難」卻是一般的公例；而且愛好交際的女人是精明的，精明便流於苛細；與其住下去發生問題，不如事先打好感情基礎。她認為于先生既然要安靜的環邊寫作，必須穩定地基；如果能夠送點東西給房東，作為打交情的禮物，也是合乎情理的好辦法。對於太太這個有價值的提議，于先生是十分贊成的。可是送禮物得投人所好，該送些什麼好呢？一時也想不出結果。還是觀察一下再說罷！

　　每天，那位小姐留在家裏的半天時間，要不是用了不太高明的手法在叮叮噹噹地打鋼琴，便是坐在客廳的沙發椅裏端著一本書。姨太呢，影子也見不到；看

樣子，顯然是忙於到外面作交際活動去了。

正在這種「感情已備，聯絡無從」的期間，有一天早飯時候，于先生忽然靈機一動，欣然地對太太說：

「唔，我觀察到一點東西了。」

「觀察到什麼呢？」

「早些時，我以為那位小姐也像普通的女孩子一樣，愛讀報紙上的章回小說那一類東西，想不到她是讀新小說的。」

「什麼新小說？」

「昨天，我發現她拿著的書是屠格涅夫的《貴族之家》。」[1]

「這有什麼關係？」

「我想，既然她愛讀新小說，我們大可以送些這類小說給她，藉此聯絡感情；反正我的書多得沒有地方安放；這正是一舉兩得。你看怎麼樣？」

「好主意！」這樣攔頭一截，于太太面色立刻變起來了：「她們對我們的感情很差是不是？我不曾見過住客要這樣做的。」

于先生愣住了。送禮物不是太太提議過的嗎？

「是的，我提議，可是我沒有說送給小姐。」

「送給誰有什麼關係呢？反正她們是一家人。而且，我們現在還摸不著姨太的脾氣喜歡什麼東西。」

「對啦，姨太的脾氣摸不著，小姐的脾氣倒摸著了。真不愧是小說家呵！」

于先生聽出了話中有刺，才知道事情的嚴重。恐怕事態鬧大，唯一的辦法，只好就事論事。他說，要不是她提議送禮物，他根本不會動起這個念頭。

「我不過那樣說說，做不做是另一回事。你別以為姨太是資產階級，了不起，因此便要奉承她。」

這樣反覆的態度簡直使于先生氣結。不過他知道太太態度所以變化，純粹是因他說要送書給房東的小姐。只好說：

「我也不過是那樣說說，做不做是另一回事。你這樣認真，簡直是無理取鬧。我正慶幸有個安靜的環境工作，你卻無端製造問題，什麼寫作計劃都毀了！」于先生不得不拿理智的話來收拾這一場意氣鬥爭。

但是自以為安全感受到損害的于太太卻不肯講理智。她只顧說自己要說的：

「老實說，我提議送禮物不過是試試你，果然給我試出來了。你希望那位小

姐接受你的禮物，於是你的好處來了，怪不得你說，偉大作品將在這裏產生！」

無話可說的，是能夠一本書一本書地寫出來的于先生。

安寧日子從此消失了。于太太不讓于先生獨自留在家裏。非必要時她不出門。即使買一隻髮夾，也得拉丈夫一同去。為了使自己好過些，于先生把陪太太出門當作是舒筋活絡的散步。不消說，偉大作品是流產了。

有一天，兩個人從外面回來，那位作交際活動回家來了的姨太，一見面就讚嘆著說：「難得啦，你們倆真是出雙入對的好夫婦呵！」于太太回答一個微笑。于先生能夠不一齊笑麼？

挨近月尾的日子，于太太的態度忽然鬆弛下來。于先生奇怪這麼一個轉變！一夜，從于太太一句驚人的話裏才明白了一切。她問道：「同意不同意？我打算找個地方搬家了。」

不同意是愚蠢的。于先生明白一個人最珍貴的是自由，連室內的自由都沒有，什麼理想的住居都是夢話。

但是于先生卻為租房子的計劃擔心。「非眷莫問」這條件倒不是問題，成問題的是他們還有個對案：房東有女兒的不租！

「不用你擔心，房子我已經找到了。」于太太說。

「房東沒有女兒的嗎？」于先生打趣地問道。

「有呀！」于太太安靜地回答：「一個可憐的白癡！」

注 ————————————————————————

1 《貴族之家》，英譯 *Home of the Gentry*，1859 年出版。

策略家——「夫婦倆」之五

本文原刊《大公報・大公園》，1980年4月11日，頁11。

「據說，十七八世紀法國的上層社會有過這樣一種風氣：丈夫有個情婦，妻子有個情夫，幾乎是公開地當作時髦。我不是這種風氣的擁護者，可是我卻承認這在某種意義上有它的好處。至少在夫婦間的佔有慾方面可以緩和若干感情上糾紛。你信不信？」重婚了的杜夫人這麼地說。坐在她對面的是給婚姻問題苦惱著的周太太，她在杜夫人這一問之下稍微睜大一雙眼睛。

「你聽我說，」杜夫人繼續著她的話題：「我的結論是從經驗裏得來的。我們把婚姻制度估計得太高固然用不著，可是把它看得全無價值也是不對。它本身的意義始終還是神聖的。不管做丈夫的怎樣背了妻子去作軌外行為，但是極其量也只能偷偷摸摸而已，他決不敢在妻子眼底下去公然進行，原因是他有所顧忌；這顧忌便是出發於尊重婚姻『契約』，也就是尊重妻子。好，在這一點上，我們作妻子的便操持了一條鎖鑰，無形中佔了優勢。

「為了贏得這個優勢，我們就縱容作丈夫的去幹偷偷摸摸的行為了麼？也許你會有這個疑問。我也承認每個女人在心理上都需要絕對地佔有自己的丈夫，不過我們得分析一下這所謂『佔有』是怎樣一回事。一個妻子要求於丈夫的是什麼呢？除了生活的安定以外，便是精神的以至肉體的安慰。只要我們在這方面獲得滿足，我不知道絕對與不絕對的佔有還有什麼分別。自然，如果丈夫有了軌外的行徑而致影響了上面所說的權益時，又作別論。那時候，我們可以運用自己操持著的鎖鑰去制裁他。

「但是，這類情形的可能性是很低的，因為他們只能做到偷偷摸摸；他們生怕有絲毫破綻給我們看穿，所以對妻子的一切都得戰戰兢兢地照舊做去，甚至做得更體貼些，為的是把他們的秘密行徑掩護得更周密。在這樣一個微妙的關鍵下，聰明的妻子縱使有所發覺，也應該裝成不知不覺。這不是方便他而是方便自己：利用他的弱點而盡量獲取他應該給你的滿足。相反的，假如你一有所覺立刻毫無保留地發作起來，只有弄巧反拙；你該知道，一般的男人對於不讓妻子知道的秘密是拚命掩飾的，可是對於那秘密不能再掩飾時，他便毫不保留地公開出來了；這後果是怎樣呢？你只製造了讓他說出這句話的機會：『對了，這件事我好

久就想對你說。……」這問題發展到極度，便是使他有了勇氣和理由提出同你分手。

「如果對方不是一個爽快的男人，他不肯承認自己的過錯，那麼你的發作所收穫到的，只是夫婦感情的破裂。你是犧牲了，但是卻不能阻止他向別方面去發展；而且你的惡感還助長了他的心的外向，同樣沒有好處！

「讓我拿自己為例罷，當我第一次結婚時，也像許多人一樣，有個天真的想法，希望我的丈夫是我在世界上唯一私有的人。他向別的女人看一眼，我會感到是我的一種損失。我不容許他有半點足以引起我猜疑的行動。當我發覺他同一位章女士有點感情關係的時候，我忍耐不住了。其實那種關係不一定會發展到危險程度，可是為著防範——毋寧說為了妒忌，我提出了質問，而且不容許他否認。我的目的是企圖根本斷絕他和章女士的交往。但我只是自作聰明。我的丈夫自尊心受到損害，卻又沒有退路、索性把心一橫，就順水推船地和章女士發展了進一步關係；這正如一個被誣告的疑犯在無可申辯中激起反抗心理，乾脆就犯起罪來一樣。結果我只是促成了我丈夫同章女士的結合，不消說也促成了我自己的離婚。

「我的失敗，是由於我不曾本質地了解男人。有了第一次的經驗，我曉得怎樣補救了。在我重婚以後，對於我現在的杜先生，我便完全換上相反的態度；並不是杜先生比我的前夫好，而是我了解了一個道理；少些苛求便少些煩惱。只要他對我沒有過不去的地方，我便不理會他在外面的行動。有時我還故意放任他。譬如，他因公事要到海外去一兩個月，我明知根據男人的天性，要他能夠忠於我簡直是夢話；因此我索性闊氣一下，在通信中暗示他：在旅居生活中如果感到寂寞，不妨去找點安慰，只要不太過分就行。……你別以為我這樣做會助長他的放恣，恰恰相反，由於他醒悟到我知道他的行徑因而喚起的『責任感』，他的放恣不期然地有了限度。而且，基於一種因我的體貼而產生的感激心理，使他感到對我忠誠是他的義務。因此每次久別回來的時候，只要我問起來，他自然忠實地告訴我他在外面的一切行徑。我並未因此就損失了什麼，倒是更贏得了他的心。他到處對朋友誇耀，我是最了解丈夫的好妻子！

「你看，我兩次的經驗情形多麼不同！你現在可以從我的故事裏面獲得教訓。同時獲得對丈夫的認識。你要操縱他，就得有限度地放縱他。好比一隻猴子，要牠服從你，就得放長你手上握住的繩索，讓牠有活動的自由；但是不管牠

如何自由，也總是縛在你的繩索上面。假如你太吝嗇你的繩索，那麼，萬一他反感你的過分束縛而逗起野性來，把繩索一口咬斷，猴子便永遠離開你啦！」

「你保證你的猴子永遠不離開你了麼？」周太太用充分的趣味心情問道。桌上的電話鈴聲突然響起來。

「永遠不！我希望這個電話會給你證明。」杜夫人走過去抓起電話機：

「喂，是我。你是杜嗎……（杜夫人向周太太裝個鬼臉）什麼事情？……唔，經理請吃飯，九點鐘才能回來，好的。……聽清楚了。不要太遲呀！……bye bye。」

女書記——「夫婦倆」之六

本文原刊《大公報・大公園》，1980年 4 月 18 日，頁 11。

　　表面看來，這件事近於奇跡。女書記並不是由報紙上的「分類廣告」欄徵求來的，而是她自己送上門來的。更難得的是，她不需要領定額的薪金。她的關係對於林先生是比一般女書記的關係更要密切。

　　「我想，你太忙，我卻太空閒了。你寫了文章又要謄抄一遍，真是費時失事。如果你信賴我，寫好草稿讓我替你謄抄，不是省事得多嗎？」

　　這話正好打中林先生的心。他過的是寫作生活，向來就覺得寫文章不困難，最不耐煩的是謄抄稿件。因此對這女人的提議是無須考慮的。何況，據林先生所了解，這女人是所謂家學淵源，平日懂得寫幾句舊體詩，對「書法」尤其喜歡研究。但是林先生從未想到過要請她幫忙，卻為了這女人是講求女權的人物，他不敢要她做她不願意做的事。現在，她自動提出要求，他還會不答應嗎？

　　女書記第二天便開始上任了。她對於這份工作看得很隆重。她一早就特地去文房店買了一支書寫流利的名牌原子筆。「工欲善其事，必先利其器」，對於這種對待工作的認真態度，林先生是完全滿意的。

　　於是林先生交給她一份寫好的文稿；為著省事起見，索性一次過給她五十張原稿紙。女書記接過了，便離開林先生的書室走進她的房間去。她的理由是：「我寫字的時候是不願給人家在旁邊看著的。」

　　這一點很有道理。林先生自己也有這種怪脾氣，旁人看著他動筆，他簡直寫不出文章。

　　世界上有許多事情真不如理想的那麼好，問題在工作開始的第一天就出現了。林先生交給她的文稿不過是三千字，可是整整一天的時間，她竟然沒有抄好。林先生到她的房門外去打聽消息，回答出來的總是這兩個字：「快了！」

　　但是事實上她就不曾快。林先生有點焦急：怎麼辦？稿子得趕著寄出去。末了，他忍不住悄悄的推開房門走進去，想看個究竟。女書記一發覺林先生站在背後，急忙拉了原稿紙遮掩住她的工作，趕他出去，她說她抄好了自然會交給他。他站在那裏她就快不來。

　　沒有辦法，林先生只好忍住氣離開，回去他的書室呆等。

一個鐘頭之後，女書記終於高高興興地「交卷」了。她的工作成績優越得使林先生失望。原來這女書記在謄抄時也不忘記表演她的「書法」，每一個字都寫得十分工整。這種不必要的精力浪費，對於需要爭取文章發表時間的做法，簡直是背道而馳。三千字的文稿抄了一整天的原因，原來如此！

為了怕傷了女書記的虛榮心，林先生委婉著語氣向她解釋報紙排印的實際情形，目的是說明原稿只要寫得清楚就行，字體的工整與否並不重要，借此消除她的不必要的心理作用。可是女書記卻忸怩地表示抗議：「字寫得不好，給編輯先生看見，羞死人！」

林先生只好費一番唇舌去說服她，才扭轉了她的錯誤思想。

第二天，女書記謄抄的字體果然隨便了一點。林先生高興著。第三天，當女書記謄抄第三篇文稿的時候，她向林先生要原稿紙。林先生詫異起來！前兩天不是才給她五十張原稿紙麼？兩日來她不過謄抄了六千字，十二張原稿紙罷了，但是那三十多張哪裏去了呢？林先生忍耐著，仍舊讓她把原稿紙拿去。他等著一個機會。

當女書記進洗手間去的時候，林先生偷偷的溜進她的房間。帶著滿肚子的疑惑要檢查一下她的工作情況。拉開書桌的抽斗，終於發覺了一個秘密：在抽斗裏，塞著一堆雜亂的原稿紙，每一張都是只有幾行字。顯然是因為字體寫得不滿意時丟在那裏的。

林先生不動聲色的回到書室，人卻呆住了。怎麼辦呢？這樣下去，文章不但不能因為有了個女書記協助而多產，反而增加了麻煩。

林先生越想越是頭痛。他沒有辦法解決自己的難題。辭退這女書記嗎？不但打擊了她的自尊心，而且拂逆了她幫忙的好意。讓這情形繼續下去呢，只有一個結論：糟透了！

如果她是個普通的女書記，林先生倒有辦法：索性向她求婚，讓她只做太太，算數。但為難的卻是，她已經是太太身份，而且是林先生自己的太太哪。

舊情・舊地及其他

本文原刊《大公報・大公園》，1980年4月25日，頁11。

又是一封陌生筆跡的信，由報館轉到我手上。這一兩年來，在同樣情形下接到的信件是很常有的，可是這一封顯得特別的地方，是在信封上面貼著「掛號」的標誌，而信卻是寄自香港。這顯然是出於希望不致遺失的用心。是誰把這封信看得這麼莊重呢？

帶著好奇心把信拆開，看了內容，才得到解答。信是這樣寫著：

> 我冒昧地給你寫這封信，你讀了也許有點出乎意料之外。
>
> 我是你在九龍城居住的時候的鄰居，又是你的小說和散文的愛讀者之一。我的祖父在九龍城開了一間木舖 —— 寶記，後來街坊把我父親也叫「寶記」。我就是這個資本家的兒子，雖然我後來背叛了那個資產階級家庭。……
>
> 我記得，當一九四九年前後我在華商報社工作的時候，我曾登門拜訪過你。解放後，我到廣州南方日報工作了七年多。一九五七年去北京，在××社工作了五年多；以後到中國社會科學院哲學研究所，現在我就在這個所工作。
>
> 最近我父親患病，我來了香港。現在父親的病已有好轉，我準備日內離港回京。
>
> 我還有一張你在三十年代居住的那間二樓的照片，現在寄給你看看。我還記得，當我在十二、三歲的時候，我就到過你家，不是為了別的，而是為了 —— 收租。……

原來，這是三十年前只有過一點淡薄關係的朋友寫給我的信。在經歷了長時期的人事變動以後，他還記得起我這個還在捏著筆桿的人。並且用了掛號的信來要求聯絡那中斷了的關係。這份情誼真是太珍貴了，太感動我了。

其實在三十年前那一段日子，大家還算不上是朋友。雖然他說是曾經「拜訪」過我，但是我完全記不起來，在我腦子裏的印象最深刻的，只是他童年時期

到我家裏「收租」的記憶。我家的住居是屬於他父親的物業，每個月總有一次，他奉命拿了租單來我的家敲門。我同他的年齡相差不了幾歲，可是並沒有因為經常見到就成了朋友。我自小就有一種可笑的心理：不喜歡「收租」的人，理由是他們是來要錢的，──儘管對象是個孩子。

直到我家搬遷了住居，我和他才少有碰頭的機會。但是隨著時代的演變，大家都在成長著。間接地從一些朋友中，我知道他的生活狀況：他是在要求上進之中努力著，而且到日本去唸了兩年書。他說在一九四九年前後進華商報社工作，大概是他由日本回來以後的事。中國解放後，他就一直在國內工作，正如他自己說的：「背叛了那個資產階級家庭」。

讀到他的信時同樣感到高興的，是看到他附在信裏寄給我的一張照片。那是我曾經在那裏住過的舊居的照片。我不知道他當日為什麼會把它拍攝下來。經過了三十年的歲月，照片的畫面已經褪色，可是它卻喚起我無限的遐想。

那張照片是站在我的住屋對面拍攝的。我忘不了住屋對面是一塊圍繞了鐵鍊的三角草坪。草坪的一端有一間亭子式的小型郵政局。那塊草坪是附近居民平日憩息和閒聊的好地方，也是小孩子們的遊樂場。但是日本侵略軍攻陷香港以後，那裏的安靜氣氛消失了，草坪成了市集場所。許多男男女女，為著生活或是準備流亡，在那裏擺開攤子，出賣一切可以換錢的東西。我在那裏也擺賣過書籍。如今，那塊三角草坪連同附近的樓宇全都在戰爭中毀滅了。這是我看到舊居照片時不能不感慨的事！

山村客店

本文原刊《大公報・大公園》，1980
年 5 月 16 日，頁 11。

　　吃過老闆娘為我弄的一頓晚飯，洗了個熱水澡，我拖著疲憊的兩腿，幾乎爬著上了閣樓。掀開了那張木床的蚊帳就倒下身子。我實在困倦得支持不住了。

　　你知道那是戰時。一天走了九十華里的山路是很夠受的，這時候最需要的是一張床。而我躺著的這張床，卻是客店老闆為著同情我這個過客無處投宿，才把自己的床鋪讓出給我安頓一晚的。秋夜的山村非常寂靜，更鼓敲著三更。屋外的蟲聲和屋裏的鼾聲交響著混在一起。我恍惚受了催眠似地睡著了。

　　（把故事告訴我的朋友，他把事情的經過由頭說起，我略去了不重要的部分，只是把引起我興趣的部分記下來。他接著講下去。）

　　大約是晨前四點鐘左右，我忽然醒過來。在矇矓中我聽到腳步聲音，沿住樓梯，走道，慢慢的傳來，末了，在房門外面止住。隨後房門慢慢的給推開了。

　　一道光線像一把劍一樣從門縫中刺進房裏來。接著是一條頗長的黑影在光暈裏出現。這分明是一個人，穿著黑色衣褲，手上捏住一支「松竹」（鄉下人利用松脂塗在竹枝上，燃著了作照明的東西）。火光映照著一張蒼白瘦削的臉，顯出輪廓可怕的陰影。這個人一步一步的走進房間來了。

　　把「松竹」插在牆壁的裂縫中，他慢慢的走前來，站在床邊，一手揭開蚊帳，一手把我推了幾下。恐怖情緒支配了我，我不能──也不敢動一動。我只好裝作睡著的樣子；一面卻基於自衛心理張開一線眼縫。

　　我看見他舉起一隻手，伸到我的頸項上面，更可怕的是，那隻手竟拿著一張白茫茫的尖刀。……

　　「我完了！」我驚惶地想著。我怕動彈一下或叫喊一聲只會加深危險的程度。只見那把尖刀在我的前面凌空劃了幾下，可是沒有刺下來。末了，他又垂下那隻手，轉身去拿下「松竹」，便向房門移動步子，最後便在門口消失。

　　我鬆了口氣，立刻跳下床來，跑過去把房門關上。糟糕的是門閂是破爛的。在惶急中，我只好把房裏的一張八仙桌推前去，把房門頂住。然後才回到床上去。腦子裏纏繞住一個問題：這是什麼人？他這樣做是什麼意思呢？

　　大約半個鐘頭以後，我的神經安定下來，正想靜靜的再睡；但是好像有意撬

鬼，腳步聲又開始傳來了。這和早一陣聽到的一模一樣。而且，聲音又是在房門外面停下來。

房門已經給推動著。我慶幸有了保障。可是我立刻察覺到全無用處。那個人的氣力顯然很大：門縫裂開大些，再大些。那張八仙桌慢慢的給移動著，推回房裏來了。

一道光，一條瘦長的身影，蒼白的臉，可怕的輪廓陰影……又是那奇怪的傢伙！

我重新陷入恐怖中。憑了剛才的經驗，我仍舊裝作沉睡樣子。

可是這一次他並不放下「松竹」火，一直來到我的床邊，照樣推我幾下，照樣舉起尖刀，遞到我的面前做幾下手勢。從那湊近的火光裏看得很清楚：那把刀竟是染了鮮血的。……

「看樣子是輪到我了。這一次真的完了！」我絕望地想著，由心裏抖顫出來。奇怪的，那把刀並未插下來，卻照舊是慢慢地垂下了手，另一隻手提起「松竹」朝我的面上照，彷彿要看清楚我面貌的樣子。我從眼縫中看見那彼火光映照著的一副陰慘的臉。我想叫喊卻叫不出來，驚駭得突然失去了知覺。

第二天，醒來時，才知我還活著。我好像做了一場惡夢。但我知道那經歷是真實的。我立刻跑下樓去找老闆娘，她正在廚房裏給旅客燒飯。

「昨夜你們店裏出過什麼事嗎？」我急急問著，「沒有人給謀殺了嗎？」

老闆娘詫異地搖頭：「你這話是什麼意思？我們這裏從來是太平的。」

我不相信她的話。我想叫她趕快把旅客檢查一下。剛要開口，那個到別處借宿的老闆恰巧回來了。我立刻抓住他，報告我昨夜的可怕遭遇。老闆不待我講完，便哈哈大笑起來。

「我明白了，那一定是阿桂！」說著，老闆撇下了我跑開去。一會之後，他手裏拉住一個人走回來，向我問道：「是這個人嗎？」

我愕住了。站在我面前的，是個面無表情，穿了黑色衣褲的瘦長子。我禁不住叫出來：

「對了，就是他。但這是什麼回事呢？」我感到迷惘。

客店老闆笑著，放開了阿桂才向我解釋：「告訴你罷，阿桂是我的夥計，他生來有點癡呆，但是人卻很忠厚。每個墟期的早上四點鐘，他照例起來幫忙屠豬。今天恰是墟期。昨晚我臨時把床讓給你睡，匆促中忘記向他關照一聲，使得

他把客人當作了主人，便弄出這場活劇。也許他因為我沒有依時起來屠豬，便到我的房間去叫我。他把刀在你頸項劃來劃去，是提醒我屠豬的意思：推你不動，以為我貪睡不願起來；所以他只好自己去動手了。他是有這能耐的。第二次再來推你，同時把刀向你作勢，是告訴我：豬已經由他屠好了，所以他的刀染有血跡。你明白了罷？就是這麼回事啦！」

「但是天老爺，他為什麼不說句話呢？」我仍舊困惑著。

客店老闆恍然大悟地向我肩膊一拍：「對啦，我還得補充一句：阿桂是個啞巴！」

故人之思

本文原刊《大公報・大公園》，1980年 5 月 23 日，頁 11。其後收入《向水屋筆語》。

　　同翁靈文先生[1]談起我寫作的舊事，使我強烈地記起了已故的葉靈鳳先生。因為他是我學習寫作的時候，在精神上給予我鼓舞力量的人之一。

　　葉靈鳳在香港度過了大半生。也許這不是他原始的意願，但是這裏的較為安定的環境，卻使他在文化事業和學術研究方面有了一定的成績。他的《香港方物誌》[2]一書和一些有關廣東地方的歷史掌故，都是在這裏寫的。此外，他還翻譯了《阿伯拉與哀綠綺思的情書》[3]、《故事的花束》[4]，又寫了不少文藝隨筆和讀書隨筆之類的文字。這類作品，有些已經結集成書，有些卻還沒有。

　　我同葉靈鳳相識大概是在一九二九年。那時候，他在上海主編的小型雜誌《幻洲》已經停刊，改辦一個月刊名叫《現代小說》。我正在學習寫作，不自量力地試行寄去一篇小說稿。[5]其實作品的幼稚正如我當日的年齡。可是僥倖地我的小說卻被接受。葉靈鳳給我寫信，並希望我繼續寄稿。我只在那本月刊上發表了兩篇不成樣子的東西，但是卻從此同他建立了通信關係。這個在我心目中的文藝界前輩，他的友誼給我精神上的鼓舞作用是很大的。

　　一九二九年夏季，葉靈鳳由上海來了香港，同來的是他的前夫人郭林鳳女士。郭是女作家。葉靈鳳這次南來是準備陪太太回她的家鄉廣西去。他們在香港沒有一個相識的人；作為過客住在中環一家旅店。我接到葉靈鳳的通知信後，便邀了那時候在一家報館裏做事的黃谷柳一同去旅店探訪他們。這是我第一次同葉

葉靈鳳攝於書齋（一九三四年三月）

靈鳳會面。

我們以地主之誼引領他們夫婦倆遊玩了兩天，他們對香港發生了興趣。在我們的慫恿下，他們便決定在香港居留一個月。由於九龍城比香港較為清靜一點，便由我在我家的附近替他們找到一間樓房。他們於是離開了旅店，把行李搬到新租的房子去。他們開始去認識地方環境，安排自己的日常生活。反正那裏有多餘的房間，我便被邀去和他們同住，給他們作伴。

那是坐落「宋皇台」旁邊一間房子的第二層樓。從那「走馬騎樓」向外望，正面是鯉魚門，右面是香港，左面是一條向前伸展的海堤；景色很美。尤其是晚上，海上的漁船燈火在澄明的水面溜來溜去，下面傳來潮水拍岸的有節奏的聲音。在海闊天空之中，人彷彿置身於超然物外的境界。[6]

在那一個月裏，生活是令人回味的。晚上，三個人習慣是聚攏在小廳裏讀書。我記得葉靈鳳讀的是英文大型本的高爾基小說《母親》[7]；郭林鳳讀的是《曼郎攝實戈》；我讀著史蒂文生的小說《自殺俱樂部》。[8]

有時三個人同到外面去散步，然後一同坐在堤邊的石塊上乘涼。往往坐到深夜。

最記得的是一次月圓之夜。月亮從鯉魚門的魚背上湧出來，在一片銀光映照下，周圍的山嶺有如剪影，海水平滑得像一塊藍色玻璃。在這樣的時刻，話題便多起來了。不知怎的，郭林鳳談起家鄉的風俗，從而談到農曆七月十四日「鬼節」，由「鬼節」談到習俗的所謂「施幽」，都是很有趣也很刺激的話題。直到夜深人靜，不能再坐下去，才離開那裏。

回到住處，大家似乎餘興未盡，不知道是誰提議不要睡覺，索性談個通宵。沒有人反對。於是把室內的燈火關上，讓樓外的月色作照明，三個人坐在小廳裏繼續講「鬼」故事，直到天亮。真不知道是哪裏來的呆勁！

一個月期滿，葉靈鳳要走了。但是行程變了卦：他們不是去廣西，卻是回去上海。因為上海來了信：書店需要他回去處理業務。

一個月在香港的旅居生活，郭林鳳是念念不忘的。回去上海之後，她的來信就有這樣一句話：「怎能有第二次呢？」

而葉靈鳳給我的信，卻是關心我的寫作生活。他鼓勵我應該把作品寄到內地去，否則只是「宋皇台偏安之局」。這話我至今不曾忘記。

注 ———————————————————

1　翁靈文（?-2002），作家、藏書家。抗戰時期參與話劇工作，曾任教師、記者、《讀者文摘》編輯等，八十年代任職無綫電視台，負責公關宣傳工作，曾於《文匯報》、《純文學》、《明報月刊》、《開卷月刊》等刊物發表作品。

2　葉林豐（葉靈鳳）：《香港方物志》。香港：中華書局，1958 年。後上海書局於 1970 年再版。

3　葉靈鳳：《阿拉伯與哀綠綺思的情書》。香港：上海書局，1956 年。

4　葉靈鳳：《故事的花束》。香港：萬葉出版社，1974 年。

5　侶倫以「李霖」為筆名在《現代小說》發表了兩篇小說：

李霖：〈以麗沙白〉，《現代小說》第 2 卷第 1 期，1933 年，頁 27-38。

李霖：〈煙〉，《現代小說》第 2 卷第 4 期，1933 年，頁 75-98。

6　原文有以下數句：「叫人感到對岸香港那邊是不夜天，而自身的這一邊，卻是個不會醒來的夜。」

7　高爾基（Maksim Gorky，1868-1936），俄國作家。《母親》，英譯 *Mother*，1906 年出版。

8　史蒂文生（Robert Louis Stevenson，1850-1894），英國作家。《自殺俱樂部》（*The Suicide Club*）最初發表於 1872 年，後收入小說集 *New Arabian Nights*，一譯《新天方夜譚》，1882 年出版。

故人之思續筆

本文原刊《大公報·大公園》，1980年5月31日，頁15。其後收入《向水屋筆語》。

在香港，平日和葉靈鳳有交往的朋友，總以為他是在抗日戰爭爆發之後到香港來的（葉靈鳳逝世後舉殯之日，到殯儀館參加了儀式，我同陳君葆先生在電車上談起葉的時候，他也是這樣想法），卻沒有人知道他在一九二九年已經到過香港居留過一個月。

至於那一次因為在香港耽擱而不曾實現的廣西之行，似乎是打算陪太太郭林鳳回家鄉去處理她的家事。不過這是我當時的臆測。我的臆測是有來由的。

一九二八年左右，上海發生過一宗哄動一時的大兇殺案。兩個受僱於一個大家庭的男女傭僕，據說因為相戀關係遭到僱主家裏一些人的干涉，傭僕憤怒起來，竟然動了殺機，用菜刀把主僱全家人殺害；行兇後逃去無蹤。這宗慘劇中遇害的女僱主便是郭林鳳的母親。葉郭兩人因為是死者關係人的身份，曾經一度成為上海的「新聞人物」。而這件慘劇對於郭林鳳，卻成為終生不能磨滅的創傷！葉靈鳳所以同她南來，在香港住上一個月，並且打算陪她到廣西去，也許就是要沖淡她的傷心的情緒。

郭林鳳是頗能夠自我克制的；表面看來，她的情緒已經平伏，在香港居留的期間，我不方便問起有關她的家庭變故的事情，只是她在閒談中偶然道及的時候，透露過一點實情。她說她母親是個很隨和的人，釀成一場家庭慘劇並不是她母親的責任；她母親被殺害是完全無辜的。從一句話裏可以聽出她的哀傷程度：「想起母親，我有一生也流不完的眼淚！」

那一次的廣西之行沒有成功，郭林鳳終於在兩年後回廣西去。這一次葉靈鳳沒有同行，聽說是因職務關係不能抽身。在她道經香港的時候，我同她見了一面。據她自白，自從上海的家庭變故以後，廣西的老家有許多事情需要回去處理，她非回去一趟不可。

據我所知，[1]郭林鳳的家是地方上的望族，她的父親曾經做過大官，在家鄉頗有聲勢。那時候他已經隱居家園，不問世事。當女兒回去協助他處理了一些家事以後，他便留住女兒不許走，要她代為當家管事。郭林鳳為此感到苦惱，她要設法卸下這個擔子。

到了時機成熟的時候，郭林鳳終於設法離開了家鄉。可是並非回去上海而是到廣州去。後來我才知道，原來在上海時，她和葉靈鳳的夫婦關係已經起了變化，最後竟致感情破裂。她毅然回廣西去，也是一種出走行動（在她離開上海後發表在上海一個刊物上的一篇題名〈別束〉的散文裏，有著關於她自己事情的敘述）。這個婚姻問題的打擊，成為郭林鳳人生觀的轉折點，她要尋求新的生活！這是她到廣州去的原因。經過一段進修過程，她進了一間大學唸書。一方面要在學問上充實自己，更主要的是藉著繼續求學的理由，擺脫家務羈絆。她的目的是達到了的。

在廣州，由於精神領域的擴大，更由於在大學生活中接觸到許多思想開明的青年朋友（陳殘雲[2]是她的同學之一），郭林鳳的思想發生了很大的變化。她不再在個人的感傷圈子裏打轉，而極力要振奮起來，希望自己將來能夠投身到時代漩渦裏做點有意義的事。那時候正是三十年代中期，世界在動盪中，歷史也到了大變革的前夕。這樣不尋常的現實，對於郭林鳳的精神上的衝擊是很大的。她為著迎接未來的日子張開了手。

然而事情往往不如人想像的圓滿。正當郭林鳳的生命迸出一點火花的時候，一場預想不到的急病把她壓倒下去，並且迅速地奪去了她的青春生命。是時代走得太慢，還是她的生命走得太快呢？她還沒有等到民族翻身的日子，便永遠閉上了眼睛。因為「七七事變」接著來了！

對於郭林鳳的突然死去，她的同學們都感到惋惜。他們對她有著很好的感情，而且寄託了很高的期望。聽說，好些人在報紙寫哀悼她的文章，甚至有人表示要向她的主治醫生追究責任。

葉靈鳳在上海淪陷後，第二次來了香港。由離亂以至大戰結束後一段很長的期間，我始終沒有向他提起過郭林鳳。我覺得這是不必要的。我記得《伴侶》雜誌編輯張稚廬先生當年送給我的一首詩：

　　　半島爭看一俊才，

　　　宋皇台下寫沉哀；

　　　不知十里衡前道，

　　　幾見翩翩靈鳳來！

開頭的句子簡直是開我的玩笑，末了的兩句卻引起我無限感慨。因為它所寫的情景，真的是一次之後就不再有了。

注 ————————————————————————

1　此句前原文有兩句：「但是出乎意料，郭林鳳回去廣西以後就一直沒有再回上海去。」

2　陳殘雲（1914-1979），原名陳福才，廣東廣州人，作家、編劇，筆名有方遠、准風月客等。三十年代開始在《大光報》發表作品，後就讀於廣州大學，曾參與創辦和編輯《中國詩壇》、《文化生活》和《廣州詩壇》等，抗戰期間輾轉流亡各地，四十年代末期來港，編輯《文藝生活》和《中國詩壇》等，五十年代回到內地工作。作品有《風砂的城》、《新生群》、《珠江淚》等。

夏夜小景

本文原刊《大公報·大公園》，1980年6月7日，頁11。

我們是三個人，一同坐在堤岸的石塊上聊天。

石堤像帶子似地，沿住陸地鑲成一條直線邊緣，伸展到見不到盡頭的遠處。堤岸的中部有個缺口，那裏有一道斜坡，通往下面一個由石板砌成的碼頭。碼頭末端，停泊著一艘休班的小火船，一點微弱燈火掛在船樓上表示了它的存在。

因為是陰曆月尾，沒有月亮，但是世界不會因此就不美麗的。在幽暗的夜幕籠罩下，連畫筆也寫不出來的色調裏，有時是比月色照耀另有一種神秘意味。沒有月亮不是缺陷的事，黑夜自有黑夜本身的情趣。

堤岸上是疏落地有人的。就在距離我們沒有幾步遠的地方，有兩三個人蹲著身子在那裏釣魚。靜靜的，沒有作聲。

在我們不大在意的時候，一個人突然揮動他的手，隨即站立起來。顯然是在他的手下有一條魚上釣了。

「唔，一條火點。」這樣自語著，似乎因為沒有人反應他的話，才察覺他的同伴不在身邊。把上釣的魚從魚絲上取下來放進地面的桶子裏，於是向瞧不清的遠處張望，一面用兩隻手掩住嘴角大聲叫喚著一個名字。

有一個穿了白色衣褲的人，從後面的草坪上應聲跑回來。

「我交回你自己釣罷！這裏，剛釣了一條火點。」

「謝謝你。你不釣了嗎？」

「我還是去那老地方好了。我女兒要到那裏找我。」

釣了火點的人把魚絲轉了手，便轉身離去。隨即在迷濛的夜色中消失了影子。

夜風很大，我們也覺得應該離去了。

恐怕絆著堤岸上縛住小艇的繩索，六隻腳小心地摸索著走。那個突出在堤岸外邊的碼頭漸漸橫在前頭。我忽然想起一件事：那是從別人聽來的奇怪傳說。據說，在淒風苦雨的晚上，這碼頭上常常有一個白衣的幽靈出現，模模糊糊地踱來踱去。我把這個傳說告訴了一同走著的冰和燕。

「有人說，一個人自殺是有鬼作祟的，你信不信？」燕懷疑地問道。不知道

她憑什麼有了這個聯想。

「我不相信有這樣的事。不過這堤岸的確有人自殺過，是一個十七歲的姑娘。」我說。我記起了幾個月前一個早上，看見過一具哄動了全城的浮屍。後來並且知道，那女孩子是因為同家庭鬧意氣而失蹤的。

大家都沉默起來。就在這個時刻，突然有個白影從堤邊的缺口地方溜下碼頭去，彷彿灰霧裏穿過一縷白煙。

碼頭附近是非常冷清的，一個人這個時候跑出碼頭去不是奇怪的事麼？而且還可能是個女的，而且還跑得這麼快。……

一陣神經過敏的衝動，使我們也跟蹤跑前去。我們小心地又急促地跑到碼頭的末端，看見那白影在那裏蹲下去。走前去一看，剛好迎住一張轉過來的臉（分明是我們不尋常的腳步聲引起詫異），但很快又回過頭去。這是個女孩子。在她的旁邊，是個坐在小凳子上的白衣男人。

「是釣魚的呢。」冰恍然地說。

驚心平定下來之後，我們也只好留下來看看釣魚了。這不是很可笑的一回虛驚嗎？三個人都想笑，可是不敢笑出口來。

那個男人捻亮了小電筒向下面照。冰好奇地問著：「照什麼呢？」

「看看有水沒有。」燕搶著回答。說錯了，連釣魚的也給引得笑起來。

「不，是看水裏有纜沒有，有纜是妨礙釣魚的。」

聽了聲音，才知道是剛才在堤上替他的同伴釣過一條火點的那個人。那女孩子是同他一夥兒的。為了那一笑，隔膜不再存在，大家便搭訕起來了。

「你們是每晚都來釣魚的嗎？」

「多數是來的，也只是消遣罷了。」

「為什麼你們不也玩玩呢？」那女孩子這才開口，面孔卻朝著海，「我爹那裏有魚絲，你們可要釣嗎？」

「謝謝，我們是不會釣的。」

女孩子的聲音那麼清脆，叫人聯想到，有一副那麼清脆聲音的人應該有一張好看的面貌。

可是，我們看不清楚她的面孔。夜是太黑了。

魚許久還不上釣。我們沉默地站在那裏，注視著深沉的海。有時見到她把魚絲迅速地扯上來。魚餌卻給狡獪的魚吃掉了，覺得很有趣，便一齊笑起來。

除了搭訕幾句關於釣魚的話，我們一直站在那裏伴著這兩個父女。如果這裏面是有一種期待，那麼，期待的是什麼？……

在沒有結果的期待中，我們終於向她們告別。

當那女孩子回過頭來說「再會」的時候，我們已經移動了步子。她的面孔仍舊給我們一個謎！

見到了舊朋友

本文原刊《大公報‧大公園》，1980 年 6 月 13 日，頁 11。

星期日早上，照例起得遲些，但是一陣電話鈴聲鬧醒了我。拿起電話機，便聽到這樣的講話：

「今天風和日麗，難得的好天氣；我們總該趁這機會見見面了罷？」

從帶著笑意的柔和聲音和說話態度，一聽就能夠直覺地辨認出來，這是杜格靈。在意外的喜悅中，我毫不遲疑地就同意了他的提議。雖然這一天我預定了有些事情要辦，也不能不把它擱起來了。對於一個在大戰後三十年來沒有碰頭的舊朋友，我怎能夠又放過了機會呢？

說起來是出乎情理以外的事。大家生活在同一個地方，共同呼吸著同一個地方的空氣，在人事倥傯之中，卻始終沒有見到面。雖然去年秋天他為著廣州朋友鷗外鷗的委託，把鷗外鷗的幾首詩寄給我處理，因而打聽到我的電話號碼同我通過電話；把事情交代清楚之後，也沒有切實定個約會。因為各有自己的事務，匆促間大家也決不定什麼適宜的約會時間。於是這樣又拖下來了。事實上像香港這樣緊張又繁忙的社會生活，朋友間除非工作上的活動是在同一個圈子範圍，否則如果沒有必要的理由，平日真是難得碰上的。我和杜格靈就是在這樣的情形下隔絕了一段悠長時間。難怪當他在同鷗外鷗的通信中道及戰後沒有同我會過面時，鷗外鷗不相信，認為這簡直是不可能的事。

然而在這個星期日，這件「不可能」的事終於要突破了。我的喜悅情緒是很難形容的。問題是大家怎樣會面？

杜格靈在電話裏說，最好是我直接到他的住處找他。他準備請我嘗試一下他親手煎的牛扒，作為款待。我很高興領他的情。但是當他告訴我他的新住址，並且說明要怎樣走法才不致弄錯的時候，我有些躊躇了。幸而還有另一個辦法：這是不去他的住處，索性去比較遠一點的區域，到他兒子掛牌的一個醫務所去，他在那裏等我。老實說，我平時最怕到陌生地點去找朋友，尤其是需要經過曲折過程的。因此我只好放棄他的煎牛扒了。

依時到了那間醫務所，推開玻璃門的時候，滿眼是坐在那裏候診的病人。我正在遲疑著，一個人已經迎面趕過來抓住我的手：這是杜格靈。他的面上堆著一

副在我眼中是非常熟習的親切笑容。大家不期然地互相打量一下，這裏面隱藏著一句沒有說出口的共同心語：我們終於見面了！

離開醫務所之後，在中午時分非常困難找尋座位的食店裏，我們幸運地佔有了一張桌子。首先要了啤酒來慶祝這一天；為大家的友誼乾杯，為大家的健康乾杯。然後，一面吃著午飯，一面毫無拘束地漫談。在長久隔絕而重再相對的時刻，回顧起人事的變化、世事的變化，自然有傷感，但是也有歡樂。我感到最珍貴的地方，便是，縱然生命隨著年齡而蒼老，而彼此的感情卻不曾蒼老；對於過去生活上共同感到興趣的事物，提起來時還一樣喚起共同的心理反應，彷彿時間在彼此之間並沒有發生意義。這卻是我在重聚之前沒有想像到的。

使我高興的是，他帶在手頭準備送給我的一份禮物，那是一本出自日本畫家手筆的木板畫冊《奈良圖繪》。這本畫冊小巧玲瓏，裝幀得十分漂亮。內容是中國古籍的摺疊式（學名「旋風裝」），兩面都印上了套色版畫，底和面粘上厚紙皮。畫冊外另加一隻精緻的護套，口邊處縛有結紮的紫色絲帶。

我知道這個畫冊可能是杜格靈的蒐藏品。他卻送了給我，使我感到受之有愧。但是它喚起一個記憶，杜格靈在藝術上的東洋趣味，是我過去所欣賞的。他曾經出版過的雜文單行本《秋之草紙》，由書名以至他自己經手的裝幀設計，都富有東洋味道。想來他的藝術趣味至今也不曾改變。這又是我在重聚之前沒有想像到的事。

文人的夢想

本文原刊《大公報‧大公園》，1980年 6 月 20 日，頁 11。

詩人拜倫在他著名的《查爾德‧哈勞》[1] 詩篇裏寫過這樣的句子：

> 你也是在那裏的，華賽克，英國最富有的兒子。
> 你曾經建造過你的天國。……

他所寫的是葡萄牙辛特拉的一座皇宮的廢址。這座皇宮是十八世紀英國一個文人威廉‧辟克福特所建造的。辟克福特可說是英國文學史上一個最富有、最奢豪的文人，也是文人中一個最傳奇性的人物。

據說他是一宗巨大財產的繼承者。他在少年時代已經過著比王子還要奢華的生活，受著最優越的教養。他並且環遊過世界，所到之處，最好的東西都弄到手來，不管花多少錢財。他與一般富家子只知追求享樂的習性所不同的地方，卻是他所具有的高度藝術趣味。他只是把金錢花在搜求特異書籍、名貴的藝術品和雕刻，稀有的貨幣和徽章，以及珍貴的古籍稿本等等。而他所具備的條件，正好成全他這方面的愛好。

與他的藝術愛好同樣，他熱衷於美麗的建築物。在他承受了大筆先人遺產以後，憑著優厚的財力，便開始來實現他的「天方夜譚」式的藝術幻想。他僱用了當代最精巧的建築家和數以千計的工人，進行建築一座在英國可算是前無古人的宏偉皇宮。他給它題名為「泉山寺」。為了避免外間人對他的好奇心，他在「泉山寺」的周圍築了一道七哩長十二呎高的石牆圍繞起來。在佔了一千九百畝面積的圍牆內，建設成一個美麗的花園。作為這座建築物的顯著特徵，是一座巨大的高塔，在塔上可以眺望周圍幾十英里範圍。全座「泉山寺」的建築規模，有如詩人戈勒列支的長詩《忽必烈》[2] 裏所描寫的理想皇宮一般。

然而這位「英國最富有兒子」對於「泉山寺」仍然感到不滿意。他在葡萄牙辛特拉地方又建築另一座比「泉山寺」更華麗的皇宮。這兩座皇宮所花的建築費當然是非常驚人的。據說當辟克福特下半生經濟破產時，曾經打算把他的產業出售，竟因為價值過高以致沒有人能買得起。結果只好讓它崩毀而終於成為廢墟。

威廉・辟克福特生平只寫過一本書。名叫《華賽克》（*Vathek*）[3]，是用古典文體寫成的傳奇小說。

關於上述的這個奢豪文人的故事，我是從小泉八雲的《文學的畸人》[4]一書裏看來的。對於英國文學，我是門外漢，但是我知道文學史上所謂的「畸人」頗不少，威廉・辟克福特是其中之一，而且是很突出的一個。

不過在我看來，威廉・辟克福特算不得是作家；除了寫過一本《華賽克》以外，他沒有別的作品，沒有為後人所知的「傳世作」；極其量他只是個有修養的文人而已。但即使是如此，他的故事仍舊喚起人的興趣，尤其是拿他的奢豪生活同文人二字連繫一起，更會引起從事寫作的人無限的遐思。

我不期然生起了聯想。

大多數過寫作生活的人，幾乎都有著共同的苦惱，是難得有個安靜的環境，讓自己能夠好好的進行工作；因而存在著一個夢想：有那麼一天，生活會改善過來。……

但是除了少數的例外，美好的夢想多半是不會成為現實的。這並不是緣於「文人固窮」這種宿命論，而是緣於我們仍舊生活在香港這樣一個資本主義社會。——連文學都成了商品，而這商品又是最廉價的一種。

形容文人的窮苦，在舊日的上海，有所謂「亭子間作家」，也如巴黎拉丁區的「閣樓」上文人。但是艱苦生活是一個熔爐，成功的作品往往在那裏鍛鍊出來的。說句滑稽話，如果文人都擁有一座如威廉・辟克福特那樣的「皇宮」。他們是不是還能夠寫出文章，是成為疑問的罷？

注 ────────────────────

1　拜倫長詩 *Childe Harold's Pilgrimage*，1812 年出版。

2　柯勒律治（Samuel Taylor Coleridge，1772-1834），英國作家。

《忽必烈》，*Kubla Khan*，1816 年出版。

3　參考本書上冊〈恐怖電影與小說〉注 4，頁 123。

4　Lafcadio Hearn（1850-1904），出生於希臘，後歸化日本，取名小泉
八雲。《文學的畸人》收錄作者為大學英文系學生介紹西方著名作家的演
講（“Strange Figures of the Eighteenth Century” 及 “Curious Literary
Figures of the Nineteenth Century”），韓侍桁譯，上海：商務印書館，
1934 年。

一部名著的產生

本文原刊《大公報・大公園》，1980年 6 月 27 日，頁 11。

一部《少年維特之煩惱》，使世人認識了哥德的文學天才，也使一些感情豐富的男女掉落了眼淚。這本書雖說是哥德青年時代的情史，但真實的故事並不那麼戲劇化，事實也不如小說所寫的嚴重。

一七七二年，哥德畢業於斯特拉斯堡法學院，第二年，到威刺勒去作例行的見習。在那裏，常常和他聚攏在一起的是一群感情熱烈的青年人。在那一群人中，他結交了一位使館秘書的克斯妥納，和一位作書記的沉默青年耶魯撒冷。後者因為戀上同事的妻子而陷於苦惱之中。

一個夏夜，哥德去參加鄉間舞會。在中途，他的女友叫他同去邀請一位女伴同去。這位女伴便是夏綠蒂，一個老法官的女兒。夏綠蒂年紀十九歲，在家裏已經擔負著照顧亡母遺下的一群弟妹們的責任。

據說夏綠蒂並非怎樣美麗的女性，但是她的溫婉的儀態和賢淑的德性卻攝住了哥德的心。自從一同參加過那一次舞會之後，哥德腦海裏已經擺脫不了她的影子。雖然事後知道她是已有所屬，——她的未婚夫便是克斯妥納，可是也不能夠遏止他內心的情焰。他常常到夏綠蒂家裏去，和一對未婚夫婦消度一些美麗的時辰。他成了她們的一個親密朋友。這情形對於哥德是痛苦的，一對未婚夫婦也了解到這一點，但是沒有辦法。豁達的克斯妥納和貞靜的夏綠蒂，半點也不願表示什麼去傷哥德的心。他的才華是那麼受他們的敬重。自然，三人之間也不可避免地存在著微妙的心理上的芥蒂。據說，克斯妥納私下裏有過放棄夏綠蒂的念頭。可是夏綠蒂卻坦白表示：她只是願忠於未婚夫的。

為無望的希望所苦惱，哥德覺得最聰明的做法是自己離開。

在回去法蘭克福的途中，哥德順道去拜訪一位女作家。這女作家有一個女兒名叫瑪克茜美玲，年紀才十六歲。這女孩子有一張美麗的面孔和一雙迷人的眼睛。於是哥德的心又給打動了。但是最後，他仍舊帶著失戀的悲哀回去老家。

在家裏的日子是沉悶的。夏綠蒂的憶思成了生活的中心。哥德沒有方法排遣他痛苦心情。他覺得需要寫些什麼來抒洩一下才舒服。可是寫什麼好呢？小說是比較能夠抒洩痛苦的形式。只是一個青年愛上一個已有所屬的女人而失望地離

去，這題材多麼平凡！

但是不久之後一件意外事情發生了。威剌勒的朋友耶魯撒冷，因為戀上同事妻子的絕望終於自殺了。他是托詞去旅行，向克斯妥納借了自衛手槍而毀滅自己的。這消息大大的激動了哥德。他抓到他的小說的情節了。他寫信給拜託克斯妥納把關於耶魯撒冷自殺前後的情形告訴他。他自己又親自去調查一次。但是當他要著手寫作時，卻又來了難題：以克斯妥納的寬宏大度，怎麼會形成小說主人公自殺的理由？

就在這個困惑期間，一個新事件又來了。有一雙迷人眼睛的瑪克茜美玲嫁給了弗蘭克福一個商人作妻子。這商人是個上了年紀的鰥夫，有著成群的前妻遺下的兒女，得由瑪克茜美玲照料。這商人有的是財富，卻缺乏柔情。這個結合對於瑪克茜美玲是很不調和的，而且是痛苦的。因此，哥德的拜訪便是很受歡迎的事情。他的英俊儀表和瀟灑的態度，不但博得瑪克茜美玲的好感，同時也贏得小孩子們的歡心。他做了這個家庭的常客。可是那個作丈夫的富商卻不大高興。他妒忌哥德佔有他家庭的位置。在他忍耐不下去的時候，竟謝絕和哥德繼續來往。

這個新的刺激對於哥德是很難受的。然而卻觸動了他的靈機。他的懸而未決的一個寫作難題——人物的性格和故事情節都解決了。

把自己對夏綠蒂之戀和對瑪克茜美玲之戀的遭遇，和耶魯撒冷的事件混合在一起，便成全了整個故事的輪廓。——維特是他自己，具有耶魯撒冷的命運和感情，卻缺乏哥德的理智；夏綠蒂是夏綠蒂，具有瑪克茜美玲和夏綠蒂的溫婉和德性；未婚夫阿爾伯特是克斯妥納化身，並不如他本人的寬宏大度，卻具有那富商的自私和狹隘胸懷。……人物的思想和性格都塑好了模型，然後拿哥德自己在威剌勒的戀愛經歷作為故事骨幹，便是一個好好的小說內容。幾個小說人物的思想和性格安排在故事中，沿住情節發展的結果，主人公維特便有理由自然地走上自殺的路。

《少年維特之煩惱》便這樣產生出來。

尷尬的時刻——並致某陌生人

本文原刊《大公報·大公園》，1980年7月4日，頁11。

我們生活的地方的確太小了。在地圖上只是一個點子的小島，卻住了差不多六百萬人。街道是擁擠的，戲院是擁擠的，渡海船是擁擠的，巴士是擁擠的。可能有一天，人們連轉轉身子的餘地都沒有。在這樣狹窄的環境裏，我們常常會碰上許多奇奇怪怪的事情。像最近那個禮拜天，大家在巴士裏遭遇到的，不是很可笑的一幕戲劇麼？

大家在同一個車站候車是很偶然的，上車以後，依次擠進車心裏一同站著，一同拉住車頂的把手，何曾又不是偶然呢？在這情景下感到不大自然的只是，我發覺站在身旁的是個陌生女人，你發覺站在身旁的是個陌生男子。然而在擁擠的車廂裏，這是十分尋常的事啊！

就因為是尋常的事，我便不以為意地，向坐在就近座位上的一位早已上車的老婆子打起招呼來了。我同她是相識的。許久以前，當我在電影公司做事的時候，她是在許多影片裏擔任閒角、卻很有典型性的演員（即如扮演愛饒舌，好管閒事這一類人物的演員）。但是彼此隔絕太久，大家便有點生疏的感覺；這是你從她和我的對話情形可以看出來的。她問我近年來幹什麼工作，住在那裏，某人某人常見到嗎？……這一連串的閒話，我都只是隨意地敷衍著她。我察覺你似乎聽得很留意。這也不值得奇怪，因為無論在車上或是船上，單身的乘客，在無聊中對於旁人的公開講話，很少不發生興趣的，何況是出自一個曾經是演員的老婆子的絮聒語氣！你不但沒有例外，似乎還不自覺地有點忘形的樣子，——你不是斜睨著她微微地笑著麼？

無巧不成話，事情就在這裏出了岔子。

「怎麼？你的兒女沒有一同出來嗎？」

「沒有。」我信口的答。

「沒有也好。兩口子出入輕鬆得多啦！」

我感到這老婆子說得奇怪，不期然望她一眼。天哪，她正用一種親切的眼色看著你。顯然她是自作聰明地弄錯了。我感到處境的尷尬，一時間不知道如何是好。我沒有勇氣去注意你的表情，卻知道你把視線投到車窗外去；顯然是藉此向

別人表示：你同意這個話題是全無關係的。我明白你的心理，我願意給你幫個忙解圍。可是在惶急中想找句什麼適當的話來糾正她的錯誤時，已經來不及了。坐在老婆子旁邊的一個男客忽然站立起來，準備下車。她立刻伸手按住那空了的座位。完全出於關心和好意，她不容你考慮，一手就拉你坐下去。

「沒有位子坐是很辛苦的，腿也站得酸軟呵！」這麼親切地對你說，隨即轉向我笑著：「你呢，怕要站立到下車了啦！」

「不打緊。」

明知道這樣回答也許更助長老婆子的誤會，可是除了這樣說，我能夠怎樣回答呢？這正如你未必高興順承她的意思去坐那個空了的座位，情勢上卻不容你推卸一樣。在那一剎那間，你的神情上不正是表現著你的尷尬情緒嗎？

幸而老婆子比你和我都先下車，省卻了不少可怕的絮聒，不幸的又是她比我和你都先下車，留下更叫人窘困的場面。她離開座位時就示意地拉拉我的衣袖，好像恐怕一開口便會給人搶先佔了便宜似的，幾乎是強迫地要我接受她的座位。

「好啦，現在兩個人都舒服了！」

當老婆子瞇著笑眼向我和你告別，而我又沒奈何地向她道謝時，我想世界上沒有一種境界比我這一刻間的感受更難為情的了。

在以後的一段途程中，我只是低頭打開我手頭帶著的一本書。我擔心萬一互相看一眼時，大家都會忍不住笑出來。

我不知道事後想起這個滑稽劇的時候，你會覺得有趣還是覺得侮辱。但我希望你明白的是，釀成這幕滑稽劇的責任，不是我也不是你，也不是那老婆子的糊塗。而是命運的惡作劇：它向兩個彼此陌生的人開了個玩笑！

如果你認為這件事損害了你身份的尊嚴，那麼，我只能這樣希望：希望命運今後不要再安排你我同趁一部巴士，尤其不要再碰著那個老婆子同車。

沉默的戲劇——並致某陌生人

本文原刊《大公報‧大公園》，1980年 7 月 11 日，頁 11。

　　在我的筆還沒有觸到話題的核心之前，請讓我說一點無關痛癢的事。這和我寫這封信的理由卻是有關的。

　　每當我獨自坐上公共汽車的時候，如果又恰是我獨佔一張座位（在今天的香港，這機會是十分少的）。我往往會生起一種猜謎的心理：推測不久坐到我身邊來的會是個怎樣的人。不消說，我希望那個人即使不使我發生好感，至少也不要使我討厭。自然，任何人都決不會長春不老，我們沒有理由把不順眼的人排除於生活圈子以外，不過在某種場合下，誰的心理都有著感官上舒適的要求，這不是很自然的事嗎？

　　基於同樣的原則，當我在一星期之前，從我工作室的窗口望向隔壁的樓房，發覺同我這邊僅隔一個天井距離的那個房間的住客已經搬走，只剩下一個空房子的時候，我不期然的猜想著：「將來搬到這個房間來的新住客，將會是怎麼樣的人呢？」這不也是很自然的事嗎？

　　這個謎終於有一天揭曉了。當我聽到那房間有搬動傢具的聲音，而注意到在那房子裏指揮安排傢具的，是個上了年紀的老人家，我實在有幾分失望。可是接著發現了你在房間的窗口出現，──你把一些書籍排列到窗檻上去；我便立刻換上另一種心情。⋯⋯

　　我的喜悅，與其說是因為有了像你這樣的人做我的鄰居，毋寧說是因為懷了希望去猜一個謎，而結果償到了心願的一種心理上的滿足。這完全是純潔和正當的，不含半點邪意的呢！

　　但是無論如何，從這一天起，大家開始做鄰人了。

　　既然是鄰人，大家不是應該好好地相處下去麼？可是叫人失望的是，你似乎半點也不講求「睦鄰政策」，而且，一住下來就挑撥感情，展開了意氣的鬥爭；故意同我扮演一場沉默的戲劇。這真是預想不到的事！

　　從你的儀表和你的窗檻上面排列著的許多書，可以推想出來你是一位具有知識和修養的女性；同樣地，你看到我工作室裏的書架上排列的許多書，而我又常常伏在書桌上埋頭執筆，你也總會推想到我是從事什麼工作的人了罷？但是你的

舉動卻顯示了你的糊塗。你好像誤認了我是因為你才住到你隔壁房間的樣子;以為我是為了要注意你才坐到書桌面前的樣子;因此當第一天早上,你在窗口整理頭髮發現了我的時候,你立刻把窗簾放下來。我明白你的意思是暗示說:「不許你看我!」

　　本來呢,你怎樣處理你的窗簾是你的自由,可是如果你的動機是為了防避我的視線,卻是對我的侮辱,我應該表示抗議。因此我也給你看看顏色,立刻把我的窗簾放下,我的態度是:「難得我又許你看我嗎?」你這樣地來,我這樣地去,這是很公平的呵!

　　第二天,為了避免你誤會我是懷有惡意,我索性不等你整理頭髮,首先就把我的窗簾放下。果然你因此放了心,把本來只拉開一半的窗簾全部拉開。我暗自懊悔我的小器,我猜想你昨天的舉動未必含有如我想像的那麼壞的動機;可能只是我自己神經過敏。既然你的窗簾可以拉開,我也不妨同樣地做,表示大家和解。想不到我的善意變成惡意:當我爽快地拉開窗簾時,你的窗簾隨即又放下了,連本來拉開的一半也放下了。多麼滑稽的事情!我聽到你那邊傳來你母親(我斷定那老人家是你的母親)的責備聲音:「是不是瘋了?三十四度的天氣,熱得要命,你還把窗簾放下來幹麼!」接著,便是她把窗簾拉開,而且開得很徹底。

　　老人家不會了解年輕人的心事,我卻是了解的。為著減輕你的難過,一種崇高的退讓思想,使我自願地又把我的窗簾放下了。於是你我的兩幅窗簾就像東西兩半球的旗幟,此升彼降,彼升此降。多麼有趣!

　　但是我要說,開玩笑是一回事,情理問題又是一回事。我承認不能夠長此同你在精神上鬥爭之中過日子。我得為我的工作問題提出抗議。如果為著要遷就你的舒服而整天把我的窗簾放下,我會沒法寫得出文章。這種犧牲對於我是沒有道理的呢!

　　你為著遷就老人家的主意而痛苦,我也為著遷就你的主意而痛苦,這個矛盾是永遠不能調和的。你我之間,任何一方既然不可能因此搬走,那麼,還是彼此丟開成見,大家相安地住下去罷!

矛盾的權利——並致某陌生人

本文原刊《大公報．大公園》，1980年7月18日，頁11。

　　我們生活著的都市雖然很狹窄，但表面上還是一個法治地方：我們還能夠享受到一點自由的權利。無論思想、行動、嗜好和習慣等等，只要在不妨礙他人的原則下，我們都可以各行其是，不受別人的干擾。我們尊重別人，同時也尊重自己；這是平衡而又合法的。不是嗎？

　　因為各人有著合法的自由，又碰巧共同生活在一個狹窄的都市裏，即使有了相同的行動或舉動，也是非常自然的事了。可是，天不該地不該，當兩個陌生人——尤其是異性的，恰巧碰在狹窄都市中一個最狹窄的場合，同樣運用著各自所享有的自由時，情形便顯得很尷尬，即使找個社會學家來處理也是不容易解決的了。

　　那天中午，當我帶著患得患失的心情踏進那家××餐廳的時候，不出所料，果然到處都擠滿了人（在香港，午飯時分的食店都旺得好像不須付賬似的）。我照例地向四處探望一遍，很意外地發現角落地方有一個卡座是空著的。「這是注定留給我的了。」我這樣想著，就急步向那裏走去。但是我剛剛坐下，你就從最接近的「洗手間」走出來，一直走到我的卡座。發見了我坐在那裏，你遲疑了一下，終於在我對面的一邊座位坐下來。看見你從你的座位上拈起一隻早已放在那裏的包裹攔在桌上，我才明白你原來是比我先到一步的，只是偶然離開一會兒。在這境界下，情形便顯得微妙了。自然，你沒有理由因為自己先佔的卡座出現了我而退讓；我呢，也沒有理由因為你是先到者而退讓；因為第一，我來到的時候那卡座的確是空著的；其次，一個卡座有兩邊座位，在法理上，一個人不能全佔；人家可以坐在我的對面，正如我可以坐在人家的對面一樣。在這情形下，也許事實上是你比我先到，可是在次序上（這是援戲劇演出的定率，以「出場先後為序」的標準），我卻比你先坐下，我便沒有理由向你徵詢地問一句：「我可以同桌嗎？」因此，我於是泰然自若地坐著了。我想你也是和我同一心理，所以你也泰然自若地坐著了。只是彼此之間有點不很自然的情緒。幸而不要緊，你手頭有一張電影說明書，我手頭也有一本小說集。大家都有打發這尷尬場面的方法。

侍應生來了。這地方吹的是「西風」——Ladies First，他首先問你要些什麼。你說凍咖啡。問我的時候，我也是凍咖啡。我想，這是巧合而已。凍咖啡是我經常喝的飲料，何況這一天是卅三度的氣溫！於是我繼續看我的書，你也繼續看你的電影說明書。

當我的凍咖啡快要喝完時，我向侍應生招招手。他走過來的時候，又是首先向你問。你回答的是：「要一個火腿燒牛肉！」

我的天，我叫侍應生來的原意，便是要個火腿燒牛肉。不幸的是他先問你，便形成了我是「抄襲」，是故意向你開玩笑。但是我覺得，我有我的意志和自由，我沒有理由因為你先要了火腿燒牛肉我便不能要，你吃同樣的東西，我就得放棄我胃口的權利。因此當侍應生輪到問我要吃什麼的時候，我也毫不遲疑地回答「火腿燒牛肉」了。

如果我沒有猜錯，你當時是有點不高興的，不是嗎？因為你那張還未抹過餐具的紙巾吹到我前面來的時候，你急急伸手抓回去了。我記得在我們的兒童時代，向人家搶回自己的東西便是生了對方的氣的表示。但我知道你對於我是誤會的，我便若無其事地，對你的舉措半點也不在乎。自然，你有你的權利的不高興，我也有我的權利吃我的火腿燒牛肉呢！

世界上巧合的事情是很多的，不過一而再已經夠有趣，難道還會再而三嗎？可是無巧不成話，事實偏偏這麼奇怪！當你擱下刀叉，回答侍應生問你還需要些什麼的時候，你竟然說：

「淨紅茶，牛奶和糖都不要。」

對不起，這一回輪到我生氣了。我真想抓住那侍應生教訓一頓：這是中國領土，吹的是東風，開口時不一定要先問女性。因為我需要的飲料正是淨紅茶呀！我吃過食物之後喝牛奶紅茶便會「反胃」，我必須喝杯淨紅茶才覺得舒服。這是我一向以來牢不可破的習慣。但是怎麼辦呢？一個「火腿燒牛肉事件」已經使你不高興，再來一個「淨紅茶事件」不是更糟糕嗎？可是同樣維護我自己的自由和權利，我怎能夠為著顧慮你的誤會——認為這是有意搞鬼，便推翻我一向以來牢不可破的習慣呢？因此我不再考慮地對侍應生說：

「請給我一杯淨紅茶，不要糖也不要牛奶！」

我不知道你當時的心理反應是怎麼樣，雖然大家相對的距離不滿三尺，我卻擔心即使天真地向你看一下，也可能被認為是故意搞鬼的證明。為了表示我是沒

有惡意的，我喝過淨紅茶便先付賬走了。我恐怕再這樣發展下去，兩人之間要不是有一個會發笑，便準有一個會光火。

算了罷，你不能責備我，正如我不能責備你一樣。該責備的只是一件事：我們生活著的都市太狹窄了。因此我得預先聲明：以後如果再有同樣情形的話，我的態度是仍舊不變的。

請恕我不說「再會」。

幕前的控訴——並致某陌生人

本文原刊《大公報·大公園》，1980年 7 月 25 日，頁 11。

現在我要控訴的，是在電影院裏同我做了一個多鐘頭的「芳鄰」的陌生女士。

首先我得提醒你：儘管我們是生活在香港，你可以改上一個洋名，甚至把頭髮染色，都沒有多大關係；我們可不能忘記自己的中國人本位，不能忘記中國已經是個在強大中的國家。作為今日的中國人，應該養成無愧於自己身份的種種美德。在這方面，守時刻和維護公共秩序的習慣都是起碼的條件。表現這種美德的機會是多著的，至少看電影卻是最好的考驗。你承認嗎？

下午場的電影座券上面，分明印著放映時間是五點三十分，但是你偏偏過了半個鐘頭才進場。雖然你有支配自己時間的自由，而剝削了多看幾百尺影片的眼福是你自己的事；可是你可知道，這是最需要人們表現美德的公共場所呵！你想想罷，當人家正全神貫注於銀幕上的時候，你和你的同伴卻一連串地在人頭的「水平線」上穿進座位裏去，無數觀眾（自然我是其中之一）的視線都因為你們而遭受到擾亂和妨礙，這已足夠影響公益；萬一那一刻間映出的正是導演人的最得意的鏡頭，則這個損失除了把影片重看一次，還有什麼方法可以補償呢？

而最不幸的事，是你的座位恰巧劃在我旁邊。

除了給你和你的同伴騷擾了我的視線和安靜，第二件身受其禍的，是我的剛剛整飾得潔淨的白鞋，給你的鞋底毫不留情地踩了一腳。為了尊重你是女士，我能夠作出什麼惱怒表示呢？你似乎為此感到歉意，便故意對你的同伴說：「怪不得珍妮叫我不必太早入場，她說這部片子前半部很沉悶，女主角很遲才出場。你看，現在還未見到她。」

唔，你以為這樣就可以解釋你們遲來的原因，可以緩和我的白鞋給你踩了一腳，甚至緩和別的觀眾對你的騷擾的反感了麼？這實在是不能原諒的狡猾的行為。假如每個觀眾都像你的想法一樣，先先後後地陸續而來，還有公共秩序可言嗎？還有人願意看電影嗎？再說，如果你是為著看女主角才來看影片，那麼，到書店去買一張明星照片來欣賞一下，不是很乾脆麼？何必看電影呢？

但是我不同你計較，我只願安安靜靜的把影片看下去便好。沒有料到還未看上二十分鐘，麻煩又來了。我最先是察覺你和你的同伴在沉吟地商量些什麼事，

末了便一齊站立起來移動著身子，──唉，我真不明白你們的德性：反正是遲來，為什麼不索性多花三幾分鐘時間，把自身的瑣事辦好才入場呢？難道你認為到「洗手間」去有一條長路，足夠讓你們散發一下身上的香水氣味才滿意麼？可是你該想一想，在你們這樣一出一進之間，又有多少人的看戲興味給打斷，多少人的安靜給破壞了？

雖然有過經驗教訓，這一回我卻不作什麼提防了。我記得剛才給踐踏的是我的右腳，這時候我索性把左腳向前伸出去，預備你的鞋底再來一次踐踏。因為一對白鞋已經踩污了一隻鞋頭，不如兩隻鞋頭也同樣踩污，看起來要對稱些，也順眼些。果然，我沒有失望，你經過我的面前時，在我左腳的鞋頭上又是一腳。這一回你說了一句「對不起」。我不作聲。我有意用沉默來加深你的內疚。但是我的內心卻毫不在乎。相反地我還有個賭趣的思想：一對白色的鞋頭印上兩個污跡，可能會被旁人當作最新的「時髦」；我呢，豈不是享有如某個商品廣告所謂的「領導潮流」的榮譽了麼？

那樣想著的時候，你和你的同伴從「洗手間」出來了，在黑暗中摸索著沿住大堂中間的通道走。我有幾分天真的心情希望你找不到你的座位。想不到你摸索到我座位旁邊便停下來，向我問道：「先生，你剛才可是給人踩過一腳？」我只能忠實地回答你。你竟然高興地對你的同伴說：

「沒有錯，眉美，我們的座位是在這裏啦！」

我幾乎給氣得跳起來。原來你進出之間踐踏的那一腳，是帶著這麼狡猾的用心！

我的犧牲竟然成全了你的詭計。世界上還有比這更自私的事情嗎？我要控訴！

電話的傳奇——並致某陌生人

本文原刊《大公報・大公園》，1980年 8 月 1 日，頁 11。

　　很抱歉，寫這封信，在我是很不得已的事情。但是情勢卻迫著我非寫不可。人事有時是這麼無可奈何的。

　　在這裏，要詛咒的第一件事，是我們的電話還未實現到「傳真」的地步；第二件事，是在這個洋場社會裏，有不少的人以「洋化」為時尚；取個洋人名字的習慣是太普遍、太通俗了。如果是「傳真」電話機，我們在通話時可以看到對方是誰，不致認錯對象；如果洋化名字（如約翰、傑克、彼得、威廉……之類）不是太多、太通俗的話，我們便減少許多誤會。可是人世間如願的事情是很少的，因而人生便顯得不平凡，生活也顯得不平凡了。你同意這個想法嗎？

　　昨夜，當我聽到鈴聲，立即拋開手上的書跳下床去接聽電話的時候，當我奇怪誰會在深夜時分給我電話，一面習慣地「喂」一聲的時候，你急不暇待地就問起來：「你是 Richard 嗎？」我回答一句「是的」。因為我姓李，從來喜歡喝紅茶，朋友間便戲謔地替我取個名字叫「李茶」，而且往往叫成洋名「Richard」；所以當你一問的時候，我在直覺中不加思索地回答你。你沒有多問一聲便立即說：「我是瑪利。」聽到是女性聲音，我就知道這是撥錯了號碼的電話，因為我根本沒有取洋名的女朋友，哪裏來的「瑪利」呢？可是我正要向你問清楚你要通電話的號碼時，你卻不容我有開口的機會，就一連串地說起你自己要說的話來。沒有辦法，我只能讓你說下去了。

　　「Richard，你聽我說，你不要收線，不要生氣，我是愛你的，你相信嗎？我請你明白今晚的情形，和原諒我的苦衷。我知道你一定不肯聽我的解釋，但是上帝可以證明我說的一切都是事實。……」在這裏你頓住了一下，似乎要聽聽對方的反應。本來趁這機會我還可以說明你的錯誤，可以聽到你那麼氣急的口吻，和那麼動人的敘述，我遏抑不住我的好奇心。我知道下文還拖住不可知的故事，只好沉默著。顯然地你誤會我的沉默，便急忙繼續說下去：「Richard 呵，你真的生了我的氣嗎？你是在那邊聽著我說的嗎？」我在喉頭微咳了一聲，算是回答的表示。於是你又放心說下去：

　　「你聽我說罷，好嗎？今晚我謝絕你邀我去看電影，的確是因為我不舒服，

頭痛得很難受。你不勉強我，證明你是體貼我的，我感到幸福。我懷著滿足的心情打算等你走了之後，安靜的休息一晚。誰知你剛剛離開，占美便來了。他不相信我是不舒服，一味瞎纏著我，要我去的士高。我愛的，就算我精神好，你相信我會拒絕了你，反而答應那討厭傢伙的要求嗎？不，一千一萬個不！但是那傢伙的厚臉皮你是知道的，他走到我媽媽那裏去賣弄殷勤，要請我媽媽一同去夜總會看什麼表演（他知道媽媽討厭的士高）。媽媽要去隔壁打牌，不能領他的情，便叫我伴他去外邊玩玩。我一方面經不起那傢伙的瞎纏不休，一方面是順承媽媽的意思；只好勉強同那傢伙出去了。但是我只願意去餐廳小坐一下，喝杯咖啡。這是我的精神所容許的最高限度。那傢伙只好沒奈何地同意了我。

「我愛的，你該明白我這樣做是很苦心的。你知道我媽平日喜歡占美，我勉強遷就媽媽的意思，為的是緩和她的態度，也就是希望減輕她對我們關係的反感。我是完全為了你，為了我們的將來才這樣做的呵！但是命運要捉弄我們，造成你誤解我的機會，有什麼辦法呢？我沒有想到你離開我家之後，也到餐廳去喝咖啡，而且到同一家餐廳。當我一碰到你的時候，我知道糟糕極了。我正打算跑到你那邊向你簡單地解釋幾句，你卻賭著氣匆匆的離開了。我簡直要哭出來！

「Richard 呵，我真傷心！我同占美混的時間，完全是在心慌意亂之中度過去的：我想著你的難過，也想著我的罪過！此刻我終於擺脫那傢伙回家來了。我急著要向你說明今晚的事情。真的，即使不在餐廳碰到你，我也決定要告訴你的。我愛你，我要忠於你呵！你原諒我嗎？說呀，請你回答我一句讓我今晚能夠安睡的話。……」

在你的故事那麼感動我的時刻，假如我說一句話便具有使你安睡的力量，我還吝嗇什麼呢？還是什麼比這件事更有價值的呢？於是在崇高的動機下，我不能不僭越地——而且是慷慨地回答你一句話了：「好罷，我原諒你！」可是多麼不幸，對於你的聽覺不熟習的聲音，竟使我露出了破綻。你急忙地問著：「你是誰？你不是 Richard 嗎？」我不能不忠實地坦白出來：「不錯，我是的，只是並非你要給他講話的那一個。」印上我耳膜的是你的驚叫聲音：「怎麼？你的電話不是八四二×××嗎？」我抱歉地告訴你：只差了一個字。你失望地叫出來了：「混賬！」隨即是電話機重重地擲下的聲音。很可惜，我的一句「祝你安睡。」也給截斷了呢？

閒話自娛之道

本文原刊《大公報・大公園》，1980
年 8 月 8 日，頁 11。

　　為了要生活，或者確切地說，為了要生存，人總得要到社會去從事各種職業；即使那份職業符合自己的理想，卻天天是那樣刻板式的工作，過得久了，也總會感到單調和枯燥。因此在星期日或是什麼假期，誰都要找些什麼娛樂節目，來打發積壓身心的疲勞，同時獲取一點精神上的愉快，藉此充沛自己的精力去繼續應付工作。因而娛樂可說是生活上不能缺少的一項營養素。

　　所謂娛樂，範圍應該是廣泛的。一切足以令人感到愉快的活動都包括在內，卻並非僅限於在都市生活裏所慣常接觸的那些靡費性質的吃喝玩樂——到夜總會、喝酒、跳舞、聽歌、打牌……之類。這方面的娛樂，嚴格地說來都是不健康的，甚至是有損無益的。縱使一時歡樂，在某種意義上可能得不償失。雖然一個人要怎樣享受是有其自由，但那種娛樂的方式，至少有著時間和場所的限制。懂得娛樂意義的人，他可以不化一文錢，一樣能夠獲得滿足，更不須受到什麼條件的拘束。這便是屬於個人性質的娛樂，也是值得提倡的一種娛樂。

　　固然，集體性的娛樂也是生活上不能缺少的；但是我們同樣也需要絕對個人的娛樂。它是比前者更能夠滿足自己。比如，你在某個時候想看看電影，可是翻開報紙的電影廣告，在放映中的影片卻沒有一部投合自己口味；你想看看足球比賽，卻又不大願意使自己的神經過度緊張，……諸如此類。你不去滿足自己的「消遣慾」，便覺得無聊，勉強去滿足，又感到不大稱心。而且，一個人總會有這樣的時候：空閒下來，不知道做些什麼事來排遣的好。在這樣的境界下，除了在集體性娛樂的方式以外另闢蹊徑，找一點絕對個人的娛樂方法，還有什麼更好的解決辦法呢？

　　絕對個人的娛樂，項目是很多的：栽花、玩熱帶魚、聽自己喜歡的音樂、欣賞圖畫、讀書，……都是。總之，只要能夠達到「自得其樂」目的的一切方法，都是個人娛樂的種類範圍。

　　外國人最普遍的自娛方法是集郵。據我們所知，已故的美國總統羅斯福和現在的日皇裕仁都是有名的集郵家。還有許多名人都有這方面的癖好。近些年來，在我們中國人中，愛好集郵的人多起來，也普遍起來了。在過去，曾經有過一些

正人君子，認為成人也搞這類玩意兒是「玩物喪志」。可是我們並未見到愛好集郵的人曾經因此「喪志」，甚至對他們的事業有所妨礙。這原因，便是他們能把癖好和工作分開對待，懂得利用某種癖好來娛樂自己，以調劑給職務弄得疲勞的身心。有的人除了集郵之外，也高興搜集別的奇奇怪怪的東西，如火柴盒子、香煙包、鎖匙扣……之類，都是基於同樣道理。而他們從這些自娛方法所獲得的愉快，決不是旁人所能體驗得到，甚至不是從一般集體性的娛樂活動所能獲得。

其實每個人都可能有一點正當的瑣碎嗜好，可以發展為自娛的事物，只是大多數的人自己忽略了，沒有把它培養起來。這實在是個人生活上的一種損失。進一步說，許多足以自娛的事物，不是只令人身心愉快這樣單純，而且常常會使人平添一種常識或學問。我有一位朋友，有空閒時便高興去拆鐘錶或小型錄音機的機件，拆開以後又把它們設法裝嵌還原。他覺得這是唯一的樂事。然而他卻因此理解它們的構造原理，懂得如何修理出了毛病的鐘錶和錄音機。另有一位朋友，高興把空閒時間化在裝飾書籍上面，利用過時雜誌裏的彩色印刷的圖畫作包書紙，同時做點加工手續，把書籍裝得面目一新，把自己的書架甚至整個書室裝點得輝煌燦爛，充滿了美的氣氛。而他便在書籍的裝幀設計方面，獲得不少美學上的啟發。

培養自娛的方法，是豐富個人生活趣味的一把鑰匙。

香港・女性・書緣

本文原刊《大公報・大公園》，1980年8月15日，頁12。

偶然在一家書店裏，我見到這樣的情形。

一位儀表斯文的少女，站在一隻全部塞滿著通俗作品的書架前面巡視了許久。她從書叢中抽出一本書翻看一下，又把書插回原位，再抽另一本，一樣是不愜意地插回去。……似乎總找不到自己需要的書。於是她轉身向附近的書店店員詢問了些什麼話。那店員顯出恍然的表情回答她：「哦，你要找新書嗎？新文藝書嗎？請到這邊來。——」隨即引領她向另一部位的書架那邊走。

原來這家書店是把文藝書和通俗作品的書分開陳列的，而這位少女顯然是不常涉足書店的人。

看到這情景，我有點感觸。我覺得那店員所表現的含有意外成分的表情並不僅是他個人的，而同時是一般感覺的反感。事實是，生活在香港的女性愛好讀書，雖然不能說有如鳳毛麟角，卻至少也是難能可貴的事，更不必說到讀新書（這裏所謂的新書，習慣上是指具有思想性學術性，更普通的是指新文藝書籍而言）。大多數的女性，特別是一些家庭婦女，她們即使愛好閱讀，她們所接觸的讀物是什麼呢？除了電視刊物，一些專門記載電視「明星」的起居生活的報刊，時裝雜誌，便是報攤上的花花綠綠的流行小說，以及一些淺薄無聊的消閒作品。要她們能抽出一點逛百貨公司的時間踏進書店去買一本稍為高級的讀物，是不由人不感到稀罕的事。

但是也有不能抹煞的一面。在香港，有不少女性是同文化生活具有密切關係的。她們中有的獻身於教育事業，有的獻身於藝術事業；也有的致力於學術上的研究工作，並且在作家道路上邁步。然而這在五百多萬居民的半數之中只是可敬的一小撮，大多數同文化不發生關係。這就形成一個可悲的現象：一個女性的讀書生活只限於她本身還在學校裏求學的時期，過了這個階段，書與生活便是脫節的了。

香港的女性多數有這麼樣的傾向。什麼事物都追慕歐化，而且追慕得相當成功，——化妝、動作、姿態、行為、嗜好，都學得很到家，但實際所能學到的只是外表的一面，精神的一面卻是忽略了的。

　　別的不說，單是讀書的嗜好或讀書的習慣，便顯出「化」得不足了。一個常見的現象，在車上或是船上，很常會見到一些外國女人靜靜的坐在那裏打開了書在讀；特別是一些早出晚歸的職業婦女，手提袋裏常常放了一本書，預備隨時可以拿出來讀。而在出門旅行的時候，她們的行李裏面很少缺乏一兩本書。這個習慣我相信決不是為了要在人前裝模作樣；因為一本笨重的書，有時甚至是殘舊的書，並不見得會在她們的儀表上增加什麼好處。這至少在某種程度上說明了讀書一事，在她們的生活上如何著重，而讀書的嗜好在生活上又是多麼尋常的習慣！

　　反過來說，在車上或船上，或是在旅行途上，幾曾見到我們的女同胞手上是打開書的呢？即使見到，也是偶然的「幸遇」而已。

　　而香港女性在日常生活上的缺乏「書緣」，是不可否認的事實。

　　對於新時代女性，我認為身體的美固然重要，精神的美更加重要。前者是靠人工（如運動）可以獲得，後者卻需要靠修養才能成全。嚴格地說來，肉體與靈魂（精神）同樣的美，美才算得是完整的。有諸內才會形諸外，所謂溫文嫻雅的女性風度，決不是僅僅靠表面的人工裝飾所能表現的哩！

　　而陶冶人的性情和思想的高尚讀物，以及讀書嗜好的養成，便是幫助我們的精神修養最有效的課程。

讀書與生活

本文原刊《大公報‧大公園》，1980年 8 月 24 日，頁 11。

香港市政局舉辦「中國文學周」，[1] 主事人在開幕致詞中提到文學周旨趣時，有一句是「提倡閱讀風氣」。我覺得這句話是最主要的。因為如果「閱讀風氣」這個前提不首先實踐，別的什麼都無從說起。

在香港，大多數的人都缺乏讀書興趣，除了部分求知慾旺盛而對某種專門知識有所專注的年青人之外，一般人——特別是踏入中年的人，對於書本是不大接觸的。這些人不肯閱讀，更談不上把閱讀形成風氣。這是我們社會生活中的一個很大的缺陷。

一向以來，一般的觀念中有個很壞的印象：把愛好讀書的人稱作「書獃子」，這個名號是意味著癡呆、愚鈍、無所作為的一種人的典型。事實是否如此，值得商榷；但是由於心理上有了這個認定，使得好些人對於「書」產生一種排拒意識：好像愛好讀書便有被視為「書獃子」之嫌。讀書一事只好敬而遠之了。

香港每年照例有三幾次書籍展覽，參觀者很擠擁，但多半是趁熱鬧，買書的並不起勁。因此書籍展覽的作用，與其說是推銷書籍，毋寧說是為出版機構做廣告。這現象正反映了這個事實：愛讀書的人少，買書的人也就少了。

香港的書店不算得少，除了規模較大的，大多數都不純粹賣書，而是兼賣文房用品；聽說，不如此就不可能維持下去。這說明了經營書業的困難。如果社會上讀書的風氣濃厚，買書的人多，生意興旺，還會有這可悲的現象嗎？

不久前從報紙上看到一項資料：根據統計，以同等人口計算，台灣的書籍銷售量等於香港的五倍，而日本又等於台灣的五倍。

資料說，日本的閱讀風氣很盛。在地下火車裏，捧書閱讀者很多，高談闊論者很少。日本的書店很龐大，書籍種類繁多，買書的人也多。

不必拿日本作比例；就拿台灣作比較，香港也應該慚愧！

自然，我們不能否認，一個人踏入社會以後，許多人事上的紛擾足以妨礙人們接觸書本的機會。但即使是如此，人事所造成的也只是「妨礙」，而不是根本上「剝奪」，書與人的關係究竟還不致是斷絕的。糟就糟在怕做「書獃子」，或是觀念上把讀書當作是學校時期的事。於是閒下來的時候，只有把精力花在種種

不健康的消遣上去，而不肯找一本書來看看。

正常的娛樂固然是生活上必須的項目，但讀書何曾不是一種娛樂！只是性質不同而已。如果對讀書感到是苦事，只是證明你對讀書不曾發生興趣。其實這種興趣是應該培養和值得追求的。離開了學校的人，知識的增進全靠自己的努力，世界上事物的演變真的是日新月異，要能夠趕上歷史，趕上形勢，除了讀書去充實自己，實在沒有其他途徑。生活在這樣一個變化多端，紛擾複雜的時代，一個人需要知道的東西太多，而我們實際所知道的卻太少了。不必說到要做成一個思想不致落後的人，僅僅為著在社會上作生存的競爭，已不容許我們把知識的追求摒棄於生活圈子以外。

記起一個美國人說過這樣一句話：「沒有書籍的家庭是不完美的家庭」。外國人家庭的客廳和臥室的設計，不會缺少安放書籍的地方；而一個家庭經常訂閱三兩種雜誌是很尋常的事情。但是我們大多數的家庭，恐怕為了裝飾而擺設的書籍雜誌也沒有。

教育我們下一代是重要的，但教育我們自己不也是一樣重要麼？事實是，不把自己教育好，怎能夠教育下一代呢？

根本問題是從推廣「閱讀風氣」做起！

注 ─────────────────

1　應為「中文文學周」。據《香港公共圖書館》網頁：

「1978 年由市政局公共圖書館首次舉辦的大型文學活動 ── 中文文學周，邀請了著名作家如胡菊人、劉以鬯、白先勇、蔡思果等探討有關文學的課題。此後每年舉行，共舉辦了 10 屆。」

https://www.hkpl.gov.hk/tc/extension-activities/misc/srm2012/act1.html（讀取日期：2018 年 7 月 15 日）

沒有指南針的海洋

本文原刊《大公報・大公園》，1980年 8 月 31 日，頁 11。

在報紙上看到一則新聞：香港將舉辦一項名為「美好婚姻關係」的宣傳運動。這項運動將要透過各社區及地區舉辦的各項活動，向青年男女和夫婦們闡述早婚可帶來的種種問題及婚前婚後的問題。

據社會福利署發言人說：該署的家庭服務中心所處理的各種不同家庭問題個案中，涉及婚姻衝突者最多。在一九七二至八〇年內，共有三千對夫婦「因婚姻衝突前往該署求助及諮詢有關問題」云云。

從這則新聞看來，這是有心人對現社會婚姻的危機表示關心，進而圖謀挽救。不管這番努力結果的成效如何，這種動機總是值得致敬的！

其實婚姻問題是一直以來就存在著的老問題。我們有句老話，說是「夫婦之道苦矣」，這裏面包涵著一切複雜的情況；所謂「家家有本難唸經」，「清官難審家庭事」之類的現象，多少也同這源頭有關。不須隱諱，在現實環境裏，正多著這方面經驗的過來人，或是仍在這方面的經驗中掙扎著，要求解脫。

詩人海涅 [1] 寫過這句話：「婚姻，還沒有指南針可用的海洋。」在這海洋上，航行的人有的可能是風平浪靜，有的可能在風浪中觸礁，有的可能翻沉了船以至沒頂。問題是在於你能否把舵盤把持得好。

這差不多是公認的事實，一切被認為不幸婚姻的根源，在於夫婦雙方的糊塗：事前互相認識不夠，了解不深，只憑戀愛時期的感情衝動，就貿貿然結為夫婦。正如莎士比亞說的：「當愛情從大門跨進來，理智就從後面悄悄地跑出來了。」因此到了共同生活在一起之後，慢慢地就發現了對方的種種「缺點」，感到對方的為人不符自己的理想；加上對事物的意見不相同，因而不可避免地發生磨擦；如果各走極端而又不肯退讓的話，便會對婚姻生活感到失望，於是感情由淡薄而最終瀕於破裂邊緣。這情況正符合了王爾德的一句名言：「男女之間，因誤解而結合，因了解而分開。」

每個人（不管是男是女）都有其天賦的質素：性格、性情、氣質、志趣，……等等。這些條件不是每個人都相同的。兩個天賦質素不相同的異性相處在一起，要想不出現矛盾是不可能的事。而一個人要想找到各方面條件都能夠

互相配合的對象才結合，更是不可能的事。那麼，怎樣看待問題呢？

事實上，大多數因為有了矛盾而鬧意氣的夫婦，不一定就到了非分手不可的程度。起碼最初促使彼此結合的一種純樸感情是潛在著的（這種感情往往在一對夫婦不幸分手之後才體會得到，而且往往成為後悔的資料）。為著珍惜那種感情，為著珍惜原始有過的共同生活的理想，當事人應該理智地從危險邊緣上退回來，面向現實。並且，矯正那種過於「求全」的錯誤思想。在維護生活幸福這前提下，大家共同改造自己以求互相適應。這是唯一的補救方法。自然，要做到互相適應而必須互相遷就，雙方就得具有自我犧牲的精神。

這裏有個故事：

十九世紀英國首相格蘭斯頓的夫人，一次陪伴丈夫到議院去發表演說。這一次的演說是關係著格蘭斯頓的政治地位的，因此夫婦倆的心情很緊張。在上馬車的時候，她不慎地給車門重重地砸了一下手指，傷口出血。但是她不做聲，也不讓丈夫看見，忍住徹骨的痛楚裝出若無其事的樣子。一直到丈夫的演說獲得成功的結果，回到家裏以後，她才讓丈夫知道她砸傷手指這件事。格蘭斯頓奇怪她當時為什麼不告訴他。她答道：

「我知道你今天的演說非常重要，如果我讓你知道我的遭遇，你一定會因掛心我的痛苦而致影響你的情緒，那麼，你的演說可能因此失敗了。」

這個故事所以感人的地方，並不在於故事本身，而在於主人公的那種自我犧牲的精神。

一個賢能的妻子，不一定須有了不起的才智，在丈夫奮鬥的時候能夠給予鼓舞，在丈夫失敗的時候能夠給予激勵，便是盡了她崇高的義務。但必須以砸傷了手指不叫痛的精神為起點！

夫婦之道，這是一個啟示。

注 ————————————————————

1　海因里希・海涅（Heinrich Heine，1797-1856），德國作家。

穆時英在香港

本文原名〈一個知識分子的悲劇〉，原刊《大公報·大公園》，1980 年 9 月 5 日，頁 11。其後以〈穆時英在香港〉為題收入《向水屋筆語》。

　　穆時英[1]，在三十年代的上海文壇上是個響亮的名字。他以《南北極》[2]（最先發表於《小說月報》[3]）這本小說引起注意，被認為是有才氣的青年作家。後來他在《現代》（施蟄存主編）[4]發表作品，並且成為該雜誌作者中的主力分子。這時期他的筆調已經改變了《南北極》的那種粗豪作風，而轉為日本橫光利一的所謂「新感覺派」，寫的是都市背景的題材[5]，都是風格獨特、技巧清新的作品。有一本編入「良友文學叢書」之列的長篇小說《中國行進》[6]，似乎因為時局變亂，始終沒有寫成。

　　穆時英的下場並不光彩，他是在中日戰爭爆發以後，投身到汪政權旗下做事而招殺身之禍的。人的思想行為有時很難理解。在偉大的鬥爭年代，正當民族處於生死存亡的關頭，在大是大非的路線極端分明的情形下，一個頭腦清醒的知識分子，為什麼會走上一條自取滅亡的路上去，這問題我始終弄不明白。難怪法國現代作家 A·莫洛瓦[7]在談到人性的變化無常時，說過這句話：「即使一個聰明的觀察者，也難預測日常相處的人的最簡單的行為。」

一九三七年，侶倫（後立者）與穆時英夫婦（左）、王少陵夫婦攝於九龍城宋王台畔。

我同穆時英相識，是在「七七」事變前的一九三六年，他由上海到香港來的時候。雖然「九一八」以後，戰爭陰影日漸擴大，但是穆時英離開上海，並不是為了逃避可以預見的戰禍，卻是為了追蹤他出走了的太太。[8] 這件事說起來是有點滑稽的。

穆時英愛好跳舞，聽說在大學唸書的時期，每星期六他都從大學所在上海的郊區坐車回市區，到舞場去消度周末。就在這樣的場合裏，他追求了後來成為他太太的一位舞小姐。一九三六年夏季，兩個人不知道為了什麼鬧起意氣來，感情破裂。太太在一怒之下離開他，跑到香港來，同她在香港的姊妹住在一起。這個變故使穆時英感到很大刺激。在沒法說服太太回去的時候，他便拋開一切追蹤到香港來了。

那是一個夏夜，我回到我工作的報館上班，樓下的門房告訴我：有一個訪客來找過我，是外省人；因為我不在，他留下一張字條。我接了字條一看，寫的是「穆時英」三字，還附有地址。我突然困惑起來：穆時英怎麼會來找我；因為我根本未認識他。我好奇地問問門房：找我的人是什麼樣子的？

「是青年人，剃光頭的。」

聽了回答，我感到奇怪，我從刊物上見過穆時英的照片，印象中他是穿洋服的漂亮青年，怎麼會是剃光頭的呢？我簡直不相信。

第二天中午，我按照字條上寫的地址，到威靈頓街一間樓房去回訪。出現在我眼前的穆時英穿著長袖白色襯衫，有一副江南人的文秀面孔，的確剃光了頭，同他的儀表有些不調和，看起來很不順眼。他告訴我，離開上海時是葉靈鳳介紹他到報館找我的，因為他在香港沒有認識的人。這時候同在屋裏的有兩位女性，他把其中正在抽煙的一位向我介紹：這是他的太太，看情形，他到香港終於找到太太，而且住在一起了。感情上的風波顯然是過去了。

事實也是這樣。兩個人再也沒有分開。舞小姐在香港仍舊當舞小姐，這是她的職業。這個舞小姐本質上還是好的。也許這是穆時英所以千里追蹤也得找尋她的緣故。但是穆時英也得付出代價。這是我後來才知道的「秘密」：穆時英所以把頭髮剃光，原來是太太的「約法」：要想挽回夫婦關係，除非他剃光頭表示誠意。結果穆時英照做了。

最不幸的是，能夠忠於太太，竟不能夠忠於國家民族；這真是一個「知識分子」的悲劇！

注 ─────────────────────────────

1　穆時英（1912-1940），浙江慈谿人，作家，生於上海，抗戰期間曾到香港任《星島日報》編輯，後返上海任《國民新聞》社長，在《中華日報》主持文藝宣傳工作，於 1940 年遭狙擊身亡。作品有《南北極》、《公墓》、《白金的女體塑像》等。

2　穆時英：《南北極》。上海：湖風書局，1932 年。

3　經施蟄存推薦在《小說月報》第 22 卷第 1 期上發表。

4　李今：〈穆時英年譜簡編〉（見《中國現代文學研究叢刊》2005 年第 6 期，頁 249-280）提到：

「穆時英在《現代》共發表了 11 篇小說，在施蟄存主編期間，幾乎每期一篇。不僅數量最多，而且展現了他作為新感覺派『聖手』的『奇才』，其中雖然也有沿襲過去作風的小說，但主要作品則以個人經歷與情感經驗為線索，以酒館、舞場、夜總會這些典型的現代場景反映了大都會文明的繁華、喧囂和淫蕩，現代人的狂亂、神經和頹廢。更因其成功地模擬了電影鏡頭和剪輯、結構技術，運用了現代詩歌的『通感』語言等一系列的技巧實驗而創造了一種『簇新的小說的形式』，成為中國新感覺派和都市文學的代表，盛極一時。」

5　此句後刪去原文數句：「那時候他的短篇小說像〈斷了膊胳的人〉、〈偷麵包的麵包師傅〉、〈墨綠衫小姐〉、〈CRAVEN‘A’〉、〈白金女體塑像〉等。」

6　指長篇小說《中國 1931》，曾在《大陸雜誌》第 1 卷第 5-7 期（1932 年 11 月至 1933 年 1 月）連載，未完。

7　即安德烈・莫洛亞（André Maurois，1885-1967）。

8　穆時英 1934 年 6 月 23 日與舞小姐仇佩佩結婚。

悲劇角色的最後

本文原刊《大公報·大公園》，1980年9月12日，頁15。其後收入《向水屋筆語》。

關於穆時英，還有一些閒話可以說說。

剃光了頭髮到香港來尋到了太太，並且如願地恢復夫婦關係以後，穆時英索性在香港耽擱下來。「七七」盧溝橋事變掀起了全面抗戰，日軍的炮火很快就蹂躪了上海。穆時英更不能回去。他於是同太太搬到九龍城，租了一間樓房住下。除了租用一些簡單的傢具，什麼陳設都不要；生活非常簡單。他的太太已經卸下舞衣，做個家庭主婦。兩個人的日子過得還算是安靜的。

在那時期，我剛剛辭去報館的職務，時間較為空閒，彼此又相隔不遠，穆時英便常常到我的住處閒坐和聊天。他習慣穿著夾袍，兩手籠在袖口裏，踱來踱去地講話。話題多半是關於上海文壇或個別作家的瑣事，有時也涉及一些笑話。他也談到過他的作品。說起他的《中國行進》時，他說肚子裏還有同樣的幾個長篇。從他的談話所透露的題材聽來，他似乎是經歷過一些鬥爭生活的。我記得他告訴過我一個很戲劇化的故事：有一次，正是「白色恐怖」籠罩著上海的日子，他兩手挽了兩隻藤篋走在街上，碰到荷槍實彈的警察正在作突擊檢查；他無可逃避，只好伸直兩手，把兩隻藤篋提高，讓警察搜身。那個警察從他身上搜不出什麼，便揮手給他放行。實際上他手上的兩隻藤篋裏塞滿著「傳單」。

在我的一本「紀念冊」裏，穆時英寫過脫胎於濟慈[1]詩句的題詞：

—— 窗外是皚皚白雪的冬空，那麼，春天的到來，也不是很遙遠的事了罷？

在我心目中，穆時英是向前進的。誰能夠不作這樣的想法呢？

最諷刺的事是，一家新辦的影片公司邀請穆時英拍一部「國防電影」。穆時英拿出他早有腹稿的劇本：描寫東北抗日游擊隊英勇事跡的《十五義士》，隨寫劇本隨進行拍攝，由他自己擔任導演（事實上他對電影方面是有研究的）。後來因為影片公司發生變故，片子沒有完成。但是由於廣告宣傳作用，一般人知道穆時英導演《十五義士》，比知道他是《南北極》小說的作者還要多。

戰火把上海的一些文化人趕到了香港，一家報紙趁這難得的機會來抬高聲價，容納了部分有名氣的文化人。穆時英應聘擔任了一份副刊編輯[2]，於是由九龍搬到香港居住。差不多同一時間，我也進了電影公司做事。各自忙於工作，我和穆時英便少有接觸機會。以後也不再有。

　　時代在動亂之中。託庇於敵人卵翼下的汪政權已經在南京成立，上海也是它的勢力範圍。一些留在上海不願走動或是不能走動的文化人，都給拉攏過去為汪政權使用，特別是有過一點名氣的，身價更高；但是並不安全。這些人成為潛伏上海的「鋤奸」組織的對付目標。向汪政權投靠的新感覺派作家劉吶鷗[3]，就是在新雅茶樓的樓梯被狙擊喪命的。

　　穆時英和劉吶鷗是朋友，他對於這個朋友的遭遇有些什麼感觸，——是不是也同當日來了香港的文化人那樣感到了震驚可是並不惋惜？沒有人知道。所知道的卻是，事情隔了不多久，在香港的穆時英突然辭去報館職務，悄然地偕同太太回上海去了。

　　後來聽說，穆時英回去上海是接任劉吶鷗遺下的職位。——其實不僅是接任職位，而且是接任死亡。……[4]

　　抗日戰爭勝利後，我從內地回來香港。有一天，我在街上意外地碰到已是穆時英遺妻的舞小姐。她剛從上海回香港來。我邀請她到我家裏吃飯。從她的口中，聽到一些關於穆時英當日回去上海之後的情況。

　　是時間已經沖淡了一切，抑或是她的本性如此呢？這位舞小姐提起穆時英的時候，感情半點也不激動。她像講著別人的趣事那樣輕鬆。她說穆時英在上海時感到處境惡劣，對於回去上海有些悔意；但是已經沒有辦法。因此心情非常緊張，日夕擔心有人會暗算他。他盡可能躲在家裏，不敢外出；只是惶然不安地度著精神痛苦的時刻。在恐懼的壓力愈來愈重的時候，他甚至叫太太上廟去祈神拜佛，庇佑他的安全。

　　一個知識分子的精神狀態，竟然落到這樣的地步，實在不可想像！

　　命運終於來了這麼一天。穆時英因公事外出，坐著手車在南京路上走，不提防迎面射來了槍彈，打中要害，使他從手車上倒下去。

　　就這樣地，穆時英自己毀了二十七歲的生命。

注 ─────────────────

1　約翰‧濟慈（John Keats，1795-1821），英國作家。

穆時英題詞似出自雪萊〈西風頌〉最後兩句：「如果冬天來了，春天還會遠嗎？」

2　指《星島日報》副刊〈星座〉。

3　劉吶鷗（1905-1940），原名劉燦波，台灣台南人，作家，曾就讀於上海震旦大學，經營水沫書店，參與主編《無軌列車》、《新文藝》、《現代電影》等刊物，曾任《國民新聞》社長，於 1940 年被暗殺身亡。作品有《都市風景線》等。

4　李今：〈穆時英年譜簡編〉（同上篇注 4）提到：

「1940 年 3 月 22 日，《國民新聞》正式創刊，穆時英任社長。……需要澄清的一個錯誤：關於穆時英的死，過去的流行說法是劉吶鷗被狙擊喪命後，穆時英接任了他的職位，也接任了他的死亡。根據他們先後任社長的《國民新聞》報導，事實恰恰相反。不是穆時英，而是劉吶鷗在穆時英被害後，接任了他遺下的《國民新聞》社社長的職位。由於當時參與汪偽政權和平運動遭暗殺的人已多達 37 人，汪精衛於 1940 年 9 月 2 日在南京召開了『和運殉難同志追悼大會』。在會上，穆時英的大弟穆時彥還代表 37 位死難家屬致答詞。就在第二天，9 月 3 日下午二時十分左右，於福州路 623 號京華酒家，劉吶鷗又遭狙擊，顯然這是一次示威性的暗殺行動。」

砂礫摭拾

本文原刊《大公報・大公園》，1980年9月19日，頁11。

日前刊出了〈沒有指南針的海洋〉一篇文章之後，一位天真的讀者來信，希望我就那文章的主題再寫幾句話。我不是婚姻或戀愛問題的研究者，更不是這方面的「專家」。只好在腦子裏拾取一些沙石，隨便地寫下來。不知道這算不算是一點貢獻？

當一鍋米還未加上火之前，阻止它燒成飯還是來得及的。所以當你準備簽署那張「我們志趣相同，情投意合」的結婚啟事時，不妨理智地再三考慮一下：你們的「啟事」的確是有內容的，而不是人云亦云的「官樣文章」嗎？你們一向互相認識的，卻是絲毫沒有矯飾的真面目嗎？如果對這些問題的答案是肯定的，你便放心地簽署好了。假如還有疑惑的話，那你還是保留這個步驟罷！否則終有一天，「我們志趣相同，情投意合」的啟事變為「我們意見不合，礙難同諧白首」的「聲明」，何苦來呢？

不要做這樣幼稚而且鹵莽的事情：因一點偶然的誤會或是一時的意氣用事，就輕率地脫離自己的相處下來的愛人去同另一個男子結合。提防結果會使你後悔。

有一天，當你感到你的結合並不幸福的時候，你必然會發生這樣的假想：「如果我結合的對象是原先的那個人，現在的情形是不是如此的呢？」

自然，情形可能是好的，也可能更壞。但是沒有人肯從壞的方面去著想。不過無論你如何想法，事情總不可能重複一次的了。

兩性間的共同生活固然有它新奇的地方，但是把婚後的日子憧憬得過分美麗卻是錯誤。生活究竟是生活，並不會在任何方式下有所不同。能夠顧全實際，少些幻想，便容易接近幸福。

「人生並不如人所想像的那麼好，也不如人所想像的那麼壞。」這是莫泊桑小說《她的一生》[1]的女主人公在體驗了婚後生活以後所得到的結論，值得你

深思！

在思想上說，老人家的觀點不一定對；但你也不能因此一口咬定，你的家長對你的婚姻問題的意見全然不對。

審慎些、冷靜些、想想她們對於你所選擇的對象的反對理由，是否除了「頑固」以外便別無可取的罷。

不要被主觀蒙蔽了良知，也不要被狂熱的感情麻痺了理性。

在人生的海上，最痛快的是獨斷獨航，最悲慘的卻是回頭無岸！

丟開一個欺騙了你的男子，好像丟掉一隻脫落了鞋跟的鞋子一樣，因為它使你摔了一跤。

一個女性著眼於一個男子的財富來定奪自己的婚姻方向，她只是嫁給金錢而不是嫁給愛情。這種功利主義思想是要不得的。

雖然誰都得為未來的安定生活設想，但是與其拿金錢的觀點而定奪終身，為什麼不利用自己的愛情去鼓勵對方上進，爭取更多的財富呢？

「積財千萬，不如薄技在身。」這是一句正確的格言。

「幸福婚姻中的男女，像一把剪刀。兩邊連在一起了，不可分離；缺少一邊便不完全，也沒有用處。兩邊總是由相反的方向合攏了來互相合作，去摧毀阻礙它們的東西。」這句形象的名言是耐人深思的。

理想的婚姻應該爭取湯·摩亞所說的這個目標：

「為我們的妻子和情人乾這一杯！願我們的情人變成我們的妻子，願我們的妻子永遠成為我們的情人！」

注 ─────────────────────────

1　莫泊桑（Guy de Maupassant，1850-1893），法國作家。《她的一生》，
Une vie，英譯 *The History of a Heart*，1883 年出版。

砂礫摭拾（續）

本文原刊《大公報·大公園》，1980年 9 月 26 日，頁 11。

戀愛和結婚是兩回事，雖然戀愛最終目的是結婚。

你可以為戀愛而結婚，可是不一定要為結婚而戀愛。能夠做到這個地步，則萬一戀愛中途出現變化時，你不過失去一個愛人而已；相反的，能夠達到結婚目的時，你便會有一種意外收穫的喜悅。

這是個「新潮」時代，對一切都應該有個新的觀點。

愛不能施捨，也不能當作禮物。這裏面不容存在一點姑息或客氣。

不管對方對你多麼好，也只是另一回事。如果你事實上不能接受對方的愛情，索性坦白地說明是應該的；否則你愈是姑息或客氣，你便愈須負擔後果的責任。

由友誼發展到戀愛容易，由戀愛退回友誼卻困難。

如果不願失去對方的友誼關係，而你的追求又不能肯定有絕對成功把握的話，最聰明的做法是不要輕易冒險。提防你冒險的結果是失敗時，你得不到一份希望中的愛情，同時也失去一個既得的朋友。

「青春」是可靠的嗎？要緊的是抓住生命的現實。

不要自恃你還有太多的「時間」，因而在受到眾多男子包圍的時候便得意忘形，把戀愛當作滿足虛榮心的遊戲。你該知道，你的驕傲只是浮在水面的彩霞而已。

五年之後，追求你的男子還能夠吸引比你更年輕的異性，而你呢，卻未必再有資格去抓得住一個相當於你的年齡的男子。

世界上，沒有比一個女人在糊里糊塗中混過了「青春」更為可悲！

戀愛不是慈善事業，所以不能隨便施捨。

不要因為受了別人的恩惠，便在「愧無以報」的心理下去愛上人，也不要因

為同情對方的什麼，而在一種自以為「俠骨柔腸」的思想下去愛上人。這都是錯誤的。有一天，這兩種情緒淡漠了下去，而至於消失得什麼都沒有剩下的時候，才醒悟到愛情原來是另一回事，不是太遲了麼？

所謂「情話」，只是熱「情」衝動時所說的「話」，正如做夢時候的囈語；並不是正常生活上的東西。

拿情話作為一時間的精神飲料，是可以的；作為實際的生命養分，卻是不必。

世界上一切鬧翻了的情侶，感情破裂的夫妻，他們在熱情的時期不是都說過許多情話麼？

千萬句可以燃燒的情話，抵不上一個不負責任的行為：感情一經變化，什麼都一筆勾銷了。

所以，對於情話不妨聽，可是不要看得太認真。

愛情是建築在實際的行為上面，而不是建築在抽象的言語上面。只有以行為表現的愛才是有生命的愛！

對於對方的甜言蜜語，相信三分之一好了。

對方的話能夠真的兌現時，你算是意外收穫；因為你贏了全部。如果不能夠兌現時，你用不著沮喪；因為你不過輸了三分之一，但是你仍舊贏了三分之二哩！

愛情是不能靠恐嚇去獲得的。

不要因為聽到對方說「沒有你，我不能活下去了！」，就驚惶得手足無措。你最適宜的反應是這句話：「未認識我之前，你是怎樣活下來的呢？」

情書雜話

本文原刊《大公報・大公園》，1980年10月4日，頁15。

在豐子愷筆下的那些充滿生活氣息的漫畫中，有一幅我很欣賞，它畫著一個少女伏在桌上寫字；筆底下是一帙紙張，旁邊放著一隻西式信封。畫題是《第三張紙》。[1] 這樣意味深長的四個字，暗示著畫中人在寫著她的情書。

事實上，每個人，不論男女，在生命過程中都有過寫情書的日子，如果他們都經歷過戀愛生活。這是半點不奇怪的事。我們的漫畫家便也拿它作了題材。

所謂「情書」，是個美麗的名詞，同時在某種觀念上看來，還是怪「香豔」的東西。認真地說，世界上的確沒有一種文字比它更富有情感，也沒有一種情感比它更要真實。（至少在它們寫下來的時候）。因為它是一個沉浸在愛情醇酒中的人的心弦的樂音，而這樂音是僅僅奏給世界上唯一的一個人聽的，沒有第二個人能夠同時享有這種資格。它所以神聖的地方，是在給它的絕對私有性和絕對秘密性。一封情書假如發生了被截收或是被偷竊情事，當事人所感到的事態嚴重，簡直像政治家對於國家機密文件之失去一樣不尋常。而這「事態」所包涵的愛情方面的戲劇性糾紛，也必然像國際糾紛同樣可觀。

記得若干年前有過這樣一則「花邊新聞」：在英倫海峽裏有人撈獲一束被拋棄的情書，受信人的名字是一位女性，情書下款的署名有兩個：有些寫著「你的拿破崙」，有些寫著「你的納爾遜」。這個發現引起了一些人的奇想：原來十八世紀一場關係著歐洲歷史的英法戰爭，是因為兩個英雄人物爭戀一個女人而打起來的。當然這不是歷史的真實。然而這卻說明了寫信人的風趣，他有意用這種開玩笑的名號向對方逗樂。

事實上，懂得戀愛情趣的人，他（她）曉得怎樣把自己的信添上趣味性，無形中在信的本身顯出一種魅力。在這點意義上，情人之間在他（她）們的通信上所能表現的手法是太多了。

如果你曉得作畫，為什麼不在給對方的信封繪上畫點東西，或者在信箋的角上畫些圖案呢？如果你不長於美術，那麼，在信上適宜的地方剪貼一些精緻的圖案畫，也是同樣有意味的事。我見過一個女孩子給她的男朋友寫的信，因為信箋剩下太多空白，她索性在那裏畫個方格，裏面寫上「招登廣告」四字，實在天真

得有趣！

　　不要把情書看作僅僅在於講「情話」那樣單純，盡可能創造一種趣味風格，比語言更能夠加強吸引力量的效果。

　　應該注意的是，第一封寄出的情書是「沒有降落傘的冒險飛機」，它能夠打動對方的心，它便是一道橋樑讓你安然地達到對岸；假如它嚇怕了對方的心呢，你要想回頭來維持一份友誼關係也不成功。

　　情書是具有建設性、同時也是具有破壞性的東西。在一對已有愛情關係的男女之間，它是愛情的燃料；在任何一方的身份是已婚者的話，它卻是一枚計時炸彈了。當一個妻子或丈夫發現了對方有一封陌生人所寄的情書時，最先是平地起風波，隨後是天下從此多事了。

　　有種「多情」男子，往往高興保存自己舊愛人的情書，這是一件很天真的蠢事！他忽略了「既往不究」的美德在一個作了妻子的女人的戀愛觀上是不存在的。對於一個男子，儘管他所保存的舊情書有多大的紀念價值，最聰明的做法還是把它毀滅，除非準備離婚。

　　但是一個男子對於自己妻子已往寫給他的情信卻不妨保存。因為在「詩意的日子」已往，成為了過去的時候，在適當機會下，取出那些舊信和妻子一同閱讀，會喚起過去一些舊情的記憶，因而在婚後生活中已陷於冷卻的熱情上注進新鮮的刺激。他們的心會這樣地互相交語：「你看，我們是曾經寫過這麼一些信的呵！」

注 ────────────────────

1　畫題應為「第三張箋」。

陪太太去買東西

本文原刊《大公報・大公園》，1980年 10 月 10 日，頁 11。

問一個朋友，在他們的夫婦生活中，他平日最怕的事情是什麼。他毫不思索地回答：

「陪太太去買東西。」

這話驟然地聽來，令人有點突兀。問下去，他卻有一番理論。下面（第一身稱）便是他的經驗之談。

首先，我得聲明，我說的是我的太太。別的女人是否也一樣，我不敢肯定。不過女人一般是有她們的「共性」的，特別是結了婚的女人。在好些事情的表現上差不多有個相同的模式。我希望這個說法不會開罪了一般的女人。

其實男女之間的天賦性格根本不同。男子較為單純，也較為爽朗，因而對事喜歡簡單化。女人較為複雜，也較為苛細，因而對事喜歡計較，不憚麻煩。自然，兩種性格都各自有它的好處，只是混在一起卻不調和。在共同的場合，一方要發揮自己的性格，另一方自然不會舒服。這種矛盾，沒有比一同去買東西的時候表現得更清楚。但雙方既然是夫婦，做丈夫的，是沒法避免這種機會的；你決不能說：「我怕陪你去買東西，你使我不耐煩。」苦處就在這上頭。

夫婦之間，有許多事情除了遷就，是別無他途可循的。你根本不能改變對方本質上的習性，便只能從消極方面作些自我犧牲。為著盡可能減輕痛苦（假如你認為那是痛苦）的感受，唯一的辦法是事前在心理上打好「底子」。這便是：第一，認定此行的身份是「跟班」；其次，認定你的地位是「忠僕」；第三，認定你這一天的生活節目有個「循迴旅行」，——沒有地點和時間的限制；第四，你至少在這一天得具備「忍耐」的美德。

好啦，你可以放心出發了。你的四點心理準備保證對你有用處。你只要盲目地跟著太太走就行了。因為在這「旅行」過程中，你會碰到好些事情是受不了的。女人（不，我應該說我的太太。下同）行為上的複雜性有時是根本不可理解。在某種情形下，她們可能很闊氣；可是在某種情形下，卻又認真得近於吝嗇；在某些時候是粗心大意，可是某些時候又精細得超乎常理。比方，她們可以

到高級餐廳喝一杯鮮橙汁丟下兩元小賬,似乎爽快無比;可是對於一隻保暖廿四小時的熱水瓶,在議價時為著五角錢的爭執而買不成功。她們平日對丈夫襯衣上脫落了一粒鈕釦全不在意,可是偏偏對於一隻選擇中的水杯在花飾圖案上吹毛求疵。

你別以為買東西時由選擇達到議價是可喜的階段,其實要達到成交目的卻還有個遙遠的歷程哩!譬如買衣料罷,照例是到大小公司把貨色看一遍。看中了,探探價錢,卻不一定就買。她永遠不相信物品的定價,卻只相信最相宜於自己的一種定價。為了追求這種定價,她由這一家到那一家的店舖,拿同樣的貨色去調查、去比較、去評定。到了差不多可以決定的邊緣時,心理又在作祟,擔心會上當。在她的觀念上,公司的物價照例是比較貴的,還是到利源東街之類的攤檔去看看罷,那些地方比較能夠捉摸價錢的標準。於是換個方向,繼續進行。到了攤檔地點,由街頭的第一家起一直看到街尾。概念是有了,大前提決定:還是光顧攤檔上算。然後又由街尾回去自己心目中認定的那一家。

但是你別以為這樁交易可以迅速解決,這僅是程序的起點。因為接著來的手續是看貨,這一回是認真地看,同時是在貨物上找尋瑕疵——甚至是製造瑕疵,以便作為議價時爭執的「據點」。到了所謂「老實」價錢開出來了,還價也提出去了,照例是一場「拉鋸戰」,彼此相持不下。不肯賣麼?算數。裝模作樣地忍痛離開。賣貨的怕走掉一筆生意,把買客叫回頭。……生意終於成交,太太勝利了,這才「天下事大定」。我鬆了一口氣,可是手上已經添了一隻包裹。

即使對於現實的感受不抱怨,我的腿子也有點痠軟了。我渴望著解除我的「跟班」任務。我問太太:

「還有什麼東西要買的嗎?」

「怎麼沒有哪?」太太照例是這樣回答。下文是:「我還要去逛逛超級市場!」

人而無信

本文原刊《大公報・大公園》，1980年10月17日，頁11。

「人而無信，不知其可也。」

孔老夫子這句話，如果把其中的「信」字的原意改為書信的信字去解釋，也具有新的現實意義。即是說：一個人在生活上如果沒有書信往來的話，不知道那是怎麼樣的人了。

那麼，推想一下，那將會是怎麼樣的人呢？他必然是精神上的離群者，性情上是孤僻的。他不給人寫信，也沒有人給他寫信。一個人所以難得接到朋友的信，可能就因為他曾經接過朋友的信懶得作覆，因此朋友也不再給他寫了。這是很自然的事情。

朋友之間，所以會出現音訊斷絕狀態，常常是由於一方寫了信，一方沒有作覆所形成的。在人事中，沒有比通信更公平交易的事：有往才能有來。這決不是功利主義的行為。事實是，誰高興給接了信不給回信的人寫信呢？所以，你不給人家寫，便不能怪人家不給你寫。假如由於彼此音訊斷絕而最終變成友誼也斷絕（這並非不可能的事，尤其是遠隔兩地的朋友），這損失是太大了。

除了個別情形，像上面所說的那種性情孤僻的人之外，不愛寫信可說是現代都市人的通病。造成這種通病的因素，主要是事務繁忙、生活緊張，少有閒暇時間作私人的通信。通常的情形是想起要給朋友寫信時；卻沒有時間執筆，偶然有可以執筆的機會，又不知道寫些什麼的好。結果信便寫不成功。也有這樣一種情形，當收到一位久別朋友的信之後，覺得應該好好的寫封回信，說一些心裏話；可是眼前忙於工作，或是為了什麼事情阻礙著，一時間寫不來，只好暫時把信擱置，打算等待一個適當機會才動筆。誰知在繁忙生活中，所謂「適當機會」是永遠等不到的，紛至沓來的人事叫人應付不了，那筆寫信的心事便始終掛在心上，不能了卻。時間拖得愈久，歉意愈是加深，愈是不知道從何寫起。結果那封信便無期的擱下去，末了是胎死腹中。

接了人家的信必須回信，這是禮貌，同時也是一種美德。為了避免因人事阻礙以致耽擱了回信，最好的做法是接了信之後盡快作覆，即使草率的寫幾行字也好，至少也保持了自己在對方心中的好印象。

有種人不愛寫信，並不是由於事務繁忙，卻是由於根本怕寫信，提起寫信就覺得是一件苦事。除了說這是劣根性之外，實在無可解釋。有一位寫詩的朋友，可以作為典型的例子。一個友人 A 君到美國去，臨別時照例大家約好多些通信，維持聯絡。但是當 A 君從美國寄來了信時，詩人覺得有約在先，非寫封回信不可。可是他卻因因循循的沒有動筆。每次有人提起 A 君時，他便嘆息地說：「唉，真的要給 A 寫封信了！」只是說了算數，他始終沒有對自己的許諾兌現。人事倥傯，嘆息著嘆息著過了四年；結果 A 君從美國回來了，詩人的那封信一直沒有寫成。

說到不愛寫信的「惡果」，我記起了一個同樣是真實的故事：

大戰時在內地，我認識了一個在政府機關做事的 S 君。他是個勤勤懇懇的公務員。因為時局不穩定，他讓他的太太留在後方，自己跟著隨時流動的機關工作。在同一機關裏，一位女同事熱烈地追求他。S 君是忠於自己太太的，他並不為那女同事的「進攻」所動搖。但是最後，事情起了變化：他竟然在女同事的攻勢下敗退了。事情轉變的關鍵，是在於他太太的不愛寫信。S 君平日常常寄信回家，照例得不到回信，甚至寄了錢回去，她也不給他一個收到的通知，使得做丈夫的因為掛心而常常要到錢莊去查問。他因此對太太生起反感心理，感情不期然逐漸趨於淡薄。另一方面，那位女同事卻天天把熱情的信放進他辦公室的抽屜裏，向他大獻殷勤。終於成功地代替了他太太的地位。

這是不愛寫信的女人的悲劇！

共此燈燭光

本文原刊《大公報·大公園》，1980年 10 月 24 日，頁 11。

人生不相見，動如參與商；今夕復何夕？共此燈燭光。……——杜甫。

今年春初，我曾經用〈有一部車子的詩人〉這題目寫了一篇文章，記述一個在大戰時就隔絕了音訊，也不知道他的所在，卻突然從外國回來，通過〈大公園〉，轉給我一封信而重新取得聯絡的朋友。這個在三十年代的香港文藝界中最熱衷於寫詩的譚浪英，他的名字重再在我眼底出現的時候，給了我一份十分意外的喜悅。在那篇文章的末尾我寫著：「我等待著見面的時刻到來。」但是直到最近，我才償了這個心願。

說起來自己也不相信，隔別了差不多四十年的舊朋友，已經生活在同一地方，竟然始終沒有機會碰頭。但事實卻是如此。由於他的生活的流動：因個人的事務關係，不斷來往於內地幾個大城市，停留在香港的時間沒有一定；而我又因工作羈身，很難找到一個互相一致的方便時間，大家便只好拖延著會面的機會。想不到一拖便過了大半個年頭。

那是星期六的下午：我接到 ×× 國貨公司的朋友 T 君的電話通知：「譚浪英在這裏。他等著你下班後到來，準備要同你吃飯。」

原來 T 君不久之前去上海，認識了譚浪英，談起來，知道我同 T 君是朋友，並且知道我的住處就在國貨公司附近。因此這個下午他到國貨公司，便請 T 君立刻給我電話。

下班以後，我帶著興奮心情趕到國貨公司去。在經理室裏面，我終於見到了在那裏等了我兩個鐘頭的譚浪英。緊緊的握著手的時候，我幾乎認不出他來。四十年的變化，最明顯的地方是他的身體胖了，並且有點龍鍾樣子，可並不是老態。相反的，他的健康還相當好，有著像長時期在外國過勞碌生活的人那種紅潤膚色；在並不太明顯的面部皺紋上，刻劃了人世滄桑的經歷。究竟是四十年的歲月了呵！

大家一個共同的感覺便是，許多話語一時之間不知道從何說起。即使能夠說也是語無倫次的。他告訴我，他在內地走動時，所到的地方見到了舊朋友，他們都對他提起我；也許因為這一點，他知道關於我的，比我知道關於他的要多些，

因此他在談話中便不斷地講他自己的事情。從那些雜亂的話題中，我所能理出的概念是：他長時期是居留在美國，在聯合國農糧組裏工作。由於國際政治環境的惡劣，中國一直進不了聯合國；他說：「我以為我這一輩子只有做蘇武了，沒有希望回來祖國的了！」想不到國際形勢的變化，不但中國終於進了聯合國，而且中美也終於建交。他為著能夠回來中國看看，而感到十分興奮。

從這個久別朋友的身上，我再也找不到三十年代那個詩人的形象。但是我很快就覺得自己的觀察是錯了。

在到外邊去吃飯之前，他要給我聽一點東西，他取出一卷錄音帶放進一隻錄音機裏播放。我靜靜地聽著。錄音機播放出來的是用國語誦讀的一篇長文。原來那是一九六一年，他被聯合國農糧組派往美國加州一個地區調查農業狀況所寫的匯報。調查地區是一個印第安人村落。文章除了敘述那地區的生產情況，還用了同情態度描述著印第安人的苦難生活。文章內容充滿了感情。這是一篇美麗而又完整的「報告文學」。聽起來叫人感動。

譚浪英說，他並不打算保留這篇東西，這次回國到北京旅行時，一個畫家、朋友偶然在他的書堆中發見了，慫恿他不妨作為獨立作品發表。於是他把英文原稿譯成了中文；回來香港之後把它錄音。替他誦讀的是說得一口好國語的黎萱[1]女士，——中國電影界前輩林楚楚[2]的女兒。

我高興地發現，譚浪英仍舊是朋友中的一個詩人！

注 ————————————————————

1　黎萱（1931- ），黎民偉與林楚楚之女，四十年代加入永華電影公司，後赴北京求學，曾於廣東省話劇團，1979 年回香港，任職於麗的電視、無線電視。曾主演《大俠霍元甲》、《大地恩情》、《真情》等電視劇。

2　林楚楚（1904-1979），原名林美意，廣東新會人，演員，生於加拿大溫哥華，後赴香港求學，與黎民偉結婚，二十年代民新公司從香港遷至上海，抗戰期間輾轉各地，四十年代回香港，一直在香港生活。曾主演《西廂記》、《木蘭從軍》、《玉潔冰清》、《故都春夢》、《天倫》、《人道》等電影。

卡里斯都加的懷念者

本文原刊《大公報・大公園》，1980
年 10 月 31 日，頁 11。

在〈共此燈燭光〉這篇文章刊出後的第三天，我意外地又見到了譚浪英。他
剛從廣西回來香港。聽說不多日後又將離開這裏到北京去。他總是馬不停蹄地為
他自己的事務四處走動。趁離去之前，他又找機會同我會面。仍舊是晚上，他
到了上一次碰頭的那家國貨公司，託在那裏的朋友 T 君搖電話通知我到來。

久別的朋友舊地重逢，在「訪舊半為鬼」的情況下，自然會使彼此的關係更
加靠近。即使是分手的日子不遠，可是在今日的時代，決不會有古人所謂的「明
日隔山岳，世事兩茫茫」的慨嘆，然而能夠會面，總是值得珍惜的。我想大家都
有共同的體會。

這一晚的再次見面使我感到高興的，是我有了機會改正上一篇文章的錯誤和
補充不足的地方。譚浪英啣聯合國農糧組的使命去美國加州調查農業的年份，並
不是一九六一年而是一九六三年。調查地點是 Calisidoga，他所做的調查報告書
的中文譯名是《卡里斯都加的懷念》，也就是我那一晚所聽到的由黎萱女士用國
語朗誦的那一卷錄音帶。

譚浪英說，卡里斯都加是印第安人聚居的地方，那裏的民情純樸，風景很
美，環境非常安靜；是個療養的好地點。美國作家傑克・倫敦[1]、英國作家史蒂
文孫[2]都曾經在那裏從事寫作；史蒂文孫還在當地的療養院裏醫好他的肺病。就
是懷著這種文學情趣和思古幽情，具有詩人氣質的譚浪英便選擇了這個詩情畫意
的卡里斯都加，去進行農業調查。在圖書館裏鑽研有關的材料，加上深入實際的
觀察。在那裏耽擱了三個月時間，譚浪英完成了他的工作，寫成了一份可說是情
文並茂的調查報告書，——應該說是一篇完整的報告文學。這個文件由素有唸
台詞經驗的黎萱朗誦起來，是太動人了。

這一晚另一件使我高興的事，是和譚浪英同來的兩位女士中，有一位是
黎萱。

在習慣上，人與事在記憶中常常是連在一起的。說起來，黎萱的名字我早就
認識了的。那是一九五六年的事，中國民間藝術團到香港來表演[3]，那是較具規
模的新中國藝術團體訪問香港的第一次，它的多姿多彩的綜合性節目，在香港觀

精神上洗了個澡
·寫在看了民間藝術團表演之後·

侶倫

眾中是一種新的感覺，因而掀起了頗大的哄動。當時擔任這個藝術團報幕員的就是黎萱。她以她的大方的儀態、高雅的風度和婉轉的聲音，贏得了觀眾的讚美；人們簡直把她出場報幕看作是節目中的一項。在藝術團演出期間，一家報上還出現了讚美她的詩章，成為當時藝壇上的小小佳話。

我記起我曾經鬧過的一次笑話。五十年代的某一年，我同大夥兒上北京，那時候還沒有飛機通航，兩三天的行程都在火車上。有一天中午，在行程上高興到處去串連的韋偉[4]（當時是鳳凰公司演員）回到我們的車卡裏，突然拉著我向外走，說是要介紹我認識一個人。通過幾個車卡到了目的地，一個女孩子等在那裏。韋偉說：「這是黎萱！」我沒有直接見過黎萱，一時間也沒有意識起她，握了手還在發呆。韋偉奇怪地說：「你不認識她嗎？民間藝術團的黎萱呵！」我才恍然地醒悟起來，急忙道歉。她在下一站的武漢下車。

這一晚會到面時，我把舊事提起。但是她已經忘記了。

至於黎萱這一晚到來，是為了替譚浪英的《卡里斯都加的懷念》這個文件的粵語朗誦進行錄音，就是錄在國語錄音帶的背面，一卷錄音帶有兩種語言。黎萱是廣東人，她的粵語講得同國語一樣好。譚浪英準備把這一卷錄音帶送給我，作為紀念。這份盛情，實在使我又感謝，又感動！

這樣一卷錄音帶，寄託了譚浪英對卡里斯都加的懷念，也寄託了我對這個老

朋友的懷念。而產生這個意義的日子，是我忘不了的一九八〇年十月二十六日。

注 ————————————————————

1 傑克·倫敦（Jack London，1876-1916），美國作家。

2 即羅伯特·斯蒂文森（Robert Louis Stevenson，1850-1894）。

3 侶倫有文章評及此次演出：〈精神上洗了個澡——寫在看了民間藝術團表演之後〉，刊《文匯報》，1956 年 3 月 14 日，第 10 版。

4 韋偉（1922-），原名繆孟英，廣東中山人，演員，曾加入上海職業話劇團，四十年代末期來香港，加入龍馬影業公司、鳳凰影業公司等。曾主演《小城之春》、《水火之間》、《少奶奶之謎》等電影。

安東尼奧先生之家

本文原刊《大公報‧大公園》，1980
年 11 月 14 日，頁 11。

前些日子，香港當局為了杜絕非法入境者而實行市區內「即捕即解」政策，同時規定了三日期限，讓「黑市居民」辦理申請「身份證」登記。據說，在規定期間內，前往指定地點辦理登記手續的「黑市居民」竟意外地少。聽說部分原因是有些人抱著觀望態度，懷疑當局這項措施是個「陷阱」，擔心登記後將來會有「麻煩」，所以不敢「冒險」（有關方面事後對此已加以闢謠）。

這件事情，使我聯想起我曾經遇見過的類似情況，從而記起我曾經見到過的香港某種家庭的奇怪現象。

是六十年代某一年秋季，為著要搬家，通過「經紀人」的介紹，我住進了一處同我的身份極不調和的地方。那是一列政府公務員住宅。那些屋宇的建築和設備都是相當高級的。由於內部面積頗大，公務員自己住不了，照例分租一部分給外間的住客。我便做了這類「叨光」房客之一。

我的房東安東尼奧先生是半中國化的葡萄牙人，四十多歲，是政府某部門的「督察」級人物。他只是夫婦兩人住在半邊騎樓房，另半邊騎樓房連同一個房間分租給我。客廳是公用的。內進還有大小幾個房間，分別住了幾對夫婦，都是小家庭。他們是在我搬進去之前就已經住下來的。

安東尼奧先生認出我少年時期是住在灣仔地區的。我也同樣認出了他：我記得在那時期經常在住處附近的街道上碰見過他；但是那時候並不相識，也沒有理由相識。想不到成年後竟又碰頭；人事有時是這麼奇妙！因為彼此都有了共同的印象，大家彷彿就是朋友，對於房子的租金問題也就很容易解決了。

我搬進去沒有幾天，安東尼奧先生進了醫院。聽說這是早就安排好的。他的肺有毛病，上頭批准了他進醫院去療養半年，開銷的是公款。

那天中午，安太太（姑且這樣稱呼）若無其事地在燙衣服，好像並不把丈夫進醫院當作一回事，我有點奇怪。這個在安逸生活中保養得白白胖胖的接近中年的女人，她錯誤地以為我是安東尼奧先生的舊朋友，因此在我面前，她的態度顯得很隨便，講話也不拘束：當我第一次耽在那公用客廳裏，參觀著陳列在那裏的古玩和小擺設的時候，她便同我搭訕起來。他說安東尼奧先生的病是自取的：他

酗酒，每晚都得飲上幾杯，因此，把身子搞壞了。為什麼要酗酒呢？是由於苦悶。他曾經非常好賭，把自置的物業全都輸掉，深受刺激；加上家庭問題的困擾，更使他心情惡劣，只好借酒消愁。

「你們的家庭生活不是很安定麼？」我憑直覺問出來，索性裝成安東尼奧先生的老朋友的口吻。

「事情是不能看表面的，人誰都有自己本身的問題。你不知道，安東尼奧有個太太，還有兒女，她們另外居住，不時找他麻煩。」

不須說下去了，我沒有理由管別人的家事。我卻有理由相信，安東尼奧先生的家庭是存在著糾紛的。而在我眼前的這位「安太太」並不是安東尼奧先生的正式太太，卻只是他的小老婆。她的身份也構成了安東尼奧先生煩惱的成分。自然，她也有她自己的煩惱。

從種種跡象的表現看得出來，兩個人相處得是並不愉快的。自從安東尼奧先生進了醫院以後，「安太太」好像身心都得到解脫似的輕鬆，她天天出外面去，也不在家燒飯，直到晚上才回來。

作為房東，她好像從不管住屋裏的事，難得的是，住屋裏也沒有事情需要她管。房客中，男的都有職業，早出晚歸。女的白天也整天出外，彼此難得碰到。整座房子就像一間「公寓」，住客不相識，也不互相往來，甚至那個公用的客廳，也是籠罩著一片冷漠的氣氛。

日子久了，我們才漸漸知道，同住的幾個女房客都不是地道「香港人」，而是同「安太太」一道在廣州解放的時候跑到香港來的所謂「患難朋友」，她們各自找到「歸宿」以後住在一起。這大概就是「安太太」對住屋裏的事放心不管的原因。

同屋的女房客中，只有住在尾房的一個給我留下了記憶。她似乎是人家的「外室」，男的聽說是個洋服師傅，不常回家。她的職業是夜總會的歌女，有一個大約三歲的孩子。她請了一個老婆子工人照料孩子和燒飯。晚上，她裝扮得花枝招展地出門去，到夜總會去唱歌，深夜才回來。白天，多半也有她的去處，在屋裏很少露面。這樣的一個女人，很難想像她的生活過得多麼苦！老婆子的工資長期被拖欠，倒過來還私下裏向老婆子借錢應付生活。有過幾次，在入夜時分，我發覺老婆子伴著那可憐的小孩子呆呆的坐在黑暗的客廳裏（她不敢作主開燈），等待著女主人弄錢回來開飯。這情景真叫人心酸！

在同一的住屋裏，就有兩種人的生活狀況！

我要說的是第二年春天的事。香港要進行大戰後的第一次人口調查，消息公佈以後，「安太太」在住區將要輪到調查的日子，匆匆從外面回家裏來，急忙執拾簡單的衣物，準備到隔海朋友那裏小住幾天，為了下面這個理由：

「你知道嗎？這是一種計謀，所謂調查人口，其實是共產黨要調查從大陸逃來香港的中國人，準備抓回去。」她帶著驚惶的神色說。

「誰對你說的？」我問她。心裏覺得可笑。

「相識的人都這麼說。你不信？」

「調查人口是香港的事，同大陸的共產黨有什麼相干？再說，香港政府那裏會替共產黨做這樣的事呢？」

「你不知道了，它們是串通的呵！」

這麼荒謬的想法，我幾乎要笑出來。

但是像「安太太」這樣的人是沒有辦法說服的，她對尾房的老婆子工人交代一聲，說是調查員問起的時候，就回答說房東和別的女住客出外未回來，應付了算數。於是和一起由廣州來的女伴們一同離開了住處。直到住區的人口調查工作過去了，她們才敢回來。

我覺得，我實在不能夠長久在這住屋的環境中呼吸下去。在安東尼奧先生離開醫院之前，我便找地方搬家。

一夕紀事

本文原刊《大公報・大公園》，1980 年 11 月 21 日，頁 11。

終於見到了幾個久別的朋友，真有說不出的高興。

這幾個朋友是應邀由廣州到香港來，參加《新晚報》卅周年報慶活動[1] 的。——他們是陳殘雲、秦牧[2]、黃慶雲[3] 和吳紫風。[4] 在香港逗留期間，他們舉行了幾次同文教界的公開聚會，作了有關文學問題的講話，我都因事沒有去參加。但是我忘不了這幾個朋友。過去許多年中，我好幾次經過廣州，卻沒有見到他們，也不知道從那裏可以找到他們。那正是「十年浩劫」的年代，要想去看看朋友也不方便的。如今他們來了香港，正好是補償過去缺陷的機會。

但是他們留在香港的時間並不多，而應酬的項目排得很緊密，我為著沒法同他們約會而焦燥。想不到在星期六日中午，接到杜漸兄的電話，說是晚上在三聯書店有個小型座談會，是書店主催的；陳殘雲託他向我致意：希望我能夠去見見面。我當然是欣然地赴會了！

在這個晚上，我不但意外地見到了這幾個隔別了三十年的舊朋友，也認識了十多個香港文化界的新朋友。在毫不拘束的談話中，主客雙方交談了國內和香港兩地的文藝活動和出版事業的情況；話題的重點還是集中在香港文藝前途的展望這上頭。大家就這個話題討論得很熱烈，來客中的兩位女作家也說了許多話。他們的見地給香港的文藝工作者很大的鼓舞。

我來的目的只是看看舊朋友，沒有別的念頭，因此一直沉默著，只願聽聽別人的議論。這並不是如別人想像的性情孤僻，主要原因，是由於我對香港文壇（假如這提法可以成立的話）不曾有過什麼貢獻，雖然也算寫過一點東西，但在「著書都為稻粱謀」這前提下，是放不上什麼意義的。這和別的同道朋友那樣能夠把自己的工作和經驗提升為理論，並且加以總結；說成一切都好像是有計劃的活動，完全不同。既然沒有過去的業績作為基礎，自然就沒有根據去對未來作出什麼展望。所以我從來不認為自己具有為香港文藝事業發言的資格。因此在這個場合裏，我所能做到的只是沉默。

如果這一晚我有目的而來的話，便是想從這幾個久別的朋友那裏聽到關於他們在「十年浩劫」中的經歷，以及一些朋友的生死存亡的訊息。這是屬於私話。

然而在這樣一個充滿熱烈情緒的討論會裏，我沒有能夠達到這個願望。我只能坐在旁邊，靜靜地觀察著他們。三十年時光的流逝，任何人的生命都不可能沒有變化，何況經歷的是翻天覆地的動亂年代！至少已經看得出來，他們的頭上添了不少白髮；這不一定是年齡的關係，而是厄運折磨下的印記。值得欣慰的卻是精神面貌的健旺，他們彷彿隨著時代的歷史翻出了新頁而回復青春！能夠活下來就是勝利！

在暗自祝福中，我的思想不期然地把我帶回三十年前的記憶中去了。

我和陳殘雲在抗日戰爭時期已經是朋友。他原是寫詩的，在廣州主編一個詩刊。廣州淪陷後他進了內地的自由區。抗戰結束後接著是內戰爆發，他來了香港，教了一個時期的書。他的中篇小說《風砂的城》[5]，和戰後初期出版的郁茹[6]的《遙遠的愛》[7]，胡明樹[8]的《初恨》[9]，徐訏[10]的《風蕭蕭》等都是當日流行的作品。

廣州解放後，陳殘雲回內地去。彼此消息隔絕了。

我和秦牧卻是因黃谷柳的關係認識的。那是五十年代前後的事。他在抗日戰爭結束後由內地到來香港，過著一面教書一面寫作的生活；空閒時間常常到九龍城訪黃谷柳。我和谷柳習慣在太子道一間名叫「淞園」的店子喝咖啡，秦牧來時

《遙遠的愛》書影
《風砂的城》書影

便直接到那店子來，一起閒聊半晝。這是一個難忘的印象。

　　有過這樣的事：當時中國正在打著內戰，一位來自國內的高級知識分子女士，打算辦一本針對時局的刊物。她憑了介紹來找我，談了她的出版計劃之後，她表示，非常推崇秦牧發表在報紙上的諷刺性雜文，要求我介紹他為她的刊物擔任撰述。後來因為秦牧要回去內地，那位女士的刊物結果辦不成功。

　　這樁舊事，我一直沒有機會告訴秦牧。

注 ————————————————

1　盧瑋鑾：〈香港文學研究的幾個問題〉（見黃繼持、盧瑋鑾、鄭樹森：《追蹤香港文學》。香港：牛津大學出版社，1998年，頁57-75）提到：

「一九八〇年九月十四日，由《新晚報》主辦的『香港文學三十年座談會』。」

「一九八〇年十一月一日，《新晚報》召開了『香港文學的出路座談會』，出

席的有中國作家陳殘雲、秦牧、黃慶雲等,香港方面出席的有梁濃剛、李怡、舒巷城、曾澍基、黃繼持等。」

2　秦牧(1919-1992),原名林阿書,又名林覺夫,廣東澄海人,作家,生於香港,童年和少年時曾僑居馬來西亞和新加坡,三十年代回國,抗戰時期任教師和編輯等工作,抗戰後回香港,四十年代末期回內地,曾任廣東省文教廳科長、中華書局廣州編輯主任、《羊城晚報》副總編輯等。作品有《花城》、《長河浪花集》、《藝海拾貝》、《憤怒的海》等。

3　黃慶雲(1920-2018),作家,生於香港,四十年代在香港主編《新兒童》半月刊,抗戰時期回內地,後創辦《新兒童》雜誌,曾任職於廣東文理學院、廣西大學,並任中國作協廣東分會副主席等。八十年代末期返香港定居。作品有《奇異的紅星》、《月亮的女兒》、《金色童年》等。

4　吳紫風(1919-2011),原名吳月娟,廣東澄海人,作家,筆名有紫風、紫丁等。畢業於中山大學,其後於桂林《廣西日報》工作,參與中國勞動協會《中國工人》周刊的編輯工作。抗戰後到上海,後到香港,再回內地,曾任《聯合報》、《廣州日報》副刊編輯、《作品》編輯等。作品有《錦繡山河賦》、《船家姑娘》、《我和秦牧》等。

5　陳殘雲:《風砂的城》。香港:文生出版社,1946 年。

6　郁茹(1921-1977),浙江杭州人,編輯、作家,曾任香港《華商報》記者,廣東《南方日報》記者、編輯、廣東省作家協會副主席。四十年代開始發表作品,作品有《遙遠的愛》等。

7　郁茹:《遙遠的愛》。重慶:自強出版社,1944 年。

8　胡明樹(1914-1977),廣西人,作家、翻譯家,曾赴日本留學,抗戰時期回國,創辦《詩月刊》,四十年代末期在香港主編《兒童周刊》、《學生文叢》等,回內地後曾任廣西文聯籌委會副秘書長、《廣西文藝》編輯、廣西文聯副主席等。作品有《江文青的口袋》、《初恨》、《大鉗蟹》等。

9　胡明樹:《初恨》。香港:學生文叢社,1948 年。

10　徐訏(1908-1980),原名徐傳琮,曾任《人間世》編輯,「孤島時期」在上海辦報刊和創作,1950 年來港,曾與曹聚仁等創辦創墾出版社,又主編《筆端》、《七藝》等文藝雜誌,晚年任香港浸會學院中文系主任兼文學院院長。

11　徐訏:《風蕭蕭》。上海:懷正文化社,1946 年。

褪了色的冊頁

本文原刊《大公報・大公園》，1980年11月28日，頁11。

×月××日

許久沒有寫日記了，今天心血來潮，我又提起筆來。但是記下的卻是一樁討厭的俗事。

聽說，二房東的七十多歲的老母親，今天要由荔枝角的住處搬到這間屋裏來等待死期了。這個老人家原是同她的次子住在一起的，因為長期生病，最近情形趨於惡化，沒有轉機的希望，在後事都安排好以後，卻要到長子（我們的二房東）家裏來斷氣。人世間竟有這樣可笑的習俗！這事已經醞釀了幾天，由於包租婆（二房東太太）不肯接納而拖下來，可是終於拗不過丈夫家族的壓力，她只好屈服了。

包租婆早上就忙著執拾那個狹小的廳堂，打算在那裏設個床鋪，來安頓那個據說隨時可能死去的老人。

房客們對於這麼一回事是反感的，但自己究竟是房客，沒有辦法，只能私下裏抱怨。那個狹小的廳堂平日是大家出入必經的地方，我們的孩子太幼小，身體又不健康，實在很不方便。同妻商量的結果，決定暫時回去母親那裏避居一下。於是我和妻帶了孩子先走，由阿娣（用人）替我們撿拾簡單的行李隨後出來。

黃昏時分，一輛被僱的救傷車駛到了門口，病人給送來了。兩個穿了制服的人把躺在擔架床的病人扛上樓去。我恰巧在街上散步，看見了這一幕奇景。在常理上，照例只有病人離開住屋，由救傷車載往醫院去，卻沒有把病人送進屋裏去的。現在情形恰恰相反，真是太奇怪的事！

在人靜後的深夜，我伏在母親的舊式「四桶櫃」上面寫文章。妻伴著孩子睡在母親讓出來的床上。孩子不慣陌生環境，不斷地醒來啼哭。我感到大大的困擾，文章寫得辛苦極了。

×月××日

一夜的經驗，使我感到這種「避難」的生活相當麻煩；而且，也不能夠無期地避下去。早飯後，妻和阿娣便回去住處看看情形，知道那病人沒有什麼變化；

我們便決定還是回去的好（好在相隔並不遠），寧可有事時再離開。

病人躺在廳堂的一張臨時病床上呻吟著，四面架著的帆布床位。雖然直接看不見人，可是進出的時候經過床邊，心裏總是有點不舒服。唔，假如她真的死去了怎麼辦？

我是習慣了夜靜才能寫作的，今夜不能不破例了。整夜裏意識著外邊就躺著一個垂死的病人，我沒法安靜地坐下來執筆。我想，這種境界只適合艾迪加·愛倫坡寫他的恐怖小說。

但願這一夜沒有惡夢，能夠安靜地睡一覺。阿門！

×月××日

妻為著對阿娣的工作不稱意，整天發牢騷，使得我想在白天寫些東西來補償昨夜的損失也不可能。一個文人所結合的，是不了解丈夫事業的妻子，是多麼痛苦的呵！

文章寫不成，打算過海到報館去領稿費，卻從收音機裏聽到廣播：天文台掛了風球，天色也明顯地有了變化，只好到外面去買些罐頭和孩子的用物，作好打風的準備。不過海了。

黃昏時分，天氣變得惡劣。到了晚上，風勢漸漸強烈起來，挾著大雨，一陣一陣地掃過玻璃窗，把窗框搖得格格作響。房間的正面是一幅原已有了裂縫的牆壁，不住地迎風搖撼著，好像要倒下來的樣子，叫人感到心緒不寧。除了孩子，我和妻都不能入睡。看看情形可怕，我們只好離開房間，把睡著的孩子抱出房外去。儘管對住的是那張圍了白布帳的病床，也顧不得了。坐在椅子裏，聽著屋外狂風暴雨的怒吼，和病床上的病人從布帳裏面傳出來的胡言亂語，直到天明。

×月××日

生活總是脫離不了窮的圈子。今天察覺孩子又發燒了，不知道是昨夜著了涼，還是其他毛病，叫人擔心。前些時，一個朋友V君看到我們的孩子身體太不行，他給我推薦了教會辦的B醫院。他認識主持那醫院的一位女修士J姑娘，說是只要憑他的名義去找她，她會介紹一個好醫生給我們的孩子檢驗一下，再作打算，是不須花什麼錢的。今天和妻談起，決定天氣好轉時，不妨去走一趟。

×月××日

二房東的母親終於死了。早上八點鐘，包租婆叫阿娣向我們通知這個消息。那老人家是天亮之前斷氣的，事後才給發覺。據說，死者昨晚在囈語中不斷的叫人給她找鞋子；於是迷信的女人們附會著說：這是表示她預備走了！

我們一家又得回母親那裏去了。

×月××日

我們是三天之後回住處去的。

在這幾天中，二房東家裏的種種屬於喪事範圍的庸俗儀式，把屋裏的氣氛弄得很不寧靜；我簡直沒法安定下來做一點工作。在香港的狹窄的住居環境，在同一間屋子裏，一家辦喪事就全屋的人也跟著辦喪事似的，真討厭！什麼時候可以自己住一間屋子，舒舒服服的寫文章呢？

×月××日

前天，妻終於同孩子到 B 醫院看病去了，帶回來一份意外的喜悅。據說，那位女修士 J 姑娘聽說是 V 君介紹去看病的，便給她非常客氣的接待；後來應酬下去，她顯得特別高興，原來她曾經是我的無聊作品的讀者。她介紹了醫生給孩子診病，又給了醫藥。手續完了時，分文也不肯要。據說，孩子的身體缺乏維他命 B，以後隔天去醫院注射一個時期，便會健康起來的。

今天，妻同孩子再去注射，帶去一本我送給 J 姑娘的書，簽上名字和寫上致謝的詞句。

妻說，J 姑娘人太好，對孩子關照得太周到了，她提議我應該去同她認識認識。

做了許多年的文學工作，想不到在這件事情上才見到收穫！

編輯生涯憶往

本文原刊《大公報·大公園》，1980年12月5日，頁11。其後收入《向水屋筆語》。

> 人從訪稿堆中老，
>
> 心自機輪轉處灰；
>
> 三點猶須編電報，
>
> 五更尚未上陽台。

　　上面這首詠報人生活的打油詩，是三十年代我從北平某報副刊上偶然看到的，由於那時候我正在報館裏當編輯[1]，對它的內容很有體會，所以印象深刻；直到今日還未忘記。每每想起這首打油詩時，便想起我在那一段時期的經歷。

　　我同報館發生關係，是在日本侵略東北的「九一八」事變後的事。我最初是向報館投稿，隨後是連人也投進報館裏去了。——報館賞臉地邀我進編輯部做事。我是初出茅廬，什麼都不懂，也只好藉此學習學習。初時主編一份附屬於報紙的畫報周刊；不久，畫報停刊，我轉而擔任文藝副刊的編輯。由於副刊是白天發稿，我便兼上了晚間的工作：編「港聞」版和助編國內電訊版。但基本職務還是編「文藝」版。這份職務適合了我的興趣：因為我藉此可以結交好些投稿的朋友。這些朋友中，有些直至今日還維繫著深厚的友誼。不過當時晚間的工作對於我的壓力也相當重，每晚八點上班，除了午夜因消夜有一陣間斷，通常是一直工作至晨前三四點才完事。

　　通訊社的港聞稿件每晚送稿三次，有突發事件時還會臨時增加，稿件隨到隨編，立刻付排；外國通訊社的外文稿件起碼也送稿二三次，由專人翻譯後編好付排。那時候還存在「檢查」制度，社論排好後另打稿一份，由

侶倫在報館編輯室（一九三二年）

專人送往檢查處審閱，蓋印通過後才能「埋版」，上機開印。雖然這只是手續，可是費時失事，無形中影響了開機印報時間。編輯部的工序最後一項是看清樣，這是校對主任的事，但編輯人員離開工作崗位的時間往往是接近天亮了。

報館的生活，使我通過了工作關係，間接認識了世界，也認識了社會。這點收穫，不會是別的職業所能得到的。另一方面，也使我學習到謹小慎微的處事方法，和精思熟慮的對事態度。因為在殖民地社會，新聞工作常常和法律問題搭上關係，一時不小心，便會惹起麻煩。我記得有過一位記者在報道一項人事糾紛的時候，提到當事人的某甲如何設計對付某乙，無意間寫了一句「欲有事於其後」，竟被某乙抓住話柄，認為這句話有惡意侮辱的含意，告上了法庭，結果勝訴，刊登那篇稿子的報紙只好付了一筆賠償名譽費。也有這樣的例子：一宗毆鬥傷人案件，新聞內容把案中人張三李四的名字也寫出來，說是在毆鬥中張三用刀斬傷李四。兩人都給抓上法庭，張三被控以用刀斬人的罪名，但是律師辯護的結果，張三的罪名不成立，獲得釋放。張三於是反過來控告刊登那新聞的報館損害名譽，結果又是報館付款賠償。這一類無妄之災，在新聞的編者之中便有了一個戒條：凡是未經法庭提訊手續的被告人，敘稿時不能寫出他的名字，免得造成「後患」。這個戒條，直到現在仍是保留著的。

說起敘稿，我記起那時候的不少笑話。在港聞通訊社的採訪記者中，有一位是專走紳商路線的，就是說，經常向紳商界去找新聞資料。這位記者對當日的有名紳士周壽臣的印象特別深刻；某次，他發出一篇某家百貨公司二十五周年紀念的新聞稿，文內凡寫到「二十五周年」這字句時，便寫成「二十五周壽臣」，傳為笑柄。

在新聞稿中，有些在行文上是很特別的。典型的例子有過如下一則「意外受傷」的報道，內容說：路人某甲，日間行經雪廠街，「突然間，不知何處飛來一牛奶罐，擊中其首部而傷之」。真是難得見到的妙文！

不僅是採訪記者，編輯先生也同樣有疏忽的時候。三十年代，香港報紙採用的國內電訊是向一家國民黨官辦通訊社訂稿的。那時候的電訊稿用的是文言文，文字簡略，而且不加標題，只是把各條消息並列一起印出。編輯先生處理時得把消息逐條剪下，按不同的內容分別加上標題，然後發排。某次發了一條國民政府改組消息：任命宋子文任財政部長，朱家驊任教育部長，陳紹寬任海軍部長。電訊文字這樣寫著：「財宋真除、教朱海陳」。第二天，有一家報紙刊出這則新聞

時，在〈國民政府新任命〉這主題下，副題標著：

〈財政部長宋真除‧教育部長朱海陳〉

本來是三個部長卻變為兩個，而兩個部長的名字卻是不見經傳的。

注 ————————————————————————

1　侶倫 1931 至 1937 年間任職於《南華日報》，曾主編《南華日報》的副刊〈勁草〉及其附刊〈新地〉文藝雙周刊。

參考本書上冊〈文藝茶話會與《新地》〉及注釋，頁 33。

可追懷的年月
——〈編輯生涯憶往〉續筆

本文原刊《大公報・大公園》，1980 年 12 月 12 日，頁 11。其後收入《向水屋筆語》。

　　我是在「七七」盧溝橋事變之前一星期離開報館工作的。我轉移到另一種性質的職業。由「九一八」時期算起，我的編輯生活將近過了七年。在七年中，我看到了許多事情，也看到了許多變化。這一切，都成了個人經歷上忘不了的記憶。

　　二次大戰前後的香港，是兩種截然不同的情況。不過即使到了接近時代轉折點的三十年代，情況還是好的。那時候人口不過五、六十萬，社會的結構仍舊較為簡單，社會生活並不像今日的複雜和緊張；社會風氣很純樸，人際之間少有糾紛。那時候，物價很低，喝一杯咖啡吃一塊多士只是半毛錢；一個銅元買一份兩大張的報紙；花一毛錢可以由堅尼地城坐電車直到筲箕灣。劫案是絕無僅有的事，更不必說到動刀動槍的規模。一個人跳樓自殺，馬上成為大新聞；一宗較為稀罕的兇殺案，街談巷議可以講上幾個月；如果有人設想到劫案會發展到持槍打劫銀行，那簡直是天方夜談了。由於「三點猶須編電報」，我和同伴下班後，經常由報館所在的荷理活道慢步一條長路回去半山區的贊善里宿舍，假如是今日的治安情形，我還能夠安然地活下來麼？除非是奇跡！

　　這一切夢一般的日子，對於感情豐富的人都是「懷舊」的好資料。

　　三十年代的香港，最大的社會新聞要算是「鄭國有案」。這是一宗三角戀愛釀成的悲劇。為了爭奪一個女人，富家子弟鄭國有涉嫌買兇手打死了情敵馮德謙；案情偵查的結果，鄭國有被拘捕，並且被控以殺人的罪名；成為當日最哄動社會、也是最受注意的案件。法庭審訊了幾個月，結果被告罪名成立，宣判死刑。那個年代死刑是正式執行的。被告的家人進行上訴，官司打到英倫，同時呼籲全港居民站在同情的立場簽名聲援，要求減刑。上訴結果，死刑改為終身監禁。案件才算結束。

　　在這案件審訴的過程中，每次開庭，新聞報道總是連篇累牘，通訊社不能一次過全文發齊，往往是分段送出，這便苦了港聞編輯：因為規劃版面和處理其他新聞都感到為難。而我這個初出茅廬便恭逢其盛的編輯，更顯得手忙腳亂。直到案件結束，才能舒一口氣。

由死刑改為終身監禁的鄭國有，據說在太平洋戰爭中，日軍進攻香港時提前出獄。這個人已經在戰後逝世。而這一齣曾經轟動一時的大悲劇的女主角，就是當年演唱《毛毛雨》和《可憐的秋香》歌舞劇出名的黎明暉。[1]

但是使我記憶更深刻的，卻是另一件事情。那是「九一八」事變對於香港居民思想上的衝擊：許多人彷彿從長時期的沉睡中覺醒過來，從各方面本能地表現出愛國情緒。而這種情緒，到了「一二八」日軍向上海挑釁而激起十九路軍的堅決抵抗的時候，全面地發揮了出來。

十九路軍在淞滬戰場上是孤軍作戰，不但遏阻了日軍的進攻，而且還常常打了勝仗。消息傳到香港，人人都感到興奮。那時候沒有廣播電台，更沒有電視，唯一的傳播媒介只有報紙，而報紙卻是每天早上出版的；最新的戰報由電訊社送到時，報館等不及編進翌日出版的報紙，就先用白報紙寫成大字報貼在報館門外，在勝利消息的行列間還畫上紅線。人們便紛紛聚攏了來，愈聚愈多，爭著看大字報。在興奮的情緒中，有人異口同聲地歡呼著：「好傢伙，中國打贏日本了！」

於是爆竹不約而同地四方八面燒起來了，而且愈燒愈起勁，比農曆新年的除夕燒的更熱烈，整個市面都在硝煙瀰漫之中。這是出於「敵愾同仇」心理的愛國表現呵！

這樣的情況，在那個期間不止出現一次。

淞滬抗日戰爭被迫停火以後不多久，十九路軍軍長蔡廷鍇[2]到過香港，當他出現在一個同鄉會的樓頭，人群聞風而至，聚攏在街上向他歡呼。

注 ————————————

1　黎明暉（1909-2003），長沙湘潭人，演員，父親是二十年代作曲家，明月歌舞團的主辦人黎錦暉。二十年代加入大中華百合影片公司，並於在百代公司灌錄流行歌曲唱片《毛毛雨》，其後隨明月歌舞團到南洋一帶演出，回國後先後加入天一、藝華、明星等影業公司任演員，婚後息影。

2　蔡廷鍇（1892-1968），廣東羅定人，將軍。1932年率領十九路軍在上海對日作戰月餘，四十年代末期把芳園別墅用作香港達德學院校舍，與李濟深等共組中國國民黨民主促進會，其後回內地任中央人民政府委員、中華人民共和國國防委員會副主席等。

「捷報」的笑話
——〈可追懷的年月〉續筆

本文原名〈瑣憶一頁〉，原刊《大公報·大公園》，1980 年 12 月 19 日，頁 11。其後以〈「捷報」的笑話〉為題收入《向水屋筆語》。

　　日軍侵佔東北的「九一八」事變，對於香港一般人的頭腦發生了衝擊作用。馬占山率領游擊隊在黑水白山之間困擾日軍陣腳，成了當日小市民最有興趣的話題。到了日軍進攻上海的「一二八」事件發生以後，更出現了情緒上的強烈反應。這方面還有些事情是值得追憶的。

　　由於中國積弱百年，受盡列強的壓迫和凌辱，中國人民都滿胸怨憤；即使是從來不大關心國事的香港居民，也不可能沒有一點恥辱感覺；尤其是一夜之間淪亡了東北三省，只要還有多少民族意識的人，更不能夠無動於衷。如今隨著敵人的炮火指向上海，當地的駐軍居然敢於奮起抵抗，僅是這一點，已經是事不尋常，何況還不時贏得勝仗，更叫人感到振奮！所以每當報館門外貼出報道勝利消息的大字報時，到處燃起爆竹表示慶祝，是可以理解的事。

　　從一個小插曲裏，正好反映了人們關心戰事的心理。有過一次，在爆竹聲中，有種「渾水摸魚」的人，手裏拿著一帙印有文字的紙張，在黑夜裏沿街奔跑，大叫「號外」。只聽到爆竹聲卻沒有看到報館大字報的人紛紛付錢購買。在燈光下一看：有些人買到的是「港聞」部分，有些人買到的是「電訊」部分；或是廣告部分，不一而足。原來那是舊報紙裁成的小方塊，並不是什麼勝利消息的「號外」，這才知道上當。可是賣「號外」的人卻溜走了。

　　還有一件天真得可笑的事。有個晚上，不知道怎樣傳來的一個「捷報」，說是中國軍隊在黃浦江上打沉了十多艘日本戰艦。這樣的一種消息，稍有常識的人都會明白是不可信的。但是由於一般人的「敵愾同仇」心理，同時給「勝利」的狂想所迷惑，卻不管事實的真假也一樣大燒爆竹。最有趣的是朋友張吻冰（望雲）的母親，她向剛從外面回來的吻冰問著：又為什麼事燒爆竹了？

　　「聽說，中國軍隊打沉了十多艘日本戰艦，你信不信？」

　　老人家竟然毫不驚異，淡然地說：「有乜奇怪？日本乜嘢都係咁化學嘅啦！」

　　在舊日，一般人對日本最壞的印象是：日本貨中看不中用，廣東話給它一個不知從何而來的形容詞叫做「化學」：說它不實際，一用就破爛的意思。說句笑話，大燒爆竹「祝捷」，看來似乎也有道理的了。

由盧溝橋事變以至「八一三」日軍進攻上海，迫使中國展開全面抗戰以後，香港一般人的愛國情緒進一步高漲，並且作出行動上的表現。一個抵制日貨運動的浪潮在社會上開展起來。有不少家庭自動地把日本罐頭丟進垃圾桶裏；一些群眾自發性的組織，闖進售賣日本貨的店舖，把日本貨找出來丟出門外。在這一股掃蕩行動下，隨處可以見到被拋棄的日本製造的日常用具、罐頭、布料之類的東西；有些搪瓷器皿則被連成一串，高掛起來示眾。這種行動似乎近於粗暴，然而沒有人能加以非議。

另一方面，一些愛國社團在進行另一種活動：它們發起募集醫療藥品、食物、衣物等，送到上海去慰勞前線的士兵。許多家庭婦女親自縫製捐獻給士兵的內衣，在衣背上寫上激勵的字句；或是把慰勞信件寫好放進衣袋裏面。這些衣物都由募集機構集中送到上海去。多年前，一位到過內地旅行的朋友說，他曾經在某地一個陳列館裏，見到一件作為紀念物保存的香港同胞捐獻給抗日戰士的衣衫。這可說是香港愛國同胞的光榮痕跡！

同一個時期，抗戰歌也在青年群眾中唱起來了。一些歌唱團體藉著歌唱來宣傳抗戰。香港青年會也組織了歌唱班，參加的是青少年學生，每星期定時演唱。他們演唱的是吳涵真選編的抗戰歌集。[1] 吳涵真是當年主辦「兒童書店」[2] 的愛國老人。

注 ———————————————

1　吳涵真選編：《叱咤風雲集》。廣州：兒童書報社，1937 年，第 12 版。

2　吳涵真於香港創辦兒童書店，位於九龍彌敦道，吳涵真任書店經理，1936 年遷往廣州，1937 年歇業，讓出店面給鄒韜奮辦生活書店的廣州分店。

「雨巷詩人」戴望舒

本文原刊《大公報・大公園》，1980年 12 月 26 日，頁 11。其後收入《向水屋筆語》。

　　對於新詩，[1] 我是門外漢，但是我卻喜歡讀新詩。[2] 因〈雨巷〉一詩引起注意而有「雨巷詩人」之稱的戴望舒，首先喚起我的興趣的，並不是他的詩，而是他的第一本詩集《我底記憶》[3] 的樣相。這理由說起來是頗為可笑的。

　　出現在三十年代的上海水沫書店，它所出版的書都具有本身的獨特風格，《我底記憶》是其中的一本。這本詩集用米黃色道林紙印刷，封面用褐色厚紙裝訂；內文編排得簡樸而又雅致；卅二開本，毛邊裝。這樣一種形式的書，在當時看來，格調的高雅，實在難得見到。經過時代的變動，這本詩集在今日的圖書館或是舊書攤上恐怕也找不到了。

　　我就是通過這本詩集的儀表進入它的內部，從而喜歡戴望舒的詩的。

　　——給我罷，姑娘，那朵簪在髮上的

　　小小的青的花，

　　它是會使我想起你的溫柔來的。

「雨巷詩人」戴望舒

《我底記憶》書影

　　像用這樣的句子開頭的〈路上的小語〉，對於我當日那樣年齡的人，是具有強烈的魅力的。當時的好些南國詩人的詩風，都或多或少受到戴望舒的影響，因此被稱為「現代派」。提到「現代派」這名詞，在某些人的觀點上並不含有敬意：因為這類的詩只突出感情卻不突出政治意義。但是無論如何，戴望舒在詩風上是起過他的作用的。[4]

　　我同戴望舒曾經相識，卻說不上什麼交情。他是在抗日戰爭開始之後由上海來香港的。在他擔任《星島日報》副刊〈星座〉編輯時，寫信向我借《現代》雜誌創刊號（他從葉靈鳳那裏知道我有這套雜誌）。我把雜誌寄了給他。此後也沒有什麼交往。那個時期，我經常在〈星座〉上寫點文章。有趣的是，自從他上任以後，他把我沿用下來的筆名侶倫主動給我改了：把我文章的署名換上「李霖」二字。我這個「小名」只是葉靈鳳知道，可能是由葉轉告他的。那時候上海出版的一本《郭沫若評傳》[5]的作者，名字恰和我的「小名」相同，也許戴望舒以為我和那本書的作者同是一個人，因而索性替我換上那個名字。我對這件事不方便提出意見去更正，便由它繼續下去算了。

　　事隔一場戰爭後，我從內地回到香港，知道了在日本佔領香港期間，戴望舒和葉靈鳳都曾被日軍拘捕入獄，受過折磨。戰事剛結束，葉靈鳳辦了一本綜合性

刊物《萬人周刊》[6]，編輯部設在華人行樓上。有一次我去送稿，碰上戴望舒也在那裏。我在這個場合才同戴望舒相識，第一次見到面。

這以後，人事悾偬，我沒有機會再見到戴望舒。只是從旁知道一些關於他本身的事情。他患了哮喘病，而且長期遭受困擾。他的婚姻生活也不很如意，不時為夫婦之間的問題苦惱。據葉靈鳳的追憶文章敘述：戴望舒到羅便臣道他的住處探望他的時候，常常站在窗口向外望，對著遙遠的雲天打發他不能告人的抑鬱。

在身心同樣痛苦之中，戴望舒要求改變環境，要求新生，於是在中國解放後的一九五○年冬季，他決定回內地去。但是到了北京不多久，卻因為哮喘病發作逝世了。

戴望舒是死在他的人生轉捩階段的時候。八年民族戰爭給了他的靈魂以有力的衝擊，他在末期所寫的幾首詩──〈元旦的祝福〉、〈獄中題壁〉、〈心願〉和〈等待〉等，都顯示了他的生命已揭開了新的史頁。可是命運卻不讓他揭下去，這是他的不幸！[7]

注 ────────────────────────

1　原文開篇有以下一段：「感謝呂達兄惠贈一本新近出版的《戴望舒選集》（中國現代文選叢書之一），使我對這本似曾相識的作品有機會重溫一次，不期然生起一份親切的感情。」

2　以下刪去數句，原文為：「雖然不懂，至少精神上卻有所聯繫。在三十年代的南國詩人中，侯汝華、陳江帆、李心若、鷗外鷗、柳木下等人的作品，給我的印象並不淡薄。」

3　戴望舒：《我底記憶》。上海：水沫書店，1929 年，再版。

4　原文有以下數句：「在個人趣味上說，我對文學的任何流派都不願有什麼意見，認為只要覺得它有欣賞價值，便是好作品。」

5　李霖編：《郭沫若評傳》。上海：現代書局，1932 年。

6　應為《萬人週報》，1946 年 10 月創刊，共出版九期。

7　篇末刪去一段，原文為：「如今，我們感到安慰的，是能夠讀到《戴望舒選集》，這是作者文學遺產的一部分，也是他的詩作的精華。而同樣應該提及的，是刊在卷首的一篇選集的〈前言〉，它算得是一篇概括的而又完整的傳略，使我們對詩人戴望舒有個清楚的認識。」

特約審訂　　　許迪鏘

責任編輯　　　許正旺

裝幀設計　　　a_kun

書籍排版　　　陳先英

書　　名　　向水屋筆語（增訂注釋版）（上冊）

著　　者　　侶　倫

注　　者　　張詠梅

出　　版　　三聯書店（香港）有限公司

　　　　　　　香港北角英皇道 499 號北角工業大廈 20 樓

香港發行　　香港聯合書刊物流有限公司

　　　　　　　香港新界荃灣德士古道 220-248 號 16 樓

印　　刷　　陽光（彩美）印刷有限公司

　　　　　　　香港柴灣祥利街 7 號 11 樓 B15 室

版　　次　　2023 年 3 月香港第一版第一次印刷

規　　格　　16 開（170 × 230 mm）上冊 432 面

國際書號　　ISBN 978-962-04-4941-3（套裝）

向水屋筆語

增訂注釋版

下

侶 倫－著　張詠梅－注

目錄　CONTENTS

第四章
1981^年

第五章
1982^年

第六章
1983^年

第四章

1981年

向
水
屋
筆
語

家庭式晚會設想

本文原刊《大公報・大公園》，1981年1月9日，頁11。

聖誕節前夕，我無意間去參加了一個家庭晚會，我不是教徒，不須到教堂去，也沒有興趣到火樹銀花的街上去湊熱鬧，便給 K 君拉著去那個「晚會」消磨一晚，竟意外地享受到一番難得的歡樂。

主人是個實業家，夫婦倆都是中年以上的人。他和 K 君是叔姪關係。我和主人並不相識，可是經過 K 君介紹，彼此立刻熟絡起來了。打破隔膜的關鍵，是由於在戰爭年代，大家都旅居過桂林，只是沒有機緣相識。這一晚的會面，便有「他鄉遇故知」似的感覺。

這並不是一個宗教家庭，卻也像許多非教徒的香港居民一樣，為著講究情趣，在聖誕節期間高興作出應節的裝飾：聖誕樹，閃亮的彩色燈光，金銀交錯的紐帶，汽球，五光十色的賀卡，把客廳裝點得金碧輝煌，充滿聖誕氣氛。而使得這種氣氛渲染得更濃厚的，是電唱機裏低播出來的聖誕歌曲。

參加這個晚會的是主人一家和兒女的朋友們。男女老少十多人聚攏在客廳裏，圍繞著一張擺滿各種小食的長餐桌，無拘無束地閒談和講笑話。

在愉快氣氛中，有人記起了一九四一年的這一天是個「黑色聖誕」：香港在日軍進攻了十八天之後，就在聖誕節這一天宣告投降。於是香港在炮火下的情況和淪陷後的情景，便成了這個晚會的中心話題。年輕的女孩子們最有興趣。她們最大的幸福是沒有經歷過戰爭。雖然不久之前，從電視的紀錄片上看過一些片斷的鏡頭，可是太瑣碎、太簡略，不夠味道。這時候便趁勢要求當日身受過戰爭的恐怖和淪陷後的苦難生活的前輩，講述那些日子的事。這些故事出自每個不同處境、不同感受的過來人的口，更顯得豐富多彩。對於講述的人是不堪回味，在那些女孩子們聽來，卻是又恐怖又刺激。她們慶幸自己不曾活在那個年代。……

從那個場合出來回住處去的時候，我覺得這一晚過得很充實，很有意思。我非常欣賞這樣的家庭式晚會。並不在於它的內容，而是在於它的形式。

在香港的社會生活中，各種名目的晚會並非沒有。不過這類晚會是有中心項目的，是有所為而舉辦的。雖然說，它們的性質是比其他的莊嚴集會要輕鬆，但究竟是範圍偏狹，因而顯出一定限制性。至少，你不是對音樂有興趣的人，不見

得會去參加音樂晚會；你不愛好戲劇，也不見得會踏入戲劇晚會的大門。固然，這一類「專題」晚會是有其藝術上的建設作用，有其存在的價值。但是比它們在性質上更輕鬆，趣味更廣泛的另一種晚會的組織卻不能排除。我說的是家庭式晚會。

人誰都有朋友，朋友之間得講感情。聯絡感情的方法很多：你可以約朋友喝咖啡，看電影，或是請朋友吃飯。即使你不以為這些舉措太破費，卻也不能不承認它有單調之感。而且，即使你要那樣做，也不能同時約請許多朋友；即使能夠，也未免顯得嚴重其事。事實上卻並無目的。要想在上述那些「聯誼」方法以外另闢蹊徑，要避免上述那些方法的缺點，只有家庭式晚會可以辦到。

好處在哪裏呢？第一，晚上是較有空閒的時間；第二，不須受環境空氣的困擾（如在公共場所中所感受到的），可以無所拘束地暢談；第三，不須受地點的限制，只要朋友家裏有個適當的地方，便可以隨時變換環境來舉行；第四，不須花多少錢，只要做主人的準備清茶，一些小食之類，便可以打發。

晚會的召集，不外使自己和朋友們在簡單形式中獲得身心的愉快，因此不一定要有什麼目的，但是也不妨有目的。隨意所之，盡歡而散。

家庭式晚會的時間最好是星期六，人閒心閒，辦法不妨輪流制。不一定是每周一次；但是程序上不妨有個規律，這一次是在陳先生的家，下一次是在張先生的家，……依次編排。

在要求身心愉快以外，主要目的還在於「聯誼」作用；因此太太或是女友可以參加。而作為主人的那位先生的太太，應該是主持晚會的適宜人物。

書叢偶拾（一）

本文原刊《大公報・大公園》，1981年 1 月 16 日，頁 14。

隱語

在人類語言中有一種叫做「隱語」。那是一種代用語，是人們對某種不方便說出口的話而運用的詞語。這類詞語既無典故根據，也無出處可尋；而純然由於因襲、沿用，自然而然地成立起來的。

人在日常生活中，常常有使用「隱語」的機會，不過多數是在有所避忌的情形下，不願讓第三者知道所指的某種事物而用起來的；但是必須在彼此有所默契的人之間才明白。這可以說是特別「隱語」。此外，有一種對於「隱語」所指的事情是普遍地明白而一般習慣仍舊使用「隱語」去表達的，這多半是屬於「性」方面範圍的了。

在所謂文明的人類中，性方面的事物是被視為猥褻的，提起來會覺得羞恥、不雅，往往有所忌諱，用彼此心照的「隱語」說出口，似乎比較自然些。譬如，向一個有著特殊關係的女性在需要的情形下問一句：「是不是那東西來了？」你會覺得很順口，對方明白你所指的是女性每個月經常的生理現象，而她對你的話聽起來也不致如聽到那個正面字眼的難為情。

人類是這麼奇怪的動物，分明是一種人所共知的事，但是在彼此之間公然表白，就會認為猥褻，說起來實在矛盾。不過這裏面也不無一點傳統關係。人類事物之中，沒有比「猥褻」給予的羞恥觀念更牢不可破；因此原始那麼認定下來，大家就潛意識地那麼認定下去了。孔子所謂的「食色性也，人之大慾存焉」，「性」（包涵色的意義）既然被認為猥褻，則人類如果最初把吃飯（食）也看作猥褻，那麼，吃飯一事到現在也如性交一樣不方便說出口，也不會是奇怪的事罷？

關於「性」方面的「隱語」，中國是很早就有了的。但是在西方社會，這類「隱語」的產生，歷史並不長久。據性心理學家靄理斯[1]說：十八世紀時期，歐洲人才創造了種種「隱語」，對於人體各種器官和機能，給予種種稱謂的名詞。

那種「隱語」最初只在家庭或婦女之間、情人之間通用；後來才漸漸普遍流行起來。意大利作家黎弗旁的書裏有這樣的話：「這種隱語是一種提防多問或敵意環境的武器；它的意義除非是懂得『門檻』的人，否則誰也不明白的。這種隱

語的成立，一方面在於實際上的方便，一方面在於避免直接說出口時的羞恥心理。這是文明加於怕羞現象的貢獻之一。」他把這個認為是羞恥心理的要求所造成的「語言的衣服」。

暱稱

有這樣一種情況，有著愛情關係的男女之間，為了表示親暱，往往不叫名字，而以別的稱謂代替（特別是在通信上），如：「我的天使」、「我的小貓」、「我的……」之類，不一而足。這種表現，看起來有點肉麻可笑。其實不值得大驚小怪。戀愛是兩個人的事，什麼舉措都有其本身的神聖意義，是不容旁人干預的。

不過，具有深厚的道學意識傳統的中國人，似乎不作興這一套，可是在西方，這種暱稱的風氣卻是由來已久，據說遠在羅馬時代已經有了。

我們從電影上或是文學作品上，看到關於古代羅馬人生活的荒淫描寫，很可能想像到他們是缺乏羞恥觀念，只講武事、不懂風雅的民族。其實這是錯誤的。據一位作家的敘述，古代羅馬的妓女，在大庭廣眾之中是很規矩的，說起不正經的事都會害羞。即使是談情說愛的時候，他們的話語也是很規矩很天真；就是彼此的稱謂也不肉麻，倒是美麗而且富有詩意：男的稱女的叫「我的皇后」，「我的女神」，「我的鴿子」，「我的光」或是「我的星」。女的稱男的叫「我的珍珠」，「我的蜜糖」，「我的鳥兒」或是「我的瞳子」，極端避用猥褻的字眼，即使在動情的時刻，也只是說一句普通的話：「我願意愛你」。但即使這一句，也是用「隱語」表示，它的說法是「阿麻波」。

注 ————————————————————

1　靄理斯（Havelock Ellis，1859-1939），英國性心理學者。

書叢偶拾（二）

本文原刊《大公報・大公園》，1981年 1 月 23 日，頁 14。

女褲小話

在中國，「衣裳」這名詞是包括上下衣而言的；下衣便是褲子。

褲子是衣裳的一部分，只穿衣而不穿褲的習慣，是自古迄今不曾有過的事。但是在西方卻並不如此。

不要以為人類有了幾千年文化就什麼都是進步的，至少褲子這種形式的著物被普遍地採用，歷史並不長久，說起來叫人奇怪。

據說褲子是東方發明的。這是文化的產物。由意大利的威尼斯傳入西歐。但最初穿褲子的卻是妓女，因此雖然是一種利便的著物，卻也為一般良家婦女所不屑採用，甚至反對。如果有人問一個嚴肅的姑娘穿了褲子沒有？她的回答是：「你以為我會穿褲子麼？我是個正經的女子呵！」

這就是說，有過那麼樣的時期，正經的女子是不穿褲子的。

不過反對穿褲子的態度維持得不很長久。十四世紀末葉，法國政府提倡女子穿褲。不管是什麼身份。到了十六世紀，穿褲的風氣在婦女中間已經很流行了。但是奇怪得很，這種風氣過了一個世紀光景便又消沉下去。一七七一年出版的《製衣法》一書裏，並沒有提到婦女褲子的製法這一項敘述。一七八三年出版的喀希路寫的書裏說：巴黎婦女中，除了演員之外是沒有人穿褲子的。但是也不一定，有些歌舞女郎也一樣不穿。後來因為發生了一件有傷風化的趣事才把風氣劃一起來。

一七二七年，有一個歌舞女郎在舞台上表演的時候，衣裙忽然給什麼扯住，在動作之間竟把她的裙子撕破了，當眾露出了下體。這事驚動了警方，認為有傷風化。於是當局下令，此後凡屬歌舞女郎或女演員，必須穿上褲子才許登台。

英國和法國的距離雖然只是一個海峽，但是女子穿褲習慣的養成，卻比法國遲了許久。一百幾十年前，英國婦女還認為穿褲子是不適宜的。著名的婦科醫生梯爾特注意到這個問題，她倡議用幼細布料做短褲。她曾經寫過這樣的話：「穿褲子一事，在本國一定會流行起來的。因為穿在裏面，不為別人看見。那堅持褲子只是男子用物的偏見，必然會消滅。」

事實證明，梯爾特的話是說對了。

吻之獵奇

在習慣上，接吻基本是男女間表示愛意的一種動作，但是在西方社會，除此以外，還有一種是與節日有關係的公開儀式，也可以說是一種風俗；而它的舉行卻又頗為怪誕的。

在舊日英國的亨格福特地方，據說每逢「好客節」——Hocktuesday（復活節後第二個星期二日），照例由官方派出「吻官」二人，每人拿一根長杆，飾以鮮花緞帶，杆端頂一花球，中間藏著桔子，一同到各間學校去，為學生們請求放假。然後，學生們就隨著「吻官」家家戶戶去進行訪問。每到一處，「吻官」便要求每個女人給他親吻一次。吻後，「吻官」就莊重地給那女人賞賜一隻桔子。如果女人拒絕親吻，就得罰一便士。這種習俗開始於十三世紀時代，曾經風行一時；而它的罰款是化緣性質的。

在法國巴黎，過去每年聖嘉特舜節日，凡屬超過二十五歲還未結婚的姑娘們，都戴著聖嘉特舜式的冠冕，綴上飄帶，聯群結隊地到處遊行。在這一天，凡屬男子都有權利向這些姑娘們偷吻，只要他們有本領去達到目的。因此每逢此日，男子們都懷著興奮情緒，拚命爭取機會，企圖獲得在那些聖處女的嬌臉上印上第一吻的榮耀。在這充滿羅曼蒂克氣氛的情形下，男的恣意追逐，女的掙扎呼叫，使得維持秩序的警察先生，為著保護那些窘困的姑娘們而疲於奔命。

歷史上被女人獻吻最多的人是誰呢？恐怕要算是美國的何勃臣（B. P. Hobson）將軍。他是美西戰爭中有名的「梅林麥克之役」的英雄。在芝加哥的歡迎會上，最先是他的兩位表妹熱烈的吻了他，其他在場的少女們也忍不住蜂湧地包圍著他，紛紛獻上熱吻。何勃臣站在人群中接受少女們的親吻三十六分鐘之久，每分鐘平均接受五個吻，簡直使他喘不了氣。事後報紙上把這件新聞宣揚開來，震撼著少女們的芳心；致使這個戰爭英雄每經過一個地方，便有成群的女性等待他來。估計他沿途接受了成萬個吻。當時有一家投機的糖果公司，竟推出一種定名「何勃臣之吻」的拖肥糖，大賺了一筆錢。

漫話友誼

本文原刊《大公報·大公園》，1981年1月30日，頁14。

每當除夕的晚上，新舊年度交替的子夜時刻，舞場、夜總會或是人群聚集的公共場合，人們就會唱起《友誼萬歲》這首帶著歡樂又深情的歌曲。我不知道這風氣是怎樣來的，卻覺得這是很有意思的事情。

友誼可說是人與人之間的精神上的紐帶，是人類感情的滋潤劑。世界上如果沒有「友誼」這個東西，很難想像將會是怎樣的一個世界！

一個人除非是隱士，誰也不能離群獨居，因而不能夠沒有朋友。但是朋友不是上帝遣派來的，必須由自己去尋求，去發展相互關係，才能夠得到的。特別是活在這個生存競爭日益劇烈的時代，一個人需要別人幫忙的事情很多，決不可能孤立地去應付生活範圍內的各種問題。人究竟不是萬能的動物。因此朋友愈屬於多方面的愈好。古人所謂的「不同道不相為謀」的說法，在今日看起來已經失去嚴格的意義。現在是任何種類（除了為非作歹，作奸犯科）的朋友都應該有的時代。思想和事業可以不相同，而友誼關係卻是不妨通過任何界限而建立的。

不過一個人要獲得朋友並不困難，可是維持友誼卻不容易。相反的，最容易是失去朋友。這就是古代的藺相如與廉頗的「莫逆之交」所以成為歷史上的佳話；在西方，哥德與席勒[1]，拜倫與雪萊的友情所以成為文學史上的美談！

社會上有種人被稱為「交際家」，為的是他們人事關係廣闊，在各色各樣的人們中間周旋，比普通的人顯得活躍；彷彿自成一種典型人物。其實這種人並沒有什麼特異之處，只是懂得怎樣去應酬別人，怎樣去維護大家的好感；而普通人卻不肯講究同樣的方法，如此而已！

事實上，交朋友是得講究方法的，說得抽象一點，便是自身先得具備一種磁樣的力量，才能吸引別人，並且維持長久的友誼。而這種磁樣的力量所藉以表現出來的，卻在於個人的品格與態度。品格優良高尚，態度溫文和藹的人，常常為別人的所樂於親近，因而也容易贏得友誼。同時，具有上述條件的人，往往是心地光明磊落，善於同情別人和幫助別人。所謂「愛人者人恆愛之」，在這道理下，誰不願意同他做朋友呢？同上述情形相反，屬於性情孤僻、態度傲慢的人，卻很難享受到友誼的樂趣。這種人不但缺乏吸引別人的力量，而且還會拒人千里

之外。因為他們往往是心懷狹窄，恃才傲物；他們不肯承認別人的好處，相對的也不肯承認自己的壞處；不肯客氣的抬舉別人，當然也不肯謙遜的貶抑自己。在友誼上所必要的平衡地位，在他們的「自高」意識裏是不存在的。這樣的人固然不高興去接近別人，別人也不會喜歡去接近他；因此即使有朋友，結果也會失掉了。

在交際上，儀表雖然關係著給予人的印象，這究竟是直覺上的事；對於友誼的獲取並不是重要條件。一個人假如具有著吸引朋友的力量，縱使儀表平凡，仍舊可以彌補缺陷：發揮自己的精神美去贏得別人的好感。人不可以貌相，縱使如何漂亮的面孔，假如缺乏高尚的品格和可親的態度，就算獲得朋友，也未必能夠維持得長久。

一位哲學家說過這樣的話：「你能夠在日常生活中，處處表現愛人的精神，願意幫助他人，你便能夠吸引朋友。一個只會為自己設想，只會為自己打算的人，只有到處被人鄙視。」這幾句話可以作交朋友的座右銘。

友誼是應該歌頌的。友誼萬歲！

注 ────────────────────

1　席勒（Friedrich Schiller，1759-1805），德國作家。

春節走筆

本文原刊《大公報・大公園》，1981年2月13日，頁13。

執筆時是年初五，社會上還在過著春節，到處仍然是節日景象；可是只有三四天假期的人，春節卻是過去了，雖然見了人時還得說句「恭喜」。

對於春節，我是頗讚賞的。在一年內的許多大小節日中，我覺得沒有一個節日比它更有意思。說它是節日，並不恰當，因為有關春節的人事活動不只是一天的，而是連續多日的，而它的活動內容又那麼多式多樣。在一般人的觀念上，這是「過年」。因為是過年，所以看得特別隆重。在舊社會裏，尤其如此。在戰爭年代的流亡日子中，我曾在農村裏過過兩次農曆新年，體驗到農村社會的過年味道。其中值得記憶的事情很多，印象最深刻的，卻是那些在封建勢力壓迫下的農家婦女；她們終年幹著辛苦的農活，平時難得有行動的自由，只有在過年時候才有機會獲得解脫：她們可以回娘家去探親，住上起碼半個月或是更長些時間，才回來夫家。彷彿這是一種權利。而在一些鄉紳家庭，在過年之前一個月，就開始舂米粉，準備做「茶果」和年糕。同時特地從縣城裏僱來了裁縫師傅，讓他住在家裏，為全家大小縫製過年的新衣服。

其實不談形式，僅就意義上說，春節也是值得重視的。一年一度，這是時間的里程碑。在個人來說，總結過去一年事業上的得失，設想未來的工作計劃，都以這個里程碑作立足點。何況，一年之計在於春！

撇開那些殘留的封建色彩，春節仍舊有它可取的一面。即如，一般習慣在歲晚時候作一次家庭的大掃除，或作一次粉飾，對於環境衛生和視覺都有好處。這是建設性的舉措，無可非議。說「拜年」罷，也不能看作庸俗的事。在繁忙的社會生活中，朋友之間或親戚之間，不一定能夠經常會面，趁春節的機會互相拜訪一下，見面時交換一句良好的祝願，大家同樣開心。有什麼比這個更好的增進情誼的手段呢？

除夕的晚飯叫「年夜飯」，俗語叫「團年」。一年將盡，一家的人團聚一起吃一頓晚飯，多有意思！古人所謂的「家家痛飲屠蘇酒」，正是這種境界。在舊日，一些海外華僑，到了年終時候不管千山萬水也趕回家裏「團年」；這不僅顯示了他們對春節的重視，也顯示了中國人傳統的倫理觀念的深厚。

我讚賞春節，可是我卻不曾好好地過過一次春節。三、四天的假期，在人來人往的應酬中，日子過得恍恍惚惚的，像做夢一樣。好些準備利用假期做的事情，卻落了空。一個在廣州的弟弟，在長期隔絕了消息之後，取得聯絡，兩三年來每逢春節，他都來信邀我到廣州去看花市，我卻因時間關係，沒有能夠如願。這缺陷不知道什麼時候才能填補。

說到花市，我要提起年宵市場。這恐怕是春節中我所能留下記憶的唯一的一頁。這幾年來，每逢除夕，我都高興到距離住處不太遠的彩虹邨年宵市場去走走，和我同行的是陽弟。我們是作好「給人潮衝散就各自回家」的準備而去的。除了湊熱鬧，我沒有其他目的。如果還有些什麼的話，便是出於這種心理：要想在一年將盡之夜留點印象。記不起是誰寫過的〈守歲〉詩裏的句子：「三百六旬都浪過，偏從今夜惜華年。」[1] 人就是這樣無可奈何的呢！

在年宵市場裏，燈火輝煌的年花檔口人太擁擠，我們避開了，走向別的攤檔。我對於玩具最感到興趣。那裏有一個攤子正陳列著一些新奇的玩意兒，我看中了一件東西：那是用透明塑膠裝嵌成的鋼琴型音樂盒，非常小巧精緻。我用了很相宜的代價把它買到手。這是我所擁有的第四隻音樂盒。

我感到這個春節的日子還不致太空白，當我把小鋼琴的發條扭滿，聽到那悅耳的樂音的時候。

注 ————————————————————

1　出自宋詩人席振起〈守歲〉：「相邀守歲阿咸家，蠟炬傳紅映碧紗。三十六旬都浪過，偏從此夜惜年華。」

史吐活夫人與黑奴——書叢偶拾

本文原刊《大公報・大公園》，1981年 2 月 20 日，頁 13。

文學史上，有些作品的成功是很偶然的，《湯叔的茅屋》（*Uncle Tom's Cabin*）[1] 一書便是一例。這本出現在美國南北戰爭前夕的小說，在嚴格的批評家眼中，算不上是第一流作品；然而由於它當日在讀者思想上起過的震撼作用，卻使它有了不朽的價值。出版後不但在美國暢銷一時，而且在世界上許多國家都有了譯本。半個世紀之前，中國也有了林紓翻譯的中文本，書名《黑奴籲天錄》。[2]

《湯叔的茅屋》被認為是燃起美國南北戰爭導火線的一本小說。它寫的是十九世紀中葉美國蓄奴制度下的悲慘故事。讀過這本小說的人都會為黑奴的命運而深受感動。可是很少人知道，它的作者史吐活夫人寫這本小說時的經過情形，也是同樣動人的。

史吐活夫人出生於一八一二年。她的小名叫哈麗葉。父親是傳教士。她是十一個兒女中最聰慧的一個女孩子。由於家庭人口眾多，父親的收入有限，她們的生活過得相當艱苦。傳教士每天得背著皮包到各處去宣道，一群兄弟姊妹就得分工合作處理家務。

當父親擔任了辛辛那提地方賴恩神學院院長的時候，哈麗葉已經是個成熟的少女。因為生活接近的關係，她同在神學院當教授的史吐活先生結了婚。根據她寫給朋友的信看來，她婚後的生活是幸福而又安靜的。

但是時代卻不安靜。在美國的北方，廢止蓄奴的呼聲正在各處迸發出來，廢止蓄奴的運動也在各處展開；街上時常有人作蓄奴問題的演說，也有因相反意見的爭論而發生的騷動。在這種氣氛籠罩下，史吐活夫人也受到衝擊，她不能不注意到這個重大的社會問題。加上她自己有個黑人女僕，這女僕本身就有著非常悲慘的身世。於是，史吐活夫人和丈夫漸漸地也成為反對種族歧視和反蓄奴運動的擁護者了。

不過在這階段，史吐活夫人還沒有把思想化為行動的表現。她雖然同情黑奴的處境，但是還不曾真正了解南方蓄奴制度的實際情況。直到她的環境有了變化，新的感受才在她的思想上起了推動作用。

　　由於史吐活先生執教的賴恩神學院停辦，她隨了丈夫到包吐安大學去接任教席。在那裏，史吐活夫人接到她姊姊的一封來信。那封信說到了南方當局新訂的「逃奴法」內容的殘暴，末了寫道：「哈麗葉呵，如果我有像你那樣一手好文筆，我一定要寫一些東西出來，讓全國的人都知道蓄奴制度是多麼不人道的一回事！」

　　史吐活夫人從姊姊的信上感到鼓舞。她決心要寫出一些什麼來，吐露她本來已有的胸臆。憑著平日的所見所聞，加上她的黑人女僕身世的悲慘故事，這些現成資料，便構成一個有血有肉的好題材；這便是《湯叔的茅屋》。

　　當史吐活先生偶然從一張包裹牛肉的紙張上讀到《湯叔的茅屋》開頭部分的時候，他被感動得湧出眼淚來了。他鼓勵妻子寫下去。史吐活夫人為了使她筆下的故事內容充實，於是給各地的朋友寫信，向她們調查各地黑奴的生活情況。她把所搜集到的素材都寫進小說裏面。

　　《湯叔的茅屋》的初稿是在報紙上連載的。報紙刊完後，便進行出單行本。誰也沒有對這件事情寄予怎樣大的希望。作者自己只願她的書能夠在讀者中喚起對廢奴運動的共鳴。而史吐活先生，也不過希望這本小說的賣出能夠讓他的妻子買一件新外套而已。甚至史吐活夫人的出版顧問，在拿了這本作品去同書店接洽之前也冷淡地說：「誰高興去讀一個女人寫出來的書呢？」但是在他出門的時候，在火車上為著消遣而翻開《湯叔的茅屋》原稿，竟被它的內容吸引得不能釋手。他只好中途下車，到一家旅館裏住宿一夜，把小說全部讀完。這是關於這本小說出版的一個小插曲。

　　一個風暴隨著《湯叔的茅屋》的出現掀起來了。人人都爭著讀這本小說，它成為當時最流行的書。有八家印刷店同時開工才能應付讀者的需求。到處都在講著「湯叔」的故事。黑奴的悲慘遭遇喚起了大眾的同情，也煽動起具有正義感的人對蓄奴制度的憤怒。史吐活夫人寫這本小說的目的達到了。她的收穫超過了她的想像以外。

　　儘管蓄奴制度的擁護者固執著他們的成見，對《湯叔的茅屋》和她的作者大肆抨擊和詆毀，可是動搖不了這部小說的成就。為解決黑奴問題的美國南北戰爭終於爆發。有無數的青年投身到戰場去，為解放黑奴作鬥爭，他們都是受到《湯叔的茅屋》一書的影響。據說在北軍士兵的背囊中，往往帶著這本小說。

　　贏了這場戰爭的林肯總統曾在白宮裏召見史吐活夫人，向她表示敬意。他激

動地對史吐活夫人說：

「會到了你我很榮幸。你就是寫了那本書而鼓動起這場戰爭的女子呵！」

注 —————————————————————————

1　《湯叔的茅屋》，*Uncle Tom's Cabin*，1896 年出版。作者比徹·斯托
（Harriet Beecher Stowe，1811-1896），美國作家。

2　林紓、魏易譯：《黑奴籲天錄》。上海：商務印書館，1915 年。

但願常通兩地書

本文原刊《大公報‧大公園》，1981年 2 月 27 日，頁 13。

　　世界上有許多事物，因為科學的發達和物質文明的進步而遭到淘汰。因此曾經有人說過，由於這世界有了電報、電話，人類不再需要靠筆墨來溝通消息，自然也將會減少寫信的行為。在理論上這說法是對的。但事實卻並未如此。儘管電報和電話在使用上便利而又迅速，我們卻並未見到郵政事業因此受到影響，郵政局更未因此關門。顯然，寫信和拍電報或打電話是作用不同的兩回事。我們不能否認電報和電話的好處，但是在某種意義上，電報和電話的作用代替不了書信的功能。因而書信在人的文化生活中有著不可動搖的地位。也就是說，儘管通訊的手段如何先進，「但願常通兩地書」這句話也不會消失了意義。

　　書信是用文字來抒發個人胸臆和溝通思想的工具。在感情領域內，可以無所保留地發揮意見，可以無所拘束地暢所欲言。所以書信是具有它的本身價值的獨特文件。作為生活趣味來說，蒐藏朋友書信是很有意思的一個項目。

　　人誰都有朋友，有朋友便有書信往來。但不是每個人都把朋友的信留存起來的。即使保存也是短時期的事，為的是留作回信的根據。一般習慣是，回了信，照例就把存信毀掉。即使稍為長久保存，卻因為沒有什麼目的，到積了存太久而感到難以置處的時候，也往往當作清理字紙一樣毀掉。這事看起來很尋常，其實是一種損失。

　　在文件上，被公認為最能夠代表一個人的風格的東西，只有日記和書信。兩者都是自我地表達個人思想和情緒的東西。不同的地方只是：日記是寫給自己看的，書信是寫給別人看的。而其共同之處是感情的真實。所以在文學上，日記和書信都有它們本身獨立的價值，所謂「日記文學」和「書信文學」。

　　但日記是絕對私有的東西，而書信是公開給朋友的；因此作為了解朋友的根據，或是作為對朋友的紀念物，書信都具有一定的意義。

　　一個作家在寫文章的時候，因為是在創作，而且是寫給多數人讀的，文章可能矯揉造作；縱然寫得多麼動人，也不過是技巧上的成功。可是書信卻不能矯揉造作，也不需要如此。書信的對象通常只是一個人，而且是自己的朋友，無論那封信是有所為而寫，還是無所為而寫的閒話，或是發點什麼牢騷，都是振筆直書

的。因此之故，書信裏面的行文常常沒有層次，沒有注意修詞，甚至沒有文法，以至出現種種妙句也是常有的事。然而可愛之處也是在這個地方。因為那是沿著寫信人執筆時的情緒和意識而自然流露的。這就是書信的個人風趣。

所以從書信上，可以看出一個人的性格方面的各種形相：粗豪的，精細的，樂觀的，憂鬱的……。這一切都逃不過他在書信上不自覺地顯示出來的表現。

基於上述的意義，我們會感到蒐藏朋友的書信是多麼有意思的事情。僅僅作為紀念物，也沒有比這個更珍貴的東西。因為在朋友的書信上，有著他（她）的筆跡，他們心聲以至他的署名。此外，還有別的好處。一個朋友遠離了，或是感情疏遠了，或是不幸死了，你翻出他（她）曾經寫給你的信，你可以親切地想到他的為人，可以喚起許多舊事的記憶。無論它們給你觸動起來的是一痕微笑，還是一聲嘆息，都有無可形容的滋味！

不過人事繁忙的時代，在種種生活條件的限制下，一個人要想把朋友的書信有計劃地全都保存起來，恐怕是不可能的事。唯一的可行辦法只能根據一個原則：有選擇地保存那最足以代表個人風格的部分，已經夠了。

關於作客——致某陌生人

本文原刊《大公報・大公園》，1981
年 3 月 6 日，頁 14。

　　是的，「怎樣作客」也是學問。你說的對。不過這是屬於所謂「社交」範圍
的事情，我並不懂。雖然我曾經寫過〈砂礫摭拾〉[1] 那樣涉及瑣碎事情的小文章，
但那是信手拈來的東西。如果你認為還有點用處，那麼，就讓我憑我的常識再信
手拈一次罷！好在這個欄目是無所不談的個人「筆語」。

　　我說的是一般的普通常識。

　　作為一個客人，不管是你主動要訪問朋友，還是朋友邀請你到她的家裏去小
住。既然約好了日期和時間，除非臨時有了阻礙，而且設法通知了對方，否則必
須依時到達。如果對方邀請你時沒有指定日期，在你表示接納邀請時，應該附帶
通知你前往的時日，到時不要失約。你得知道，你的作主人的朋友會在見面之
前安排好接待你的一切事情，說不定還熱情地去接船或接車。如果你叫人臨時
失望，那麼，在你去之前已給人以不愉快的感覺，至少也打擊了對方接待你的
熱情。

　　記得帶一點小禮物送給你朋友的母親，表示你對老人家的尊敬。——不一定
要貴重的東西，只求切合需要，食物是較為適宜的。此外，送點東西給你的朋
友，也是禮貌。

　　作客期間，在客氣中應該帶有親切態度。在不損害禮貌的限度下，不必過分
拘泥於俗套的習慣，免得主人家在招待你的起碼客氣中，因你的過分拘泥而加倍
客氣，增加了麻煩。最適宜的是，你不妨盡可能做到如家人中之一員的地步。因
此，你得注意朋友家裏的日常習慣。起床時間不一定在人家起床之前，卻不要在
人家起床之後。如果那家庭中是沒有規定起臥時間的，最適中是在你的朋友起床
的時候起來。除了特別情形，晚上就寢時間也不宜太夜。如果老人家是為了客氣
而陪你談話，在適當時候應該請她先去休息。而當你為著興致而同朋友繼續聊天
的話，最遲是察覺對方打第一個呵欠時，就應該提議休息了。

　　起臥時別忘記向主人家裏的人們道句「早安」和「晚安」。

　　對於你朋友家庭生活上的事情，在你力所能及的範圍內，不妨給予幫助；但
是屬於家庭中的私事卻不要干預，也不要好奇地問三問四，除非人家自動地讓你

知道；但是未經人家徵求，不要隨便表示意見。

對於人家為你而準備的娛樂或是別的什麼，你得高興地加入或接納，同時應該事事表示感謝。

為了興致，在適當情形下，娛樂方面的項目你不妨間中作些提議；但是假如你的朋友的招待過分殷勤，她給你安排的娛樂節目已相當足夠，你除了委婉地致謝之外，便不必再多提議，以免顯出你是貪圖享樂的人。

對於你的朋友為了遷就你的愛好而提議的事，而你又察覺那不是老人家所喜歡她做的，你可以不表示贊同，而另外提議一件為老人家所喜歡的項目。

到外面走的時候，乘車、上菜館、看電影或什麼消費地方，都需要用錢，如果你的朋友要做東道，堅決不許你付賬，你也不必爭持下去，用大方的態度把鈔票放回手袋，是不必難為情的。

作客期間的長短，看你和朋友的關係來定奪。自己聲明了離去的日期，就得依時離開。不要因為主人方面的挽留便改變行期；你該明白，留客是主人身份照例的習慣。識趣些是好的。

離去的時候，應該向朋友的家人一一道別，特別是對老人家說些誠懇致謝的話語。回到家之後，最先做的事是寫信給朋友道謝；同時專誠地寫一封信給朋友的母親，禮貌地表示：你作客時所受的款待，你將永久不忘！

注 ————————————————————————

1 〈砂礫摭拾〉及〈砂礫摭拾（續）〉見本書上冊頁 394、396。

友誼的起點

本文原刊《大公報‧大公園》，1981
年 3 月 13 日，頁 13。

　　如果「怎樣作客」是一種學問，則怎樣介紹與被介紹認識朋友，也是一種學問。這同樣也是一種常識。

　　人與人之間並非原始就相識的，除了在某種偶然的情形下自動認識，必須有第三者居間介紹，才能發生起碼的友誼。所以在交際場合中，介紹是一項不可少的手續。

　　但是由於這項手續太普通，一般人便看得隨便而不肯講究。結果往往出現這樣的情形：要不是被介紹的雙方照例點過了頭或握過了手就完事，便是轉眼之間便忘記了對方的姓名。如果稍為多人的場合，常常使得場面弄得很狼狽。

　　要避免上述的缺陷，使介紹的手續達成社交的意義，在進行介紹的時候，我認為有幾點小節是不能忽略的。

　　首先，作為介紹人的（不論身份是男是女），應該注意一個步驟：在介紹雙方認識之前，最好分別給個通知，並且帶點徵詢口吻，即如：「李小姐（或先生），讓我介紹陳先生（或小姐）同你認識好嗎？」這麼一來，雙方都有了心理準備，大家被正式介紹的時候，便顯得莊重一點，也自然一點。如果雙方是在面對面的情形下，便不須採取個別通知的做法，只須同時向兩人給個關照：「讓我來介紹你們認識。——」然後著手介紹。

　　假如需個別預先通知的話，次序上應該先女後男，——這不但是禮貌，而且是表示對女方的尊重，預備萬一女方有她自己的特殊理由不喜歡認識對方（這類情形很少，但是她有這種權利）的時候，有個中止介紹的退步餘地。在正式介紹的時候，卻應該先介紹男的給女的，然後把女的介紹給男的。

　　沒有必要，則介紹時不一定需要說出名字，而只說出姓氏就夠了。只是說得必須清楚。這兩點都是為著使雙方容易記憶的緣故。

　　如果那是人數較多的場合，男女雙方需要互相認識的人不止一個，那麼，介紹的時候不妨按性別分為兩方面，然後作集體式介紹：「這是馬先生，——這是張先生，——這是王先生。……」依次介紹完畢，然後向男方介紹女方：「這是陳小姐（或太太），——這是胡小姐，——這是梁小姐。……」

被介紹的人，禮貌地點點頭就夠了。如果不是集體介紹的方式，而只是男女二人被介紹的話，則彼此可以作些別的表示：說句客套的應酬話，或互相握握手。——不過有一點得注意，在禮儀上除非女的主動伸出手來，否則男的不該先作出握手的表示。

至於認識時的客套話，一般習慣常常是說句「幸會」或是「素仰」之類。這些都是太文謅謅的、不切實際，近於衍敷了。說句「我真高興認識你」，不是真摯而又樸素得多麼？

被介紹的時候，應當留意聽清楚對方的姓氏，以便交談時和以後見面時好稱呼。認識以後，碰上有需要時再向對方請問「貴姓」，那是太笑話了。自然，被介紹之後能彼此交換一張名片是最好的事；但是有時未必有這個方便。

在介紹人方面，有一項手續是應該做的，便是在兩人之間作了介紹之後，附帶說說雙方的志趣、嗜好等等，那麼，被介紹的人便可以互相根據對方的志趣和嗜好而有了交談的資料。

無論如何，介紹認識是友誼的起點。

我寫了什麼？

——一本「選集」的題記

本文原刊《大公報‧大公園》，1981年 3 月 20 日，頁 13。

　　這一卷作品，是我學習寫作以來所寫的小說的一部分。它們曾經分別收在幾個集子裏，我把它們抽出來湊在一起。說這是「選集」，其實並不恰當。根本上我寫的東西就沒有可「選」的條件，我只是應出版人的好意，把自己覺得較為喜歡的，集合起來印成一冊而已。[1]

　　我從事寫作時間說來頗長，只是中間不斷地有過脫節。原因之一是，我對寫作純粹是為了愛好，而不是出於什麼對文學的志願。但是實際上我又不曾放下我的筆，——即使有時會擱下，末了還是再提起來——在無可奈何中我還得拿寫作作為支持生活的手段。這是我感到痛苦的一種矛盾！

　　在已經出版了的幾本羞於見人的集子中，有過三兩本似乎給讀者留下一點印象。這使我感到慚愧！我明白並非作品本身有什麼特別的地方，而純然由於我和讀者之間可能有著偶然溝通的感情。此外沒有其他因素。因為我的作品是說不上什麼嚴肅意義的。我的創作態度是以個人的感念作出發點：感觸到什麼就寫什麼。因此常常在同一時期內我會寫出風格不同的小說。在這情形下，假如斷章取義地拿作品的表現作為衡量作者思想的根據，對於我不能算是準確的事情。

　　高爾基對文學青年的教導有一句話是：「寫你所熟悉的。」這個告誡給我的啟示很深。我生活在華洋雜處的都市社會，我只能夠寫出我的生活範圍內所能接觸到的——也就是耳目所能接觸到的事物。但是即使在這方面，我的筆所能活動的圈子也是太狹窄，太片面，也太浮面。

　　而且還有一點，在我所掌握的題材中，我的筆所能達到的僅限於表現而不是說教。我覺得，說教是理論家的任務；文藝工作者，只在於把自己對事物的觀感，用藝術手段忠實地反映出來。自然，這反映還得通過本身的思想、社會觀以及世界觀。判斷這反映的正確與否，是批評家的事；作家呢，應該有其站在自己的立場去選擇反映角度或反映方法的自由。而這種選擇，卻取決於生活圈子的大小，和生活體驗的深淺而有不同的歸趨。在這方面的意義說來，我所應該具備的條件實在很不夠。然而沒有辦法的是，人事和環境都決定了我：只能夠為生活去寫作，卻不能夠為寫作去經歷生活！

我的作品，就是在這種不健全狀態下寫出來的。

至於這本《選集》的內容，我把它分為三個部分。第一部分是〈無盡的愛〉和〈殘渣〉，這兩篇小說都是以太平洋戰爭時日軍攻陷後的香港為題材，是我在內地的流亡日子寫成的。後者原定計劃是要寫成一個二十萬字的長篇；但是由於戰事結束，就在進行到四萬多字的段落上停止下來。本來準備戰後把它寫完，想不到回來香港以後，人事倥傯，加上心情起了變化，一直沒有機會如願地完成。我只好把寫成的部分作為一個短篇保留著。雖然不能如我預想的故事那麼完整，卻也多少保留了動亂時代某種典型「香港人」的面相。

第二部分是戰後以來所寫的，多半是為適應發表的場合而執筆，因此題材很不一致。我希望還不致於浪費筆墨；因為那都是現實生活中的社會事象。

我要提起的是第三部分的幾篇小說。那是我創作初期寫下的帶有感傷意味的東西，本來要捨棄它們，可是考慮的結果，我還是把它們放在最後，當作一點過去的痕跡留下來。

把一些不合時宜的作品印出來，解釋為保留創作生活的紀錄，這理由是不應該成立的。我不願拿這一點替自己辯護。事實上，生命就是生命，它是不容許渲染，也不須渲染；拿白的蓋上黑的，底子裏實際還是黑的；人不是生下來就是完人，那麼，我們為什麼要掩蔽自己生命的污點！我所以讓這些作品印出來，便是因為我曾經寫下這些作品！

注 ————————————————————————

1 據本冊頁 644〈私話一頁——答一讀者〉一文，此選集一直沒有出版。1984 年北京友誼出版公司出版過《阿美的奇遇——侶倫短篇小說選》，但所選篇目與本文所述並不相同。

從海外回來的朋友

本文原刊《大公報·大公園》，1981 年
3 月 27 日，頁 13。參考本書上冊〈夫婦
倆〉、〈「夫婦倆」餘話〉，頁 200、202。

在寫字間接到報館一位編輯先生的電話。他告訴我：有個姓陳的女士到報館找我。她自己說是同我隔別了許久的朋友，現在從英國回來，在報紙上看見我的文章，要想找我見見面。當她知道我並非在報館做事之後，便寫下她的電話號碼和適宜通話的時間，要求設法通知我，好讓我撥電話給她。

感謝編輯先生的世故做法：沒有把我寫字間的電話告訴她，卻首先把事情通知我，讓我自己處理；使我有作個思想準備的餘裕。但是事實上，一時之間我也想不起有什麼姓陳的女朋友，而且是在英國的。這便喚起我很大的好奇心。很難耐地等到晚上給指定通話的時間，這個謎才終於揭曉了！

雖然從來沒有在電話裏聽過她的聲音，但是當她告訴我她的名字，並且問我是否還記得她的時候，我便恍然地記起這個人來。的確是個「隔別了許久的朋友」！她告訴我：她是最近回香港來的，——不是從英國而是從牙買加（不知道是不是那位編輯先生轉述時弄錯了），她目前是住在老家；什麼時候有方便可以見見面呢？……於是我約好第二天下午，我下班後的六點鐘，在彼此的距離都不太遠的一家食店會面。

這真是又興奮又意外的事：一個在觀念中已經消失了存在的舊朋友，居然有機會碰頭。重再聽到她的名字，不期然地喚起一些舊事的追憶。這些舊事已經去得那麼遙遠。

在少小年代，她和我不但是同學，而且長時期是同一間屋子的住客。兩家人有著很好的交情。直到她的家遷居，而她也轉了學校，同學和同屋的兩重關係才拆開了。雖然住處隔一道海，大家還是常常來往，多半是星期六下午，她下課之後到我們家裏來，照例是玩一個晚上，第二天星期日才回家去。她有這樣活動的自由，純粹因為她是來我們的家。

父親是長年跟著他所服務的美國兵艦在海上飄泊，管教兩個兒女的責任落在母親身上。而她的母親卻是性格很剛強的婦人，具有濃厚的封建思想，管束兒女的態度非常嚴厲。這婦人自幼就把兒女塑造成馴服的孩子，使兒女在觀念上承認作母親的無上權威。

也就是在那樣的情形下，在她才十七八歲的年齡，便被安排著嫁到外國去，對象是個年紀比她大的華僑商人，雙方沒有見過面。她無可奈何地接受了不可知的命運。我記得她到我家裏來告別時是含著眼淚的。

　　自此以後，她的消息完全隔絕了。雙方的家庭關係也沒有延續下去了。

　　四十年後的今天，我竟然在電話裏聽到她的聲音。我有做夢似的感覺。然而這不是夢，卻是現實！在現實中，世事已經有了不少的變化；那麼，人該變成什麼樣子了呢？

　　問題第二天就有了解答。在約好的食店裏，她比我先到一步，但是儘管她穿上了洋裝，從面部的輪廓上我就直覺地認出她來。在中年人的風韻上，笑眼和表情多少還閃耀著少女年代的影子。看到她的容顏保養得那麼好，我可以想像到她的日子過得多麼舒適。

　　「你的生活很幸福罷？」在久別重聚的一番雜亂談話中，我問出來。

　　「你是這樣想麼？」她用了不肯定的神情回答。但是她說，在牙買加，她丈夫開了一間店子，她們有自己的花園洋房，有小汽車；她有了兩個兒子，都在英國讀書。這便是她家庭的實際情況。

　　「那麼，你媽媽還算是有遠見的，不是嗎？」我說。

　　「你是這樣想麼？」又是那麼一副神情。

　　「你那位先生為什麼不同你一起回來看看老人家呢？」

　　「他肯這樣做才怪。四十年來，他一直不肯放我走。野蠻的老番脾氣！」

　　「那你現在不是回來了嗎？」我問道。

　　她冷笑一下：「要不是我和他嘔氣了，鬧翻了，我乘機賭氣走開，你一輩子也見不到我呢！」

安命之人
——〈從海外回來的朋友〉續筆

本文原刊《大公報・大公園》，1981 年 4 月 3 日，頁 16。

在食店裏，聽了從外國回來的朋友陳女士的談話，——她的隱晦語氣和含蓄的神情，可以想像到她當日被迫遠嫁的婚姻生活是並不理想的。在牙買加，她的物質享受可能很好，可是抵消不了感情生活的缺陷！在這方面，我不方便作進一步的探究；雖然大家是少小年代的朋友，但是四十年的間隔，已經使彼此的關係顯得陌生，我沒有理由去干預別人的生活，何況，那不僅是生活，而且是人生的創痕！

可以肯定的是，她是封建勢力下的犧牲者，而這股勢力是來自那個思想頑固，在兒女面前顯示無上權威的母親。

在我的記憶中有一件忘不了的舊事。那時候大家還是同一間屋子的住客。她的弟弟只是十二、三歲光景。有一次，作母親的在講話中把計程車「的士」二字說成「踢死」的諧音，引起小兒子的取笑；本來是很尋常的小事，卻想不到招來一場大禍！作母親的認為這是損害了她的自尊心和面子；而且小小年紀居然膽敢冒犯母親，簡直是大逆不道。她立刻光起火來，一邊痛罵一邊抓了一張凳子朝兒子身上扔過去，這個晴天霹靂把兒子嚇得半死；在本能地逃避的時候，又給喝止不許動，只好站住接受一頓籐條的鞭撻；直到兒子跪地求饒，哭著認錯才罷手。這樣一種近於變態的舉動，使眼看著這幕活劇表演的旁人，誰也不敢向那被折磨的小角色伸出救援的手。

在這樣的家庭環境裏，這個孤立無助的姊姊，還在青春年華就屈服於被安排的命運之下，這是容易理解的了。

當她離開香港到外國去踏上一個人生的新階段以後，有一段時期我還從她的弟弟那裏聽到她的平安消息；因為直到成年時候，他還間歇同我保持來往，這關係一直維持到他到廣州去升學才告一段落。

那個在美國兵艦服務了一生的父親去世以後，承受了丈夫一筆遺產安度下半年的老妻，在空虛的生活中皈依了佛教。她的與生俱來的性格沒有因此改變，仍舊準備拿對待女兒的一套來對待兒子。在一次當兒子因假期回家的時候，她找機會表示，在她的「道姑」朋友中她看中了一個女孩子，希望兒子也滿意。她企圖

以自己的主意造成這一椿婚事。但是兒子不肯同意。這問題相持了一段日子，兒子始終不肯就範。就在母親惱羞成怒拿斷絕維持他的大學生活作為威脅的時候，他以行動反抗，索性脫離家庭，同家庭斷絕了聯繫。他不再是跪地求饒的孩子，而是個有意志、有思想的青年人了。

抗日戰爭爆發以後，他投進大時代的漩渦裏做過許多工作，最後是加入了軍隊。在火線上，他受過幾乎致命的重傷。堅強的生命力使他活了下來。抗戰結束以後，他回來了香港，而且回到他一別十年的家。他的身邊伴隨著在內地結合了的異省夫人，——一個賦有賢淑品質的女性。

他向家庭伸出了手，對方沒有拒絕，卻也沒有表示歡迎。不過母子之間總算是和解了，然而卻不是諒解。悠長的時間並沒有沖淡她心底裏的舊恨，而一場世界上的驚人變亂，也不曾改變她對人事的觀點。好像兒子背叛了以後就給否定了存在似的，他的重歸在她的情感上並未發生什意義。簡單的說，她不曾原諒兒子，倒是因為再見到兒子的面更喚起她的反感情緒。她用著近於敵意的態度去對待兒子和媳婦，假借偽裝的溫情掩護她的譏笑怒罵，逞著封建思想形成的母氏權威。這對於知識分子的夫婦是十分難受的。

最不幸的是，當他找到一份中學教職，可以勉強維持兩口子生活而準備從老家搬出去的時候，他卻病倒了。更不幸的是，醫生檢驗出他患的是淋巴腺腫瘤！

在醫院裏做了兩次手術，也沒法挽救；在痛苦中掙扎了三個月，人終於死亡！

面對了這幕悲劇，作母親的沒有一點感動的神色。而那滿懷悲痛的未亡人呢，她再也不能在老家耽下去，不久之後，她不動聲息地回北方去了。

對於這個朋友的事情，我知得很詳細，我寫過一篇關於他的死的小文章。[1]我不敢把那篇文章回頭讀一遍，想不到它還有點用處。……

在食店裏，陳女士對我說，她回來香港要找我見面，便是要從我處知道一些關於她弟弟逝世前後的情形。雖然已經是多年前的事，但是沒有誰告訴過她。

「如果我似得他那樣勇敢就好了，他敢對抗母親。」她感慨地說，「他雖然短命，但是活得比我有意思」。

「我給你讀讀一篇文章罷，我在文章裏敘述了有關的情況。下一次見面時帶給你好嗎？」

「不，你還是寄到牙買加罷，我給你寫個地址。因為我沒有時間再見面：後

天我便要走了。」

我打趣地說：「你不是因為嘔了氣走開的嗎？這麼快又急著回去！」

她有幾分難為情地回答：「終歸要回去的呵！你知道，我是只能夠安於命運的人了呢！」

我心裏反應著一句前人的話：弱者呵，你的名字畢竟是女子！

注 ————————————————————

1　即〈夫婦倆〉及〈「夫婦倆」餘話〉，見本書上冊頁 200、202。

沉冤記

本文原刊《大公報・大公園》，1981年 4 月 11 日，頁 13。

如果世界上有所謂「女性憎恨者」這一類人物，我想，我所認識的小說家 A 君，便是其中的一個。A 君的「女性觀」是這樣的：「女人的心理最難捉摸，當她要達到某種目的的時候，什麼手段都會耍出來。」

這個理論根據是從哪裏來的呢？他告訴過我他自己的經歷：

他有個要好的朋友彭先生，夫婦倆是 A 君大學時代的同學，大家的關係相當密切。彭太太長得很美，尤其是一雙永遠像微笑著的眼睛放射著迷人的魅力。認識彭先生的人都羨慕他的幸福。事實上他們的生活也是過得很平靜的。

不知道什麼緣故，彭先生忽然迷戀上一個姓章的寡婦。那寡婦並不漂亮，也不是很有錢，而且身邊還有個孩子。但戀愛這類事情常常是不可思議的；要解釋也說不出理由。不消說，這件秘密被太太知道之後，夫婦感情遭到損害，生活上也從此失去安寧日子了。

有一個晚上，彭太太突然跑到 A 君的寓所來。她對 A 君訴說丈夫的薄倖和無情。她哭得很傷心，使平日已經被自己的小說故事麻木了情感的 A 君，也禁不住感動起來。在這個境地，A 君只好花一番唇舌去安慰她。

彭太太停止哭泣以後，她問 A 君可不可以幫幫她的忙。她說，她有一個辦法可以使丈夫回心轉意，把彭先生從那寡婦的手裏奪回來。為了朋友的家庭幸福，A 君自然答應幫忙了。但是彭太太要求 A 君首先答應一個條件：發誓永遠保守秘密，才肯把她的辦法說出來。

看到 A 君同意她的要求，彭太太立刻破涕為笑。她主動地握著 A 君的手，讚揚他真夠朋友，她不知道該如何感激他才是！

至於辦法，是很簡單的。彭太太說，經過調查，她了解到那寡婦並不愛彭先生，只是彭先生追求她罷了。這一天早上，彭太太特地去找那寡婦攤牌。那寡婦很同情她的遭遇，竟然同她商量對付彭先生的計劃……

A 君給這個戲劇化的發展引起興味。於是注意地聽下去。

據說，商量的結果，那寡婦提議，叫彭太太找個可信託的男子，寫兩封情意纏綿的信寄給她，讓她在有意無意之間給彭先生看見。彭先生是個疑心重，又善

於妒忌的人，只要他察覺那寡婦不忠於他，他自然會知難而退。

「那麼，你找誰寫那些信？」Ａ君問道。

「我來找你，就是想麻煩你動動筆呵！」

Ａ君奇怪起來：為什麼要他寫呢？彭太太解釋說，因為他是小說家，寫出的「情書」一定比別人寫得好；更重要的一點，是他的名氣。彭先生發覺了他的「情敵」竟是大名鼎鼎的小說家，他還有勇氣追求下去嗎？

話說得合情合理。Ａ君不作什麼考慮。而且，這也的確打動了他的虛榮心；同時覺得這做法對他也沒有什麼損害，根本他就不認識那寡婦。因此他慷慨地答應下來。但是彭太太臨時卻提出一點只有細心的女人才會想出來的意見，就是「情書」的開頭不必寫上名字，只寫著親暱的稱謂就行，這是為了保障那寡婦名譽的緣故。

事情就按照計劃進行了。結果，彭太太的目的達到了：彭先生果然回到彭太太身邊。但是對於Ａ君，卻出現了麻煩。……

那是一星期後的事。彭太太跑到Ａ君的寓所，不是報告喜訊，卻是含著淚水要求Ａ君的寬恕。

「為什麼？」Ａ君詫異地問出來。

「你寫的信給彭看見了，他要找你決鬥。我苦勸了一番，才止住了他的氣憤。但是他聲明要同你絕交！」

「絕交？」Ａ君感到困惑，「究竟為了什麼？」

「就是為了你寫的信呀！我要請你原諒。我出賣了你啦！」

出賣？這是什麼意思呢？Ａ君愈聽愈是糊塗。只見彭太太低下頭，難為情地坦白出來：

「讓我坦白告訴你罷，我前次說的那番話是不真實的。我並沒有去找過那寡婦。由於我了解彭的為人：儘管有個美麗的妻子，他仍然不會忘情別的女人。這是每個自私男子的通病。可是當他發覺自己的妻子給別人看上時，便會因妒忌而回心轉意。所以，我騙你寫了那些信，目的是製造機會露出馬腳。我的計劃成功了！他果然氣得跳起來。我趁勢要挾他，要他放棄那寡婦，他屈服了。可是事情沒法兩全，他對你發生了誤會。我可以要求你原諒，卻不可能向彭說明底細。你寬恕了我好嗎？」

Ａ君這時候才恍然大悟：他原來中了彭太太的詭計。他簡直感到了侮辱！

「如果是別一個女人，我會毫不考慮的給她一記耳光。」A君結束他的故事時說。

　　「為什麼彭太太會例外呢？」我好奇地問他。

　　「因為在大學的時候我已經暗裏愛著她啊！」

算賬記

本文原刊《大公報·大公園》，1981
年 4 月 17 日，頁 13。

　　有人說過，「說謊不是壞事。假如謊言的本身能夠使別人得到安慰，那謊言
便是可原諒的」。如果這個說法可以成立，那麼，那位「女秘書」身份的錢小姐
便有理由驕傲的了。

　　這是星期日上午，在錢小姐居住的高級公寓裏忽然來了一位訪客。從管理處
打到房間來的電話，知道來的是誰；錢小姐遲疑了一下，終於回話管理處，答應
接見來客。但是拖延了好一會時間，房門才打開來。站在門外的是個梳了高髻，
衣飾入時，儀態端莊的中年婦人。

　　「請進來，經理太太。我剛在洗頭呢，很對不起。」錢小姐為自己的怠慢道
歉。把浴袍的腰帶收束一下，把經理太太迎進房裏，招呼她在一張沙發坐下。她
自己一面用手上的毛巾擦著濕濕的頭髮，一面忙著去斟茶和拿香煙。

　　「錢小姐一個人住嗎？」經理太太邊問邊打量著周圍的環境。房間相當大，
佈置得很講究：有掛畫，有酒櫃，有衣櫥，有精緻的化妝枱，有電視機和冰箱，
有用屏風間隔的睡床，還有浴室。「地方真不錯呵！」

　　「馬馬虎虎。」錢小姐敷衍地回答著，一面給對方點了香煙，自己也點了一
支。坐到旁邊的沙發上，一面擦頭髮一面問出來：「經理太太到來可有什麼貴
幹嗎？」

　　「請恕我唐突的問一句，錢小姐，我家裏的先生是不是常常到這裏來的？」
經理太太直截了當的問道。盯住錢小姐，注意著她的反應。

　　「你是指羅經理嗎？你問得奇怪，他怎麼會到我的住處來呢？」錢小姐一副
詫異的表情。

　　經理太太冷笑一下：「我覺得一點也不奇怪，你以為我不知道你同羅經理的
關係麼？」

　　「你憑什麼說出這句話？經理太太，你可知道你的講法是誹謗我嗎？」錢小
姐明白了經理太太來訪的目的，她不能不表現得理直氣壯的樣子。

　　經理太太也不肯示弱：「看樣子你是要控告我了，我是不怕的，我有的是確
鑿的證據。」

「什麼證據？說出來聽聽！」

於是經理太太一樣一樣的舉出例子：都是她所知道的屬於錢小姐同羅經理在外面的種種親密行徑。……末了，她說：「我不需要借助私家偵探，旁人告訴我的新聞已經太多了。錢小姐，我們都是斯文人，我不願到你們的辦公室去發作，大家難下場。到了最近，我忍耐不下去，從羅經理的記事冊裏查到了你這裏的住址，我才決定來找你談談。」

錢小姐「呵！」了一聲，換上輕鬆的表情笑出來：「原來你是聽了旁人中傷的謠言發生了誤會，難怪你要來找我了。經理太太，我承認我同羅經理很常接近，但這只是工作上的關係？許多業務上的事他需要幫忙。你知道，他是我的上司，我是他的下屬──秘書，我能夠不聽他指揮嗎？你想想看。」

「你的解釋我只能接受一半，錢小姐。」經理太太答道，「我不相信你和羅經理的關係會是那麼純潔。你敢說羅經理對你沒有野心嗎？」

「他有沒有野心，我哪裏知道呵！」錢小姐一副無可奈何的神情。

「我明白你是被動的，錢小姐，即使你同羅經理的關係被中傷，你也沒有責任；歸根結底都是男人不好。」經理太太轉了態度，似乎有意為錢小姐洗脫，好讓問題簡單起來，便好解決。但是她還得問一句：「不過，錢小姐，你對羅經理採取什麼態度？」

錢小姐爽快地回答：「除了下屬和上司的關係，還有什麼別的態度？經理太太，別以為我對羅經理有什麼特殊的感情，天下這麼大，難道我找不到一個理想的男子，倒要纏住有妻室的羅經理嗎？」

經理太太點點頭，從對方的反應上感到很滿意，有幾分抱歉似地握住錢小姐的手：

「好啦，從你處得到了保證，我可以放心來管束我那個瘋子！」

幾分鐘後，經理太太帶著滿足心情告辭。錢小姐把客人送出房門，一面用梳子抓著披開的散髮一面揮揮手。看見經理太太進了電梯，她轉身關上房門，並且加上門閂；然後急步走到浴室外面，敲門叫道：

「出來罷，羅經理，她走了啦！」

奇遇之類

本文原刊《大公報・大公園》，1981年 4 月 24 日，頁 13。

生活在現代化都市的男子，由於受到西方文化的感染，有些人常常會產生一種古怪的想頭，希望自己有機會碰上一些戲劇性的「奇遇」；這種奇遇又往往以女性為想像中心；例如：在舟車上，在戲院裏，或是在別的場合，無意間會結識到一個女性（當然要漂亮的），從而發生了感情，進一步發展出其他的關係。

這種羅曼蒂克的喜劇，在光怪陸離的社會裏不能說絕對不會發生，不過卻是可遇不可求的。如果一個人故意去尋求這種「奇跡」，不但可能大碰釘子，而且更可能惹得一番麻煩。這是自愛的人不能不提防的事。

有個匈牙利作家寫過一篇小說，題目是〈四十八顆星的房子〉；小說內容敘述一個青年男子，懷著獵奇的心理到巴黎去旅行。他在戲院裏認識了一位儀表高貴的女人，一見傾心。這女人臨別的時候給他地址，約定日期請他去訪她。青年受寵若驚，自然依期踐約。那女人的住處是一間華麗的屋子，屋頂裝飾著四十八顆玻璃星子，看來很是別致。那女人熱情地接待他，並且用了非常妖媚的態度去親近他；使這青年落在神魂顛倒的地步。到了分手的時候，依依不捨地約他改日再來。

到了晚上，那青年在街上碰到一個朋友。這朋友拉著他去看戲，—— 一種特殊的戲。兩人到了一個神秘地方，買了票，便給引進一間小房子，隨即被指示向一個星形的玻璃鏡子下面窺看。一看之下，那青年大吃一驚，原來從玻璃鏡所見的房間，正是他白天到過的房間。那個高貴女人又同一個男子在那裏演著他白天演過的活劇。這時候他才恍然明白，他所碰到的並非什麼「豔遇」，而是自己作了別人利用的「工具」。明知道上了當，可是不敢做聲。

下面，是一篇小說裏的另一個故事。

故事的主角是個自鳴清高的詩人。有一次，他接到由雜誌社轉交的一封讀者來信。從署名「梅慧絲」三個字看出寫信人是個女性。她在信中表白自己是詩人的忠實讀者。她讚賞他的詩風具有法國象徵派的味道；由於她喜愛詩，尤其是喜愛他的詩，所以大膽地寫信給他，希望跟他學習，做個文學上的朋友。如果不致是太奢望的話，她希望有接到他回信的光榮。

這件事在詩人的寂寞生活上給了很大的衝擊。一向以來，他就認定都市女性的文學趣味是很淺薄的，她們只愛讀小說，從故事的情節去尋求自娛的滿足；她們不懂詩，更不認識詩人的天才。由於對女性的絕望，他超過了四十歲依然是個獨身漢。如今在芸芸讀者中意外地有個梅慧絲，他私下裏興奮地想：期待已久的「女神」終於出現了！

　　詩人毫不考慮地給了回信。他滿足了女讀者的願望。並且給了她一個直接通信的地址。

　　回信很快就到了詩人手上。她在筆下流露了喜出望外的情緒。似乎要博取詩人的歡心，她告訴他，她的家庭狀況，生活狀況和她的年齡。使詩人更感到高興的，她把他當作電影明星一般看待：問及他的生活趣味，他除了寫詩還有什麼嗜好，甚至問及他所喜歡的顏色，等等。這些都顯示了這位女讀者的天真性格，同時也反映出他在她心中的偶像地位！

　　不消說，詩人都一一滿足了她的好奇心。

　　於是信來信去，雙方的通信關係便這樣建立起來。沿著感情的自然發展，漸漸的，詩人的靈魂不自覺地跌進一個迷離的夢中了。梅慧絲成了他觀念上崇高的偶像。他每晚給她寫一封六、七頁紙的長信。他把自己的寂寞，自己對愛情的飢渴，全都向她宣洩出來。

　　女讀者似乎經不住詩人的熱情煽動，她也拿同樣熱情的表示回答他。雙方的心靈可以說是完全溝通了，欠缺的只有一個手續，——形象的認識！

　　出乎詩人意料的是，當他要求和她見面時，對方卻不表示同意。她的理由是：她沒有見面的打算。她擔心見面之後，他會對她失望和幻滅，「我覺得，永遠在筆墨上維持著感情關係，不是比實際來往的庸俗方式更有情趣的嗎？」

　　對於熱情燃燒中的詩人，這簡直是迎頭潑下的冷水！他覺得這種所謂「情趣」是荒謬的。為了加強他的「抗議書」的力量，他不顧後果的提出威脅：假如不見面，他便要同她絕交！

　　現在似乎輪到女讀者生氣了。她沒有給詩人答覆，也不再給他寫信。她的總答覆是，莫名其妙的沉默。

　　「絕交」成為事實，但主動的卻是女讀者！

　　於是詩人還未正式戀愛，便宣告失戀了。他彷彿做了一場夢，可是卻不明白這是一場什麼夢！為了轉移心境，他決定到別的地方去旅行一趟。

　　兩個月後，詩人回來。當地文壇上正發生一件大事：大家熱烈地討論著一本新書。這本書名叫《癡人之戀》，據說出版後哄動一時，非常暢銷；而它卻是一位新進女作家的作品。書評家對這部作品都一致給予好評，認為「作者以女性身份，能以深入靈魂的筆觸去把握男性心理，寫出那麼情意纏綿的書信體作品，實在是罕見的天才」。

　　詩人從來看不起詩以外的文藝作品，但經不起那種哄動空氣，便也帶著好奇心到書店去買一本。把書拿上手時，一看作者的名字竟是「梅慧絲」。詩人非常詫異，急忙翻開內容看看：天哪，全部是他寫出的情書！

　　詩人的困惑恍然地獲得解答了。他急不及待地要向那位名成利就的「新進女作家」提出交涉，用嚴厲態度寫了一封信。他罵她用卑鄙手段騙取了他的愛情；罵她是世界上最無恥的女騙子。把信寄出去了，才稍微平息了他的氣憤。

　　兩天以後，詩人接到沉默了三個月的女讀者一封回信。他給氣得要跳起來。那封信是這樣寫的：「感謝你的來信。在你的立場，你是應該作那樣表示的。我也應該沒有異議地接受你的譴責，假如我是女性的話。但是可惜你弄錯了，先生。我抱歉地告訴你，我實在徹頭徹尾是個男子呀！」

惆悵的追憶

本文原刊《大公報‧大公園》，1981年5月1日，頁14。其後收入《向水屋筆語》。

北京傳來了茅盾先生[1]去世的消息之後，廣州又接著傳來了周鋼鳴先生[2]去世的消息。這個標識著文壇上巨大損失的噩耗，真叫人感到無限惆悵！

人還活著的時候，世界如常地進行下去；但是人一旦死了，便不由人不追懷過去有關的舊事。這些日子，我便是落在這樣的情緒之中。

茅盾先生在太平洋戰爭爆發之前和戰爭結束之後都在香港耽擱過一些日子，我卻始終沒有機緣認識他；雖然我一直對他是那麼敬仰。能夠見到他的時候，是在全國已經解放，他回到了內地以後的事。

那是一九五六年九月下旬，我有機會參加一個國慶節觀禮團到北京去。九月二十六日上午，在我們下榻的北京西郊西苑飯店裏，接到文化部的請帖，茅盾先生以沈雁冰（部長）的名義給觀禮團舉行一個招待宴會。這是我第一次——也是生平僅有的一次見到茅盾先生。

由北京西郊坐旅遊巴士到招待會所在地的國際飯店是相當長的路程。我們比指定時間的十一點鐘提早了半個多鐘頭到達。但是茅盾先生已經站在飯店樓上的門口迎接客人了。他親切地同我們一一握手。我們被領進一個陽台上休息。接著，夏衍、鄭振鐸、老舍[3]諸先生也到陽台來同我們握手會面。大家便分頭坐下來閒談，氣氛很熱烈。半個鐘頭後，我們給邀進了宴會廳裏，在宴席上就坐。參加宴會的有首都的文化界、藝術界、電影界和戲劇界朋友們。宴會開始之前，茅盾先生站立起來致歡迎詞，並且發表了講話。……他穿的是深色中山裝，身體精悍和矯健；頭髮梳得整齊，上唇留了小撮的鬍子。他的儀表就像我們平日從他的照片所見到的那樣。

這一次以後，我再也沒有見過茅盾先生。但是他在我記憶中的形象，保留到今日還是那麼鮮明！

說起周鋼鳴先生，我便不能不記起我所住過的一間小房子。這房子是在九龍城獅子石道一間屋子的四層樓上。它的面積很小，除了安放一張床、一張書桌、一隻書架、一隻茶几和一張長椅，就沒有一點多餘地方。這是戰後從內地回來的時候，我的能力所能租到的住居。房間雖然是那麼小，卻是我的工作室，也是我

的會客室。我在那裏寫著支持生活的文章，也接待好些新結交的做文藝工作的朋友。周鋼鳴先生就是在這個時期認識的。他也是我這個住居的來客。

那時候，正是抗日戰爭結束後繼續三年內戰的時期，一群文化人集中在香港，等待「天亮」日子來臨。他們一面在一家學院分擔一些教務，一面從事寫作，過著艱苦的生活。有空的時候便互相串連。我的小房間也是其中的一個「站」。在這期間，分別到過我的住處來的，除了周鋼鳴先生，還有洪道先生[4]，夏衍先生，司馬文森夫婦[5]，韓北屏[6]，林林[7]，陳殘雲夫婦，華嘉[8]，黃蒙田；而最多來往的是黃谷柳，胡明樹和柳木下[9]，因為他們都是住在九龍城地區，同我的距離最近。

在獅子石道中段，有一間「南京茶室」，只是一個地下舖位，是一家普通食店，顧客都是街市小販、工人之類；然而它卻成為當日文化界朋友聚會喝茶的地方。花並不多的錢，便可以在那裏聊上半天：談作品，談時局，討論問題。這都是那時候生活上的樂事。有些時候，個別的人因事要趕時間，索性就到茶室裏吃飯。住在獅子石道的詩人林林，就是這樣做的常客。……

由於茅盾先生、周鋼鳴先生的去世，我記起了這一連串有關的舊事；而在這些舊事裏面所提到的名字中，有些人已經先一步離開了這個世界，不管是自然的死還是不自然的死，都是叫人難過的。我想，在「化悲哀為力量」這句話語的背面，流一滴感情的眼淚應該是被容許的罷？當值得追憶的一切都消逝了的時候。

注 ——————————————————————

1　茅盾（1896-1981），原名沈德鴻，字雁冰，浙江桐鄉人，作家、文學評論家。筆名有茅盾、蒲牢、微明等。畢業北大預科，任職於上海商務印書館編譯，1921 年與鄭振鐸、王統照等發起成立文學研究會，主編《小說月報》。三十年代加入中國左翼作家聯盟，創辦《北斗》。1938 年到香港，主編《立報·言林》和《文藝陣地》，後赴新疆、延安、重慶，1941 年到香港，任《大眾生活》編委，主編《筆談》半月刊，後到桂林、重慶、上海。

1947 年再到香港，參與《小說月刊》編委工作，主編《文匯報‧文藝周刊》，1949 年回內地。1949 年先後任全國文學藝術界聯合會副主席、中國文學工作者協會主席、文化部部長、中國作家協會主席等。作品有《子夜》、《農村三部曲》、《林家鋪子》等。

2　周鋼鳴（1909-1981），原名周剛明，廣西羅城人，作家，筆名有周達、康敏等。三十年代加入中國左翼作家聯盟，曾任《救亡日報》記者、桂林《人世間》副主編、廣州《國民半月刊》主編等，1944 年來香港，編輯《文藝叢刊》，四十年代末期回內地，曾任華南文聯副主任，廣西省文化局局長，廣東省文聯、中國作協廣東分會副主席等。作品有《浮沉》、《論文學創作》、《怎樣寫報告文學》等。

3　老舍（1899-1966），原名舒慶春，滿洲正紅旗人，作家，筆名老舍，生於北京，1924 年赴英國，開始文學創作。1930 年回內地，任教於齊魯大學、山東大學。抗戰期間任中華全國文藝界抗敵協會常務理事和總務部主任，隨文協遷到重慶，主持文協工作直至抗戰結束。1946 年赴美講學，1949 年回到北京，曾任政務院文教委員會委員、中國文聯副主席、中國作家協會副主席兼書記處書記等。文化大革命期間受到批鬥，1966 年投湖自盡，1978 年恢復名譽。作品有《駱駝祥子》、《茶館》、《四世同堂》等。

4　洪遒（1913-1994），原名章鴻猷，浙江人，電影評論家，三十年代加入中國左翼作家聯盟，曾任《評論報》編輯，四十年代末期任香港《文匯報》副刊編輯，回內地後五十年代曾任華南文聯常委、珠江電影製片廠副廠長等。

5　司馬文森（1916-1968），原名何應泉，福建泉州人，作家、外交家，筆名有林娜、耶戈、何漢章等。三十年代參與中國左翼作家聯盟工作，1941 年創辦《文藝生活》月刊，抗戰後先後在廣州、香港復刊《文藝生活》，發起文藝生活社社員運動，曾任文藝家協會港粵分會理事、香港文協常務理事、香港達德學院教授，中共香港文委委員等。1949 年後曾任中共港澳工委委員、《文匯報》總主筆，華南文聯常委，華南電影工作者聯誼會理事等。1952 年被港英政府遞解出境，回到廣州任中共港澳工委委員、廣州作家協會執行委員會委員，中共華南分局文委委員等。五六十年代任中國駐印尼大使館文化參贊、中國駐法蘭西共和國文化參贊。作品有《雨季》、《南洋淘金記》、《風雨桐江》、電影劇本《火鳳凰》等。

司馬文森妻子雷維音（1924-2013），原名雷懿翹，廣西融水人，曾任《柳州日報》記者，以雷維音為筆名在《柳州日報》上發表多篇文章，後來就用作姓名。1941年與司馬文森結婚，協助司馬文森工作，五十年代後從事外交工作。

6　韓北屏（1914-1970），原名韓立，作家、編輯，曾任《江都日報》編輯，創辦並主編《菜花》、《詩志》等。抗戰期間曾任《廣西日報》、《掃蕩報》編輯，抗戰後到香港從事編輯、編劇工作，五十年代回內地，曾任職於廣州華南文藝學院、中國作家協會等。作品有《高山大峒》、《桂林的撤退》、《非洲夜會》等。

7　林林（1910-2011），原名仰山，作家、翻譯家、外交家，三十年代赴日本留學，回國後任《救亡日報》編輯，1941年去菲律賓主持《華僑導報》，1947年來香港任《華商報》編輯，1949年回內地，曾任中共中央華南分局宣傳部工藝處副處長，廣東省文化局副局長，駐印度大使館文化參贊，對外文化聯絡委員會司長等。作品有《扶桑雜記》、《扶桑續記》等。

8　華嘉（1915-1996），原名鄺劍平，廣東南海人，作家、編輯，曾任中華全國文藝界抗敵協會桂林分會、香港分會理事，桂林《救亡日報》及香港《華商報》記者、副刊編輯。1949年後曾任《南方日報》副刊主編、華南文聯秘書長，華南文學院教授、廣州市文聯主席等。作品有《冬去春來》、《春耕集》、《論方言文藝》、《復員圖》等。

9　柳木下（1914-1998），原名劉慕霞，作家，三十年代開始於《紅豆》、《南風》、《文藝伴侶》等刊物上發表作品，作品有《海天集》。

惑人的故事（三則）

本文原刊《大公報‧大公園》，1981年5月8日，頁13。

哲學家

在古希臘，據說有一個極受愛戴的有名哲學家。每次當他出來的時候，群眾總是追隨著他，要聽聽他講話。這使他感到不勝其煩。

有一次，當哲學家被群眾包圍著的時候，他問道：

「各位朋友，你們可知道我今天要對你們講些什麼嗎？」

群眾一致地回答：「知道。」

哲學家於是說：「你們既然知道，我不用再講了。」說罷，便撇下群眾走開了。

第二次，哲學家出來時又給群眾包圍著，他照樣問道：

「各位朋友，你們可知道我今天要對你們講些什麼嗎？」

群眾這一回一致地回答：「不知道呵！」

哲學家於是說：「你們不知道，我自己也不知道呵！」說罷，便撇下群眾走開了。

第三次，當哲學家又給群眾包圍著的時候，他仍舊這樣發問：

「各位朋友，你可知道我今天要對你們講些什麼嗎？」

這一回，群眾中有一半的人回答「知道」。一半人回答「不知道」。

哲學家於是說：「那麼，請你們中已經知道的半數人，告訴那不知道的半數人好啦，不需要我再說了。」說罷，他便掉頭走開了。

窮畫家

在巴黎拉丁區。一個生活在閣樓上的窮畫家，身上不名一文，晚飯沒法子解決，便帶著空肚子到街上去浪蕩，希望出現奇跡。

附近一家館子裏，顧客走出走進，正是生意興旺的時刻。門口傳出一陣陣濃烈的燒烤香味，使得畫家的肚子更加飢餓難忍。他在館子門前逡巡了一會，結果忍耐不住，便昂然地跨進館子裏去。

在一張食桌坐下之後，一個侍者走過來，問他要些什麼。

「一瓶啤酒。」畫家高聲地吩咐。

侍者把啤酒送來了，正要動手給客人撬開瓶蓋的時候，畫家一手止住他，彷彿突然轉了念頭的樣子，說道：

「啤酒還是不要了，給我換一客牛仔肉罷！請快一點！」

侍者把啤酒拿走，隨即送來了刀叉。十分鐘後，牛仔肉也送到桌上來了。畫家狼吞虎嚥的把牛仔肉吃了起來。肚子飽了以後，他抹抹嘴就站起身子，離開桌子向門口走去。

「喂，你沒有付賬呀！」

侍者叫著。畫家卻若無事，施施然地跨出門口。老闆追過去一把抓住他，喝道：

「聽到沒有？你沒有付賬！」

「付什麼賬？」畫家莫名其妙的樣子，掙開老闆的手。

「吃東西的賬呵，你想抵賴不成？」

「奇怪，我吃過你什麼東西？」畫家反問著。

「一客牛仔肉，不是嗎？」侍者接上口說。

「天哪！」畫家一副委屈的神氣：「牛仔肉是我拿啤酒向你換來的。」

「混賬！」老闆忍不住冒火了，「啤酒不是我的東西嗎？」

畫家仍舊是理直氣壯地反應道：「你說的對。可是上帝作證，我並沒有喝過那瓶啤酒呀！」

餐室老闆困惑地抓著腦袋，還沒有想清楚這個道理，那畫家已經溜走了。

善有惡報

老丁伏在陽台上看街景，無意間掉落了抽了半支的香煙。他急忙向下面一望，湊巧得很，一個路人剛從下面走過，那半支香煙不偏不倚的落在路人的氈帽中心。那路人毫無所覺地繼續走路，可是他的帽子已經燃著冒起煙來。老丁覺得自己闖了禍，急忙下樓趕上前去，把事情通知那路人，並表示歉意。路人脫下帽子，果然發覺燒穿了一個孔，一怒之下，抓住老丁理論，要求賠償。但是老丁卻不答應。兩個人為這件事爭執著，相持不下。末了，只好把問題纏到警署去解決。

在警署裏，當值警官皺起眉頭聽著兩造各持己見的辯論。

老丁：「我一番好意的跑去把事情通知你，你倒要我賠償，有什麼道理呢？」

路人：「但是我的帽子是你的煙火燒穿的，不是嗎？」

老丁：「不錯，但是天老爺，假如我橫起心來不告訴你，你的帽子不是燒得更厲害嗎？而你也根本不會知道是我的煙火燒著的。」

路人：「可是我現在知道了。」

老丁：「知道便好了。我現在問你：你究竟把我看作恩人還是罪人？」

路人：（難倒了）「這個，我不會說。請警官判斷好啦！」

警官：「把禍事通知人家的善意是應該感謝的。但這是另一回事。根據法律，損害了別人的東西就該負賠償責任！」

老丁：「這樣說來，我起先不告訴他，不是乾脆了事嗎？」

警官：「你不告訴他，便是昧著良心，這對於你的道德是有損害的。」

老丁：「警官先生，我是顧全道德才去告訴他的呵！」

警官：「我說，這是另一回事。」

老丁：「惟其是另一回事，便可以拿它去抵消另一回事了呢！難道我的道德價值比不上一頂舊帽子麼？」

警官：（有點困窘）「我要你賠償便賠償，這是法律！」

老丁：「好啦！假如善心只有惡報的話，以後闖了禍我詐作不知好了！」

缺題（札記三則）

本文原刊《大公報·大公園》，1981年 5 月 15 日，頁 13。

冒失者

在一間舊式洋房第三層樓的門外，一個無論服裝和儀表都說明他不是當地人的中年漢子，站在那裏砰砰的打門。屋裏的人給驚動了，門板的小窗子打開來，露出了一張有限度的面孔向外面看望；顯然是因為這個傢伙連門鈴也不曉得按而感氣惱。但是照例還得應付他，於是主客雙方隔著門板展開下面的一番對話：

主：「你找誰呀？」

客：「找姓丁的，丁××先生在家嗎？」

主：「姓什麼的找他？」

客：「我是姓徐的。」

主：「你是他的什麼人？」

客：「並不是他的什麼人，我和他是未見過面的。」

主：「這就奇怪了，你要找一個未見過面的人！」

客：「我找他是有原因的。是丁先生的姑母有點事情託我來找他說說。」

主：「他的姑母在哪裏？」

客：「是在澳門居住的。——丁先生是不是出外去了？」

主：「這個，我可不知道。不過，你要找他說說，不是什麼要緊的事情罷？」

客：「事情是有一點的。丁先生的姑丈從南洋回來了，準備下月初五日做壽。他的姑母託我傳個口信：如果他可以抽身的話，請他到澳門去吃杯酒，大家歡聚一下。同時請他替她加緊討回那筆舊債；順便買十斤冬菇和五斤魷魚帶去。但是如果手頭不方便，也不要勉強。要緊的還是追討那筆債呵！」

主：「誰欠的債呢？」

客：「這個，我可不清楚。不過，照樣說，丁先生會明白的。先生，請你替我轉達一下好嗎？」

主：「這一點辦不到。」

客：「他既然不在家，等他回來時替我說說也不可以麼？我得趕在下午要回澳門去的呢。」

主：「我沒有肯定他不在家呀！」

客：「那麼，請你通知他來開開門好了。」

主：「通知誰？」

客：「就是丁先生啦！」

主：「我這裏不曾住有什麼丁先生。」

客：「你同我開玩笑，先生。」

主：「我才沒有開玩笑。你究竟找第幾號樓？」

客：「這裏不是廿六號麼？」

主：「誰告訴你是廿六號？我這裏是廿八號。」

客：「什麼！真混賬！既然這裏不是廿六號，你剛才向我查問這許多事幹嗎？」

主：「你才混賬！既然弄不清楚號數，你胡亂打我的門幹嗎？滾罷，到隔壁去把你話從頭再講一遍罷！」

膽小的病人

一個神經衰弱病患者在醫療過程中換了醫生，卻沒有效果，只好回到原先醫下來的醫生那裏去就醫。那醫生因為多日未見他繼續到診，同時察覺他的病情有了變化而表示詫異。這個又心虛又內疚的病人希望拿忠實來補償過失，並且藉此表示自己對這個醫生的始終信賴，便討好地承認了曾經找另一個醫生醫治過來。

那個一向以自負出名的醫生聽完了病人的自白，忍不住冒火了，認為這病人的所為大大損傷了他的自尊心，便毫不留情地把病人責罵了一頓。不過，儘管如此，他仍舊替病人重新檢查和開藥方，只是全部過程都配合著他的「教訓」。

病人只好沉默地忍受了一切，自認這是罪有應得。

到了戰戰兢兢把藥單遞給藥劑師的時候，他怯怯地問出這句話來：

「先生，麻煩你先看一看，這個方子開的有毒藥嗎？」

靈藥

在公立醫院診症室裏，一個繼續診治的病人配好了藥之後，又回到醫生面前，提出這樣的問題：

「醫生，請問，我的藥是凡屬患有相同病症的人都適合服用的，對嗎？」

「誰告訴你的？」醫生嚴厲的反問道。「每個病人患病的情形不同，怎能夠服食相同的藥呀？蠢人！」

「你沒有實驗過罷？醫生。」病人以得意的神情問著。

「荒謬！」

「不是荒謬呢，醫生，我實驗過來。」病人仍舊是那麼一副神氣。

「你的話是怎麼說的？」醫生好奇地睜大了一雙眼。

「告訴你罷，醫生，」病人很自負地說，「我隔壁的黃伯也是生著和我相同的胃痛，發作起來痛得要命。我可憐他，昨天早上，便把我的藥分了一半給他，謝謝神明保佑，他吃過藥之後只呻吟了一陣，便安靜地睡去了，直到今天還沒有醒來」。

書叢偶拾（三）

本文原刊《大公報‧大公園》，1981年5月22日，頁13。

性風俗獵奇

「人之所異於禽獸者幾稀」，這句古代聖賢的話說明人類與禽獸之間的差別是很微的。差別在什麼地方呢？不外是道德觀念和羞恥心之有無而已。而最足以定奪這方面標準的東西，要算所謂貞操。原始人的兩性間的關係，只有苟合、亂交；這和禽獸的行徑沒有多大分別。在文明進步的今日看來，那已經是人類進化史上的陳跡了。

但是如果說，屬於原始人的生活情況已經在地球上完全絕滅，又不盡然。至少地球上還有部分未開化或半開化的民族，他們仍舊過著與原始人方式差不多的生活，卻是事實。不過由於直接或間接有了機會與文明人接觸，或是由於思想的進步，他們的道德觀念和羞恥心也逐漸產生出來；然而仍然有著程度上的差異。這種現象，反映在他們的性風俗上可以看得出來。而且，這是頗為有趣的。

據有關的著作記載，澳洲土人對裸體並不當作一回事，尤其是中部的土人。他們男子身上只纏著腰帶，下體掛一撮流蘇，那是用短短的羊毛搓成線條，排成線狀，貼在下腹上面。而在流蘇上黏著石膏，一半作為遮掩，一半作為裝飾。女人呢，一條小圍裙遮住下體之外，是全裸的了。在阿篤泰和勞勒察兩個地方的土人中，女子簡直是一絲不掛的。

巴西中部的印第安人對於遮掩更加隨便。男子只用小腰帶或繩索圍住下體，女子則纏著一根皮帶子，由小腹曳下跨過下部。其中如立普斯、多勒斯魯和阿華奇斯等種族，又另有一種花樣：女子往往用內層樹皮造成一塊三角形東西，名叫「烏勞尼」，掩蓋著下體；男子也是一樣。不過不論男女，遮掩物總喜歡採用顏色豔麗的東西，惹人注目。

在非洲，又是另一種情景。那裏森林中的多維夫斯土人，不論男女，在家庭裏都很隨便，不穿著什麼；只是走到黑種人的部落時，才在下體加上一塊樹葉作遮掩物。非洲西部有些地方，少女在未婚之前習慣是裸體的。卡美隆都土人的未婚少女也是一樣；只有結了婚的婦人，才在下體前後掛上一件遮掩物。

此外，非洲芙其阿部土人卻有羞恥心。他們無論男女，如果發覺身體某些部

分被注視，便會感到難為情；即使是夫婦，對於彼此的恥部互相也不正視。女子下體掛著皮製的遮掩物，除了必要時，永不拉起來。

《白雪遺音》一首

在中國文學中，關於性事的描寫文字很不少，但是以詩詞描述女子性心理的作品卻並不多。在這方面，《白雪遺音》裏面的一些詩詞算得是相當大膽的。下面是題名〈女夢遺〉[1]的一首：

> 佳人悶坐靠妝台，思想才郎丟不開。想前情，淚滿腮，成壺好酒對君篩。但聽小樓畫鼓咚咚響，四處蟲聲實可哀。我是那一個黃昏不等你到三更後？害得我瞌睡矇矓眼不開。和衣倒睡在鴛衾上，紛紛雨淚落香腮。忽一夢，到陽台，心想才郎頃刻來。才郎移步微含笑，深深作揖禮應該。多姣一見重重怒，口內連連罵「殺才！」欲上前把郎來打，彼郎摟抱粉香腮。此刻不由身作主，意會雲雨上陽台。說不盡顛鸞倒鳳情濃處，萬種風流真快哉！二人正在情難捨，被貓兒撲鼠跳妝台，嗳喲，驚醒多姣陽台夢，醒來失色像癡呆。一身香汗微微露，懷中不見俏多才。翻身往外靜眼看，卻原來是鴛鴦花枕攔胸懷。花心摘，柳腰擺，玉簪輕刺牡丹開，雖然夢內歡娛終須假，也算春風一度暢人懷。恨只恨，從今不再把貓兒養，厭物東西快走開！夢裏才郎不見他來。

注 ———————————————————

1　靜之編：《白雪遺音續選集·女夢遺》。上海：北新書局，1930年，頁145-147。

華廣生編：《白雪遺音》，成書於清嘉慶、道光年間，收俗曲七百餘首，多有關男女情事。

木屋區小景

本文原刊《大公報・大公園》，1981年 5 月 31 日，頁 13。

　　自從那位年紀輕輕的楊師奶搬來了木屋區之後，鄰近的幾個好管閒事的女人便有閒話資料了。六姑包租的是一間破舊的磚結構屋子。前面一塊地坪旁邊那一口水井，是鄰里的主婦們每天集中在那裏洗衣服的場所，她們在搭訕的時候，話題多半離不開楊師奶。

　　楊師奶住進六姑的閣樓已經三個月，她不大同旁人應酬，也沒有什麼人來找過她，偶然到來看她的只有一位葉太。葉太最初介紹楊師奶來租房子的時候透露，她丈夫跟楊先生是同鄉；楊先生在台灣是個官員，事務很忙，難得有抽身機會來探望他的太太，所以請葉太就近多些來關照她。楊師奶搬進來以後，一直沒有對人提起過丈夫，也沒有提起過她的家庭，甚至她本身的事情。但是她身邊卻有著一個三、四歲大的女孩子，和一個剛滿月的嬰兒。她究竟是什麼身份的人呢？

　　包租婆很疑惑，到了和葉太較為熟習的時候，忍不住私下裏進一步打探，才明白了一切。原來楊師奶的身份是丈夫的第四房侍妾；因為家裏大小不和，一場劇烈爭吵之後，她向楊先生要了一筆錢，氣憤地帶了女兒跑出來。至於躲到木屋區來，為的是避免旁人注意。

　　於是六姑把她所知道的，告訴了在水井旁邊洗衣服的鄰居們，大家的好奇心都得到了滿足。但是還有一個共同的期待：已經拉開了幕的戲應該還有下文的。

　　直到有一天下午，一個禿了頭的大塊頭出現在這個木屋區裏，揩著額門的大汗，向房東太太探問楊師奶的住處。戲劇發展出高潮來了。

　　聽到房東太太大聲的通知，一張白皙的面孔在閣樓的窗口探望出來，只是閃一閃便退回去。大塊頭看準了路徑，便朝屋裏跨進步子。

　　看到大塊頭上了閣樓，包租婆向著已經聚攏在地坪角落裏的幾個女人做個鬼臉，走過去低聲說：

　　「楊師奶的先生來了，嗯，禿了大半個頭。」

　　「當然啦，太太那麼多！」

　　謝太接上口，引起一陣哄笑。挽了小菜籃從街市回來的伍太，湊高興的報

告著：

「我剛在街市碰到葉太，她說那位楊先生向她問了地址，聽說要來勸楊師奶回家去。」

「她哪裏會回去？那傢伙還不是白走一遭麼？」伍太低了聲音：「聽葉太說，楊師奶老早有了個姓白的要好的男友。要不是肚子大，恐怕早就跟他跑了。」

「跟人跑，有這樣容易麼？」

「既然可以從家裏跑出來，為什麼不可以在外面跟人家跑呀？道理還不是一樣的！……」

包租婆還要講下去，卻給伍太打個手勢止住。大家不約而同地注意著閣樓。

「要我回去幹嗎？你家裏的人多著，稀罕我？」楊師奶的冷笑聲。

「不要多說，你已經離開了三個月，並且已經分娩，還不回去等什麼？」

「等什麼？等死！嘮，我對你說，這裏不是你橫行的虎頭村，你別以為靠兇就嚇倒我！」

「你恃什麼？」

「我沒有什麼可恃，我不像你有權有勢。不過，我姓陳的是硬骨頭。你能夠把我騙成侍妾，能夠欺侮我四年，可不能再拖上五年。我受夠了！我要跑便跑。極其量你買兇手殺我，我不怕死，你又怎樣？」

「住嘴！」大塊頭冒火了，「你當初已經嫁了我，現在就不該翻臉。而且，我家裏從來沒有逃跑的人」。

「我是第一個，我作第一個，怎麼樣？」

「殺你！」

「你敢！」強硬起來，似乎把自己送前去的樣子。

包租婆心房突突的跳。但是聽到大塊頭忽然大笑的聲音，他改口說：

「算了罷，你姓陳的有骨氣，我不下手。」

包租婆舒了一口氣。

「不下手就滾出去罷！永遠不要再來！」

「真的這樣決絕嗎？」大塊頭認真了起來，「你不會後悔？」

「永遠不後悔。姓陳的就不會後悔。」堅決的語氣。

反應的是啪的一聲，是打在對方臉上的巴掌聲。

房東太太有些什麼預感，立刻做個手勢同大家一齊散開。果然，那大塊頭氣

急地落下樓梯。才跨出門口，一隻高跟鞋子朝他的後面扔下來。

　　大塊頭揩著汗穿出小巷，迎面有一個青年人昂然地沿小巷走來。他的手上挽了一隻花紙包裹。

　　「老太，請問，這裏是住有一位楊師奶嗎？」

　　包租婆打量著他：「是誰找楊師奶？」

　　一張笑臉回答：「我是姓白的。」

　　房東太太「哦」的一聲點點頭，正要向閣樓上面指，閣樓的窗口已經傳下來清脆的聲音：

　　「小白，我住在這裏呀，上來罷！順便把掉在下邊的那隻鞋子帶上來。」

戀愛問題專家

本文原刊《大公報・大公園》，1981
年 6 月 5 日，頁 13。

　　自從「專家」這個名詞流行起來以後，世界上所謂「專家」這一類人物就多起來了。只要在某方面有些突出的長處，便給加上個「專家」的銜頭。甚至無聊到如戀愛問題，也有所謂「戀愛問題專家」。像這裏提及的程子元便是其中的一個。

　　程子元在一家貿易公司裏當英文秘書。他所以被同事們稱作「戀愛問題專家」，是因為他平日最高興在戀愛問題上發揮議論，並且以「專家」態度替人家分析和解決戀愛上的困惑問題，說得頭頭是道。

　　但是，雖然是這麼樣一個滿口理論的「專家」，他自己卻依然是個孤零零的單身漢。他自我解嘲的理由是：「你以為我缺少機會麼？問題只在於我一直沒有碰到在我眼中認為理想的對象。」

　　自從一個名叫夢子的小姐出現在眼前之後，程子元的所謂「理想的對象」便也同時出現了。夢子是這家貿易公司裏新來的打字員。

　　本來辦公室裏的女職員不止是一個。像當會計的江蘭和聽電話的梅慧都是女性，而且在職期都相當長久；可是她們在長久習慣之下無形中和男職員同化，一切都顯得平凡。尤其是那個擔任中文文牘的李竹君，滿臉雀斑，塌鼻子上面架了深近視眼鏡，程子元看不上眼，更說不上發生好感了。但是夢子所以帶來特殊的感覺，並不是由於她是職員中的新人，也不是由於她滿身的香水氣味，而是由於她具有一股程子元所謂的「不可解釋的魅力」。

　　遺憾的卻是，自從夢子任職以來的三個月期間，她和程子元的關係始終沒有超出「同事」的範圍。雖然在日常的應酬上他不放過製造殷勤的機會，可是得不到相等的反應。程子元開始感到失望了。苦惱是次要的，自尊心感受的打擊才是不能忍耐的事！他是被旁人稱為「戀愛問題專家」的啊，這成什麼話！

　　策略該從哪裏著手呢？

　　按照程子元的想法，要克服一個人的心，首先必須深刻地了解那個人。夢子平日同江會計在形跡上是較為接近的；不可以從江會計那裏尋求一點幫助麼？不容再多考慮，他決定委屈地去找「顧問」了。

周末那天，程子元找到機會暗裏向江會計約好：他要請她到「富麗華」去吃午飯。

憑了平日的觀察，江會計捉摸到程子元所以請吃午飯的動機，所以在餐廳裏，程子元不須費多少唇舌就觸到了問題的核心。

「你的意思是，要求我成全你單獨和夢子接近的計劃，替你轉交一封約會的信嗎？這一點當然辦得到。」江會計慨然地答應，「不過，我可不能擔負結果如何的責任。你知道，我只是中間人的地位呢！不過，程先生，你自信有可以這樣做的把握麼？」

程子元是有這種自信的。但是他慎重地回答：「把握倒不敢說，只是不試一下，怎能斷定她一定不接受呢？」

「你說的對。」江會計點頭笑一笑，「那麼，就試辦一下罷。我祝福你」。

通過江會計的合作，計劃是順利地進行了。一封短信夾著一張預訂的電影戲票，第二天就交給了江會計，由她轉到夢子的手。

這一天在辦公室裏，程子元有一份從未有過的興奮心情。他暗自觀察，覺得夢子這一天的笑容，和有意無意向他投射的眼色，都彷彿有特別的意味。

要度過這一天的時間，在程子元簡直感到了痛苦，——甜蜜的痛苦！

到了晚上，在七點半場電影放映之前五分鐘，程子元就進了戲院。可是事情好像有意作對，時間一分鐘一分鐘的過去，卻見不到夢子的影子。他的心在焦躁中煎熬著。是不是事情有了變化？

直到廣告片映完，影片正式開場的時候，在黑暗中有一道電光引領著一個女人走進座位的行列。程子元的心跳了起來。一切困惑和焦躁都是多餘的，人畢竟來了啦！

在喜悅中，程子元把自己的激動的情緒鎮定下來。他要等夢子在旁邊坐下來才向她打招呼。他偏過頭正要開口，卻發覺身邊的人是戴上眼鏡的。這不是夢子！

程子元的心沉到了地下。

「你真客氣，程先生。」說這句話的人是辦公室裏擔任文牘的李竹君。

這是什麼回事呢？上帝！

「夢子小姐不來了嗎？」程子元掙扎地問出來。

「程先生也約了夢子小姐來的嗎？我可不知道。她只是交給我一張戲票，說

是程先生請我看電影，並且說這張戲票是你託她轉給我的。我便不客氣地來了。

真感謝你的盛意呵，程先生！」

我們的「戀愛問題專家」說不出話來。他想哭了。

亭子間的人 [1]

本文原刊《大公報・大公園》，1981年6月12日，頁13。

寒夜的街。到處一片死寂，街道兩邊的店舖都關上了門。北風把店舖的招牌吹得砰砰作響，好像連樓房也經不住寒冷在抖顫著。遠處傳來「熱蔗」小販的叫賣聲，單調而又沉長。在肅殺的景象中，只有街尾一支孤零零的煤氣路燈矗立在那裏，燈罩裏閃著一朵慘綠色的光芒，象徵著一點生氣。

他站在陽台上看著外面這一幅夜景，在冷風中打了個寒噤，立刻轉身回進屋裏，沿住「冷巷」摸索著走，回到屋尾的房間去。

房裏是黑暗的。他在桌上抓到火柴，把剛才吹熄了的洋燭點著。憑了火光，才看見附近很小範圍內的東西。燭光的焦點集中在一峽原稿紙，上面擱住一支筆桿。

因為在陽台吸了一陣新鮮空氣，他的精神輕鬆了些。他在書桌前面坐下來，提起鋼筆在原稿紙上面繼續寫下去。筆尖在原稿紙上發出輕微的摩擦聲音，彷如耗子的牙齒嚙在硬物上一樣。

窗縫裏透進了風，洋燭給吹歪了火頭，蠟的溶液偏斜了向下流。他才察覺窗子沒有關攏，急忙伸手要把它關好，卻又想起什麼似的住了手。他索性把洋燭吹熄了，把窗子推開，頭伸出外面去，頂住寒風，朝隔壁低叫起來：「老李，老李，睡著了嗎？」

隔壁的窗子跟著也推開了，有聲音傳過來：

「老黃，你也未睡？」

「睡了我還會叫你？我還在寫著呀！」

「已經寫了多少？──唔，風真大，讓我吹熄洋燭。……」

「我寫到了廿三頁。你呢？」

「好傢伙，你寫得比我多了，我才寫了十頁呢！」

「我打算今夜把整篇寫完的呀！糟得很，我的洋燭快要燒完啦！」

「沒有後備嗎？你應該多買一支啊！」

「買了洋燭，明天早餐怎麼打算？天知道，我全部財產只剩下明天送稿過海的錢。」

「明天不是報館發稿費的日期麼？」

「但是早餐總得解決的呀！柴米全部完了呢。」

「所以，做文人就是單身漢好些，有了老婆……嗯，我一個人，一個麵包就打發一餐，你可不行。」跟著是打趣的笑聲。

「別講風涼話，我不相信你一輩子做單身漢。」

「我不是對你說過麼？我如果結婚，沒有一間洋樓，也得有辦法租上兩個房間，一間作臥室，一間作書室。」

「好罷，回到你的稿紙上面創造你的空中樓閣去罷！」

隔壁回答了一個笑聲，隨即把窗子關上。他也退回房裏來，關上窗子，把洋燭重再點亮起來。

夜愈深便愈是寂靜，一切最微弱的聲息都顯得清晰起來。陽台花架上的葵葉，在狂風吹襲下的沙沙聲彷如下雨，他不期然地聯想起那一回風雨之夜，因為房租問題和包租婆爭吵的記憶；聽到床上傳出來的囈語，他又直覺到這是妻在艱苦生活中的怨懟。想到包租婆，他感到憎恨；想到妻，他感到了慚愧：結婚以來，他沒有給她享受過幸福的日子。……

但是他不願拿這些思想來擾亂自己的情緒。他明白唯一避免這些苦惱的方法，便是讓筆尖在原稿紙上繼續寫下去，把作品趕快完成了，送到雜誌社去換錢。在這麼一個思想鼓舞之下，他又提起筆來了。

除了到陽台去看看街景，和同隔壁的老李搭訕了幾句閒話，他坐在書桌前面已經寫了四個鐘頭。他開始覺得疲倦。他把身上的一件破舊的棉袍裹得更緊些去抵禦刺骨的寒冷。火光把他的身影印在牆壁上面，搖搖晃晃的。

不知道過了多少時候，那影子動了起來：他舉起兩手伸伸腰，深深地吐一口氣。然後，再提起筆在原稿紙上端填了個頁碼，在最後一行字的下面寫上一個「完」字。

豎在碟子裏的洋燭燒到了盡頭。燭芯一歪，浸在洋溢著的溶液之中。房間立刻黑暗下來。

　　……

上面一段文字，並不是喬治·吉辛（G. Gissing）的《新文士街》[2]一書內容的斷片，而是香港新文藝萌芽時期文人生活的一點素描。我是從一本香港初期的文藝刊物裏一篇作品中摘錄出來的。那時期的文藝工作者的習慣，總愛從生活

上找題材，我知道它在某種程度上的真實性；雖然文章寫得並不成熟。

我感謝一位陌生朋友，他把一本手頭收藏了相當年月的出版物送了給我，使我能夠重溫一次舊夢。在這舊夢裏有著我自己的影子。

注 ————————————————————

1　亭子間，上海舊式建築在層與層之間後部樓梯間的一個狹小空間，通常用來存放雜物，後多以低廉租金租予低下階層人士。類似香港的「閣仔」。

2　《新文士街》，*New Grub Street, a novel*，1891 年出版。新文士街（或譯寒士街），以現實中倫敦的文士街為原型，是稿費寒微、專寫或出版通俗小說的作家和出版商聚居之地。

戀愛與犧牲

本文原刊《大公報·大公園》，1981
年 6 月 19 日，頁 13。

　　法國現代作家莫洛瓦寫過一本書，內容以小說形式分別描寫幾個著名文學家和女優的戀愛故事。書名《曼伊帕式解脫》。傅雷把書翻譯為中文時，為了使中國讀者易於了解，把它題名《戀愛與犧牲》。[1] 這個題名很能夠表達原著的神髓。

　　作為真純的愛情，關係人的任何一方的確是需要有所犧牲的，不管是大犧牲或小犧牲。否則那種愛情就不成其為「神聖」。假如一方有所犧牲而另一方不能領悟的話，那份愛情便可能崩潰。我且引述一位青年朋友的故事。

　　下面是這位朋友的自白：

　　「我和羅玲的關係，兩年來你是知得很清楚的。我們的戀愛生活的確過得很平靜，很幸福。但是自從我擔任了會計工作，情形便有點不同了。至少在我方面是如此。由於我太集中於工作，賬簿和單據的數字把我搞得頭昏腦脹，精神困倦，加上神經衰弱，下了班之後只想休息，只想睡覺，對什麼都打不起興致。我不曾意識到這是不正常的，因而主觀地怨懟羅玲不體諒我的處境，怨懟她自私：在我需要休息的時候硬要拉我到外邊去走動，結果把我弄得更困倦和頹喪。我忽略了她這樣做是出於好意的。你記得嗎？她最初來找我的時候，你是聽到她說的：她擔心我日常的計算工作，太用腦也太傷精神，主張我晚上應該到外邊去散散心，好藉此打發身心上的疲勞。最初我還覺得有點意思，可是到了成為固定的生活節目以後，我漸漸由厭倦而至於反感了。不過我沒有表示出來，仍舊順承她的意思做去；因為我覺得對愛人遷就是應有的義務哩！

　　「羅玲呢，她這樣做是有她的原因。為了她所讀的產科還未畢業，她曾經要求把我們的婚期推遲到一年之後。這事使她常常感到抱歉。但是我安慰她：為了她學業的成就，我願意等待。她並不知道我在經濟條件

世界文學名著

戀愛與犧牲

莫羅阿 著
傅雷 譯

MEIPE
OU
LES MONDES IMAGINAIRES

By
ANDRÉ MAUROIS

Translated by
FOU NOU-EN

傅雷譯《戀愛與犧牲》書影

還未具備之前，實際上也不願太早負起家庭擔子；倒是因為我的寬宏態度而感動著。我看得清楚，她所以對我這麼關懷，每一件事都表示遷就，便是要用行為來彌補她的歉意。舉例說，她喜歡看歌唱影片，可是我喜歡看文藝影片，她便寧願放棄她的嗜好，同我到戲院裏忍受一個多鐘頭的沉悶時間。總之我喜歡怎麼樣，她便順從我怎麼樣。這種現象成了習慣，誰也不去考慮這做法是不是正確的。尤其是我，竟忽略了這裏面所含有的犧牲意義，你看糊塗不糊塗！

「但是我卻沒有忽略自己的一面：我覺得每個晚上忍住困倦的苦處同她出外散步才是一種犧牲。我把自己的表現看成是個偉大的情人。我想，這種表現是應該值得羅玲欣賞的。在自我滿足之中，沒有想到在戀愛生活上，我的粗心造成了一個漏洞。你猜猜是什麼回事呢？

「那是發生在一個周末的事。事前一晚散步時，羅玲就向我提議，這個周末應該過得充實一點。我沒有意見，反正第二天是星期日，不用上班。到了星期六日上午，她打電話到寫字間來，又著重地把約會再提一次。我不曾想起別的，只覺得她太稚氣了。

「到了見面的時候，我察覺她比平日加意裝扮，樣子很迷人；她的興奮神氣使我感到幾分奇怪。看過電影之後，我提議就在附近的食店吃晚飯。可是她聽了似乎感到很驚訝。問道：不去雅加達餐廳了嗎？我一樣沒有意見，無可無不可地跟著她走。在路上，她笑著問我打算吃些什麼東西。我回答說吃什麼都好。她反應的神色又顯得不自然了。我這糊塗蟲竟然半點也不深思一下，這一晚除了是周末，還有什麼和平日不同的地方。因此把晚飯隨隨便便吃過了算數。

「離開了餐廳，又是那討厭的節目——散步。沉默地走在一條林蔭路上，彷彿大家都有一種不知從哪裏來的不痛快的情緒。我忍耐不住，問她究竟有什麼心事。她不作正面回答，卻說：

「——我很傷心。我覺得你完全不把我放在心上了。

「——你這句話是什麼意思？羅玲。

「我摸不著頭腦。正等待她說明時，她卻遏不住情緒的激動，兩手掩上眼睛，悲哀地叫出來：

「——我十分失望，你連我的生日都忘記了！

「聽到她這樣一說，我才恍然明白過來，同時醒悟到我的粗心大意。原來她要同我過一個充實的周末，她提議去雅加達吃飯，她問我打算吃什麼東西，都是

有用意的。去年她的生日，我們到雅加達吃過一頓很滿意的咖喱雞飯，當時大家許願過，以後每年她的生日，都到同一的地點吃同樣的東西，並且重複做一次同樣的事情。今天我卻完全忘記了。這在我的確是一個很大的過失！現在我所能做的只有向羅玲道歉，拿一切我所能想到的理由，包括會計工作上使我忘卻一切身外事的數字壓力。但是全都沒有用處。她含著眼淚把我自辯的藉口一個一個的推倒。一次錯誤的事實表現，便抹煞過去一切的濃情蜜意。真是沒法可想。她的情緒愈來愈是激動，她罵我自私，罵我是『沒心肝』的男子。我的自尊心受到打擊，只好抓住她的手，要求她平靜下來，理智地大家談一下，企圖挽救這個局面。可是她不肯退讓，抽開她的手就趁勢向我的臉上拍的打一個巴掌。我沒有防備她會有這一著，正要向她說對話時，她已經掉頭跑開了。……」

「沒有辦法轉圜了嗎？」我問道。

這個朋友搖搖頭。他說，羅玲是非常重視戀愛生活的細節的人。她認為那種「細節」具有重大的意義。他總結地嘆息著說：「一個巴掌把一切都打碎了！」

注 ————————————————————

1 André Maurois，*Les mondes imaginaires*，1929 年出版。傅雷譯：《戀愛與犧牲》。上海：商務印書館，1936 年。

電視・果庚・其他

本文原刊《大公報・大公園》，1981年6月28日，頁7。

　　最近有個晚上，偶然扭開電影機，畫面上出現的是個不修邊幅、衣著隨便的漢子，正在捏著畫筆作畫。他的模特兒是個髮上簪花、上身裸露、只裹著一條花布圍裙的蠻荒女子。背景是長著叢林的郊野地區。僅憑這片斷鏡頭，可以看出演的是畫家的故事。

　　信手翻開一本刊物的電視節目表查看一下，影片的中文題名是《藝海磐石》。[1] 到了中途插入的商業廣告映過以後，打出來的英文片名告訴我，這是畫家果庚的傳記。同時知道這是影片的下集。原來上集已經在上星期的同樣時間映過了。這對於愛看名人傳記片的我真是一種損失！

　　我和電視的關係是很淡薄的。平日主要看的只是新聞和天氣預報。作為消遣，也只是看看西片，但是仍然限於事前在節目表上發見我高興看的影片，才依時把電視機扭開來。對於像《藝海磐石》這類幾乎放之四海而皆準的片名，我即使見到了也不打算看的。因為無論怎麼樣去猜想，也摸不著它的內容演的是果庚的故事！

　　這是商業社會。為了要叫座，把影片的題名商業化，渲染吸引力，是難以責備的事。但是把字眼用得太離譜，太不符合實際，卻也不能不令人反感。特別是一些較有分量、藝術性較高的製作。在這範圍內，題名恰如其分的，也不是沒有，例如：《左拉光榮傳》、《莫札特傳》[2]、《柴可夫斯基傳》[3]、描寫史特勞斯的《舞曲大王》[4]、描寫蕭邦的《一曲難忘》以及描寫李斯特的《一曲相思未了情》[5] 等影片題名，都是令人看了舒服而且樂於接受。可是把梵・谷訶的傳記片題名《慾海浮生》，把巴黎紅磨坊畫家特洛力克的故事片題名《青樓情孽》，把柏格尼尼的故事片題名《劍膽琴心》[6]，⋯⋯都是莫名其妙的，諸如此類的例子還不知道有多少。

　　因為影片的題名不準確，使得應該對某部影片發生興趣的人溜過了觀看機會，而對某類影片不發生興趣的人只有感到沉悶。電視台播映的影片（除非是為電視而攝製的），多半是沿用固有的片名。而我便是在這樣的情形下損失了半部《果庚》了。

我不懂繪畫藝術，可是我崇仰寫出好作品的畫家。尤其是像果庚這樣的畫家！這個十九世紀末葉被稱為後期印象派大師的藝術家，甘願捨棄巴黎的繁華生活和家庭幸福，跑到南太平洋的大溪地去追求藝術的新生命，在與世隔絕的原始生活中去創造他的精神領域的天堂。這種思想和意識形態，不是尋常人所能理解的。我沒有讀過果庚的傳記，卻讀過他一部分的日記。在他的富有文學價值的日記裏面，他寫下了他的思維和對事物的見解。最令人感到興趣的是一些人事的敘述。下面一段故事，是關於同時代畫家梵·谷訶出賣自己一張名作的情況。內容非常動人。

果庚這樣敘述：

一八八六年冬天一個嚴寒日子，在巴黎的雷比克路上，行人中有一個衣衫襤褸的人急步走向馬路去。他身上裹著羊皮外套，頭戴一頂兔皮帽子。他長著一撮紅鬍鬚，樣子像個牛販子。他卻有一雙白皙的柔美的手，和清澈的有如稚氣孩子的藍眼睛。

他的名字是梵·谷訶。

他跑進一家專賣破銅爛鐵和廉價油畫的舖子裏，準備賣出一幅靜物畫。那是畫在紅色上的「紅蝦」。

「你可以給這張畫付一點錢，幫助我解決房租嗎？」

「我的生意也難做呵，朋友，人家要買廉價的米勒作品呢。」老闆回答：「你的畫又不流行。現在流行的是文藝復興時期的東西。好罷；人家說你有天才，我應該幫忙你。這裏是十個銅板。」

谷訶於是收了錢，道謝了老闆，便走出門去。

當他將要走到住處的時候，一個窮苦的婦人剛從教堂出來，對他微笑著，希望得到施捨。谷訶的手從衣袋伸出來，五個法郎的大銅板便變成了這窮苦婦人的財產。好像對於做善事也感到羞恥似的，他餓著肚子跑掉了。

終於來了這麼一天，我（果庚自述）走進了拍賣行。拍賣行的人正在叫價拍賣一批畫。「四萬法郎，『紅蝦』。——四百五十！——五百！——沒有人再出價了嗎？——好罷，作實了。『紅蝦』，作者梵·谷訶。」

注 ────────────────────────────────────

1　《藝海磐石》（*Gauguin the Savage*），Fielder Cook 導演，主要演員有大衛卡拉甸等。1981 年在香港播映。

2　五十到六十年代有兩個版本，第一個是五十年代的《樂聖莫扎特傳》（*The Mozart Story*），Karl Hartl、Frank Wisbar 導演，1952 年在香港上映。第二個是六十年代的《莫扎特情史》（*Mozart*），Karl Hartl 導演，1962 年在香港上映。

3　五十到七十年代有兩個版本，第一個是五十年代的《柴可夫斯基之戀》（*The Life and Loves of Tschaikovsky*），Carl Froelich 導演，1950 年在香港上映。第二個是七十年代的《樂聖柴可夫斯基》（*The Music Lovers*），Ken Russell 導演，1971 年在香港上映。

4　三十到七十年代有兩個版本，第一個是三十年代的《舞曲大王》（*The Great Waltz*），Julien Duvivier 導演，1939 年在香港上映。第二個是七十年代的《新舞曲大王》（*The Great Waltz*），Andrew L. Stone 導演，1973 年在香港上映。

5　《一曲相思未了情》（*Song Without End*），Charles Vidor 導演，1960 年在香港上映。

6　《劍膽琴心》（*The Magic Bow*），Bernard Knowles 導演，1947 年在香港上映。

我的盧騷交情

本文原刊《大公報・大公園》，1981年9月12日，頁14。

　　近來最感到高興的一件事，是買到幾本國內出版而自己希望擁有的書。其中一本是盧梭《懺悔錄》（第一部）。

　　盧梭（Jean-Jacques Rousseau）這名字，在中國過去習慣地譯作盧騷。一般人認識他的名字也許比認識他的作品還要早些。至少在我們讀小學的時代，國文讀本裏就有關於盧騷的課文了。我知道盧騷，也是從小學國文讀本裏來的。我記得那課書的內容是這樣：

　　　　盧騷者，法人，生於瑞士之日內瓦府。幼失母，天資穎特，好讀書；年甫成童已卓然有所樹立。初為雕刻師，繼為音樂師，非其所志也。

　　　　百五十年前，法國政治黑暗，貴冑專橫。盧騷夙研究政治之學，以矯弊救時自任，時發其所見，雖非難蜂起，不顧也。

　　　　一千七百六十二年，盧騷著「民約論」，其大旨略曰：人民之組織成國家，雖無一定之契約，然有公平之法律；法律者，是不啻無形之契約也。今有人焉，政尚專制，人莫予違，則民約瓦解，不復成國；蓋一國之主權，由人民擁有之，彼統治全國之政府，不過代其民行意而已。此論一出，盧騷得謗彌甚。執政者惡其異己，屢下逮捕之令。盧騷遁影匿跡，僅免於難，然終鬱鬱不得志。未幾發狂疾死。

　　　　盧騷死後十年，而法國革命起。西曆一千七百九十二年，法皇路易十六被刑。法人念盧騷為革命先驅，乃改葬其遺骸，並立石像於巴黎。盧騷民約之說，後世學者雖不無異議，然考究民主政治之起源，則無不歸功於盧騷也。

　　這樣一篇文縐縐的課文，概括了盧騷一生的歷史，加上教師授課時通過輔導教材的解說，使我對於這個哲學家、思想家的一生和為人有了一個模糊的概念。我說模糊，是因為一個小學六年級學生，特別是在我唸書的那個年代，無論思想或知識的範圍都有個限度，我所能理解的東西並不多。不過儘管如此，盧騷的印

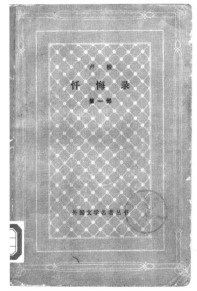

黎星譯《懺悔錄》書影

章獨譯《懺悔錄》書影

象在我的腦子裏卻很著跡，就像插在課文裏的盧騷肖像一樣——一個戴圓筒式帽子、穿皮裘外套、滿臉子憂鬱的老人形象，給了我一種強烈的攝力，很自然地煽起我一種稚氣的崇拜心理。我要求對盧騷知道得多一些。於是我私下裏有個想法：當我有閱讀能力的時候，我要找盧騷的書讀。

　　而我最先接觸到盧騷的作品，並不是他的小說《新哀綠綺思》[1]和《愛彌兒》[2]，卻是他具有傳世價值的《懺悔錄》。

　　見到這本書時的喜悅心情。[3]我是在我教師的書堆裏發現《懺悔錄》的。那還是學生時代，我沒有買書的閒錢，也少有逛書店的習慣，只好向教師借讀。那是《懺悔錄》第一個中文譯本，翻譯者是章獨[4]；商務印書館把它列入「世界文學名著」項下出版。全部分三冊，但只出了上、中兩冊。而我所能讀到的也只是這兩冊，很感到缺陷。

　　二十年代末期，世界書局也出版了張競生翻譯的《盧騷懺悔錄》。[5]我拿它作為彌補缺陷的讀了一遍。同樣感到缺陷。這個譯本雖然說是全譯本，可是譯筆很不講究。這位曾經以搞《性史》[6]出名的譯者，翻譯文學作品實在很難恭維。

　　在大戰期間，也出版了一本《懺悔錄》[7]，是沈起予翻譯的。記不起是什麼書店出版。我找到了這本書，卻因為是兵荒馬亂的日子，沒有心情讀下去。到了戰火燒到香港時，連那本書也保不住了。

幾年前，在香港舉辦的一個書籍展覽中，買到一本台灣出版的《盧騷懺悔錄》[8]，是一九六〇年的再版本。沒有署譯者名字。我不憚煩的把它從頭讀一遍。譯筆很生硬，讀來也不感到滿意。

現在，盧騷《懺悔錄》長期留在我心中的缺陷終於彌補了。手頭的這一本北京人民文學出版社編印的《懺悔錄》（譯者黎星）[9]，完全滿足了我的要求。它的譯筆嚴謹精細，態度嚴肅認真。我覺得這是同一原著的譯本中最好的一種。

注 ——————————————

1 伍蠡甫譯：《新哀綠綺思》（*New Heloise*）。上海：黎明書局，1930 年。

2 魏肇基譯：《愛彌兒》（*Émile: ou De l'éducation*）。上海：商務印書館，1929 年。

3 報章原文如此，開首疑有錯字。

4 章獨譯：《懺悔錄》。上海：商務印書館，1929 年。

5 張競生譯：《盧騷懺悔錄》。上海：世界書局，1929 年。

6 張競生：《性史》。北京：文化書社，1928 年。

7 沈起予譯、姚蓬子編：《懺悔錄》。重慶：作家書屋，1944 年。

8 版本不詳。

9 黎星譯：《懺悔錄》。北京：人民文學出版社，1980 年。

孤寂的盧騷

本文原刊《大公報・大公園》，1981年9月19日，頁13。

　　一個思想進步，走在時代前頭的人，他的言行往往不容於他所處的社會。哥白尼、伽里略因為指出天體運行的軌道並不如人所認定的那樣而受盡宗教領袖的迫害；盧騷發表了《民約論》[1]，主張「天賦人權」而被法國政府通緝；都是一個例子。統治階級（無論是政治的還是宗教的）為了維護自己的權威和利益，決不容許那些「瘋子」煽惑人心去動搖他們的根基。但是歷史的發展，終歸讓真理抬頭。盧騷的政治理論燃點了法國大革命的火焰，終於把專制政體的化身路易十六送上了斷頭機。

　　盧騷不但是法國革命的先驅者，同時在文學方面也是浪漫主義的奠基人。他的反封建反傳統的思想體系，和注重感情與個性解放的精神，同樣貫徹在他的文學作品中。他的書信體小說《新哀綠綺思》寫的是愛情故事；十八世紀的戀愛小說，主人公總是身份相等的貴族男女，但是盧騷卻一反這個「公式」，他寫的是一位貴族小姐同一個平民階級的家庭教師相戀的悲劇。盧騷頌揚那出於自然的熱情打破階級的界限，無形中對於封建制度表示抗議。這本小說當時哄動了廣大的讀者。據說書未發賣，人們已經等在書店門前要先睹為快，有個這樣的傳說：曾經流行過一時的毛邊裝幀，便是由此而來的；書店為了應付那些急不及待的顧客，來不及把書邊切齊就發出去，因此形成了「時髦」。

　　《愛彌兒》是一本討論教育問題的小說。盧騷通過這個作品表達了他對兒童教育的見解。他認為教育兒童應該培養他的真純性格和高尚品德，使他具有民主自由思想。他反對貴族階級對純潔的心靈進行宗教毒害，反對用封建的道德去束縛兒童的思想的自然發展。

　　由於《愛彌兒》內容的反封建精神和革命思想，觸怒了法國當局，書出版後立即被禁，大舉焚燒；並且要逮捕作者。盧騷被迫逃走。從此開始了他長時期的流亡生活。

　　但《愛彌兒》實際上是一本具有哲學意義的好書，它在法國被禁；在別國卻一樣流行。有這樣的逸話：德國哲學家康德[2]，日常生活很有規律，有一次竟然把固定的散步時間忘記了，原來為了耽讀《愛彌兒》。

盧騷一七六二年五月被逐離開法國之後，先後逃到幾個地方，到處都不受歡迎。他的精神深受刺激。甚至連早年同他友好的法國「百科全書」派的伏爾泰[3]、狄特羅[4]等「啟蒙運動」者，都因為妒忌盧騷的聲名而成為他的仇敵，寫文章攻擊他。盧騷在孤立中，由於過分的打擊而變得神經失常，他成了「被虐狂」者，常常覺得四處有敵人包圍他，對他不利。據說，甚至對刷皮鞋的膏油，他也懷疑有人從中對他下毒。

一七七○年，外邊的惡意輿論靜了下去，將近七十歲的盧騷才從外地悄悄的回到巴黎。在偏僻地區的普勒狄利街一間陋屋裏住下，靠抄寫樂譜維持生活。他斷絕了同外間的交往，也謝絕外人去拜訪他。由於他不肯開門，要拜訪的人只好找機會到他經常經過的路上去見他。但是也有幸運的人進過他的屋子。這是名叫米爾塞的盧騷崇拜者。他事後敘述了他的印象：

「當我坐在《愛彌兒》作者面前的時候，察覺這位著名作家的頭腦已經有了毛病，我感到多麼難過呵！當我聽到他對我說到那些狂妄的敵人和加在他身上的種種陰謀的時候，我禁不住為他嘆息了！我一面流著同情的眼淚，一面暗自想著：呵，我這麼崇拜的人物，原來竟是這樣一個狂人麼？」

此外，還有一個能夠見到盧騷的人，是文學評論家聖佩韋。[5]他在一本書裏，回憶一七七二年七月第一次去拜訪盧騷。以後他就常常去看他，一同到郊外採集植物，互相閒談。可是一七七八年五月，盧騷卻沒有再到經常碰頭的地方去。到他的住處去打聽，才知道他搬到鄉下去了。但是他究竟搬到什麼地方呢？聖佩韋很掛心。到了七月二日，他在報紙上見到了消息：盧騷已經在艾爾姆綸維爾逝世了。

注 ———————————————————

1 《民約論》，*Du contrat social*，1762 年出版。

2 康德（Immanuel Kant，1724-1804），德國哲學家。

3　伏爾泰（Voltaire，1694-1778），法國作家。

4　狄德羅（Denis Diderot，1713-1784），法國哲學家。

5　聖佩韋（Charles Augustin Sainte-Beuve，1804-1869），法國文學評論家。

大仲馬與幾度山──書叢偶拾

本文原刊《大公報・大公園》，1981年9月26日，頁13。

曾經看過一則文藝逸話：法國作家仲馬父子有一次互相調侃。小仲馬說：「你的小說我只消一行字就可以寫完。」大仲馬[1]反應道：「你一行字我可以寫成一部小說。」

這個故事是否真實，可不知道。但是卻可以說明一個事實。大仲馬作品的雄厚氣魄的確是驚人的。他每一部小說寫起來都是連篇累牘的巨著；長江大河，一瀉千里。因此被稱為十九世紀法國的多產作家。據統計他一生寫過三百多部小說，連同戲劇、雜感、遊記等作品超過四百種。在作家之中，他的罕見的精力和魄力是很可驚的。大仲馬不像另一位多產作家巴爾札克那樣，具有要用一桿筆去揭露十八世紀法國上層社會面貌的意圖，而只是以傳奇性的構思去寫歷史小說。有些批評家認為他的作品缺乏文學價值，甚至認為只是通俗小說。但這些小說至少不是低級趣味的東西，倒是有種引人入勝的力量。

大仲馬的作品被介紹到中國來，同時最受讀者喜愛的是這兩本：《三劍俠》[2]（在半世紀前已有林紓譯本《三個火槍手》）和《幾度山恩仇記》。[3]這兩本小說不只一次地拍過電影，因此特別給人以深刻印象。在大仲馬作品中只有《幾度山恩仇記》是唯一以當代背景寫作的小說。它和《三劍俠》同樣流行。

從這件事情上可以看出大仲馬想像力的豐富。一八四二年他到地中海旅行，在海上望見那座幾度山島的影子。他從一個水手的口中聽到這個海島的名字，十分讚賞。他許願說：「我將要用這個島的名字寫一本小說。」後來，他果然憑他的想像力構想出《幾度山恩仇記》的內容。事實上，大仲馬並沒有登上過那個海島。

《幾度山恩仇記》寫的是個復仇故事。一個船員且第斯被提升為船長，回到馬賽之後準備同他的愛人結婚，卻突然遭人陷害；誣他替被放逐中的拿破崙傳送函件。陷害他的人是他的情敵和妒忌他升職的同事。且第斯無辜被判入獄二十年。在獄中，一個鄰室的老囚犯同他做了朋友，老囚犯在死前告訴他幾度山島上有個寶藏，找到時可以致富。

且第斯在老囚犯死去之後屍體將被丟下海裏的時刻，在極度危急的關頭，設法逃脫出來。後來憑老囚犯交給他的地圖，果然在幾度山島上找到那個寶藏。回到巴黎，且第斯成了百萬富翁的「幾度山伯爵」。他仗著財雄勢大的地位，決心要向曾經陷害他而現在已經飛黃騰達的仇人報復，結果得償所願。

　　記得在改編的電影裏，為了要使故事戲劇化，收場時是且第斯終於同他的舊愛人結合。但原著小說裏卻是，幾度山伯爵報復了仇人以後，便不知所終。

　　大仲馬小說所描寫的幾度山寶藏，據說也不是全無根據的。在幾度山的山腰處有一塊過去寺院的遺址。幾百年前有過海盜跑到島上來，把寺院裏的僧侶趕走，然後把一批財寶埋藏在一個秘密地方。大仲馬也許聽過這個傳說，因而構想出那麼一個曲折的動人故事。

　　幾度山島的位置在地中海，是個縱橫三、四公里左右的孤島，不大受人注意。倒是小說主角且第斯曾被囚禁了二十年的監獄所在地狄夫城，卻常常有給旅遊船載了慕名的遊客由馬賽開去，因而成為名勝地方。

　　大仲馬寫傳奇小說，他本身也是個傳奇人物。他的稿費收入據說每年達到二十萬金法郎，但全都毫不吝嗇地揮霍在生活享受上面。他生平愛過數不清的女人，又同別人作過十多次決鬥。

　　《幾度山恩仇記》的成功給了大仲馬很高的榮譽。他在巴黎西郊地區建造了一間「幾度山公館」，同時又用同樣的名稱建造一間別墅。他的奢豪生活可以想像出來。

　　一個傳記作者為大仲馬寫了一本評傳，書的題名是《巴黎的國王》。[4]

注 ────────────────────────

1　大仲馬（Alexandre Dumas，1802-1870），法國作家。

2　《三劍客》，*Les Trois Mousquetaires*，1844 年出版。

3　《幾度山恩仇記》，*The Count of Monte-Cristo*，1846 年出版。

4　Guy Endore，*King of Paris*，1956 年出版。封面有副題：A novel，應為小說體傳記。有中譯：蓋安多《大仲馬傳》，陳秋帆譯。台北：志文出版社，1979 年。

深秋草

本文原刊《大公報‧大公園》，1981年10月10日，頁20。

　　魯迅誕辰百周年紀念，這裏的部分文化界有個紀念茶話會。我接到通知，卻因工作關係抽不出時間去參加，深感遺憾！

　　對於紀念魯迅的集會，我是有種個人的感情作用的。因為魯迅逝世的時候，香港舉行了一次追悼會，我是參加者之一。當日一同在會場裏表示哀悼的人，經過時代的許多變亂以後，還能夠在同一地方共同呼吸的恐怕沒有幾個。有的是死了，有的不知道離散到什麼地方去了。我原打算趁這次紀念魯迅的機會寫點什麼，但是還未動筆，卻有了另一篇文章補償了我的心願。

　　九月二十五日，這裏的《文匯報》副刊〈筆匯〉版上刊出了劉火子的一篇文章〈香港有聲了！〉追記一九三六年香港舉行魯迅追悼會前後的情況。它讓我重溫了一次難忘的舊夢，也讓我追憶起許多人和事。那一切都是一去不復返的。

　　事隔多年，劉火子還能記憶得那麼詳細，他敘述的比我所能寫的還要多，狗尾續貂，我所能補充的只是一點題外話。

　　魯迅逝世後，香港給上海魯迅治喪委員會的唁電是用新成立的「香港文藝協會」[1] 名義發出去的；而發動假座香港青年會舉行魯迅追悼會，便是香港文協的第一項工作。[2] 至於「文協」發起人的籌備會議為什麼會在「深水埗幼稚園」開

劉火子〈香港有聲了！〉剪報

會？說起來是頗曲折的。香港「文協」的組織除了有一個對外活動的「招牌」，並沒有固定會址；而當年的環境，要找個「集會」（即使是很少的人數）地方是相當困難的事。深水埗幼稚園的校長某女士是我們朋友王少陵（畫家）的親戚；那間幼稚園辦得頗有成績，最突出的是培養了一批小小的音樂天才，在學生中組織了一個音樂合奏團。王少陵曾經在一次校慶中邀我們去參加典禮儀式，為的是讓我們去賞識一下那個合奏團的演出。我們坐在「嘉賓」席上欣賞了那由一群小孩子組成的合奏團，用他們的小手所能操縱的樂器，敲敲打打的演奏了一頓，整個過程非常整齊和有節奏。我們看得很感興趣。事後在報館工作的朋友便為那幼稚園的校慶發了一段新聞，裏面特別提到合奏團的表演節目。這使幼稚園的校長十分高興，並且表示感謝。在連會址也沒有的文藝協會要找個地點開籌備會議的時候，便通過王少陵的關係向那位女校長商量。女校長慨然答應借出幼稚園。結果幾個成年人便有機會坐在課室裏的矮凳子和小桌子開會討論，同時作出舉行魯迅追悼會的決議了。

香港魯迅追悼會的籌劃者中，至少有兩人是應該提及而在劉火子那篇「追紀」中忽略了的。他們是吳涵真和潘範菴。[3] 吳涵真是教育家，在九龍開辦一家兒童書店，熱心於兒童教育事業；後來在中國抗戰期間，編印了一些抗戰歌曲，在香港風行一時。潘範菴是新聞界，在一家報館當編輯，出版一本雜文《飯吾蔬庵隨筆》；戰後在深水埗開過一間文具店；同時是香港華人革新會主幹人之一。這兩位熱心文化事業和社會工作的忠厚長者，都是當時魯迅追悼會的主持人。

會場裏掛滿了輓聯，都是各方面敬仰魯迅的人送來的。差不多所有的知識分子都集中在青年會禮堂裏參加哀悼儀式。但是一位來自上海的有名作家，卻彷彿置身事外。追悼會結束之後，幾個朋友到咖啡店裏閒談。那位作家也加入了坐在一起。有人問起他為什麼不參加魯迅追悼會。他嘲諷地說了一句：「老而不死是為⋯⋯」

在座的人都冷笑著沒有回答。

魯迅追悼會籌劃人之一的張任濤，對這事很有意見。戰後在香港重聚時，他還念念不忘這件舊事。他認為那位作家在抗戰時因為當了漢奸而被暗殺，並不是很偶然的。

那位作家便是穆時英！

注 ——————————————————————

1　劉火子:〈香港有聲了!——追記一九三六年香港舉行的魯迅追悼會〉,刊《文匯報》,1981 年 9 月 25 日,第 13 版。其中提到:

「那時香港新成立了一個文藝協會,是從上海來的一些文藝界朋友如戴望舒等人同原來在香港從事文藝工作的青年一起搞起來的,其中有羅雁子(羅理實)、李遊子張任濤張建南李育中侶倫張了等,我也是其中的一個。」

「香港文藝協會」理事九人:劉火子、張任濤、王少陵、李育中、吳華胥、穆時英、周延、杜格靈、李晨風。會員包括:梁之盤、陳煙橋、侶倫、黎覺奔、龍秀實、余所亞、羅雁子、李化、謝晨光等數十人。

2　劉火子:〈香港有聲了!——追記一九三六年香港舉行的魯迅追悼會〉提到:

「那時恰好在十月下旬魯迅逝世的不幸消息傳來,大家認為協會的第一件工作就是給魯迅治喪委員會發個唁電。這是香港文協的頭一次在社會上露面。接下來便一致決定以香港文協的名義向有關團體倡議,聯合舉行一次追悼大會。推定張任濤和我擔任籌備工作。」

3　吳涵真,參考本書上冊〈「捷報」的笑話〉,頁 425;潘範菴,參考本書上冊〈未衰褪的友情〉,頁 311。

宮崎寅藏的書

本文原刊《大公報・大公園》，1981 年 10 月 17 日，頁
15。其後收入《向水屋筆語》。參考侶倫：〈一本過時的
禁書——宮崎寅藏的《三十三年落花夢》〉，刊《開卷》
第 1 期，1978 年 11 月，頁 14-17。
參考侶倫：〈宮崎寅藏筆下的孫中山〉，刊《開卷》第 2
期，1978 年 12 月，頁 39-42。

　　日本的中國朋友宮崎寅藏（號白浪滔天）[1] 所著《三十三年之夢》[2]，在辛亥
革命七十周年紀念期間，重新出版了新譯本，不但具有不尋常意義，而且在出版
界中也是一件可喜的事情。這本在中國給冷落了幾十年的作品，如今又有機會喚
起讀者們的注意。

　　《三十三年之夢》本來是作者個人的自傳。由於他的人生經歷有部分同孫中
山領導的中國民主革命有關，——他參與過一段時期的中國革命活動，因而這本
書便具有辛亥革命前一階段的革命歷史的寶貴資料；而它的本身也成為具有一定
價值的著作。

　　根據這本自傳的敘述，宮崎寅藏是在「惠州革命」失敗後，回去日本居住期
間才著手寫《三十三年之夢》的。這本書於一九〇二年在日本出版，距離辛亥革
命成功還有九年時間。書出後很快就有了中文譯本，但是在滿清皇朝統治下，這
譯本只能是「禁書」，在民間秘密流行，在當時的知識分子中發生了有力的革命
宣傳作用。

　　據說最早把宮崎寅藏這部作品介紹到中國來的是章士釗。他以黃中黃這化
名翻譯了書中有關孫中山的部分，獨立印行。[3] 其後又有了另一種譯本，題名
《三十三年落花夢》[4]，仍然不是全譯本。此後幾十年間，曾有幾種同一書名而譯
者署名不同的版本，據說都是《三十三年落花夢》同一版本的重印。我不知道我
所存的一本，是否也是同一脈絡的重印版本之一？

　　孫中山逝世的時候我還是個小學生，在什麼有關孫中山革命的歷史故事都不
容易得到的情形下，《三十三年落花夢》一書的出現，實在給了我的求知慾很大
的滿足；雖然由於個人的年齡和知識的限制，我對於這本書的內容有許多事還不
大明瞭；尤其是那難以接受的文言譯筆。但是因為我喜愛這本書，便一直把它保
存著。直至在歲月流洗之下變成了一冊殘本。

　　這個殘本是卅二開的本子；封面深藍色，左邊上角畫著一個鏤空的圓窗；窗
框裏嵌著井字形窗花；圓窗頂上垂下一大撮樹葉，無數的白色花朵從樹葉落下

宮崎滔天著，林啟彥改譯、注釋：《三十三年之夢》影

宮崎寅藏著，Ｐ．Ｙ．校刊：《三十三年落花夢》書影

來。圓窗右邊是楷書《三十三年落花夢》書名。這樣的裝幀設計，在當年說來還算是很別致的。

全書一百三十九頁，內容包括二十八個題目：由「落花夢醒」一章開始，至「唱落花歌」結束。在文字之前用粉紙印著宮崎寅藏照像，照像下面印有垂虹亭長為白浪庵滔天玉照題詞：

> 猗歟滔天　東方大俠
>
> 眷我宗邦　奏其驍捷
>
> 一擊不中　去而為優
>
> 潛龍勿用　我心孔憂

這本《三十三年落花夢》是孫中山剛剛逝世後的「民國十四年」（一九二五年）五月初版的，我存下來的是同年八月的再版本。出版發行者是上海出版合作社。這本書沒有譯者名字，版權頁尖印著「校刊者Ｐ．Ｙ．」字樣。卷首有一篇「重印贅言」，署名也是ＰＹ。內容摘錄一部分如下：

> 距今大約有二十年罷，我在當時朋儕中年齡最小，卻最先得讀幾本當時不易得的書；其中一本就是這《三十三年落花夢》的譯本。年紀稍長，聽說虛無黨有「最樂莫如雪夜閉門讀禁書」的話，回憶當年，竟成了不可再得之樂。人事紛紛，兒時所見聞也漸忘了。

中山先生一死，不由人不追想往事，更不由我不追想這書。可是這書在當年還只好閉門偷讀，流傳之少可知，至今日哪裏找去呢？

我們最歡喜是竟然找得一冊原本那一天，急急從事翻譯，已經譯得過半。再歡喜不過的是有一位朋友在鄉間竟發現收藏著一本當時的譯本，搜了出來，於是連再譯的前半都捨棄了，只拿原本舊譯新譯三本校核一遍，結果只將舊譯本補還一些略去的地方，便付印了。

最遺憾的是朋友所藏那舊本已頗殘破，無由知道當時譯的是誰。……

一九二五，四月，二十日。P. Y.

根據上文所述，我手頭的這本《三十三年落花夢》只是「重印」本，是集合幾方面的譯文而成書的，主要還是原始的「舊譯本」。但不知道原始的舊譯者是誰，卻是憾事。

不過無論如何，應該為香港三聯書店和廣州花城出版社聯合出版的林啟彥新譯本《三十三年之夢》[5] 的面世而高興；因為這一次是內容較為豐富的全譯本，而且是用語體文翻譯的。

注 ————————————————————

1　宮崎寅藏（1871-1922），又名宮崎滔天，號白浪庵滔天（也作白浪滔天），日本浪曲師，支持辛亥革命，曾加入同盟會。

2　宮崎寅藏：《三十三年之夢》。東京：國光書房，1902 年。

3　宮崎寅藏著，黃中黃譯：《大革命家孫逸仙》（欠出版資料）。

4　宮崎寅藏著，P. Y. 校刊：《三十三年落花夢》。上海：出版合作社，1925 年。

5　宮崎滔天著，林啟彥改譯、注釋：《三十三年之夢》。香港：生活·讀書·新知三聯書店；廣東：花城出版社，1981 年。

我的舅舅

本文原刊《大公報・大公園》，1981年 10 月 24 日，頁 14。其後收入《向水屋筆語》。

我的舅舅同辛亥革命沒有什麼關係，可是每到辛亥革命紀念的日子，我不期然地會想起他。

我有四個舅舅，志趣都不相同。一個是純樸的農人，在九龍鄉村裏從事耕種；一個是市儈味很重的小商人，在市區裏開店，兼做物業經紀；排行最尾的一個是「讀書人」：開明的知識分子；還有年長的一個大舅舅，我根本沒有見過面，卻最引起我少年時代的幻想。因為在我知道有這大舅舅的時候，人已經不存在了。我只是從母親口中，聽到過這個大舅舅的事情。

據說，大舅舅是幾個兄弟中最特異的一個。他精明又勇敢。他名叫朱基，因為接受了孫中山宣傳的革命思想，大膽地把辮子剪掉，村裏的人就給他一個渾號：「無辮基」。他很早就離開家庭去做「革命黨」，追隨孫中山進行革命活動。這方面的事跡我知道得很少；只是聽母親說過：民國初年，軍閥龍濟光在廣州掌權，為了排除異己，耍出卑鄙陰謀：在一個中秋節晚上，特地派了轎子去接我的大舅舅到公館「賞月」，同時被邀請的還有當時因以嚴厲手段維持社會治安出名的警察廳長陳景華。到了中途，武裝的「護送」人員走到轎子前面，扳住手槍說：「對不起，朱基，這是上頭命令，與我無關。」隨即向兩輛轎子連轟幾響。就這樣地消滅了兩條性命。

我年紀稍大，跟了母親去九龍大磡村探望外祖父時，才在古老住屋裏見過壁上掛著的大舅舅的半身像。頭戴昂起的黑色氈帽，穿著不大稱身的黑色洋服，沒有結領帶。這是清末時候一些人初穿洋服的異相。面對著這副樣相，除了肅然起敬，誰敢有半點其他的心理呢？但是我在這裏要提起的，卻是排行最尾的那個舅舅。他不像他上頭的兩個兄長那樣庸碌過活，卻是兄弟中唯一要繼承大舅舅遺志的人。只是他缺少我想像中的大舅舅的脫略性格。在短小精悍身軀上賦有自己獨特的氣質。他的為人穩健而又沉著，不大愛講話。在舅舅中我較為喜歡他。到了知道他不但寫得一手好字，而且還曉得打拳的時候，我這個幼稚的外甥簡直有幾分崇拜了。

為了生活，這舅舅曾經在香港一間有名的洋人酒店幹一份很卑微的工作。為

了每天上下班的便利，他寄居在灣仔地區我們的家裏。這樣，大家便有了更多的接近機會。在這期間，他對我總是保持著一種客氣中的親切態度，對於我不明白的事情，只要我向他請教，他便給我指點，有如一個輔助教師。可是另一方面，在偶然閒下來時，他卻又借讀我的課外讀物（其實對他說來這是可笑的），似乎要藉此把彼此的志趣拉近，好讓大家方便相處。我察覺出來，在他的眼中，我這外甥還算得是個「孺子可教」的傢伙。我最記得的一件事是，有過一段日子，當我放學回家吃午飯，他往往利用往酒店上班之前的一點時間，打開一本英文的《泰西五十名人傳》[1]，邊讀邊向我講述裏面的名人故事。這是我感到這時期生活中最幸福的時辰！

但這樣的日子是不長的。

上海「五卅慘案」[2]發生的時候，全國民情激憤！為抗議帝國主義者暴行而到處起來的罷工罷市罷課的浪潮也由內地蔓延到香港來。社會一片蕭條，彷如死市。在人心惶惶之中，我們也像許多人一樣，全家離開香港。舅舅拋開了酒店職務，伴送我們一家回鄉下去「避亂」。他是另有打算的。在安頓好我們的家，耽擱了一個短時期之後，他便離開我們，輾轉到廣州去。在那裏，正瀰漫著如火如荼的革命氣氛：「打倒列強！除軍閥！」的呼聲震動全市。北伐軍正在向徹底勝利的階段前進！

舅舅到了廣州之後不多久，我們便接到他的來信報告消息：他已經順利地考進了「學生軍」。

「學生軍」，當我還在學校的時候就聽老師們談論過：那是廣東很有名的青年軍隊；是北伐軍的骨幹隊伍。我暗自為舅舅的前途高興。他要繼承大舅舅遺下的心願已經實現了第一步了。

注 ——————————————

1　Agnes Lawrie Smith：*Sketches of Fifty Famous People*（《泰西五十名人傳》）。上海：商務印書館，1925 年。

2　1925 年 5 月 30 日，上海工人和學生遊行宣傳反帝、巡捕向群眾開槍，死傷多人。

造反記

本文原刊《大公報・大公園》，1981年 10 月 31 日，頁 13。

在我這些小文章中，曾經說到我的軍隊生活時屢次提起的「親人」，指的就是我的舅舅。我跟隨他在部隊裏過了一段日子。

為什麼我會到軍隊裏去的呢？話得從頭說起。

舅舅參加了廣東「學生軍」之後，一直同我有著聯絡。我的家人在鄉下住了幾個月，到了「五卅慘案」掀起的罷工罷市「風潮」漸漸平伏下去，社會秩序恢復，我們全家又回來了香港。這期間，舅舅已經編入了正規的「國民革命軍」，當「團政治指導員」，他的任務是向群眾進行政治宣傳工作。

儘管舅舅的職務很忙，卻還不斷地抽時間給我通信。他的信是用毛筆寫的，往往寫得很長。他告訴我他在軍隊裏的工作情況，並且不忘記對我講些革命的大道理；有時還附上一兩首抒發豪情壯志的舊體詩。我十分珍惜這些書信，更十分珍惜這一份不尋常的情誼。在他和我之間，並不像普通甥舅之間的關係，而彷彿是兩個知心朋友。我自己呢，在某種意義上，簡直把他當作是那位無辜犧牲了的大舅舅的化身。

一方面受著當日時代潮流的激盪，一方面受到舅舅精神上的感染，使我的思想不期然地起了若干變化。一股熾烈的情感在胸懷裏燃燒著，我覺得需要做點什麼來打發一下自己才舒服。可是在一個不容許有活動自由的地方環境，我能夠做些什麼呢？想不到一種生活上偶然的變化，竟然成全了我，演出一齣出乎自己意料的「活劇」。

由於我知道家庭沒有能力讓我升學，我不待讀完小學的學程便轉進了一家英文書院去學習英文。我很快便同一些比我高班的同學交了朋友。一個人在少年時期是往往會做出「不知天高地厚」的事情的；我在徵得幾個同學的贊同之後，準備組織一個「學生會」，宗旨是提倡自治精神，為同學本身的利益服務。難得教師們也表示同意，並且在某天早上上課之前撥出一點時間，集中全體同學在課室裏，聽我這個「發起人」講幾句話。

「學生會」還在醞釀中，消息傳到了校長那裏，事情立刻鬧大了。校長是個思想守舊而又穩健的人，害怕新鮮事物；對於我在學校的倡議，大不高興；他懷

疑我有什麼背景；尤其是因為我是低年班小伙子，才踏入校門不多久就「搞風搞雨」，簡直是「造反」；決定出面干涉。於是在一個早堂時間，當著眾多的同學面前，對我進行「公審」。我為「學生會」是正當的組織而辯護。但是動搖不了他的「尊嚴」。他宣佈我只有兩條道路：要麼取消搞「學生會」，要麼離開學校。

同學們不敢做聲，但是我沒有失敗！教師們在支持我的勇氣。就在接著到來的那個星期六日下午，教師們私下通知了我和部分同學，分頭到跑馬地球場去集會。在會上，教師們鼓勵我們不要怕校長；我也不須退學；但是「學生會」的事情暫時擱下再作打算。如果校長再施加壓力時，他們會作我們的後盾。

為什麼教師們會對我們這麼熱心？事後我才了解到一些內幕。

原來這幾個教師同校長之間老早存在著矛盾。因為這間英文書院是在「罷工風潮」期間開辦起來的。校長趁一些具有英文師資的人正在失業的時機，用低的薪酬把他們聘請了來當書院的教員，而且有了口頭協定，不能隨便辭職。這些教師當日為了生計問題，只好勉強就範。可是對於校長的刻薄對待一直存在著反感，卻又無所憑藉來尋求解脫。他們被迫聯成一條對抗陣線。現在是出現可以利用的機會了。……

我不能詳細地敘述這一場同我沒有關係的鬥爭，也不曾介入這一場鬥爭。事情的結果是：另一個學期開始時，同一地區出現了一間新的英文書院，全部教師是從前一間英文書院集體辭職而來的。他們的勝利是不須張貼宣傳廣告就拉來了一大批現成的學生。

我滑稽地被當作這間新校的「功臣」，得到非分的優待：每個月只象徵地付二元的學費，可以一直讀到畢業的。這可不是我的光榮。

我沒有把我這一幕活劇告訴我的舅舅，他一直以為我因為沒有升學而閒在家裏，便在一封來信中提出意見：如果我願意，而母親也同意的話，我可以到他那裏去，他為我安排一份工作。

舅舅的提議正好打動我的幼稚的英雄主義思想，我興奮地思量著，覺得自己的前途是不應該寄託在學校的，於是把我的選擇告訴舅舅。一個月後，我穿起軍服來。

殘瓣片片

本文原刊《大公報・大公園》，1981年 11 月 7 日，頁 15。

很高興接到你的信。

聽到別人提及我的無聊作品，我感到很慚愧。你的「恭維」。我只能表示感謝。那對於我是不值得的。

請不要把一個作家看得「神聖」，我只是個很平凡的人。你的想像是錯了：我既不溫文，也不瀟灑；不像屠格列夫，也不像拜倫，（資格距離太遠），我只像我自己。

我推測你是 M 的朋友罷？否則你不會知道我的地址。

如果你不以為唐突，我懷疑你來信所署的名字是假的。

你既然不承認是小姐，那麼，「先生」的稱謂大概是你所喜歡的罷？不過你的信始終使我直覺到你是「小姐」。你的字跡，你的語氣，都這麼地表現著。還有，你的自我介紹。……

但是我得聲明，我給你回信並非因為你是小姐。——性別對於通信有什麼關係呢？

我接受你的願望：伸出我的友誼的手！

在我還弄不清楚你在演著什麼把戲之前，我覺得用什麼性別的字眼稱呼你都是尷尬的，我索性直接稱呼你的名字，儘管這也許是你的化名。不過我得告訴你：我不喜歡模稜兩可的態度；對於故弄玄虛的事情，我是不發生興趣的。

你說，到了你的興趣有需要時會同我見面，我可沒有這個打算。因為你如果為了好奇心要這樣做，我擔心你會失望。這樣一來，你會不願再讀我的作品了。老實說，與其使你得個壞印象，我寧可使我的出版人多賣幾本書。

我記起你對我提起過的小狗。很抱歉，我沒法接受你的盛意。我家裏是曾經養過狗的，後來因為感到照顧的麻煩，結果把牠送給了別人。我自己又沒有玩狗的興趣。你還是送給比我更好的朋友好嗎？

好罷，不再開玩笑，為了坦白地公開我自己，我給你看一張照片。在照片上面的三個人中，你猜得到哪一個是我呢？……

你看我是不是比你想像的醜？

謝謝你給我寫了三頁紙，而且告訴我那麼多的事情。

你在那張照片上面的我的眼中看出了什麼呢？你斷定那三個人中一定有我，而你所猜的人又一定是我嗎？你能夠保證我不會故意拿了別人的照片來向你開玩笑？

禮尚往來，也讓我告訴你一點關於我方面的事。

我的性格是內向的，我不會交際，也怕交際；我喜歡恬靜，不喜歡太熱鬧的場合；我喜歡整齊，喜歡禮貌；我討厭無意識的玩笑；討厭誇大的人；我愛好一切美的東西，特別是美的書籍；我愛好利用廢物製造一些小玩意；對音樂和美術有興趣，可是不懂得。我不會喝酒，不會打牌，不懂任何一種賭博；但是我卻抽香煙；我愛散步，愛坐咖啡店；一個人，一本書，我可以消磨一個長時間；如果有一曲淒婉的音樂，我會想起一些事情讓自己流一點眼淚。……

對於自己認為沒有意思的事物，我有一種不願「同流」的固執脾氣。我的「寂寞感」便是由這種脾氣生出來的。在寫作態度上也是如此。我不願隨俗沉浮，或是追慕時尚。但是作為人格，我卻有著足夠自慰的堅強的一面。在抗日戰爭時期，敵人的兇焰燒到了香港，好些人估量著我可能「落水」了。因為我平日的為人是顯得那麼消沉的。可是沒有想到我一直和向包圍著我的惡勢力戰鬥；到了香港淪陷的時候更毅然離開香港，使得當時在內地聽到消息的朋友們感到意外。我就是這樣的一個人！

還有什麼是你有興趣要知道的呢？……

書與友情及其他

本文原刊《大公報·大公園》，1981年11月14日，頁15。

　　多年前，我對自己許下過一個心願，為朋友們簽了名字送給我的書寫一篇文章：敘述作者的為人和在什麼情形下送書。作為紀念友誼，這在我自己是很有意思的事。可是我沒有這樣做到。我曾經把這件始終存在心頭的憾事寫進一篇題為〈我與書〉[1]的文章裏。友人張千帆兄讀到文章，對我這個心願很感到興趣；極力慫恿我著手寫出來。但是我沒有如他所願。原因是我那個心願是二次大戰波及香港之前自己許下的，到了日軍佔領了香港之後，心情隨著人事的變化而變化，什麼預定的計劃都給打消了。

　　戰爭對於文化是個大災劫。平日積存下來的書固然是個人的負累，為著自己行動的方便而迫得廉價拋售；就是自己特別珍惜的朋友贈送的書，也沒有辦法保存。在那「非常時期」的日子，安全是沒有保障的；敵人隨時會作突擊搜查，任何書籍或手稿，只要他們認為可疑，都可能惹來麻煩，甚至招致殺身之禍。因此在我沒有辦法處置那些書的情形下，有些書由於必須的原因（如內容寫的是與抗日有關的文字）而燒掉了，就是勉強能保留的，那簽了名字或寫上題句的扉頁也忍痛撕去了。

《蔣畈六十年》書影
《靈鳳小品集》書影

因為保留的書已經不完全，我還有什麼憑藉來寫關於它們的文章呢？

有過一個時期，每當買到一本書或是讀完一本書的時候，我有一種習慣：總愛在書的扉頁或是末頁寫上幾個字。這樣做並沒有什麼目的，可是隔了相當時日，無意間翻起書來，便感到另有一番意想不到的趣味。

平日我少有閒情去翻看書架上的舊書，最近一個寒冷的星期日，不打算出外，卻忽然心血來潮，要把塵封的書架清理一下。在隨意翻看了些舊書的時候，不期然地使自己神往起來。我發現了那裏面有著不少令我追懷的往事。信手拈來就有下面的幾則：

在喬治吉辛的長篇小說《文苑外史》[2]的扉頁上寫了這兩行字：

一九四八年六月十九日，過海校閱《永久之歌》印稿。購於生活書店。

在這本書的末頁，又寫了幾句話：

一個窮愁而又苦悶的期間——一九四九年九月廿六日，讀完此書於九龍城獅子石道寓所。

我想，當時要不是「窮愁而又苦悶的期間」，我決不可能讀完一部八百多頁的小說。

一本用褐色豬皮裝釘的小說集《無盡的愛》，在末頁的空白地方記了幾句話：

一九四八年六月十二夕，風雨後，與文散步於九龍城市街，在某鞋店購皮一塊，歸而裝釘此書。

精裝本的莫泊桑小說《筆爾和哲安》[3]的扉頁上，寫的是這兩行字：

一九五一、十二、八。小女兒詠秋夭折之日。她僅活了九十三天。

精裝的《普希金文集》[4]的扉頁上，寫了這樣的幾行字：

一九五六年三月中旬，我回廣州去參觀農業展覽和捷克工業展覽，是我隔別廣州二十年的一次珍貴之行。回港之日，在新華書店買了這本書，作為紀念。

一部譯自蘇聯人原著的《蕭邦評傳》[5]，在末頁上寫的是這樣的話：

一九五九年五月廿六日，微熱的晚上，我終於把中斷閱讀的這本書的最後幾章一口氣讀完了，我帶著感動的心情記下這幾句話。時間是夜半十二時廿五分。在九龍城聯合道住所。

僅僅是這零碎的幾行字跡，就包括了個人生命中的一點點哀樂痕跡。我這才感覺到這種舉措的好處。

在翻看的舊書中，一本保存著的《新雨集》也勾起一番追憶。這本一九六一年三月面世的六人合集，在出版時舉行過一個出版紀念的聚餐會。在會上，各人把帶來的書集中在一起，由六個作者分別在每本的扉頁上簽上名字，各自取回一本作為紀念。我的一本還保持得很完整；只是作者已經不完全：洪膺（劉芃如）在一次飛機失事中不幸罹難，葉靈鳳也逝世了。

此外，是一本曹聚仁先生簽名送給我的《蔣畈六十年》。[6]這是曹先生自傳性質的作品。在書的扉頁上，我寫上這樣的誌語：

一九五七年十月十八日，文藝世紀社邀請文化界假中華總商會俱樂部舉行魯迅逝世廿一周年紀念會，曹先生席上贈送此書。

要不是因為有這本書和誌語，我簡直忘記一九五七年舉行過魯迅紀念會了呢。

在書架翻出來的還有《靈鳳小品集》。[7]葉靈鳳先生是交情較久的朋友，他在三十年代中期就把自己的作品總結為兩本集子，都是上海現代書局印行。首先出版了《靈鳳小說集》[8]，他在序文中引用了黃仲則兩句詩：「結束鉛華歸少作，屏除絲竹入中年。」以後便不再寫小說。隨後出版了《靈鳳小品集》。兩本集子

出版後都寄了給我。他在「八·一三」日軍進攻上海時來了香港[9]，就一直沒有回去上海。他有很豐富的藏書，都是在香港居留時期購置的，可是卻缺乏他自己過去的作品。大戰結束後，我把《靈鳳小說集》送回他保存，卻保留著《靈鳳小品集》。在我翻出來的《靈鳳小品集》的扉頁上，有著他的手跡，這是戰後他應了我的要求寫下的：

「書上的簽名，侶倫說，在香港淪陷時給撕去了，要我補簽一個。好罷，我就再簽一個。」（下面他補簽了一個名字）

注 ———————————————————

1　侶倫：〈書（二題）·我與書〉，《無名草》（香港：虹運出版社，1950 年），頁 137-142。

2　《文苑外史》，《新文士街》的另譯。有朱厚錕譯本，貴陽：文通書局，1946 年。

3　黎烈文譯：《筆爾和哲安》（*Pierre et Jean*）。上海：商務印書館，1936 年。

4　羅果夫主編，戈寶權編輯：《普希金文集》。北京：時代出版社，修訂再版，1954 年。

5　尤·阿·克列姆遼夫著，張澤民譯：《蕭邦評傳》。北京：音樂出版社，1955 年。

6　曹聚仁：《蔣畹六十年》。新加坡：創墾出版社，1957 年。

7　葉靈鳳：《靈鳳小品集》。上海：現代書局，1933 年。

8　葉靈鳳：《靈鳳小說集》。上海：現代書局，1933 年。

9　「八·一三」指 1937 年 8 月 13 日。葉靈鳳早在 1938 年 3 月先到廣州，10 月廣州淪陷前到了香港。

也是書的瑣事

本文原刊《大公報‧大公園》，1981年 11 月 21 日，頁 15。

說起「書與友情」，不期然地想起一點與書有關的瑣事，那可說是頗傳奇性的。

戰時我離開香港，茫茫然地跑向內地，為了不願在敵人的鐵蹄下過日子；同時也有著非離開不可的理由。我在一個並非自己預備駐足的地方，給當地父老們挽留下來教書。那裏真是窮鄉僻壤，民風閉塞，連到處橫行的日軍也不去騷擾，為的是拿不到什麼東西。而我便在那樣的環境裏度過整個太平洋戰爭的三年時間。然而相對的痛苦，卻是精神生活和物質生活同樣的空虛。

戰時教書是並不輕鬆的工作，但是因為志趣關係，我還高興在課餘時間寫點東西。在寫作工具完全缺乏的情形下，我只能夠想方設法來解決問題。我用紅鉛筆在學生習字紙上劃上線條作為原稿紙，用流亡時隨身帶備的一枝「青蓮色」鉛筆的筆芯浸成墨水，然後仗著只餘一隻筆嘴的殘舊墨水筆，蘸了自製的墨水去寫字。這樣能夠寫出文章，自己就感到十分滿足了。

有一次，由於一時的興致，我利用粗糙的土紙裁成卅二開大小的書頁，把平日學習寫作的一些新詩憑記憶錄下來；然後用一根黑色鞋帶把它裝釘成冊。我把這個手抄「詩稿」寫上我的名字，寄給在異地的朋友謝君。謝是我當時所能聯絡上的朋友之一。他在「省府」裏做事。無論在曲江、桂林、重慶，所到之處，他都給我找一些新出版的書寄來。他的好意，無形中給我陷於窒息的精神生活打開了窗子。我感謝他，也忘不了他。我多少是由於回報的心理，把那一冊手抄「詩稿」送給他。除此之外，我不能夠有什麼更可以送的東西了。

戰爭結束以後我回來香港，時局在繼續不安定之中，人人忙著為各自的前途打算；我和謝中斷了訊息，我不知道他在什麼地方。後來聽到說他已經回去廣州，但是沒有通信。

廣州解放後不多久，有個來自廣州的、我卻不認識的青年突然來找我。他是代表一個久別的朋友于君來看我的，並且替于君轉交一隻小包裹。據說這是我的東西。是于君最近搬進東山的新居時，在前一住客遺下的雜物中發現出來的。于君交託他帶來香港送回我。我拆開包裹一看，竟是我六年前寄給謝的一冊手抄

「詩稿」!

人事有時是這麼離奇,但還不只是一件。

在三十年代某一年,當我在一家報館編文藝版的期間,我接到由梅縣寄來的一本詩集,書名《漫步》。是當年流行的袖珍本形式。薄薄二、三十頁,包涵了十多首新詩,卷首有侯汝華寫的小序。梅縣是當年文化藝術都頗突出的地方,詩人有侯汝華[1]、林英強[2]、李金髮[3],木刻家有羅槙清[4]、劉崙[5],都是有點名氣的。可是這個袖珍本詩集署名陳更魚的作者究竟是誰呢?不知道。我照例在扉頁上記上收到的日期,並且寫了這幾個字:「收自未相識的作者」。

也許由於彼此氣質相近,感情上有所溝通的緣故,我對那本集子大部分的抒情詩感到了共鳴的喜愛,有幾首簡直唸得出來。甚至當香港淪陷我回內地去的時候,也把它帶在手頭,復員時又帶回香港。但是我始終不知道作者是誰,也沒有再見到陳更魚的作品。

戰後多年來,我同陳凡兄有著很脫略的交情,雖然由於工作關係不常見面,但是碰頭時便一見如故。我知道他對於我的寫作生活是頗關心的。多年前他曾經為我的一本小說給我寫過一封長信,向我提供意見。很可惜那封信寄失了。要不是事後他向我提起,我簡直不知道有這回事。而我也沒有機會再從他那裏聽到教益;這缺陷一直留在我心中!

為什麼我無端扯上這一筆來呢?因為一九六一年底,陳凡用「周為」這筆名出版了一本總結他過去詩作的《往日集》。[6]我接到寄給我的一本書時,發覺裏面收進了一首我非常熟悉的詩,那是從《漫步》詩集裏選出來的,這時候我才恍然明白:原來陳更魚就是陳凡!

注 ————————————————

1　參考本書上冊〈一個舊朋友〉,頁 314。

2　陳智德編:《三四〇年代香港新詩論集》,頁 210-220〈作者傳略〉提到:

「林英強（1913-1975），廣東梅縣人，一九三二年間就讀於廣州中山大學，三二至三七年間先後在香港《繽紛集》、《今日詩歌》、《時代風景》、《紅豆》、《南華日報・勁草》、《立報・言林》、上海《新時代》、《現代》、《矛盾》、《詩歌月報》、《新詩》；北平《小雅》、武漢《詩座》、南京《橄欖月刊》等登刊物發表新詩和散文，曾任廣州《星期報》總編輯，東方作家協會主席，著有詩集《蝙蝠屋》、《驄馬驅集》等，一九三九年從香港移居南洋，任職於馬來西亞及新加坡報界。」

3　陳智德編：《三四〇年代香港新詩論集》，頁 210-220〈作者傳略〉提到：

「李金髮（1900-1987），廣東梅縣人，原名李權興，筆名今髮、藍帝、肩闊等等。一九一七年來港，先後進譚衛芝補習學校及聖若瑟中學讀書，一九一八年回鄉，一九一九年赴法國留學，二五年回國，年底加入文學研究會，二八年主編《美育》雜誌，並任教於杭州藝術專科學校，三一至三六年間在廣州、南京等地從事雕塑工作，三六年出任廣州市立美術學校校長，一九四一年與盧森在韶關創辦《文壇》月刊，一九四四至五〇年在伊朗及伊拉克從事外交工作，五一年旅居美國。」

4　羅楨清，畫家，生平不詳。

5　劉崙（1913-2013），原名劉佩倫，廣東惠陽人，畫家，畢業於廣州市立美術學校，三十年代參加新興版畫運動，五十年代後曾任南京市文聯委員、美術部總幹事、廣東畫院繪畫組組長、廣州畫院院長、廣州市美術家協會主席等。

6　周為：《往日集》。香港：香港宏業書局，1961 年。

書‧閒話之類

本文原刊《大公報‧大公園》，1981
年 11 月 28 日，頁 15。

這本書在太平洋戰爭爆發之前已經失蹤，我也不知道是誰借去了。戰後十年，在一次同朋友平可兄見面時，他告訴我：他手上保存著我這本書，我才知道它還有下落。隔了一年，他把這本書託便人送回我。雖然書的面目已經殘舊，但是經過一場大戰，一本舊書還能存在，而且回到我的手中，無論對於書的本身或是對於這種奇跡一般的事情都是值得珍貴的。—— 記於一九五七年一月八夜。

這幾行字是寫在伍光建翻譯的《拿破崙日記》[1]（原編著者 R. M. Johnston）的底頁上面。這是商務印書館一九三一年出版的五百多頁的洋裝本。由於這件事在我看來的確是「奇跡」，所以我記得在接到書的時候，立即記上那幾句話，表示我當時的喜悅。

《拿破崙日記》並不是什麼了不起的書，我所高興的是「還書」的不尋常意義。因為多少年來，我不知道借失了多少的書，往往是書一離開了就不再回來，事後也無從追索。而這一本已經在記憶範圍以外的《拿破崙日記》，卻恍惚經歷了二十世紀一場「滑鐵盧之役」自動地回到我的手上。這事比較起一個窮人意外地獲得償還一筆忘懷了的舊債不知高興多少倍！

書對於文人 —— 特別是愛書的文人是一種財富。這在於行外的人是不會理解的。所以借了書歸還不歸還是很尋常的事。他們根本不重視這種行為。因此具有責任感的借書人，像上面所提及的那位朋友的道義做法，可說是可遇而不求的。作為一種典型代表，不是值得一切愛書的人向他敬禮麼？

有人分析過把借了的書據為己有的人的心理過程。初時他會覺得：「這本書不是我的」；稍後他會覺得：「這本書似乎是我的」；日子久了，他索性認定：「這本書是我自己的」了。實際是否如此，我沒有這個經驗；因為我不大向人借書，也不想佔有別人的書。但是無論如何，一本書一去不回的原因之中，未必

沒有這種情形。

對於借書不還的人，如果是出於有意識地要佔有的話，退一百步說，還是可原諒的。因為要不是他愛上那本書便不會這樣做。最不可原諒的，是另一種並不愛好讀書、卻愛好「附庸風雅」的傢伙。儘管你不認為自己是值得「附庸」的對象，可是當發現你有那麼一些藏書時，他的機會來了，為了表示他也是愛好讀書的，便裝模作樣在你的書架前面物色一番，終於把他認為合看的書拿上手，要求借讀。你不好意思拒絕，只好讓他拿去。而那借去的書的命運是可以想像出來的：借了的書未必讀，一別成了永訣是意料中事；有幸被送回來，那些書已經面目全非了。

有過這樣的事情，某女士戀愛時期，在包圍著她的青年中，有一位是書香世家的男子；為了製造好感，他把一套家傳的木版本《紅樓夢》送給她。她把書保存著，卻不認識這個線裝版本的珍貴價值。有一天，一個住在新界的舊同學到訪，見到了那部書，表現得很高興；這女同學對《紅樓夢》的認識只限於賈寶玉與林黛玉之間的兒女私情，卻難得讀到小說；便要求借回家去讀一下。某女士慨然答允，讓女同學把書拿去。但是許久許久，書都沒有送回來。她也不把這事放在心上，漸漸便淡忘下去。幾年之後，她對於事物的認識加深，才知道自己曾經有過的那一部《紅樓夢》是不能再得的版本，具有不可估量的價值。某女士這才後悔自己當時太大意，沒有叮囑借書的舊同學好好的保護和送回。於是輾轉打聽到那舊同學的住處，希望取回那部應該讀完的《紅樓夢》。但是去到目的地時，才知道那舊同學兩年前已經去世了。那部《紅樓夢》不知落在什麼地方。

這真正是個借書的悲劇！

注 ——————————————————

1 《拿破侖日記》，參考本書上冊〈我的書感情〉，頁 92。

哀思阮朗

本文原刊《大公報・大公園》，1981
年 12 月 5 日，頁 13。參考本書下冊
〈藝壇俯拾錄（十一）〉第四十八則，
頁 605。

朋友中又少去一個人了！從報紙上看到北京傳來阮朗[1]噩耗的時候，在震驚中，內心裏立刻起了這樣的反應。但是我沒有像在通常情形下那樣同有關的朋友們通電話，為著這件大家同樣知道的消息去交換哀傷。我只是沉默下來思索著一個永遠不可能解釋的謎：為什麼有種人是早就應該完結的，卻偏偏不完結？為什麼有種人是應該好好地活下去的，卻偏偏不容許活下去？

阮朗就是應該活下去的一個人，可是他竟匆匆地離我們而去了！

是什麼主宰了這種命運規律的呢？

生存在動亂時勢的人，生命是複雜的。人與人之間，很難互相了解到對方生命的全部。然而這一點沒有關係；它決不會妨礙彼此友誼的締結。我認識阮朗大約是在一九五六年夏季，記得那時候有個日本女鋼琴家由歐洲回國道過香港，在利舞台舉行演奏會；朋友張千帆兄買了三張座券，邀我去聽；在戲院門前會合了一同入場的是阮朗。我就是這一晚和他相識的。

張千帆兄是熱衷於聯絡文化藝術界人士的朋友。有一個時期，常常有些以他為中心的茶敘、小型聚餐或是文藝性集會的場合，阮朗都參加一起。大家見面的機會也較多。幾本同人合集的書也是這個時期搞出來的。隨著人事上的自然演變，那種沒有組織維繫的聚會，不久之後也無形地消散；加上個人職務上的關係，與工作地點不同，我和阮朗的接觸機會變得很少。但也不是完全沒有。

記憶最深的，是一九六五年秋季，阮朗代表報館去北京，參加李宗仁由美回國後舉行的一次中外記者招待會；回來後不多久，我在某夜和他同船過海，在短短的海程上，他對我興奮地談到李宗仁招待會上的見聞和中外記者採訪新聞的緊張情況；在話題中又扯到他自己的事：全國解放前夕，他在台灣任新聞記者時，如何在關鍵時刻逃離台灣的經歷。……這是兩個人單獨對話「談心」的唯一的一次。

我和阮朗說不上是怎樣深交的朋友，可是一向以來，對他的工作精神卻由衷地佩服。記得在一次宴會上，一位報社社長向他舉杯邀飲時，開玩笑地說：

「多飲一杯，我們的巴爾札克！」

事實是，豐富的生活經驗和才能，加上個人的魄力，使阮朗成為多方面的「多產作家」。他用幾個筆名寫不同性質的文章：包括文學的和政治的。而且寫的都有一定的內容。有些在文字上「多產」的人，只是為寫而寫，他們不知道自己寫了什麼；阮朗呢，卻是有所為而寫的，他知道自己寫了什麼。

　　這樣的一個人，如今不幸死了！

　　人生最大的缺陷，是離去之前還有許多未完的工作。阮朗也應該有這遺憾的罷？但值得安慰的卻是，他的一些作品在內地正受到注意和讀者的歡迎。他多年來的努力沒有白費。他已經在人間留下了一點東西。

　　阮朗，安息罷！

注 ————————————————————

1　阮朗，原名嚴慶澍，參考本書上冊〈《新雨集》與《新綠集》〉注 3，頁 282。

溜過了的紀念日

本文原刊《大公報・大公園》，1981年 12 月 12 日，頁 13。

　　十二月八日悄悄地過去了。這一天早上，在出門上班時信手把壁上的掛曆一撕，看到日曆紙上一個粗體「8」字，不禁驚愕一下。四十年前的這一天，正是太平戰爭爆發的日子。在香港籌備著慶祝開埠百年紀念的期間、日本軍閥拿炮火作為賀禮，並且給當時的香港居民帶來三年零八個月的災難！

　　但是如今，似乎沒有誰再記得那個日子，再記得那個「地獄時代」的歲月。倒是一個月前的「和平紀念日」，一批曾經參加過香港保衛戰的英國軍人，到香港來參加「和平紀念」儀式，還對記者憶述了當年對敵人作戰的艱苦故事。奇怪的是切身受過戰爭災難的當地人們，卻沒有表示一點聲息。是因為時代只是向前進的，一切歷史陳跡都應該拋在後頭；還是人就是這麼健忘的動物呢？

　　值得提起的是有幾個文化界朋友，他們在戰爭突然臨頭的時候，不期然地聚集在一起。在僥倖準備了一包大米的一位朋友家裏，大家共同吃「大鑊飯」，直到香港被日軍攻陷，炮火平息了，他們才解散出來，隨後又分頭回內地去過流亡生活。到了大戰結束後回來香港，這一群「患難之交」的朋友，每年十二月八日都舉行一次聚餐，紀念那一段難忘的日子。這真是很有意思的事情！

　　我是經歷了這一場戰爭的。由十二月八日以至十二月二十五日，都在炸彈和炮彈的威脅下度過，因此印象特別深刻。我寫過好幾篇關於這時期生活的文章，可是記憶裏的東西好像總寫不完。特別是每年的十二月八日，好像周期的月亮吸引了夜汐一樣，腦子裏總會湧起一連串記憶的浪花。

　　日軍在四天裏就攻陷了九龍，這四個日日夜夜就是最恐怖的時刻。白天是飛機空襲，炸彈隨時會在頭上掉下來；晚上是燈火管制，全城有如死市，探射燈在高空裏疊成了十字架，象徵了人類正面臨著深重的苦難！

　　九龍陷落的前一天，守軍由新界撤退到香港去防守，九龍的警察也撤離了。整個半島成了真空狀態的孤城。壞人乘機控制了整個城市，開始了全面的劫掠活動。善良的人們無助地關在屋裏戰慄著，等待著不可知的命運。到了晚上，恐怖情緒達到了頂點。匪徒四處出動，無所忌憚地逐戶搶掠。街外飄揚著匪徒高呼「勝利」的聲音，居民反抗匪徒的打鬥聲音，婦女在暴力下迸發出來的哀號聲

音……終宵不斷，叫人聽了感到心寒。有些人原先是擔心日本兵來了，會有種種不堪設想的災禍而寄望於香港能夠堅守；到了希望已經幻滅，反而祈求日軍快些來到，好把猖獗的匪徒鎮壓下去。這種可笑的矛盾心理，顯示了人在患難中的求生慾望是多麼可憐的！

黎明時分，搶劫的活動靜下去。但是匪徒仍然三五成群地在街上找尋機會。我在住處的陽台上向街上望。卻見到了一個永遠忘記不了的「鏡頭」。——

一輛華貴的私家車從街口頭駛進街心，在一間屋子前面停下。司機座上跳下一個穿著黑色大衣的漢子，站在汽車旁邊，把車笛按了幾聲訊號。隨即把大衣掀開，兩手叉腰站在那裏，有意顯示他的腰圍插住的一支手槍。屋子門口走出一個少婦，手上挽了兩隻皮箱子，急步登上私家車。那漢子隨後跨進車裏，重重的關上車門。汽車開動的時候，那漢子舉起手槍朝天轟了兩響，便加速向街頭駛去。女的從車裏伸出一面小小的太陽旗。

這一天下午，日軍入城。匪徒果然消聲匿跡。但是另一場苦難卻從頭開始。

九龍淪陷的的第二天早上，兩個化裝成農婦模樣的女人來敲門。拉下頭巾，才認出她們是躲在鑽石山某電影製片廠避難的「女明星」。她們驚惶地訴說昨夜的遭遇：日軍馬伕把她們污辱了。……

舊照片的聯想

本文原刊《大公報・大公園》，1981
年 12 月 19 日，頁 14。

　　先後接到黃墅兄寄給我兩份照片。這些照片對於我都是有紀念價值的。珍貴的地方，不僅因為照片中的人有我在內，更因為我自己根本不曾有過這些照片。也許由於這個原因，收藏了照片的陳廷（杜格靈）兄在託黃墅翻印的時候，便請他給我寄一份。

　　在舊朋友中，陳廷兄恐怕是保留舊照片最多的一人。去年春天同他久別重聚的時候，他告訴我，戰時在桂林逃難時什麼都丟失了，幸而留在香港交託一位開古玩店的朋友保管的一些「相簿」還依然存在。他要託黃墅翻印的就是恐怕有一天會褪色的這些舊照片。

　　第一回接到的一份是集體照片，攝於一九三七年。附上的說明是：「電影戲劇推進會第二次會議。地點在灣仔道林靄民住所。」關於這個組織，因為時間相隔太久，我沒有什麼印象。我只記得抗日戰爭全面展開以後，香港的電影文化界受到了時代潮流的衝擊，民族意識高漲；都聯合起來，站穩自己的崗位，利用還可以自由活動的地方環境，為抗戰工作盡一點力量；當時大大小小的愛國團體都在成立起來，「電影戲劇推進會」是其中的一個。自從拍了那張照片以後，再也沒有開過什麼會議，他們的工作都表現在當年所拍攝的愛國主義影片上面。照片上或坐或立的一群人中，包括有李晨風，盧敦，李化[1]，李芝清[2]，蘇怡[3]，余所亞，陳廷和我；還有張吻冰（望雲）和穆時英。還有些別的當年的電影戲劇工作者。這一群人，現在有一部分已經不存在了。仍舊存在的，目前則繼續在文化藝術方面的工作努力著。

　　使我感到更珍貴的舊照片，卻是第二回接到的一份。它把我的記憶帶回到香港第一次舉行的「文藝茶話會」去。那是一九三四年的夏季，我在一家報館編文藝副刊，有一群基本的作者經常為那副刊投稿。報社的社長是個開明的人，為著聯絡感情，他邀請作者們舉行一次聯歡會，地點在告羅士打酒店頂樓。那一天，作者們都高興地到來參加，情況很熱烈。由於這個會開得成功，原來只是偶然一次的聯歡，後來卻變為定期舉行的「文藝茶話會」，由報館主催。茶話會地點改在娛樂戲院「閣樓」的茶廳。每個星期六日下午，大家都自動地到那裏聚會。話

題是沒有拘束的，多年還是集中在文藝方面的事情。在「文藝茶話會」裏，產生了一個名叫〈新地〉的文藝雙周刊，佔報紙的整版篇幅，由兩個人擔任編務。

我所提到的舊照片，就是在告羅士打酒店頂樓舉行第一次茶會時的情形。在照片上，我還可以認出當日到會的每一個朋友，特別是其中一位姓舒的。我所以記得他，是因為他曾經代表「文藝茶話會」對別人作過一場「筆戰」。

這場「筆戰」說來是很可笑的。事情的起因是由於被邀請參加「聯歡會」的作者中，有一位經常投稿的 F 女士沒有到會。主方在致詞時對 F 女士的缺席表示遺憾：認為如果 F 女士也來參加，情形會更熱鬧些。……一篇關於「作者聯歡會」的報道在報紙刊出之後，竟然觸著別有居心的人的癢處。有一家因政治立場不同而一向敵對的報紙，乘機抓住上述「致詞」中的話，用「邪意」觀點肆意嘲諷；文章發表在他們的報紙副刊上，引起舒某的極大憤慨，他立即寫了文章，登在我所編的副刊上向對方反擊。這樣他來我往的對罵不休，彼此相持不下；結果趨向於脫離主題範圍而變成了意氣鬥爭。怎樣去收拾這個局面呢？我感到了苦惱！

本來兩個報紙的副刊從事的是文藝工作，不是別的；不應該利用它作沒有意義的筆戰場地。不管誰是誰非，也應該告個段落才是。

為著息事寧人設想，經過一番考慮之後，我在一個晚上跑到對方的報館去，訪問了那位副刊編輯先生，同他開誠地討論了問題。他同意我的想法：決定「休戰」。事實上他也感到苦惱：因為文章不是他寫的，是上頭交下來的；他只是執行編輯的任務。

這是「文藝茶話會」的一個小插曲。

注 ——————————————————————

1　李化（1909-1975），別名林炎，廣東新會人，導演、編劇、製片，三十年代在上海從事電影工作，三四十年代輾轉於濟南、青島、天津、北京、香港各地，四十年代末期來香港，參與藝文公司、峨嵋影片公司等，六十年代

移居澳門。曾改編製作金庸《射鵰英雄傳》(上下集)、梁羽生《白髮魔女傳》
(上下集)等。

2　李芝清,導演、編劇,參與製作的電影有《最後關頭》、《家和萬事興》、
《銀海鴛鴦》等。

3　蘇怡 (1900-1985),原名舒大禎,湖南麻陽人,導演、編劇,三十年代
開始從事電影工作,於天一影片公司任編劇,1934 年來香港,先後任職於全
球、麗影、南洋等影片公司,1940 年赴重慶,加入中國電影製片廠,抗戰
後來香港,五十年代回內地,曾任《周末報》副社長兼總經理、廣東省文化
局副局長和顧問等。

漫話作者簽名本

本文原刊《大公報・大公園》，
1981 年 12 月 26 日，頁 7。

　　同杜漸兄約好，在紅磡火車站會合，一同到沙田中文大學去，參加中國文學研討會。才見了面，他就從手提袋裏取出三本書，笑著要求我在書裏簽個名字。這三本書是我寫的，——兩本小說集和一本散文集。他說，這是最近在一間「清盤」書店的舊書堆中發現而買來的。我把書接過手，三本書都非常殘舊，顯然是為了要清貨才在倉底挖出來。散了會把書帶回家裏之後，我有些躊躇；這樣的一些過時的作品，值不值得簽上名字呢？考慮的結果，我還是如杜漸所願的做了。這是為了讓他歡喜的緣故。

　　一本書有了作者的簽名，是否就具有什麼特別意義，我不知道。但是我相信除了基於不可理解的心理問題，或是一種缺乏實質的價值觀念，便不可能有別的解釋。我自己也有過這種經驗上的體會。……

　　在太平洋戰爭中，香港淪陷以後，社會秩序混亂，人們為了生活，或是為了能夠輕身逃亡，許多人都在街頭擺個地攤賣東西。我也在同樣情形下擺過地攤賣書籍。那時期擺攤子是不需要牌照的。什麼攤子都有它的顧客，只要價錢平。我的一本小說集剛出版了不多久，手頭保留了小部分出版社送給我的新書，在兵荒馬亂的日子，沒有保留的必要，於是決定把它們出賣。我把書獨立地放在一角，標明價錢，同時另外用一張紙寫著「作者親筆簽名本」字樣。想不到這部分的書竟比其他的舊書賣得更快，最後全部都賣光了。這顯然不是由於書的本身起了什麼作用，因為我根本沒有名氣。

　　說起簽名本，我忘不了曾經有過的「收穫」。戰前在香港中區有過一間經營刺繡工藝品的店子，除了銷售杭州都錦生的產品之外，還附設一個書攤，賣的是新文藝書籍。有一次去看書時，在書攤裏一批軟面精裝的「良友文學叢書」中發見幾本作者的簽名本，其中包括茅盾的《煙雲集》，郁達夫的《閑書》，靳以的《蟲蝕》，我把它們買了下來。戰後重逢了在戰爭中隔絕多年的朋友張千帆，知道他也愛書，我便把上述的幾本書連同我自己蒐藏的別的作者簽名本送給他；另一本戴望舒詩集《望舒草》[1]，是把戴望舒寫給我的短信的署名剪下貼在扉頁上，作為簽名本送給他的。張千帆非常高興。我也為著能夠滿足朋友的興趣感到快樂。

　　在朋友中，張千帆真是簽名本蒐集者的典型人物之一。為著達到目的，他不

肯放過每一個機會。韓素音某次到香港的時候,他通過洪膺的關係,得到韓素音一本簽上名字的原著《生死戀》[2],使他喜出望外。六十年代初的某一年,巴金和冰心等訪問日本後回國,道經香港,張千帆特地去書店買了他們的作品,帶到午宴席上給他們簽名。在這方面,我承認比不上他的「心計」,極其量,我只是隨身帶個「紀念冊」,隨緣地請自己碰上的可敬的人簽個名字,或寫個題句而已!

翻開《五十人集》,張千帆在他的〈書櫥偶拾〉[3]一文中談到他的「收穫」時,有這樣的自白:

> 現在,我收集的作者簽名本已有一百多本,以數量來說還不算多,可是在我來說,這一份極為珍貴的精神食糧,它們已和我締結了深厚的感情。……

這一段敘述正好說明這位簽名本蒐集者的滿足心情,也可以想像出來他在成全自己目的的過程上付出了多麼大的努力!

叫人難過的是,張千帆已經在國內的大動亂時期中死去,他所珍惜的藏書和那一批簽名本不知道散失到什麼地方!我不期然地對於把一些簽名本送給他的舉措,感到幾分不應有的悔意。——因為我也有所損失!

注 —————————————————————————

1　戴望舒:《望舒草》。上海:現代書局,1933 年。

2　韓素音(Han Suyin,1917-2012),廣東梅州客家人,作家,原名周光瑚(Rosalie Elisabeth Kuanghu Chow),1949 年來香港,曾任職於瑪麗醫院,五十年代至文化大革命期間,韓素音曾多次訪問中國,作品有 *Love is a Many Splendored Thing*,改編成電影《生死戀》。

3　《五十人集》中並無〈書櫥偶拾〉一文,此文收入《五十又集》,作者署名「沂新帆」,據此推斷「沂新帆」應是張千帆的筆名。

第五章

1982 年

四〇年代的光與暗

本文原刊《大公報・大公園》，1982年1月9日，頁14。其後收入《向水屋筆語》。

不多日前，十多位來自國內的文學界前輩，在香港中文大學舉行現代中國文學研討會；並且同當地文藝人士座談。我有幸參加了這次難得遇上的盛會，聽到了前輩們和當地的先進學人宣讀他（她）們的專題文章（有部分是書面閱讀），獲益不淺。

這個研討會的主題側重四十年代中國文學的活動情況。四十年代是抗日戰爭、太平洋戰爭和解放戰爭集中的年代，對這一階段的文學工作加以回顧、檢討和總結，作為一項歷史紀錄，是很有必要的事。基於同一意義，我聯想起當年的香港。

香港不是重要地方，卻因為它所具有的地利關係，在文化戰線上發揮了一定程度的戰鬥作用。然而又因為某些政治條件的限制，它只能夠是戰鬥的「後勤基地」。至少它還算是個「乾淨土」，即使是暫時的。因此當日軍侵略的兇焰瀰漫大陸的時候，許多可以走動的進步文化人都跑到香港來，繼續拿起筆桿作武器；在艱苦生活中辦雜誌、出刊物。直至太平洋戰爭爆發，香港淪陷，他們才設法撤離香港，轉移到內地去。但是他們已經留下了火種！

在日本人統治下，香港的文化領域成了真空狀態。就是當地的文化工作者也紛紛離開，走不動的留下來也起不了作用。

直至大戰結束的一九四五年，四十年代已經過去一半，國內戰爭又打起來了。漫天風雨待黎明，國內的進步文化人又從四方八面來到香港。也是憑了地利關係，從事另一種政治意義的文化工作。他們除了出版《青年知識》[1]這一類刊物，還在當時的幾個報紙副刊上面投稿：如《文匯報》的〈文藝周刊〉[2]，《華商報》的副刊版[3]，《華僑日報》的〈文藝周刊〉[4]，《星島日報》的〈星座〉[5]……等都是他們發表文章的地方。此外，他們還出版了個人的單行本，如陳殘雲的《風砂的城》，郁茹的《遙遠的愛》，胡明樹的《初恨》，華嘉的《初陽》[6]，黃寧嬰的《潰退》[7]和蘆荻詩集[8]，黃草予的《清明書簡》[9]，黃秋雲的《浮沉》[10]，以及黃谷柳的《蝦球傳》等等，都是這時候面世的。這可說是四十年代最後幾年香港文壇最熱鬧的日子。

《文匯報・文藝周刊》第一期剪報

《文匯報・文藝周刊》第一期剪報

《潰退》書影

《旗下高歌》書影

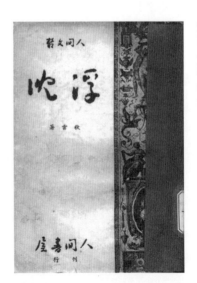

《清明小簡》書影

《浮沉》書影

但是隨著解放戰爭的勝利，來自國內的文化人都先後回去以後，香港文壇很快又換上另一種局面。原來的一股熱辣辣的空氣給另一股低沉的冷流所代替。不涉政治，逃避現實，是這時期的社會心態，反映到文化領域的現象，便是風花雪月的東西，而具體的表現，便是新鴛鴦蝴蝶派的章回體小說的抬頭。因為這類小說的內容是通俗的，是適應小市民口味的。這種趨勢發展到極端，便形成了新文藝作品不受歡迎，章回體小說大行其道。差不多每一份報紙的副刊版面，充滿的都是這類「作品」，同時也造成了不少這方面的「名家」。書店出版的，也多的是這類先在報紙上發表、後印成書的一厚冊一厚冊的單行本。

本來文學就是文學，體裁不過是作品的形式，不能說章回體小說不好。不少有主題有內容的章回體小說，同樣是有其一定價值的作品。但是四十年代末期香港所流行的章回體小說是怎樣的呢？不能否定它們中也有著成功的作品（事實上這方面作者中有著原來從事新文學，後來卻轉了方向的人），但是大部分寫的還是「隨筆式」的連載小說，每天一千幾百字，隨意所之，寫到那裏就那裏；小說沒有主題，沒有結構，更說不上技巧；只是一本人事紀錄的流水賬；作者只要每天收筆時在情節上賣個關子，牽住讀者追求的趣味，便是成功。有些「多產作家」，為了增加收入，每天寫幾家報紙的小說是尋常事。作者對讀者是不需負責任的。有過這樣的笑話：一位多產名家在晚上忽然發覺已經送出的稿子有錯誤：把甲報和乙報的小說人物互相調亂，急忙通電話到報館請求改正。……

這種情況，同當年把每天在廣播電台講的故事稱為「天空小說」[11]，把由「天空小說」改編的影片宣傳為「文藝電影」，同樣可笑！

這就是四〇年代香港「文壇」的一面！

注 ——————————————————

1 《青年知識》為半月刊，1946 至 1949 年共出版四十八期。呂達：〈記《青年知識》〉（刊《文匯報》，1985 年 9 月 6 日，第 21 版）提到：

「《青年知識》的主編是黃秋耘。……內容屬於綜合性，但文藝性質稿件佔的

比例頗大。這份刊物的最大特點並非其內容，而是通過它而聯繫了當時一大群青年文藝愛好者。」

2　〈文藝周刊〉1948 年 9 月 9 日創刊，至 1949 年 8 月 25 日停刊，共出版 47 期。初期由茅盾主編。

3　《華商報》〈熱風〉1946 年 1 月 4 日創刊，至 1948 年 8 月 24 日停刊。初期由夏衍主編，夏衍調回內地後，編務先後由華嘉和吳荻舟接任。

4　《華僑日報》副刊〈文藝〉於 1947 年 2 月 23 日復刊，至 1954 年 11 月 9 日停刊。編者主要為侶倫。

5　《星島日報》於戰後復刊，初期只出紙一張，副刊〈星座〉仍佔四分一版，由周鼎主編，1947 年由葉靈鳳負責。

6　此書只見於人間書屋的預告，未知是否有出版。

7　黃寧嬰：《潰退》。香港：人間書屋，1948 年。

8　蘆荻：《旗下高歌》。香港：人間書屋，1949 年。

9　書名應為《清明小簡》。黃茅：《清明小簡》。香港：人間書屋，1948 年。黃茅、黃草予即黃蒙田。

10　秋雲：《浮沉》。香港：人間書屋，1948 年，再版增訂本。

11　吳昊：《香港電影民俗學》（香港：次文化堂，1993 年，頁 47）提到：

「『天空小說』屬直播節目，講述者並無劇本，只有個粗略大綱，即時創作，隨意而為，一人分飾數角，旁述兼扮幾種聲音，實在需要很高的播音技巧及超卓才華。講述者甚至關掉直播室的燈，讓自己給黑暗包圍，使精神更能集中，感情更可投入。」

莫泊桑先生的教訓

本文原刊《大公報・大公園》，1982年1月16日，頁13。

莫泊桑的長篇小說《她的一生》的主人公若納，在經歷了重重打擊之後得出這樣的結論：「人生不是如人所想像的那麼好，也不是如人所想像的那麼壞。」這結論對於這裏所說的朱太太是同樣發生意義的。

朱太太是對婚姻感到失望的婦人。她冒昧地第一次去拜訪杜太太，為了要解答一個疑團。杜太太曾經是她丈夫朱先生的愛人，後來分了手，各自結了婚。朱太太想了解的問題是：當日杜太太為什麼要離開朱先生的呢？

「為什麼你要問起這件事來？」知道了朱太太的來意之後，杜太太好奇地問道。

「因為我精神上很痛苦，實在忍受不下去了。」

「為了什麼？是為了朱先生身邊的孩子威威嗎？」

「對！」朱太太的眼放出驚異的光，「你真聰明，杜太太，你一猜就中了。你省掉我一番說明，真好！」

事實上，杜太太的經驗，也是朱太太的經驗。杜太太就是為了朱先生身邊的孩子同朱先生脫離關係的。威威是朱先生前妻留下的孩子。這位前妻同朱先生感情破裂之後氣憤地跑掉，連孩子也不要；聲明不再回來；朱先生便同這唯一的孩子相依為命地過活。為了填補自己心靈的空虛，他碰上今天已經是杜太太的這個女人，而且維持了兩年的戀愛生活。

「那麼，你為什麼終究要離開他呢？」朱太太斤斤的抓住這一點。

「事情是這樣的。」杜太太坦白地說出來：「在我和朱先生相愛的兩年中，我常常發覺他的精神並不是全部集中在我身上，彷彿有些什麼先入為主的東西佔據了他的心。這種感覺不是一個戀愛中的女子所能容忍的。但是因為我愛他，我還是忍耐下去。

「後來，我的理智終於醒覺過來了，我開始注意他的為人。你也許不知道威威的母親是怎樣一個女人：她的剛強的性格和暴躁的脾氣，把本來是書生型的朱先生折磨得簡直消失了男子氣概。擺脫了那個女人之後，他算是有了改變，但是他的心理卻沒有改變。由於過去那女人給他的痛苦，已經把他的心理形成一種特

殊傾向，他自然而然地把全部的精神安慰寄託在自己的孩子身上。同時，為了這孩子自幼受過母親的暴躁對待，正和他自己所感受的精神痛苦是一致的，因此愈發加深了對那孩子的同情和溺愛，這便使我和他之間，不時發生不愉快的事情。

「有一次，在我和他約好了去外面玩的時間，他竟為著孩子的緣故臨時取消原約，毫不在乎的說句『對不起』，便把我送走。我當時很傷心。可是我並沒有埋怨那個孩子；我反感的只是朱先生。我開始對他有了一個新的認識，預感到兩個人的感情生活所潛伏的危機。我曾經質問過他。他坦白地承認了對自己孩子的溺愛，說他那樣做，是為了補償那孩子所缺乏的母愛。他認為這並不影響他對我的愛情，也不是愛自己的孩子比愛我更多些。不管這些理論通不通，我不能夠忍受卻是事實。朱太太，誰的眼裏容得下一粒沙子呵！

「自從那樣表白過以後，一切因那孩子而影響到兩個人愛情生活的事，都成為可原諒的理由了。我由反感而失望，由失望而悲哀。不過我承認我是仍舊愛著他的，因為我還未從他的態度上找出他不愛我的證明，我還不願背叛他。不過這只是時間上的問題，最後的日子是免不了來的了。

「由於同樣情形使我反感的次數太多，我和他終於因此發生衝突，而且一次比一次劇烈了。最後一次，他氣憤地說我不了解他；如果我因此不愛他的話，他寧願孤獨和孩子相依地過活下去。好啦，這不是說明了他可以不需要我了麼？我覺得自己簡直受到屈辱，以後便不再跟他見面，大家的戀愛關係也從此結束了。

「不多久之後，我碰上現在的丈夫杜先生。後來，我在報紙上看見啟事：朱先生和你結婚了。……」（上）[1]

注 ——————————————————————

1　原專欄此篇後未見有內容相近的文章，（上）應為誤排。

春節‧過年

本文原刊《大公報‧大公園》，1982年1月23日，頁13。

過了「尾禡」[1]，市面上的春節氣氛便日漸濃厚。儘管說社會經濟比過去要差，節還是要過的，人們依然得想辦法去點綴一下這一節令的生活面目。這是我們民族千百年來的歷史傳統。

把農曆新年稱為「春節」，無論根據氣候或是季節意義，都是名副其實的名詞；但是只有屬於知識界的人才高興在口頭上用這個名詞，在觀念上還是把「春節」當作「過年」的。至少對於「年晚」、「年花」、「年貨」、「賀年」這類與「年」有關的詞彙，都習慣掛在口邊。即使是純粹知識分子，到了舊曆十二月二十日以後，在提到日期的場合，也往往說「年廿幾」；而到了農曆正月開始時，便往往說「年初一」，「年初二……」，直到「初十」以後，「年」字才解除。

還有一種情況，在接近「過年」的一段日子，如果你細心注意一下，你會發覺有不少人的行動是很一致的：女人們忙著辦家庭生活的「年貨」，為孩子添新衣；男人們也一樣忙著購置衣物。走在街上，你會看到人們的手上總是挾著包裹或挽著手抽。這段日子，有不少人的精神狀態是恍恍惚惚，有如做夢，觀念上只有一件事：為了過年！

而最足以反映這種思想狀態的，是每當碰上某個要解決的問題時，一句慣常聽到的口頭禪便是：「過了年再說。」這無形中是說：問題事小，過年事大！

這一切都證明了在一般的觀念中，春節就是過年。這是社會環境形成的結果。也是牢不可破的一種習慣勢力！要把它根本轉移，真不是如人所想像的容易。

國民黨在「北伐」成功後，曾經宣告推行新曆（公曆），廢除舊曆（農曆）；甚至禁止過舊曆年。國民黨元老吳稚暉更發表過一篇洋洋大文：「用真憑實據證明舊曆應廢」。可是這種矯枉過正的做法沒有收到效果，結果只造成所謂「政府行新曆，民間過舊年」的諷刺現象。

曾經聽一個老太婆說過這樣「天真」的話：「新曆年有什麼好？只是一天就過去了。哪裏似得舊曆年這樣有意思！節目多，時間長，實在開心！」

事實也是如此。千百年來，中國人過年的繁文縟節的確不少，由「尾禡」直

到「元宵節」的過程上，都滿了包涵各具「意義」的事物，把節令本身點綴得莊嚴神聖。自然多半是無聊的。

事實上，抽去迷信部分的東西，農曆年的許多儀節中也有好些可取的部分，卻是值得保留的。如新年前的大掃除，粉飾居室，除舊佈新；新年時供養一些年花，添上一些生活情趣；親友之間互相拜年，交換一句良好的祝願；或者趁假期的空閒，約朋友茶敘一下，談談彼此的一年之計。……都是很有意思的事情。

我有個想法，既然農曆新年不能廢除，索性就讓它存在也不要緊，地球決不會因此停止轉動。世界上過兩個年的不止是中國人，有些國家——特別是一些新興的民族，不是一樣有它們自己傳統的新年麼？何況我們的農曆新年實際又是春節！

「新年快樂！」是一般人的口頭語，有不少的人會拿這個藉口，恣意的吃喝玩樂，來充實自己新年生活的內容，但這不是普遍現象，實際上是有著更多的人，同新年這字眼沾不上關係。他們也許在新年時候正遭遇著各種不同方式的災難，在惡劣的命運中掙扎求存。每天打開報紙便會看到，這些不幸的人們正圍繞在我們身邊。……

這篇小文見報之日，正是大除夕的前一天；在這裏，我只能把調子降得低些來表示我的祝願：

希望大家新年比舊年好！

注 ————————————————————

1　尾禡：農曆十二月十六日的最後一次禡祭。由每年二月初二開始（頭禡），每月二及十六日均有禡祭，又稱「做牙」，多為工商界舊例，拜祭土地神以求生意興隆。

新春走筆

本文原刊《大公報‧大公園》，1982年2月6日，頁13。

還有兩天，又是農曆正月十五日「元宵節」，按照一般的觀念，這是春節有關活動中最後一個高潮；過了這一天，新年便算是過去了。不過社會上仍然有一些人，對於過年是依依不捨的。我認識過一個朋友，是個懷舊思想非常濃厚的人；他對於舊日在廣州過年的往事念念不忘，提起來津津有味。他的過年感受是：「年卅晚」是最可依戀的，過年情緒達到了高峰；年初一、初二還有過年味道；年初三，過年氣氛開始淡薄了；感到有點惆悵；到了年初五，氣氛逐漸消失，惋惜時間溜走得太快；這時候覺得即使年初三還是可依戀的；到了年初九、初十，好像過年的樂趣全都過去了，沒法挽回，又覺得即使年初五也還是可依戀的。末了，到了新年完全過去，偶然看到街頭巷尾殘留的一些爆竹紙屑，依然會喚起一點點歡樂的回味。……

我不知道在社會上具有那位朋友的那種可笑「童心」的人有多少。但是我相信芸芸人海中總是有的，只在表現上有所差別而已。

「人日」那天，去郊區向老輩循例拜年，在巴士裏偶然聽到前面座位的兩個女孩子的對話：

「你家裏的油角吃完了沒有？」

「哪有這麼快？才是年初七呵！——你們的呢？」

「還不是一樣嗎？我媽這人真怪，她說，這些油器吃的時間長些，年便過得長些。多可笑！」

你看，這裏面說明了什麼？

這使我想起來，農曆新年一般家庭的習俗，高興在事前準備各種有關的食物來應節，原來是另有緣由的。那些東西本來是為了款客，實際上卻是自奉。因為過了年之後一段時間，它們還很受用。明知道這類食物不利於腸胃和衛生，可是人們還是樂意「享受」下去，因為這是一年一度的特定「口福」；平日少有這樣的機會。何況還可以把「年」留住哩！

其實這類庸俗的過年食物，在市面上可以用錢買到，但是有些家庭主婦卻高興自己動手製作。我知道在一些中上家庭裏，小姐們也喜歡參加這種玩意兒，大

家忙在一起，為的是要領略過年情趣。

我沒有上面提到的那位朋友那種迂腐頭腦，可是我卻喜歡在過年情趣中回味一下舊事。在這次春節裏，我感到高興的事情是能夠吃到「炒米餅」。這種炒米餅是「客家人」的特產，它在過年食物中早已遭到淘汰，現在只有郊區的鄉下人在過年之前製造了拿到市面上發售。我的家人就是在市面買來的。這種炒米餅的家鄉風味，把我帶回一個遙遠的記憶中去。

在我的童年時代，過年的食物並沒有像今天的多式多樣，一切的應節東西都是由家人自己動手造的。客家人的習俗，除了蒸年糕，便是造炒米餅。後者的工序比前者繁瑣得多。首先把米浸過水，晾乾，然後把它炒熟；最後把炒米用石磨磨成了粉。這是工作上第一個段落。另一階段的工作是把蔗糖煮成糖漿，用棍子把糖漿攪拌，使它濃度均勻，最後讓它冷卻。僅是這一連串工序，就得花上幾天時間。

造餅的時候，把米粉盛在大瓦盆裏，倒進糖漿同米粉揉合，然後捏成一個個粉團，分別壓進餅模裏。餅模是塊長方形木板，餅模裏面雕刻著各種圖案花式或是吉祥字句。用木槌子在餅背敲打到適當程度，才輕輕把成形的餅子敲出來，送到烘爐上面。⋯⋯由炒米以至烘餅的全部工序，都得掌握一定的分寸和技巧。在這方面，由農家出身的我的母親，可說是個「能手」。

每年造炒米餅的日子，照例是邀請鄰人們來分工合作的。到了另一家要造炒米餅的時候，同樣的幾個鄰人又到那一家去無條件地幫忙。這種互相協作的美德，在我的童年留下了很深的印象。

關於炒米餅，我還有一個很美的記憶。有過一年，我把一罐家裏造的炒米餅送給遠地一個我喜歡的女孩子。她來信道謝時告訴我一件趣事：當她母親把罐子打開的時候，竟然歡呼起來，因為出現眼底的第一個炒米餅刻的是這四個字：「天下太平」！

文集・郁達夫

本文原刊《大公報・大公園》，1982年 2 月 20 日，頁 16。

聽到這麼一個消息：香港三聯書店和廣州花城出版社合作，編印《郁達夫文集》和《沈從文文集》。計劃相當龐大：兩套文集各十二卷，每卷約三十餘萬字；每套約四百萬字。文集定今年春季開始出版，明年內全部出齊。這可說是出版界的一件盛事。

中國新文學的興起，不過五、六十年歷史；它有了今日的成績，是通過一番思想上的鬥爭和許多有志者的努力耕耘才獲得的。一些成功和有影響力的作家，他們的創作歷程，思想的發展和變化，以及反映在作品上的具體表現，包括創作風格、形式以至技巧，都有一定的軌轍可尋，足供後來者的借鑑、學習或研究，因此完整地概括一個作家創作生命的專集，便是很必要的「工具書」。

近年來，書店出現的作家「選集」很不少，不管內容是出自作家的自選還是出於書商主觀上的邏輯，其內容都應該是較有代表性的作品，作為欣賞或是學習，那是很好的書。可是在欣賞與學習之外，要進一步對作家進行鑽研，卻是不夠的。截至目前為止，這方面較完善的出版物，似乎只有《魯迅全集》[1] 和《郭沫若全集》。[2] 但是作為「五四」運動以後同樣具有代表性和影響力的作家如郁達夫與沈從文，我們還不曾有過一種系統地、全面地總結他們作品和文學事業的專集；這不能不算是一個缺陷。三聯書店和花城出版社毅然起來填補這個出版界的空白；而且聽說，與編印《文集》的同時，另編印郁沈兩氏的《研究資料匯編》[3]，贈送給《文集》訂購者。這不但滿足了愛好文學並且嚮往文學界前輩的青年人的要求，同時更為中國新文學歷史里程上添進一塊碑石。僅僅為著這一意義，便應該對兩種《文集》的出版人的精神與魄力表示敬意！

我開始愛好新文學的年代，已經是郁達夫和沈從文的讀者。兩人的作品風格是不相同的。由於個人的氣質關係，我較為偏愛郁達夫。也許這是因為在情感上有著溝通之處的緣故。我沒有忘記郁達夫的第一本小說集《沉淪》[4] 曾經給我多麼深刻的印象。雖然那些小說充滿一片灰色的情調，讀後叫人抑鬱不樂；但是他寫出了當日的中國青年在那個四顧茫茫的時代裏，思想上的苦悶以至生理上的苦

悶，他用著樸素的筆調赤裸地大膽地把那種現象
描畫出來，叫人感到共鳴。

有過一個時期，有人曾經把郁達夫稱作「頹
廢派」，因為貫串在他的作品裏的感情是不健康
的。他的小說主人公的行徑是浪漫不羈的：愛喝
酒，愛肉慾；但是他不是鼓勵人們這樣地過生
活，而是揭示充滿苦悶的現實社會裏一種人的典
型。這種人也包括他自己在內。

郁達夫自始就不是革命文學家，卻是一個忠
於自己的作家。他前期的作品往往帶有自傳性
質，他的小說常常隱藏著自己的影子。然而不能

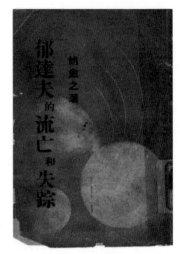

否認他的文學工作上仍然有它積極的一面，在從事創作以外，他做過不少介紹外
國文學的工作。他翻譯過盧梭的散文《一個孤獨漫步者的沉思》[5]，在創造社時
期，他就寫過關於十九世紀英國唯美派一群作者的文藝活動的長文[6]；這雖多少
是基於他的思想趣味的傾向，然而（假如我沒有說錯的話），他卻是在中國做這
項介紹工夫的第一人。

我個人最欣賞的，是郁達夫的坦率性格，他在文字上毫不隱諱自己的私生活
面目。在他的《日記九種》（一九二八年北新書局出版的《達夫全集》中的一冊）
裏，有部分日記幾乎每天記下他同王映霞戀愛中的親暱情況。這在別的人只能秘
密收藏的，可是他卻公開發表了。

不管人們怎樣看待郁達夫，他的人格卻是不能低估的。太平洋戰爭時期，他
流落東南亞，化名隱身在某個地區，寧可淡泊地生活也不肯為敵人利用。到了戰
爭接近結束時，終於因為他的真面目被發覺而遭到陷害。他成就了一個崇高愛國
者的榮譽！

胡愈之為記述郁達夫的最後日子寫過一本小書。[7]

注 ────────────────────────────────

1　魯迅紀念委員會：《魯迅全集》（20 冊）。上海：復社，1938 年。《魯迅全集》在 1949 年後多次修訂出版，較權威的是人民文學出版社 2005 年 18 卷本。

2　《郭沫若全集》（38 冊）。北京：人民文學出版社、人民出版社、科學出版社，1982 年。

3　陳子善、王自立編：《郁達夫研究資料》。廣州：花城出版社；香港：三聯書店香港分店，1986 年。

邵華強編：《沈從文研究資料》。廣州：花城出版社，1991 年。

4　郁達夫：《沉淪》。上海：上海泰東圖書局，1921 年。

5　郁達夫譯：〈一個孤獨漫步者的沉思〉，見《盧騷三漫步》。香港：人間書屋，1920 年代。

6　郁達夫：〈The Yellow Book 及其他〉（上），刊《創造周報》第 20 號，1923 年 9 月 23 日，頁 1-10。〈The Yellow Book 及其他〉（下），刊《創造周報》第 21 號，1923 年 9 月 30 日，頁 1-7。

7　胡愈之：《郁達夫的流亡和失蹤》。香港：咫園書屋，1946 年。

藝壇俯拾錄（一）

本文原刊《大公報・大公園》，1982 年 2 月 27 日，頁 16。其中第二、四至七則收入《向水屋筆語》。

一

郁達夫與王映霞的戀愛，是三十年代前後上海文壇上一件頗「哄動」的新聞。這件事所以成為當時的閒話資料，是因為這場戀愛中間還有一個介入的第三者。這個人是章克標。[1]

章克標是《金屋月刊》的主編人，也是作家。為著追求王映霞，他同郁達夫作過一場爭奪戰。他寫了一本題名《銀蛇》[2] 的小說，就是描寫這場戀愛鬥爭的故事。

郁達夫是勝利者。章克標失望之餘，憤然地向友人們發了一份通知書：「克標奉父母之命，媒妁之言……」回故鄉同另一女子結婚去。

二

提起郁達夫，不期然地想起另一個人——侯曜。[3]

侯曜也是在太平洋戰爭期間，日軍進攻新加坡時，在逃難中被日軍抓住而遭殺害的。

似乎還是二十年代，侯曜在商務印書館出版了一個舞台劇本《山河淚》[4]，寫的是朝鮮人民在日本帝國主義者壓迫下進行獨立運動的壯烈故事。這劇本在舞台上演出時，頗具感人力量。此外他還寫過別的什麼作品，不清楚。

抗日戰爭時期，侯曜在香港，從事粵語電影工作，拍攝「國防電影」。他的工作助手是他的太太尹海靈。[5] 侯曜導演的影片有一部《叱咤風雲》。影片放映時在觀眾口中卻成了「哪吒風雲」，侯曜為之氣結。

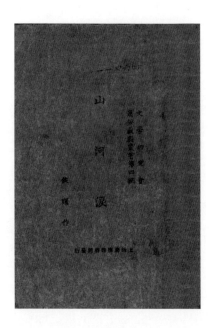

《山河淚》書影

三

戴望舒的戀愛進行是並不順利的。他的對象是一位漂亮小姐，——穆時英的妹妹。[6]

穆小姐不肯接受他的熱誠。癡心的戴望舒不肯罷手。在無法可想之中，他使出了詩人本色的手法，向對方求婚，終於贏得了勝利。

他的求婚方法是這樣的：一隻手拿著一枚戒指，一隻手拿著一杯毒藥。

四

這是黃谷柳說出的故事。

抗戰期間，作家碧野[7]有一次坐船到某地去。航程上無所事事，頗感沉悶。同船的旅客中有一位女孩子，天天埋頭看書。碧野冒昧地開口，向她借本書看，排遣寂寞。兩人因此結識了。

還書的時候，碧野問那女孩子還有沒有別的書可借，對方欣然地拿出另一本書遞給他，並且說：「這本書寫得很好！你拿去看罷！」

原來這是碧野寫的小說。

五

三十年代，上海文人中有個叫曾今可[8]的，提倡所謂「詞的解放運動」，並且示範地發表了他自己填的「解放」詞，其中「膾炙」人口的有這樣的句子：

「打打麻將，國家事，管他娘。」

上海某報曾有人為文嘲諷地說：「曾『今』可者，真今世之『可』人也！」

六

曾今可主編一本月刊名叫《今代文藝》[9]，主要是發表他自己的作品。傳說有這樣一個「文壇逸話」：

有一次，曾今可把一篇作品寄給魯迅，附了一封信說：這篇稿子本來打算刊在《今代文藝》，但因為《今代文藝》本期是「無名作家特輯」，所以轉寄魯迅，請求在魯迅主編的某雜誌發表。

魯迅把稿子退回，附了回信說：「很抱歉，敝刊也是『無名作家特輯』。」

七

　　謝冰瑩一九三五年由日本回國，道經香港時逗留了兩天，住在中環海旁一家旅店三樓。同行的是她的愛人維特。為著當時政治上的理由，她的行動是隱蔽的。她的名片印的名字是「謝彬」。

註 ─────────────────────────

1　章克標（1900-2007），浙江海寧人，作家，畢業於浙江省立二中後獲赴日留學，開始文學創作，二十年代回國後任教於杭州工業專門學校、上海立達學園、國立上海暨南大學理學院等，參與主編《一般》、《獅吼》、《金屋》、《論語》等，曾任上海開明書店編輯、上海時代圖書出版公司總編輯兼代經理，抗戰時期曾任《南京新報》主筆、《浙江日報》總編輯、代理社長等，五十年代後曾任上海少兒讀物出版業聯合書店出版部主任、浙江文史研究館館員等。

2　章克標：《銀蛇》。上海：金屋書局，1929 年。

3　侯曜（1903-1942），廣東番禺人，導演、編劇，畢業於國立東南大學，任上海長城公司編劇主任兼導演，後加入民新影片公司，三十年代來香港創辦文化影業公司，1938 年加入南洋影業公司，1940 年赴新加坡，1942 年被日軍殺害。作品有《海角詩人》、《西廂記》、《血肉長城》、《最後關頭》等。

4　侯曜：《山河淚》。上海：商務印書館，1925 年。

5　尹海靈，三十年代在侯曜身邊擔任學徒，協助導演及編劇工作，與侯曜聯合導演電影，1940 年與侯曜一起赴新加坡，1942 年被捕下獄，抗戰後繼續留在新加坡做電影編導工作。作品有《觀音得道》、《海外征魂》、《南洋小姐》等。

6　即穆麗娟（1917-2020）。

7　碧野（1916-2008），原名黃潮洋，廣東梅州人，作家，三十年代開始創

作，曾加入北平作家協會、泡沫社、浪花社等，抗戰時期任莽原出版社總編輯、文協成都分會理事等，五十年代後曾任中國作家協會駐會專業作家、新疆維吾爾自治區文聯委員、中國作家協會湖北分會副主席等。

8　曾今可（1901-1971），原名曾國珍，江西泰和人，作家，筆名有君荷、金凱荷等，二十年代末期到上海從事文學活動，創辦新時代書局，主編《新時代》月刊，提倡「詞的解放運動」，後赴日留學，回國後任職於浙江省審計處，抗戰期間曾任江西《政治日報》社長、《開平日報》社長、國民黨中央宣傳部中央文化運動委員會委員等。抗戰後以上海《申報》特派員身份往台北，主編《正氣月刊》、《正氣畫報》、《建國月刊》等，先後任台灣省通志館主任秘書、台灣文獻委員會主任秘書、中國文藝界聯誼會秘書長、副會長等。

9　刊物名稱應為《新時代》。

藝壇俯拾錄（二）

本文原刊《大公報·大公園》，1982年 3 月 6 日，頁 16。其中第十至十一則收入《向水屋筆語》。

八

曾被埃德加·斯諾寫進《西行漫記》的溫濤[1]，在到延安去之前，曾經在灣仔一間中學校教過幾年的書，和由南洋來的戴隱郎做同事；共同在業餘時間從事版畫的研究工作。戴是有家室的人，溫是獨身漢，兩人對生活態度不相同，但剛強的性格卻是一樣。尤其是溫濤，更具有藝術家的特別脾氣。某次，——也是僅有的一次，兩人不知為了什麼事情發生爭執而致衝突。感情激動的溫濤，抓起木刻刀就向自己的左臂拚命的劃一頓，弄得血漬斑斑，表示對這次事情永誌不忘！

兩人鬧翻以後，都離開香港，分道揚鑣。戴隱郎向南行，到南洋去；溫濤向北行，到陝北去。

九

香港第一本詩刊名叫《詩頁》，出版於一九三四年。那是幾個高興寫詩的青年人合作搞出來的。由於「不甘寂寞」，卻又缺乏出版條件（乾脆的說是沒有錢），只能由能力所及的人掏腰包，集資作印刷費，但是只印書頁，其他如裝釘、封面設計等是由自己加工去完成的。

這一群寫詩的青年是劉火子、李育中、張弓、易椿年、杜格靈、譚浪英、戴隱郎和「附驥尾」的侶倫……等。詩刊中除了發表詩作，還有短小的詩論。

《詩頁》的形式是頗別致的。把卅二開的紙度裁短成為方形，用大紅的土紙包裹封面封底，用黑絲絨線裝釘；封面左邊貼上印有「詩頁」二字的白色籤條。書頁之前加插一張用黃紙印的目錄。這一切都是人手加工完成的。全部只有三十多頁。

幾百本冊子沒有人發行，只好由幾個「詩人」分別送到書店和報攤寄售。

十

梅縣的文藝工作者廖子東，抗戰初期居留香港，住在九龍，用劉心的筆名在各報副刊上投稿，並且應聘為書店翻譯一些日文的有關中日問題的書籍，藉以維

持生計。後來回內地去參加抗戰工作，經歷了長沙三次大戰役。抗戰末期，在長沙一家報紙擔任總編輯；抗戰勝利後，寫了一本《中日八年戰爭回顧》。

廖子東有寫日記的習慣，在梅縣時已經寫著，旅居香港時也繼續寫，每天的記事寫得很詳細，從不間斷。他欣賞十七世紀以日記傳世的英國人皮普士（S. Pepys）[2]的成就。據說在梅縣時。詩人侯汝華常常因為忘記自己某日做過什麼事而跑去要求他查看日記，廖子東對於這一點是頗感得意的。更難得是他的豁達態度，並不因為在動亂時代沒有把握保存日記而氣餒。他認為他的日記縱使丟失了或是毀了也不要緊，「十年過後，又是一堆」（指他所積存的日記）。這是他的豪語。

有過這麼一樁趣事。那是廖子東住在九龍的日子，某天黃昏，他由外邊回家，當上樓梯的時候，幽暗中碰到一個陌生人迎面落下來，肩膊上扛著一捲東西。他好意地閃過身子給那人讓路。回到三樓住處的房間，他忽然發覺睡床空著。原來他的棉胎被偷去了。

十一

第二次大戰結束後，香港粵語影片的製作相當蓬勃。那時期的導演人中，洪氏兄弟是很活躍的兩個。但兩人的製作風格截然不同：洪仲豪[3]導演的全是民間故事或是由木魚書改編的劇本；洪叔雲[4]有文學修養，平時也能夠寫寫文章，他導演的卻是較講究藝術性的文藝電影。

一般人都知道洪氏是兄弟，卻很少人知道他們的長兄是中國有名的戲劇家——二十年代在上海大光明戲院裏，因抗議放映美國辱華片「不怕死」，登上舞台發表演說而轟動全國的洪深。[5]

注 ————————————————————————

1　參考本書上冊〈詩刊物和話劇團〉、〈記起溫濤〉，頁 36、47。

2　塞繆爾‧皮普斯（Samuel Pepys，1633-1703），英國作家，以其日記著名。

3　洪仲豪，原名洪濟，編劇、導演，二十年代於上海拍攝電影，與妻子錢似鶯創辦金龍影業公司，後受邵仁枚之邀來港協助天一港廠拍攝電影的工作，後天一港廠易名為「南洋影片公司」，洪仲豪擔任導演，亦曾任三興影片公司、中南影片公司、宇宙影片公司等導演。作品有《實業大王》、《李元霸》、《石鬼仔出世》等。

4　洪叔雲，編劇、導演，曾參與「華南電影導演聯誼會」，曾任南洋影片公司、三興影片公司導演，作品有《借屍還魂》、《郎情妾意》、《何處不相逢》、《千金一笑》、《大破銅網陣》等。

5　洪深（1894-1955），江蘇常州人，筆名有莊正平、樂水、肖振聲等，劇作家，早年赴美留學，二十年代回國後在上海從事戲劇活動，曾參與復旦劇社、戲劇協社、南國社等，曾任明星影片公司編導，創辦中華電影學校，三十年代加入中國左翼作家聯盟和左翼戲劇家聯盟，參與創辦《避暑錄話》、《光明》半月刊，抗戰時期參與戲劇界抗日救亡宣傳工作，五十年代事國際文化交流工作，作品有《洪深文集》等。

藝壇俯拾錄（三）

本文原刊《大公報・大公園》，1982年3月13日，頁16。其中第十四則收入《向水屋筆語》。

十二

由《南北極》的粗豪作風轉過來寫「新感覺派」小說的穆時英，在《現代》雜誌上連續發表他的作品。他的新感覺派作風在部分文藝青年中起過作用，受影響的大有人在（當年的黑嬰[1]便是其中之一）。

正當穆時英的作品受到重視的時候，《現代》編輯部忽然接到一封讀者來信[2]，指出穆時英的某篇小說的開頭部分是「抄襲」日本一位作家的；並且錄出日本作家的原文，作為對照。

這封讀者來信使《現代》的編者大感尷尬。但是在情勢上不能不把原信照樣在雜誌裏面登出。然後由編者出來講話。

穆時英自己對這件事的的感受如何，沒有人知道。編者當然就這件事同他有過接觸，才著筆寫編者的話。編者說：穆時英表示承認自己的疏忽，但那不是「抄襲」，而是由於對那位日本作家那段文字的寫法的喜愛，印象太深，因而不自覺地在自己的小說裏寫下來，云云。

十三

何家槐[3]因發表一個短篇小說〈貓〉[4]而受到注意，隨後也發表了好些小說，也出版了書。他與徐轉蓬[5]成為三十年代文壇新人之一。

一九三四年春天，上海一份刊物有個署名「文壇清道伕」的作者揭出一項不尋常的新聞[6]，說何家槐的小說有部分不是他自己寫的，而是徐轉蓬寫的。何家槐拿徐轉蓬的小說用自己的名字寄出去發表。前後已有了十多篇。現代書局還把這些小說編入何家槐的小說集裏出版。

「文壇清道伕」的揭發，立刻驚動文藝界。批評家韓詩桁在《申報》的副刊〈自由談〉上發表文章抨擊[7]，說這是文壇上的醜聞。並認為這件事《現代》的編者是應該知道的，意思是說編者有包庇之嫌。接著，一封由一群讀者聯名寫給《現代》編者的信，也就這個事件提出譴責，他們根據韓詩桁的說法，認為這件醜事的發生，《現代》編者應該負相當責任。

張稚廬

在眾議紛紜之中，《現代》編者立刻在自己的雜誌上發表聲明，澄清事實。他們說《現代》用稿一向以作品本身的好壞為標準，並不感情用事；他們退過徐轉蓬的稿，也退過何家槐的稿；何家槐把徐轉蓬被退回的稿改上自己的名字又改了題目轉寄別個雜誌發表，他們根本未注意到，因為：誰會逐篇地去讀每個雜誌的作品呢？……

另一方面，何家槐在事實面前，也寫文章自白 [8]，承認了自己的「過失」，並表明他這樣做，徐轉蓬是同意的。但是何家槐的這個表白，只說明了自己的行為不是「剽竊」，而是雙方「合謀」；卻抹不了個人事業上的污點。這真是文壇上的悲劇！

十四

香港第一本定期出版的文藝刊物《伴侶》，編輯人張稚廬是一位書生型的好好先生。他除了擔任編務之外，自己還在《伴侶》寫小說和雜文。他平日傾慕的作家是沈從文和廢名，因此他的作品頗受沈從文影響。他在上海光華書局出版的兩本小說——《床頭幽事》和《獻醜之夜》，都帶有沈從文的風格。也許因為傾慕的緣故，他為《伴侶》拉到沈從文的稿子。——《伴侶》發表過一篇分期刊出的小說〈居住二樓的人〉，便是沈從文的作品，用的是「甲辰」這筆名。

張稚廬在大戰結束後逝世。目前香港文藝工作者金依 [9]，就是張稚廬的兒子。

注 ─────────────────────────────

1　黑嬰（1915-1992），原名張炳文，又名張又君，廣東梅縣人，作家，筆名有黎明起、李奔、紅眉，生於印尼，三十年代就讀於暨南大學，並開始文

學創作，曾參加無名文學社，於《文學》、《無名文學》、《現代》、《太白》等發表作品，抗戰期間回印尼，任《新中華報》總編輯，印尼淪陷後被日本憲兵逮捕，抗戰後任《生活報》總編輯，五十年代回國任職於《光明日報》。作品有《帝國的女兒》、《異邦與故國》、《飄流異國的女性》等。

2　李今：〈穆時英年譜簡編〉（見《中國現代文學研究叢刊》，2005 年第 6 期，頁 237-268）提到：

「1933 年 6 月 1 日，在《現代》第 3 卷第 2 期『讀者的告發與作者的表白』欄下，同時發表了雪炎《致施蟄存》和穆時英《致施蟄存》信，以及編者《就雪炎、穆時英信附語》。北平一讀者雪炎揭發，穆時英《街景》的開頭部分，有偷竊嫌疑。他摘引了此段，與劉吶鷗譯《色情文化》中日本新感覺派作家池谷信三郎《橋》裏的末段，進行了對比，批評穆時英，一個受著廣大讀者熱烈歡迎的作家不應偷懶，欺騙讀者。穆時英為自己辯解說，《橋》的結尾一節的確給他留下了深刻印象，他寫作《街景》時，也的確突然想到這段描寫很適合開場的情調，但他沒有直抄，當時《色情文化》不在手邊，他是憑著自己的筆寫成了那段似是而非的文章。編者承認這兩篇文章有『類似之處』，認為穆時英自承的寫作辦法「到底是不足為訓」，讀者的評摘對於他『一定是有利無害的』，從而平息了這場不大不小的風波。」

3　何家槐（1911-1969），浙江義烏人，作家，筆名有永修、先河等，曾就讀上海中國公學大學部，後轉入暨南大學，三十年代加入中國左翼作家聯盟，曾於《新月》、《小說月報》、《東方雜誌》、《申報》等刊物上發表作品，參與《大美日報》副刊〈七日談〉、《時事新報》副刊〈青光〉及《每周文學》的編輯工作，抗戰時期參加戰地服務團輾轉各地，五十年代後曾任中國科學院文學研究所現代文學組代組長、當代文學組組長、暨南大學中國文學系主任、校黨委委員、廣東省文聯副主席等。作品有《曖昧》、《竹布衫》、《旅歐隨筆》、《寸心集》等。

4　何家槐：〈貓〉，刊《小說月報》，1930 年第 21 卷第 10 期，頁 1451-1462。

5　徐轉蓬（1910-），浙江蘭溪人，作家，曾就讀光華大學，後轉入暨南大學，曾於《新月》發表作品，作品有《下鄉集》、《炸藥》。

6　清道夫：〈「海派」後起之秀何家槐小說別人做的〉，刊《文化列車》第 9

期,1934 年 2 月 1 日。

7　韓詩桁應為韓侍桁。韓侍桁(1908-1987),本名韓雲浦,作家、翻譯家。韓侍桁:〈何家槐的創作問題〉,刊《申報‧自由談》,1934 年 3 月 7 日,頁 17。

8　何家槐:〈關於我的創作〉,刊《申報‧自由談》,1934 年 2 月 26 日,頁 17。

何家槐:〈我的自白〉,刊《申報‧自由談》,1934 年 3 月 22 日,頁 19;1934 年 3 月 23 日,頁 15。

9　金依(1927-2016),廣東中山人,原名張燮雛,後名張初,作家、編輯,筆名金依、芸芸等。抗戰後來香港,曾任職於《香港商報》。作品有《還我青春》、《大路上》、《怒海同舟》、《迎風曲》等。

藝壇俯拾錄（四）

本文原刊《大公報・大公園》，1982年 3 月 20 日，頁 16。各則皆收入《向水屋筆語》。

十五

五〇年代中期，新加坡出了一件轟動當地的「新聞界新聞」。一位某大報副刊的女編輯，因為反對報館負責人刪改她離職前所寫的一篇「告別讀者」文章，與對方發生衝突，在爭執中有人拿了紅墨水瓶做「作戰」武器，鬧得不可收拾，結果驚動了報館高層人士打「九九九」請警方到場解圍。這事在第二天成為當地各報的大標題新聞。

事件中的女編輯是殷勤。[1] 殷勤是大戰後由上海到香港來的。年紀很輕，卻頗有志氣；獨自一人在文化界裏闖天下。同時結識了些文化界朋友。初時，她在一家報紙上建立了一個小專欄寫短文，也寫小說；進一步把作品寄到新加坡的報紙發表，從而同那邊的文化界有了聯繫。並且代替那邊的報紙向香港的文藝界朋友拉稿。就是憑了這樣一個「基礎」，她應聘到新加坡去，擔任了那家報館的副刊編輯。在上任之前，在那家報紙上被吹噓是「南洋的第一個女編輯」。

至於原先那麼推崇，為什麼後來又鬧翻了要離職，以致鬧出那麼一場風波，內情不大清楚。所知道的是，她離開那家報館後還留在新加坡進行其他文化事業的活動，有計劃籌拍自己寫劇本的電影，但是沒有成事。後來去了日本，憑著她在新加坡出版了的幾本小說這筆「本錢」，贏得東京一部分日本文化界的歡迎和接待，報紙上稱她是「中國女作家」。不久之後，聽說她移居美國去了。

殷勤去美國後曾回過香港，但是沒有找朋友，倒是曹聚仁見過她。曹聚仁說，他是在尖沙咀街上偶然遇上她的，他幾乎認不出她來：因為她經過整容，樣子都改變了。真是女作家的「珍聞」！

十六

北伐時期，中國的戰爭小說極少。這方面的作家，除了孫席珍[2]、祝秀俠[3]，似乎只有黑炎。

黑炎是廣東人，一九二九年以一本題名《戰線》[4]的中篇小說在《小說月報》發表而引起注意。這本小說是作者親歷戎行之後，以戰爭為題材寫成的。小說刊

完後，由上海現代書局印單行本，受到好評。

除了《戰線》，黑炎似乎沒有再寫什麼較長篇的作品，也沒有人知道他在哪裏。為了生活，他做過海員，做過店員，也在九龍倉做過勞工。他的為人沉默而又純樸，不愛應酬。

抗戰前，葉靈鳳由上海寫信託香港的朋友找尋黑炎的下落，為的是向他要稿。但是無從找到他。

一九三四年夏季，香港《南華日報》副刊舉辦的「文藝茶話會」，因一點小事和《大眾報》副刊掀起一場筆戰，在拉鋸狀態下相持了一段日子，雙方都感到意氣之爭沒有意義，卻又不能罷手。為了息事寧人，《南華日報》副刊編者主動給不認識的《大眾報》副刊編者任雅谷寫信約會，為的是協議「休戰」。雙方會面商談的時候，才知道任雅谷原來就是黑炎。

十七

木刻家溫濤為人脫略不羈，卻是個具有多方面才能的人，他在延安的時期，搞音樂、舞蹈和戲劇，同樣有聲有色。抗戰剛剛結束，他就離開延安到香港來。他出版了一本關於傀儡戲研究的書。[5] 後來離開香港回梅縣故鄉去，據說中途因胃潰瘍發作逝世。

溫濤在上海美專唸書時，與畫家周多是同學，一同住亭子間。有一次在落雪

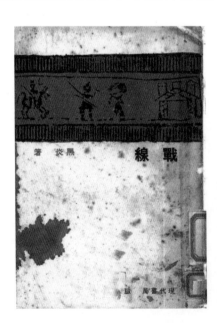

《樂園的創造》書影

《戰線》書影

的早晨，因內急醒來，天氣非常寒冷，他矇矓中抓了一個器皿便就地解決，事畢上床再睡。周多起床之後，氣得大跳：原來溫濤信手拈來的器皿竟是周多的漱口盅。

十八

六十年代在香港熱心推動文化工作的張千帆，在生活上是個忙人。某次，他拉著《文藝世紀》編者夏果作伴，同去參加一個酒會。到目的地時，會場冷冷清清，沒有開酒會樣子。他感到奇怪，掏出袋裏的請柬看清楚：時間地點都沒有錯，只是日子錯了——開酒會是昨日的事，他遲來了一天。

注 ————————————————

1　殷勤，原名殷正懿，山西人，三十年代開始創作，抗戰後從上海到香港，在南洋報刊《中國報》、《星洲日報》等發表作品，五十年代赴新加坡，主編《南洋商報》和《南方晚報》副刊，參與創辦《天方周刊》，後移居美國。作品有《末路》、《叛徒》等。

2　孫席珍（1906-1984），原名孫彭，浙江紹興人，筆名有丁非、丁飛、明琪等，二十年代開始創作，參與綠波社，編輯《京報文學周刊》，三十年代參與中國左翼作家聯盟、北平作家協會，抗戰期間輾轉各地，抗戰後曾任教於河南大學、南京大學、浙江師範學院、杭州大學中文系等。作品有《花環》、《戰爭中》、《戰場上》、《外國文學論集》等。

3　祝秀俠（1907-1986），原名祝庚明，廣東人，筆名有秀俠、佛朗等。

4　黑炎：〈戰線〉，分三期在《小說月報》1931年第22卷第10期至第12期刊登。1933年上海現代書局出版單行本。

5　溫濤：《樂園的創造》。香港：文化供應社，1947年。本書包括四個木偶戲劇本。

藝壇俯拾錄（五）

本文原刊《大公報・大公園》，1982年3月27日，頁16。其中第二十、二十二至二十四則收入《向水屋筆語》。

十九

一九七四年十二月，有一條紐約電訊報道一項消息：一個由香港移民到美國的女作家，在紐約遭遇車禍，被一輛汽車撞倒受傷，右腳破碎，在醫院接受了手術，情況穩定。

報道說，傷者四十歲，在中國大陸出生，年青時在香港做過新聞工作，是短篇小說作家。十六年前移居美國。她目前正在寫一本書，內容敘述中國、日本和蘇聯在遠東的歷史角色，云云。

從報道中提及的傷者名字的譯音，以及個人的略歷和移民美國的年期推想，我有理由相信這個人是殷勤。

憑當時說的「情況穩定」，後來又沒有進一步的任何消息，想來人還是活著的。只是不知道她寫著的書完成了沒有？

二十

已故的香港華革會要員潘範菴，生前曾開過小書店，也曾廁身於工商界和法律界，做過好些有益於社會的事情。三十年代前後，他更是香港新文化工作的推動者，當他擔任當時的《大光報》副刊編輯的時候，提擢了好些文藝青年。他寫過小說，沒有印書。只出版了一本雜文《飯吾蔬菴隨筆》。[1] 這是香港出版的第一本雜文單行本。

雖然年紀較大，潘範菴卻高興同年青人打成一片，無論旅行或是什麼座談會，他都參加一起。在一次聚餐會上，他拿出一個在當時年青人中流行的「紀念冊」，給大家題字。有人一時間想不出寫什麼，便打趣地在冊頁上題了四個字：「名留千古」。另一個人索性寫著：

「《飯吾蔬菴隨筆》已出版。每本三角。各書店有售。」

二十一

潘範菴主編《大光報》副刊的時候，有個時期逢星期六日另闢一角發刊一欄

〈文藝茶話〉，專門刊登一些文藝界的「逸話」，三幾行字一則，輕鬆活潑，富趣味性。香港報紙的副刊版上，至今還未見到有同類風格的設施。

二十二

三十年代，香港文藝界中有個「典型」人物何某，為人不修邊幅，放浪不羈，自以為這才是文學家風度。他崇拜郁達夫，模仿《沉淪》式作風寫小說。但是自我宣傳的文字多於作品。他不時製造個人消息，吹噓他的某本著作已經寫到多少字數，什麼時候可以完成。可是永遠不見他的巨著面世。這個人生活上吊兒郎當，在朋友間靠打秋風過日子，使得朋友們不勝其煩，可是又沒法擺脫他的纏擾。

某次，何某習慣地到當報館編輯的朋友A君住處過夜。A君當夜班，遲睡遲起。翌日醒來時，何某已經離去。A君突然有所警覺，急忙檢查一下自己掛在壁上的外衣，發覺衣袋裏一張十元鈔票失了蹤。代替鈔票的是一張字條，寫的是：

「永別了，好友。」

二十三

《伴侶》雜誌在出版過程中，曾經通過徵文出過兩個「專號」。一個是「初吻專號」，文章寫的全是青年人的初吻經驗。另一個是「情書專號」。這個專號簡直是一批情書的展覽。但內容可不是全都甜蜜的；辛酸苦辣，無所不有，全是出自情男情女的手筆。兩個專號的文字附有插圖，連同專號的封面設計，都是司徒喬的製作。

二十四

西洋畫家李鐵夫[2]，一生從事美術工作，藝高望重，贏得藝術界人士的尊敬。李鐵夫戰前居留香港，雖然年高，身體卻很矯健，經常穿著洋服，提著手杖，到處走動。他生活淡泊，獨自一人住一間樓房。但是他不怕匪徒光顧，每天出門時，門外一連串扣上七把大鎖，門板上貼有一張「告示」：

「中國大偵探住宅」。

注 ————————————————————

1　書名應是《飯吾蔬菴微言》。

2　李鐵夫（1869-1952），原名李玉田，廣東鶴山人，畫家，早年赴英美留學，三十年代來到香港，五十年代回內地，任華南文聯副主席，任教於華南文藝學院。

藝壇俯拾錄（六）

本文原刊《大公報‧大公園》，1982年4月3日，頁16。其中第二十八則收入《向水屋筆語》。

二十五

上海聯華公司最盛時期，曾經參與《天倫》[1]、《大路》[2] 等影片演出的演員羅朋[3]，在三十年代中期，應香港一家影片公司邀請，由上海到香港來擔任一部影片的主角。在逗留香港期間，他同該公司的編劇人 L 君是很相投的朋友。一次星期日休假，兩人過海去香港玩一天。在碼頭外面，羅朋發現地上有一張摺住的鈔票，他拾起來一看，是十元面額的，禁不住有點意外的喜悅。他問 L 怎麼辦？

L 的意見是：按照法例，拾到東西應該送交警署，等待失主認領。但是一個人丟失了十元，決不會去報案，因為鈔票沒有標誌可作失物的證明。所以送交警署，實際上只是一種手續。

羅朋覺得也是道理，想把那張鈔票放進衣袋。可是轉念間，又擔心拾鈔票時不知道有沒有旁人看見，下文難免有麻煩。他只好讓鈔票捏在手裏，拉著 L 向警署方向走。準備察覺有人跟蹤時，索性進警署「報案」，沒有人跟蹤呢，算數！

事情的結果是，演了一幕戲之後，那張鈔票還是放進衣袋的。

在三十年代，十塊錢的銷費不是很小的數目，兩個人飽吃一頓，還可以看一場電影。

二十六

黃谷柳戰前初到香港時，在《循環日報》[4] 工作。他和當日的《東方日報》[5] 編輯麥思源是「新聞學社」同期畢業的同學，雙方友情很好。兩人在報館的工作都是夜班。每天下午空閒，經常相約了一同逛街；在皇后大道和德輔道兜圈子；看商店窗櫥，談閒話，成了消遣的習慣。某次，在這類「馬拉松」散步中，兩人卻有點各懷心事的樣子，不時看手錶。在愈走愈遠的時候，黃谷柳一句「我有事」，就撇下麥思源轉身便走。

半個鐘頭後，黃谷柳進了娛樂戲院，一眼就望見麥思源已經先一步坐在那

裏。麥思源也見到了他。兩人忍不住會心地笑出來。其實兩人都預先買了戲票，卻不好意思讓對方知道。

二十七

葉靈鳳前妻郭林鳳，在上海用「南碧」筆名發表小說，她和同是寫文章的歐查（當年廣西政要黃紹竑的姪女）是很要好的朋友，常常走在一起。有一天兩人並肩坐在電車上，一面吃著小食一面熱烈地談天。售票員來到面前，搖著打孔鉗示意買票。郭林鳳在忘形中把手上的小食向售票員遞去。旁邊的乘客都哄笑起來。

二十八

一九四〇年左右，粵語電影非常蓬勃的時期，香港中區的思豪酒店二樓茶座，是電影界中人聚會的地方。幾乎每天都有導演、演員和製片人集中在那裏，討論拍片大計和閒談有關事情。在那樣熱鬧的場合中，不知道什麼時候加入了一位儀表斯文的不速之客。這個人很快就同那些電影人混得很熟，成為他們中之一員。事實上他對於電影界的人和事是非常清楚的，所以大家都很談得來。沒有人對他有什麼疑惑。

太平洋戰爭爆發，香港淪陷。思豪酒店的「雅集」解體了。那位不速之客露出了真面目：他換上軍服。他不是電影界的人，而是 —— 潛伏已久的日本特務！

這個特務活動的對象是電影界。他要開展的工作是集合一批有分量的演員為「大東亞共榮圈」服務，首先拍攝一部對日本軍國主義者歌功頌德的影片。

所有同那位不速之客有過交道的男女演員都感到麻煩。他（她）們的思想和言行資料都已經掌握在那個日本特務的手中。

於是人人都在想辦法擺脫羅網，千方百計的離開香港逃向廣州灣，然後開始度著三年多的江湖賣藝的流亡生活！

注 ————————————————————————

1　《天倫》，羅明佑、費穆導演，主要演員有尚冠武、林楚楚、陳燕燕、黎灼灼等，1935 年上映。

2　《大路》，孫瑜導演，主要演員有金焰、陳燕燕、黎莉莉等，1934 年上映。

3　羅朋，演員，生平不詳。

4　《循環日報》是香港第一份華人資本、華人主理的報紙，由王韜創辦，1874 年 2 月 4 日創刊。分新聞版、廣告版和政論，政論多由王韜主筆，鼓吹變法自強，《循環日報》曾出版《循環月刊》及晚報，1947 年停刊。1959 年曹聚仁、林靄民恢復《循環日報》，至 1960 年停刊並改名為《正午報》。

5　楊國雄：〈陳雁聲和《東方日報》〉（見《香港戰前報業》，頁 254-279）提到：

「《東方日報》（The Eastern Daily Press）於一九三一年五月二十八日創刊，社址在荷李活道三十八號，督印人是周少穆，……主筆撰寫社論由特因擔任，其他主筆有李伯鳴，……一九三六年，《東方日報》亦由曾任福建省黨務指導委員會書記長及前廈門民報社長賴文清擔任主筆，總編輯為陳雁聲，雁聲在《東方日報》任職時間最長，從一九三一年五月二十八日該報創刊直至一九三八年結業時仍為總編輯。其他重要編輯有麥思源、陳武揚和黃漢聲等。……最後該報於一九三八年七月十四日停刊。」

藝壇俯拾錄（七）

本文原刊《大公報・大公園》，1982
年 4 月 10 日，頁 14。其中第三十至
三十二則收入《向水屋筆語》。

二十九

一九四二年，當日軍佔領香港以後，一群粵語電影演員被日本特務監視著要他（她）們拍片的時期，在華南影壇上名氣響亮的吳楚帆[1]，是最感威脅的一個。像別的演員一樣，他不甘心為敵人利用，決心要逃出「虎口」。為了找個理由，他製造一個「婚變」故事：說是夫婦失和，感情破裂，他的太太要和他分手；在這戰爭時期，自己竟碰著家散人離的打擊，他精神上十分痛苦。在萬念皆空的時候，他什麼事情也不能做。他需要到別的地方旅行一下來排遣愁懷。……他準備拿這個無可奈何的「苦衷」向那個日本特務作一個書面的表白。

為了使這份「陳詞」的內容寫得「真實和動人」，吳楚帆邀了他的一個從事寫作的朋友到他的家裏，閉門研討了一整天。最後，由這朋友作「代筆人」，把那封「陳詞」的長信寫好。

那封告別信寄出去的時候，吳楚帆已經在逃亡的路上了。他的太太黃笑馨沒有同行（後來兩人事實上也分了手）。

三十

香港第一次由小說改編劇本的粵語影片是《紅巾誤》。[2]那是接近太平洋戰爭時期的事。

《紅巾誤》是一本新章回體小說。作者「傑克」，是報界前輩黃天石的筆名。[3]

《紅巾誤》影片的女主角是後來在粵語影壇上享有盛名的白燕。[4]而《紅巾誤》是她初上銀幕的第一部片子。

三十一

把一個作家形容為「豬肉佬」，是十分不敬的事。不過這個形容詞如果傳到曹聚仁的耳中，他是不會生氣的。曹老是個好好先生，他的態度平易近人；講話細聲細氣，還帶一點女性語調。這樣的人決不會當面罵人。

他矮矮胖胖的身材，短短的頭髮，衣著隨便；看上去像個肉檔上的販子。這是曹聚仁的形象。但是見過他當戰地記者時期照片的人，對他都有過洋服革履、儀表莊重的印象。

曹老戰後來了香港，生活態度才大大改變。特別是六十年代以後。他習慣是冬天穿洋服或灰色棉袍，夏天穿夏威夷衫和短褲。走在街上，總是挽著個雞皮紙袋，裏面放了幾份發表他的「專欄文章」的報紙、雜誌，以及他要送往報館的稿件。有個時期他住在尖沙咀諾士佛台，每天早上親自到市場買小菜，自己燒飯。

曹聚仁寫作有個特點，他使用原稿紙，卻從不依格寫字，每一行都是一連串直落，字與字之間分不清楚；這使排字工人很感頭痛。據說有個別報紙，特地指定一個熟悉他的字體的專人為他的文章檢字。

三十二

詩人柳木下性情有點孤僻。由於單純靠寫詩維持不了生活，近年來已經轉行做文化生意：他經常跑舊書店，搜購一些偏僻的書籍，然後找尋買主，轉賣給需要那種書的人。

儘管生意有青黃不接的時刻，可是他不缺乏生活方法。有一次，他包裹著一對皮鞋去找一個寫小說的朋友。他說這對皮鞋是嶄新的，他不需要穿著；與其貨棄於地不如物盡其用；所以要求這朋友試穿一下，看是否適合。……

這朋友接受了「好意」，詩人的話還有下文：「這對皮鞋是英國貨，料子很好，我在上海的時候花了八十塊錢買來，現在算作五十元好了；我上次欠你二十元的債，你此刻付我三十元就恰恰好啦！」

三十三

黃曼梨[5]愛好文學。戰前，聽說她曾經對雜誌上的一篇小說流淚讀了三遍。這事使她的妹妹黃曼珠感到奇怪。她也拿那篇小說讀一遍，同樣受到感動。為了滿足好奇心，黃曼珠竟然在一個晚上，悄悄的坐了手車到那篇小說所寫的尖沙咀地區，去找尋小說女主角所工作的那家咖啡店。結果白走一遭。

黃曼梨後來知道了這件事，不禁失笑起來。

那篇小說寫的是一個咖啡店女侍的悲劇故事，題名是《黑麗拉》。

注 ——————————————————————

1　吳楚帆（1910/1911-1993），原名吳鉅璋，演員，三十年代加入上海聯華影業公司，香港淪陷期間參加明星劇團，在廣州灣、越南等地演出。抗戰後回香港，曾任華南電影工作者聯合會監事、理事、會長、顧問等職。五六十年代參與創辦中聯影業公司、華聯電影公司、新潮影片公司，晚年移居加拿大。曾參演《家》、《春》、《秋》、《寒夜》、《危樓春曉》、《人海孤鴻》等。

2　電影《紅巾誤》由傑克同名小說改編，宋儉超導演，主要演員有白燕、鄺山笑、馮峰等，1940 年在香港上映。

3　以下刪去原文數句：「他是由原來從事的新文藝工作而轉過來寫新章回體小說的。據說因為在報紙發表時讀者多，所以製片家買了版權拍電影。」

4　白燕（1919/1920-1987），原名陳玉屏，廣東惠州人，演員，三十年代加入國際影片公司，五十年代參與創辦中聯影業公司、山聯影片公司等，曾參演《豪門夜宴》、《寒夜》、《人海孤鴻》、《可憐天下父母心》、《瘋婦》等。

5　黃曼梨（1913-1998），原名黃文素，又名黃曼麗，廣東中山人，演員，三十年代加入聯華影業公司香港分廠，曾與其他女演員組成「十二金釵」，曾任華南電影工作者聯合會理事長，五十年代參與創辦中聯影業公司，七十年代任無綫電視、麗的電視藝員，曾參演《人海淚痕》、《人生曲》、《家》、《危樓春曉》、《原野》、《瘋婦》、《慈母心》等。

藝壇俯拾錄（八）

本文原刊《大公報・大公園》，1982年4月17日，頁16。

三十四

曾經在歐美社會引起過爭論、一變成為「禁書」的 D. H. 勞倫斯名作《查泰萊夫人的情人》[1]，一九五二年出現了中文的全譯文（版權頁印的出版地點是日本京都。譯者署名岡田櫻子）。[2] 一九七七年，香港文藝書屋也出版了艾芬譯的另一個中文譯本。似乎最先把勞倫斯這部作品介紹到中國來的是一九五二年的那個譯本了；卻不大有人知道，早在一九四〇年，香港已經有人在翻譯這本書。譯者是林夢白。

林夢白原名林永鴻，夢白是筆名。他是當年《華僑日報》文藝副刊〈華嶽〉的編輯。同時也是個文藝工作者。《查泰萊夫人的情人》的譯文作為連載小說刊在那個副刊上面。他翻譯這個作品是頗為大膽和慎重的；刊出之前曾對勞倫斯作了一番介紹。譯文一直發表到太平洋戰爭爆發，報紙的出版受到戰爭影響才中斷。

林夢白在香港淪陷後回廣州老家去。他平日身體不大健康，還患上心臟病。一次出外的時候，碰上空襲警報：盟軍飛機轟炸日軍佔領的廣州市。林夢白跑到騎樓底躲避。炸彈就在附近落下來，他受驚過度，立刻倒地死去。那時候他還只是三十歲左右。

戲劇家胡春冰[3]，長時期在華南從事戲劇活動。無論在劇本的創作、戲劇介紹或戲劇理論方面，都做過不少工作。有不少年青的戲劇人才在他的扶助下成長起來。胡氏中年後為頑疾所苦——甲狀腺腫瘤纏擾著他。他因為做過手術，以致腮部也變形。

五十年代中期，他再進醫院去接受一位某國醫學專家做治療手術，結果見到成效。胡春冰非常高興。出院後寫了一份敘述這次手術經過的文字，影印出來分別寄給朋友們：告慰別人，也表示了自己的喜悅。

但是很遺憾，這次的「成效」維持了不多久；胡春冰終於因為這一頑疾的變化而不幸逝世！

三十五

　　盧敦進入電影界之前是從事話劇工作的。他是中國戲劇家歐陽予倩的學生。在三十年代,他和李晨風、李月清、吳回、高偉蘭……等組織了話劇團,在廣州和香港演出過好些有名的劇本,在華南戲劇運動中起過一定的作用。

　　在他們上演的戲劇中,最被欣賞的一部是改編自小仲馬小說的《茶花女》。那時期盧敦還年青瀟灑,他扮演男主角阿芒;高偉蘭扮演女主角瑪格麗特。由於演技成功,感動了觀眾。這一對舞台上的「最佳拍檔」,後來在實際生活上結成了夫婦。

三十六

　　三十年代,發生在中國文壇的一場左翼作家與「第三種人」的文藝論戰中,以蘇汶的署名為「第三種人」應戰的杜衡[4],在中日戰爭時期曾到香港居留了一段日子。據他自己說上海的生活環境太紛擾,沒法集中精神寫作,非換個工作環境不可。他夫婦倆在雲咸街租了個地方住下,大部分時間都在執筆。很快地把計劃中的書寫完。他的一本列為「良友文學叢書」的小說《漩渦裏外》[5],便是在香港時寫成的。

三十七

偷書的人被稱為「風雅賊」。雖然這種行為不應該鼓勵，可是這種行為的本身，帶有風雅意味，如果偷書只為了滿足個人的求知慾，則抽掉商業意義，還是情有可原的。所以偷書事件不會少，但是能成為「案」去辦理的卻不多見。記憶所及，戰後時期，見於新聞報道的有過一宗。一個青年在書店裏偷去一本新出版的小說《無盡的愛》，被書店的人抓住，告上了法庭。由於人贓並獲，偷書的無話可說，結果法庭只判處償還書價，儆誡了事。

同樣的情形，我覺得當年上海的做法是較為文明的。某家書店因為頻頻失去書籍，它採用消極辦法對付，貼出告示警告「風雅賊」不要亂來。把「打書釘」者的嫌疑形跡寫出示眾。其中有這樣的幽默詞句：

> 作家穆氏時英，時常摸手摸腳；
> 尚有影星王瑩，亦曾有此一著。

注 ————————————————————————

1　D. H. Lawrence（1885-1930），英國作家。《查泰萊夫人的情人》（*Lady Chatterley's Lover*），1928 年出版。

2　岡田櫻子譯：《查泰萊夫人的情人》。京都嵐山區：汎亞堂，昭和 27 年（1952）。此書的譯者姓名和出版社名稱、地址、定價（500，似為日圓），都令人以為與日本有關，但另一版本的發行者地址卻是九龍煙廠街。相信譯者和其他資料均為偽冒，以逃避「禁書」法律責任。

3　胡春冰（1907-1960），紹興人，戲劇家、學者。1937 年曾任《中央日報》總編輯，1949 年來香港，從事話劇工作，參與中英學會中文戲劇組，作品有《現代中國戲劇選》、《兒童戲劇選》、《世界戲劇選》等。

4　杜衡（1907-1964），原名戴克崇，浙江杭州人，作家，筆名有蘇汶、蘇

文、白冷等，二十年代與戴望舒創辦《瓔珞》旬刊，後又與施蟄存等合辦《無軌列車》、《新文藝》、《現代》等。抗戰時期來港，任《國民日報》主筆，後赴四川任職於南方印書館及《中央日報》編輯主任，1949年隨《中央日報》到台灣，先後任《徵信新聞報》、《新生報》、《聯合報》、《大華晚報》等報社主筆。作品有《石榴花》、《漩渦裏外》、《懷鄉集》、《文藝自由論辯集》等。

5　杜衡：《漩渦裏外》。上海：良友圖書印刷公司，1944年。

藝壇俯拾錄（九）

本文原刊《大公報・大公園》，1982 年 4 月 24 日，頁 16。其中第三十八、四十則收入《向水屋筆語》。

三十八

有「中國影壇上第一個武俠片導演」之稱的任彭年 [1]，在中國電影的前期就開始導演武俠片。[2] 他的太太鄔麗珠 [3]，是中國早期的武俠片女主角。他的女兒，就是六十年代香港鳳凰影片公司的女導演任意之。[4] 她走的可不是她父親的老路。

三十年代末期，任彭年由上海到香港來，投入邵邨人主持的南洋影片公司 [5]，仍是導演武俠片。但是他本人不長於編寫劇本，必須有人供給劇本，他才能拍片。他對劇本的要求是：內容必須有「武打」，否則不成其為武打片；「武打」越多越好，場面才夠熱鬧。故事情節只屬於次要地位。……這個任務在被指定執筆的編劇者卻感到為難。構思一個故事是並不困難的，只是武打如何打法，卻是編劇者常識以外的事。他們拿這個難題向任彭年提出來。任彭年回答得非常簡單：

「不必擔心，劇本寫到要打的地方，只要加上注明，我自然會處理的了。」

這樣一來，編劇者如釋重負。於是凡屬任彭年的劇本便有個公式，每寫到某些階段，就出現四個字：「大打一頓」。讓任彭年去大顯身手。

三十九

前上海聯華公司演員羅朋，太太是日本人。他應聘到香港來擔任《時代先鋒》[6] 一片的主角時，太太留在上海租界。雙方只憑通信互訴離情。羅朋對於他的日籍太太非常傾心；他私下裏對平日接近的朋友透露私話，說他的太太對他多麼體貼入微：她在通信中居然對他說，如果他在香港偶然感到生活上的寂寞，他不妨自己去找尋異性的安慰，她不會介意；但重要的是顧全清潔，緊記帶備保險的「用具」。……

中日戰爭開始以後，羅朋非常苦惱。在國籍上，夫妻之間已經是敵人。公誼私情的矛盾使他內心感到痛苦。形勢的發展不知道會在他的夫妻關係上帶來什麼麻煩。他因此在煩惱中過著日子。對於這種沒有前例可援的情況，即使平日最接

近的朋友，也沒有辦法開解他。

在這個境地，羅朋所能做的只有一件事情。他每晚在自己的住處關起門來，把日籍太太寫給他的信件逐封重讀一遍，又逐封投進火裏燒毀，不留半點痕跡。

因為沒有新的影片開拍，羅朋在香港耽擱了一個短時期，便悄悄的回上海去。

整個抗日戰爭年代，再也沒有聽到關於羅朋的消息。

四十

三十年代香港的文藝刊物《伴侶》，除了發表創作小說和雜文之外，間中也刊登一些翻譯的外國作品。某一期，發表了一篇署名「雁遊」翻譯的短篇小說。[7]《伴侶》上市以後，另一本名叫《字紙籠》的綜合性雜誌卻發表一篇文章，用〈五百元獎金送給伴侶雜誌的雁遊先生〉為題，揭出《伴侶》那篇翻譯小說是一字不易地抄襲別人的譯文的。文章並說，那篇小說原著是一本外國雜誌懸賞五百元徵求最佳小說的得獎作品，雁遊先生把別人的工作成果據為己有，五百元獎金應該送給他云云。

這一揭發使《伴侶》感到狼狽。在下一期上立刻刊出一篇答覆。編者首先說明，那篇翻譯小說是外間的來稿，他們根本不知道有關的底細。但是事既如此，他們除了向讀者道歉之外，還得感謝《字紙籠》的告發。不過，像這一類的疏忽實在很難避免，因為「天下並無無書不讀的飽學之士」。……云云。[8]

注 ────────────

1　任彭年（1894-1968），上海人，導演，畢業於上海英華書館，1918年任職商務印書館活動影戲部，1926年創辦東方影片公司，後改名為月明影片公司。1948年在香港導演粵語片，1960年重組月明影片公司。曾導演《關東大俠》、《昏狂》、《女鏢師》、《女飛俠黃鶯巧破鑽石案》、《怪俠一枝梅》等影片。

2　以下刪去原文數句:「在為數不多的同類影片中，如《關東大俠》、《怪俠一枝梅》之類的武俠片是最為觀眾所熟悉的，也是任彭年引為自豪的。」

3　鄔麗珠（1907-1978），浙江定海人，演員，是中國影壇第一位武俠女明星，二十年代到商務印書館活動影戲部演戲，後加入月明影片公司，息影後移居泰國。曾主演《關東大俠》、《昏狂》、《女鏢師》、《女飛俠黃鶯巧破鑽石案》等影片。

4　任意之（1925-1978），上海人，演員、導演，其父為任彭年，四十年代在其父導演的影片中擔任演員、場記、助理導演，五十年代加入鳳凰影業公司，曾導演《滿園春色》、《豆蔻年華》、《小月亮》等影片。

5　邵邨人（1898-1973），原名邵炳章，浙江寧波人，製片家，參與創辦天一影片公司，三十年代天一影片公司遷往新加坡，其後赴香港改名稱為南洋影片公司，香港淪陷後離開香港回上海經營企業，將電影製片廠名稱重新改回天一影片公司。抗戰後再次將企業搬遷至香港，並將天一影片公司再次改名為邵氏父子公司，邵逸夫在 1957 年從新加坡來香港，翌年成立邵氏兄弟（香港）有限公司。

6　李芝清導演，主要演員有羅朋、蝴蝶影、謝益之、蝴蝶麗等，1937 年在香港上映。

7　據楊國雄:〈新文藝期刊（18 種）〉（見《舊書刊中的香港身世》。香港:三聯書店〔香港〕有限公司，2014 年，頁 239-297），雁遊在《伴侶雜誌》第一期發表的〈天心〉並非翻譯，是挪用《小說月報》第 11 卷第 11 號所登的一篇美國作品，由毅夫譯的〈一元紙幣〉，作為己出。其後《伴侶雜誌》在第八期承認錯誤。

8　以下刪去原文一段:「事實也是這樣。《字紙籠》便也不再議論。但是『天下並無無書不讀的飽學之士』這句話，倒可以為同樣遭遇的編輯先生解嘲。」

藝壇俯拾錄（十）

本文原刊《大公報·大公園》，1982
年 5 月 1 日，頁 16。其中第四十三
則收入《向水屋筆語》。

四十一

粵語影片最盛時期，華南影壇上以扮演歹角出名的演員周志誠 [1]，具有兩面人格：他在銀幕上的「壞蛋」形象使觀眾看得反感；可是在銀幕以外，他卻是個很正派的人。他平日講究衣飾，經常穿著得一派斯文，儼然紳士模樣。

為了炫耀他的服裝的名貴，周志誠是很有方法的。下面一個舉例。

當他穿上新買的服裝吸引了旁人的注意時，周志誠便乘機吹噓一番，說他這套衣料是剛剛面世的新品種，做工是一流的，價錢也不太貴；真是可遇不可求的好貨式。他的「宣傳」使人聽得心躍躍動。可是當你急著問他在什麼地方可以買到時，他的回答卻是：「你不必想了。當我發現的時候，全香港只剩下這一套！」

四十二

攝影家張建文，曾經擔任上海《良友》畫報攝影部門的工作。他和梁得所 [2]、李青 [3]、馬國亮等人是畫報的有力支持者。「一·二八」事變以後，日軍進攻淞滬，張建文來了香港另謀發展。他最先在威靈頓街開辦了一間「趣美」攝影館。他對於「藝術人像」很有研究，再憑他多年來在《良友》上發表作品所起的宣傳作用，招徠了不少女性顧客。他的店子不但做生意，同時也是文化人的「沙龍」。畫家李鐵夫、陳宏、余所亞、和在上海同他有過交往的劇藝界朋友，以及香港的作家，都常常到那裏去聊天。

張建文是攝影家，也是藝術家。他擅長於室內的裝飾設計；用最經濟的手段去發揮藝術的效果。

在商業區的威靈頓街經營了三、四年之後，張建文把店子搬到幽靜的奧卑利街頂端，接近半山區的地段。那是斜路邊的一間地下小屋子，面積不大，卻別有天地。屋內只劃分客廳和攝影室兩部分。住居是在閣樓上。客廳陳設非常簡單，只有一個營業用的小櫃台。兩張沙發椅。最引人注目的，卻是四隻用花布繃緊的方形小木箱作凳子用；凳子中心是一隻較大的也是用花布繃緊的木箱，代表了茶桌。這算是一組傢俬；看來有如玩具，非常有趣。作為攝影室的房間，有一道垂

到地面的門簾，卻是用粗糙的麻包袋剪開裁成的。在髹成灰藍色的牆壁上，掛了三兩張人像照片。而最令人欣賞的，卻是在一邊空牆上，掛了一隻釘有黑豬皮的鮮紅色木屐。十分別致。

四十三 [4]

在中國早期影壇上有過名氣的電影「女明星」張織雲，一九三六年夏季由上海來了香港。一個晚上，我在攝影家張建文的攝影館裏見到了她。那時候張織雲已經退出了影壇；雖然在各方面看來她還具備作為「電影明星」的條件，但是當她經歷了種種人事的打擊以後，似乎對一切都看得平淡，也不願再在電影事業上去發展了，這在認識她以後，從她的爽朗的性格和坦率的談話中可以看得出來。

張織雲有著豐富的人生經驗，而且十分健談。尤其使我驚異的是，她對人情世故的深入了解和對不合理社會的深刻認識，使她的談吐完全超越了當日一個「電影明星」的思想範圍。直至今日，我還記得她用同情的態度說到勞苦大眾的生活苦況時，她所引用的一首打油詩：

> 餸來飯未到，
> 飯來餸已空；
> 可憐飯與餸，
> 何日得相逢！

注 ————————————————

1　周志誠（1909-1956），演員，三十年代加入慧沖影片公司演出默片，其後來香港繼續任電影演員。

2　梁得所（1905-1938），廣東連縣人，編輯，二十年代主編上海《良友》畫報月刊，三十年代率領《良友》全國攝影團攝取歷史和現狀各類照片，離

開《良友》畫報後創辦大眾出版社，曾主編《大眾畫報》、《小說》、《文化》月刊等。作品有《若草》、《未完集》、《女賊》等。

3　李青，編輯，曾任《良友》畫報、《大地》畫報編輯。

4　本節刪去原文開頭兩段：「幾年前，在報紙上看到張織雲逝世消息的時候，我才知道這個有過名氣的中國早期電影『女明星』的下半生，原來是在香港度過的。

在還是小學生的時代，我就看過張織雲主演的影片。儘管中國早期的電影在技術上還幼稚，但由於它們是中國自己的出品，心理上就很擁護，凡是『國片』都要看看；所以對於張織雲，也如對於同時期別的中國『女明星』一樣，是很有印象的。隨著年齡的增長，視野逐漸擴大，我也不再像小學生時代那樣天真：什麼都盲目崇拜。但是想不到見過面以後，張織雲卻在我的眼中出現了一個銀幕以外的新形象。」

紀念冊

本文原刊《大公報・大公園》，1982年5月8日，頁15。

紀念冊，是把別人的筆跡保留著作為紀念資料的冊子。這些字跡包括了題字者的話語和簽名。它代表了一個人的存在。任何時候把冊子翻閱起來，便有著如見其人的感覺。

表面看來，這只是生活範圍內的玩意兒。可是當我們隔了若干年月回顧一下，往往會因冊頁上的題詞而喚起種種不同內容的人與事的記憶，從而感到無窮的興味。對於所謂「紀念冊」這種東西，時間愈久愈是顯出它的作用上的價值。而這種價值，遠遠超過原本把它當作玩意兒的範圍。

「紀念冊」通常是個長方形的本子，皮面或是硬紙面裝釘；大約是四、五十頁，紙張是彩色的，每頁紙色不同；邊緣金色。因為是來自西方的東西，封面通常有個英文「ALBUM」的金字。樣子看來美麗而又華貴。

是由於美感的眩惑，還是因為這種玩意兒的趣味性強呢？我記不起來；總之有過一個時期，朋友間忽然興起一陣「紀念冊熱」，幾乎人人都置備了一本。把「紀念冊」互相交換著來寫上一些東西；同時也在碰上適當機會時，要求那些自己認為值得留念的人題些字句或簽個名字。這些人，因為是陌生的關係，多半是寫些恭維的、或是勗勉的客氣話語，字體工整，有時在署名之外還蓋個印章，表示莊重。但是如果屬於平日常見的有交情的朋友，又是另一種情形。他（她）們總是毫不拘束，隨意所之地揮寫一通；什麼俏皮話，開玩笑的話，都寫得出來，甚至畫上一些古怪圖畫。五光十色，可說是多彩多姿。

以個人的興趣說來，我倒喜歡上述那一類毫不拘束的表現形式。因為打開「紀念冊」，便可以看出執筆者的為人和性格，以及他（她）同「紀念冊」主人的交情的深淺。這是很有趣味的事。如果說紀念意義，還有什麼比這種表現更有實質呢？

不過「紀念冊」的題字，有時也有寓意深刻，叫人不能不嚴肅對待的一面。在我的「紀念冊」裏，就有著黃谷柳在參加抗日戰爭時寫下的一句話：

「笑迎一切艱苦！」

另外，一個在戰爭中犧牲了的朋友，生前也寫下了這樣的題句：

「縱有文章驚海內，無非感慨為蒼生！」

但是在我的「紀念冊」中，最有風趣的題句卻是這樣的一句話：

「深夜裏有香煙沒有火柴，是很悲慘的事！」

這是攝影家張建文夫人胡景珊女士寫下的。這句話的背景包涵著一個難忘的小故事。

那是退出了影壇的女演員張織雲由上海來了香港的期間，張建文撥電話邀我到他的攝影館去同她見面。他說張織雲是值得認識的人物。我領了他的情。於是在一個晚上，我摒當了報館的工作去赴約。

在奧卑利街那間小攝影館的閣樓上，主人張建文夫婦招呼大家坐下來閒談。客人是張織雲和我，還有漫畫家余所亞。連同張氏夫婦倆一共五個人，圍繞著一張小茶桌，展開一個小型座談會。由於張建文事前在彼此之間作好了溝通的工夫，大家接觸起來便顯得非常輕鬆和隨便；話便說得很多，也很投契。胡景珊趁了一時高興，提議大家這一夜不要走，索性談個通宵。難得的是大家都沒有異議。座談會繼續進行下去了。

伴隨這個座談會的是桌上的一暖水壺的熱茶和一罐五十支庄的香煙。連同張織雲和胡景珊，五個人都是抽煙的。話談得愈多，香煙也抽得愈起勁。到了深夜時候，才發覺桌上的一盒火柴已經劃完了。互相問起來，大家手頭都沒有火柴（三十年代中期，打火機還不流行）。問題便顯得嚴重。漫漫長夜，怎麼辦呢？這時候，幾乎全體動員去找尋火柴，閣樓上下每一個角落都搜遍，一根火柴都沒有。真氣煞人！

結果這一夜談了什麼話，大家都淡忘了，記憶最深刻的，卻是有香煙沒有火柴這一幕狼狽活劇。

藝術上的感情主義

本文原刊《大公報・大公園》，1982年5月15日，頁16。

終於看了《時光倒流七十年》。[1] 對於這部據說創香港放映期間最長紀錄的影片，我也像許多人一樣，有著濃厚的好奇心。是什麼魅力使得觀眾們發生這麼強烈的興趣呢？

其實影片的故事並不複雜，它只是敘述一個劇作家因為仰慕一位七十年前紅極一時的女演員，在癡想中，他居然回到了七十年前的那個年代，而且見到了那女演員；進一步大家還發生了感情關係。正當感情變為愛情發展到熱烈階段的時刻，劇作家偶然因為見到一枚不同年代的錢幣而突然驚覺起來，立刻轉回了現實世界。黃粱一夢，一切都無可挽回。幻滅的悲哀使他受到沉重的刺激；結果他在抑鬱中離開了人間。

這樣的題材是頗新奇的，加上一些巧妙安排的細節，使劇情的演進非常自然，一點也不牽強。但這些結構上有機的組織，是作為一個健全劇本的應有條件，不一定就是吸引觀眾的地方。我想，這部影片所以能夠緊緊抓住廣大觀眾心弦的東西，主要還是貫穿整個故事內容的感情主義。劇作家癡心地追求那個不同年代的女演員，女演員也癡心地愛上由不同年代來的劇作家。這種打破時空間隔的戀情是根本不能成立的。可是他們卻在虛幻中成立了。這裏面已經埋藏著一條火藥線，鑄定了爆炸的必然發生。劇作家由追求而致於幻滅。憑了藝術上的感染力，使旁觀者（觀眾）靈魂深處起了不能抗拒的共鳴！

同一意味的影片，過去出現過不少；如《芳華虛度》（原名《後街》）[2]、《情天血淚》（原名《感傷的旅程》）[3]、《咆吼山莊》、《五月時光》、《嫣然一笑》[4]……等等，都是屬於同一類型、並且藝術性相當高的作品。它們都重複地在不同的劇院放映過，不過不像《時光倒流七十年》這麼「哄動」而已。

大抵感情主義的東西，不管是電影還是文學，它們都具有某種直刺人類靈魂深處的力量。特別是文學，儘管作品的內容不同，可是通過藝術手法的渲染，都同樣會達到感人的目的。《少年維特的煩惱》所以掀起當日德國青年的服裝上的「維特熱」，甚至使失意青年讀了這本書而自殺；屠格涅夫的《貴族之家》一出版，使俄羅斯少女流淚；不都是這方面的例證麼？

文學與電影在欣賞方法上是不同的。看電影有時間上的限制，看文學作品卻沒有時間上的限制。好的文學作品具有不朽的價值，電影作品卻不一定有。因為電影技術不斷變化，同一題材的影片，新的製作水準往往掩蓋了前一製作的成績。好的文學作品卻能夠保持本身不朽的生命。在這一意義上，感情主義小說的感人力量是永遠存在的。這類作品讀後給人的感覺，是所謂「盪氣迴腸，不能

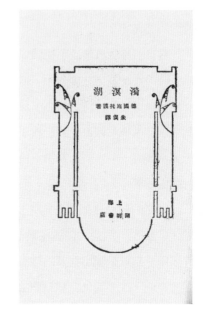

《滽溟湖》書影

《茵夢湖》書影

《夢裏的微笑》書影

《蜂湖》書影

自己」！

　　也許是個人的氣質關係，我頗偏愛感情主義文學。在西洋作品中，我愛讀小仲馬的《茶花女》，卜赫服的《曼儂攝實戈》，拉馬爾丁的《葛萊齊拉》[5]，紀德的《田園交響樂》[6]，夏多布里安的《阿達拉與梭耐》[7]之類的小說。但是我最喜歡的還是德國十九世紀作家斐奧多・史托姆的作品。

　　史托姆同時是詩人。他的作風擅長於用並不多的文字，詩一般的筆調，寫出整個人生的縮影。《茵夢湖》[8]是他的名篇。郭沫若最先把它介紹到中國來[9]，隨後有朱偰的譯本[10]，巴金也翻譯過這篇小說和史托姆的其他短篇。[11]在讀者中留下過感動的記憶。

　　創造社同人中有個作家周全平[12]，他受到《茵夢湖》的影響，模仿《茵夢湖》的風格寫過一本長篇小說，題名《夢裏的微笑》[13]，由葉靈鳳作插畫和裝幀。這本書曾經流行一時。這也看得出來，感情主義的作品在文學上是有它一定的地位。

注

1　《時光倒流七十年》（*Somewhere in Time*），Jeannot Szwarc 導演，主要演員基斯杜化李夫、珍西摩爾、基斯杜化龐馬等，1981 年在香港上映。

2　《芳華虛度》（*Back Street*），Robert Stevenson 導演，1941 年在香港上映。

3　《情天血淚》（*Sentimental Journey*），Walter Lang 導演，1947 年在香港上映。

4　《嫣然一笑》（*Smilin' Through*）有兩個電影版本，第一個由 Sidney Franklin 導演，1932 年在香港上映。第二個由 Frank Borzage 導演，1947 年在香港上映。

5　拉馬丁（Alphonse de Lamartine，1790-1869），法國作家。《葛萊齊拉》

（*Graziella*），1852 年出版。

6　紀德（André Gide，1869-1951），法國作家。《田園交響樂》（*La symphonie pastorale*），1919 年出版。

7　夏多布里昂（François-René de Chateaubriand，1768-1848），法國作家。《阿達拉與梭耐》（*Atala, René*），1859 年出版。

8　施托姆（Theodor Storm，1817-1888），德國作家。《茵夢湖》（*Immensee*），1849 年出版。

9　郭沫若、錢君胥譯：《茵夢湖》。上海：泰東圖書局，1921 年。

10　朱偰譯：《漪溟湖》。上海：開明書店，1927 年。

11　巴金譯：《蜂湖》。香港：南華書店，1966 年。

12　周全平（1902-1983），原名周承澎，江蘇宜興人，作家，二十年代加入創造社，組織創造社出版部，主編《洪水》、《出版月刊》等，創立西門書店，三十年代加入中國左翼作家聯盟，後脫離中國左翼作家聯盟，五十年代後曾主編《蘇南文教》、《江蘇教育》等。作品有《苦笑》、《夢裏的微笑》、《煩惱的網》等。

13　全平作，葉靈鳳畫：《夢裏的微笑：小說集》。上海：創造社，1925 年三版。模仿《茵夢湖》風格的作品是〈林中〉，收入《夢裏的微笑》。

史托姆的小說

本文原刊《大公報·大公園》，1982年5月22日，頁16。

事情是這麼湊巧，剛剛寫了〈藝術上的感情主義〉，我就在書店裏發現新到的《史托姆中短篇小說集》。[1] 這正是我在那篇文章裏所提到的作家和作品。高興之餘，立刻買了一本。雖然書裏有部分作品已經先後讀過，但是新譯本對於我還是具有吸引力。我有著重逢了故人似的感覺。

這本書有四三六頁，包括了史托姆的中短篇小說九篇；是多年來翻譯的史托姆小說中最集中的一本；而且是新譯本。譯者黃俊賢。上海譯文出版社出版。九篇小說中並未收入最先介紹到中國來的史氏名篇〈茵夢湖〉。也許是因為這個作品在讀者中是太熟悉了。記得在郭沫若翻譯之前，已經出過唐性天翻譯的〈意門湖〉[2]，郭譯之後有朱偰翻譯的〈漪溟湖〉。最後又有巴金翻譯的〈蜂湖〉。都是同一篇作品。似乎由於先入為主的關係，讀者中對郭譯〈茵夢湖〉較為熟悉而且印象深刻（雖然有人曾對郭的譯文提出過商榷的意見），特別是小說主人公來印哈特聖誕節夜在酒吧裏喝酒，那位吉卜賽歌女彈著八弦琴所唱的一首歌：

> 今朝呀，只有今朝，
> 我還是這麼窈窕，
> 明朝呀，呵，明朝，
> 萬事都休了。
> 只有這一刻兒，
> 你還是我的所有；
> 死時候呵死時候，
> 我只合獨葬荒丘！

是每一個愛讀這篇小說的人都熟習得上口的。

與〈茵夢湖〉差不多同樣風格的作品，在《史托姆中短篇小說集》裏是那個中篇〈在聖虞庚院〉。這篇小說過去曾經有朱偰的譯本，但是題名卻是《燕語》。[3] 上海開明書店版。這本書同朱偰譯的《漪溟湖》，是同一形式和裝幀的袖

珍本，很精緻。今天恐怕在舊書店裏也不會找到了。

　　〈在聖虞庚院〉是個淒婉動人的故事。它敘述一對兩小無猜、一同長大的男女的不幸的命運。男的是個孤兒，繼承父業當木匠。女的是個雜貨店商人的女兒；她的父親是男的監護人，替男的保管著一筆遺產。當這一對情侶將要訂婚的時候，女的父親因為生意失敗宣告破產，連代人保管的遺產也保不住了。男的毫無怨言的原諒了這椿事情，他決心離開故鄉到異地去謀生。一對情侶分別時互相期許：男的約好了事業有成便回來同女的結合；女的也表示決心等他回來。男的到了異地以後，事業上終於有所成就；但是當他打算回去故鄉的時候，卻遭遇著意想不到的人事障礙，羈絆著他的行腳；而且一直羈絆下去。他年復一年地在命運的羅網中掙扎著，不能擺脫。到了他終於有了機會脫身，帶著蒼蒼白髮趕回故鄉去的日子，那個在窮苦生活中等待了一生的白髮老婆婆，恰在他到步之前死去了。他在屍體旁邊嘆息著：「來遲了五十年，一生就這樣過去了！」

　　史托姆作風的特點，是感情主義色彩的濃厚。儘管小說的題材不同，可是一道感情的主流卻像脈絡似地交織在每一篇小說中。像這本「中短篇小說集」裏的其他名篇，如〈瑪爾特和她的鐘〉、〈遲開的玫瑰〉、〈在大廳中〉……等等，都是如此。其次，史托姆的另一特點是他的寫作方法。他喜歡用第一身稱去敘述故

事，使作品具有親切的人情味而又打動人心。這種樸素的技巧配合了動人的故事，史托姆的小說給予讀者的感受，常常是一種淡淡的哀愁！

巴金在他翻譯的《蜂湖》（還包括另外兩篇小說）的後記裏，有幾句很恰當的話：「我不想把它介紹給廣大的讀者。不過對一些勞瘁的心靈，這清麗的文筆，樸素的結構，純真的感情，也許可以給少許安慰罷。」

注 ────────────────────────────

1　黃賢俊譯：《史托姆中短篇小說集》。上海：上海譯文出版社，1981 年。

2　唐性天譯：《意門湖》。上海：商務印書館，1923 年。

3　朱偰譯：《燕語》（*In St. Jürgen*）。上海：開明書店，1929 年。

義務收費人的苦惱

本文原刊《大公報・大公園》，1982 年 5 月 29 日，頁 16。

世界上有些事情是很特別的：當它落到你身上的時候，你只能接受，不容許推卸；而這裏面卻不存在什麼功利主義條件。這樣的事情，我碰上了一件。

我當了一個情勢所迫的義務收費人。

我住的樓房名義上是所謂「大廈」，可是卻不像別的大廈那樣有「管理處」，負責管理整座大廈的事務。十多年前當這一列樓房建築時，聽說是準備開辦一家大酒樓；建築完成以後，資本家不知道為了什麼改變計劃，酒樓沒有開成，卻把物業出售。於是四層樓被買下作了一間規模頗大的百貨公司，餘下頂上的兩層作為住宅，分別賣給小業主，自住或出租。我的住居就是六樓上的一個單位。

在我之前住在那間屋子的，是一個華僑家庭，後來全家移民外國，屋子空了下來。小業主要想物色一伙滿意的新住客，讓屋子空了一段日子。最後憑了介紹，我的家便搬了進去。

屋子是小小的，內部的規格對於一個簡單的家庭卻十分適合。我感到這是非常愜意的住居。但是沒有想到，住進這間屋子卻附帶著一項「租約」以外的「任務」！……

樓高六層，卻是沒有電梯的。由於四樓以下是屬於百貨公司和它的貨倉範圍，因此每一層樓的門口都給封閉；住客上樓時步行五、六層轉彎抹角的樓梯，問題還小；最糟的還是沒有燈光，上落時有如走隧道。初時住戶不多，而且大家都不相識，沒有誰為這個問題去想辦法。後來還是那位華僑住戶出面做好事，主動地叫人在樓梯每一拐角處和兩層樓的走廊裝上了十多支電燈。

這些過去情況，是我們入住之後才知道的；同時也知道了這些公共用電的獨立電錶，原來就安裝在我家的門頂附近，用電線和我家的電錶連在一起。這就是把公共用電劃入我家的用電裏面，然後分開計算。過去是怎樣向公眾收費的呢？我不知道，但是既然住進了這間屋子，我就有繼承辦理這項手續的「責任」了。

為著清楚向公眾交代，每個月月尾，我得向獨立電錶抄下公共用電的數字，算出兩層樓各住戶應該繳付的樓梯和走廊電燈的費用數目，然後在當眼地方貼出「通告」，好讓大家有個心理準備。照例兩日後去收費。至於這張「通告」有

沒有人詳細的看，只有天曉得！因為在著手收費時，往往有些住戶會反問一句：「這個月的電費多少？」真叫人洩氣。

不過儘管如此，我每個月還得依時貼出「通告」，寫得端端正正，為的是恐怕人家看不清楚。燈的數目始終一樣，耗電的數字卻每月不同，所以「通告」非寫清楚不可。明白事理的住戶是如數付費的，最麻煩的是碰上那些不知不識的老婆子：電費少了不作聲，偶然多了一點，便咕嚕著有意見。碰著這種情形，我只好請她去問電燈公司！

一次，敲開了門，一個主婦一見到我就表現了驚奇的樣子：「怎麼？前幾天不是才收過電費嗎？」我一時間也給弄得困惑。經過一番查問，才搞清楚是她自己糊塗：她把修理大門鐵閘的科款和電費混在一起了。真氣煞人！

許多不愉快的遭遇使我體驗到，向人要錢是並不輕鬆的事。即使錢是對方應該付的，也同樣為難。人家不把你的行為看作義務性質，卻意識著你是向他們討債！

還有更可笑的發展：由於我習慣了向公眾收電費，無形中變成了他們觀念上的「管理人」：什麼有關公眾的事情都找機會向我投訴；或者希望通過我的關係，能夠使公眾同意辦成一件看來不容易同意的事。說來實在滑稽！

朋友看出我的苦惱，勸我還是放棄這份吃力不討好的「差事」。我也這麼想。但是問題在於：誰肯接受公共電錶那一根電線！

我的鄰人

本文原刊《大公報・大公園》，1982
年 6 月 5 日，頁 16。

　　作為「大廈」的義務收費人，我是感到苦惱的。雖然收的是住戶室外的公共
電費，可是因為我根本不是大廈管理人，所以辦起這類事來總覺得不大自然。不
過另一方面，我卻也有所收穫。由於每個月都得同那些住戶接觸一趟，使我從中
了解到一些人性和世情，而且是直接地感受的。

　　首先叫我奇怪的是，這些住戶不是普通住客，卻佔了大部分是小業主，也就
是買了樓自己住的。這些小業主的成分都是附近街市的小販。他（她）們之中有
賣菜的，賣生果的，賣牛肉或豬肉的，賣芽菜的，賣腐皮的，賣魚丸的，也有賣
金魚的。我的住居的業主，就是生果攤子的女小販，她自己一家另有住處。

　　這些做小生意的販子，憑了他們的勤勞和經營手段，居然能夠把自己的血汗
錢累積起來買到房子，在我看來實在是不可思議的事！他們都是全家很早就到街
市或攤檔去，除了午餐時輪班回家吃飯，直到晚上收市時才回家來。白天大部分
時間是鎖上門的。

　　少數留在屋裏的人是家庭主婦，她們的丈夫是工廠工人或是幹其他行業。這
些主婦們有部分除了接送孩子上學放學，多半是在家裏做些手工業。也有上了年
紀的老婆婆，什麼事情也不能做，耽在屋裏，無目的地過著日子。

　　這些小業主身份的住戶，他們那麼艱苦地買下一間樓房，可以想像出來，決
不是為了滿足虛榮心理，而是出於一種非常實際的思想：生活程度不斷提高，與
其長期應付那無止境地增加的租金，不如一次過忍痛地把房子買下來，免了後顧
之憂。而成全了他們作小業主機會的，正是十多年前香港的物業價值一度陷於最
低潮的那個時候。

　　這些鄰人們，大部分是純樸的。他們本質上是勞苦大眾，偶然表現一些思想
守舊、胸懷偏狹、慳吝自私等現象，也是城市小市民在封建思想基礎上，在生活
環境裏所形成的普遍狀態。這應該是可以理解的。但是對於一個每個月有一次必
須按門鈴向他們「要錢」的人所感到的苦惱，卻是一種不能調和的矛盾。

　　事情的表現是多方面的。

　　由於五樓走廊的光線不夠，有些住戶要求加裝幾支電燈照明。這樣一來，同

六樓走廊的電費便不一致，而需要按比例計算，增加一點電費。可是另一些住戶卻不肯多付一點錢而堅持同六樓的收費看齊，理由是：他們不需要加強光亮。在這情形下，為著息事寧人，只好由「義務收費人」墊出了事，因為電費的總數總得交給電燈公司的。

大門的鐵閘因為住客的疏忽，出入時沒有關好，給了歹徒方便的機會：樓梯上白天也發生搶劫事件。有些住戶的主婦擔心災難有一次會輪到自己，於是聯合一起，建議叫人在樓梯的中間多裝一道鐵閘，目的是多加一重安全保障。我對於這個設想表示贊成，可是不作發起人。那些主婦們便自告奮勇，分頭出動向各住戶徵求意見。這是切身關係的問題呵，難道有人會反對嗎？結果兩層樓的二十個單位中十九個都贊成，偏偏最後一戶通不過：戶主對這事沒有意見，但是不肯出錢！於是整個計劃只好拉倒。

「電燈日夜開著，燈泡容易損壞，也不夠光亮；為什麼不索性全部換上光管好得多呢？」一位主婦這樣向我提議。

我說我也有同樣想法，可是我沒有權力這麼辦。因為我不是這「大廈」的管理人！

「可是你收電費。」

我的上帝！我又得把「原因」的來龍去脈重複說一遍了，因她是新遷來的住戶。

兩個女人

本文原刊《大公報・大公園》，1982年6月12日，頁16。

在任何生活圈子裏，都會見到一些具有典型性的人。這些人，本來在社會的芸芸眾生之中到處都存在著，只是在狹窄的生活場合上卻顯得分外突出，而感受的印象也特別深刻。

我的鄰居中就有著這樣的人。

這是住在和我的住居只隔幾個單位的老婆子，年紀在七十過外。她的個子很小，人很瘦弱；一頭白髮蓬蓬鬆鬆，好像從來不梳理似的；在尖削的臉上嵌著兩隻灰青色的眼珠，用懷疑的眼光看人。長年穿著黑色衫褲，加上一張冰冷冷地沒有表情的面孔，彷彿是狄更斯筆下的貧民窟裏跑出來的角色。但她不是窮人，卻是她自己住居的業主。只是她的慳吝、乖僻，卻同狄更斯的某些小說人物沒有兩樣。

同這老婆子住在一起的，是個同她年紀差不多的男人。每天早上，他照例捧著一隻雀籠出外面去，只在休假的星期日，我才有機會見到他捧著雀籠由外面回來。他獨來獨往，在樓梯或走廊碰頭的時候，他卻是自顧自地走著，從來不同別人打招呼。進了屋裏就把門關上。兩個人都彷彿是遺世獨立的隱居者。

只在收室外的公共電費的時候，屋門才打開一道縫，隔著鐵閘，那老婆子把錢從鐵枝的空隙中遞出來。把餘數接回去的時候，她照例要仔細的看清楚有沒有缺少。一次她失手掉落一枚半角的鎳幣，狼狽地蹲在地面找尋。後來我在鐵閘下沿發現了，拾起來交給她。她道謝也不說句，就砰的關上門。

同這個老婆子相比，另一個女人的作風卻是完全不同的。我不知道她的姓氏，人卻稱呼她「梅媽」。也許因為她的女兒名叫阿梅，「阿梅的媽媽」，可能這就是她的名號的來歷。年紀接近六十了罷？可是還把頭髮熨得像雀巢模樣，愛穿印花衣服，極力要把年齡減低；講話時諸多造作，充分顯出一派庸俗。她的女兒倒是很青春，而且長得很標緻，同母親截然是兩種類型。因此有人私下裏說，女兒不是她親生的，是自幼給收養著養大的。她有意把這女兒培養成一棵「搖錢樹」：她的最大投資，是供女兒在英文書院裏受教育。她向旁人表示，女兒將來要嫁個有錢人；年紀大小都可以，一個主要的條件是，給她一間洋樓。

據我所知，「梅媽」不是像其他住戶那樣是小業主，她的房子是租住的。那麼，是誰支持她對女兒的學業「投資」和支持她的家庭生活呢？……

在我住進這間「大廈」以後，上落樓梯之間，不時會碰見一個看去似是印度人的男子；上了年紀，中等身材，棕色的皮膚，穿的是樸素的洋服，手上總是挽著一隻載了東西的雞皮紙袋，呆呆的站在拐角地方歇腳。我初時不知底細，直覺地想起了電影上的「科學怪人」，往往給嚇得一跳。後來才知道這是「梅媽」的「丈夫」。他實際是巴基斯坦人，據說是在香港那邊做生意的。他每隔相當時日才到來一趟，照例住宿一夜。於是我想起，在下一層樓的廚房裏，常常夜半傳來刀啄砧板的聲音，原來是「梅媽」在準備著造「薄罉」的作料。這往往是那巴基斯坦人到來的前夕。

生活並不是過不去，可是這種人的本性就是自私和鄙吝。五樓的走廊加裝了幾支燈光之後，帶頭不肯多付一點電費的就是這個寶貝。叫人最反感的還是她那種愛招搖、好管閒事和愛饒舌的習慣；只要誰給搭上了嘴，她便滔滔不絕的說個不停；而說的又往往離不開拿自己做中心；不管是什麼話題，在她是「條條大路通羅馬」：總有辦法歸結到自己方面，最愛提到的是女兒阿梅。

我最怕的是上班時候不幸碰上了她，照例應酬一兩句話就想擺脫她，我急忙說：「對不起，我得趕著上班。」可是她還要追前來說完她的話：「是呀，阿梅也是剛剛去搭車呢，她說遲了人太擠，車更難搭。你也得快點走呵！」

藝壇俯拾錄（十一）

本文原刊《大公報．大公園》，1982
年 6 月 19 日，頁 16。其中第四十
四、四十六至四十八則收入《向水屋
筆語》。

四十四

三十年代前後，廣州有個「廣州文學會」[1] 的組織。主要成員是羅西[2]、皮凡、倪家祥[3] 等人。他們出版單行本，還出版刊物。文學會的工作，在廣州新文藝運動中起過一定的作用。

有一個時期，廣州文學會為了推動文藝大眾化，曾經提倡「方言文學」，用廣東話寫小說。無論敘述、描寫、對白等全都用廣東語言；目的是讓普羅大眾都能接受。這類作品發表在他們的同人刊物上面。

廣州文學會另一項突出的工作，是出版一種「文學小叢書」；六十四開的小型本子，每本三、四十頁，只容納一篇短篇小說或一輯散文。用書紙印刷，形式簡樸小巧，每本定價一角。這種文學小叢書比後來上海良友圖書公司出版的「一角叢書」[4] 還早了一步。

四十五

羅西在廣州中山大學時就從事文藝工作，他在「廣州文學會」出版的第一本長篇愛情小說是《玫瑰殘了》。[5] 這個作品很受青年讀者歡迎。小說開頭的兩句話：「玫瑰殘了！V 的戀愛成功了！」成為當日一些讀者的口頭語。

羅西後來還寫了《蓮蓉月》等幾本作品，也是戀愛小說。但是後來，他的小說題材擴大到社會化，並且繼續向前發展。……羅西這筆名也跟著換上另一個：這便是歐陽山。

《玫瑰殘了》書影

四十六

同盧敦、李晨風等人差不多同一期間在香港從事話劇運動的，有兩個人不應該被忘記。他們是何礎和何厭兩兄弟。是中國戲劇家歐陽予倩的學生。他們的父親在九龍辦了一間模範中學，何氏兄弟在校從事教育工作以外，同事致力於話劇活動。他們組織了一個「模範劇團」，成員中除了他們兄弟倆外，便是具有共同興趣的一群教職員。

三十年代，在香港搞話劇很不容易。缺乏群眾基礎，也缺乏別人贊助和支持；沒有相當大的魄力便不能演出一次。首先必須通過學校、社團推銷若干戲票，然後有把握上演一個戲。在這方面，何氏兄弟是很有勇氣的。他們具有自編、自導、自演的多方面才能。

有一次，在戲院上演一部他們自己創作的社會悲劇《犯人》，兼任報幕員的何厭在開場之前向觀眾致詞。他為舞台佈景和道具的簡陋而深致歉意：「為什麼不把一切弄得像樣一點呢？第一因為窮，第二因為冇錢！」引得全場哄笑。

四十七

抗日戰爭時期，香港電影界日常集中的地方是中區思豪酒店二樓的茶廳；文化界集中的地方是高陞茶樓的三樓，時間卻是晚上。在那裏，兩位「長者」成了眾人圍繞的中心：其一是羅海空老先生[6]，筆名落花，舊學很有根底，經常在報紙副刊上寫筆記體小說；他雖然從事的是「舊文學」，卻同新文藝的青年很合得來。他的人生經驗豐富，態度隨和，贏得旁人的尊敬。另一個是梁介香[7]，筆名「破帽殘衫客」，也是寫文言小說的；為人很隨便，有舊社會的「名士」風格。他自己說在上海時與郁達夫是朋友，常常高興談到同郁達夫喝酒的舊事。

四十八

已故的《金陵春夢》[8]等書的作者阮朗，平日很能喝酒。在宴席上，常常喝得滿面紅光。朋友邀他再飲時，他往往用手向自己的胸前比劃：「不，已經到這裏了！」

注 ————————————————————————

1　吳錫河:〈同根相連的鮮花——訪歐陽山談香港文學〉(見《香港文學》第98 期,1993 年 2 月,頁 64-66)提到:

「一九二六年他組織了『廣州文學會』,主編《廣州文學》周刊,成為當時廣州最著名的新文學社團和唯一的新文學刊物,曾受到前來廣州擔任中山大學文學院院長的郭沫若的肯定與鼓勵;稍後他又在魯迅先生的支持和指導下,把『廣州文學會』擴大為『南中國文學會』,聯合了廣東、廣西、湖南、江西、福建等省的文藝青年。」

2　羅西即歐陽山(1908-2000),原名楊鳳岐,湖北人,作家,筆名有凡鳥、羅西、龍貢公等,二十年代開始文學創作,參與創辦「廣州文學會」、「南中國文學會」等,主編《廣州文藝》,三十年代參與中國左翼作家聯盟,曾任中國作協廣東分會主席、廣東省文聯主席、中國作協副主席等。作品有《玫瑰殘了》、《一代風流》、《單眼虎》等。

3　倪家祥,二十年代參與「廣州文學會」。

4　良友文學叢書,三十年代趙家璧主編,上海良友圖書公司出版,內容包括文藝創作、社會科學、人物傳記和時事評論等,每本售一角,故名「一角叢書」。

5　歐陽山:《玫瑰殘了》。上海:光華書店,1927 年。

6　羅海空(1890-1943),原名羅品葵,封開南豐人,作家、畫家、書法家,曾參加國民革命軍,二十年代來香港,曾任《南方日報》總編輯、《新中日報》副刊編輯,主辦《非非畫報》、《南洋日報》、《天荒月刊》等,參與創辦書畫文學社。作品有《羅落花先生文集·甲編》。

7　梁介香初習法律,後轉而從事文藝創作。

8　唐人小說《金陵春夢》於 1952 年 11 月 3 日開始在《新晚報》連載,至1958 年 10 月 4 日完結。

藝壇俯拾錄（十二）

本文原刊《大公報·大公園》，1982年 6 月 26 日，頁 16。其中第四十九、五十、五十二則收入《向水屋筆語》。

四十九

四十年代在香港時已經有名氣的導演湯曉丹[1]，對電影藝術很有修養，為人溫文敦厚，工作態度認真，從不粗製濫造；他作品不多，可是每一部都是高水準的製作。

大觀公司攝製的《金屋十二釵》[2]，可說是湯曉丹當年的代表作。這部影片的角色幾乎集中了當年影壇上所有的最佳女演員，放映時非常叫座。

繼《金屋十二釵》之後，湯曉丹導演的另一部規模宏大的古裝影片《嫦娥奔月》，是南洋公司的出品。由於湯曉丹處事過分認真，不肯隨便從事，工作不時中斷。一堂大佈景在片場裏矗立了兩年，影片還沒有完成。公司老闆對這部影片期望極高，同時又了解湯曉丹的脾氣，便也奈何不得。直到日軍進攻香港，「嫦娥」始終不曾「奔月」。

五十

二次大戰結束後，香港報紙副刊中恢復文藝版的並不多，《華僑日報》是寥寥可數中的一家，但不是每日見報而是每星期出個〈文藝周刊〉。解放戰爭初期，國內大批文化人湧到香港，他們有部分人都向〈文藝周刊〉投稿。經常在那裏發表文章的作家，有黃谷柳、司馬文森、胡明樹、柳木下、華嘉、鍾敬文[3]等。

詩人戴望舒於一九五一年離開香港北上，到北京後因哮喘病逝世。〈文藝周刊〉用全版篇幅出了一個〈悼念詩人戴望舒特輯〉。由侶倫編輯。葉靈鳳除了寫悼念文章之外，還供給了有關戴望舒的各種資料，包括圖片和手跡。[4]

五十一

有個畫家這樣說過：「藝術是說假話，騙了人走長路不叫苦。」這句話的含義是說，當一個人熱衷於藝術的時候，是一往無前地沉迷下去，是不顧一切的。這個事實，在一個殘廢的文藝工作者的身上得到證明。

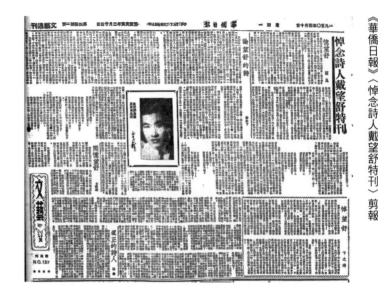

這個人的筆名叫魯衡。在三十年代香港一些報紙的副刊上常常出現他的名字。他的兩腿是癱瘓的：據說是早年在美國工作時患上嚴重風濕病的結果。因為醫治無效，才回來香港的老家躺下來。癱瘓狀態已經到了固定階段，他再也不能豎起身子。對文學的嗜好使他忘記了本身的痛苦，日常唯一排遣時間的方法便是寫作。用一塊木板夾上一帙原稿紙托在手上，他便可以活動他的筆寫文章。他憑了通訊結識了所有從事文藝工作的朋友。那些朋友時常輪番抽空去看他，他們中還包括了報紙副刊的編者，為了同情他的處境和減輕他的寂寞，他在精神上也因此獲得鼓舞。

叫人感動的是，他不僅努力寫作，還要辦刊物。並不是為了自我陶醉，而是為了對文學的熱情。他不接受朋友們好意的勸阻，卻堅決地要由自己籌措印刷費，只要求朋友們在文字方面協助。結果終於印出了一本六十頁的文藝刊物《小齒輪》。刊物的編排形式和封面設計，都是由他一手經理的。

太平洋戰爭爆發，香港淪陷，文藝工作者各散東西，誰也不知道魯衡的命運變化到怎麼樣！戰後能夠活著回來香港的朋友，也沒法找到他的消息。

五十二

林語堂辦《論語》[5] 提倡「幽默」的時候，「幽默」二字成了人們口頭慣用的名詞。但「幽默」是什麼，卻不是一般人所能理解得清楚。

有一次，香港某社團假座青年會舉辦遊藝會，會場裏的觀眾喧嘩嘈雜。那位追慕「時髦」的司儀先生跑出舞台，用擴音器向觀眾高聲叫道：

「遊藝會快開幕了，請大家幽默些！」

注 ——————————————————————

1　湯曉丹（1910-2012），福建華安人，導演，童年時僑居印尼，後隨父回國。三十年代加入天一影片公司，開始任職導演，香港淪陷後往重慶，抗戰後回上海，1949 年後加入上海電影製片廠。曾導演《白金龍》、《金屋十二釵》、《民族的吼聲》、《天堂春夢》、《渡江偵察記》等影片。

2　《金屋十二釵》，湯曉丹導演，主要演員有黃壽年、鄺山笑、黃曼梨、朱劍琴、周志誠等，1937 年在香港上映。

3　鍾敬文（1903-2002），原名鍾譚宗，廣東海豐人，筆名有靜聞、金粟等，作家、民俗學家，三十年代赴日本留學，四十年代末期曾任教於香港達德學院，其後任教北京輔仁大學、北京師範大學等校，曾任中國民間文藝家協會主席、中國民俗學會理事長等。作品有《荔枝小品》、《西湖漫拾》、《民間文學概論》等。

4　葉靈鳳：〈憶望舒〉、〈戴望舒遺像及其簽名式〉，刊《華僑日報》〈悼念詩人戴望舒特刊〉，1950 年 4 月 10 日，第 4 張第 1 頁。

5　《論語》，1932 年 9 月 16 日創刊，以提倡幽默文字為主要目標，編者包括林語堂、陶亢德、郁達夫、邵洵美、林達祖、李青崖等。因抗戰休刊，1946 年 12 月 1 日復刊，至 1949 年 5 月 16 日出版第 177 期後停刊。

藝壇俯拾錄（十三）

本文原刊《大公報·大公園》，1982年7月3日，頁16。

五十三

廣州詩人黃魯[1]，抗日戰爭時期出版了一本詩集《紅河》。[2] 廣州淪陷時他來了香港，用「黎明起」這筆名在報刊出發表文章。他平日的嗜好是逛書店、抽香煙、泡咖啡館；還有，對賭也有興趣。

有過一次，他帶了一筆稿費獨自到澳門賭場去碰運氣，結果身上的錢全部輸光，流落異地，欲歸不得；只好寄信回港給好友夏果求救。夏果見義勇為，籌了一筆錢跑去澳門把他救回來。

黃魯雖然寫新詩，思想卻有些迷信。香港淪陷後，文化界的人紛紛回內地去；黃魯也決定和幾個朋友同行。他帶了簡單行李到朋友家裏住一夜，翌日早上一齊出發。到紅磡火車站搭車時，人太擠擁，秩序混亂；人潮給切成兩批；黃魯同朋友的聯繫脫了節，停滯在後一批人潮裏面，要等待前一批人上了火車才放行，依次序搭下一班火車。本來大家先後到達深圳時可以會合一起，可是黃魯不知為什麼突然改變主意，臨時折回頭，不去了。

這樣，他便留在淪陷的香港呆了三年零八個月。幸而他的老家是在香港，還不致挨餓。

大戰結束後，朋友復員回來，問黃魯當日為什麼突然變卦？他這樣回答：

「你知道啦，日本鬼最愛殺人，在那生死關頭的日子，出門時最要緊是順利。但是我們的隊伍給切開兩截，還有什麼好徵兆？再三考慮，我還是折回頭了！」

五十年代初的某個夏季，黃魯在家裏吃過早飯，喝了一瓶汽水之後就伏在桌上，寂然不動。從此永遠沒有抬起頭來。

事後朋友們才知道，他原來是患有心臟病的。

五十四

王少陵是靠自學獲得成就的藝術家。初時他只是憑著對美術的興趣而提起他的畫筆，一方面鑽研西洋美術理論和名家作品，從而打好自己的事業基礎。當他

的名字上頭還未加上「畫家」二字之前，他是在雪廠街一間廣告公司畫商業廣告。業餘時間便努力作油畫。——在室內寫人像，在郊外寫風景。漸漸累積了不少作品。

三十年代中期，他為香港思豪酒店的餐廳作一幅大型壁畫：《孔雀開屏》。酒店特地給他開了個房間，讓他方便工作。在工作過程中，恰巧道過香港的徐悲鴻也下榻思豪酒店，他看到王少陵那幅壁畫頗為賞識，兩人結識後便交上朋友。分別後常常有書信往來。這份交情給王少陵的藝術事業以很大的鼓舞。

王少陵的為人有個特點，是「自我」思想的強烈；見到朋友，總是高興講述有關自己的事情。特別是由異地旅行回來時，話題的內容更豐富，但是卻離不開他自己。甚至見面時是在街上，他也會和你站著講上幾十分鐘；假如他的衣袋裏恰巧帶著什麼畫家寄給他的信，他便拿出來給你看，然後又談論關於那封信的事。

抗日戰爭之前，王少陵到美國去求深造，行前，在思豪酒店開了一次畫展。抗戰結束後的一九四六年，他回來香港一趟，又舉行了一次畫展。[3] 隨後便到美國去定居。近年來，聽說他在紐約當了美術教授。不久之前聽到消息，王少陵準備明年帶領一批美國學生到中國大陸去參觀旅行，並訪問在國內的藝術界朋友。

王少陵的太太胡女士，是舊日上海畫家胡藻彬[4]的女兒，長得很美。她在抗戰前和王少陵同去美國。六十年代初期，在他們的夫婦生活上出現了一點小風浪：一個在美國的台灣官員，據說竟然對胡女士打主意。這事使王少陵非常氣憤。某天，雙方在餐廳裏碰頭，王少陵忍無可忍，當眾把那位官員狠狠地揍了一頓。事情鬧開以後，成了華埠的社會新聞，香港有家報紙也刊登了這樁新聞的「紐約通訊」。

藝術家也有騎士風！

注 ——————————————————————

1　黃魯，筆名有黎明起，廣州詩壇社、《中國詩壇》、《詩場》的成員，來

港後於《華僑日報》、《新生日報》、《國民日報》、《星島日報》、《大公報》發表作品。作品有《紅河》等。

2　黃魯:《紅河》。詩場社,1937年。

3　王少陵抗戰前畫展於 1936 年 12 月 1 日舉行,由港督郝德傑夫婦主持開幕。戰後畫展於 1947 年 10 月 28 日假勝斯酒店舉行,港督葛量洪曾設宴招待並參觀畫展。

4　胡藻斌(1897-1942),廣東順德人,畫家,曾赴日本留學,於日本期間加入同盟會,回國報後創辦若愚畫學研究社、如是美術學校,曾任北伐軍總政治部藝術組宣傳主任,其後出洋考察,遊歷歐亞、美洲及非洲三十多國,三十年代曾僑居新加坡,後回上海參與形象藝術社,抗戰期間避居香港,任美術教師,香港淪陷後曾被捕,其後病逝。

藝壇俯拾錄（十四）

本文原刊《大公報‧大公園》，1982年 7 月 10 日，頁 16。

五十五

正如魯衡的名字在香港過去的文藝工作者名單上不應該被忘記一樣，苗秀的名字也不應該被忘記。

苗秀姓葉。他最初是寫詩的，寫的是抒情詩，而且寫得不少。他的興趣多於事業心，也不準備做詩人，所以作品沒有保存下來。也因為這個緣故，當他有了一份謀生的職業時，便丟下他寫詩的筆了。但是他並未拋棄文字工作。到了他離開職業崗位的時候，再提起筆來已經不再寫詩，因為寫詩不能維持生活，他轉過來從事翻譯，成為一個職業化翻譯者。

苗秀早年是否去過日本，不大清楚。他對日文的造詣卻是相當好的。他的譯文的取材，全部來自日本的出版物；只是並非集中於文學作品，而是廣泛的多方面題材。戰後在葉靈鳳主編的《星島日報》副刊〈星座〉上面，苗秀用「藏園」這筆名發表了大量有關西洋文學藝術的「逸話式」文章，便是最具體的表現。

苗秀是書生型的人，抽煙斗，患上深度近視，寫字非常吃力，但是他仍舊執筆工作。奇怪的是，他視覺不好，卻還能經常從住地筲箕灣乘電車去中區，到書店收取直接向日本訂講的日本書刊。

正因為住得太偏僻，加上朋友們生活緊張，平日大家少有機會見面。四年前，苗秀生了病也沒有人知道，到了聽到消息時，他已經死去一段日子了。

五十六

二次大戰前，香港新聞界有個團體組織名叫「報界公社」[1]，它的蟬聯主席郭亦通，同時是一家「通訊社」的社長。「報界公社」每隔若干時候開一次例會，討論社務問題。會議結束時，做總結的照例是郭亦通。此人的發言有個公式，總是一開口就把內容歸納為「三點」，講話時逐點申述。三點講完，意猶未盡，於是來一句「還有一點」。……仍然是意猶未盡，便又來一句「補充一點」，有時興之所至，可能還會「再補充一點」。

「郭亦通」三字並非他的原名。據說有一次他敘稿時發現造句有個毛病，他

正在推敲修改，旁邊的人看了那造句時插嘴說：「亦通呀！」（意思是說那句子也講得通）。他在得意之餘，索性改名為「郭亦通」。

五十七

三十年代的《東方日報》編輯麥思源，是個玩世不恭的人物，他的生活哲學是「船到橋下自然直」，所以對什麼不如意事都聽任自然，由它自生自滅。矮矮胖胖的身材，慢條斯理的舉止，正符合他的為人風格。他不抽煙，不喝酒，唯一嗜好是買書，坐咖啡店、耽讀定期刊物，看電影。他的薪水收入就在這些事情上花費淨盡。窮的時候就同當押店打交道。他還有個習慣是冬天當夏衣，夏天當冬衣；這個做法的好處是省卻自己保管衣服，同時利用當得的錢贖出另一季的衣服，循環往復，一舉兩得。有一回，冬天來臨，他急需贖出一件大衣，卻尋不出當票，後來才記起，那張當票是塞在一件已經當去的洋服內袋裏面，忘記取出，不免大感焦躁：因為要贖出大衣，首先就得贖出那件洋服才行。他的行事往往如此。

對於一般事物，麥思源常常有他的一套妙論。比如打足球，他便有這樣的看法：「世界上的事情沒有比這個更滑稽：二十條大漢在草地上爭奪一隻皮球；你追我趕，目的只為了要把皮球打進那個四方櫃子。一打進去，幾千個看熱鬧的人就瘋了似的歡呼狂叫，於是體育記者回到報館裏埋頭埋腦的寫它幾千字，評論打得如何如何。多麼可笑！……」

最諷刺的是，麥思源自己就當過體育記者。

注 ——————————————————————

1　張連興：《香港二十八總督（第二版）》（香港：三聯書店〔香港〕有限公司，2022 年，頁 187）提到：

「香港當局的限制措施，卻促成了中文報界的聯合，組成了『香港報界公會』，主持人為郭亦通。報界公會認為，要節省人力、物力與財力，在某些

統一的資料搜集上，可由公會組織力量負責，於是各報所刊登的市場商品價格與各個服務公司的輪船航線與船期等資料，均由公會整理發送。這個『香港報界公會』後來改為『香港報界公社』，從 1907 年起，到 1941 年止，存在了三十四年之久。」

舊書瑣語

本文原刊《大公報・大公園》，1982年7月17日，頁16。

　　一個星期前，意外地獲得小思女士[1]贈送一本《黑麗拉》初版本，聽說是在什麼舊書店裏發現了買來的。她知道我需要搜尋一些我所失落的書。這本舊書所珍貴的地方，不僅因為它難得再有，更因為它版權頁的標價處加貼「軍票」二字；這是說明了這本書經歷過日軍佔領香港時期的滄桑。同樣情形的書，在今日的舊書店裏恐怕不容易找得到幾本了。我不知道該怎樣感謝這份贈書的盛情！

　　事隔一個星期，朋友溫燦昌[2]兄又送給我兩本舊書。原來他曾經託一位在書店做事的友人代找一本我需要的書。沒有結果；最近，那朋友卻無意間發現了另外兩本書，可說是意外的收穫。這兩本書是《不再來的春天》[3]和《月兒彎彎照人間》[4]；都是我自己失存了的；如今正好填補了我的空缺。

　　兩件事情差不多在同一期間出現，即使不是奇跡，也是太巧合了罷？

　　其實這些舊書都不是自己滿意的作品，可是「舐犢情深」，它們究竟是從我的筆下寫出來的東西，它們曾經注進過我的心血，花過我的精神和時間，我要把它們保存的用心，只有和我有同樣處境的人才能夠理解。何況我寫出的每一本書，都附帶著同生活有關的許多記憶呢？

　　分為上下兩冊的《月兒彎彎照人間》，實際是原名《窮巷》的第三個版本。這一版在一九六二年印出時，出版人把它改換了書名，並且把小說開頭的「一九四六年」這年份改為「一九六二年」，即是把故事發生的時間推遲了十六年。實在不符事實。這也許是基於商業上的理由需要這樣改動，然而這種對讀者不忠實的做法，並不聰明。我曾經對這一點頗有意見，可是我沒有能夠作出表示，因為書的版權不屬於我。出

《不再來的春天》書影

版人有支配他的出版物的權力。我只能在事隔二十年的今天才作出這個說明。

作為閒話，《窮巷》的「災難」遭遇還不只是這一件。

不知道是不是因故事較有戲劇性的緣故，澳門綠邨電台和香港電台都曾經通過間接關係徵求了我同意，先後把《窮巷》作過長篇廣播劇播出。[5] 在這之前，有過一家影片公司準備把它拍成影片；據說先後寫了四次劇本都不滿意；結果影片沒有拍成功。聽說一個內定了當主角的有名氣的女演員，曾經認為擔當的角色不能穿漂亮衣服而不大願意主演。這雖然不是影片流產的主要原因，然而卻顯示了香港某種所謂「明星」的思想狀態的一面。一九七三年秋季，此地一家電視公司買了小說的電視版權，把《窮巷》拍成了電視片；[6] 可是螢光幕上演出的「戲」卻完全變了面目；不要說小說的時代背景，連主題也不知道哪裏去了；只能用「不知所謂」四字來概括。真叫人悲哀！

還有一樁六〇年代的事。新加坡有一位讀者要想把《窮巷》改編舞台劇上演，輾轉寄來一封信，向我徵求同意。對於別人的賞臉，我是不應該拒絕的，如果那是值得的話。可惜我當時為事務忙著，不能夠即時回信。到了我可以寫信時，那位遠方朋友附了地址的信不知怎樣丟失了。我連謝意也無從向對方表達。直到今天我還負擔著一份無可補償的遺憾！

至於《不再來的春天》這個小說的題材，可不是我構想出來的。在動筆之前，我讀到一個朋友寫成了的一個短篇小說，我感到喜愛，卻又覺得它的內容還有寫得不夠的地方，並且也缺乏主題。我向作者道出我的意見。這朋友對創作有自己的主觀思想：她認為小說就是小說，執筆時的意願怎麼樣就可以寫成怎麼樣。但是她卻表示，假如我有興趣，她願意把那個題材送給我，讓我把它演繹成一個較為完整的作品。於是我用了我自己的手法和筆調（如果可以這樣說的話）把它寫成了一個九萬字的中篇小說。

《不再來的春天》出版以後，我沒有再見到過這位慷慨地把小說題材送給我的朋友，我也不知道她在什麼地方。當這本失存的書落到我手上的時候，我悠然地有所懷念。

注 ────────────────────────

1　參考本書上冊〈新秋抒情〉及〈豐子愷的知音者〉，頁 125、328。

2　溫燦昌：〈侶倫創作年表簡編〉，刊《八方文藝叢刊》第 9 輯，1988 年 6 月，頁 66-81。

3　侶倫：《不再來的春天》。香港：偉青書店，1957 年。

4　侶倫：《月兒彎彎照人間》。香港：文淵書店，欠出版日期。

5　據溫燦昌〈侶倫創作年表簡編〉，香港電台、澳門綠邨電台於 1960 年分別將《窮巷》改編成故事劇廣播。

6　據溫燦昌〈侶倫創作年表簡編〉，香港麗的電視台於 1973 年將《窮巷》改編成電視劇。

一個老太婆

本文原刊《大公報‧大公園》，1982年 7 月 24 日，頁 16。

這個老太婆住在我的下一層樓一個單位。她的年紀看來在七十歲過外，已經滿頭白髮，也許生活過得還好，臉上雖然滿了皺紋，膚色卻是紅潤的。初時，我和她並不相識；雖然大家同一道樓梯上落，偶然碰到，也沒有打招呼；我習慣是一直走，她卻在每一層樓梯的拐角處停下來，拄著手杖在喘氣。

有時在街上見到她，那是她從市場出來，在回家的途中；似乎因為太累，坐在街頭賣薑的攤檔旁邊休息，兩手伸直的撐住手杖，腳邊放著載在膠袋裏的餸菜。

那一次是節日的上午，我從外面回來，在樓下發現她。她靠在大門邊的牆上，撐著手杖站在那裏。地面前放著雞皮紙袋，裏面載了肉類、生果、鮮花之類的過節用物。我猜想她需要幫忙。我向她招呼一聲，便開了鐵閘，隨即要求她，讓我替她把紙袋挽上樓去。但是她做個手勢阻止我：

「不，不！不須麻煩你，阿叔。」她說，「請你順便去五樓 D 座按按鐘，叫阿嬋落樓，她是我的孫女，你說阿婆在樓下就行了」。

「反正我是上樓的，還是我挽上去罷！」說著，不待她同意，我就挽起她的紙袋走上樓梯。我聽到她跟在後頭急促地叫著：「哎喲，阿叔，你真好！」

我挽了那隻重甸甸的雞皮紙袋，站在五樓 D 座門外。聽了鈴聲來開門的不是女孩子，卻是個十八、九歲左右的青年人。我把事情交代過了，便上六樓去。

這樣以後，我同這個老太婆便相識了。每次在樓梯碰到的時候，大家都打個招呼。有時，一個我猜想是她的孫女的年青女子，牽住一個白胖孩子在樓梯遇見了，也對我微笑著點頭，顯然是老太婆對她提起過我那天幫忙她的事。

有些時候，我上樓時見到老太婆正站在拐彎處歇腳，便停下來同她搭訕幾句話。她總是嘆息自己不中用，上幾步梯級就累得走不動。看起來她的身體還壯健，而且胖得有點臃腫；但是她說這只是表面樣子，她有風濕病，還經常血壓高，所以走動一下就很辛苦；醫生勸告她不要勞碌。

「為什麼你每天還上落幾層樓去買小菜呢？這對於你是不適宜的，老太。」有一次我忍不住問出來。「你的孫女不是可以替你去買嗎？」

她說，她的孫女不是同住的。孫女的家在沙田，她的丈夫每次為影片公司趕寫劇本的時候，需要靜，不高興小孩子嘈吵，她便帶了兒子回來祖母家裏住一個時期，丈夫完成了工作，她便要回去。她看管孩子已經夠了，哪裏還能為祖母做什麼家務？

「那麼，你不是說有個孫兒的？……」我記起那天給我應門的那個青年人。他不是可以去買小菜？

老太婆現出厭煩的表情撥一撥手：「不要提他了，提起他我便氣結！那傢伙會幫忙我？我服侍他，他還嫌不夠哪！」

雖然這老太婆的態度這麼坦白，我卻不方便探究她說話的內容。可是她好像高興有個發洩機會，毫不保留地說下去：

「阿叔，我知道你是好人，我不怕對你說：我真是十分懊悔，年前，他偷渡來香港，我花了六千塊錢把他從蛇頭手裏贖出來，滿以為他換過環境，會做過好青年；誰想到他使我完全失望。早知這樣子，我一文錢也不給，索性報警把他打回頭去，省得今日受氣。」

是怎樣的受氣呢？從老太婆的訴說裏，我明白了事情的梗概。這老太婆有兩個兒子在英國開菜館，經常輪流地寄錢供養老人家，老太婆的生活過得很安定。可是孫兒來了以後，安定就給破壞了。這個在環境的薰陶下，由本來什麼都不懂變得什麼都懂的傢伙，恃著家裏有固定的外匯，便索性不找事做，過著悠閒日子，並且不時地向祖母要錢花費。到了因為次數太多而遭祖母拒絕的時候，他索性把外匯截留了大部分，供自己揮霍。老祖母一身毛病，奈何不得，只有嘆息和暗自流淚。在無可奈何的情形下，只好叫阿嬋寫信去英國，向兒子報告情況，通知他們以後把錢匯到沙田，用阿嬋轉交祖母，好讓「家賊」沒有機會下手。

人事有時就是這麼可悲！

有一天下午，我回家時候在樓下見到老太婆，她坐在那裏哭泣。我問她什麼事情。

「阿叔，那傢伙留下字條跑了！」她揩著眼淚說。

「你的孫兒嗎？」我知道她說的是誰，不禁替她慶幸，「他走了不是減輕你的麻煩嗎？阿婆」。

「是的。可是他把我積存了一年的社會福利處發給的老人金拿走了，他偷去我那本銀行存摺和提款的圖章。」

荒誕的傳奇

本文原刊《大公報‧大公園》，1982年 7 月 31 日，頁 16。

一個寫小說的人是容易碰到一些不可思議的人和事的。

在一個生辰宴會裏，主人把我介紹給客人之中的一位丁小姐；並且附帶告訴我，丁小姐是愛好文學的。她的年紀是二十歲上下，具有一副高雅的丰儀；在穩重的舉止中迸發著一種灑脫的青春熱力。在香港社會，這樣的女性算不上是很典型的人物。

自從認識了以後，丁小姐和我便做了朋友，——並且是頗為脫略的朋友。為著向我借書和還書的關係，彼此平日有了客氣的往來。有一個下午，她在我的住處耽擱的時間比平日長些。當她注意到我書桌上一疊未寫完的稿件的時候，突然展開充滿興味的笑臉問道：

「我想知道，你們寫小說的，會有感到題材枯竭，寫不出東西的時候嗎？」

我說，這類情形是少有的。在複雜的生活環境裏，只要你肯細心鑽探，總可以抓到一些寫作的材料。

「如果我曉得寫就好了。」她帶著羨慕語氣說，「我心裏一直有個題材，但是可惜我不是小說家」。

「是怎樣一個題材呢？」我給喚起了興趣。

「唔，是很奇妙的，很荒謬的。」她自語地說，「如果你落在題材枯竭的境地，你把它寫下來也好」。

我要求她說出來聽聽。

「你不要笑我好嗎？你知道我不是小說家。我的故事非常簡單。」

是這樣一個故事：一個女孩子生動地同一位她所仰慕的作家通起信來，原始的動機只是為了一種興趣，也許還滲雜了一種好奇心。但是由於先入為主的仰慕觀念，加上直接感受的感情作用，漸漸的，她不自覺地陷入愛的心理狀態。那位作家是個心靈寂寞的人；她的稚氣的同情心使她感覺到，給他安慰是她的崇高義務，並且以自己能夠具有這種力量而高興：因為她居然佔有他的心。在雙方的感情共同發展的情形下，她們都共同有著需要會面的強烈慾望。她們為著這個目的而作好安排。但是女的有個很矛盾的心情：一面感著興奮，一面又有些遲疑。她

耽心地考慮著：會面以後大家的印象是否如互相想像的那麼好呢？由於這個顧慮，更挑起理性的醒覺：她開始感到，她和那位作家之間的愛情完全是「架空」的，不健全的。它只是建立在筆墨上的一個彩色的夢，和實際完全脫節。因此兩人的會面是個重要關頭：如果不是使那虛幻的感情花朵開得更燦爛，便是全部感情的根本崩潰。

這女孩子是寧願保持一個完整的夢的。她採取了一個盡可能兩全的辦法，在會面計劃接近實現的時候，突然地停止了她的通信，也不道出理由；因為有了理由便會引起辯論，從而發生枝節，這便可能隱伏不可想像的後果。……

「後來怎樣？」我問丁小姐。

後來，女的為了處置自己的痛苦和一份無可寄託的感情，她索性接受了一個向她追求已久的男子的求婚。

「這樣說來，那女的只是同作家作了一場感情遊戲罷了，不是嗎？」

「唔，表面看來是這樣子，而且是相當殘忍的；不過對於女的不也是一樣殘忍麼？但那是實際情形造成的結果，是無可奈何的呵！」

「這個題材也算別致，可是由你自己想出來的麼？」

丁小姐笑著搖搖頭：「這不是想出來的；這是真實的。只是主人公並不是我，──是我的一個朋友。這故事有沒有用？」

「你保留著罷！我需要的時候再說。」

其實我對於那樣的題材根本沒有興趣，它的內容也很難成立。我只是這樣敷衍著她，把話題打發過去。

我曾經因事離開香港兩個月，回來的時候，發見丁小姐在兩星期前留下給我的一隻包裹，用火漆封得牢牢的。外面附了一封信。信裏告訴我：她進行已久的出國手續已經辦好，我見到信時，她已同愛人去了加拿大。最遺憾的是等不及同我握別。關於那隻包裹，她寫了這樣的話：

「我很抱歉，在難為情的心理下對你說了謊，現在不妨向你告白了：我所說的小說題材並不是朋友的故事。我就是同那位作家通信的女孩子。包裹中的一束書信便是他給我寫的。我把它送給你，希望對於你寫作時有所幫助，如果你使用那個題材的話。至於那位作家是誰，你自己猜猜罷！……」

藝壇俯拾錄（十五）

本文原刊《大公報·大公園》，1982年8月7日，頁16。其中第五十九、六十一則收入《向水屋筆語》。

五十八

最近在大會堂展覽館舉行「律動的美」畫展的林檎，許多人都以為他平日的專業是寫寫影視界的新聞，畫畫舞台人物的速寫；卻不知道他還擅長於寫國畫，而且作品又特具風格。在報紙的一些為他畫展而寫的文章中可以看出這個想法。

林檎說得上是個多能之士；除了上面提到的長處以外，還有不為人所知的一面，他還是個很好的歌唱者。只是他沒有向這方面發展。我記得在抗日戰爭初期，他由廣州來了香港，曾經參加一家影片公司準備拍攝的愛國電影《民族罪人》[1]的籌劃工作，在一次工作會議的宴席上，他被邀表演，唱了電影《夜半歌聲》[2]的一首插曲〈熱血〉。沉雄的腔調，震人心弦。

叫人佩服的是林檎的一種堅強的意志和生命的活力。雖然有的是兩條不良於行的腿子，然而他的作為卻可能使軀體健全的人感到慚愧。香港淪陷的時候，他跟大夥兒一起到內地過流亡生活，在敵人的炸彈下逃生；固然這是全仗同伴們崇高道義的扶助，可是首先還得具有個人的對命運搏鬥的勇氣。敵人投降，林檎是勝利地回來了。

長期以來，林檎一直仗著一桿筆去從事文化範圍的工作，為著生活的需要，他寫著為娛樂別人而執筆的文章，但是正如肢體的缺陷沒有妨礙他的人事上的正常活動一樣，那些「吃飯文章」的寫作也不曾妨礙他的正規事業的發展。林檎沒有忘掉他本來的道路。這方面的成就，在「律動的美」畫展中已經體現出來。

五十九

香港有過一份全部文字橫排的報紙。名叫《也是報》[3]，在中文報名下面印個英文報名 *Yes*，出版於一九二九年春季。

《也是報》是小報式的報紙。它的大小是半邊報紙對摺，四個版面。三日出版一次。它的特點是每期紙色不同：一期是淺黃色，一期粉藍色，一期粉綠色，依次輪換。

由於不是日報，所以不刊新聞；刊登的都是與現實有關的文字：時事評論、

特寫、諷刺文章、雜文、通訊……等等。雖然是小報形式,卻沒有小報的低級趣味。

《也是報》的主辦人是林回春和他的朋友;他們是由蘇聯歸來的留學生,住在半山區。他們離開香港時,《也是報》也停辦了。

六十

劉火子在香港時愛寫詩,也愛讀書;甚至出外走動的時候,手上也習慣帶一本書,準備隨時閱讀。但他卻不是一個珍惜書的人,帶在手上的書往往捲成圓筒,握在手裏,或是把書隨便塞進衣袋。可是在家裏,他對待書的態度卻截然不同。他處理書籍有個奇怪習慣:把插在書架的書籍倒轉放置。他的理由是:保護書的上沿不致蒙上灰塵。

六十一

一九二九年,香港出版過一本刊物名叫《脂痕》,是由外地來的青年彭商女和太太韋依然主辦的;一位小姨作助手。他們在香港教書,不知哪裏來的豪情要辦個婦女刊物。

《脂痕》是半月刊,十六開本,連封面約二十頁,書紙印刷。內容刊登的全是有關婦女問題的文章,此外還有「文藝」部分,——詩歌和短篇小說,以及專欄〈婦女園地〉。

部分稿件是由編者直接間接地向人約寫的,大部分稿件則是彭商女夫婦等三人執筆。編輯、校對、發行、拉廣告等工作也是由三人包辦。

《脂痕》只出版了五、六期左右,由於主辦人回去內地而停刊,然而它卻是香港第一本婦女刊物。

注 ─────────────────────────

1 《民族罪人》,主要演員有黃曼梨等,1938 年在香港上映。

2　《夜半歌聲》，馬徐維邦導演，主要演員有金山、胡萍等，1937 年上映。

3　楊國雄：〈托派的《也是報》〉（見《香港戰前報業》，頁 226-230）提到：

「《也是報》……是托洛斯基派在香港最早出版的一份刊物。…… 於一九二九年二月十九日創刊，…… 該報為小型報，每期出版一小張，共四版，督印為林回春，出版數期，便告中斷。…… 」

還容許有第二次嗎？

本文原刊《大公報・大公園》，1982
年 8 月 14 日，頁 16。

> 夜半雞飛狗跳牆，
>
> 東洋鬼子來搶莊。
>
> 火光沖天哭聲起，
>
> 男女老少遭禍殃。
>
> 張家的嫂子投河死，
>
> 王家的大媽背砍傷。
>
> ……

　　這首歌是抗戰期間我在農村教書時，小學生常常唱的。有一次學校開遊藝會，一個女學生在舞台上演唱這首歌的時候，我一面聽一面忍不住流淚。它的音韻是那麼淒愴，而歌詞又那麼樸素地描寫日軍在農村裏肆虐的真實情景。我是在城市體驗了日軍鐵蹄下的淪陷區滋味而流亡到內地去的，所以感受得分外深切！但是我流下的不是感傷的眼淚而是悲憤的眼淚！

　　戰爭有如一場惡夢。多年以來。紛亂的世事已經把一切有關的記憶沖淡下去。我要永遠地忘掉它。想不到事情並不如人的主觀願望，一個愈來愈明顯的訊息提醒人們：日本有一撮軍國主義者又躍躍欲動。他們藉篡改教科書去歪曲歷史，美化侵略戰爭。這便使我不期然地記起那一首曾經感動過我的哀歌；同時也記起那一段淪陷區裏的血腥日子！

　　我是在地方換了旗幟一個短時間之後才離開的，這使我有機會看到日本軍國主義者的真面目。

　　在城市，雖然不像在農村那樣有「東洋鬼子來搶莊」的橫禍，可是不時有突擊搜查的恐怖，半夜裏，一聽到沉重的皮靴聲就叫人提心吊膽，預感著什麼大禍臨頭。常常是一夜不能安睡。

　　白天也不好過。走在街上，隨時有遭遇災禍的危險。街道上有許多地方劃作「禁區」，照例圍上鐵絲網，掛了一塊「通行禁止」的木牌。但是這些禁區並不

固定，有些禁區取消了，鐵絲網和木牌倒在地上，行人就在那上面踐踏過去。可是卻又不能隨便拿它作例子。如果看見鐵絲網毀了，木牌不見了。便以為可以抄捷徑，往往是才走了幾步，躲在暗處的日軍便立刻跑過來，用他們毒辣的手段使你明白自己判斷的錯誤！

我和幾個同伴就曾經在禁區的「陷阱」碰上大難。要不是一個纏了「報導部」臂章的人向日本兵花了一大番工夫證明我們是「良民」，我們的生命早就完了。

日軍對待那些在街上被認為犯了「罪」的路人的手段，最先是揮著手掌把對方的面頰左一記右一記的大打，隨後是大踢一頓；末了要對方跪在地上。他自己回去原來的崗位，讓對方跪在那裏吃苦。直到他們殘忍的獸性滿足了，才走前去再賞幾下耳光之後放人。

有些時候，日軍不用這方法，就把那人的衣領抓住，整個人掀起來朝地面摔下去，直到他們滿意了才停止。而僅僅吃幾下槍柄就給放走，便算是幸運的遭遇了。

走過站崗前面忽略了鞠躬，或是因為言語不通而觸犯了命令，那麼，你便逃不掉一頓酷刑：兩手把一盆水舉在頭上，還加上一塊石頭。儘管你的手沒法直豎，盆裏的水直瀉到身上，你也不能把盆放低一些，更不能借助頭頂去支持；否則巴掌和鞋尖都一齊加到身上，或者再拿個石頭放進盆裏去。

如果所犯的「罪」有「資格」進憲兵部，你就得忍受那求生不得求死不能的酷刑——灌水！

在街上，砰的一聲槍響，一個路人慘叫著倒下去了。沒有人知道這個人為什麼要這樣死法，然而誰都知道那顆子彈是誰射出來的。

一個餓得半死的人因為偷了一包食鹽給抓住了；才一陣工夫，他的身子已經不動地躺在地上，頭顱擺在身子旁邊。

在「食米配給所」門前，每天照例排著一條上千人的長龍，人人的手上捏住一張米票，等著輪到自己的一份。為著每天六兩四的米，有些人是午夜就開始在那裏排隊。飢餓使人守不了秩序：在人群中常常湧起不可避免的爭執。站在附近監視的日軍，對於這種場面的處理方法便是從那些騷動的人群中胡亂抓出幾個人，把他們的衣服脫光，一個一個的推進海裏去。能夠爬上岸來的算是你的本領，不能爬上岸來的只有聽天由命。沒有誰敢向那些遭溺的人伸出一隻援手。

有的女人站得不耐煩，發現另一段人龍中有朋友，便拜託身邊的人看守著自

己的位置；走到朋友那邊去說幾句話；轉身回來原位時，不提防給日軍看見，指她「打尖」，連呼帶喝的跑前來，不由分說，舉起刺刀便猛插下去。

那樣的日子，生命說不上是生命，人的價值只是一隻螞蟻，一粒灰塵。而這一切僅是淪陷初期，出現在一個地區的片斷景象罷了！誰相信這還是人間！

一次已經夠了，還容許有第二次嗎？

劫餘記

本文原刊《大公報・大公園》，1982年8月21日，頁16。

　　提起警惕日本軍國主義復活，我沒法不湧起許多有關舊事的記憶。那當然不會是愉快的。不過比起當日整個民族的災難，個人的遭遇實在微不足道。但如果不是法西斯的兇焰燃燒到每一個人身上，我不會到異鄉去過流亡日子，而我的家族也不會流離顛沛地同我一道過艱苦生活了。這筆血賬真是終生難忘！

　　決定要離開已成為淪陷區的香港之前，我就寫了信給在曲江做事的朋友 T 君，告訴他我要到他那裏去。其實在那兵荒馬亂的時期，要經過怎樣的行程才能去到目的地，我自己也不知道，也沒有把握，只能夠見一步走一步。而在當日的戰時環境下，唯一的路徑是走陸路沿東江北上。同我一起走的是向陽弟和我的女伴一共三人。一切都那麼陌生。到了紫金縣的九和市，因為有一位親人在那裏行醫，我們便憑了這點關係，在那裏作為中途站，暫時駐腳。一方面寫信給曲江的 T 君，通知他我們已經在北行的途中了。希望他回封信，好讓我定奪行止。

　　但是在紫金耽擱了一個月，沒有接到 T 君的反應（事後才知道他因公事出勤去了），我們手頭的錢已經用盡。在四顧茫茫的境地，只好接受了當地父老的要求，留下來當教師。那裏有兩間相距不遠的小學，可以分別安插我們的職務。當地的人對於來自淪陷區的知識分子不僅同情，而且是很尊重的，在生活上給了我們許多方便。我們領他們的情，一心一意地留在那裏，從事愛國教育的工作了。

　　戰爭還在進行著，勝利的日子似乎渺渺無期。一九四三年冬季，我的家人也要流亡了。早些時候，妹妹就從香港給我寫信，說是母親表示願同家人到紫金來和我們在一起，問我的意見怎樣。信裏不寫出理由，我也可以想像到她們不能夠再在香港生活下去。我已經從報紙上知道香港社會的悲慘情況：糧食缺乏，每人的配給量已經由初時的每日六兩四的米改為三兩二，另三兩二則是綠豆；有許多人餓死了；社會秩序混亂；惡人橫行；日軍胡亂抓人濫殺；盟軍飛機經常轟炸；人們都在恐怖中過日子。……在這情形下，我怎能不同意家人來呢？

　　母親帶領的一群人中，包括了我的姊姊、弟妹、弟婦、妹夫和孩子。她們在十一月中旬起程，在途中，為了逃避日軍的騷擾，國民黨守軍在「防諜」藉口下

的種種留難，⋯⋯歷盡艱難險阻，竟花了二十多日才安全地到達紫金。但是大家總算是在異鄉團聚了。

在當地人的好意照顧下，一家「難民」在一間被騰空的破舊村屋裏安頓下來，作為避難時期的家。集體的流亡生活是非常艱苦的，可是比起在敵人鐵蹄下度過的日子卻不知好多少倍。我們的母親從來不曾出過遠門，這一次竟然創出奇跡，長途跋涉地來到一個陌生地方，目的就是為了換取這麼一點自由的空氣。這裏面有著很不尋常的意義！

支持著母親度過兩年艱苦生活的，是一個打倒日本軍國主義必然勝利的信心。而這麼一個日子終於到來了。

這是我在一九四五年八月十二日寫的一頁日記：

「今天是農曆七月初五，星期日，墟期。上午，提早上墟去買幾兩豬肉，在廣濟堂裏聽到消息，說是日本投降了。據說縣府已來了電話通知。一個剛剛離去的郵務視察員也如是說。我半信半疑。走過大三元餅店的時候，老闆在店裏叫出來：『好消息呀，李先生，日本投降了，你們快回老家了啦！』他並且說，經武校長也從縣城打電話向和盛店報告。我立刻跑往和盛店去探問。繼志君證實消息是真的，同時給我看一張最新的老隆版《大光報》，全版記載著美國使用原子彈轟炸日本的新聞以及杜魯門總統的有關使用原子彈的聲明。

「我立刻跑回村屋去，向家人報告叫大家興奮的大新聞。隨後，弟弟和妹夫又拉住我再到墟市去。那裏，已經來了不少趁墟的鄉人，到處都在講著日本投降的話題。許多人聚攏在碉樓下面讀著牆上一張紅紙大字報，那是地方機關的書記寫的。大字報的內容如下。

接老隆長途電話：日本已接受波茨坦三巨頭會議決議案無條件投降。但須保留天皇。

美國使用最新武器原子彈轟炸日本，長崎中彈一枚，死傷六十三萬人。

「聽說，縣城機關把上述新聞用針筆版油印出售，每份十元，市民爭相購買。」

一點感想

本文原刊《大公報・大公園》，1982年8月28日，頁16。

在一片反對日本軍國主義復活浪潮中，無線電視台於上周末晚上播出一個《日本篡改歷史教科書特輯》。這是十分應時、也是十分有意思的安排。雖然播出的時間只是短短半個鐘頭，但是已經精簡地把「事件」的發生和激起普遍反對的原因，通過一連串畫面作出概括的說明。

據說，這個《特輯》是首次有大陸與台灣共同協助搞出來的。電視台派人分別在南京和台北進行過訪問。因此有兩地的劫後餘生者憶述當年日軍慘無人道的暴行情況；以及曾經參與「遠東國際戰犯法庭」審訊工作的審判長石美瑜講述日軍南京大屠殺的慘象。另外還加插了兩個香港老人哭述淪陷時期被日軍迫害得家散人亡的經歷。這些都是非常有力的控訴。而當鏡頭轉入引述日軍暴行畫面之前，節目主持人加上請家長觀眾注意「兒童不宜觀看」的鏡頭的提示，更加強了「特輯」的分量。其實那些畫面，在歷史紀錄片上已經出現過不止一次。此舉的含義是深刻的。

在太平洋戰爭中，日本軍國主義者所表現的殘暴行徑，即使現在是三十歲的人，也只能從較老一輩的口中當作故事去聽，根本不曾親身感受過那種味道，有機會看看這類專題性的紀錄片，很有好處。這是形象化的歷史課，是一種思想教育；叫青少年人認識到日本軍國主義是怎樣一種東西，不容許它在任何時候以任何手段捲土重來！

在這方面的意義說來，我覺得香港專上學聯的同學們是愛國的，他們迅速地展開反對日本文部省修改歷史教科書的活動：進行集會、決定行動步驟、向駐港日本領事館遞抗議信、發動全港居民簽名運動，不怕雨淋日曬，大夥兒投身到一個共同目標的工作。把「抗議」活動搞得如火如荼，有聲有色。而他們卻全未經歷過日本侵略戰爭的災難。但是他們所表現的熱情，卻超越某些從那種「災難」過來人的程度。

是什麼力量在推動著他們行動的呢？看看他們「致全港居民的公開信」裏面的話：

老一輩的腦海中仍留下民族災難深刻的烙印。青年朋友們，我們沒有經歷過這場戰爭，沒有親身感受過民族危亡旦夕的苦痛，所以更要加深對歷史的了解認識。「前事不忘，後事之師」，這對日本軍國主義分子固然適用，但對我們來說，也是不可忘記的格言。⋯⋯日本文部省企圖抹掉侵略史實，我們卻要牢記這段歷史，緊記著國家積弱便被宰割的道理。

他們踏出了這第一步，表明了他們不是憑著感情衝動，而是通過理性的覺悟來採取行動的。以後，希望他們行動時能夠繼續堅持理性，不可衝動。

半個多世紀以來，中國的青年群眾常常是推動社會前進步伐的動力。「五四」運動在反帝國主義、反封建思想方面起了偉大作用，在中國歷史上翻開了新頁；其後的「五卅」、「六・二三」事件中，也主要以青年為骨幹，掀起轟轟烈烈的反帝鬥爭。直至「九一八」後範圍廣泛的「救亡運動」，也是青年隊伍作先鋒的。如今，香港專上「學聯」的同學們自發地動員起來，反對日本文部省篡改侵華歷史，反對日本軍國主義復活，這種行動，可說是中國青年的民族性的優良傳統的體現。

事實上，在愛國的前提下，每一個人，不管他（她）有沒有身受過侵略戰爭的災難，都應該反對日本軍國主義復活。可是偏有人對於這個浪潮置身事外，卻用「超然」的態度加以評論。我就在電視上聽到一位教育家公開發表意見，他說，中國在經濟上有求於日本，所以這個「反對」浪潮是搞不下去的，它很快便會平息。⋯⋯我想，這樣的理論除了打擊士氣，沒有好處。退一步說，如果中國有求於日本，是否就應該逆來順受；而日本的軍國主義者就可以為所欲為呢？⋯⋯

荒謬的把戲

本文原刊《大公報‧大公園》，1982年 9 月 4 日，頁 16。

這是從朋友那裏聽來的一個發生在香港淪陷期間的故事。

一個日籍公務員松田（這名字是假設的，為了便於敘述的緣故），也許太有閒情了，跑到中區一間「導遊社」去消遣。這間導遊社是供應那些當日有資格娛樂的人而設的。它的主人據說是為了要維持因戰事而陷於絕境的生計，同時要弄一筆逃出「虎口」的盤費，便採取了這一條較易賺錢的途徑。然而這究竟不是體面的事業，因此他自己並不在導遊社裏露面。

當松田胡混夠了正要離去的時候，不知道出於什麼動機，他忽然向一位導遊女郎問：誰是老闆？

那導遊女郎貪玩地胡亂向電話機那邊一指，那裏坐著儀表斯文的接聽電話的雜役阿成。

松田走到阿成面前，裝出客氣態度叫他一同出去。

阿成不敢違命，便跟了他走。到了門外，松田叫了兩部人力車，和阿成分別乘坐，一直拉到花園道口停下來；然後叫了兩部轎子，把兩人扛上斜路。這一切都做得非常客氣而又看不出目的，使得本來神經衰弱的阿成恍如墮入霧中一樣。

轎子停在花園道上邊，一座作了日本侵佔機關的洋樓門前。阿成好像夢遊一般被引進三層樓上一間辦公室。那裏有一道門通出陽台。牆壁上掛了一把長劍。松田把自己身邊的手槍解下來，放在寫字枱上。

阿成像受了催眠一樣，在被指示的一把椅子坐下，隔著寫字枱和松田的座位相對。

「你就是開辦那間導遊社的老闆，是嗎？」松田開口了。

「不是，我不是老闆。」阿成怯怯地回答。他開始惶惑：他原來不是對象。但是這身份上的錯誤會帶來什麼結果？誰知道呢？因此他急忙辯白，說是導遊女郎開他的玩笑。他只是那裏的雜役。

但是松田不接受他的說法，他冷笑一下。「你分明是老闆，來到這裏卻不承認！我告訴你，日本人是不高興人家說謊的！」

看見對方莊重起來的神氣，摸不著來意的阿成更加怯了起來。他極力辯白他

的身份。可是松田卻聽如無聞,他轉了話題問道:

「告訴我,你讀過幾年書?」

「我讀過中學。」

「那麼,你是中學生了啦!」點點頭,「可是,中學生多少事情可做,為什麼開導遊社呢?說呀!」

阿成沉默著。他知道辯白也是徒然,卻又感到愈來愈重的壓力,他不知道怎麼辦才好,在那麼蠻橫的傢伙面前。

也許因為阿成不作聲,另一幕戲開始了。松田站立起來,取下壁上的長劍。

「像你那樣有學識卻又有那樣行為的人,是應該自殺的(把劍放在寫字枱上)。這裏是一把劍和一桿手槍,聽你隨便選擇一件!」

阿成惶恐得發呆了。他這才模糊地摸著了這傢伙的真意。什麼魔鬼把他驅使到這裏來呢?他完了!

阿成凝神地看著那兩件東西的兇相。松田卻凝神注意著阿成的動靜。

「怎麼?隨便選擇一件也沒有勇氣嗎?嗱,真是沒用的東西!」接著是:「好罷,你跟我來!」

失去了主宰的阿成,又像夢遊病者一般被引領著向陽台走去。

「向下面看!」命令的口吻。

下面是斜路,站在陽台向下望就覺得分外高了。

接著來的又是命令:「跳下去!由這裏跳下去!」

阿成茫茫然地,不知道怎樣應付眼前的處境才好。他沒有理由跳下去,也沒有理由求饒。他沒有什麼錯誤,錯誤的是跟了這傢伙到這個地方來。他落在無告的窘境之中。末了,另一個轉圜解脫了他;松田一手拉住他走進辦公室裏去。

然而又落到了更麻煩的境地。

「你的確沒用!」對著像貓爪下的耗子似的阿成,松田又開始他的演說:「你做了導遊社老闆,不敢承認;我叫你自殺,你沒有勇氣;叫你跳樓,你也沒有膽量。好罷,你既然沒有自殺的勇氣,那麼,你就做另一件事;殺了我,總該有勇氣罷?兩件東西,任由你用一件。」把手槍和長劍向前推。

沒有一種感覺比阿成此刻的心境更複雜了。只要鼓起一剎那的勇氣,這只是一舉手之間的事情。但是誰能夠設想後果將會怎樣。他一直是供人演著莫名其妙的把戲,而這把戲已經使他失魂落魄了。他沒有動作是自然的事。

與其說是對於阿成的失望，毋寧說是已經滿足了自己的快意；松田的態度突然緩和下來。他哈哈的發出一聲獰笑。隨即把長劍掛回壁上。阿成的緊張情緒不由得鬆弛一下，但是當松田轉過身來的時候，又是一副嚴肅的面孔；他在阿成的肩胛重重的一拍，喝一聲：「跟我來！」

　　阿成重新陷入恐怖中，他意識到什麼可怕的刑罰又在另一個場面等著他。他不由自主的在後面拖住沉重的步子。

　　但驚惶是多餘的。驚惶的本身也是一種玩弄。他被領到樓下；被推進一輛轎子；又被推上一部人力車。像來時一樣，松田一直同他回到導遊社門口。下了人力車，松田裝出一副客氣樣子，微微鞠個躬，說句「對不起」，便掉頭離去。

　　好像做了個惡夢，阿成幾乎是爬著上樓梯的。導遊女郎懷著最大的興趣向他聚攏過來，探問他的「幸遇」。

　　阿成還未開口回答，就像折斷了腿子似的昏倒在地上。

戰時日記

本文原名〈我的戰時日記〉，原刊
《大公報‧大公園》，1982 年 9 月 11
日，頁 16。其後以〈戰時日記〉為
題收入《向水屋筆語》。

我的戰時日記一共是薄薄四本，[1]由回到「自由區」開始記事，直至日軍投降，準備回來香港的時候才結束；時間跨越三個年頭，中間偶然有所間斷，但是整個流亡期間的生活紀錄都在那裏保留著。當時只是在課餘時間隨隨便便的寫，沒有目的，更沒有計劃；可是在事隔多年的今日翻看起來，無論日記冊子的本身或是內容，都使我感到一股苦趣的味道。

說「苦趣」，是因為它的存在正是抗戰年代的艱難日子。那時候物資十分缺乏，任何事情都講究節約。只要設想一下一隻信封可以重複使用三、四次，便可以領會到那種苦況。我的日記本子便是用薄薄的土製紙張，裁成一定的大小，對摺起來釘裝成冊的。我不習慣用毛筆寫字，而身上的墨水筆，又在離境時給嚴密檢查的日本兵把它「肢解」得無法復原，只剩下插住筆嘴的部分，鑲上一根木桿作筆身，還可以派上用場。墨水呢，在當日的農村裏是沒法找到的；幸而隨身帶有一枝紫芯鉛筆，可以剖下筆芯浸成墨水。我就是利用這些書寫工具來寫我的日記。——同時，也是利用這些工具來寫文章。

戰後以來，人事倥傯，我一直沒有閒情去想起這些戰時日記，也不知道它們丟在什麼地方，甚至忘記它們的存在。要不是為了需要而把它們尋出來，我便永遠不會察覺這些日記本子出現的變化：那是在時間的沖洗下，那些用人工製成的墨水所寫的字跡，有部分已經褪色，有如「走光」的菲林一樣，模模糊糊的看不清楚。我從若隱若現的字跡上面去捉摸那些語句，很吃力地才知道我所寫的是什麼，從而在那裏面發掘出許多我完全忘記了的事情。

在模糊了的第一本日記裏，我發現有幾頁字跡中，留下幾段當日使我難過的記事。

那時候是我回到「自由區」的初期，接受了當地父老的要求，不再到別的地方去，留在那裏教書。可是暑假還未結束。在開課之前，我不能搬進學校，便暫時住在當地一位傳教士家裏的閣樓上。鄰近的一間祠堂是一排運糧兵的駐紮處。這些運糧兵是定期把軍糧運上縣城，又輾轉運往戰區去的。他們的運輸工具不是車子而是一雙肩膊，每人都得挑上百斤的米，靠兩條腿子爬山越嶺的走一百華里

的長路。他們的生活是非常辛苦、也是非常可憐的。但是他們的名號卻叫「鐵肩隊」！

下面，是我的日記裏可以看出的幾段有關那些「鐵肩隊」的記事：

早上，被嘈鬧聲驚醒，原來是鐵肩隊在門前準備出發。一個士兵因為吃不消那重擔，不肯挑。給排長大打一頓，淒聲慘叫；結果還是屈服了。

黃昏時分，祠堂那邊起了騷動。一個運糧兵被發覺逃跑了。排長提了長槍向前追趕，打了兩槍。後來知道，子彈沒有打中，逃兵卻跳進河裏淹死了。聽說，這逃兵是人家花了一千五百元代價買來頂替的，因為受不了苦，已經逃過一次，給抓回來；這次再逃，又被發覺，終於丟命。

一件叫人難過的事：鐵肩隊一個運糧兵死了。他的同伴們用木板為他造一副簡陋的棺材，把他收殮；然後又由同伴們把棺材扛過隔河對岸埋葬。晚上，一個姓溫的軍糧管理員到來聊天，說死者是以九百元代價替人應募當鐵肩隊的，但是結果到手的只是幾十元，他很傷心。而家裏卻有老母和妻兒，他有家歸不得；抑鬱成病，終於死去！

注 ————————————————————

1　本段之前刪去原文一段：「因為寫到日本侵略軍造成戰爭災難的文章，我不期然地翻開了擱置多年的戰時日記，為的是要喚起一些舊事的記憶來。這些日記，是我離開淪陷的香港回到內地以後寫的。它們並不包括香港淪陷時候的記事，那時候不但不能寫，就是已經有的也不能保存。我由少年時代寫下來的全部日記，在日軍開入九龍的前一天下午，都在火爐中化為灰燼了！」

九月隨感

本文原刊《大公報・大公園》，1982
年 9 月 18 日，頁 23。

在前文〈我的戰時日記〉裏，我提到運送軍糧的「鐵肩隊」事跡。這些用人力（肩膊）挑擔、用腿子走路的運糧兵，不但生活過得苦，還得受長官虐待；我當時有很大感慨。這不全是基於人道主義思想，而是基於另一種意義。我想到這是大敵當前的抗戰時代，而這種現象，卻與二十多年前，我在「國民革命軍」裏當一個准尉小卒時所見的情形沒有兩樣。時間好像是停滯的。而此時此際，我們這個苦難民族卻正在應付著一場關係生死存亡的現代戰爭！

日軍發動全面戰爭時，曾經聲言兩個星期可以打垮中國。這話固然說得誇大，不過我們不能不承認自己落後的一面。至少在機械化的時代，我們仍舊靠肩膊運送軍糧！

抗戰勝利時，有人說這是「慘勝」。難道這是沒有道理的話！

「九・一八」事變發生後，東北淪陷。全國民意沸騰，人人要求抗戰。但是國民黨當權者並不熱心，他們仍舊拿「先安內後攘外」的藉口，一意進行內戰。那時候黑龍江出現一個抗日英雄馬占山，挺身而起組織義勇軍，對敵作戰。他的「大刀隊」給日軍很大的困擾。他的英勇行為使全國人心大感振奮，到處進行捐獻物資，設法送往前線，表示支持。馬占山成為一時無兩的抗敵英雄，名震中外；但他一直是孤軍作戰的。

已故作家張稚廬（曾是香港文藝刊物《伴侶》編輯），那時候在他的故鄉寄給我一首詠時事的詩，寫道：

> 昂昂溪上血痕斑，
> 騎士揮刀殺伐蠻；
> 四萬萬人皆吶喊，
> 一時全遜馬占山！

八年抗戰期間，大地硝煙瀰漫，生活在國內而能夠免遭戰禍的，應該說是絕

無僅有的幸運。但是有部分的人竟然根本未見到過日軍，更說得上是奇跡了。我戰後回來香港，同屋住著的一位單身女士，就是這樣一個幸運兒。戰時她在內地參加抗戰工作，輾轉走過不少地方。由於戰事失利，她總是在敵人進攻之前就隨同機關一齊撤退。最後一站是撤退到重慶。直到日軍投降之後，她直接到香港來。她說，八年來，她連日軍是什麼樣子的都不知道。

同上述相反的情形，在抗戰期間最不幸的事，是一再逃難。我滯留在「自由區」教書，能夠安定地度過三年，可說完全是僥倖的。因為所在地是山區，地理環境特殊，日軍始終不曾踏進過一步。不過在戰事末期，也有過危機的時候。從我的戰時日記中，我發覺一九四五年六月有過這樣的記事：

> 惠州的敵人有新動作，上月二十五日由泰美沿東江進犯河源，紫金也為此震動。九和虛驚了一段日子，為的是耽心敵人會取道九和北上。連日來謠言很盛，只是還未見到什麼可怕的徵象。敵人雖然仍在源源北上，卻始終是沿著河道前進。不過鄉公所和保辦公處已經先後開過應變會議，並且擬定了疏散計劃。……

後來的事實證明，這是一回虛驚。

南京失守的時候，黃谷柳和部隊失散了。在「南京大屠殺」的日子，他躲在一個老百姓家裏保存了性命。那家的老婆子千方百計的庇護了他。幾十日後他才化裝逃脫虎口，歷盡艱辛跑到上海，然後輾轉到達後方。

在重慶時，谷柳為了紀念那位救了他的老婆子，寫了一篇題名〈乾媽〉的小說。

黃谷柳的驚險經歷，是他後來告訴我的。

秋的情懷

本文原刊《大公報・大公園》，1982 年 9 月 25 日，頁 16。

雖然白天的氣溫仍舊徘徊在攝氏三十度上下，但是，早上和午夜的涼意，已經顯示著秋天畢竟來了。香港的夏季是特別長的，而秋天卻很短促；當你清楚地感覺到秋天的時候，你還未想好怎樣地去體會一下，它卻像蟬鳴一樣接近尾聲了。

在南方，——特別是香港，季節的劃分並不像北方的明顯。在一年四季中，香港的天氣嚴格的說來，只有炎熱和寒冷兩個階段。在兩個階段交界的不熱不冷的時節，是一年中最可珍惜的日子。這就是秋天。

我是愛秋天的。這份感情，自幼就在我的觀念上生了根；這大概可以解釋，為什麼我對於小學時候唱過的一首歌所以牢記不忘的緣故。它的詞句是這樣的：「落盡池蓮桂蕊香，一年容易又秋涼，蟬聲入苑林眉赤，蟲韻浸階葉漸黃。……」其實我只是喜愛它所蘊含的意味，說是真能夠領略到秋的實際，還是很有距離。

記得小學時代讀歐陽修的《秋聲賦》，一直不明白那個「聲」的由來，卻不知道自己是生活在都市。事實上，在都市是不容易感到「秋」的存在的。除了太陽收斂了它的熱力，天氣比較涼快，就什麼都看不出，也感覺不出來。可是如果在農村，你能夠見到梧桐葉落，感覺到天高氣爽；感覺到自己是活在一種清新的境界裏。這不是整天只聞到汽車的廢氣，只聽到個人的噪音的都市生活所能比擬的。拿農村比都市，則都市雖然繁華，但是物質的繁華只是顯出它的淺薄，這淺薄就如夏天的淺薄一樣。

不過在香港，遠離市區的半山地帶，還是可以領略到一點秋天意味的。我記得在報館工作的時期，宿舍由市區通上半山的一條斜路轉角處，在一間樓房的頂樓上面。由窗口向外望，對面是一片蒼鬱的山壁；一座教堂和書院坐落在不遠的樹叢中。晚上，除了偶然傳來的夜歸人的汽車聲在山道溜過，空氣是非常寂靜的。下班後拖著倦乏的腳步回到住房，我習慣是伏在窗檻上面，眺望高空上滿天的星星，打發著一夜來從工作上感受的疲勞。然後在床上倒下身子。於是聽到遠遠地傳來合一堂的鐘聲。

記憶最深的是秋夜。躺在床上，外面的樹林發出的枝葉碰擊聲，沙沙作響，好像夏夜的暴雨。還有陣風穿過濃密的樹叢時發出嗚嗚的音響，恍如洞簫的幽鳴，又恍如不知名的精靈的呼號。這是一種動人心弦的情趣。我想，這就是「秋聲」了罷？

我有這樣的想法：假如春天譬喻活潑的少女，秋天便是歷盡滄桑的婦人，她卻不曾消失惑人的風韻；然而沒有誰能夠親近她，褻瀆她；她的崇高和貞潔，使人的心靈感到充滿而不是幻滅。用這個譬喻去形容秋天的感受，仍然是不切實的。古往今來，多少人拿「秋」作過抒情的題材，但是真的能夠寫出「秋」的正面麼？還不是抽象中的抽象！我想，人只能打開心靈作畫紙，讓「秋」的筆觸在上面塗抹，才能領會到它的真實。把人類貧弱的筆觸企圖畫出大自然的一面，是太艱巨的工程了。

人們都說秋天是蕭殺的，因此把它認作感情的季節。在吹動了片片黃葉的西風裏，同樣也吹動了許多軟弱的心。當著秋到人間的時候，不知道掀起多少人的感觸、幽怨或哀思，而筆墨便常常作了宣洩的工具。不管那是「為賦新詞強說愁」的東西，還是真的具有實質的東西，也不管是珠玉還是糟粕；它們的原動總是在於這個「秋」字上面。

不能否認的是，感情脆弱的人容易觸景傷情，但是人的傷情決不能由「秋」去負責。景物固然會支配心情，心情同樣會支配景物；這是相因相成的。在這種關係下產生了無數感情的浪花，人正應該讚美「秋」的偉大：因為它給予人間的，不是損失而是收穫！

偷得浮生一夕閒

本文原刊《大公報・大公園》，1982
年 10 月 9 日，頁 16。

　　中秋節的晚上，偷得浮生一夕閒，在住處附近的一個公園裏，我消度了一段
頗有意思的時間。

　　公園是在一條凌空架起的行車天橋下面。它的面積相當大，構造的設計很圖
案化；有草坪，有圍了邊的大小不同的矮樹叢，有石枱石凳，有沿住圖案迂迴伸
展的通道。這裏平日是很寂靜的，經常看不到幾個閒人。可是這個晚上，情形忽
然改變，一片熱鬧氣氛，到處都是人群。因為這是中秋節。這塊空闊的場地，成
了地區上的彩燈的集中點。人們不約而同地提了彩燈到這裏來。這裏面主要的是
兒童，成人也佔了相當數量，而且大多是中年以下的夫婦；他們都是帶了孩子來
湊熱鬧的，附帶的任務是照顧自己的孩子。說不定在孩子們的玩樂中，他們也會
挽回一份消失了的童心。中秋節的確是個詩意的節日，光輝的月亮和彩燈，是這
個節日唯一的點綴，即使是成人，也不自覺地給帶到了一個兒童世界裏去。

　　不過這個兒童世界的現實卻不再是屬於成人的。他們來到公園裏，只是坐下
來觀賞那個高空裏的渾圓的月亮；追憶自己有過的相同的日子。孩子們呢，提著
點上火的彩燈，歡天喜地的跑來跑去，混進別的小朋友隊伍裏面，互相追逐。提
在孩子們手上的各式各樣的彩燈，亮成一片，遠遠望去，恍如夜海上無數流動的
漁火，把高空上孤零的月亮映得失色。

　　隨著時代的進步，無論從任何方面說，今天的兒童實在幸福得多了。在我們
的童年時代，中秋節同樣有過提燈的玩意；但是卻沒有提燈玩樂的場所，也沒有
由大人帶領著出去活動的機會。那時候所玩的燈也不像今日的多彩多姿。我記得
我們所玩的燈只是「鯉魚」一種。它用紅色土紙製造，魚眼是剪貼的，魚身用白
粉畫上魚鱗。魚身下面有一根竹子作把手。在魚肚裏面插上點了火的蠟燭之後，
便成了一隻透光的魚燈。這是紙紮店的產品。中秋節的晚上，提著魚燈混進一群
提燈的「街童」隊伍裏，穿街過巷的走，特別是故意走向平日不敢走的偏僻地
方，便感到是很得意的事情。最煞風景的卻是，在興高采烈的時刻，蠟燭插得不
好，或是一陣風把燭火吹歪了，火焰舐著魚燈，立刻燃燒起來，無可挽救。這種
打擊真叫人感到悲哀；因為再沒有另一隻魚燈作補充了。

現在可沒有這種缺陷了。工藝技術的進步，任何形式的紙燈都可以摺疊，每人可以多帶三兩隻；而且裝上電芯代替了蠟燭，不擔心紙燈著火。這些都不是前一代的兒童所能想像到的。坐在公園裏，靜靜的看著眼前的熱鬧情景，我有個平日難得的澄清的心境。

值得欣賞的，除了孩子們的彩燈，還有全家到公園裏「賞月」的那種情趣。他們在地面鋪下膠布，擺上月餅生果之類的供品，就像旅行野餐的情形一樣。膠布四角點上紅蠟燭；還在旁邊豎起一隻楊桃燈。

在花園的另一角，另一家人利用一張石枱陳列著「賞月」的供品。兩個姑娘蹲在那裏為「賞月」作安排：她們沿住矮樹叢的石欄點上一列小紅燭，形成一個半圓形的光環；又在矮樹叢一個空隙的穹窿下面點上一排小紅燭。一隻兔子燈掛在樹叢頂上。這個佈置十分別致。

我不由得這樣想，要「賞月」何須到山頂去呢？平地不是更有意思嗎？

燈月交輝是中秋節獨有的景象，這是團圓和光明的象徵。但是兒童提燈卻不一定是中秋節才有的玩意。在過去時代，所謂「提燈遊行」僅是在「雙十節」由學校「奉命」規定學生們舉行的。寫到這裏，我記起豐子愷曾寫過的一張諷刺漫畫：一個老太婆愁眉苦臉地坐在椅上，她的面前有個小孩子，高高興興地舞著一隻破爛的紙燈，紙燈是紮成「雙十」型的。畫題是：「阿大去借米，拾得紙燈歸」。[1]

注 ─────────────────────

1 畫題應為〈阿大去借米 拾得提燈歸〉。

私話一頁——答一讀者

本文原刊《大公報‧大公園》，1982
年 10 月 16 日，頁 15。

你好記性，還記得兩年前我寫了一篇關於一本「選集」的題記文章。[1] 我很抱歉的答覆你，那本「選集」的稿件在「題記」發表時已經交給了向我要書的出版公司；但是至今還不見印出來。是不是事情有了什麼變化，我不知道。聽說那家公司除了文學作品之外，同時還出版一些非文學的書和雜誌，而我的「選集」卻是他們計劃出版的「文學叢書」的其中一本，什麼時候才依次輪到呢？天曉得！

你說，你是從你母親的書櫥的舊書中讀到我過去的幾本作品，我覺得有趣。這使我記起一次相同的遭遇：同一位畫家朋友茶聚，他向同座的一位女士介紹時說：「你母親可能讀過他的小說哩！」我當時聽得很不舒服，有一種好像我已是另一世代的人的直覺。事後又覺得這種直覺的可笑。由於我的書在種種原因下不曾繼續再版，加上我長時期不再寫作，便形成我已經同文學工作脫節。而我的一些過時作品，經常只能在一些讀者的書架裏，或是舊書攤裏去找了。（我不是在這些小文章提起過，有朋友從舊書堆中發現我的舊作，把它們買了送回我的事嗎？）

但是對於自己無形中與文學工作脫節這一點，我並不感到什麼惋惜。我從來不認為自己是「作家」，因此即使作了文學陣營的「逃兵」，也不致負有什麼道義上的責任。我不妨告訴你，大戰後有十年期間，我是以「職業作者」的身份執筆的：「著書都為稻粱謀」。你在你母親的書櫥裏發見的我的部分舊作，便是這時期的「產物」。自然，這裏面多的是糟粕，但是我也不能矯情地說完全沒有付出過心血的東西。也許就是因為這緣故，使你對我的「寫作態度」感到困惑而提出疑問：「為什麼你的小說題材和寫作風格常常是不一致的呢？」

在你所提起的那篇「選集」題記裏，我說過，我是為了一種興致、一種感念，甚至為了忘記某種痛苦，企圖憑筆墨去滿足個人感情上的適意，因而提起筆來的。惟其寫作動機是以個人的感念出發：感觸到什麼就寫什麼，因此常常在同一個時期內，我會寫出題材不同，或是風格不同的小說。不過為著顧全單行本內容的統一性，在印書之前，我習慣把相近的題材歸類地輯在一起；實際上，後一

本書裏的作品有些是前一本書的時期寫的，同樣，前一本書裏的作品，有些是後一本書的時期寫的；只為了遷就性質上的和諧，便把本來是橫面的東西形成為縱線發展。在這樣的情形下，假如斷章取義地拿作品寫出或印出的時期，作為衡量我的思想狀態的依據，即使不致錯誤，也不能算是準確的事。

因為作品是在那樣的情況下寫出的緣故，是說不上有什麼意義的。曾經有過這樣的事：幾個天真的女同學憑了介紹來看我。她們希望從我方面知道，我的某一篇小說包涵的是什麼意義，好讓她們在讀書會討論時有所根據。我很抱歉不能夠滿足她們的願望。我承認我的作品是沒有所謂意義的（至少在作為「職業作者」的時期）。也許讀者在讀後會從中發現一點什麼東西，那也只是我把作品寫出以後的事，卻不是我動筆之前的原始動機。

進一步說，即使我對於一個作品是「有所為」而寫的，我的筆所能做到的，也僅限於表達而不是「說教」。我認為「說教」應該是理論家的任務；文藝工作者的義務，是在於把自己對事物的觀感用藝術手段忠實地反映出來。自然，反映的手法還得通過本身的思想、社會觀和世界觀。判斷這反映的正確與否，是批評家的任務。作家呢，應該有其選擇反映角度或反映方法的自由。而這種選擇，卻決定於作家生活圈子的大小和生活經驗的深淺而有不同的歸趨。

這是我個人的觀點。你同意我的話嗎？

注 ————————————————————————

1 指 1981 年 3 月 20 日刊於《大公報・大公園》的〈我寫了什麼？——一本「選集」的題記〉，見本冊頁 460。

生命的勇士——悼念黃墅

本文原刊《大公報・大公園》，1982年 10 月 23 日，頁 16。

那是星期日的中午，一時心血來潮，想起清理一下堆積的雜亂文件，無意中發見三封黃墅的信。一封是一年前，他把杜格靈珍藏的幾張有我在內的舊照片複印了寄給我時寫的，一封是他把鷗外鷗託他轉交的信寄給我時寫的，最後一封是把他在上海豫園替馬國亮、徐遲和劉火子三人合攝的照片寄給我時寫的。這些便條式的信都是非常簡短，通常是收了照片就不須保存的。我重看一遍之後，正想把它們撕毀。可是出於一種不可解釋的意念，我卻把它們保留下來。

就是在這個星期日的黃昏時分，從晚報上看到這個非常意外的消息；黃墅已於早上逝世！事情有時真巧合得不可思議！而我無意間保留下來的三封短信，竟成為我對這個朋友的僅有的紀念物了。

黃墅患上癌病，是不多久之前就聽朋友說過了的，只是說得輕輕淡淡。我不以為意。更不知道他進了醫院；人事倥傯，也沒有抽時間去探望他。想不到變故來得這麼突然！

記得是幾個月前，我到香港殯儀館參加李子誦[1]夫人的喪禮，在稀罕的機會中同黃墅見到面，他還高興向我談了幾句閒話，喪禮完畢匆匆分手。想不到這一次我再到同一的殯儀館，竟是為了去瞻仰他的遺容。人事的安排如此，該怎樣說話好呢？

如果人們是以平日接觸的多少來定奪交情的話，我和黃墅說不上是「深交」的朋友。但這種自然形成的隔閡，卻不會影響彼此精神上的溝通。事實是我和黃墅的相識已經有著悠久的歷史。在三十年代中期，鄭家鎮為梁國英書店主編《天下》畫報和附帶出版的《先生》小雜誌的時期，我和黃墅都經常為它們寫文章，大家已經是很常見面的朋友，而且是很談得來的朋友。那是個令人懷念的年代，民族抗戰在進行中，反法西斯戰爭在歐洲打起來；全世界都在動盪之中；各式各樣的人們都聚攏在香港；社會上洋溢著一股熱烈空氣，包括了叫人興奮的文化活動。……

太平洋戰爭把這個最後的文化堡壘打碎，朋友們都被迫著各奔前程：我向東去，黃墅和另一些朋友向西去。大家隔絕了三年零八個月。但是在這期間，黃墅

的翩翩風度，他的溫和性格、帶著稚氣微笑的面容和來自他父親傳統的藝術家氣質，都常常在記憶中湧現著。我沒有忘記他。

戰後雖然大家都回來了香港，但是已經不常見面。經過了時代的大變亂以後，每個人的人生觀都有些變化，在現實生活的壓力下，日子再也不能像舊日那樣輕鬆了。由於工作崗位不同，工作環境不同，彼此簡直長期間沒有碰頭機會，我只偶然從較容易接近他的朋友那裏打聽到他的狀況。這些年來，他主要是從事商業上的活動。可是他也沒有放棄藝術方面的志趣。

不管怎樣，具有像黃墅那種天分的人，是應該有所成就的，可是無情的不治之症，卻把他寶貴的生命奪去了！

要不是碰上這個變故，我永遠了解不到黃墅為人的最不尋常的一面，那是豁達得近於超人的生死觀。當生存已經絕望的時候，他能夠從容地處理自己的事情。聽說，在殯禮中為他扶柩的朋友名單是他事前擬好的；掛在「靈台」兩邊的自輓對聯是他自己做的。他用了樸素而又切實的詞句來概括了自己的一生：

一甲子浪跡人間看遍變亂頻仍顧盼還瞻來日
半世紀備嘗憂患歷盡世情甘苦俯仰無愧此生

更叫人感動的是，黃墅下葬的一天，發表在一間報紙副刊上的一篇「遺作」。那篇文章這樣寫著：

我躺在床上，讓癌細胞慢慢地吞噬著我的生命，我渾身無力，無可抵抗。經過了開刀割除病毒的瘤腫後，加上電療的療程，而那些癌毒細胞還是那麼活躍，在我身體內到處肆虐。在目前，醫學雖說先進昌明，但還是無法壓抑這種病情。不管你是政要、富豪、抑是明星、學者，不分貧富，同樣會遭遇到同等待遇，最終的結果還是死亡。⋯⋯我自然想能夠逃出生天，重過自由的生活，但我也安於接受現實，並不趨於妄想。⋯⋯

這是一個勇敢的人面對著死神的心聲。我不知道世界上能有幾個處於同樣境地的病人，可以舒徐地寫出這樣的文字。但是黃墅已經完成了一個生命的勇士的高度風格！

注 ─────────────────────────

1　李子誦（1912-2012），原名李頌，報人。曾於《建國日報》、《華僑日報》
等新聞機構任職校對及編輯。1951 年任香港《文匯報》總編輯，1978 年任
《文匯報》社長。

也是私話

本文原刊《大公報·大公園》，1982年10月30日，頁16。

我的「私話」沒有講完，可是卻給悼念一個剛剛逝世的朋友的文章打斷了。我想，我還可根據你提出的詢問寫幾句話。這純粹是關於我自己的。

是的，我出過一本《小說散文集》[1]；這並不是絕無僅有的做法。雖然說，把兩種作品放在一起似乎不很調和，其實這只是表面的感覺。如果不囿於因襲觀念，而承認小說也是散文的一種形式，在意義上並沒有什麼不統一之處。所謂「小說散文集」，嚴格地說似乎有點語病，不過由於一般觀念把兩者形成有所區分，我那本書的題名便讓它成立了。

說到作品的風格，這是讀者客觀的看法；在作者自己，卻是很難說得清楚的事。因為這方面沒有明確的界說可以劃分。如果我的作品的內容勉強說得上一致的地方，我想大半還是感情較為濃厚這點因素。我始終不能夠擺脫這個羈絆。因此我的作品寫不出什麼積極意義，這是我的弱點。但是我卻否認我是如旁人所想像那樣一個感情主義者。我有我的信仰，我的態度，以及對一般事物的觀點。別人不可能憑三兩本書去看出我的全貌的。

我承認作為「職業作者」的時期，我的確寫得多一點，但是距離所謂「多產」的地步還很遙遠。姑勿論「多產」的意義是好是壞，我也不會掠到一個所謂「多產作家」的美名。我缺乏那種「一瀉千里」的才氣，——也不希望有那種才氣。固然在職業意義上說，我是需要多產的，可是在事業意義上說，我卻希望自己盡可能寫得少。這種理想與實際的抵觸，是我寫作生活上沒法調和的矛盾。同時也使純粹靠寫作來支持的實際生活長期陷於困苦境地。

但是我還願意珍惜我的筆。

在這樣矛盾的情形下，寫作生活對於我是痛苦的事。有些時候，還得顧全種種條件的掣肘，更使工作的進行不能感到如意活動

《侶倫小說散文集》書影

的悲哀。我的筆可能不為迎合讀者的口胃而寫，可是不能不為適應作品發表的場合而運用。除非自己根本不需要發表，——換句話說是不需要靠稿費支持生活，否則便無可避免地使作品的風格趨於分歧，終於連作品的個性也隨之消失了。

你不是文藝工作者，你不會了解一個文藝工作者處於像此地的特殊環境下的苦惱。丟開思想問題這方面的因素，僅就「為寫作而寫作」的範圍來說，也很難擺脫種種不成文法則的拘束。除非拿寫作作為消遣，否則，如果靠發表機會來支持生活的話，便不能不顧全客觀條件的要求：無論是作品的題材、性質，以至字數的長短，都得盡可能作若干限度的遷就。在這必須「削足」以求「適履」的情形下，人的思想和筆桿就像擠進於狹窄鞋窟裏的腳趾，難得有自我舒展的活動餘裕。一般習慣認為「文章裏面有作者」，在作品已經商業化的日子，這種認定是不存在的。因為我們在作品裏面所發見的已經不是作者，而是文化商人的面影了呢。

一個作者，對於自己的工作假如除了職業意義以外，還希望保持若干事業本位的尊嚴，便成為不可能的事情。不過我說的是我過去時期所遭遇過的命運。這也正好解釋你對於我已往作品的表現所產生的疑惑。

直至現在，我還是把寫作當為學習，因此盡可能地對什麼題材都在嘗試。可是由於生活圈子的狹小，我始終還不曾寫出自己認為稱心的東西。加上個人氣質的關係，儘管我如何去變換寫作題材，本質上仍舊脫不了過分感情的趨向，這是無可奈何的事。雖然據我知道，有部分的讀者似乎也喜歡這種氣質的東西，我可不是為了這一點而趨向的。為適應讀者口味而執筆，簡直是侮巋文學的尊嚴。事實上，一個作者當在稿紙上運筆的時候，是根本不意識起讀者的存在的。

注 ————————————————

1　侶倫：《侶倫小說散文集》。香港：星榮出版社，1953年。

秋的春心

——廢紙堆裏拾得的手記

本文原刊《大公報‧大公園》，1982年 11 月 6 日，頁 16。

記不起曾經在哪裏看過一篇文章，說是人的情緒在白天和晚上是截然兩樣的：白天是理智清醒，晚上則容易感情衝動。因此一個女子除非同對方有愛情關係，便不適宜在夜裏給男子寫信。因為夜裏寫出來的東西，可能到了白天自己就要否定。如果不注意這一點，她寫的信便容易引起誤會，惹起麻煩。

那種理論即使是對，在我卻不適用。因為在我的觀念中，韓已經不是普通朋友，我可以不在那種理論範圍。不過我仍舊有著那種理論所指出的感覺。（就是平日翻看夜裏寫下的日記，也往往奇怪自己執筆時會有那樣放任的感情，不期然地感出羞赧。）我覺得平日寫給韓的信的確表現得太「大膽」了些。這對於一個十八歲的女孩子是多麼狂妄、多麼危險的事！

但我肯定韓決不是那種「危險性」的男子，——那種乘人的弱點來滿足自己私慾的男子。他是有修養和有責任感的人！要不是如此，他還會在彼此的感情進展上保持相當的分寸嗎？僅是憑著這一點事實，就足夠證明他的人格了。所以在這方面，我還可以放心。

不過矛盾也在這裏。如果韓只是個普通類型的男子，我也不見得會對他這麼專誠。正因為他是上述的那種特殊類型的男子，才使我感到他具有吸引的魅力，因而不能自已地嚮往他！在我的觀念裏，他有如隔了一層濃霧的花朵，我知道，——也感覺到「它」的存在，卻好像永遠摘不到它。它和我之間彷彿始終保持著距離。它的本身就是一股強烈的引力，使我不能自禁地追逐下去。……

在這個自解的想法之下，我的心又輕鬆了。我不須為我的「大膽」顧慮什麼了。

假如說，我是自貶身價的話，那麼，在像韓那樣一個人之前，這又算得什麼呢？

昨晚，我去半山區參觀一間女子中學的籌款遊藝會。舞台搭在體育場上。人很多，喧鬧得很；我沒法看清楚舞台上的表演節目，也聽不到什麼。我索性離開會場溜出來，到校門外面躑躅。高空上月色很美，本來我是喜愛沒有月亮的晚夜的，這時候卻變得喜愛起來。你猜，我是因為想起誰呢？

秋夜的山區具有一種特殊情調，幽靜中帶著沁人肌膚的寒意。從路欄向前望，下面就是維多利亞海港；海面灑滿了點點燈光，彷如一隻蛛網。從遊記和電影上，我認識意大利的那不勒斯海灣，我憧憬那地方的美麗，這一刻間，我的身心彷彿溶化到那詩意的境界中了。

韓曾經在夜的半山區散步過嗎？如果他在我身邊多麼好！

有人說，愛情像一爐火，灑下一點水，火會更熾烈；可是水灑多了，它便要熄滅了。我不知道這說法對不對，因為我沒有這個經驗。

真的是秋天了呢！今天早上到外面走動時，我看見路旁樹木的葉子和草坪還是綠油油的；有些私家花圃旁邊的低地積著一潭潭的水，反映著樹梢和高空的白雲；剪秋蘿給夜來的涼風吹落了。我躺在地面體會到秋的氣息。世界在我的眼前突然顯得美麗起來了。

最煞風景的是，我家的環境沒有一點秋意，雖然隔了馬路是一個山壁，但是麻麻木木的感不到秋的味道。只是東面的一角才叫我發生好感，因為月亮是從那邊出來的。

每次從窗口看見月亮升起來，映照著山頭那棵桃椰樹，我便想起遙遠的東南亞的島嶼，想起那熱帶地方的晚上，想起在椰林下面，那些曳著緊束腰身和手腕的長衣的熱情少女，一顆心便飛到那邊去了。

我是從那邊回來，而且是在那邊出生的。

因此我幻想著，有一天我要再流浪到那邊去。我要去看一下我曾經在那裏生活過的舊地，更要去訪問一下我在那裏發出生命第一聲叫喊的那間醫院。唉，我要去的理由是多著的。

其中一個最大的理由……我想悄悄地對韓說：那邊是「私奔」的好去處。如果有那麼一天，……唔，多好玩哪！

破滅——廢紙堆裏拾得的手記

本文原刊《大公報‧大公園》，1982年 11 月 13 日，頁 16。

韓不再有信來。多麼難耐！

是因為事忙呢？還是有什麼別的原因呢？——我有個想法：也許是不知道如何措詞給我回信。像韓那麼冷靜，那麼嚴謹的人，對著我那種愈來愈表現得任性和大膽的信，很可能感到惶惑。

如果真是為了上述理由的話，我也不肯因為接不到信而對自己的行為生起悔意。我討厭作偽，討厭矯揉；一個人怎麼樣思想就應該怎麼樣說話；為什麼一定要扭扭捏捏做人呢？

但是事實上我卻等著韓的信。

今天，我把曾經同兩人之間這一份奇妙感情有關的一個記憶，從新翻開來回味一遍。這個記憶對於我永遠是這麼鮮明。

那是半年前，我在 C 市 × 中學接近放寒假時候的事。

學校距離市區很遠。每天，郵差從城裏跑到學校來送兩次信，但我們收信的機會只是一次。因為舍監往往把學生的信件來一個檢查。也許由於我平日太愛和外間通信的緣故，屬於我的信件便特別受到注意；他們把信拆開了再封起來，打上個檢查印章。我對這件事很不高興，可是反抗不來。

那是一天的黃昏，我和同學紫茵無意間踱到「信欄」所在的一條走廊裏，忽然見到一封孤零零的信插在信欄上面。信封寫的是我的名字；筆跡是陌生的，又因為僅是一封信，當然是更受注意而且被拆開了。我把它抓上手抽出信箋打開來，首先注意發信人的名字。我立刻感到我的神經觸了電一樣，全身震動起來。本來在燃燒著的對舍監的憤怒情緒突然消失了，給別的興奮情緒代替了。

我拉住紫茵的手走到校園裏，在草坪上躺下來，然後再把那封信從頭細讀一遍。我落在又興奮又驚喜的境地，簡直有幾分忘形。紫茵看見我的樣子，有些莫名其妙。她不知道我收到的是什麼信。她問了些什麼話，我也迷惘地不曉得回答；直到她搶了我的信看後笑著交回我，我才覺醒過來。

這就是我第一次接到韓的回信時的狀況。

為什麼我會激動到這個地步？我自己也不明白。其實我並未了解韓是怎樣的

一個人，我只是讀過他的詩集，喜歡他那些充滿魅惑力量的詩；此外便不知道更多一些什麼。我只是憑著一時的興趣給他寫一封信，我是不敢想像他會給我回信的，可是他的回信竟然來了，而且寫得那麼熱情。

第二天，我給叫到教導主任的辦公室去接受一頓教訓，主任警告我不要隨便同外間的陌生人通信，免得招惹麻煩。這顯然是舍監搞的鬼！我沉默著不作聲，內心卻在盤算著寒假後不再回校就讀，索性回來香港，再作打算。我這個決心是表示對學校的抗議，實際上有個不能夠公開的理由：我要在香港設法轉校，因為韓是住在香港。

說句實話，我這樣做是有所犧牲的。半年來在同韓的通信中，我已經把自己的態度作了大膽的表示，卻不曾從韓那裏得到如我所希望的反應。我是不能夠再進一步表示什麼了；我多少得顧全起碼的自尊心。我才是個十八歲的孩子啊！

在等待韓的信眼看已經絕望的時候，我擬好了最後一封信的「腹稿」：

「謝謝你，先生，你使我了解了你的人格；我更感謝的是，你使我認識了自己的愚蠢。我作了人家感情上的消遣品還不知道，反而當作那是我的光榮。

「現在我才明白了我在你眼中的價值。你要同我通信，原來只是為了排遣你的寂寞，這是你的目的。我不願意相信你是這麼自私的人，可是你偏使我相信了。有什麼話好說呢？

「我並不懊悔我曾經做了的事，也不對你有所怨懟；我只悲哀自己的不幸。」

現在，我可以哭了！

落幕——廢紙堆裏拾得的手記

本文原刊《大公報·大公園》，1982年 11 月 20 日，頁 11。

人真是可憐的動物呢，在做的時候自己認為對的事情，過後仔細思考，又懷疑自己那種想法是否正確的了。對於已經寄出了給韓的那封信，我很不放心。

我那封信是在困窘境地中的一種「激將」做法，表示我因為他的「自私」而生氣，好使他知道開罪了我而感到內疚，向我求恕；這樣一來，我便處於優勢地位，我便有所憑藉來要挾他了。

在兩性關係中，女的一味順承男的意志，不但埋沒了自己的個性，助長了對方的「英雄感」，實在沒有好處。相反的，不但不應該只是順承對方而忘記自己的本位；有些時候，甚至不妨無事生端，製造一些小刺激，使雙方的感情生活顯得不平凡；有些時候，還可以當作為達到某種目的而運用「撒嬌」策略。（唔，我真不喜歡「撒嬌」這字眼，但它的確是一種可愛的行為！）

我承認我寄給韓的那封信是基於「撒嬌」的用心而寫的。事實上，我自己察覺到，在過去的一段時日中，我已經犯了違反上面那種理論的錯誤。我對韓太順承了，也太忍讓了；為著要贏得好感，我不惜降低了我的自尊心和我的身份。自然，在那段日子，我也有值得——而且需要那樣做的理由。但是現在，我同韓的感情關係已經建立起來，我應該不須顧慮這種「製造刺激」的舉措會影響彼此的感情基礎。至少，在我擬好那封信的「腹稿」時，我是那樣想的。

可是，為什麼事後我又為那寄出了的信而感到不安呢？這是因為我擔心我的態度表現得太過火了，我從來不曾對韓寫過那麼諷刺的詞句，那些詞句完全反乎我平日的柔情；這在他感覺起來是多麼意外的事！如果他能夠看出那只是「撒嬌」手法，他自然曉得怎樣對待我，把這場風波的結果弄得戲劇化收場：用賠罪的態度打消我的懊惱。但是如果相反，他認真起來呢，那在我便弄巧反拙了，我不該忘記他比我更容易激動的詩人脾氣。

儘管我反覆的拿種種理由安慰自己，遏止我的腦子朝壞處去設想，可是一顆心總是沒法安定下來。我有一種預感：好像什麼可怕的事情就要臨頭似的。

一個矛盾的心理可以說明我的惶惑的處境，我一方面希望韓有一封表示態度的信來，一方面卻又害怕收到他的信。

注定的命運是可能扭轉的嗎？應該來的事情終竟來了，就在我把上面的私記剛剛寫完以後。

我覺得什麼形容詞在我的筆底都枯竭了，我沒法寫得出我那一刻的心境：當我從信箱裏取出韓的來信拆開來的時候。

你說，你感謝我使你認識了自己的愚蠢，我也應該感謝你，你同樣使我看清楚了我的命運。多少年來，我在茫茫的人世間摸索，碰上了你，我慶幸自己終於發見一道光明。我為著有了能夠了解我的人感到安慰和滿足。在我的觀念中，你是純潔而又天真的；你有勇氣給我寫信和繼續通信。我認定你的思想和智慧是不平凡的，——儘管你是這麼年輕。

可是現在，我失望了。你竟然會給我那樣的一封信，使我感到難受。你對我竟然存在那麼可笑的誤解。你指摘我自私，這對於我不但是誣衊，而且是侮辱，這是我的自尊心不能接受的。如果你認為同我通信，只是作了我精神上的消遣品，那麼我也不再奢望什麼，免得加重我的罪過。要是你還高興給我寫呢！我也不會謝絕。不過，你還有這樣的興趣嗎？算了罷！……

這就是韓對我那封信的答覆。

夠了，一個自尋煩惱的人還有什麼話可說呢？湧上我心頭的，是郭沫若的長詩——《瓶》的最後一節：

月缺還能復圓，
花謝還能復開；
已往的歡娛，
永不再來！

藝壇俯拾錄（十六）

本文原刊《大公報・大公園》，1982 年 11 月 27 日，頁 11。其中第六十二至六十四則收入《向水屋筆語》。

六十二

共產黨員潘漢年[1]，蒙受了二十七年的沉冤（被誣指為「內奸」），據說已於八二年九月獲得平反，恢復名譽。

大概很少人知道潘漢年早年是個作家。三十年代，他寫過小說，在上海的《現代小說》就發表過他的作品。[2] 在更早時，上海出版的一本很精緻的小型文藝雜誌《幻洲》，內容分兩部分：上部叫「象牙之塔」，刊登的是創作小說、散文和詩；是葉靈鳳主編；下部叫「十字街頭」，刊登的是諷刺性的雜文，主編的是潘漢年。

在一次《幻洲》的「新年號」上，「十字街頭」的開場白是一諷刺當日時局的打油詩，開頭四句是：

> 元旦書紅，
> 萬事亨通，
> 刀下頭落，
> 革命成功。

六十三

香港從三十年代開始，直至太平洋戰爭爆發為止的整個新文藝活動過程中，曾出過好幾個詩人。他們之中值得提起的，有苗秀、劉火子、李育中、張弓、易椿年、李心若、夏果、柳木下、杜格靈。

李心若是李崧醫生的弟弟。他的詩在上海《現代》雜誌發表[3]，才引起香港寫詩朋友的的注意。以後，李心若的詩也在香港的文藝刊物上出現了。

最年輕的詩人是易椿年。他患了肺病，寂寞地在醫院死去時才十九歲。

六十四

近年來在海外很活躍的一位女作家李惠英，五十年代在香港曾經是已故名

西醫馬祿臣的秘書，對馬醫生的業務有過幫助。她嚮往新中國；五十年代中期，她到大陸去參觀訪問，並且見過毛澤東。在北京的時候，她訪問了好些在工作上有突出表現之女性，為她們寫了好些特寫文章。後來她把那些文章輯成了書出版。可以說那是一本描述新社會女性的純客觀的報告文學。[4]

由左至右：杜格靈、徐遲、侶倫。

六十年代，李惠英移居美國。近年來，聽說她在那邊當了一個中美民間友好組織的負責人，努力從事於團結華僑、促進中美人民友好的工作；同是運用她的筆鋒發揮著方興未艾的作用！

六十五

不多久之前，在一個酒會裏見到了史泊蒂。[5] 這個剛剛在北京中國美術館開過畫展，以她的藝術天賦和不尋常的成就，哄動了北京藝壇的年輕女畫家，是個帶有東方人的溫文、嫻靜而又謙遜的英國小姐。

世界上的女畫家並不出奇，難得的是一個外國女子熱衷於中國文化，她所寫的中國畫和書法藝術簡直令人不敢相信是出自一個外國人手筆，而她的年齡只是二十六歲。

史泊蒂的藝術成就，同她母親的教養和栽培是分不開的；而這位可敬的母親經常陪伴左右，替她的靦腆的女兒回答旁人懷著好奇心提出的問題。

李惠英《九個女性及其他》書影

九個女性及其他

著英惠李

由新北京出版社

注 ————————————————————————————————————

1　潘漢年（1906-1977），作家，曾參加創造社，與葉靈鳳合編《幻洲》，曾任中國左翼文化界總同盟中共黨組書記、中共中央局宣傳部部長等，1939年赴港從事情報工作，四十年代在上海等地開展統戰工作，1946年來港，1949年回到內地，先後任中共中央華東局社會部部長和統戰部部長、中共上海市委副書記和第三書記及上海市人民政府副市長，1955年被逮捕，1976年被判無期徒刑，1982年平反，恢復名譽。

2　潘漢年刊登在《現代小說》的作品包括〈她和他〉、〈離婚〉、〈情人〉、〈法律與麵包〉等。

3　李心若刊登在《現代》的詩作有〈倦〉、〈聽歌〉、〈音樂風外六章〉等。

4　李惠英：《九個女性及其他》。香港：香港新地出版社，1959年。

5　史泊蒂（Patricia Stewart），畫家、書法家、舞蹈家，七十年代曾於香港舉行書畫展，1982年於中國美術館展出作品。

藝壇俯拾錄（十七）

本文原刊《大公報・大公園》，1982年12月4日，頁11。

六十六

如果有人要寫一頁香港新文藝運動史的話，謝晨光這名字是不應該被遺忘的。他是個土生土長的香港作家。他和由異省來的黃谷柳是新聞學社的同學，而且一同進行文化工作。

謝晨光很早就從事寫作。他在香港的報紙副刊上，用「星河」這筆名寫小說和散文，間中也翻譯一些英文詩。他是香港第一個把作品寄到國內發表的人。由一九二八年至三〇年之間，他的作品分別在《幻洲》、《戈壁》（《幻洲》停刊後的另一同類型雜誌）和《一般》月刊出現。這些作品後來分別結集為兩個單行本：《勝利的悲哀》（上海現代書局出版）和《貞彌》（廣州受匡出版社出版）。

謝晨光在抗日戰爭之前離開文學圈子，從事別的工作；但是他的文學活動在香港同一輩的文藝青年中，卻起過不能抹煞的鼓舞作用。

六十七

一九三〇年秋季，商務印書館出版的《婦女雜誌》出了一個「婦女與文學特輯」[1]，內容主要是介紹西方的女作家，年代由十七世紀至二十世紀的英、法、俄、瑞典和美國。人物包括布朗特姊妹[2]、史第埃夫人[3]、賽維宜夫人[4]、喬治桑、斯吐活夫人[5]……等。執筆者有金仲華、潤餘、曾覺之等人。雜誌附有幾張粉紙插頁，印著上述女作家的相片。

在此之前，上海的《真善美》雜誌卻以獨立的書本形式出版了一本《中國女作家專號》。[6]張若谷編輯。卅二開本，六、七百頁一厚冊。內容徵集了幾乎所有成名與未成名的女作家作品，有小說有散文，有詩歌。每篇文字的前頭刊有作者的小照，附上簡短的介紹。《專號》除了刊載創作，還有部分是理論文章，其中較有分量的是一篇介紹十八世紀法國文藝沙龍有名的主持人萊加米爾夫人的譯文。[7]

《專號》開頭是粉紙的插頁，印的是中國女藝術家方于[8]、方君璧[9]等人的照片和她們的作品圖片。

這本《中國女作家專號》的規模是相當大的，但是那一群女作家大部分在文壇上只是曇花一現，未見有什麼成就。曾經參加《專號》行列而今日仍然健在的冰心 [10]、凌叔華 [11]、陳學昭 [12]、蘇雪林 [13]、沉櫻 [14]、陸晶清 [15] 等，實際上在當日已經是大家熟悉的作家了。

六十八

三十年代初期，上海出現了一個無聊文人名叫史天行。[16] 此人喜歡在文藝界中攀關係，招搖撞騙。他的行為中最堪欣賞的一次「傑作」：是親筆寫信向一些名作家拉稿，說是籌劃復刊《人間世》雜誌，要求協助。信上煞有介事地列明「稿例」和寄稿地址。有些作家寄出稿件，不久便接到表示謝意的回信，並預告雜誌已經付印，大約什麼時候可以出版。

事情並不含糊，《人間世》果然面世了。主編人名字是史天行。但作者除了收到郵寄的一冊之外，便再無下文，稿費也沒有著落。雜誌只是一期完蛋。但是史某已達到「沽名」目的。

魯迅先生沒有上當，卻曾經指名責以「無行」！

六十九

葉靈鳳主編《幻洲》雜誌時期，國民黨人士葉小鳳 [17] 也搞文藝工作，並且出了書，大登廣告。有人誤傳葉小鳳是葉靈鳳兒子。葉靈鳳在《幻洲》裏面登出一個聲明，澄清事實，以正視聽。「聲明」中有句妙語：

> 靈鳳不但未結婚，亦未訂婚，何來小鳳之舉！

七十

有種中國人喜歡取個外國名字，有種外國人卻喜歡取個中國名字。此中各自不同的思想意識是耐人玩味的。

一個外籍女畫家的原名是 Patricia Stewart 但是她卻取個中國名字。這個人就是史泊蒂。

注 ————————————————————

1 〈婦女與文學專號〉,《婦女雜誌》第 17 卷第 7 號,1931 年 7 月。

2 金仲華:〈英國文學史中的白朗脫氏姐妹〉,《婦女雜誌》第 17 卷第 7 號,頁 95-101。

3 曾覺之:〈法國十九世紀的偉大女作家斯達埃夫人〉,《婦女雜誌》第 17 卷第 7 號,頁 69-81。

4 潤餘:〈賽維宜夫人及尺牘〉,《婦女雜誌》第 17 卷第 7 號,頁 83-93。

5 潤餘節譯:〈喬治桑之「我的生活史」〉,《婦女雜誌》第 17 卷第 7 號,頁 103-107。

6 張若谷編:《真美善:女作家號》。上海:真善美書局,1929 年。

7 聖德伴物著,方于女士譯:〈萊加米兒夫人〉,張若谷編:《真美善:女作家號》,頁 1-25。

8 方于習作:〈人像〉,張若谷編:《真美善:女作家號》,無頁碼。

9 方君璧作:〈李女士像〉,張若谷編:《真美善:女作家號》,無頁碼。

10 冰心女士:〈讚美所見〉,張若谷編:《真美善:女作家號》,頁 1-7。

11 若谷:〈中國現代的女作家〉,張若谷編:《真美善:女作家號》,頁 1-73。文中提及凌叔華,書中並沒有收入凌叔華的作品。

12 學昭女士:〈最後的信〉,張若谷編:《真美善:女作家號》,頁 1-15。

13 綠漪女士:〈煩悶的時候〉,張若谷編:《真美善:女作家號》,頁 1-18。綠漪為蘇雪林的筆名。

雪林女士:〈梅脫靈克的青鳥〉,張若谷編:《真美善:女作家號》,頁 1-30。

14 書中未見收入沉櫻的作品。

15 書中未見收入陸晶清的作品。

16 史天行,作家、編輯,筆名有史岩、華嚴一丐、齊涵之、濟涵、天行、

大木、岩等，曾主編《人間世》與《西北風》。作品有《日俄怎樣大戰》、《新兵器叢談》等。

17　葉小鳳即葉楚傖（1887-1946），原名葉宗源，江蘇吳縣人，政治活動家、作家、報人，筆名有小鳳、湘君等，曾任職於《中華新報》，加入同盟會、南社，參與創辦詩鐘社，並參與創辦《太平洋報》、《生活日報》、《民國日報》等，曾任國民黨中央宣傳部部長、江蘇省政府主席、國民政府委員、國民黨中央執行委員會常委兼秘書長、國民黨立法院副院長等。作品有《古戌寒笳記》、《前輩先生》等。

藝壇俯拾錄（十八）

本文原刊《大公報‧大公園》，1982
年 12 月 11 日，頁 16。

七十一

　　曾經翻譯過《盧騷懺悔錄》和喬治桑小說《印典娜》[1]、把喬治桑的名字譯
為「惹事珊」的張競生，被稱為留學法國的「性學博士」。返國後，提倡「性學」，
主張打破「性」的神秘觀念。他辦了一本雜誌，向讀者灌輸性的知識；同時創辦
了一間「美的書店」[2]，僱用女性職員，銷售有關性問題的書籍。這種驚世駭俗
的作風，在當日說來是相當「大膽」的，它比「北伐」後國民黨教育廳長朱家驊
禁止婦女束胸的做法，給予社會以更進一步的震撼。「張競生」三字在某些衛道
者的口頭上幾乎成為「邪惡」的代名詞。

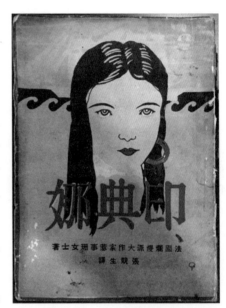

《印典娜》書影

　　張競生的「大膽」還不止此。他還
編印了一本題名《性史》的單行本，內
容輯集一些當事人描述自己的性生活文
章。執筆者中還有「女士」。這本書並
不公開發售，但是不脛而走，在一般青
年人中秘密流行，有如禁書。接著還有
續集、三集……繼續印行，內容愈趨於
「不文」，恐怕已是投機的製作。

　　有個小插曲：傳說《性史》中有一
篇署名「小江平」的「精彩」作品[3]，
是出自當時文藝家金滿成[4]手筆。是否
屬實，無從查考。金滿成寫過《花柳病
春》[5]、《黃娟幼婦》[6]等創作小說，也翻譯過法朗士的作品。[7]

　　張競生在中國「學術界」的是非功罪是另一問題，但是當一般人的思想還掙
扎在封建桎梏之下的時代，他敢於起來向舊勢力挑戰的大膽作為，以及它所發生
的影響，卻有著一定的意義。

七十二

「北伐」戰爭前後，張資平[8]的作品是相當流行的。那時候是打倒軍閥的所謂「國民革命」時期，一般青年男女在思想上起了變化：最顯著的是反對封建主義，反對舊道德，要求戀愛自由，要求婚姻自由。張資平的作品正適應了這一道時代的主流。他丟開了初期的《沖積期化石》[9]這一類小說的題材，轉向於男女間的戀愛故事，以及從戀愛產生的種種糾紛。他的小說人物多是小資產階級的知識分子，由於新舊思想的矛盾，或是社會勢力的困擾，使小說主角無法衝破命運的羅網，因而往往釀成悲劇收場。

張資平的小說正反映了當時的現實，因而吸引了無數基於共鳴心理而著迷的男女讀者。他的《飛絮》[10]、《苔莉》[11]、《寇拉梭》[12]……之類的中、短篇小說、在「北伐」後的時期是風行一時的。

也許因為作品暢銷的關係，版稅收入可觀，張資平漸漸變得為迎合讀者的口味而執筆。他的小說已消失原始的一點點時代意義，而作者也變成一個純粹的戀愛小說家。三角四角戀愛關係的小說也陸續出來了。他自己辦了一間「樂群書店」，出版別人的作品之外，也出版自己的書。人們奇怪他能夠那麼多產。於是產生這麼一個傳說，說是張資平後來的小說不全是他自己寫的，是別人代筆而由張資平署名出版的。

七十三

現代中國藝壇上知名的人士中，客家人的數量頗不少（自然籍貫是不同的），想得起來的有下面的一些。——包括文學家、作家、詩人和版畫家。他（她）們是：

郭沫若[13]，韓素音，黃藥眠[14]，樓棲[15]，侯汝華，蒲風[16]，李金髮，溫濤，羅楨清，張資平，張競生。

七十四

三十年代前後，章衣萍[17]和太太吳曙天[18]是夫婦作家。章衣萍寫詩，也寫小說。他以一本《情書一束》[19]起家。那些情書每封都不很長，可是內容「旖旎」得近於「肉麻」。這本書在市場上很暢銷，曾再版六、七次；並且有過俄文譯本。

章衣萍曾經有個別號叫「摸屁股詩人」。這別號是來源於《衣萍隨筆》[20]裏

懶人的春天哪！我連女人的屁股也懶得摸了！

注 ─────────────────────

1　喬治・桑（George Sand，1804-1876），法國作家。

張競生譯：《印典娜》（*Indiana*）。上海：世界書局，1929 年。

2　溫梓川：〈張競生開美的書店〉（見《文人的另一面》。桂林：廣西師範大學出版社，2004 年，頁 206-208）提到：

「那時美的書店在不大講究佈置的新書店陣容中，的確算得是一間名副其實的『美的書店』。他不但佈置得新穎、美化，就是所出的書籍，也另有一種風格，封面尤喜採用英國薄命畫家皮亞斯萊的插繪，使人愛不釋手。」

3　溫梓川〈張競生開美的書店〉文中認為署名小江平的文章，「不過是一篇對性愛寫得比較露骨的小說罷了」。

4　金滿成（1900-1971），四川峨嵋人，作家、翻譯家，曾赴法國留學，回國後就讀於中法大學，曾任《民眾日報》、《新民報》、《新蜀報》副刊編輯，其後曾任人民文學出版社文學翻譯。作品有《我的女朋友們》、《友人之妻》等。

5　金滿成：《花柳病春》。上海：現代書局，1929 年。

6　金滿成：《黃絹幼婦》。上海：遠東圖書公司，1929 年。

7　金滿成譯：《紅百合》（*Le lys rouge*）。上海：現代書局，1928 年。

8　張資平（1893-1959），原名張秉聲，廣東梅縣人，作家。早年留學日本，專攻地質學，參與創造社，回國後曾於創造社出版部工作，後開辦樂群

書店，創辦《樂群》，曾主編《國民文學》，抗戰期間曾主編《中日文化》月刊，任中日文化協會出版組主任，抗戰後曾因漢奸罪被捕。五十年代曾任教師，後以漢奸罪判刑，病逝於勞改農場。

9　張資平：《沖積期化石》。上海：創作社出版部，1926 年改訂版。

10　張資平：《飛絮》。上海：創作社出版部，1926 年。

11　張資平：《苔莉》。上海：創作社出版部，1927 年。

12　張資平：《蔻拉梭》。上海：創作社出版部，1928 年。

13　郭沫若（1892-1978），原名郭開貞，四川樂山客家人。作家、學者，筆名有沫若、麥克昂、郭鼎堂、石沱、高汝鴻、羊易之等，早年赴日本留學，參與創辦創造社，回國後主編《創造周報》、《創造日》等，曾任國民革命軍政治部副主任，因參與南昌起義被國民黨政府通緝，流亡日本，三十年代加入中國左翼作家聯盟，抗戰時回國，曾任軍事委員會政治部第三廳廳長、文化工作委員會主任、中華全國文藝界抗敵協會理事等，五十年代後曾任國務院副總理兼文化教育委員會主任、中國科學院院長等。作品有《女神》、《王昭君》、《屈原》等。

14　陳智德編：《三四〇年代香港新詩論集》，頁 210-220〈作者傳略〉提到：

「黃藥眠（1903-1987），原名黃訪、黃恍，廣東梅縣人。一九二七年在上海創造社出版部工作，並在《創造周報》、《流沙》發表文章。一九二九年在莫斯科共產國際工作，一九三三年返回上海。一九四一年來港，在八路軍駐港辦事處擔任國際抗日宣傳工作。四二年返回內地。四六年再來港，與陳其瑗等在香港成立達德學院，任國文班主任。四七年出版詩集《桂林底撤退》，四八至四九年曾任中華全國文藝協會香港分會理事。四〇年代在香港《華商報》、《大公報·文藝》、《星島日報·星座》、《小說月刊》、《文匯報·文藝周刊》、《中國詩壇》等刊物發表詩作、評論等。一九四九年到北京，任北京師範大學教授。」

15　陳智德編：《三四〇年代香港新詩論集》〈作者傳略〉提到：

「樓棲（1912-1997），原名鄒冠群，另有筆名樓西、寒光、白芷、黃廬、柳明、馬逸野等。廣東梅縣人。1932 年參加廣州文化總同盟的活動，1936 年參與成立廣州藝術工作者協會。1937 年來港，任教於香港華南中學，參加中

華全國文藝界抗敵協會香港分會（文協香港分會），1941 年在桂林《廣西日報》工作，1946 年回港，任《人民報》副刊編輯、香港達德學院文史系教授，在香港《紅豆》、《大公報・文藝》、《星島日報・星座》、《華僑日報・文藝》、《中國詩壇》、《方言文學》等刊物發表詩、散文、小說及評論。1949 年後返內地工作，曾任教廣州中山大學中文系任教。出版有詩集《鴛鴦子》。」

16　蒲風（1911-1942），原名黃日華，廣東梅縣客家人，作家，三十年代加入中國左翼作家聯盟，參與創辦中國詩歌會，出版《新詩歌》，曾赴日本組織新詩歌座談會，創辦《詩歌》，抗戰前回國，抗戰時期在新四軍軍部做文藝宣傳工作，曾任新四軍皖南文聯副主任。作品有《茫茫夜》、《可憐蟲》、《真理的光澤》等。

17　章衣萍（1902-1947），原名章鴻熙，安徽績溪人，作家、翻譯家，曾任上海大東書局總編輯，於《語絲》發表作品，後任暨南大學校長秘書兼文學系教授，抗戰後任成都大學教授。作品有《情書一束》、《情書二束》、《友情》、《小嬌娘》等。

18　吳曙天（1903-1942），原名吳冕藻，山西翼城人，因逃婚到南京，結識章衣萍後隨他到北京，後與章衣萍同居，與魯迅有來往，曾於《婦女評論》發表作品，任女子書店編輯。作品有《斷片的回憶》、《戀愛日記三種》等。

19　衣萍：《情書一束》。上海：北新書局，1925 年。

20　書名應為《枕上隨筆》。上海：北新書局，1929 年。

藝壇俯拾錄（十九）

本文原刊《大公報・大公園》，1982 年 12 月 18 日，頁 16。其中第七十六、七十七則收入《向水屋筆語》。

七十五

巴金的《隨想錄》第一集裏最後一篇[1]所寫的靳以[2]，是三十年代的作家。姓章。早期在《語絲》發表抒情詩時，署名「章依」，後來在《小說月報》發表短篇小說時用「靳以」署名。也許「靳以」是由「章依」二字的諧音而來；而他後來就以「靳以」的名字成名。

據說靳以青年時代有過一件傷心事：他在北平一家大學唸書的時候同一位「大學皇后」相戀，感情極好。後來不知怎的，「皇后」變了心，兩人結果拆夥。靳以非常痛苦；卻並不自暴自棄，只是寄情於筆墨。他早期作品中如《聖型》[3]、《蟲蝕》[4]、《青的花》[5]等單行本裏的一些小說，便流露了這方面的痛苦感情：「叫人一行讀著一行流淚。」（《聖型》序）

抗日戰爭給予靳以精神上很大的衝擊，時代的巨浪改變了他的感情也改變了他的文學作風。他流亡在大後方的城市裏努力寫新的作品，主編過幾種文學雜

《黃昏之獻》書影

《聖型》書影

誌，繼續致力於健康的文藝活動。

解放戰爭更進一步改變了靳以的人生觀，他寫了不少頌揚新時代的人與事的文章，感情豐富而又紮實。一九五九年他在北京逝世，年紀才五十歲。

靳以沒有遭到「文革」的災難，但是他的墳墓卻給紅衛兵掘爛；據說幸而還保存了骨灰。

七十六

寫了《白夜》[6]、《黃昏之獻》[7]這類散文和翻譯過屠格涅夫小說《羅亭》[8]與《貴族之家》[9]的麗尼[10]，是中國現代文壇上不可多得的散文家。不幸的是在「文革」末期死於廣州的「勞改營」。據說他是在烈日下勞作時突然倒斃的。

麗尼原名是郭安仁。在戰前看過一則關於他的「文壇逸話」，他少年時同一個外國牧師的小女兒非常要好，後來那女孩子不幸死去，他對她念念不忘，為了紀念她，他寫作時就取了這外國女孩子的名字作為筆名。──麗尼是她名字的譯音。

七十七

三十年代，是以上海為中心的中國文壇最熱鬧的年代。在眾多的文學雜誌中，有一個形式獨特的大型刊物，它的名稱只有一個字，叫做《綠》。

這刊物封面是名副其實的綠色，頁數不多。用紅色絲繩穿過書脊釘裝。封面中心印個特大的金色「綠」字。此外什麼都沒有。

書頁是象牙色的紙張，文字橫排。內容很單純，只有小說、詩和散文。在那裏發表作品的有林微音，朱維基，夏萊蒂等；都是當時傾向唯美主義的作家。[11]

戰後的一九五二年十月，香港英國文化協會舉辦過一個「珍稀書籍展覽」，會內陳列了由一四八〇年至一九四〇年的英國各種版本的書籍，從展品中，可以看到四百年來書籍的印刷和裝釘的演進情形。最難得的是可以見到十八、十九世紀英國詩人作品的初期版本。

注 ──────────────────────

1　巴金：〈三十‧靳以逝世二十周年〉，《隨想錄》（香港：三聯書店〔香港〕有限公司，1988 年），頁 150-152。

2　靳以（1909-1959），原名章方敘，天津人，作家，筆名有靳以、方序、陳涓、蘇麟等，畢業於上海復旦大學，參與編輯《文學季刊》、《文季月刊》等，抗戰期間任重慶復旦大學教授，編《國民公報》副刊《文群》、《現代文藝》等。抗戰後回上海，任復旦大學國文系主任，參與編輯《中國作家》。五十年代曾任教於滬江大學、復旦大學，曾任中國作協書記處書記、中國作協第一、二屆理事和上海分會副主席等。作品有《霧及其他》、《聖型》、《珠落集》、《江山萬里》等。

3　靳以：《聖型》。上海：現代書局，1933 年。

4　靳以：《蟲蝕》。上海：良友圖書印刷公司，1934 年。

5　靳以：《青的花》。上海：生活書店，1934 年。

6　麗尼：《白夜》。上海：文化生活出版社，1937 年。

7　麗尼：《黃昏之獻》。上海：文化生活出版社，1935 年。

8　《羅亭》（*Rudin*）由陸蠡翻譯，麗尼校訂，上海：文化生活出版社，1937 年。

9　麗尼譯：《貴族之家》（*Dvorianskoe gnezdo*，英譯 *Home of the Gentry*）。上海：文化生活出版社，1937 年。

10　麗尼（1909-1968），原名郭安仁，湖北孝感人，作家、翻譯家，曾任《泉州日報》副刊編輯，三十年代加入中國左翼作家聯盟，參與創辦文化生活出版社，抗戰後曾任教於重慶相輝學院、武漢大學等，五十年代後曾任職於中南人民出版社、中南人民文學藝術出版社、中央電影局藝術編譯室等。文革中受到迫害，1968 年於廣州逝世。1978 年平反，恢復名譽。作品有《白夜》、《鷹之歌》、《黃昏之獻》等。

11　以下刪去原文兩段：「一個由利通圖書公司主辦的大規模『中國圖書展覽』正在大會堂低座舉行。這是香港文化界的一件盛事，也是香港文化事業

進展的一個標誌。在過去若干年月，像這種規模的圖書展覽是不可能出現的。因為人們都在說，香港是『文化沙漠』，根本缺乏相應的客觀條件。

所謂『書展』，是戰後才在香港出現的新事。近年來，每年都有二三次舉行，雖然文房用品在會場內喧賓奪主，究竟還是假『書展』之名以行。還有值得高興的，不僅中文圖書，就是外文圖書也一樣引人注意。去年（還是前年？）在大會堂不是有一個『法國書展』麼？今年六月，三聯書店也舉辦了一次。

還有一件也許不大有人記起的事。」

聖誕節的欣賞

本文原刊《大公報・大公園》，1982年 12 月 25 日，頁 16。

　　聖誕節前十日，我便收到在海外的兩個外甥分別寄來的聖誕卡。來自加拿大的一張是對摺的白卡片，粉藍色的封面滿佈細小的英文字母，中間有部分空白，細看卻是一隻白色和平鴿形象。很有意思。來自英國的一張是長方形的對摺卡片，封面印的是一幅彩色油畫。在叢林背景前面，一個戴黃帽子穿褐色衣服的鬍鬚男子，擁抱著一個白衣長裙、裹上紅色頭巾的棕髮女郎在跳舞。在跳舞者後面，隱約地見到幾個男女坐在桌邊喝酒，和隱現在樹蔭下面的一些戴高禮帽的紳士和女人的影子。……卡片裏面附上幾句說明：「這張卡片是在倫敦一個專印名畫的印刷店買來的。是法國印象派畫家 Renoir[1] 的作品。」

　　我的外甥們了解我的愛好和藝術趣味，他們給我寄聖誕賀卡時常常也不忘記投我所喜。而這兩張卡片，卻是我今年收到的聖誕卡中最感到喜歡的。

　　我不是宗教徒，也沒有宗教信仰；但是我對聖誕節的好感，卻是基於聖誕節所具有的情趣和它出自愛心的良好教義。抽開迷信成分和人為的享樂節目，對於一個宗教以外的人來說，聖誕節是還有它可愛之處的。除了聽起來會把人的心靈帶到淨化境界的聖誕音樂，便是比賀年卡更要廣泛交流的祝賀節日的聖誕卡。這個自然形成的習俗，已經把聖誕節變成了宗教以外的世界性節日。如果人人都能夠本著正確的宗教精神，本著對人類的廣泛的愛心出發，那麼，大家共同來慶祝這個節日有什麼關係呢？

　　在聖誕卡上市的時候，我也習慣擠在書店裏採購的人群中。除了「未能免俗」地選擇一些準備應酬親友時使用，主要還是為自己選擇。好些年來，我有了蒐集聖誕卡的癖好，我蒐集的對象，並不是普通聖誕卡，更不是像目前那些標奇立異，印刷華麗的現代化聖誕卡，而是樸素的古典式的，具有濃厚「民俗」色彩的一種。畫面上描繪過去時代西方社會歡度聖誕節情景的畫圖：四輪馬車滿載著歡樂的旅客飛馳在雪地上趕回家去度節，一家的人圍坐在壁爐和聖誕樹旁邊興高采烈地聚餐，全身包裹在外套和圍巾裏的男女和兒童，站在寒夜的街燈下捧著歌譜「報佳音」，……這一類充滿聖誕節情趣和生活內容的聖誕卡，都是我搜求的題材。大戰前和大戰後初期，這類題材的聖誕卡是很多的，隨著時代的變遷，它

們已漸漸被新形式的聖誕卡所淘汰。而當現代人的生活已經高度商業化了的日子，聖誕節原始的精神面貌，恐怕只能從那些古典的、具有「民俗」色彩的聖誕卡上面找尋出來。

基於對聖誕節的興趣，我不能不提起我藏有的一本書，那是「美國文學之父」華盛頓‧歐文所著的《古老的英國聖誕節》（*The Old English Christmas*）。

這本書是紫灰色布面精裝，一百二十四頁，用厚磅紙張印刷，毛邊裝釘。一九〇五年倫敦 T. N. Foulis 書店出版。封面是燙金的書名，四邊圍上燙金的花飾。是個相當豪華的版本。

歐文在這本作品裏，用五章的項目敘述英國聖誕節的風俗習慣，對於聖誕節前夕、聖誕節日和聖誕節晚餐的情形，都有詳細的描寫。最珍貴的是十六幅出自名家手筆的水彩插畫。這些表現聖誕節情景的插畫作長條形，每幅貼在灰藍色紙張上面，分別裝釘在書頁中間，十分精緻。

對聖誕節具有濃厚興趣的作家還有狄更斯。在狄更斯的長篇小說如《雙城記》、《匹克威克先生手記》[2] 裏，都有關於聖誕節的描寫。這方面最著名的一本作品是《聖誕述異》[3]，寫一個吝嗇鬼如何在聖誕節夜有所感觸而覺悟起來的故事。據一位傳記作者說，狄更斯在五年內每年寫一篇聖誕故事。他這樣做的目的是使自己快樂，他喜歡描寫那些在倫敦街道上急急忙忙走動的人們，手上抱著包裹，心裏卻極感高興。他的另一目的是要喚醒富人們：聖誕節不僅是吃火雞和提子布甸的時候，而且也是行善的時候。

注 ————————————————

1　雷諾瓦（Pierre-Auguste Renoir，1841-1919），法國畫家。

2　《匹克威克先生手記》（*The Posthumous Papers of the Pickwick Club*），1838 年出版。

3　《聖誕述異》（*A Christmas Carol*），1843 年出版。

第六章

1983年

新年的話

本文原刊《大公報·大公園》，1983 年 1 月 1 日，頁 16。

聖誕節的早上，我在咖啡店看了報紙出來，經過一家文具店的時候，看見門前還擺著三兩棵賣不出去的小型聖誕樹。轉進另一個街頭，卻見到一個花販在處理著一批剪裁好了的葵葉，正在綑紮成束，準備供應顧客作家庭大掃除的工具。聖誕節還未過去，另一項生活節目竟接著來了。我禁不住有點感觸。人們平日感嘆時光流逝時慣說「歲月催人」，可是到了歲暮的日子，往往把情形轉過來變為「人催歲月」，急急作過年的打算。

香港居民對新曆新年並不重視，一般的觀念認為農曆春節才算「過年」。因而一切為過年而作的籌劃都是為了「農曆年」。儘管由現在起計算，農曆年的距離還有一個多月，可是有些家庭已經開始作過年準備。冷靜地注意一下，不是有人已經把居室髹灰水，裱牆紙了麼？把視線擴大到社會去，新界的花農早已細心地在栽培應市的「年花」，「年宵攤位」也進行投標了。

這一切人事的活動，都在加速新年到來的步伐。

「新年好過舊年」，是一般人起碼的願望。分析一下人們急著準備過年的心理，不能排除希望早些擺脫不如意的一年而踏入新一年的潛意識作用。因為對未來的憧憬總是美好的。今年過得不好，期望來年。一個人如果不保持一點希望，生活還有什麼意義呢？雖然希望能否達到，卻是另一回事。

但是不管怎樣，新年總是一個可喜的節令。不管你主張過新曆的年還是過農曆的年，它在時間的長河上是一個人的生命的里程碑。多過一個年，人便長多一歲，這叫人不能不感到警惕，從而發生恐懼心理，醒覺到生命的可貴，醒覺到時間的價值！

我覺得最值得感謝的，是人類智慧的祖先，他們在宇宙的永恆中創造了年份，使我們有了時間的里程碑。在這里程碑面前，可以回顧一下一年的生命過程上是怎樣走下來的。路子走歪了，你知道怎樣矯正方向，路子走對了，你便繼續走下去，而且放心地更邁開步子。

若干年前，我寫過幾句關於生命與時間關係的話，我的思想直到今年也沒有改變。我願意把它抄在這裏：

「人長多了一歲，生命便無形中短去了一年。」這句話說起來似乎叫人沮喪。但這卻是自然的定律。我們也不必為這一點感到悲哀。相反的，正因為存在了這個定律，我們才應該珍惜自己的生命，好好地利用自己的生命。並且，在一個新年來到的時候，應該嚴厲的檢討自己：過去一年的成功和失敗。總結過去的經驗，計劃未來的新的工作，把應該做的努力地繼續做去，把已經做得滿意的進一步做得更好。

「生命有限，而時間卻無限；利用自己有限的生命，去做出一些同無限的時間並存的工作，是我們所追求的人生至高的目標。」

在一年開始的日子，我願拿這幾句話和讀者共勉！

冬日散記

本文原刊《大公報・大公園》，1983年1月8日，頁16。

沈氏夫婦

到大會堂去參觀《中文圖書展覽會》，是在閉幕前三天的星期日下午。當我正要離開人群擠擁的會場準備出去的時候，意外地碰到利通圖書公司的主人沈本瑛[1]和他的夫人鍾珊。大家都同樣高興。因為很長期間沒有碰頭了。趁著這個難得的時辰，沈拉著我同到下面的茶座去喝咖啡，隨隨便便地暢談了半個多鐘頭。

沈本瑛說得上是老朋友了。三十年前他由上海來了香港不多久，我便因胡鐵鳴的介紹認識了他。那時候，胡準備把他經營的書店搬到國內去，把他向我訂下而我尚在寫作中的一部長篇小說[2]轉移到沈主持的文苑書店出版。便是憑了這個關係，我和沈本瑛有了長時間的來往。由小說的印刷、校稿以至出版的整個過程，沈都給了我許多方便和協助。我的印象至今不曾忘記。

鍾珊是隨後到香港的。她是我那部小說最先的讀者。我忘不了一件事情：我的書出版以後，我因事到偉晴街沈本瑛的住所去訪他。鍾珊就坦率地向我指出，我的小說裏面某部分有個錯誤。我察覺到那是執筆時的疏忽造成的；普通讀者很可能忽略過去，可是她卻並不。我感謝她的提示，使我有機會在那本書第二次發行時把它改正。然而我卻因此感到，沈本瑛有這樣一個精明的伴侶是多麼幸福。後來的事實證明了我的想法沒有錯誤，她是沈本瑛事業上的一個好助手。

三十年來，因為生活關係，我和沈本瑛少有接觸，但是我知道他一直致力文化工作。辦書店、搞出版，最後是集中於圖書的發行業務，而且有了一定的發展。我感到可喜的是，他在商業性的活動中始終保持一個確實知識分子的本質；踏實地在艱苦的環境中向前進。這一次主辦規模盛大的《中文圖書展覽會》，正是這種精神與魄力的體現。

初步書店

最近，偶然在《文匯報》副刊〈又一村〉裏讀到李葉一篇題名〈書店往日〉[3]的文章，說到三十年前香港的書店。文內有如下的一段敍述：

　　在域多利皇后街口還有家小小的書店名「亦步」，我去購書多得連老闆也成了老友，凡有我合適的新書他都給我留下一本。可惜事隔三十多年，現在連他的姓氏也忘記了，只記得其大名是鐵鳴，他夫婦兩人經營這小書店好一段時期，結業後便不知去向。

　　這段敘述喚起我一番記憶。我也和這篇文章作者一樣，對那間書店的老闆夫婦有所懷念。

　　他們是一對很年青的小夫妻。老闆名叫胡鐵鳴，是個精悍結實的青年人，他的太太是個纖細溫文的女性。兩人合力經營那間「初步書店」（李葉文章中把店名寫成「亦步」，想係誤植。）書店面積很小，夥計也沒有一個，業務全由兩人負擔。

　　我和胡鐵鳴打上交道，也是由於一本書的機緣。那時候正是中國解放前夕，香港新民主出版社為了配合時局需要，側重出版理論書籍而擱下文藝作品的出版計劃；一本向我預約了的長篇小說[4]的出版也因此擱下了。胡鐵鳴希望把那本小說轉移到初步書店出版；在徵得「新民主」的同意之後，便特地找我商量。我對於胡這番好意，是完全沒有意見的。

對於我來說，那是大戰後我個人最苦的艱難歲月。在生活擔子的壓力下，一部預計二十萬字的作品，要能夠一口氣地寫成，在我當日的生活狀態下是不可能的事。許多為著生活而必須爭取發表時間執筆的「吃飯文章」，不斷地佔有了我的精力，我許諾了的那本小說的寫作進行，因此時作時輟，甚至往往是長時期擱置下來。在這樣的狀態下，竟然拖延了將近三年的時間。我為著不能完成那本小說而感到痛苦！

在那三年中，胡鐵鳴以了解像我這樣一個作者處境的寬宏度量，隨時給我的生活以熱誠的援助；不止一次，他叫他的太太渡海來看我，給我送來稿費，給我的長期生病的孩子送來煉奶。這種情意使我深深感動！

最遺憾的是，當我那本作品終於寫好的時候，胡鐵鳴卻要結束「初步書店」的業務回國內去。更遺憾的是，三十年來我一直得不到他們夫婦倆的訊息！

注 ————————————————————————

1　沈本瑛（1920-2012），浙江湖州人，出版家，畢業於上海聖約翰大學，1949 年來香港，五十年代創辦香港圖書供應社、文淵書店、偉青書店，1966 年創辦利通圖書有限公司，是香港第一家圖書發行公司。曾任天地圖書有限公司常務董事、香港圖書文具業商會理事長、香港出版總會副會長、香港出版、印刷、唱片同業協會執行會長等。

參考本書下冊〈藝壇俯拾錄（十九）〉，頁 669。

2　指《窮巷》。

參考本書上冊〈說說《窮巷》〉，頁 219。

3　李葉：〈書店往日〉，刊《文匯報·又一村》，1983 年 1 月 3 日，第 14 版。

4　同注 2。

無題的閒話

本文原刊《大公報‧大公園》，1983
年 1 月 15 日，頁 16。

　　朋友在某書店買到我的一本已經絕版的小說集，在書的末頁發見刊有我的長篇《遙夜》的出版預告。這朋友奇怪地對我說起，似乎並未見到我寫過這麼一本作品。在這朋友之前，也有人提出過同樣的詢問。自然也同樣是沒有滿意答覆的，理由就是我根本沒有寫這個作品。

　　不過我的確有過那麼一個計劃，打算繼《窮巷》之後，再寫一部仍舊以香港社會作背景的小說。只是僅有個題材的輪廓，內容還沒有醞釀成熟；更說不上動筆。可是為什麼我會讓人刊出這個預告呢？這裏面有些「內幕」，說出來是頗為可笑的。

　　我從來不願在筆墨上去揭發人與人之間的恩怨，這並非考慮到什麼做人的「厚道」問題，而是覺得這樣做沒有什麼好處。因此多年來，一件不愉快的事情存在心上我也始終不曾、也不願意提起它，甚至在「筆語」這個大半是敘述個人身邊瑣事的小文章裏，也沒有提起過。不過人的思想感情是會隨著時間而變化的。特別是為了對那位買到一本絕版書的朋友和別的曾經關心過我那本書的出版預告的人作個交代，我覺得到了今天，不妨當作閒話說說了。

　　在大戰後個人的「艱難歲月」（我習慣用這四個字去概括那十年的生活歷程）裏，我同好些出版家發生過交往關係，為了出書的事情。我因此有機會認識了一些人的面目。他們之中，大多數是真正的出版家，基本上是致力於文化工作，為出版事業努力的；但是有個別的人卻不那麼純粹，這種人表面是幹文化工作，實際上是唯利是圖。當然搞出版也是做生意，尤其是在商業社會，做生意不講究賺錢，是不現實的事。不過既然幹的是文化工作，起碼也得保持一點文化工作的尊嚴，要賺錢也得有個分寸，也得顧全商業道德。可是那種變成了「市儈」的「出版家」呢，往往為了自利目的而不擇手段。他們的卑劣程度簡直叫人吃驚。

　　我所認識的出版家之中，就有過這樣一個人物。

　　最初是他找上門來互相認識的。也許那時候是因為我有兩本小說稍為「銷得」的緣故，於是他要來和我搭上關係。以後我便有部分作品交給他的出版社出版。可以說是向安無異。

有一個夏夜，這位「出版家」到我的寓所來找我。在那時候這是常有的事，為的是商談有關出版方面的事情。可是這一次他卻邀我出外邊去，似乎另有目的。我記得那一晚天很熱，不去茶座，卻到附近的草坪去坐著乘涼。話題是從問候我生病的小孩子開始的。然後提起我為 × 書店寫著的一部長篇小說：

「你那本書快寫完了罷？」

「哪裏快得來？你並非不知道我的生活環境。」

「其實你的生活環境是可以改善的，只是你對工作太認真，所以拖垮了你。」

「我的習慣是這樣子，有什麼辦法？」

「工作習慣也許難改變，但改善生活環境總該有辦法罷？」

「有什麼辦法呢？你說。」

「這就是我要找你談的生意經。」

我感到他的話來得突兀。問他是什麼意思。他裝出半開玩笑半正經的表情說出來。原來他希望我把為 × 書店寫著的一部小說轉過來給他出版。

「這怎麼行呢？人家老早登出廣告，而且已經付了一部分稿費。」我表示了態度。

「這有什麼關係！你可以說，因為家事影響，心情不好，小說寫不下去了，把預付的稿費退還它，取消約言，了卻這一筆賬，將來那本小說在我的出版社出版時，那是另一回事了哪！如果你同意，馬上交易。我可以付給你全部稿費，你除了退還它預支的部分稿費，剩下的可以維持你繼續寫下去的生活開銷，一舉兩得。怎麼樣？錢已經帶來了（說時拍拍衣袋）就在這裏。」

老實說，在我當日的處境說來，任何時刻我都需要錢。但是要我接受他的想法，不但不能考慮，簡直厭惡！我感謝他「關心」我生活的好意，卻堅決地回絕了他的要求：「對不起，我沒法做到！」

這個「生意經」就這樣拉倒。

為了緩和這位「出版家」的自尊心受到的打擊，我許願把另一本在醞釀中的同類題材的作品給他出版，讓他登個預告。後來由於彼此中斷了關係，那本作品結果沒有寫成，這便是只留下個書名的《遙夜》。

不算自傳
——致答四川大學一講師

本文原刊《大公報‧大公園》，1983年1月22日，頁16。

從遙遠的異省寄給我這麼熱誠的信，使我十分感謝和感動。我雖然寫過一些東西，但是說不上有真正稱為「作家」的資格；我也從來沒有以「作家」自擬的意識；因為我不以為自己所做的是真正的文學工夫。如果以文藝「應該有所為而為」這一時代尺度來說，我事實上不曾有過什麼貢獻。

你希望從我方面獲得一些個人的資料，把我作為你準備研究的對象之一。這使我感到非常慚愧；我覺得這對於我是完全非分的事。我沒有值得研究的地方。你的盛意我願意領情，卻又不好意思拒絕。但是我該怎樣介紹我自己好呢？

我是廣東寶安縣人，出生在香港。父親是海員；母親是沒有文化的農家婦女；他們是在盲婚制度下結合的，雙方沒有感情。我的父親大半生在太平洋上度過，隨著郵船的航期，一年中只是回家四次；在兒女的觀念中他是家裏的陌生人。他有著那時期的海員慣有的壞習染：包括嫖、賭在內的享樂行徑。也不知道憑什麼方法，他曾經賺過許多美金，但是全都在花天酒地中一手散去，家庭沒有

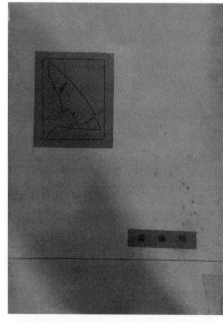

侶倫為《戀曲二重奏》自行裝幀的封套
《戀曲二重奏》書影

得過好處。他的洋化思想認為，一個人要靠兒子養老是太迂腐了，因此他對兒女的教養問題並不關心。我的母親具有客家婦女傳統的堅強性格，她在困難的處境中盡可能地負起一群兒女的撫育責任。加上家計問題，便長時期地鬧著錯綜複雜的家庭糾紛。

在這樣的家庭背景下，我沒有拿到小學的畢業文憑就離開了學校大門，踏進了「社會大學」。

我做過外國人家庭的中文教師，過過軍隊的流浪生活。體育會書記、報紙的副刊編輯、電影公司的宣傳和編劇。太平洋戰爭期間，離開淪陷的香港回內地教書；戰後回來香港，過了差不多十年的賣文生活，做個純粹的職業作者。最後還是回到新聞工作崗位，直至今天。在這一段期間內，我的寫作是業餘性質的。

由於戀愛問題的打擊，我很早就開始學習寫作，目的是借助筆墨來抒洩個人的感傷情緒。這是很可笑的動機，然而卻成為我從事文藝工作的原動力。截至目前為止，我寫了長、短篇小說和散文一共十六本書，它們花了我不少精力，但大半是我沒有勇氣重讀的東西。

哪本書是我的「代表作」嗎？我回答不出來。勉強可以說，我比較滿意的作品是：中篇的《無盡的愛》、《戀曲二重奏》[1]和長篇《窮巷》。至於我的作品比

《殘渣》書影

《愛名譽的人》書影

較突出的藝術特色是什麼？這一問也使我為難。我覺得我的作品說不上有什麼藝術上的特色；如果有的話，恐怕只有處於客觀地位的讀者才能夠指出來。

我的創作道路是順其自然去發展的。我的創作態度一向是感觸到什麼就寫什麼。我不慣矯揉造作，為著適應潮流便去寫自己不熟悉的東西。我認為這是欺騙讀者，也欺騙自己。不過以整個創作過程來說，大致也可以劃分兩個階段：初期我是比較傾向於感傷主義。這是由於個人的氣質關係，加上心境和環境的影響所形成（像短篇《永久之歌》和《黑麗拉》所表現的）。隨著個人視野的擴大，後期作風便有所演變，題材傾向於社會範圍（像《窮巷》和中篇《殘渣》[2]），但是由於生活環境的限制，題材離不開以都市作背景，而且側重於揭露小資產階級人物的生活形態（如較集中於《愛名譽的人》[3]裏面的短篇）。不過這也是出於自然發展的結果，而不是有意識地要表示什麼轉變。

我只是一個很平凡的人，沒有什麼值得說的；我只能把關於個人的生命歷程勾畫出一個簡單輪廓，這對於你的研究工夫恐怕沒有什麼幫助。但是請原諒我只能寫下這麼一點點。對於今後的寫作計劃嗎？我很慚愧沒有這方面的打算。我有著比文藝活動更主要的工作。即使要寫些什麼，也只能是副業。

注 ————————————————————————

1 侶倫：《戀曲二重奏》。香港：藝美圖書公司，1955 年。

2 侶倫：《殘渣》。香港：星榮出版社，1952 年。

3 李林風（侶倫）：《愛名譽的人》。香港：上海書局，1975 年再版。

《磨坊文札》雜話——書叢偶拾

本文原刊《大公報・大公園》，1983年1月29日，頁16。其後收入《向水屋筆語》。

　　讀了較近出版的都德名著《磨坊文札》[1]，頗有新鮮之感。這個譯本是台灣志文出版社印行的「新潮文庫」之一。譯者莫渝。是個全譯本。[2]《磨坊文札》的散篇據說曾有胡適，李青崖等人的譯文，我沒有機會見到。但是在抗戰時期，卻讀過上海創造社版的一個成紹宗譯本[3]；似乎也是全譯的。此外，戰後的一九五〇年，上海文化工作社又印行過一個譯本書名是《磨坊書簡》，由賈芝、葛陵二人合譯。[4]內容只有七篇。據譯者說，原作是倫敦出版社的一本法英對照選集。

　　《書簡》的譯文據說經歷過一番滄桑。該書的〈前記〉裏有這樣的敘述：書是一九四一年末至一九四二年初，兩人在「山溝裏」（似乎指的是延安）合譯的。譯出後只用了三篇，剩下的稿子丟在抽屜裏。一九四六年冬，因戰事關係移居鄉下，暇時把草稿加以修改，預備日後有機會時可以應用。第二年春，國民黨軍攻陷延安，那幾篇譯稿也幾乎遭劫。……

莫渝譯《磨坊文札》書影

新潮文庫 254

Lettres de mon moulin

磨坊文札

都德 著　莫渝 譯

成紹宗、張人權譯《磨坊文札》書影

都德原著

磨坊文札

成紹宗
張人權 合譯

文華圖書公司

1931

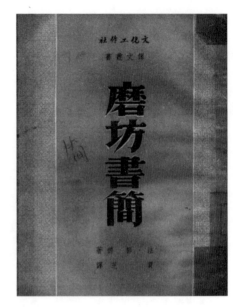

「出發轉移的夜裏，……起程前一刻鐘，一位同志騎著馬飛奔過來通知說，重要的東西不要留下，我這才把一部分怕丟的筆記稿件連這幾篇都德的小說在內臨時從小箱裏取出來，沉沉的放在挎包裏。幾個月以後，有人回原地清查堅壁的東西。……我住的那個村裏所堅壁的一些衣物用具一件也沒有留下。鄉指導員說，匪徒們在村外坡地上挖淺坑，……卻把我們的東西刨了出來，書擦了槍，能用的如衣服、毯子、錶之類，都拿走了。《磨坊書簡》原作自然是在擦槍之列；譯稿及其他稿件筆記，算是倖免於難！」

這樣說來，《磨坊書簡》能夠面世，可算是頗「傳奇」的。雖然只是七篇作品，也算得是都德的《磨坊文札》在中國印成專書的第二個譯本。

但是《磨坊文札》的中文本中，譯筆較為精細、認真，印刷、裝幀也較為講究，內容較為完整的，恐怕還是莫渝的這個譯本。書中不但另文介紹了都德的生平[5]，〈附錄〉中還轉載了黎烈文[6]和葉靈鳳[7]的有關都德的文章。更可喜的是，二十四篇作品中都分別附有藝術性插圖。

《磨坊文札》是都德中年時期的一本傑作。這個法國十九世紀與左拉、莫泊桑等人齊名的自然主義作家，他生平寫下的幾十種作品中，無論小說或是戲劇，都具有動人的魅力。《磨坊文札》每一篇寫的都是各式各樣典型小人物的故事；用樸素、舒徐的文筆去描繪那些人物的生活和命運。有幽默，有諷刺，有同情；有時也有眼淚。說《磨坊文札》是短篇小說集，不如說是一篇精緻的散文集更恰當。它感人的地方是在於它本身的詩情。

作為都德構思他「文札」題材的磨坊，是在南法古城阿爾鎮郊外的一處山崗上面。磨坊是早已荒廢的圓筒形石頭建築物，環境荒涼。由於都德的關係，現在已成為遊客嚮往的地方。[8]

注 —————————————————————————————————

1　《磨坊文札》（ *Lettres de mon moulin* ），1869 年出版。

2　莫渝譯：《磨坊文札》。台北：志文出版社，1981 年。

3　成紹宗、張人權譯：《磨坊文札》。上海：創造社出版部，1927 年。

4　賈芝譯：《磨坊書簡》。上海：文化工作社，1950 年。

5　莫渝：〈都德的生平及其作品《磨坊文札》〉，見《磨坊文札》，頁 7-14。

6　黎烈文：〈都德早年的奮鬥〉，見莫渝譯：《磨坊文札》，頁 273-277。

7　葉靈鳳：〈都德與屠格涅夫〉，見莫渝譯：《磨坊文札》，頁 278-279。

8　以下刪去原文兩段：「磨坊並不大，裏面卻陳列了與都德有關的文物資料。其中有書桌、有都德的各年代的照片，當年發表《磨坊文札》的報紙和《磨坊文札》的各種版本。這一切都引起人們的遐思。尤其是陳列在一張美麗書桌上的一張都德夫人老年時候寫下的字條：『都德曾經長期在這張桌上進行寫作。』下面有她的署名。

關於這座磨坊，都德在一八八八年出版的《巴黎三十年》一書中寫道：『那座磨坊已經成為廢墟了，遭受過長年屢月的風雨吹襲，石頭、鐵和木板都毀壞得只剩下一副殘骸；像詩人一樣，變成廢物似的躺在那裏。……從第一天起，我就十分喜愛這個破落的處所。我所以喜愛是因為它悲慘的環境，和因為那條通道給野草掩沒。』」

看了《新茶花女》

本文原刊《大公報‧大公園》，1983
年 2 月 5 日，頁 16。

在映期的最後一天，我才趕去看了《新茶花女》。[1] 這部在宣傳上說是小仲馬名作《茶花女》的靈感來源的影片，對於讀過《茶花女》小說的人是具有吸引力的。

這部影片並不同於原著小說，小說的內容是作家通過藝術手段，把素材重新組織和剪裁而構成完整的作品形式，而這部影片卻是描寫原著小說背後的真實面——主角的出身和生命歷程；它的描述是平鋪直敘的，可是卻有其忠實可喜的地方。連小仲馬也作了其中一個角色（有人說，《茶花女》小說的男主角阿芒實際是小仲馬的化身）。因此以通俗的口語說，《新茶花女》影片可以說是小仲馬的「情史」。雖然在戲中小仲馬的角色並不佔有多重的分量。不過，如果拿《小仲馬情史》作為片名，小仲馬的名氣決比不上《茶花女》的號召力大。

那麼，茶花女本身是怎樣的一個人物呢？——出身寒微的女孩子，因為貧窮，當了妓女；由於年輕貌美，且有魅力，使許多狂蜂浪蝶為她傾倒；加上環境上的誘惑，滋長了她的虛榮心，她嚮往於上層社會的豪華生活，她決心要向上爬，要出人頭地。一個公爵因為她的樣貌酷肖他的亡女而眷戀她，讓她有所憑藉踏進了上層社會的門檻，也就是滿足了她的虛榮思想。她需要愛情，卻不能夠是地位懸殊的愛情。小仲馬愛上她，可是自知供養不起她的奢侈享受，他只好忍痛地離開她。而紙醉金迷的生活卻潛伏著生命的威脅：長期的肺病使她意識到生命的短促，她在生活上更加放浪，結果加速了她的滅亡。……

這妓女的不幸命運，給作家提供了小說的好材料。《茶花女》的內容和描寫那妓女身世的影片《新茶花女》的內容是差不多的，但小說畢竟是文學，它經過作者藝術的加工；它具有藝術性和思想性。它和《新茶花女》影片的流水賬式的敘述究竟有分別。儘管女主角的形象和演技是不可否認地成功，可是從整個戲看來，總覺得缺少由《茶花女》小說改編的影片（過去已拍過不止一部）的那種感人力量，以及對茶花女命運的強烈的同情。

影片結束前，舞台上演出小仲馬由自己的小說改編的《茶花女》戲劇，獲得大大成功，他贏得全場掌聲的榮譽。而茶花女本人卻已經在五年前咯血死去，死

得很悲慘。小仲馬的難過心情是可以想像出來的。整個戲到這裏才拖出一條悲劇尾巴。

我欣賞的倒是這部影片的導演，他能夠把一篇「流水賬」處理得那麼好，節奏那麼流利自然。在影片裏，他刻意地重現了十九世紀法國的面貌：上層社會生活的豪華場面和紳士淑女的生活姿態；甚至大街小巷和市場，都籠罩著十九世紀的氣氛，在真實感中蒙上一層藝術上的美，有如一幅彩色的水墨畫。

茶花女就是產生在這樣的時代和環境中。從歷史和社會問題的角度著眼，《新茶花女》還是值得看的。

小仲馬寫的《茶花女》小說，出版於一八四八年。這本書在歐美風行了將近一百年之後，本世紀三十年代在中國才有個全譯本。是夏康農翻譯的。不過在清末時期已經有過林紓（林琴南）和曉齋主人合譯的文言本，書名《巴黎茶花女遺事》是商務印書館刊印的「說部叢書」之一。在當時已經吸引了廣大的讀者。

對於西洋文學被介紹到中國來，當時的譯本在正文之前往往要加個介紹，《茶花女遺事》便有如下的「小引」：

> 曉齋主人歸自巴黎，與冷紅生談巴黎小說家，均出自名手。生請述之，主人因道仲馬父子文字於巴黎最知名，茶花女馬克格尼麗爾遺事，尤為小仲馬極筆，暇輒述以授冷紅生，冷紅生涉筆記之。[2]

至於小仲馬自己改編的《茶花女劇本》，三十年代前後有過劉半儂譯本，現在恐怕不容易找到了。

注 ────────────────────────────

1　《新茶花女》（*La storia vera della signora dalle camelie*），Mauro Bolognini 導演，1983 年在香港上映。

2　〈小引〉，見林紓譯（署名冷紅生）：《巴黎茶花女遺事》，1899 年林氏畏廬刊本。

從心所欲——一個少女的私記

本文原刊《大公報‧大公園》，1983年 2 月 12 日，頁 16。

　　環境的氣氛十分熱鬧，我的心卻寂寞死了。

　　孩子時代我多麼喜歡過年！長大以後卻一年比一年討厭了。家裏為著過年而安排的許多俗事，簡直把人弄得頭昏腦脹；只要你是家庭裏的一分子（尤其是女的），便沒法擺脫得來。最滑稽的是，在沒奈何地忙了一頓之後，接著便無端增加一歲。

　　如果沒有過年這回事多麼好！人不是永遠都青春了麼？

　　今晚是除夕，家人們都高高興興的到維多利亞公園逛年宵市去，我卻不參加。她們都感到奇怪。我自己也不明白。為什麼呢？我怕寂寞，同樣又怕熱鬧和紛擾！

　　我記得若蘭對我說過的一句話，（我不明白這小鬼頭為什麼懂得那麼多的事情！）她說：「一個少女陷入戀愛的時候，她們的心理和行為都會不自覺地變化的。」難道我應驗了她這句話麼？難道我是陷入戀愛中了麼？但是，我愛上了誰呢？……

　　如果逛年宵市的同伴中有一個是「他」，我一定會去參加的。並且，我一定不會有這一晚的苦悶心情的。

　　我拿起今天才買來的子丹的新作《安蘿貝拉》來想讀一下，又覺得同今夜的心境不調和。對於子丹的書，我是不願意隨隨便便地讀的；他的作品上的散文詩一樣的風格，只適宜在閒靜的環境和心境中去品味，否則便是浪費。我只好把書擱下來。我有著要寫封信的衝動，但是我不知道要寫給誰。我只希望把我這一夜的「寂寞」寫下來寄給一個人，一個假設的人。這個人是誰呢？是子丹嗎？……唔，我不知道。

　　逛年宵市的家人們回來了，買了年花，買了汽球，買了擺設的玩意。我不感到興趣。只是有個衝動，想獨自出去走走，好讓這個除夕不致完全空白。我還有個幻想：作家是怎樣過年的？子丹也愛逛年宵市嗎？假如大家不經意地碰見了，多麼有趣！可是當我想起，彼此還不曾見過面，即使碰頭，也不相識。想到這一點，我打算到外邊去走走的興致又冷了下去。孩子，你太癡了。

悶煞人的除夕呵！

由早上起，就有人到家裏來拜年了。「恭喜恭喜」的聲音，不斷地在客廳裏鬧作一片。

說起來很可笑，人們一到大年初一，就像全都發作神經病似的：你來我去的互相說著祝賀的話語。不過，這雖然是太庸俗的事情，卻也不能抹煞另一面的好意義。人不能缺少希望而生活，在舊的過去，新的開始的時候，誰不希望未來比過去更好呢？

如果新年的祝願真的會發生意義的話，我倒甘願庸俗，甘願迷信了。在今天，我自己祝願的是什麼呢？

反正沒有人會看到我的日記，我索性寫下來罷：

祝福我自己，今年是我可紀念的一年。—— 我不再是單數的！

下午，伴母親到姨媽家裏拜年回來，一進門，迎面便是一聲「恭喜恭喜！」原來若蘭也來了拜年啦。她說已經等我許久，她正準備離去。既然碰上了，我便不能不把她留住。

一聽到她說等我許久，我便有點不放心。我恐怕她已經進過我的房間（這小鬼頭一向是不拘束的）。如果我猜的不錯，她一定看見我書桌上那本新買的《安蘿貝拉》，同時會發見夾在書裏的那封無聊的信，——昨夜寫給一個假設的人的信。她會由此推想出多事來。她知道我崇拜子丹。

不管怎樣，我索性在客廳裏招待她，若無其事地和她應酬著。接觸到她向我投射著懷了鬼胎的眼色，我不期然有些尷尬起來。幸而她說還要到別處拜年，很快就起身告辭了。

送了若蘭出門，我回頭就進房間去。第一眼望向書桌，那本新書照舊放在那裏。當我正感著放心的時候，卻發現書的下面壓著一張字條，上面寫了這樣的字句：

恭賀新禧。

並祝今年 —— 從心所欲！

若蘭。

顯然我沒有猜錯，若蘭是進過我的房間了。我的秘密心事已經在她的眼底暴露了。這事使我很難受。但是轉念之間我又原諒了她，因為她寫下我最喜歡的一句祝願：

「從心所欲」。

過年閒話（二則）

本文原刊《大公報·大公園》，1983年 2 月 19 日，頁 14。

賀年片

春節之前，接到幾張賀年片，覺得很有意思。

習慣上，賀卡通常是在聖誕節之前交流的。那些賀卡的作用，正如它們照例印著的兩行中英文字所示：「恭祝聖誕，並賀新年。」不管對方是不是宗教徒，或對聖誕是不是沾上關係，也照樣使用。把兩件事並排起來，總覺得有點強加於人的味道。嚴格地說來，不是每一個人肯承認的。而在春節之前，單獨寄出一張賀年片，不但表現突出，而且意義也特別深長了。

其實在聖誕節過後，書店裏也有專為賀年印製的賀卡出售，只是使用的人並不多。也許因為在聖誕卡上已經表示過賀年了，不須多此一舉；也許覺得在春節時賀年有些「俗氣」，不夠時髦。不管是基於哪一種思想，在一般不重視的情況下，卻有人單獨為春節寄出賀年片，便顯出它的特別意義。它是比聖誕卡所表現的更加專誠。

說起賀年片，我得提及我所接到的分外別致的一張。它是非常簡單樸素，卻顯得是經過精心設計的。一張長方形的象牙色紙片上，中心部分印上兩枚硃紅色印章；上一枚是陽文篆書「諸事安寧」四字，下一枚是陰文雕刻的個人名字。兩枚印章之間略作距離。而印章外面，圍上長方形的灰色線條。整個卡面看來非常雅致。

寄出這張賀年片的朋友，是下一枚印章所刻的名字——盧瑋鑾。

「濕年」

有人說，過年下雨是「濕年」。

「濕年」，這個對事實極為貼切的形容詞，沒有比這次過年體會得更深刻了。差不多在半個月前，天氣就開始變壞，在陰霾密佈中，一時是毛雨，一時是細雨，間歇地延綿不斷；氣壓低得彷彿罩到人的心上，呼吸也不痛快；其中還出現南風天氣，到處濕濕濡濡地，連牆壁也冒汗，濕度叫人難受。憑經驗說，這是過年之前罕見的情形。滿以為這是偶然現象，有一天終會過去。想不到雨還是繼續下

著，除夕那天來勢更大，日夜不停。什麼過年氣氛、過年情趣，全都給雨水沖走了。

我感到最惆悵的是不能去年宵市。這是我多年以來的習慣，高興在除夕到年宵市場去走，去領略一年一度的情趣。除了領略情趣，我沒有其他目的。我不買年花，也不買什麼東西，——其實年宵市場的東西，平日在什麼地方都可以買到，一點也不新奇。它所以吸引我的興趣，就因為它是「年宵市」，一年一度的熱鬧場合。在燈火輝煌之下，集中了五光十色的東西，集中了各式各樣的人群，喧聲笑語匯流在一起。而這個活動的場景卻是「一年將盡夜」，過了這一夜，明天又是另一個年份了。

說這是迂腐思想也好，說這是童心未泯也好，我愛逛「年宵市」，就像有些人高興在除夕「守歲」一樣的惜別心情。但是一個「濕年」卻第一次把我的過年情趣打斷了。

我再說一遍：我是因此惆悵的。

詩人韓牧[1]在春節前寄給我的信中，告訴我一件事：「上周，在與詩友凌亦清[2]（女）的電話中，凌提到你。她說，從×××先生的文章中，可以看出他是個老人。但是，你的年齡也不輕了，筆下仍是一派清新，看不出是個老人，就是不知道什麼道理。云云。……」

是呵，年齡不輕了（比×××先生輕一些），但是我從來不意識起自己的年齡；我還始終保留著和年齡不相稱的好些生活趣味；這可不是因為頭髮還未斑白（自然，有一天是會斑白的），而是我喜歡這樣子生活。

對於那位凌女士的善意的疑惑，我想她會從上面的敘述中得到解答。

注 ————————————————————

1　韓牧（1938-），原名何思揔，作家，生於澳門，後隨家人移居香港，曾僑居馬來西亞、新加坡，參與組織每月詩會，八十年代移居加拿大，曾任加拿大華裔作家協會理事、國際詩人協會會員等。作品有《鉛印的詩稿》、《急

水門》、《分流角》、《回魂夜》等。

2　凌亦清，原名陳夢青，祖籍廣東，長於香港。自中學時開始向報刊投稿，筆名有凌亦清、冰淼、桑雅等。作品見於《文匯報》、《明報》、《星島日報》、《新晚報》、《伴侶》、《海洋文藝》等。

「濕年」餘話

本文原刊《大公報‧大公園》，1983
年 2 月 26 日，頁 16。

說來似乎是小題大做，可是我的確為這件事苦惱。

前一篇文章，我說起因為「濕年」消失了過年情趣而感到惆悵。但是「濕年」帶給我的還有一件更現實、更苦惱的事情：那是水浸的災難。這場災難就發生在我的住居裏面。它困擾了我整個春節，整個春節的生活。

其實水浸的災難，對於我的住居可說是存在已久，這一次是更嚴重而已。通常是每到風雨的日子，便會受到威脅。我住的不是低窪地，也不是破爛的舊樓，相反的卻是六層高的樓宇，而且是頂層，可是偏會遭受水浸的苦處，這真是氣人的事！由於客廳的牆外是一道轉向樓梯口的走廊，牆壁上頭是一個通上天台的「天窗」，下雨時雖然拉攏了上蓋，但是抵擋不住從上蓋周圍洩進的水。雨水沿住牆壁流下，從單薄的牆身的磚隙裏滲入內壁，直向下流。同時走廊的積水又從牆腳滲入屋內，上下交侵，匯合一起，客廳裏很快就氾濫成災了。

曾經不止一次，在夏夜裏貪圖涼快，轉到客廳去睡覺，醒來時腳一著地，才知道已經下雨，水又過地了。這種境界是夠人狼狽的！

最糟糕的是長時間下雨，天台的下水道給什麼阻塞著，積水形成水池，不斷地由天窗向下瀉，向屋裏源源滲入，整個春節便是在這個情形下同「水災」作鬥爭。「過年」期間找不到通渠工人，我們只能採取消極的應付辦法，用舊報紙和一切可以汲水的破舊衣物去堵截水源，而且不斷地更換；十分麻煩。

這是「濕年」中最值得我記憶的事！

朋友張向天兄和我有相同的命運。他在文章裏說過，碰到雨天就發愁。他也是住頂樓的，下雨的時候，屋裏許多地方都漏水，他得擺出盆盆缽缽的陣勢去承接各處滴漏的雨水。比較起我家的「無聲的滲透」來，他的「叮叮咚咚」的感受更具有「音樂性」。不過「水災」的苦處相信是彼此一樣的罷？

曾經碰見一位許久未見面的朋友，他問起我住在什麼地方，我告訴了他我的住址。他聽後驚訝地表示：

「你住在那裏嗎？」同時暗自笑出來。「你倒霉了。」

我感到奇怪。這朋友是畫則師，懂得建築上的事情。從他的話裏，我才明白

他暗笑的內幕。原來我所住的樓房圖則是他畫的。這座樓房建築在十五年前，正是香港社會發生動盪事件的時期；建築商把樓房完成了大半，經濟上卻發生問題。為著早日把它脫手，剩下的工程只好「偷工減料」，馬馬虎虎地造好，然後低價分別賣給小業主。我租住的就是其中的一間。

下起雨來屋裏會發生水災，原因便在這裏。過去屢次要求業主把樓房修葺一下，照例沒有結果：小業主多數是不肯為住客設想的。自己花錢修理呢，卻又太不公平：因為房子不是我所有的物業。我不願做這樣不合理的事。在這矛盾的情形下，我所居住的表面是一幢新式樓房，卻仍舊得嘗「屋漏更兼連夜雨」的滋味！

黃谷柳的憶思

本文原刊《大公報‧大公園》，1983年3月5日，頁16。

亞洲電視正在播映廣州攝製的《蝦球傳》片集[1]，我又想起原著小說的作者黃谷柳。

「四人幫」被打倒以後，我第一個聽到的朋友的噩耗，便是谷柳。不知道是誰傳出來的消息，說因為「四人幫」垮台，谷柳萬分高興；同時聽到某影片公司準備把他的《蝦球傳》拍成影片，他更興奮，瘋狂的飲酒，飲得過量，結果導致喪生。事實是否如此，我不清楚。只是在當日傳說市面上炮竹賣光、燒酒也賣光，以慶祝「第二次解放」的情形下，人在歡樂中過量飲酒，也不是不可能的事。但谷柳是豪飲的人嗎？我讀過一些關於谷柳的紀念文章，包括他的女兒寫的，都沒有提及谷柳的死因。至今我還感到是一件憾事！

我同谷柳的交情有一段頗長的歷史。一九二七年，中國的革命事業陷於低潮，在白色恐怖籠罩全國的年代，好些曾經在各地參加過鬥爭工作而不能在當地立足的青年人，都分別跑到香港來，找個棲身地方，谷柳是其中的一個。

據我所知，谷柳的父親和香港的報界前輩黃天石是老朋友，谷柳便憑了這點關係，在黃天石的介紹下在《循環日報》當一份校對，並且在該報的副刊上寫文章，以挹注生活；一方面在黃天石主辦的「新聞學社」學習，同時助理一些校務上的事情。

這個時期，香港已經有些愛好新文藝的青年在從事寫作，他們分別在幾個設有文藝版的報紙投稿。有一年元旦，一家比較開明的《大光報》的主持人為了聯絡文藝版作者的感情，在華人行九樓的酒家舉行一個春節聯歡會，把一群文藝青年集中在一起；大家由相識而發展了友誼。這一群青年作者中就有谷柳。

每個周末的晚上，幾個氣質較為相投的朋友，在不妨礙谷柳事務的時候，都到般含道的「新聞學社」去聚會，談文藝問題，談寫作；有時是到外邊去散步，在路旁的石塊上閒坐，眺望滿海燈光的迷人夜色，心懷開朗，話題沒有拘束，往往是海闊天空地扯談，講笑話，做美夢，……谷柳寫過一句話最能夠形容這一段群體生活的浪漫色彩：「一毛錢花生米吃得普天同慶」。

一九三一年，谷柳離開香港，回故鄉去。我進了報館做事。大家沒有通信，

我也不知道他的生活狀況。一九三四年春天他忽然來了香港，但是沒有耽擱多久。他的行蹤飄忽，就像平時在生活上所表現的一樣：往往碰頭沒有說上幾句話，人就不見了。

「盧溝橋事變」發生以後，全國民情鼎沸。谷柳激於愛國熱情，毅然地參加抗戰工作。他所屬的部隊在上海作戰時，他卻有閒情躲在工事後面給我寫信。他的信寫在由記事冊撕下的紙頁上面，用輕鬆筆調告訴我戰地生活的滋味。這些在我保存中的珍貴的紙頁，可惜在香港淪陷時毀掉了。

上海失守後谷柳隨軍北上去保衛南京。當南京陷落，日軍進行大屠殺時，谷柳僥倖躲在老百姓家裏逃過了大難。

戰爭結束以後，谷柳由重慶來到香港，和帶了三個兒女從異省趕來的太太團聚。在香港度過了三、四年艱苦的賣文生活，直到獲得盛名的《蝦球傳》面世，谷柳的生活才較為好轉，於是全家回去解放了的祖國。

多年來，我和谷柳之間的關係是隔絕的。但是我忘不了他。「文革」期間，雖然我好幾次回過內地，都為了種種顧忌無從和他聯絡。到了有希望見到面的日子，他卻不告而去了！

注 ————————————————————————

1 《蝦球傳》電視連續劇由廣東電視台製作，根據黃谷柳同名小說改編，耿明宸導演，張木桂改編，主要演員有鍾浩、麥文燕等，共八集，1982 年在廣東電視台及香港亞洲電視台播出。

島上的一群
——香港文壇瑣憶一頁

本文原刊《大公報·大公園》，1983
年 3 月 12 日，頁 16。其後收入《向
水屋筆語》。

「島上社」沒有什麼組織形式[1]；只是一群愛好文學、志趣相投的年青人結成一夥；是一種精神上的組合。這一群人中，除了謝晨光、張吻冰、岑卓雲（平可）和我，是一向生活在香港之外，其餘的包括谷柳在內，都是因當時國內的政治關係，從外地流亡到香港來的。這群人中有些是有職業，有些還在求學，有些是不能升學卻找不到事做。大家都是分頭向報紙投稿，換點稿費來挹注消費；但主要還是基於對文學的愛好。謝晨光因為在這一群人中成就最好，他的作品已經在上海的刊物發表，而且還出版了單行本，大家都把他看作前輩，雖然他只是二十多歲。

這一群人經常聚會的地方，除了谷柳在那裏學習和兼做一些事務的「新聞學社」，便是謝晨光的家。謝的父親在灣仔開建造公司，住居就在樓上，有個清靜的家庭環境，朋友們在空閒的晚上，總是高興到那裏去消磨時間，談天說地。大家共同的命運是窮，但生活還是過得愉快的。組織郊野旅行，有機會時看一部好電影，也是集體生活的項目。此外便是泡咖啡店，談寫作、談新書。如果某一個人已經拿到了稿費，他就注定是上咖啡店的東道主。

為什麼把組織取名「島上社」呢？這和當日的處境有關係。因為在那時候的香港，搞文藝工作的人只是這麼一小撮，沒有同路人，沒有支持者，作為一個小集體，是很孤立的。朋友中來自海豐的陳靈谷[2]，在一家報紙副刊上發表一個連載小說，用《寂寞的島上》這題名來發洩他的牢騷。從某種角度說，那時候的香港的確是寂寞的：古老的封建文化籠罩住整個社會，透不出一絲新鮮氣息。而這一群人所嘗試的新文藝工作就像孤軍突起似地掙扎在這個黑暗環境之中。大家從靈谷的小說題名上得到一個概念，於是把自然形成的一個文藝組織就取名「島上社」。以後在文字上或口頭上提到島上社同人的時候，往往就自稱「島上的一群」。

陳靈谷是很爽直的人，對不滿意的現實常常是滿肚牢騷。一九二八年，小提琴家馬思聰[3]由法國學成回國，道經香港到上海去準備開演奏會，但是他對國內情形不熟悉，陳靈谷和丘東平[4]便因同鄉關係，以隨行人員的身份，伴同馬

思聰北上，替他安排生活和登台事務。到了上海，陳靈谷卻抽空進行自己的活動；他拜訪了在上海的創造社和太陽社的文藝界人士，互相聯絡。他開門見山地說：「我們是由香港來的文藝界青年，我們是無名的；但是我們願意跟前輩們學習。……」這事被當作文壇消息登在上海一本雜誌上面。「島上的一群」在香港看到這段消息的時候，大家都感到高興和鼓舞：因為「香港文藝界青年」這字眼第一次在國內的文壇消息中出現了。[5]

　　時代的步伐不會是停滯不前的，香港的文化生活也隨著社會的變化而變化。一九三四年夏季，一家報紙的副刊發起舉辦半月一次的「文藝茶話會」。參加茶話會的文藝工作者在「島上的一群」的基礎上有了發展：他們之中包括了劉火子、溫濤、李育中、戴隱郎、杜格靈、張弓……等人。「茶話會」並產生了定名〈新地〉的文藝雙周刊；由杜格靈和侶倫主編。

　　「寂寞的島上」不再是寂寞的了。

注 ————————————————————————

1　原文本有開首一段：「因為寫到同谷柳的一段交情，我連帶地說到谷柳初來香港的時期，香港出現了一批青年的文藝工作者，我因此又想起一個文藝組織——『島上社』。」

2　陳靈谷（1909-1990），本名陳振樞，一名陳仙泉，另有筆名仙泉、胡為、陳白、陳季子、陳默之、葛雷夫等。1927 年到香港，開始向報刊投稿，1935 年赴日本留學，1937 年在香港加入中華藝術協進會，後返內地。

3　馬思聰（1912-1987），音樂家，早年曾赴法國巴黎求學，1932 年回到中國，於香港、上海、北京等地演出，曾任教於中央大學教育學院音樂系、廣州藝術家音樂系、上海中華音樂學校等，於 1947 年任香港中華音樂學院院長。1949 年回到內地，任中央音樂學院的首任院長。1967 年與家人出走香港，轉飛美國。

4　丘東平（1910-1941），原名丘譚月，廣東海豐人，作家，求學期間開始

參與社會活動，曾參加彭湃領導的海陸豐農民起義，起義失敗後來香港，後到十九路軍翁照垣旅當文書，三十年代曾任《太白》雜誌社技術編輯，抗戰期間加入新四軍，曾於《七月》發表作品，曾任魯藝華中分院教導主任、蘇北文藝界協會理事等，遭日軍襲擊而死。作品有《通訊員》、《第七連》、《茅山下》等。

5　以下刪去原文一段：「為了使『島上社』這名字確立起來，幾個當時在《大同報》（編按：應是《大同日報》）副刊上投稿的作者徵得報紙當事人的同意，在副刊版上每星期刊出一個定名《島上》的周刊，由張吻冰主編，文字由島上社同人執筆。這個周刊出版了相當長的期數。」

《島上草》胎死腹中

本文原名〈《島上草》及其他——香港文壇瑣憶一頁〉，原刊《大公報・大公園》，1983 年 3 月 19 日，頁 16。其後以〈《島上草》胎死腹中〉為題收入《向水屋筆語》。

　　我說過[1]，「島上社」的分子是從四方八面來到香港的；年青、思想接近和共同的志趣，使大家很自然地聚攏在一起。在當日的「孤立」處境，這種感情是十分可貴的。大家在默契中也有著共同的體會。於是產生了一件在事後想來天真得可笑的事情：那是計劃印一本島上社同人的「合集」。

《島上》第二期書影

　　這個念頭是在一九二九年春季，不知是誰心血來潮地想起的。意見提了出來，大家都無異議地附和著。決定之後，訂出辦法：每人拿出一兩篇作品，小說或是散文。把稿件集中起來，由謝晨光負責編輯，侶倫作封面。但是大家都一樣窮，哪裏來的印刷費？只有一個碰運氣的方法：把稿件寄到上海去。……

　　在一個共同目標下，一群人本著一股熱情分頭執筆。有部分稿件是現成的：把已發表的作品加以改寫，有部分稿件是創作。不到一個月，「合集」的稿件都集好了。全部十多萬字，定名《島上草》；意思是表示這些作品不是什麼花朵，而只是生長在海島上的一束野草而已。謝晨光為這本「合集」寫了一篇〈前記〉，敘述一群作者的來歷：是「萍水相逢」地結成一夥，而共同致力於文藝事業的青年人；為了珍惜這種不尋常的遇合，所以打算刊印一本合集來紀念這一段友情；並且，作為結束過去的灰暗生涯而開展另一個新階段的里程碑。我還記得那篇〈前記〉末尾的幾句話：

　　　　從今天，從一九二九年的今天起呵，我們是從消沉中奮起了！

那時候，曾經是香港新文藝刊物《伴侶》主編者的張稚廬，正在上海和友人搞出版事業，並且準備開辦書店。《島上草》的稿件便寄了給他，同時附上一封信，說明原委希望能夠協助出版。

一個月後，《島上草》的稿件退回來了。張稚廬回信表示：對於島上社同人這個做法非常嘉許，遺憾的卻是，他們的書店尚在籌劃中，即使成事，也只能由小至大的幹，對於《島上草》這樣規模的書的出版，實在沒有能力辦到；只好抱歉地把稿件寄回。

願望沒有達到，可是「島上的一群」並未因此沮喪，也沒有打算另找出版對象。熱情冷卻以後，倒叫大家變得理智起來，覺得把不成熟的作品去出版，日後可能感到後悔！印不成功也好。結果把退回的稿件分散，作為投稿寄到報紙，倒使當時香港的新文藝園地熱鬧了一陣子。

不過作為同人雜誌的一個刊物不久也產生了。這刊物就取名《島上》。[2]

注 ————————————————————————

1　原文本有開首一段：「記憶像一串珠子，一顆珠子拉起來了，另一顆跟著會拉起來；不管那珠子怎樣轉動，也總是離不開貫穿著的一根線。這根線便是文藝生活。」

2　以下刪去原文數段：「卅二開的型式，不足一百頁，文字橫排。由於觀念上的傾向，刊物內容多少是模仿上海的《幻洲》：上半部是小說、散文和詩；下半部是雜文。第一期在這一年的夏季出版，由荷理活道一家新開辦的綠波書店代理。綠波的老闆是梅縣人，是由內地來的知識分子，他的書店的特點是不賣文具，純粹賣新書，而且只用一個女店員。這老闆似乎覺得香港有新文藝刊物是頗意外的事，因此對《島上》很表示關心，在委託代理的時候，他對我們提了好些有益的意見。像這樣的情況，在當日是很少有的。

辦刊物沒有商業廣告，簡直不能成事。在三十年代的香港，新文藝刊物是沒有商人肯登廣告的。『島上的一群』全是窮光蛋，沒有人能拿得出印刷費，

這個同人雜誌是怎樣弄出來的？我完全記不起了。

至於《島上》第二期的出版經過，我倒記得清楚。不過說起來也是頗具傳奇意味的事。島上社同人之一的岑卓雲（平可）原是香港精武體育會會員，他同精武會的秘書（？）林君選是要好的朋友，林是愛好新文學的中年人，他對於島上社同人的工作活動很感到興趣和欣賞；通過了岑的關係，他了解到我們的出版上的困難。純粹出於愛護心理和崇高的道義精神，他慨然地表示願意盡力支援。在他因公事到上海的機會，毅然把已經編好的《島上》第二期的稿件帶在身邊。在上海耽擱期間，他在不妨礙自己公事的時候，為《島上》效力，付出了精神與物質的代價。終於使刊物面世。

《島上》第二期的頁數比第一期多上一倍，印刷也比第一期好。它在上海發行了一部分。

兩期同人雜誌的出版，在當地實際起不了什麼作用，但是唯一意義是象徵了新文藝在香港的存在。」

離散前後——香港文壇瑣憶一頁

本文原刊《大公報‧大公園》，1983
年 3 月 26 日，頁 16。

接到舊朋友柳兄的電話，說是讀了〈島上的一群〉這篇文章，很有感慨。柳是當年「島上的一群」中的一分子，由於人事上的分化，平時極少聯絡；近年來他因病提前自銀行的職務上退休，才有閒情間和我通通電話，這一次便是稀罕中的一次。

在電話中，柳還對我提起一些舊朋友的消息，包括謝晨光的。據說謝和他的太太蘇家芹近年已經在海外定居。蘇當年也是「島上社」分子，她曾經以「小微」[1]的署名在《伴侶》雜誌上發表文章而引起注意。她後來卻不知道為什麼沒有繼續寫作。戰爭年代，謝夫婦倆流亡中在大後方幾個城市做事，戰後大家復員回來香港，我和他們會過幾次面。經過大動亂的衝擊，人的思想意識都變化了；加上各自為著生活忙著，大家都少通消息，也少有機會碰頭；連他倆的行蹤也不知道。

在人事多變中，現在還留在香港的「島上社」同人恐怕沒有幾個，柳看了我那篇文章發生感慨，不是沒有理由的。

由於「島上社」在當年只是一個名義上的組織，同人之間的聚散，一向是受著環境或是生活支配而顯得很尋常。而最大的變動，在三十年代初期已經出現了。首先是謝晨光為一點男女私情的問題所困擾，在旁人全無預感的時候，突然離開香港到日本去，只留下一篇告別意味的文章。一開頭寫著：「如今，一切行李都撿拾好，島上的風光從此要別離了。」這幾句帶著感傷味道的話，留給同伴們一份悵惘的情緒。由於謝的一走，彷彿就意味著一個無形的組織接近解散邊緣，這並非因為謝一向被看作組織中的核心分子，而是因為他的另一種表現。在他悄然地離開香港之前，他曾經把自己的文學書籍送給了一個要好的朋友；他所能透露的理由就是：他不再從事文學工作了。初時，大家還以為他的舉措是開玩笑的，到了他不告而行的時候，才感到事情不尋常。後來的事實證明了他的決心。儘管他在東京時，寄了一本新近在上海出版的他的小說集送給我，可是他以後的確擱下筆來不再寫什麼東西。

謝走了以後不多久，跟著行動的是陳靈谷。這個在「島上的一群」中常常因

為不滿現實而「憤世嫉俗」的人，平日在給生活艱苦的朋友寫信表示安慰時，說過這麼動聽的話：「絕路非走不可的時候也只好平心靜氣的走。」可是當問題落在身上的日子，他自己也動搖了。他靠一桿筆支持生活，還得養活一個年輕的妻子，眼看在「寂寞的島上」呆不下去，便也籌劃離開這個地方，但不是回去海陸豐老家，卻是往武漢去，憑了人事關係進銀行做事。

谷柳呢，因為時局已經較為緩和，也決定回雲南的故鄉去探望老家。他的行動常常是那麼爽快的，說走便走。一個來自上海，在商務印書館工場當個小職員，同時是谷柳的「新聞學社」同學的沉默青年華維允，也差不多同時回上海去了。

只有家在香港的少數幾個人，沒有變動。其中，張吻冰進了娛樂戲院當宣傳主任；岑卓雲轉行做生意，在一家外國商行裏任職，不久又為著業務到外國去；我則進了報館做個小編輯。大家的生活都正規化，再也不像過去那樣帶著羅曼蒂克色彩了。

「島上的一群」隨著「島上社」的解體而離散。在同人雜誌《島上》出版了兩期以後，截至太平洋戰爭之前，香港也先後出版了好些新文藝刊物，如《激流》、《紅豆》、《人造一月》[2]、《時代風景》、《時代筆語》、《小齒輪》和《南風》……等等，都不是以「島上社」同人作核心的。雖然他們之中有「島上社」分子。

但是作為新文藝工作的活動，「島上社」有過它的存在。

如果這算得上是一頁歷史，那麼，在最末的一行可以寫上這樣的字句：

「他們曾經做過那麼一些工作。」

注 ────────────────────

1　此處疑誤記，筆名可能是「小薇」。

據楊國雄：〈新文藝期刊（18種）〉（見《舊書刊中的香港身世》，頁 239-297），「小微」應為「小薇」，在《伴侶》上發表的有署名蘇小薇的散文〈浪

遊〉、小說〈獻吻〉，署名小薇的小說有〈小別〉和〈嫉女石〉。

2 據楊國雄：〈舊派文藝期刊（10 種）〉（見《舊書刊中的香港身世》，頁 202-238），《人造一月》第一期在 1931 年 10 月 5 日出版，黃花節督印，人造社編輯，其中只有星河和淋鈴的兩篇作品用白話文寫成。

香港戰前的文藝刊物

本文原刊《大公報・大公園》，1983年4月2日，頁16。

好些人說，香港是文化沙漠，長不出花草來的；乾脆地說，就是這地方沒有文化。事實是否如此？我看不能說得這麼絕對。其實說香港是文化沙漠，只是一個概念問題。我看過一篇文章，竟說香港過去沒有文藝，香港有文藝是從十年前出版的一個什麼周刊開始的，那周刊闢有一欄文藝園地，接納青年投稿，目前某些作家某些詩人等都是在那裏出來的，云云。假如這個幼稚的說法成立的話，不但對於過去在當地的文藝事業付出過耕耘努力的許多人不公平，而且也是對於目前的某些作家某些詩人的失敬。

事實上，戰後三十多年來，在香港作為文藝活動標誌的文學刊物不知有過多少，隨便舉得出來的就有《當代文藝》[1]、《文藝世紀》[2]、《文藝新潮》[3]、《文壇》[4]，還有吳其敏主編的《海洋文藝》[5] 和陳烈主編的《南燕》[6]……等等，一些非文藝性質的刊物、以及以單行本形式出現的作家合集還不計算在內。自然，不能夠因此就肯定香港不是文化沙漠，但是也不能夠隨便肯定香港是文化沙漠。

把時間推前一些看，在太平洋戰爭之前，香港的文化氣氛已經相當濃厚。特別是三十年代至四十年代的十年間，新書店（我指的是出售新文藝書籍的書店）愈來愈多，而新書店往往是輸送新文化思想的橋樑。它們在社會生活中已經起到傳播作用，使得愛讀新書的人逐漸普遍。另一方面，從事文化藝術工作者所辦的各種出版物也陸續出現，形成了當地出版界一股熱烈的新鮮空氣。

在那期間的出版物中，除了我多次提起過的純粹文藝刊物《伴侶》雜誌之外，同時出版的是一個綜合性月刊《字紙籮》。它的內容通俗卻並不流於低級趣味。是同人雜誌，卻也採納外稿。刊登的作品主要是散文，諷刺性的雜文，配圖的抒情詩和社會特寫等。由於主辦者是美專學校出身，所以編印得頗為講究；每期還有美術插頁，通常是畫家倪貽德[7] 或圖案畫家陳之佛的作品。

此外，還有《墨花》月刊[8]，是新聞界中人莫冰子[9] 主編的一本新舊交錯的雜誌。它刊登新文藝作品，也刊登章回小說或筆記之類的文章。畫家羅嘯紅[10] 擔任每期的封面設計和作文內的插圖。《伴侶》出「情書專號」時，《墨花》也出「初戀專號」。[11]

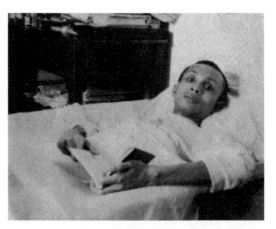

　　值得一提的是《激流》月刊。這是較為純粹的文藝雜誌，它刊登小說、詩和散文，文壇消息，也有油畫的插頁。由永安公司廣告部的畫家陳緝文[12]擔任每期的封面設計。雜誌的督印人周天業，是三個熱心於辦這本雜誌的青年從自己的名字中各取一字組成的名字。

　　還有一本定名《小齒輪》的刊物更值得懷念。主辦人是個殘廢作者。他的筆名是魯衡。這個不幸的人，因為早年患上嚴重風濕病，醫治不好，結果兩腿癱瘓，動彈不得，只能永遠躺在家裏一張板床上面，在年老母親和一個兼作他的跑腿的妹妹照料下，過著寂寞和痛苦的日子，難得的是他愛好文學，雖然只能用手托住夾上原稿紙的木板寫字，但是他卻經常在報紙上發表文章。憑著通信關係，每個香港的文藝工作者都和他做了朋友。他們常常抽空到隔了一道海的他的住處去探望他。為了同情他的處境，在許多可能辦到的事情上給他幫忙。當他出於對文學的熱愛而自願拿積蓄的稿費收入去辦個刊物的時候，大家都無條件地提供作品去成全他的心願。《小齒輪》從集稿、編輯、付印、校對以至封面設計，都由他自己一手包辦；發行工作，則由他的妹妹和他的家庭朋友去辦。[13]

　　在《小齒輪》之後出版的是《時代筆語》。它的主幹人是愛好寫詩同時是新聞記者的張千帆。這也是個純粹文藝性質的刊物，內容刊登短篇小說，散文和詩。小說之中，有一篇是出自話劇演員盧敦手筆的創作小說〈南飛雁〉。這是頗稀罕的事。

　　《時代筆語》第二次出版時，名字改為《時代風景》，篇幅增至百多頁，內容也較有分量，除了文藝作品之外，還有翻譯的文藝理論，以及關於新聞事業的

專題文章。

　　應該著重提起的是《紅豆》月刊。[14] 這是以文藝為主的綜合性雜誌。主辦人是梁國英報藥局的年青主人梁晃。梁是商人，卻具有文化氣質和藝術趣味，他自己就是攝影愛好者。他開辦過「梁國英書店」，也開辦過「印象攝影室」。《紅豆》是在漫畫家黃鳳洲[15] 和以畫《何老大》漫畫集出名的李凡夫[16] 的協助下辦起來的，所以雜誌本身具有獨特風格。《紅豆》出版了幾期之後，梁晃把它交給由廣州中山大學畢業回來的弟弟梁之盤接辦。梁之盤似乎基於個人趣味的傾向，把《紅豆》內容換了面目，改為「詩與散文月刊」，另有一種風格。這也算得是香港文壇從未有過的大膽嘗試。

　　在那一年代的文藝刊物中，除了個別情形，一般說來水準是不高的。然而可貴的是，辦刊物的人對文學事業的一股熱情，他們不顧成敗，不顧刊物的銷路如何，卻前仆後繼地向並不康莊的路上前進。

　　誰說香港是文化沙漠呢？

注 ————————————————

1　《當代文藝》月刊，1965 年 12 月 1 日創刊，徐速主編，主要作者有徐速、慕容羽軍、雨萍、沙千夢、黃思騁、黃崖、張君默、野火、李素、余玉書、黎潔如、柯振中、黃南翔等，1979 年 4 月 1 日停刊。

2　參考本書上冊〈記《文藝世紀》〉，頁 331。

3　《文藝新潮》，1956 年 2 月 18 日創刊，馬朗主編，主要作者有崑南、貝娜苔、李維陵、東方儀、葉維廉、盧因等，1959 年 5 月 1 日停刊。

4　《文壇》，1941 年由李金髮在廣東曲江創辦，後停刊，1950 年 1 月在香港復刊，由盧森主編，主要作者有黃思騁、金濤、黃崖、秋貞理、盧柏棠、梓人、溫乃堅、碧原、李若川、莫若英、韋陀、朱韻成、盧森等，1974 年 12 月停刊。

5　《海洋文藝》，1972 年 11 月創刊，吳其敏主編，1980 年 10 月停刊。

6　《南燕》，1963 年 1 月創刊，出版人陳烈（本名陳滿棠，從事餐飲業），南燕編輯部主編，主要作者有葉靈鳳、呂達等。銷路不佳，只出版數期。

7　倪貽德（1901-1970），作家、畫家，二十年代畢業於上海美術專科學校，留校任教，曾參加「創造社」，後赴日本留學，回國後於上海、武昌、廣州等藝術專科學校任教。

8　《墨花》，1928 年 6 月創刊。發起人葉蘭泉，總編輯張伯雨。出版未幾即改組，著者多是報界中人，包括黃崑崙、鄭天健、吳灞陵、莫冰子等。

9　莫冰子，曾於《墨花》發表作品，作品有《新界指南》等。

10　羅嘯虹，書畫家，曾於曾於《墨花》發表作品。

11　《墨花》〈初戀號〉，1929 年 4 月 15 日出版，封面和插圖幾乎全部由署名 L. O. 的羅嘯虹負責。

12　陳緝文（1906-1996），廣東新會人，畫家、設計師，曾就讀英皇書院，三十年代於《紅豆》、《激流》發表作品，從事廣告設計工作。

13　文學研究者陳子善對《小齒輪》為魯衡編輯出版提出不同意見。他據僅存的一份《小齒輪》版權頁上編輯一項註明「群力學社編輯部」，發行一項則註明「群力學社分社，澳門罅些那提督馬路」，認為《小齒輪》應列為澳門的文藝刊物，而「群力學社」應為一集體，雖然魯衡至少是「主要成員」，「或者就是主持人」。又據刊物上〈群力學社徵求社員啟事〉及該期內容，指出學社和刊物的左傾政治色彩頗濃。

據該期目錄，刊出作品包括魯衡的小說〈媒〉和侶倫的散文〈紅茶〉。見陳子善：《一瞥集·港澳文學集談》。澳門：文化公所　澳門文化廣場有限公司，2020 年，頁 107-111。

14　參考本書下冊〈詩與散文月刊——《紅豆》〉，頁 793。

15　黃鳳洲，香港漫畫家，筆名呂芳。四十年代以筆名馮魯繪寫《祖與孫》漫畫系列。

16　李凡夫（1906-1968），漫畫家。原名李和，於 1925 年參加「赤社美術研究會」，1928 年與漫畫家葉因泉共同創辦「廣州漫畫社」，合作長篇連環漫畫《阿老大》，1933 年李凡夫把阿老大改名為何老大，創作長篇連環漫畫《何老大》。四十年代後期來香港，五十年代與鄭家鎮等人創辦《漫畫世界》。

無可補償的損失

本文原刊《大公報・大公園》，1983年4月9日，頁16。

人生過程上，有許多由於種種原因而形成的無可補償的損失。對於一個愛好書刊的人來說，毀滅了自己的珍藏便是其中的一件。

一位愛好文學而特別對香港新文藝活動歷史感到興趣的讀者，向我的朋友作出表示：說是讀了〈香港戰前的文藝刊物〉一文有了一個想頭，希望能從我那裏借到我所提及的三十年代至四十年代香港出版的文藝刊物看看，即使不完全，能看到三兩種也好。……對於這位讀者的要求，我感到抱歉，因為我使他失望。理由就是我根本沒有那些刊物。

但是我對於這位讀者的想法很理解，他以為我對那些刊物說得那麼詳盡，可能是我的手頭保存著一批「實物」。這正如去年我寫了一些〈藝壇俯拾錄〉小文章，有好些人以為我曾經記錄下有關的資料一樣；其實什麼都沒有。連同三、四年來我在「筆語」這個欄目內提及的種種圍繞身邊的瑣事，都是擷拾個人腦子裏的東西，憑了記憶寫出來的。這些記憶也許記得清楚，也許記得不清楚；不過有一點卻是很清楚的：便是真實！

至於三、四十年代那些香港出版的文藝刊物，我是全部保留過，甚至那時期國內的出版物，我也是大部分存有的。一些為了逃避戰火而由內地到香港居留的文藝界朋友，在工作上需要時也直接或間接從我處借去某些刊物作為查考使用。我為此感到高興。但是這一切在當日自己認為有保存價值的東西，都在戰火燒到香港的時候全部離我而去了。……

侵略戰爭造成了人的災難，也造成了文物的災難。雖然書報雜誌只是印刷品，是一種死物，然而當缺乏理性的敵人正在橫行的時期，突擊搜查有如家常便飯。一個人身邊藏有那麼多的書報雜誌顯然是知識分子，知識分子便是「危險分子」。引起注意的後果，可能是不可想像的麻煩。何況我同時保留的，還有個人的日記、作品的剪存稿件以及朋友的書信等等；這些文件，更是生命的最大威脅。為著讓自己能夠活著逃出「虎口」，我只能忍痛地捨棄它們。於是在九龍淪陷，日軍入城之前，我鼓起最後的決心，把全部保存著的書報雜誌和屬於個人的文件集中起來，撕成了一片片，在旁人的幫助下拋進熊熊的爐火裏去。

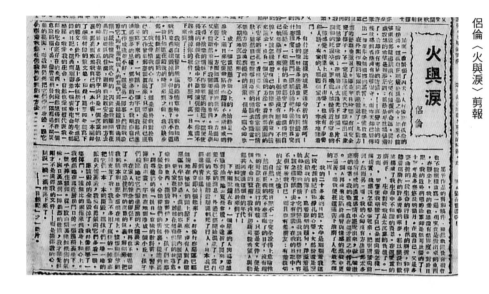

在戰後為回憶而寫的一篇文章〈火與淚〉[1] 裏面，我記下了那時候的情景：

應該毀掉的全都毀掉了。我好像經歷了一場搏鬥，一種無比的困倦，來到我的身心上面。我惘然地在靠近廚房門口的一張籐椅坐下，一雙手捧住額頭。從一股白煙裏聞到紙焦的氣味，胸口感到一陣劇烈的難過，我才醒覺到，剛才不是撕毀我的文件，而是——撕毀我的心。眼淚一滴一滴地落下來了。

我的三、四十年代香港出版的文藝刊物，就是在那樣的情形下毀掉的。在我個人來說，這真是無可補償的損失！

但在幾乎是一無所有之中，我卻奇跡地保存了一本。說起來這是非常奇妙的事。

三、四年前，集古齋[2] 的黃蒙田兄從一堆由上海批發來舊書中，發現了一本殘破的舊雜誌，編輯人中有我的名字，他特地抽出來寄給我保存。原來這是一九三五年香港出版的《時代風景》創刊號。開頭部分缺了二十六頁，說明它的本身已經歷盡滄桑。卻不知道它怎麼還能夠存在！我落在如見故人的喜悅中，忍不住寫了一篇小文章[3] 敘述了這個「奇遇」。不多日後，我接到大公報轉來一個包裹，那是中文大學的盧瑋鑾女士寄給我的一疊影印文稿。附了信說，她看到我

的小文章。她知道港大圖書館藏有這本雜誌，便特地把我所缺少的二十六頁影印了寄給我，好讓我填補了那個殘本的空白。我為一本殘破的舊雜誌恢復完整感到慶幸，更為蒙田兄和盧女士的好意和盛情深受感動！[4]

注 ──────────────────────────────

1　侶倫：〈火與淚〉，刊《華僑日報‧僑樂村》，1946 年 8 月 25 日，第 5 版。該文請見本書下冊〈九龍淪陷前後散記〉，頁 804。

2　集古齋，1958 年開業，主要經營古籍、舊書、碑帖、佛經、新舊書畫、文房四寶及文玩等，並開設展覽廳，舉辦書畫展覽。

3　參考本書上冊〈關於《時代風景》〉，頁 107。

4　參考本書上冊〈新秋抒情〉，頁 125。

一本殘舊的書

本文原刊《大公報・大公園》，1983
年 4 月 16 日，頁 16。

朋友溫，不知從什麼舊書攤裏買到一本不再印的舊書 —— 我的一個長篇小說。因為書身太殘舊而且有點破損，他拿給我替它修整和改裝一下，他知道我平日有這方面的興趣。我只好接受下來。

這本書初版時是分上下卷先後出版的；再版的時候把兩卷合訂為一冊。也就是溫買到的這一本。這個版本我自己沒有留存，因此連我在卷首曾經寫過的一篇「前記」也早已忘記了。（因為以後的版本沒有再用「前記」。）如今翻開這個殘舊本子，我才有機會重讀一下這篇「前記」，另有一番感受。

「前記」是一九五五年寫的。[1] 它敘述了我當時的思想和感情。作為「筆語」的文章之一，我把它留下來，抄錄在下面：

> 這本〔部〕小說由最初的分卷出版，以至轉為現在的合訂形式發行，中間已經過去了五個年頭。在這一段時間中，人事和世事都有了不少變化，個人方面也不會例外。因此，要在這個版本〔合訂本〕上寫點什麼，實在不知如何著筆才好。
>
> 一個作者對自己的過去作品是不會滿意的，而我對這部作品〔小說〕的不滿意更有理由。因為不須等待時間的過〔隔〕濾，我就有著那種感覺了。在初版時〔的〈後記〉裏〕，我這樣說〔敘述〕過這部小說寫作的經過情形：
>
> 一部二十萬字的作品要一口氣的寫成，在我的生活狀態下是沒有可能的事。有許多為著生活而必須應付的事情，不斷地分去了我的精力和時間，因此這部小說的寫作進行便時作時輟，甚至往往在長時期擱置之中。

這一段自白，正好說明了作品本身的先天不健全；再加上時間關係，我對它的不滿意可以說是變重的了。也許，這是由於我對自己的工作比別人對我更苛求些。這也是個理由。可是正因為別人對我寬容，我對自己才應該嚴格。這是我對工作應有的態度。我這個思想是根源於下面這種情況而來的。

當這部小說出版以後，我讀到過幾篇批評文章，也直接從好些人的口頭上聽到過一些意見；這些珍貴的表示，都給了這部小說一種 —— 在我看來是 —— 非

分的獎飾。這使我一方面感覺到這本書出現得還不算太寂寞；一方面感覺到十分慚愧，因為我所寫的，是夠不上別人用那麼樣的眼光來看待的東西。

此外，還有好些值得我去珍重地接受的來信。在那裏面，我高興在這裏提起的，是一封寄自北美洲、而輾轉送到我手上的信。那封信是四個華僑青年聯名寫給我的。它告訴我：他們讀到了我這部小說，感到共鳴的喜愛，因為他們曾經有過同幾個小說人物相似的遭遇。不過現在，他們已經從那惡劣環境中掙脫出來了。他們相信每個病態都市的情形都是一式的，因此相信我所寫的真實。他們給我寫信，是為了表示一個願望，期待我多寫這類為痛苦的人們申訴的作品。……

我不知道這麼平凡的小書怎麼會露面在那麼遙遠的地方；但是這一份從萬里外來的熱情卻不由我不加倍感動！像別的讀者來信所喚起我的感念一樣，它使我意識到我的工作意義，意識到我花在工作上的精力不曾白費。我知道該怎樣去珍貴這種熱情。可是我仍舊有著不安的一面：我拿出的太少，得到的卻太多。

我真的寫出了一些人的痛苦嗎？我真的寫出了我需要寫的痛苦嗎？我不敢回答自己，正如我不敢把自己的作品回頭重讀一遍。我想。即使我的筆傳達了一點點，也只是狹小範圍內的一種痛苦方式——僅是方式，並不普遍，更不深入，這正好證明我體驗的不夠。許多年前，我就有過這樣的慨嘆：「寫到人間的疾苦，才知道我的筆之無用！」因此我所寫出來的，實質上是距離很遠。但是不管怎樣，能夠去寫，總比較根本不寫要好些。我是這樣自解著，也是在這樣的自解中寫這個作品的。

時代在進展中，許多事情都成為陳跡了。然而我相信，在地面的某個角落裏，像這個作品所記錄的社會現象是依然存在的。因此我毫不猶豫地讓它面世了。

這本書是《窮巷》。

注 ————————————————————————

1　《窮巷》分兩卷 1952 年由文苑書店出版（第二卷題為《窮巷續集》），1958 年文淵書店合二為一出版合訂本，侶倫為此版寫了〈合訂本題記〉，文末寫作日期為一九五七年十月。三聯書店（香港）有限公司 1985 及 2019 年版書首均有收錄，其中文字與本文所引略有差異，茲以〔　〕號標出，而文中稱「前記」及「一九五五年寫的」，應為誤記。

舊照片與遐思

本文原刊《大公報・大公園》，1983
年 4 月 23 日，頁 16。

　　復活節假期中，自己預定的的工作日程之一，是整理照片。這是許久以來的一個心願。

　　我留存的照片不算太多，卻也不算太少；其中除了小部分是朋友送給「留念」的之外，主要的還是我個人的照片，其次是有我自己在內的集體照片。這些都是個人的生活記錄和群體活動的留影。

　　一種並不良好的習慣，當什麼照片到了手上時，看過了就隨便放置在任何地方：抽屜裏，書架裏，匣子裏，或者夾進書頁裏；總之不是固定的地方。有時偶然發現出來，便觸動一個念頭，覺得應該把這些流離失所的照片好好的處理一下，有系統地保留才好。可是人事倥傯，總是沒法如願地做到。加上日積月累，數量不斷增加，更感到著手困難。最遺憾的是，有些照片的背面一片空白，連拍攝的年月、地點都沒有記下。要把它們「考查」出來，得花一番工夫。這是整理工作進行上的大障礙。說到底，要想把照片有次序、有內容地保存得完整，非有一個包括耐心和閒情的機會不可。而在我的生活狀態下卻難有這個條件。

　　這一次是下定決心，要利用假期去完成這個心願了。在集中起來的大堆照片中，我花了大半天的時間才弄出一個初步的結果。而在這番工作的過程上，卻不期然又喚起了一些事情的記憶來。……

　　本來保存照片的最好方法是把照片貼在「相簿」裏面，隨時方便翻看，又不致散失；我的照片所以「流離失所」，說明了我從來不作這種設置。原因是我不耐煩搞這類繁瑣的手續，我不喜歡搞集郵，也是這個緣故。不過我也有過一本「相簿」，而且是相當漂亮的。它像二十四開本的精裝書，厚厚的一冊，外面用黑色天鵝絨包裝，書脊燙上一個直排的「PHOTO」金字。過去因為一時貪玩，我在冊頁上貼過一些照片，後來興致一過，還是把它擱置下來。但是我保留著它，是因為這「相簿」有個可追憶的來歷。

　　那是二次大戰前，灣仔軒尼詩道有一間日本書店，名字叫「堀內」[1]，賣的全是日本書籍。門面是陳列書籍雜誌的大櫥窗，店門開在櫥窗旁邊。推門進去，店裏非常清靜，書架上滿是色彩繽紛的書籍和雜誌。文化氣氛很濃，只是看不到

什麼日本顧客，只有一個戴黑框眼鏡的年青店員在那裏看管。他是日本人，卻懂得一點應酬上的中國話。我和劉火子、溫濤等朋友在灣仔會面時，常常高興到這間書店去走走，翻看那些裝幀漂亮的日本書籍，同那位店員搭訕幾句。因為見慣了，大家熟識得像個朋友，有一回他竟端出一盒子粉糰似的日本點心來招待我們。我們不懂日文，不會買那些日本書，只是買些原稿紙。日本原稿紙的紙張和印刷都是很不錯的。某次我發現那本天鵝絨裝幀的「相簿」，價錢也不貴便把它買了，這是一次額外的交易。

聽人說過，戰爭之前，許多在香港的日本機構都是負有特殊任務的，「堀內」是否一間問題書店，可不知道。只是在戰爭結束以後，這間書店消失了。

因為要把照片集中起來整理，我記起那本貼了一些照片的天鵝絨包裝的「相簿」，我把它從遺忘的角落裏找出來。打開「相簿」的時候，一張戰後夾在冊頁中間的照片突然出現，一眼看去我感到驚喜：那是我的一張穿著軍服的舊照片！

照片是四吋大小的大半身像；黑色的軍服，掛著腰帶和胸前的斜皮帶。照片表面有點褪色了，可是臂章和帽子前沿的徽章還看得出來。我還記得，這個照片是我初進軍隊當個准尉小卒的時候，出發去異地駐防之前，在廣州一間照相館拍攝的。以後它就放在行囊裏跟我飄泊。

這是那個時期我所拍攝的唯一的一張照片，它保留著我的生命歷程上一個特殊階段的生活記憶。它比我所有的別的照片更加珍貴！

注 ——————————————————

1　據張順光、陳照明著《明信片中的日佔香港影像》（三聯書店〔香港〕有限公司，頁 15）指出：「由日本人在 1938 年創辦，位於廣州的堀內書店，於香港淪陷後開設香港分店，地址是中環畢打街十二號。」未知本文所指「堀內」與此店是否相同。

重印《無盡的愛》

本文原刊《大公報・大公園》，1983年4月30日，頁16。參考本書下冊〈戰時・書與生活〉及〈《無盡的愛》前記〉，頁820、824。

一家出版社徵求我的意見，準備重印我的中篇小說《無盡的愛》[1]；我對這事是沒有意見的；一本離開了讀者已經很長時間的作品，有機會再次露面，在個人來說總是值得高興的事。

我寫過四篇以日軍攻陷後的香港為背景的小說，除了三、四年前在《大公報》刊出的一個長篇《特殊家屋》[2]以及兩篇已經收入單行本之外，《無盡的愛》是其中的一篇，也是我自己較為喜歡的一個題材。這篇小說是在戰爭期間內寫的。那是香港淪陷後第三年，我在東江上游一個偏僻縣份的農村裏當小學教師，靠一年十二擔穀的收入度著流亡歲月。

戰時生活不僅是艱難而且是苦悶的。書一教下來便不容許自由走動。事實上也不容易自由走動：四處都有戰火，有敵人。只有我滯留下來的這個地方，因為是窮鄉僻壤，敵人的鐵蹄一時還踐踏不到，我還可以有個苟安的日子。然而在

《無盡的愛》書影

侶倫〈特殊家屋〉連載首篇剪報

香港淪陷後被迫停留了五個月的血腥經歷，卻不斷地困擾著我的腦海以至我的夢境。這使我有了充足的資料來寫些憶述的文章或通信，寄到遠地的報章上發表，宣洩我的控訴，同時也藉此換取一點稿費來挹注艱難的生活。但是我沒有寫小說。

當我輾轉設法同散處各地的朋友聯絡上了以後，我才漸漸感到精神生活不再寂寞。朋友們了解到我的處境，不時盡可能地給我郵寄一些雜誌或書籍。我有機會讀到艾蕪的《文學手冊》[3]、路翎的小說《飢餓的郭素娥》[4]，較多讀到的是翻譯的外國文學，包括羅曼羅蘭的《哥德與悲多汶》[5]、拉馬丁的《葛萊齊拉》[6]、《阿左林散文集》[7]、《鼓風爐旁十二年》[8]等書。使我忘記不了的，是一本在大戰期間出版的捷克作家的中篇小說《楚囚》。這個小說的內容是描寫希特勒控制下的捷克，一個反抗納粹統治的愛國女子，怎樣機智地從事鬥爭工作而勇敢地犧牲了生命的故事。

我特別提起這個小說，不僅是因為它曾經感動了我，而主要是在於它給了我以啟發，給了我以創作的衝動；在我通過了淪陷地區的生活體驗而正在醞釀的一個故事中，塑造出一個葡萄牙女子亞莉安娜的形象，這便是《無盡的愛》的女主人公。

我的小說便是在全部構想成熟之後著手寫的。白天我得應付校務，只有晚上才是做自己事情的時間。在課室二樓一個作為自己住處的小房間，有一隻小窗子，窗外是一條和窗子平行的山徑，夜裏經常有些回村裏去的行人提著「火枝」在那裏走過。只有他們的語聲打破夜的寂靜。我便伏在桌上的火油燈與微弱光暈下活動著筆桿。……

小說脫稿的深夜，我曾經在原稿上面寫了一則簡短的〈題記〉：

一九四二年夏季，我用了大約三星期斷斷續續的課餘時間，寫成了這個小說。自從離開了淪陷的香港回到自由區以後，兩年多以來我雖然也寫了一點文章，但是沒有寫過小說，這一篇作品的完成，可說是這期間內僅有的收穫。

在小說裏面，我以日寇攻陷後的香港作背景，企圖表現一個愛與仇交織的鬥爭故事。在整個戰爭巨浪中，這只是一點波沫。然而就在這點意義上說，我的技巧也是失敗的。但是在寫作進行的時候我很愉快，寫好的時候也很愉快；我自信在這裏面總算說出了一點東西。

寫這個小說的原意，是準備寄到遠地去發表換點稿費來補助流亡中的生活。可是寫好的時候恰值湘桂路戰事發生，郵政斷絕，不能寄出，只好把它擱下。同一期間，盟軍卻在西歐大規模登陸成功，全世界擁護正義的人民都感到鼓舞。這倒是這小說完成時一件可紀念的事。

這本小書會印上第五版，在我是很意外的。我想，理由並不在於作品本身，而可能是它的故事喚起讀者重溫一次對法西斯的仇恨。此外沒有其他解釋。

注 ───

1 侶倫:《無盡的愛》,1947 年初版。香港:新城文化服務有限公司,1984年再版。

2 侶倫:〈特殊家屋〉於 1977 年 2 月 21 日開始在《大公報》連載,至 1977年 9 月 30 日完結。

3 艾蕪:《文學手冊》。香港:南洋圖書公司,1941 年。

4 路翎:《餓餓的郭素娥》。桂林:南天出版社,1943 年。

5 Romain Rolland(1866-1944)著,梁宗岱譯:《歌德與悲多汶》。桂林:華胥社,1943 年。

6 Alphonse de Lamartine 著,陸蠡譯:《葛萊齊拉》(*Graziella*)。上海:文化生活出版社,1936 年。

7 José Martínez Ruiz(1873-1967)著,卞之琳譯:《阿左林小集》。重慶:國民圖書出版社,1943 年。

8 書名應為《鼓風爐旁四十年》。伊凡·柯魯包夫著,曼斯譯:《鼓風爐旁四十年》。重慶:國訊書店,1943 年。

關於書名的閒話（外一章）

本文原刊《大公報・大公園》，1983
年 5 月 7 日，頁 16。

一位姓施的讀者，在看了我的〈重印《無盡的愛》〉一文以後，寫信向我提示，說是一些出售台灣出版物的書店裏，有一本也叫《無盡的愛》的小說[1]；問我注意到沒有？這位讀者的好意是可感謝的。他沒有說出他的提示是什麼目的，可是看得出他的意思是暗示：兩本書的名字雷同，總是不大好。

其實在我寫「重印」一文之前，我早已見到過台灣出版的那本同名的書，它的出版期是「民國七十一年」，也即是一九八二年；但是我的《無盡的愛》一書卻在一九四七年十二月已經出版了。時間相隔那麼長久，我沒有理由因為書名的雷同而在「重印」時把書名更改。這樣的做法是可笑的。

同樣的情形也出現過在另一本書上。一九五二年，我在香港出版了長篇小說《窮巷》，一九五五年，台灣也出版了一本小說名叫《窮巷》[2]，兩者相隔的時間不太久，我的書再版時也沒有因此更改書名，為的是無此必要。

我相信，沒有一個作者出書時，心理上願意襲用別人已經用過的書名，除非他（她）根本不知道。基於這點推論，形成上述情況的緣因便半點不奇怪了。在抗戰勝利後的一個時期，我的小說集也被發行到台灣去。後來因為我的筆名出現在香港的「左派」報紙，我的書便被敏感的台灣有關方面「禁售」，書再也去不得了（這是一個書商告訴我的）。像《窮巷》那樣的內容更不消說。在東南亞某些地方，當時甚至連書名的「窮」字也犯忌，使得出版家迫得把封面多印一種，換上另一個書名發行。

我的意思是說，台灣的兩位

孟瑤《窮巷》書影

作者朋友，事前可能沒有機會知道，在他們之前已經有過和他們作品名字相同的書。

不過，話說回來，其實書名雷同也沒有什麼大不了。出版法也沒有明文規定，書不許有兩本雷同的題名。文壇上並非沒有這樣的例子：隨便舉一個，郭沫若、徐志摩不是都有一本作品題名《落葉》³麼？根本上書的內容不同，作者也不同，書名實在沒有什麼關係。我希望那位出於好意的姓施讀者和我有同樣的看法。

「國恥紀念日」

讀小學的年代，一年中最有印象的是五月份；因為這個月份中有幾個紀念日，都是很不尋常的。「五四」學生運動紀念日之外，便是「五七」和「五九」國恥紀念日⁴，後來又添上一個「五卅」慘案紀念日。其中認識較深的是「五七」和「五九」兩個日子；為的兩日中有一天訂為假期（記得放假日是「五七」），所以分外高興。其實一個十一、二歲的小學生，對於所謂紀念「國恥」還是不大理解的，因為對歷史的內容還缺乏「切膚之痛」的感受！

紀念日到來時，學校照例開個會，由教師向同學們講述一遍「國恥」的來龍去脈，由當年日本帝國主義者怎樣向中國提出二十一條款，以哀的美敦書迫脅中國承認；這種恃強凌弱的無理行動怎樣激起中國人民的憤慨而爆發後來的「五四」反帝反封建運動。……這過程說得非常動聽。末了，照例歸結到一句話，勉勵同學們發憤讀書，將來為國家雪恥！到了宣佈放假，大家一跑出校門，便什麼都消散了。

最有用的還是散會時唱的一首《愛國歌》，我現在還能夠記憶出來。它的歌詞是這樣的：

> 頭頂中國天，
> 腳踏中國地；
> 吃我中國飯，
> 著我中國衣；
> 芸芸四萬萬，
> 良心尚未死；

良心既未死，

奈何忘國恥？

從前傷心事，

屈指不可計；

細論「五七」日，

試問何等事？

吾國將不國，

國民知不知？

這是當時的愛國主義教育！

注 ────────────────────────

1　或指岑凱倫：《無盡的愛》。台北：漢麟出版社，1982 年。

2　孟瑤：《窮巷》。台北：暢流半月刊社，1955 年。

3　郭沫若：《落葉》，小說集。上海：創造社出版部，1926 年。

徐志摩：《落葉》，散文集。上海：北新書局，1926 年。

4　「五七」與「五九」國恥指 1915 年 5 月 7 日日本政府向袁世凱政府發最後通牒，要求袁政府不加修改接受喪權辱國的「第二十一條」，5 月 9 日袁政府無條件接受。

母親的自由畫

本文原刊《大公報‧大公園》，1983年5月14日，頁16。

母親節同我沒有關係，因為我不再是有慶祝這節日資格的孩子。可是在這一天，我卻想起我的母親，想起我的母親所作的一張自由畫。

我說「自由畫」，是因為它像小學生在上圖畫堂時隨意塗出來的畫：線條簡單又充滿稚氣。

如果這張畫不是我親眼看著它產生出來，我決不會相信它是我母親的手畫成的。因為這是太稀罕的事了。

對於母親，我在一篇文章裏曾經作過這樣的敘述：「我的母親是舊社會裏無數苦難女人之中的一個。她生在封建思想濃厚的時代，並且出身於農村的窮苦家庭。她沒有進過學校。她的童年和青春都是在勤勞生活中渡過去的。她的命運，就是一切在舊社會裏的女人所遭遇的——受壓迫、受欺侮的最典型的命運！雖然到了中年以後，表面上生活是安定了些，思想也因時代變動和兒女的感染變得開明了些，但是她的知識仍舊脫不掉出身條件的限制。她對世界上的事物懂得並不多；加上人事上的種種不幸的打擊，形成了生命上磨滅不了的烙印。太多的痛苦把人折磨得麻木以後，她變成了一個安命的人。只要不再在憂患中過日子，便覺得心滿意足……」。像我母親這樣一生充滿憂患的婦女，身心都難得有個安靜的日子，更難得有什麼閒情逸致的時候。可是出乎意料，她那粗糙的手卻捏起從來沒有捏過的筆，畫出那張小小的圖畫。這不能不說得是奇跡的事情。

我記得那時候是住在九龍城一間近海樓房的第三層樓上。在一個大窗子下面，靠壁擺著一張黑漆的方桌。愛好美術的陽弟經常伏在桌上作畫。

下午的屋裏是很靜的。明朗的太陽光從窗口射進來，落在方桌上面，正好方便在桌上進行的工作。假如母親已經把日常的家務做好，她便會在方桌旁邊彎下半身，肘子支在桌上，看著陽弟正在畫著的東西。

就在那樣一個時刻，我察覺母親對於陽弟的畫看得很有趣味的樣子。不知道是出於什麼意念的衝動，我賭趣地說：

「媽，我沒有看你畫過什麼東西；你試試畫點什麼，讓我們看看你畫得什麼樣子，好嗎？」

陽弟也湊趣地附和著，同時向母親遞上一支鉛筆。

在我的想像中，母親決不會接受我們這個提議。她那粗糙的手有生以來沒有捏過筆，她會因為自慚的心理而不敢嘗試；這是會引起我們發笑的。

但是我想像錯了，母親雖然難為情地應著說：「我嗎？如果我會畫畫，我也該識字了呢。」一面卻捏起鉛筆，湊趣似地在手邊的一張小紙頭上面慢慢畫起來。

這是最寶貴的時刻，是消逝了的童心偶然回到生命裏來的一陣閃光。在這一陣閃光之下，一個人頭的形象在紙上出現起來了。

我太高興了，母親居然畫出一點東西。——雖然是那麼單純，那麼幼稚的東西。她自己用欣賞的眼光看著那張圖畫的時候，不自覺地顯出一種老年人的靦腆神情。但是我們在旁邊互相傳看讚賞著她畫得好。我們的看法是有著母親不能理解的意義的。就是為了這點意義，我覺得應該把這張小小的圖畫保存起來。

母親的一件稀罕的手跡，就是在那樣的情形下留在紙上的。

大戰期間，許多東西都毀掉了、失落了，這張母親的手跡卻一直在遺忘之中保存著。

母親死去之後，留在人間的，除了一份崇高的親情的記憶，便是我們對那份親情所負的債，永遠沒有機會償還的缺陷！

如今，又度過一個叫人追懷舊事的母親節了。

生命的泡沫

本文原刊《大公報‧大公園》，1983年5月21日，頁16。

舊夢拖住依戀的行腳，

常常散步我的眼沿；

而一顆心呢，

永遠掩埋在記憶之中了。

這是多年前，我在一本天鵝絨包裝的相簿扉頁上寫下的題句；一個月前，因為要整理舊照片翻開這個相簿時，才發覺出來。最近為了打算把《筆語》這些小文章總結一下，選出一部分編成集子，粗略地從頭翻看了一遍，便感到自己所寫的東西，和那舊相簿的題句竟是同一意義。我個人的思想和感情，始終沒有因年齡關係而擺脫一個無形的羅網。這對於我來說，是不能沒有一點感慨的。

一切過去了的事情，在我的記憶中都被看作舊夢。不論那是人事或世事，也不論它是多麼微末，只要在某種思想的衝動下，它們就像泡沫一樣，一個一個地在腦海上浮現起來。我的這些小文章，便是這些泡沫的紀錄。它們並不美麗，也不光彩，更不動人；除了讓自己得到一點點回顧的快意之外，它們的唯一作用，只是使我有機會醒覺到，我是這樣生活過來的呵！

但是為什麼我會寫下這些小文章的呢？

我不止一次地說過，在大戰後的十年間，我幾乎純粹是個所謂「職業作者」。我是為著最低限度的生活條件從事寫作的。在一篇〈著書都為稻粱謀〉的文章裏，我說過我的苦處：

差不多有十年時間，我沒有好好地寫過什麼東西。可是在那之前的一個階段，很慚愧，我已經印出了近二十本的書。但是我寫出了什麼？我說不出來。除了很小一部分作品是在特殊情形下還容許我按照自己的意志寫出來之外，可以說，大部分都是適應市場的需求而產生的。為著能有發表或是出版的機會，我不能不接受報刊或出版家的要求而執筆。我的筆即使不為適應讀

者的口味而寫，可是不能不為適應發表場合的性質而運用。

在必須「削足」以求「適屨」的工作情形下，人的思想和筆桿就像擠迫在狹窄鞋尖裏面的腳趾，難得有自我舒展的活動餘地。這真是對文藝工作的侮辱與損害！而我就是在這樣的情形下度過了人生精力充沛的時辰。……

直到我走上了正式工作的崗位，我才擺脫了必須為生活而寫作的環境。思想上由一個極端走向另一個極端：在我認識到工作崗位的不尋常意義以後，我幾乎要放棄我的文學事業；我有一個相當長的時期不再在原稿紙上運用我的筆。要不是一個偶然的機會扭轉我的決心，我恐怕從此就讓我的筆擱下去了。

那是一九七六年夏季，在一次參觀遊藝節目的場合，坐在我旁邊的《大公報》副刊編者楊兄，拉著我給他寫篇小說。他的誠意使我沒法推卻，只好勉為其難地動起筆來。小說連載了將近一年。[1] 因為一面得做職務上的工作，一面得每天交稿，應付得頗感吃力。在小說刊完以後，我不打算再寫什麼了。可是沒有如願。楊兄了解我的實際情況，卻又希望我繼續寫些短稿，每星期一篇。我推辭不得，只好答應下來。這就是《向水屋筆語》。由一九七七年十月開始。原來只是準備試寫一個時期的，結果卻是欲罷不能，一寫竟跨過六個年頭，加起來一共寫了幾十萬字。這是我自己也預想不到的事。

由於這是隨筆式的小文章，著筆時是隨意所之，想起什麼就寫什麼；缺乏計劃性，更沒有思想性，也說不上藝術性。這只是一堆雜亂無章的東西。

揚棄了粗粕部分，也許能夠淘出一些發光的沙礫來。那麼，讓我朝這個目標試一試罷！

注 —————————————————

1　指〈特殊家屋〉，1977 年 2 月至 9 月在《大公報》連載。

陌生的來客

本文原刊《大公報·大公園》，1983年5月28日，頁16。

　　無意中從電視裏看到一部以巴黎藝術家為題材的喜劇影片，使我聯想起一個類似的傳奇故事。故事裏的角色是我的一個朋友。

　　大戰後初期，我還是個獨身漢（朋友這樣開頭說），住在一幢舊樓天台上的一個小房間，靠賣文過活。日子並不好過。可是一個女人竟然闖進我的生活圈子裏來。

　　這女人我並不認識。我是在一個晚上從外面回來時，在樓梯口發現她的。她孤零地坐在那裏，身邊放著一隻籐筐。手上捧住一隻紙袋在吃著麵包。我本來已經跨上樓梯，可是按捺不住好奇心，又折回頭來問她是什麼人，一個人坐在那裏幹麼？她不回答。我重複地問著。她才冷冷地說：她所能回答的只是一句話：她是無家可歸的人！

　　她的倔強使我感到興趣。我知道再向她探索什麼不會有結果；可是忍不住再問一句：這樣坐下去有什麼目的呢？……我這一問竟然方便了她：「目的是等待給我援手的人。我只需要一個可以度過一夜的地方。」

　　我對她說，我是寫作的，只是一個人住在天台，如果她不介意的話……。於是她毫不遲疑地，挽了她的籐筐就跟著我跨上樓梯。

　　這一夜，這女人就睡在地面，攤開兩張報紙作蓆子。

　　我沒有管她。我照平日晚上工作的習慣，坐在書桌前面，但是我只對住貼在窗沿下面的一張「座右銘」——「忍住痛苦生活，咬緊牙根做人」發呆；我的情緒十分複雜，一件最沉重的心事，是應付四樓的包租婆的威脅。昨天她已經給我最後警告：不付清三個月的欠租，我就得「滾出去！」她已經在樓下貼出了房子出租的招紙。什麼委屈的話都對她說盡，看情形是再也拖不下去了。

　　最焦急的事，是出版社應該付給我的一期版稅遲遲沒有匯到。昨天下午去找一個畫漫畫的朋友 K 君告急，打算向他借一個月的租錢，暫時緩和包租婆的氣焰；但是見不到他；等到入夜，只好留下個字條，約好翌日早上再來。

　　假如這個希望也落空呢？……我不敢想下去。在心煩意亂中，這一夜我是一個字也寫不出來。末了，我疲倦得伏在書桌上就睡著了。

給一個惡夢驚醒的時候，時間還很早。我不敢再睡，恐怕誤了同 K 君的約會。趁著蜷縮在地面睡得好好的女人還未醒來，我便悄悄的溜出去。

不幸的是，我的顧慮果然成為事實。見到了 K 君也沒有用處，他同我一樣窮。他對於我的窘困沒法幫助。和 K 君分手之後，我在街上浪蕩著，茫茫然地，不知道怎麼辦才好。……意識清醒的時候，我才記起那個在我的住處過夜的陌生女人，也記起那必然一到早上就跑上天台向我討租的包租婆。她們萬一碰頭的時候將出現什麼情景！最糟的是我對雙方面都沒有作過交代，也不知道該怎樣作交代！

我不能考慮什麼了，首先需要的是立刻回住處去。

走到門口，我發覺貼在那裏的一張「天台房間出租」的紅字條已經撕掉。顯然我的住處已經租出了，我的命運定了。但是我還是跑上樓梯。

天台是靜靜的，我的房間也是靜靜的。那個陌生女人不在那裏，她的籐筐也不見了。在我的書桌上，我發現一張用我的原稿紙寫下的字條：

先生！我走了，沒有向你告別，很抱歉！

從你書桌上的跡象表現，知道你是一位作家，我應該向你致敬。我是個無家可歸的人，你慷慨地容許我度過一夜。但我感謝的倒不是你這種行為，而是你的精神對我的一種鼓舞。你的作品寫給千萬人讀，你的生活卻過得那麼苦，而你卻沒有怨懟。我承認，我生活的勇氣是看了你的「座右銘」而重振起來的。

你的包租婆（她自我介紹）一早跑來找你，大發一頓牢騷，我才知道你的處境。為著讓你住得安靜，你欠下的房租我替你付了。我身上有錢。不必為這點小事感到不安，對於一個作家的敬意，這點表示算得什麼呢？

在包租婆面前，我承認是你的妹妹。記住劃一「口供」。

荒謬的奇逢

本文原刊《大公報・大公園》，1983年6月4日，頁16。

五十年代至六十年代之間，此地文壇上曾吹過一股「歪風」，流行著一種所謂「都市傳奇」的短篇小說。這類小說不講什麼社會意義，也不注重內容的真實性；只在情理以外去構想一些虛幻的故事；主角是都市男女，情節則重離奇曲折，最後，往往是個意想不到的結局。這純粹為了滿足讀者的消閒趣味，拿文學當作遊戲。一位署名「上官卉」的，是這方面的代表性作家。

我的朋友 M 君，對於這股「歪風」非常反感。但最諷刺的是，他在這股歪風中卻碰上了一次「奇遇」。

那是一個夏夜，他為了避過一場驟雨，跑進尖沙咀一間戲院裏，買了一張後座票看七點半場的電影。坐下了不多久，一個領座員走前來遞給他一張字條，說是前頭座位一位女士託他遞交的。M 君正要打開字條時，戲院裏的燈光開始熄滅了。

到了散場的時候，M 君走進隔壁的一間咖啡店，叫了咖啡，才從衣袋裏抓出那張字條打開來。上面寫了這樣的一行字：

「散場後來看我好嗎？——格林蘭道七號，閣樓。」

沒有署名，語氣卻是很熟悉似的。會不會是久別的舊朋友呢？M 君懷著極大的好奇心，決定按照那地址去走一走。

按了門鈴。隔了一道鐵閘，一個傭人模樣的矮婆子查問他找誰。M 君答不出來，只是說他是在戲院裏給一張字條約來的，字條沒有署名，也許見了面會認識。為了證明他說的真實，M 君掏出一張藍色戲票的存根。

那矮婆子沒有要看的意思，便開了鐵閘請 M 君進去，好像這在她是習慣了的事。

客廳不很大，卻陳設得很雅致。最吸引 M 君注意的是靠壁的一隻小書櫥。裏面整齊地擺列著好些書籍。其中最顯眼的，是幾本紫色書脊的上官卉的作品。看樣子，這屋裏的主人也是上官卉的讀者了。

從用人手上接過了一杯熱茶的時候，一位年青的女人從房間現身出來。一面用手束著黑色晨褸的腰帶。M 君愣住了，這女人是他不認識的。

那女人也同樣現出意外的表情。但是隨即哈哈大笑起來。她解釋說：一定是戲院的領座員搞錯了，她叫他把字條交給背面第五行挨近通道的穿灰色洋服結花領帶的男子，那是她無意間發覺到的一位男朋友；顯然是那領座員冒失的認錯了人，因為 M 君的衣飾同她指示的人正是一樣。

M 君感到困窘，他要求告辭。可是那女人卻挽留他。她說，反正來了，不妨耽擱一下；雖然彼此是陌生的，但萍水相逢，也是朋友；不一定因為他不是她打算會面的人，他便沒有理由留步，何況外面還下著大雨。

M 君只好一齊坐下來，等雨歇了再走，在閒聊中，那女人問他幹什麼行業。M 君告訴她，他是文化界，寫小說的。

對方睜大了眼睛：「啊，寫小說的嗎？失敬得很，我幾乎放過一位作家啦，請問你的大名。」

「我沒有名氣，說出來你不認識；因此你也沒有知道的必要。」

那女人含蓄地笑著，不追問他，卻轉過來說要向他致敬：同他喝杯酒，問他喜歡什麼？白蘭地呢，還是 Gin？

不待 M 君表示，她就一手把染了唇脂的香煙遞給他，轉身向櫥櫃那邊去拿酒。

「試試罷，這是法國有名的 Gin，不容易買到；是一個法國人送給我的。我不曾拿它款待過客人，你是破例的一個。」

接了她的小酒杯的時候，M 君感到有些為難。從那女人的不拘束的態度，他已經捉摸著她是個什麼人物。他懷疑從在戲院裏遞字條開始，全部是在耍著一場把戲。他後悔自己冒失地掉進她的圈套裏來。但是在這境地他不能不順承地和她乾一杯。

正當那女人要繼續添酒，M 君堅決謝絕的時候，電鈴聲在門邊響了起來。那女人自語地說：

「真討厭，一定又是那個法國人來了。」

M 君趁勢抓住時機：「我不妨礙你，我走好了。」

可是那女人拉住他，低聲說：「我不一定接待他。你這時候和他碰頭也不聰明。他照例是帶醉跑來的，我怕見他。你再耽擱十分鐘好嗎？伴我進房間去躲一躲。我的房間熄了燈光，沒有人會相信我在家裏。」

「如果那法國人要進來怎麼辦？」M 君還有顧慮。

「我的用人會應付他。」

第二天早上，M君迷惘地起來，在那女人醒來之前離開。在梳妝枱上放下一張五十元面額的鈔票。撕下一張日曆紙寫下幾個字：「希望這一點錢對於你不致是侮辱！」

走出房門的時候，M君發現了客廳的暗角地方裝了一隻電鈴的按鈕。它的用場是很明顯的。

碰到那個早起的矮婆子，M君給她一點錢，算是嘉獎她昨夜同女主人的一回精彩的合作。

事情是過了，但是還拖上一條尾巴，那是一星期後的事，M君接到一封陌生筆跡的信。地址沒有錯誤，收信人的名字卻是「上官卉」。

信是這樣寫的：

「我的用人替我偵查到你的住址（你已知道她是多麼忠於我的），我才有了卻這件心事的機會。你不肯告訴我你的大名，我卻知道了你是個有名作家——上官卉先生。我在你的衣袋裏發現了你的名片。

「我不會要你的錢的，收回去罷！你這種人不是我的對象。……」信裏夾著當晚放下的那張鈔票。

M君後來告訴我。這齣滑稽劇的釀成，是由於那張「上官卉」名片。那是事發的那一天，他到雜誌社去領稿費時，很偶然的認識了上官卉。對方禮貌地給他一張名片，他信手放進衣袋裏面的。

小記向水屋

本文原刊《大公報·大公園》，1983
年 6 月 11 日，頁 16。

　　六年前的秋天，〈大公園〉編者約我每周寫一篇短文的時候 [1]，同時要求我
自己定個文章的欄目。我一時間想不出什麼愜意的名堂，便隨意用了「向水屋筆
語」這五個字。這原是為了應付需要而使用的；結果卻給人一個錯覺；想像我是
向海而居的。

　　其實我的住居前面不但沒有海，而且住屋本身是坐落在許多樓房中間，四周
的樓房越來越高，也越來越密；這便形成了同海更加隔絕；更談不上向水了。不
過我是在海邊居住過來，並且居住過相當長的期間。那是在二次大戰之前，九龍
城還保持著樸素的小市鎮風貌的年代。

　　那時候，我的家從香港搬過隔一道海的九龍城，安頓在靠近海邊的一間樓房
的三層樓上。前面是一塊圍上鐵欄的三角草坪，草坪中心有一間玩具屋似的小型
郵政局；日常只有一個職員在那裏賣郵票。草坪外邊是一條沿住海傍的馬路。站
在住居的陽台向外眺望，展開眼前的便是一片遼闊的海。……關於這個海，我
曾經在文章裏這樣敘述過來：

　　　　這個海是那麼深沉，那麼平靜，蔚藍的一塊，像一面大鏡子，周圍的
　　山嶺有如珊瑚雕製的鏡框邊緣。鏡框有個缺口，便是香港的門戶——鯉魚
　　門。每天，有前往世界各地的船隻從那裏開出去；也有由世界各地來的船隻
　　從那裏開進來。風雨時候，那給雲霧籠罩著的遠山，給人以看一張水墨畫
　　的感覺；晴朗的日子，那明朗得透明的景物，叫人聯想起熱帶春日的明媚風
　　情。毛雨的晚上，遠處朦朧的點點燈光，恍如輕紗封住鑲嵌在鏡框邊緣的
　　寶鑽；月明的晚上，清爽的柔風鼓動起銀蛇似的微瀾，有如大海向著月華
　　目語。……

　　因為這個住居環境的幽美，我曾經用「向水屋」作題目寫過一篇小文章。[2]
文章刊出之後，使這個住居的名號在一些朋友間留下了印象；見了面總是說，有
機會時要去看看「向水屋」的風光。

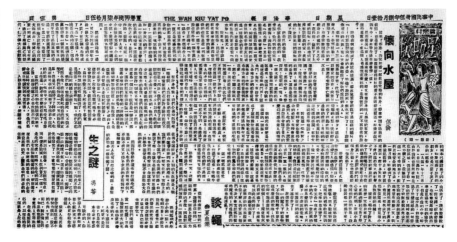

　　以後，他們果然來了。經常到我的住居來走動的朋友，是寄居在附近一間雜貨店裏的丘東平和陳畸[3]，谷柳。住在香港東區的謝晨光，更高興隔相當時日來探訪我，而且在「向水屋」留宿一夜。在我的住居鄰近，有一家名叫「龍華」的小酒家，它的蝦仁炒麵很合謝的胃口，他每次到來，我們慣例都去嘗試一趟。有一次，謝特地在風雨中過海來；那家小酒家的蝦仁恰巧用光，只好改吃牛肉炒沙河粉。吃起來也一樣滋味。事後謝寫了一首「打油詩」紀念這回事：

　　　　風風雨雨不淒涼，
　　　　一入龍華笑臉張；
　　　　若果蝦仁都欠奉，
　　　　何妨菜河潤飢腸。

　　還有值得記憶的事，畫家王少陵夫歸，多數是晚上從深水埗散步到九龍城來看我，照例在「向水屋」樓頭眺望夜海的景色，耽擱許久才離去。就是這個期間，王少陵在一次徐悲鴻由海外回國經港時，趁機會請他為我題了一個「向水屋」橫額送給我，為我的住居添上一番光彩。

　　由於徐悲鴻的題字，無形中使我以「向水屋」名號確立下來。香港淪陷的時候，我把這幅題字小心地用個秘密方法收藏好。三年後復員回來香港，這幅題字幸而無恙地存在，我才把它裝裱了嵌在鏡框裏掛起來。

　　侵略戰爭把九龍城地區改變了面目，我原來的住屋已經在地面消失了。「向

水屋」在我的觀念上變成了「歷史痕跡」。

　　但是無論我遷居到什麼地方，徐悲鴻所題的「向水屋」橫額都掛在壁上。

注 ————————————————————

1　參考本書上冊〈向水屋追懷〉，頁 29。

2　侶倫：〈懷向水屋〉，《華僑日報·僑樂村》，1946 年 8 月 11 日，第 5 版。

3　陳畸，原名陳紹統，作家、報人，二十年代末期來港，後往新加坡。
三十年代回香港，曾於《工商日報》、《星島日報》發表作品，曾參加文協香
港分會、中國青年新聞記者學會香港分會，曾任職於《南強日報》，抗戰後
任職於《星島日報》。

想起一個早逝的朋友

本文原刊《大公報‧大公園》，1983年 6 月 18 日，頁 16。

事物發展的規律，新的必然要淘汰舊的。因此在理論上說，「現實」應該比「過去」更好。無奈人是感情的動物，往往會因某一點感觸便掀起其他的記憶，有如在平靜的水面投下一枚石子漾起一圈圈的漣漪。儘管逝去的日子是一片灰色，也會生起一種「能夠那樣再生活一遍多麼好」的可笑的心情。

回頭讀一下關於「向水屋」的文章，我覺得還有未盡之意，忍不住得作些補充。

在我所提到的九龍城地區還保持著小市鎮風貌的日子，每隔若干時日就到「向水屋」探訪的人，除了謝晨光之外，還有一個我不能忘記的朋友。他姓劉，比我大兩三歲，在當時對於我來說，可算是所謂「相知」朋友，不但彼此志趣相同，而且氣質和性格也相同；在別人的眼中，我和他曾經被誤認是一對兄弟。他熱愛沈從文的作品，手頭經常帶著沈從文的書，因此寫作上也深受沈從文的影響；偶然寫些短篇小說，風格和技巧同沈從文的小說十分相似。他的職業是一家日報的外勤記者。那時候當外勤記者的工作方式和今日不同。他是白天採訪新聞，晚上回報館把新聞資料敘稿，交付編輯部便完事。所以每個星期六的晚上，劉便到九龍城來，在「向水屋」消磨一個晚上。

在「向水屋」附近的一條橫街裏有一間小咖啡店，店主是個中年婦人。因為地方接近啟德飛機場，顧客多的是空軍人員。周旋在這些異國軍人之間，這個店主說得一口流利的英語，而且具有善於逢迎的態度和手法，她不會反感坐得太久的顧客。因此我和劉喜歡到那裏閒聊。店子是很小的，只是陳設著幾張整潔的桌子，燈光僅夠照明。清靜的環境，襯上幾個異國軍人的帶著酒意的嘴臉，使人有幾分寄身於荒村旅舍的感覺。星期六晚上，花微薄的茶錢，我和劉就在那裏度過半夜。到了那些空軍人員的口哨聲去得遠遠，我們才在店主的「晚安」聲中走出來。深夜的街靜得像死去一樣，路面已經消失了店舖的燈光。兩個人急步朝著回住處的方向走，夜風吹著頭髮，人影時短時長。

我和劉，每個星期總要會面一趟，會面總要談話。由海邊到咖啡店，由咖啡店回到「向水屋」，在面對著海的陽台，往往坐到深夜。雖然談的都是自己的身

邊事情、工作計劃、人生問題、甚至戀愛問題這一類的話。奇怪的是總不感到厭倦。但是偶然說到共同感著難過的事情，也有沉默的時候。

這樣的友誼關係，維持了一年多。直到碰上一場意外的變故才結束。——劉患上腸熱病，僅是一個星期的時間就在醫院裏死去。那時候，我剛剛進了報館做事，只聽到他生病進了醫院治療，也不知道他生的什麼病，更沒有意識到他會死亡。他平日身體壯健，愛好打籃球，在報界中還是游泳好手。這些都是可以安慰的保證。到了聽到不幸的消息時，我只來得及趕到醫院，看到他的蒙上白布的屍體！

劉的死亡，曾經給我的精神上和心情上一個沉重打擊！我惋惜我失去了一個親切的「相知」朋友，更惋惜在文學事業上損失了一個具有前途的同伴。

在悼念劉的文章裏，我寫過這樣的話：「人生的勝利在能抓住現實。這真理我現在才深切地體會到。每次想起劉，就感覺著把兩人的友誼生活過得太倥傯的懊悔！可是事後懊悔有什麼用處呢？生命的脆弱叫人要想活得長些也不能自主，劉和我就在生命開始舉步的時候分途。他只在我的日記簿的扉頁上留下一句『努力找尋你生命的真諦罷！』就匆匆結束了短短的——算是一生！」

為著紀念一個早逝的朋友，讓我「懷舊」一次罷。

致敬一個叛逆者

本文原刊《大公報‧大公園》，1983年6月25日，頁16。參考本書上冊〈舊情‧舊地及其他〉，頁348。

接到由報館轉交的一封來自國內的信，信封上面的筆跡很陌生；因為是掛號郵件，下款列有詳細的發信地址，末尾是「丘緘」二字。地址和姓氏對於我都是不熟悉的。是誰寄給我的呢？我很困惑。

剪開了信封，把信紙打開來，我讀到下面的內容：

> 我冒昧地給你寫這封信，你讀了也許有點出乎意料之外。
>
> 我是你在九龍城住的時候的鄰居，又是你的作品的愛讀者之一。我的祖父在九龍城開了一間木舖——寶記，後來街坊把我父親也叫「寶記」；我就是這個資本家的兒子，雖然我後來背叛了那個資產階級家庭，成了工人階級的一分子。
>
> 我記得，當一九四九年前後，我在《華商報》社工作的時候曾登門拜訪過你。解放後，我到廣州《南方日報》社工作了七年多，一九五七年去北京，在一家通訊社工作了五年多；以後到中國社會科學院哲學研究所，現在就在這個研究所工作。
>
> 我還有一張你在三十年代居住的那間房子的照片，現在寄給你看看。我還記得，當我在十二、三歲的時候就到過你的家，不是為了別的，而是為了——收租。……

讀到這裏，我才慢慢地記起這個朋友，——雖然嚴格地說來彼此不曾有過交往的過程，但也應該算是朋友。只是，把同這個朋友有關的事情回顧起來，卻恍惚是個遙遠的夢。因為時間相隔太久，而人事的變化又太多，即使有過的關係也不存在了。他信裏提起曾經「拜訪」過我，我根本想不起來。我的記憶中不曾磨滅的，倒是一個十二、三歲的孩子到我家裏來「收租」的印象。

「寶記」是木舖，同時是我家住屋的「業主」。有個時期，每個月有一次，一個十二、三歲的孩子手上拿著租單來敲我家的門。由於「收租人」在住客心目中從來是不受歡迎的，儘管這個孩子是奉家長之命辦事，我們也不怎樣留意

他；而他收了租錢之後，照例說句「謝謝」的客氣話就離去。我怎樣也想不到，這個十二、三歲的孩子，後來竟然「背叛了資產階級家庭，成了工人階級的一分子」！

我記得，他到我家收租的期間並不長，後來由別的人代替了他。「盧溝橋事變」之後，我家裏住進了一個來自安南的華僑學生，原來他同那個少年時到我家收租的丘姓青年（那時候應該是青年了）是朋友；這華僑學生在香港沒有親人，便常到丘的家裏去閒聊。由於這個關係，我才從他那裏知道丘曾經去日本讀了幾年書，因為中日兩國關係緊張而回來香港。據那華僑學生告訴我，丘在家裏一天到晚看書，不明白他為什麼這樣用功。我有理由相信，他的思想正在從學習中醞釀著轉變，為日後的行動汲取著動力。在那個不尋常的年代，不是有許多思想覺悟的青年人，為著追求真理而拋開溫暖的家庭跑向金光大道麼？而更不尋常的是，丘是個資產階級的兒子！

大家從來沒有通過音訊，要不是讀到這封來信，我無從知道丘離開家庭以後的生活歷程，更不知道他對我保留著的深厚觀念。在我全不知情之中，他竟然拍下過我的舊居的照片，並且還保留下來讓我看到。它喚起我的反應情緒，決不是只感到興趣這麼單純。

在這封為問候而寫的來信中，他還告訴我一件事：一九七七年他母親去世，他曾經為此回來過隔別二十八年的九龍城，但沒有時間找我，便匆匆回去北京。很感到遺憾。他給我預約：下次有機會到香港時，一定同我會會面。

我期待著那個日子到來，讓我向他表達遲了三十年的一份敬意！

悼念一詩人

本文原刊《大公報・大公園》，1983年7月2日，頁16。

　　星期日晚上，因事去一間國貨公司找 T 君，在閒談中聽到一個非常意外的消息：一位詩人朋友不幸死了。據說他是在端午節後一天，由香港乘直通火車往廣州去的途中，因心臟病突然發作就倒下去的。

　　這個朋友，就是兩年前我以〈共此燈燭光〉為題的小文章所寫的譚浪英。

　　這個三十年代的香港詩人，在二次大戰中隔別了四十年才重再同我會面。在會面之前，彼此一直失去聯絡，我也不知道他的蹤跡。一九八〇年春天，在他從美國回來了一段日子之後，因為看到我的小文章才得到聯絡的渠道，通過《大公報》給我寫了一封長信。他所看到的小文章，題目恰是〈未衰褪的友情〉，因此觸動了他一番有關的記憶。在長信中，他敘述了大戰前在香港從事的文化工作和有關的人事活動。那裏面出現了劉火子、溫濤、盧敦、李晨風、余所亞、潘範菴、杜其章[1]、黎覺奔[2]、陳煙橋[3]、黃新波、黃苗子[4]……等人的名字，都是三十年代留在香港的文化界和藝術界。他們都是在追求光明的共同目標下團結一起的。譚浪英自己也是其中的一分子。太平洋戰爭爆發，一群人的組合才解散，各奔前程。他回故鄉台山去。不久之後，才輾轉去了美國。至於他在美國那邊做什麼工作，生活情形如何，他的信上沒有提起。只是預約著會面時再作詳談。

　　但是約言一直沒有實現。他的信附有地址和電話號碼，可是撥電話時總是找不到人。原來他似乎有什麼事情在進行著；不斷地來往香港和國內之間，卻沒有一個固定停留的時間。直到這一年十月，我才同他會到面。地點在九龍一間國貨公司裏，那個當公司經理的人是他的同鄉。在接到一個電話之後，我終於趕到公司的經理室裏，握到了他的手。

　　四十年的變化，我幾乎認不出他來了，最明顯的地方是他身體的發胖，並且有點龍鍾樣子；只是看來健康還好，有著長時期生活在外國的人那種紅潤膚色；在並不太明顯的面部皺紋上刻劃著經歷了人世桑滄的痕跡。

　　他告訴我，這些年來他是在聯合國農糧組裏工作。由於過去一段時期，國際政治環境惡劣，中國進不了聯合國，他滿以為自己這一輩子只能在外國做蘇武，沒有希望回來祖國了。想不到形勢的變化，中國不但恢復了聯合國席位，而且中

美兩國還實現了建交。他在十分興奮中，決定回中國來看看，並且準備為祖國的建設事業盡一點力量。在回國之前，他已經有這個意念，要憑自己在聯合國農糧組的工作經驗，為中國的農業發展做些工作，並且擬訂了一個「建立農業商品基地」的計劃，準備向國家有關當局提出建議。原來他不斷地來往香港和內地，便是到各處去調查農業生產情況，為他的「計劃」充實內容。我對農業方面的事物完全是外行，但是我默祝他的計劃能夠成功！

從這個久別朋友的表現看來，我再也找不到三十年代那個詩人的形象。但是我很快就覺得自己的觀察是錯了。

有一次，當大家在國貨公司碰頭，準備到外邊去吃飯之前，譚浪英要求我耽擱一下，聽一卷錄音帶的播放。那是用國語朗誦的一篇長文，題目是〈卡里斯都加的懷念〉。原來那是一九六三年，他被聯合國農糧組派往美國加州一個印第安人地區調查農業狀況後所寫的匯報。文章除了主題以外，還詳盡地描述著那地區的地理和歷史，以及用同情態度描述印第安人的不幸命運和困苦生活，筆調充滿深厚的感情。這不僅是一篇很美的「報告文學」，而且是一首氣魄雄渾的散文詩。

譚浪英說，這篇文章是特地請黎萱女士朗誦錄音的。他後來把那卷錄音帶送給我，作為紀念。我在一篇敘述這件事情的小文章裏，曾經寫了這幾句話：

> 這卷錄音帶寄託了譚浪英對卡里斯都加的懷念，也寄託了我對這個老朋友的懷念。而產生這個意義的日子，是忘不了的一九八〇年十月二十六日。

譚浪英不幸死去，這卷錄音帶對於我是更具有實際意義的了。

注 ——————————————————————

1　杜其章（1897-1942），福建泉州人，書畫家，1927年在香港組織書畫文學社，1937年任香港中華藝術協進會主席，曾任香港東華醫院總理、保良局

總理、香港文化事業社董事長、非非畫報社社長等。

2　黎覺奔（1916-1992），廣東東莞人，戲劇家，畢業於上海中華藝術大學，與馬鑑、胡春冰在香港成立戲劇藝術社，曾為香港大學、香港中文大學戲劇社導演，曾任華僑書院教授兼戲劇學系系主任、香港音樂專科學校教授、香港戲劇藝術學會主席、市政局香港話劇團導演等。作品有劇本《紅樓夢》、《趙氏孤兒》、《木蘭從軍》等。

3　陳煙橋（1911-1970），原名陳希榮，廣東深圳人，版畫家、美術活動家、教育家，筆名有李霧城、米啟朗等，三十年代開始從事木刻創作，曾加入中國左翼美術家聯盟，參與組織野穗社，抗戰期間曾任全國木刻界抗敵協會理事、育才學校繪畫組組長、重慶《新華日報》美術科科主任等，抗戰後任中華全國木刻協會常務理事，五十年代後曾任華東軍政委員會文化部美術科科長、中國美術家協會上海分會秘書長、中國美術家協會理事、廣西藝術學院副院長等。作品有《陳煙橋木刻選集》、《魯迅與木刻》等。

4　黃苗子（1913-2012），漫畫家、美術家、書法家，抗戰期間到廣州、香港、重慶，1950 年回到北京。

漫話琵亞詞侶

本文原刊《大公報・大公園》，1983
年7月9日，頁16。

　　一個朋友記得我在《開卷》雜誌上曾經發表過一篇文章[1]，談《琵亞詞侶詩畫集》，很感到興趣。這本小書是一九二九年上海金屋書店出版的。六十四開的小型本子，白色書紙印刷；裏面只印了琵亞詞侶的兩首詩和四幅琵亞詞侶所作的畫（其中一幅是作者自畫像）。這麼簡單內涵的一本小書，卻用了二十六頁的篇幅。每一節詩佔一版面；題目又佔一版面；而且全都圍上紅色的花邊。譯者是用「浩文」作筆名的詩人邵洵美。[2] 據說所以如此「闊氣」作編排處理，是為了希望印得厚些。在三十年代前後，這樣裝幀設計的書可說是相當雅緻的出版物。

　　金屋書店雖然出版過文藝月刊和一些單行本，但是《琵亞詞侶詩畫集》似乎沒有再版。我的一冊是當日在書店裏偶然發見了買來的。因為書型小巧，所以能夠保存下來。書是殘舊了些，可是在此時此地，這可能是個「孤本」了。

　　看過我那篇介紹文章，這朋友向我借書「欣賞」一下，並且拿去書店照樣影印一本。但是效果並不理想。最大的缺陷是琵亞詞侶的繪畫沒法傳真。因為琵亞詞侶作品的特點是線條細緻，構圖周密，複印出來，變得模糊一片，看不出本來面目。這朋友頗感失望。對於琵亞詞侶的作品發生興趣或感到喜愛的，我相信不止是我這朋友一人；因此我不期然有個想法：在這「百花齊放」的日子，我們的出版界為什麼不出版一些多方面的個人專集，繁榮我們的藝術園地呢？在這點意義說，琵亞詞侶至少是值得推薦者之一。

　　其實琵亞詞侶的名字和作品，在中國不算陌生。早在一九二九年，魯迅先生在他編印的《藝苑朝花》中的第四輯就是《比亞滋萊畫選》，選印了十二幅作品。魯迅先生在這一輯畫選的文字中說了這樣的話：「沒有一個藝術家，作黑白畫的藝術家，獲得比他更為普遍的名譽；也沒有一個藝術家影響現代藝術如他這樣的廣泛。」又說：「視為一個純然的裝飾藝術家，比亞滋萊是無匹的。」這是相當高的評價。

　　解放後的一九五六年，瀋陽的遼寧畫報社也出版過一本《比亞滋萊畫集》，從作者的二百餘幅作品中選出六十幅編成一冊，這是琵亞詞侶作品被介紹到中國來的較豐富的一本。可惜印刷水平較差。現在也買不到了。

三十年代前後，在中國藝壇上已出現了受琵亞詞侶影響的作品。追慕琵亞詞侶那種筆調纖巧細緻，人物構圖獨特「畫風」的人，有既是作家又是畫家的葉靈鳳和葉鼎洛。他們除了在文藝刊物上作插頁畫，還為一些文藝作品的單行本作琵亞詞侶式的插圖。蘇雪林的散文集《小小銀翅蝴蝶》[3]，便是由他們兩人作插圖的。

我對繪畫藝術沒有研究，認識也不深入，但是對琵亞詞侶的畫卻有點偏愛。不僅僅是由於喜歡他的作品的風格，更由於對他的薄命的一生感到哀惜。這個生於十九世紀中葉的具有高度成就的藝術家，他的壽命只有二十六年。

琵亞詞侶出生於一個金銀工匠的家庭，幼年時期就患上肺病。他短短的生涯幾乎全部在與死亡作鬥爭之中度過。但是不幸的命運阻遏不了他的藝術天分的發展。年輕時代他已經對繪畫特別愛好。離開學校以後，他先後在建築師事務所和保險公司做過工作，一個書店老闆賞識他的才華，推薦他替書籍作插圖，他便辭去原來的工作，決心獻身於藝術事業。

琵亞詞侶二十二歲，便擔任了當時有名的雜誌《黃皮書》的美術主任。在任職的一年間，他的畫成為倫敦社交界的談話資料，他筆下的女性被稱為「琵亞詞侶式的女性」。

琵亞詞侶不但在繪畫上是天才，在文學方面也很有天分。他寫過詩和散文，分量不多，卻都是很優美的作品。

琵亞詞侶死於一八九八年三月十六日。他從事藝術工作的時間只是短短六年。

注 ————————————————————

1　侶倫：〈《琵亞詞侶詩畫集》〉，《開卷》第 2 期，1978 年 12 月，頁 28-31。

2　邵洵美（1906-1968），原名邵雲龍，作家、翻譯家、出版家，曾創辦金屋書店，主編《獅吼》、《金屋》等雜誌，1933 年創辦上海時代圖書公司，

出版《新月》、《論語》、《時代畫報》、《萬象》等，抗戰期間主編《自由譚》，1949 年《論語》停刊後，1950 年遷居北京。1958 年因「反革命罪」被捕入獄，1985 年恢復名譽。

3　蘇雪林：〈小小銀翅蝴蝶故事之一〉及〈小小銀翅蝴蝶故事之二〉收入《綠天》，台中：光啟出版社，1956 年。

琵亞詞侶的厄運

本文原刊《大公報·大公園》，1983年 7 月 16 日，頁 16。

出現於十九世紀末葉的英國文壇的兩個雜誌：《黃皮書》（*The Yellow Book*）和《沙屋》（*The Savoy*），直至今日仍然為研究文學的人所追憶；不僅因為它們是世紀末英國文藝運動的一面旗幟，而且也為了集中在這面旗幟下共同努力的一群文學青年的業績，以及對他們的奇才所喚起的興味。

兩個雜誌的壽命都不長，可是它們在文學和藝術方面所造成的影響，卻是具有一定意義的。這兩個雜誌的特點，在於強調藝術至上的前提下，容納以作家個性為主的各種不同思想和作風的作品。它們的分子中有小說家、詩人、批評家、理論家和畫家。這一群鋒芒畢露的青年，有一個共同命運，差不多都是短命早死。其中最突出的一個人物，便是琵亞詞侶（A. Beardsley）。這個天才而又薄命的畫家，以他的纖巧精細、奇詭絕俗的繪畫，使雜誌生色不少；同時使他的製作通過雜誌而震驚藝壇。特別是同他有密切關係的《黃皮書》。

琵亞詞侶不僅是《黃皮書》的合作者，也是發起人之一。他被決定了擔任美術部編輯。雜誌在一八九四年四月出版，是個季刊。封面是黃色的，據說是象徵世紀末的徬徨無主的思潮，也是雜誌取名的意義。

《黃皮書》一面世，果然引起注意。它給英國文壇帶來了新氣息的衝擊，相對地也帶來了意想不到的麻煩。主要之點是琵亞詞侶的大膽的色情味道的繪畫，使一些思想保守的衛道之士看不順眼，表示很大的反感。他們假借各種理由加以非議，從各種角度進行攻擊。有人寫批評文章，譏諷琵亞詞侶自恃才氣，膽敢做出別人不敢做出的事；指他從日本浮世繪學來的線條畫技巧，來作出病態的、離奇古怪的圖畫；這種令人不愉快的行為應該受譴責。

糟糕的事還在後頭，那是一八九五年春季，發生在倫敦的一項震動社會的事件：唯美派作家奧斯卡王爾德被揭發與一個侯爵之子搞同性戀。擅長口才的王爾德在法庭上侃侃自辯，官司還是打輸了。王爾德被判入獄。保守人士於是有所憑藉，轉過來向琵亞詞侶清算。由於琵亞詞侶替王爾德的名作劇本《莎樂美》作過插圖，連繫那些插圖的邪惡味道，認定琵亞詞侶的為人和王爾德是一丘之貉，因而對他進行了人身攻擊。這便使琵亞詞侶的名譽大受打擊。

　　還有更不妙的事。一位一直在《黃皮書》發表作品的詩人維德遜，一向就不贊成《黃皮書》的傾向，現在趁王爾德的不名譽事也乘時發難，要求《黃皮書》的出版人把琵亞詞侶趕走，以保持雜誌的清白。同時，有一位翻譯家華特夫人又致書總編輯赫侖達，威脅地說：如果不把琵亞詞侶的畫清除出去，《黃皮書》以後就不要再登維德遜的詩了。在這樣無情的社會壓力下，出版人為了雜誌的生存，終於解除了琵亞詞侶的美術部主任的職務。同時把原已印好的新一期《黃皮書》裏的琵亞詞侶插畫、飾畫和封面畫全部取消，重作安排。

　　對於長期患著肺病的琵亞詞侶，這一連串的刺激使他意志消沉，病情加深。他只好離開英國，到法國北部海岸去休養。

　　缺少了琵亞詞侶的《黃皮書》比前大有遜色，銷路不好，出版至第十三期（一八九七年四月）終於停刊。而琵亞詞侶也在一年後因肺病死去。他只活到二十六歲。

　　琵亞詞侶從事藝術工作只是六年時間，但是他的製作卻很不少。除了臨終時候自動焚毀的部分，遺留下來的，每一幅都是珍品。拿現在的思想尺度去衡量，他的作品當然是有缺點的，不過作為批判地接受的藝術遺產，卻有其本身不能抹煞的價值。這也許是魯迅先生在他編印的《藝苑朝花》畫輯中給予讚賞的緣故。

假期——擬小夫妻的家書

本文原刊《大公報·大公園》，1983年7月23日，頁18。

一

等待了多日的信終於來了。但是我的高興抵消不了我的懊惱。你忙於同你的親友遊山玩水，就連給我的信也不寫；你只顧自己的日子過得寫意，便不管丈夫的寂寞。好像你離開了家就忘記了我的存在，真使我傷心！

看你來信的語氣，好像還不打算回來的樣子哩。你真是忍心讓我在家裏空發急麼？我每一封信都催促你回來，你的信卻半句也不提這回事。你是故意同我開玩笑，還是給親友久別重聚的快樂迷了心眼呢？我想不出一個答案。

二

我給你氣得跳起來了。你遲遲不肯回來，原來是有預定計劃的。你拿我的話來作掩護的理由，真聰明哩！不錯，當你問我，你離開我時我慣不慣，我的確回答過你：「不慣也沒有辦法，難道作丈夫的，為了尊重妻子的自由，犧牲一下也辦不到麼？」我承認當我說這句話時半點也不矯揉，可是你現在利用我的話來向我反問：「你不是這樣說過麼？」作為我已經默許你這樣做的，這便大大歪曲了我的好意。你該明白，在我的地位，我是應該那樣表示的。想不到我的慷慨態度，在你聽來變成鼓勵的語氣。方便了你抓住作了不回來的藉口。這正是「好心沒好報，好柴燒壞灶」啦！

三

一點也不錯，我要尊重你的自由便得有所犧牲。你說得對！不過你該知道，你所能有的「自由」是有限度的，而我所能「犧牲」的也是有限度的呀！你離別的時候說過至多以三個星期為限度，現在是五個星期也快滿了。難道你忍心讓我無了期地過著孤獨生活嗎？

四

老天爺，——不，太太，你究竟要我怎麼樣？你難道要把我氣出病來才快意

麼？你不肯回來倒也罷了，卻反而說我裝模作樣，說我原來是高興你不回來的；我落得你離開了享受一個「丈夫的假期」。這真是虧你說得出來的話！

是的，你不在我身邊，我可以不受一切家庭生活習慣的拘束，我不須按照刻板的時間回家吃飯，可以上館子去隨意吃我喜歡吃的東西；晚上可以放心上「的士高」；或是找女朋友作伴去看電影。……這是你的想法。但是退一百步說，縱然我是如你想像那樣一個丈夫，是不是就能夠享受這個「假期」呢？你想想，我能夠把女朋友拉回來替我洗衣服，釘鈕子，補破襪，甚至摺床鋪嗎？

總之，你不在我身邊，一切你平日替我做的工夫全是我的工夫。你看，享受「假期」的是我還是你？

五

你聽我說，我們是夫婦，不是敵人；我們需要說的是心裏話，不是吵嘴。我不希望你盡是同我在理論上兜圈子。這在我是受不了的。我要說，如果你還不肯回來，我聲明不再寫信了。

六

說是不再寫信，但是我不能不報告一件新聞：

我的襪子不知髒了多少對。它們都給拋棄在床底下面。你回來時將會看見它們整齊地列隊等候你檢閱。還有，我的第三件襯衣背後的破洞面積又擴大了，幸而寫字間有冷氣設備，我穿上外衣工作，還可以遮掩著；只是領口的一顆鈕子脫落了卻難倒我。因為沒有鈕扣，領帶便結不好看。今天早上，我硬著頭皮設法試試手勢。但是找到針時卻沒有線；線找到了卻又沒法穿進針孔；越穿越是冒火。結果只好放棄了。

你看啊，你不在我身邊怎麼行？

七

狠心的人，你人不回來，連信也不給我回了麼？好罷，我沒有許多時間向你呼籲。你既然不肯定個歸期，還是讓我給你定好了。你聽著——

無論如何，我決定星期日下午到火車站去接你的車。風雨不改。大丈夫言出必行。你打你的算罷！……

假期
——擬小夫妻的家書（續完）

本文原刊《大公報‧大公園》，1983年7月30日，頁16。

八

我真要給你氣死了！你失了約，給我一個大大的打擊；除了這個打擊，還使我幾乎闖出「獻醜」的大禍，這才是要命的大事。你聽我道來罷。——

昨日（星期日），我中午就到火車站去，帶著患得患失的心情等待著接你的回來。我所以提早到火車站的原因，是擔心萬一火車提前到達（多麼可笑的想法！）我會消失了表現我「言出必行」的丈夫氣概的機會。我想像你接到我那封信之後是沒有理由不回來的。可是我估計錯了：火車到達時，我聚精會神地注意著出入的旅客，竟然找不到你的影子。多麼意外！

會不會是趁下一班火車呢？這個猜想不容許我就此走開。但是下一班火車的時間還得等待半個多鐘頭，我只好到車站大堂的小食店裏去消磨一段時辰。好不容易挨到下一班火車開到。旅客比上班車要多。我遠遠的發覺在出閘的人群中，有一個在各方面都和你相似的女人，穿的是你離家時所穿的一件束腰鐘形口的白色西裝裙，走路的姿態同你一樣瀟灑。我想像你是有意穿上離家時同樣的衣服，好讓我容易發現目標。我興奮著穿過人群追前去。我準備開個玩笑，出其不意地從後面搶過你手挽的小衣箱，讓你發覺時意外地驚喜。當我快走近你背面的時候，有人從後頭叫你一聲，你回頭一看，……天呵，只差一步，我盡會成為報紙上不光彩的「新聞人物」！

這封信寫不下去了，狠心的人，我想哭了。

九

好人兒，要不是接到你的掛號信，我就不再原諒你了。你說正準備回來的前夕，老媽子的心臟病突然發作，這件意外事使你沒法成行。事情是這麼湊巧！無話可說。不過我仍舊要怪責你，如果你的信提早兩天寄來，就省卻我昨天的走一遭去接車的苦處了呢。

算了罷。但願你媽媽早日痊癒，讓你可以脫身，回到我的身邊來。

十

你會說我太多疑嗎？今天我忽然想起：會不會又是你的詭計，拿你媽媽心臟病發作的理由，作你拖延歸期的藉口呢？即使你的話是真實的，我也有個顧慮：萬一你媽媽的心臟病好轉（我當然希望她好轉！），不幸又輪到你爸爸心臟病發作。（你不能排除人事上的湊巧！）那麼，豈不是你永遠不能回來了嗎？唉！……

十一

並不是恐嚇你，我病了，真的是病了。昨晚半夜時分，我們家裏的 Mimi，（你不把我放在心上，該不致連貓兒也忘記了罷？）不知道從哪裏邀來了同伴，整夜裏互相追逐，怪聲怪氣的，鬧得天翻地覆。……你知道我已經在失眠中了，哪裏耐得住這些騷擾？我憤怒著爬起身來，來不及穿上外衣，就抓一根棍子追過去，演了一幕「棒打鴛鴦」的喜劇。回到床上，一連打了二十多個噴嚏，再也睡不著覺，多麼受罪！

今晨起來，感到腦袋昏昏沉沉的，頭痛得好像要裂開來。我只好撥電話向公司請病假。吃了止痛藥片，也不見效。整個下午，躺在床上發著高燒。

病了也好，由它去罷；你既然不理會我，我還理會自己幹嗎？

十二

不管是什麼理由，我們的假期也應該結束了。千言萬語只是一句話：我需要你回來！

一對好夫妻

本文原刊《大公報‧大公園》，1983年8月6日，頁16。

相識的人都說，施先生和施太太是一對難得的好夫妻。……

是星期日中午，施先生對鏡結著領帶，一面用埋怨混和了抱歉的口吻說：

「真氣人呢，《外星人》是最後一天映期了，我仍舊不能同你去看。事情好像注定一樣湊巧。」

「要湊巧當然有理由啦！」施太太有意搗鬼的應著，她帶著慵倦的神氣挨在床上，繼續翻看一本時裝雜誌。

施先生有幾分不安地轉身望著太太：「你好像不相信我的理由是不是？我不是老早說過今天同你去看的麼？鬼才會想到那王八經理明天要去新加坡，同事們今晚要給他餞行呢。」

施太太用鼻子哼了一聲，聳聳肩膊。

摸不著太太這個表情的含意，施先生有些苦惱。他裝模作樣地把領帶拉鬆了，一面說：「我不去參加也可以的。去，同你看電影去！」

施太太笑出來：「別那麼神經過敏罷！即使你今天有空我也去不成的。我的肚子早上又開始作痛了。」

施先生的心放下來。他重再把領帶結好。「唔，每個月都是這個毛病，我勸你還是去看看醫生的好。」

在施太太的沉默中，施先生全身都裝備好了。他走到床邊，握住太太的一隻手說：

「那麼，你靜靜的休息好了，有事可以叫瑪加烈去做。知道嗎？」

「我會的。你大約什麼時候回來？」一隻手勾上施先生的頸項，臉上一副嬌媚的表情。

「恐怕最快也得晚上十一點鐘呢。」施先生趁勢在太太的唇上一個吻。這動作是在這樣的情形下必須的表演。

施先生出了門之後，施太太立刻拋下時裝雜誌跳下床來，走到窗口站住。看到施先生上了巴士。她便一隻小麻雀似地走到電話旁邊，撥著她所熟悉的一個

號碼。

「喂，我找楊先生。……哦，就是你嗎？告訴你，我現在可以決定了。他沒有空同我去看電影，謝天謝地。……地點？就是老地方不好嗎？……我還得穿衣服啦！半個鐘頭去到。拜拜。」

施太太懷著一顆跳動的心放下電話，坐到剛才施先生對著結領帶的鏡子前面，迅速地把自己裝扮起來。穿衣服的時候，她叫來了那個菲籍女僕。

「瑪加烈，我要出街，你自己吃晚飯。」打開手袋抽出兩張鈔票：「十塊錢給你買小菜，另外十塊錢給你加餸。」

「謝謝，太太。」瑪加烈接過鈔票，有點意外的感覺。施太太還有下文：

「瑪加烈，我吩咐你一件事。我大約晚上十點半鐘回來。如果施先生回來得比我早的話，你說我是剛在五分鐘之前出去的。明白嗎？」

「明白。如果施先生問你到哪裏去呢？」

施太太想一想：「你說我去看醫生。」

說是去參加餞別宴會的施先生，走進一間熟習的餐廳的時候，一張熟習而又可愛的面孔正在一個卡座裏等待著他。

「我以為你臨時給扣留了呢！」說著，那女人用一雙媚眼看著他微笑。這一雙媚眼，是構成一張可愛面孔的主要成分，同時也是使施先生當著太太面前撒謊，背了太太犯罪的動力。

「你以為我會鬧這個笑話麼？我太太是絕對信任的。在她的心目中，我是個好丈夫。」

「好丈夫麼？」那女人諷刺地向他噴一口煙。

「你別拿這個來取笑我。至少，她在我心目中是個好妻子啦！」施先生露出一副滿足的神情，卻同時感到一點內疚。

「你保證她不會跟蹤你？」那女人仍然是那一種譏諷的神氣。

「決不會。她肚子痛。我說十一點鐘才回去，我們至少有幾個鐘頭是自己的。」

當施先生和那個有一雙媚眼的女人看了五點場的《外星人》，吃過晚餐，又用他貪婪的手搭住那女人的腰在海邊踱步的時候，另一方面，施太太也在一家「鐘點別墅」的房間，伸出一雙蛇一樣的手臂纏住楊先生的頸項，依戀地用一個

吻來結束她的密約。

　　回到家的時候，謝天謝地，施先生並不曾提早回來。迅速地解除了身上的裝扮以後，施太太恢復了半天之前的模樣倚在床上，打開了時裝雜誌。一切都銜接得那麼完整！

　　懷著保持「好丈夫」形象的企圖，施先生一分鐘也不差地回來了。他慶幸自己能夠拿守約作為忠於太太的證明。

　　「你還未睡嗎？」施先生關心地問道。

　　「我要等你回來的。」

　　「肚子怎樣了？」

　　「好了一點。沒有關係。」

　　當循例表示愛意的吻接上的時候，雙方都因為感到彼此的心跳得劇烈，不期然地互相抱得用力些。

寄往遠方的祝福

本文原刊《大公報‧大公園》，1983 年
8 月 13 日，頁 16。參考本書上冊〈夫婦
倆〉、〈「夫婦倆」餘話〉，頁 200、202。

我去過哈爾濱，但是在那地方我沒有朋友；因此當我接到蓋上哈爾濱郵戳的一封信時，感到很意外。打開信紙首先注意下款，連署名也是陌生的。誰是「久別的朋友秀蘭」呢？我淡然思索了一會，腦子裏終於湧現出來一個女人的面影：這原來是已故友人 T 君的太太。

我沒法形容我捏住這封信時的喜悅情緒。並非因為她記得起我這個人，而是因為知道她還活著。

隔絕了二十年，的確是「久別」了。在這樣大變亂的時代，即使想起一點舊事，也有「彷如隔世」之感；但是對於這位 T 夫人和她的命運，在我的記憶中卻好像是昨日事一樣鮮明。

讓我從亡友 T 君說起。

T 君是我少年時代的朋友，彼此成年以後，雖然事業的路向不同，可是友誼卻始終維持著。只是有過一個空缺的階段。那是他同家庭鬧了意氣，演出一齣出色戲劇的期間。那時候他還年輕，比他年紀大得多的姊姊出嫁到外國去以後，他的吃齋唸佛、頭腦封建和性格古怪的母親，向兒子施加壓力，企圖以她的意志去造成她自己認為滿意的一椿婚事。但是 T 君不肯就範，因此母子之間的感情弄得很不和諧。就在母親以斷絕供應他的大學生活費作為威脅的時候，他毅然地離開大學，並且賭著氣和家庭脫離了關係，一個人到異地自謀生計。抗日戰爭爆發後，他投進這個時代的大漩渦裏，而且參加了宣傳隊伍。在一場劇烈的戰役中，他受過幾乎致命的重傷。在醫療極端困難的情形下，堅強的生命力使他活下來了。戰爭結束以後，他回來了香港，而且回到別離了十年的老家。他的身邊伴隨著一個年青的異省女人 —— 一個自幼在日本長大和受教育、賦有純良品性和溫雅風範的女性。這是他在內地認識和結合的志趣相投的太太。

T 君向家庭（也就是他的母親）伸出了手。對方沒有拒絕，卻也沒有表示怎樣熱烈的歡迎。不過母子之間表面上總算是和解了，—— 然而卻不是諒解。T 君方面表現的是一種無所謂的態度，根本他已經是鬥爭的勝利者：伴隨在身邊的太太不正是一個標誌麼？而且這女人所具有的條件，和老人家的苛求標準也沒有多

大距離！

可是事情並不如想像的圓滿。老人家是個理智強得近於冷酷的人物，悠長的時間並沒有沖淡她對兒子曾經反叛過她的舊恨；好像兒子脫離了家庭以後就給否定了存在似的，他的重歸並未在她的感情上發生什麼意義。簡單的說，她不曾原諒他，倒是因為見到兒子，更喚起她過去的反感情緒。她用了近於敵意的態度去對待兒子和媳婦。這對於知識分子的年青人是十分難受的。可是由於人事關係的種種複雜因素，T君不能夠從母親主持下的家搬出去獨立生活。他的母親手上牢牢的握著丈夫留下的一筆遺產。

夫婦倆是在爭取著一個對他們有利的時間，要在獲得合理權益的情形下，實現他們的計劃：同老人家分居。他們以互相體諒的忍耐精神去支持這個痛苦的期待。可是就在這樣掙扎的期間，厄運臨頭了：T君發現自己患上了可怕的病症：頸項長了腫瘤！

在半山區一間病院裏住了兩個月，接受了鐳錠的治療之後，病情漸漸好轉。可是身體已極度衰弱。他回家休養了三個月，腫瘤又再發作，而且趨向惡化。T君重再到病院作第二次的治療，但是已不能遏止病勢的發展。結果是可以想像到的。⋯⋯

T君的死，在他的母親說來並不是一種損失。兒子的存在與不存在，在她看來都是一樣。然而對於T太太呢？她的損失是無可補償的了！

在丈夫還生存的日子，是兩個人共同抵抗環境上的壓力；丈夫死去以後，壓力的重點便落在她一個人的身上了。這裏面還添上了更難受的成分。T君的母親假借兒子之死說成是「家運不好」而把這筆賬轉嫁到媳婦身上；同時又認定這是兒子當日「忤逆」母親的「報應」。為了滿足她「報復」的意識，她認為這個「報應」在媳婦方面也應該分擔一半，這就是，T夫人應該有在家裏守一輩子「活寡」的命運。為了造成一種「羈絆」，她拿「續嗣」的理由，從親戚那裏設法給T君「過繼」了一個僅僅學步的孩子。

但是T夫人是不是應該接受這種被安排的「命運」的人呢？

三個月之後，我聽到消息，T夫人悄悄的離開了香港到北方去了。她留下了信，說是回老家去探親，兩個月後回來。——但是她沒有回來，而且，一直沒有回來。

如今接到的這一封信，是T夫人長期隔絕後第一次透露的訊息。

　　她在信上寫著：由於知道香港前途問題在進行談判中，她強烈地記起她曾經生活過的地方，也強烈地想起在這個地方的朋友；因此寫這封信給我問候。但是她擔心這封信不知道能否達到我的手上，所以不能詳細告訴我，她回去北方之後所經歷的一切事情。她能夠讓我知道的是，她生活得很好，精神上也很愉快。她青春年代的痛苦遭遇，在她的生命中已經沒有記憶的價值：她已經是中年的人了呢。她說，在一個新的時代、新的社會中，她的生命也是新的，而她也已經獻身於為了廣大群眾的莊嚴工作。……

　　我覺得，我不需要知道更多些什麼，僅僅是這幾句話，已經值得為她的新生命祝福了！

包羅萬象的一無所有
—— 關於「筆語」一束小文章

本文原刊《大公報・大公園》，1983年8月20日，頁16。

一個「專欄」竟然寫了七個年份，每星期刊出一篇小文章，粗略計算，一共寫了四、五十萬字；但是我一直沒有把它印個集子的念頭。理由是自己認為這些東西沒有什麼分量，印成了書會後悔。要不是書店賞臉地向我要稿，我恐怕只能留作自我消閒的用處，永遠不會用書本形式來保存了。

前些時，在〈生命的泡沫〉一文中，我曾經說過，這些小文章的寫出是很偶然的。由於〈大公園〉編者的好意向我索稿，我推辭不得，便勉為其難地動起筆來。雖然每星期交一篇稿子，在我卻也不是輕鬆的事。白天我得應付職務上的工作，晚上又得應付不可避免的一些家庭俗事；每星期一兩晚抽部分時間寫一篇不長不短的文章，是相當吃力的。在必須依期交稿的壓力下，我的寫作便不可能有什麼計劃性、思想性，而只能夠想到什麼就寫什麼；結果成了一些隨意所之的漫話，一堆雜亂無章的東西。我說是沒有分量，理由便是在這上頭。

不過，如果說個人在這方面還有足以自慰的地方，便是憑了這些小文章，使我有了意外機緣串連了好些朋友：有的人同我通了信，有的人寄給我一些我散失了的舊書，或是他們保存著的舊刊物；以至有我在內的生活照片；這一切都是我希望得到的。這裏面，實物固然珍貴，同樣珍貴的是一份互相溝通的感情。更難得的事情還有，一些在國內和海外長期隔絕音訊的友人，因為偶然在〈大公園〉裏發見了我的名字，往往通過報館給我寄信，重再延續起中斷了的友誼關係。就在最近，一個在中國社會科學院哲學研究所的丘君，竟然在北京看到了我為他而寫的〈致敬一個叛逆者〉一文，在北京寄了信來向我致意。……這些可貴的「收穫」，都是我最初動筆寫這些小文章的時候想不到的。

但是同樣想不到的，卻是當書店向我要稿印書時，我所碰上的難題。面對著四、五十萬字一大堆稿子，該如何取捨去適應一個集子的有限篇幅的要求呢？我感到有如落在汪洋大海裏去摸索目的物一樣為難。對於這些年來我寫下的這些小文章，我說過這樣的話：「一切過去了的事情，在我的記憶中都被看作舊夢。不論那是人事或世事，也不論它是多麼微末，只要在某種思想的衝動下，它們就像泡沫一樣，一個一個地在腦海浮現起來。我的這些小文章，便是這些泡沫的紀

錄。」因此可以說，我寫的大部分是所謂「懷舊」文章。這類文章，在個人來說，每一篇都值得保留，因為這是自己生命的足跡；對於別人來說，卻是全無存在的價值；因為沒有人會關心別人的喜怒哀樂的感情。回顧一下由自己寫下的一大堆稿子，儘管我的筆觸多少也掠過人生的複雜經歷，以及生活上的各個方面。表面看來似乎內容是豐富的，多彩的；可是從另一種角度看；這些小文章能夠對人、對社會發生什麼意義？實在說不出來。

　　不過稿子還是要選出來向書店交代的。但是我對於這本小書所能自白的話只是這一句：

　　「包羅萬象的一無所有！」

由「文化沙漠」談起

本文原刊《大公報‧大公園》，1983年 8 月 27 日，頁 16。

在我自己認為是包羅萬象的一無所有的一本小書裏，如果還找得出一點點沉渣浮滓的東西，我想就是一部分關於「香港文壇」的文字。在追憶中，我的確寫了幾篇這方面的小文章；可是只當作「身邊瑣事」著筆，沒有計劃，也沒有系統，有時甚至是出於偶然觸動的思緒寫下來；隨意所之，斷斷續續，並不連貫。把它們歸納起來看，也只是零零碎碎，並不完整。除了作為「自娛」資料，沒有別的用處。

長期以來，所謂「香港文壇」似乎是被否定的；香港有沒有文學，也在存疑之中；因此形成了「香港是文化沙漠」這個概念。其實「概念」也不要緊，怕的是永遠「概念」下去。實在是有那麼一些人，他們無視現實，無視歷史，一提起「香港文化」四字，就往往要在下頭加上形容詞，把「香港是文化沙漠」說成了口頭禪。嚴格地說來，這是否符合事實呢？

不可否認，香港長時期以來，由於歷史背景的種種因素所造成的特殊環境和社會模式，產生了一股幾乎是凝固的舊勢力，不讓新思想、新事物抬頭。但是也不可否認，即使在舊勢力的沉重壓迫下，新思想、新事物也在努力掙扎，而且要衝出重圍。這是歷史的趨勢。就在二十年代中期，香港已經有了一些不落後也不甘寂寞的青年人，在時代潮流衝擊之下，艱難地從事新文學工作。他們向每一個可以容納新文藝作品的報紙投稿，在沒有商人肯把廣告登上新文藝刊物的打擊下去籌辦同人雜誌，哪怕只有一兩期的壽命也好。這些幹勁完全出於一番對新文學的熱情。我有機會追隨這些可敬的朋友一起舉步前進，一起嘗受生活上的哀樂。我留下的印象是深刻的。就憑了這方面的印象，我在筆底保存著一些舊記憶。

但是我所以寫這方面的小文章，並不是為了反應「香港是文化沙漠」的論調；而是拿事實說明：新文藝在香港是老早已經萌芽而且存在。只是我寫得並不全面，也不概括。我只憑自己所知所見的寫下來，因此那只能是一點「史料」，卻不是「歷史」。

如果把過去的新文藝工作看作是一種「運動」，那麼，我只能說是從「運動」旁邊走過的人。直至現在，還是如此。記得是三、四年前，有一位美國某大學的

教授李先生，到香港來講學，據說他是專門研究香港文藝的，一個朋友打算安排時間讓我和他會面談談。我非常抱歉地婉謝了這個朋友的好意。因為我覺得我沒有資格替香港文藝界講話，也沒有資格替自己講話。假如我接受了這份好意，那將是對於比我更有資格的人不公平。我是這樣想的。

　　一九八一年夏季，朋友秦牧、陳殘雲、紫風和黃慶雲應邀由廣州到香港來，演講文學問題。曾經在一個晚上，約了香港一些文藝界朋友在書店開座談會。我也去參加。話題的重點集中於香港文藝前途的展望。事後，在一篇小文章〈一夕記事〉[1]裏我寫了這樣的話：

　　　　我來的目的只是看看舊朋友，只願聽聽朋友們的議論。這並不是如別人所想像的性情孤僻，主要原因是由於我對香港文壇（假如這提法可以成立的話）不曾有過什麼貢獻，雖然也算寫過一點東西，但在「著書都為稻粱謀」這前提下，是放不上什麼意義的。這和別的同道朋友那樣能夠把自己的工作和經驗提升為理論，然後加以總結，說成了一切都好像是有計劃的活動，完全不同。既然沒有過去的業績可作基礎，自然就沒有根據對未來作出什麼展望。所以我從來不認為自己具有為香港文藝事業發言的資格。因此在這個場合裏，我所能做到的只是沉默了。

我是這樣看待自己的。

注 ————————————————————————

1　見本書上冊〈一夕紀事〉，頁 412。

「香港文學」隨想

本文原刊《大公報・大公園》，1983年9月3日，頁15。

　　近幾年來，文學界出現了一個新現象，便是海外——特別是香港和台灣的新文學工作，受到國內的關切和重視。聽說，目前國內有好些大學都成立了「港台文學研究組」，專門研究港台文學界的活動和過去的歷史。就拿香港來說，據我所知，有個別的文藝工作者收到了那些研究小組寄來的問卷式信函，要求對所提問的項目給予回答；更需要的是提供作為研究資料的本人作品（已出版的單行本）。甚至有個別大學講師利用假期到香港來，分別向文藝工作者進行訪問，把所得的資料帶回國內去。

　　另一現象說明對海外文藝工作的重視；有些港台作家的作品，已被接納在國內出版。這一切都是過去不可想像的事。

　　華僑在過去被稱作「海外孤兒」，這是形容華僑被祖國遺棄的說法。到了今天，情況已經改變了。在爭取國家統一的大前提下，四海一家。文學事業也應該是同一意義。香港人是中國同胞，不是華僑，但同樣是處身海外，因此香港文藝活動也像其他海外華僑的文藝活動一樣，應該是國內文藝活動的一部分，因此香港文藝工作受到關切是很自然的事情。只是過去是被忽略了。可是這並不妨礙香港文學工作者的存在。記得葉靈鳳在上海時就給香港的朋友寫過信，勸朋友把作品寄到上海去，否則只在當地寫作，永遠是「宋皇台偏安之局」。事實上在三十年代中，香港的文藝工作者不但有過作品在上海的雜誌上發表，並且還在上海出過書，只是未被注意而已。當年在報紙上寫過連載小說《寂寞的島上》的陳靈谷，有一次和丘東平伴同由法國歸來的馬思聰到上海去時，對上海的文藝界說：「我們是由香港來的文藝工作者，我們是無名的。」這裏面多少是含有牢騷味道的呢！

　　但是當年的情況和現在不同。時代已經變化，什麼事情都需要來一次總結、整理，歸納到一條歷史軌道上去，好讓事情好好地繼續發展。我想，國內大學的關切海外文藝活動所進行的研究工作，是一項很有意思的課題。他們對海外文藝界起著刺激和鼓舞作用。

　　香港不是「文化沙漠」，香港是有文學的；不管那是怎樣一種性質的文學，

卻不可能否定它的存在。過去許多人的工作成果說明了這一點;近年來越來越多的文學青年在各方面表現出來的努力情況,更證明了這個事實。在學術界中,中大講師盧瑋鑾女士對香港文藝的演進歷史一直做著研究工作,最近在市政局舉辦的「香港文學周」裏,聽說作了一番很好的講話。[1]

注 ————————————————————————

1　盧瑋鑾於 1983 年 8 月在香港市政局公共圖書館主辦的第五屆「中文文學周」,以〈香港早期新文學發展初探〉為題作演講。

被忘記的刊物

本文原刊《大公報‧大公園》，1983年9月10日，頁16。

一位讀者寄給我一本香港一九二九年出版的刊物。這位讀者很客氣，他不準備接到我的回信，也不告訴我住址；在附寄的一封信的下款寫著「恕不具名」四字。但我對他的好意仍是非常感謝的。

為著說明不是故弄玄虛，他在信上告訴我，他並不是我的朋友；也不是「作家」；只是曾經愛好文學；在年輕時也高興寫點東西，對當時的文藝刊物和作者都發生興趣。寄給我的這本刊物能夠保存到今天，是由於他在戰時沒有離開過香港。最近因為清理書櫃，才發現出來。他覺得，與其自己保存，倒不如把它送到曾經為這刊物出過力的人的手裏。他說這樣做對於他是一件很快意的事。

其實這對於我同樣是很快意的事。它使我重再見到一本根本已經忘記的刊物。它的殘舊的外表「刻劃了半個世紀風霜的痕跡」（來信語），愈顯得它的珍貴；因為經過時代的大變動，這樣一本微不足道的東西，恐怕在世界上任何角落也找不到第二本了。

這個刊物是和被稱為「香港新文壇第一燕」的《伴侶》雜誌同一時期面世的。前者是定期出版，後者卻只出版了一期便沒有繼續。它並不是什麼文藝團體的出版物，然而它在香港新文化滋長時期卻透露過一點聲音。

這個刊物的版權頁裏印著出版者是香港「華人青年會日校校友會學藝部」，編輯是張吻冰。雖然只是一個校友會的刊物，但是因為編者是個文藝工作者，便因利乘便地集合了一群從事新文藝寫作的朋友為它執筆；無形中把刊物形成了同人雜誌。這是相當可笑的事。然而卻反映了當日的文藝青年要想搞文藝刊物的困難。

一般地說來，這本刊物在各方面水平上都很幼稚，可是從中卻可以看到三十年代前後，香港社會的狀況是怎樣的，文化狀況又是怎樣的。張吻冰在編輯後記裏有這樣的幾句話：

> 在這塊萬皆庸俗的地方，談起文藝，用不著看實際情形，只憑我們的想像，已可以知道。……香港有了算盤是為了做生意，香港有了筆墨也是為

了做生意的!

一篇署名玉霞的雜文〈第一聲的吶喊〉這樣寫道:

　　青年文友,這是香港文壇的第一聲吶喊。

　　古董們不知道他們的命運已經到了日暮途窮,他們還在那兒擺著腐朽不堪的架子,他們迷惑了群眾,麻醉了青年,阻礙了新文化的發展。他們討了主子的好,把呂宋煙塞在口裏,藐視新的文化,把新進的青年趕到絕境。這是我們痛心疾首的事!

　　讓我們把新文藝作者聯在一起,把我們的機關槍與大炮去對付古董們。他們是時代的落伍者,是人間的惡魔,是文學上的妖孽,留下他們,我們永遠不能翻身。

文內說的「古董們」,所指的是當年阻壓新文學抬頭的一股頑固舊勢力。

這個刊物的名字是《鐵馬》。

我與電影界

本文原刊《大公報・大公園》，1983年9月17日，頁17。其後收入《向水屋筆語》。

朋友告訴我，他在書店裏見到一本「文革」後重印的《中國電影發展史》[1]，在許多列舉的影片名目中，有一部叫《民族罪人》，編劇人的名字是「侶倫」。我未見過這本書，也從來不愛看這類書，朋友的提起，並不覺得是什麼回事；不過卻使我想起我曾經有過的一段同電影有關的生活。

我不是電影界中人。我在電影界裏工作，襲用一句當時的口頭語是「越界築路」。我同電影工作發生關係是很偶然的。「九一八」時期我進報館做編輯，五年後「七七」事變發生之前離開。那時候一家經營廣告和電影事業（其實是買入影片版權轉售南洋和美洲的一種生意）的「合眾公司」[2]要擴展業務，計劃自己拍攝影片。片場在九龍鑽石山。公司主幹之一、同時兼任影片編導的李芝清（曾受過聯華公司培訓），拉我同他「合作」。我對電影工作完全不懂；為了跟朋友學習，只好勉為其難地接受了這任務。第一部影片是《時代先鋒》；是涉及東北抗日鬥爭的一個愛情故事。演員是蝴蝶影[3]、蝴蝶麗[4]姊妹、謝益之[5]和由上海聘來的聯華演員羅明。[6]在全片拍攝過程中，我這個被列名為所謂「副導演」的外行小子，只戰戰兢兢地叫過一次「開麥拉！」當導演因事偶然走開的時候。

合眾公司為拍攝《時代先鋒》很花了些錢，影片上映之後收入卻不符理想，無形中變成虧蝕。短視的公司當局擔心拍片是一盤虧本生意，決定剎住製片計劃。《時代先鋒》之後便不再繼續拍什麼影片。只留下何安東為這部片所作的插曲，由於預先在上海灌了片作為影片配音，因而唱片還在香港的舞院裏播放了一些日子。

我根本不是電影界的人，所以這件事對於我沒有什麼刺激。不過這卻是我踏進這個圈子邊緣的第一步。

侶倫在製片場一幢佈景前攝（一九三九年）

離開了合眾公司不多久，大觀影片公司的導演李化，邀我到他的家裏見面。他希望我給他寫一個電影劇本；並且希望是喜劇。我手頭恰巧有個現成的本事；是個諷刺封建迷信的題材。我拿給他看，結果他表示滿意。於是我把劇本試寫起來。

我的劇本的題名是《喜事重重》，可是拍成影片時卻給改名《如意吉祥》。[7] 那是戲中兩個詼諧角色男女僕人的名字。我記得當影片在中央戲院首映的時候，為著配合內容的情節，戲院的大堂裏掛著紅燈籠，凌空拉著紅綢帶，在燈火輝煌中還配上鑼鼓喧天的樂音，造成一片辦喜事的歡樂氣氛。這個手法居然收到「叫座」的效果。聽說這部影片在收入上相當成功。

聽說李化在當年的導演中，處理喜劇是頗有長處的。這也許是他和我見面時希望我給他喜劇劇本的緣故。然而一些人卻有種錯覺：把喜劇發生的效果聯繫到編劇者身上。這方面的笑話，便是有個別電影製片人竟然把他們準備拍片的喜劇劇本，送給我「修改」，有的電影公司老闆要求我寫個喜劇。這在我看來都是很滑稽的事！

事實上，嚴格地說來，我不會寫劇本，更不會寫喜劇。對於像《如意吉祥》那樣的劇本看得叫人開心，這主要是導演工夫，在我是很偶然的意外「收穫」而已！

盧溝橋事件展開了全面抗日戰爭以後，作為華南電影事業重點地區的香港電影界也受到衝擊，提出了「國防電影」口號，主張拍攝反映時代現實的愛國影片，而且紛紛在行動上表現出來。有一次我被電影界朋友黃達才邀去參加一間新公司成立的宴會，同時討論攝製影片的問題。結果一個編劇任務又放在我身上。

我嘗試替這家公司寫的劇本，是描寫一個勾結敵人從事賣國活動的漢奸，落得悲慘下場的故事。主要演員是李清[8]、黃曼梨、周志誠和林檎。這部影片就是《民族罪人》。

注 ————————————————————————————

1　程季華等：《中國電影發展史》。香港：文化資料供應社，1978 年重版。

2　侶倫 1937 年冬進香港合眾影片公司任編劇。

3　即胡蝶影（1911-2004），原名胡佩環，廣東中山人，演員，二十年代往美國三藩市演出粵劇，後任中國第一部粵語有聲影片《歌侶情潮》女主角，三十年代末期息影，後赴美國定居。曾主演《南國姊妹花》、《摩登霸王》、《檀島佳人》等影片。

4　即胡蝶麗，原名胡可葵，廣東中山人，演員，三十年代曾參加「時代劇團」演出話劇，曾參與拍攝電影，後赴美國定居。曾主演《賣怪魚龜山起禍》、《前路光榮》等影片。

5　謝益之，演員、製片、監製，是黃曼梨的丈夫，曾參演《兒女債》、《國內無戰事》等影片。

6　羅明，演員。曾參演孫瑜導演的《小玩意》（1933）和《大路》（1934）。

7　《如意吉祥》，大觀聲片有限公司製作，李化導演，主要演員有石友宇、林妹妹等，1938 年在香港上映。

8　李清（1912-2000），原名李漢清，廣東東莞人，演員，生於馬來西亞吉隆坡。曾就讀於上海英華中學，三十年代加入上海明星影片公司舉辦的明星人才養成所，後加入聯華影片公司，抗戰時期來香港，香港淪陷後參加「中國話劇團」演出話劇，抗戰後回香港，先後為南國、大江、龍馬、鳳凰、新聯等影片主演電影，五十年代參與創辦中聯影業公司，七十年代息影。曾主演《月下小景》、《血濺寶山城》、《前程萬里》、《秋水伊人》、《珠江淚》、《一板之隔》等影片。

在電影圈裏
——〈我與電影界〉續話

本文原刊《大公報・大公園》，1983
年 9 月 24 日，頁 17。其後收入《向
水屋筆語》。

　　過去一般人把電影界稱作「電影圈」，「合眾」公司也辦過一本以「電影圈」
為名的電影雜誌。這個名詞是怎樣來的，不知道。不過它卻是很形象化的名詞。
比起社會上的其他行業來，電影是一種有其獨特性質和一定範圍的事業。把它加
個「圈」字，是很切合的。如果我被拉進「合眾」公司算是踏進這個圈子邊緣的
第一步，那麼，我進了「南洋影片公司」[1] 工作便是進入電影圈的中心了；雖然
這段時間並不很長。

　　「南洋」公司在九龍北帝街是與「大觀」公司對峙的兩大影片公司之一。它
的規模比後者要大。一座寫字樓以外便是圍了紅牆的一塊劃分三、四個廠間的片
場，可以同時拍攝幾部影片。公司裏面附設了其他獨立製片小公司的辦公室。
「南洋」公司老闆是邵邨人，他手上擁有海外幾十間戲院；「南洋」公司本身的出
品和附設小公司賣出版權的出品，便是供應那些海外戲院放映的。它經營的業務
相當龐大。

　　「南洋」旗下的導演有湯曉丹、洪叔雲、高梨痕 [2]、許幸之 [3]、楊工良 [4]、任
彭年⋯⋯等來自上海的有工作經驗的人物。但是也有部分水平較差的導演。

　　我被一位具有天分卻不幸早死的青年編劇者古龍耕 [5] 介紹給邵老闆之後，便
進了「南洋」公司，加入由馮鳳謌 [6]、江河等組成的「宣傳部」，擔任宣傳並兼
任編劇的工作。除了本公司的劇本，有時也為附設在公司裏的其他小公司編寫劇
本。因為主客公司之間的生產關係是互相溝通的。

　　縱使劇本費是另外計算，可是在這樣的工作方式下，我首先體驗到作為一
個「職業劇作者」的苦惱：那是按客觀的需要而執筆，不存在發揮個人意志的自
由。從一開始就接受了一個「武俠影片」的編寫任務，隨後又是一部所謂「社會
倫理」劇本，從這事實看來，我便深深感覺到這一點。我不是指「南洋」公司，
而是指一般的情況。職業劇作者無形中是一架機器，需要什麼貨色就得製作出什
麼貨色。貨色造得好不好，是不必管的。是喜劇，只要能夠逗得觀眾發笑；是悲
劇，只要能夠榨出觀眾的眼淚；便算成功。在製片人中，一部影片的製作動機，
大前提是「叫座」，換句話說是「賺錢」。至於劇本的情節是否合理，內容對觀

眾會發生什麼意義，都不在考慮之列。

自然，一個戲在開拍之前，劇本的本事首先是經製片人審核通過的，可是劇本到了導演手上，往往因為他們主觀上的種種原因，大加改削，或是在裏面加些什麼東西；這樣一來由情節以至對白都走了樣；有時為了遷就女主角長於歌舞，臨時在劇情中生硬地插上一場歌舞鏡頭；在影片拍攝過程中發現「工時」不夠，索性把二、三場戲壓縮為一場戲去演出。……諸如此類，便使一個完整的劇本變得支離破碎，面目全非。

我有個脾氣，凡是拍攝我自己的劇本，我是從來不到片場去看的；甚至內部「試片」以至在戲院正式上演，我都照例不去看。這是為了避免感受刺激！

三十年代的華南影壇是粵語片的天下。在那期間，電影圈裏存在著兩股勢力：一種人是根本漠視社會利益、唯利是視的製片家和導演。他們大量拍攝一些迎合小市民胃口的低級趣味影片。有個別導演輕率到這個地步，簡直不須劇本，只拿著故事大綱就拍起戲來。曾經有人發起過的所謂「粵語片清潔運動」[7]，結果只成了口號。有種人更採取抗拒態度：「你不拍我來拍！」為低級趣味影片保持陣地。

另一種人是較有頭腦的製片家和工作認真的好導演，他們在惡劣環境中製作一些內容健康和有時代意義的影片，如當時出現的「國防電影」《女間諜》[8]、《小廣東》[9]、《小老虎》[10]、《八百壯士》[11]、《時代先鋒》等，都是令人記憶的作品。

注 ————————————————————

1　侶倫 1938 年夏轉入邵邨人的香港南洋影片公司，任編劇並在宣傳部工作，至 1941 年日本進攻香港時為止。

2　高梨痕（1890-1982），湖北竹溪人，導演、演員、編劇，曾加入啟民新劇社、大中華新劇社等。二十年代進入上海中華電影學校，為天一公司創始人之一，後轉入明星影片公司，三十年代又回到天一，1937 年來到香港南洋影片公司，五十年代從香港回到上海，任職於上海文史館。曾導演《壓迫》、

《紅樓春深》、《夜光杯》、《女戰士》等。

3　許幸之（1904-1991），江蘇揚州人，導演、編劇、作家，曾赴日本留學，回國後曾全教於中華藝術大學，三十年代加入中國左翼作家聯盟，參與組曾織時代美術社，抗戰時期任教於魯迅藝術學院華中分院，後曾任教於中山大學、上海劇專、南京劇專、蘇州社教學院等。五十年代後曾任蘇州市文聯主席。曾導演《風雲兒女》、《鐵蹄下的歌女》、《海上風暴》等影片。

4　楊工良，又名楊滔，江蘇揚州人，導演、演員，活躍於於四五十年代。曾導演《千鈞一髮》、《龍虎笙歌戲鳳凰》、《蘇小妹三難新郎》、《兩傻遊天堂》、《特務一〇一》等影片。

5　古龍耕，編劇、演員，活躍於四十年代。曾任《何日君再來》、《千金一笑》、《洪承疇》等影片編劇。

6　馮鳳謌，編劇、演員。

7　參考鄭政恆：〈教育、藝術、娛樂、商業？—— 第一次電影清潔運動的史料發掘與闡述〉，《香港評論》第 15 期，2011 年 8 月 15 日，頁 85-92。

8　《女間諜》，姜白谷導演，主要演員有吳楚帆、李綺年、黃壽年等，1936年在香港上映。

9　《小廣東》，湯曉丹、羅志雄導演，主要演員有黃曼梨、施威等，1940 年在香港上映。

10　《小老虎》，羅志雄導演，主要演員有黃曼梨、梅綺、施威、曹達華等，1941 年在香港上映。

11　《八百壯士》，魯司導演，主要演員有廓山笑、廖夢覺、小燕飛、伊秋水等，1938 年在香港上映。

我的劇本和影片
——〈我與電影界〉續完

本文原刊《大公報·大公園》，1983年10月1日，頁15。其後收入《向水屋筆語》。

一九四一年十二月八日，太平洋戰爭爆發，日軍進攻香港，日本飛機首先轟炸九龍。南洋影片公司一切工作都停頓。我也從這一天起離開了電影圈，結束了三個年頭的電影界生活。

如果說得上在這個期間有什麼收穫的話，那便是見過一些世面，學到了一些東西，認識了一些朋友。這些朋友，有的在戰爭中死去了，有的消失了蹤影，有的經歷了戰爭之後轉進了電視界，直至今天，還在螢光幕上延續著他（她）們的藝術生命。

連同戰後由內地回來香港（我已不再在電影界），我一共寫過十多個電影劇本。除了三兩部因為種種原因沒有拍出來；大部分戰前在「南洋」公司期間內寫的，都拍成了影片；有的剛完成或正待完成的，都因為戰事突然爆發而沒有機會上映。

對於自己所寫的劇本遭遇到底幸與不幸，我沒有什麼喜悅或惋惜；那些都是職業性和商業性的產物；我願意忘記它們！不過在我的劇本中，如果要找出較為滿意的題材而又值得我記憶的，也就是說，執筆時不受拘束，可以讓自己的意志去運筆，同時又得到導演的了解和合作的作品，只有很少數的三部。但是拍成影片時我都沒有機會看到。

《蓬門碧玉》[1]是從小說《黑麗拉》改編的都市悲劇。公司派洪叔雲擔任導演。洪是頗有文學修養的導演（他本人就能寫一手好的雜文）。影片的演員是張活游[2]、容玉意[3]、馮應湘[4]和來自上海的女主角路明。[5]這部影片拍好之後，還未上映就爆發了戰爭。聽說香港淪陷期間曾經上映過，我當然看不到了。

另一部是以婦女問題作中心的社會悲劇《弦斷曲終》。[6]這是從我準備寫成小說的一個題材改編的。主要演員是黃曼梨、張活游、紫羅蓮、容玉意、周志誠、黃楚山[7]等。導演是電影界老前輩高梨痕。這位老前輩是個「美髯公」，為人和藹可親，經常愛穿一件寬闊的長袍，具有學者風度。他給我的記憶很深刻。戰後聽說他回去了成都。幾年前我看到一則中國影壇消息，知道高梨痕還健在，我高興地為他祝福。

戰時在內地，有人從香港寄給我一張剪報，那是《弦斷曲終》在「明治戲院」（即皇后戲院）放映的廣告。上面排上導演和劇作者的名字。這頁廣告我一直保存著，寄託我對這位老先生的憶念。

最後我要提起的一部影片是《大地兒女》。[8]（並非戰後出現過的一部同名影片。）這是我另一種風格的劇本。我試行利用抗戰時期的背景，去表現那時候香港社會一角的小市民生活。一間舊屋裏住著一群身份複雜的住客：有當地人，有從戰火中逃出的難民。其中有窮困的教書匠，有街頭擺檔的占卜者，有扒手，有妓女，有愛賭「字花」、剝削房客的包租婆。……這些人共同生活在一間屋子裏，因為無可避免的矛盾而長時期在各種糾紛中過日子。故事的主線是在一雙知識分子的情侶身上。男的是大學生，由內地回香港找尋女的蹤跡；女的卻因為陪伴生病的母親而不能走動，男的迫得留下來，因而無可奈何地也捲進那間屋子裏的人事漩渦中。最後，經過一番周折，兩人終於擺脫了那個烏煙瘴氣的環境，一同回祖國去參加抗戰。

那兩個追求新生的扒手和妓女也跟隨他們一起走。……

《大地兒女》的導演是楊工良。主要演員是吳楚帆、白燕、高魯泉[9]、檸檬[10]、陶三姑。[11]還有些別的演員名字我已經記不起。

只是有一件事情我沒有忘記：那是劇本脫稿了交出去以後的第二天下午，我被通知去見公司老闆。我進了他的辦公室的時候，難得見到一副客氣的笑容；並且示意我坐下。他的桌上正放著《大地兒女》劇本。他對我說劇本剛看過了，

「寫得不錯！」他要給我加點劇本費，隨即寫一張支單遞給我。支單的數目是二十元。

注 ————————————————————————

1　《蓬門碧玉》，洪叔雲導演，主要演員有張活游、容玉意、路明等，1942年在香港上映。

2　張活游（1910-1985），原名張幹裕，廣東梅州人，演員，曾在白玉堂的「興中華」粵劇團當小生，三十年代開始從影，五六十年代參與創辦中聯影業公司、山聯電影公司，七十年代加入無綫電視。曾參演《家》、《春》、《秋》、《可憐天下父母心》等。

3　容玉意（1918-?），廣東香山人，生於上海，曾加入桃花歌舞劇團、亞聲歌舞團、梅花歌舞劇團等，三十年代末期來香港，加入南洋影片公司，曾與其他女演員合稱「十二金釵」，五六十年代參與創辦中聯影業公司，七十年代移居加拿大。

4　馮應湘（1909-1955），生於美國，三十年代開始從影，至五十年代病逝。

5　路明（1919-2001），原名徐薇琯，江蘇武進人，演員、歌手，三十年代加入「藝華」開始從影，曾主演《彈性女兒》、《女人》、《打漁殺家》、《天堂春夢》等影片。

6　《弦斷曲終》，高梨痕導演，主要演員有黃曼梨、張活游、紫羅蓮等，1943年在香港上映。

7　黃楚山（1905-1991），演員，三十年代開始從影，香港淪陷期間參加明星劇團在各地演出，曾任「演員公司」的經理，六十年代移居美國。

8　《大地兒女》，楊工良導演，主要演員有黃曼梨、吳楚帆、白燕等，1945年在香港上映。

9 高魯泉（1909-1988），原名吳鉅泉，演員，三十年代開始從影，至七十年代息影。

10 檸檬（1876-1977），原名許祐民，廣東番禺人，演員，曾是足球員，三十年代開始從影，至七十年代息影。

11 陶三姑（1895-1983），原名陶群英，廣東南海人，早年為粵劇花旦，三十年代開始從影，至七十年代息影。

筆語以外

香港新文化滋長期瑣憶

本文原刊《海光文藝》第 8-10 期，
1966 年 8-10 月，筆名「林下風」。
其後收入《向水屋筆語》。

混沌時期

香港之有新文化（或者乾脆的說，出現白話文），大概是四十年左右的事。在四十年前，提起「新文化」是不受歡迎的。「五四」運動給予香港社會的影響，似乎只有「抵制日本貨」的概念，「文學革命」這一面的意義，卻沒有能夠在這個封建思想的堅強堡壘裏面發生什麼作用。那時候，頭腦頑固的人不但反對白話文，簡直也否定白話文是中國正統文字。這些人在教育上提倡「尊師重道」和攻讀四書五經以保存「國粹」；看見有人用白話文寫什麼，便要搖頭嘆息「國粹淪亡」，對於孔聖人簡直是「大逆不道」。另一方面，一般抱著買辦階級思想傳統的人，卻又鼓勵兒女去讀外國文，目的是好讓兒女將來容易找一份「洋行工」。在這樣的混沌情形下，新的思想、新的文化要想滲進來是相當困難的事情。魯迅先生在一九二四年到過香港 [1]，在青年會演講「老調子唱完了」的時候 [2]，社會上知道「魯迅」這名字的人實在不多，因此去聽他演講的，也只局限於教育界、新聞界和部分的青年學生。而這些聽眾對於魯迅先生的認識，也不過是「一個有名氣的文學家」這個模糊概念而已。

不過，在混沌之中也有開明的一面。在教育界中不甘落後的，並不是那些在大學、中學文科中保持「國粹」的頑固派，而是從事小學教育的一些教師。記得是一九二三年左右，香港有部分小學教師起來提倡讀國語，並且有過一個「國語研究會」的組織。[3] 這些教師們每星期集攏了來上兩三晚的國語課。他們把學習所得，向自己學校裏的小學生傳授，由國音字母讀起。當時在小學課程裏標有「國語」一科，成為又新鮮又時髦的學科。筆者本人當時正是個小學生，因此也接受過這種間接的國語傳授。只是這個國語研究在當時並不是一種社會性「運動」，不能推廣進行，因而對於一般人也起不了什麼作用。但是國語究竟同白話文有關係，這項工作至少已在少年學生之中播下了新文化的種子。

萃文書坊

本文及以下〈兩家書店〉一文，內容與 1939 年 7 月 5 日《香港工商日報‧市聲》中，作者署名林歌的〈香港新書店話舊〉頗接近。

新文化能夠在香港滋長，書店是主要的功臣。

在過去一段長時期中，荷李活道曾經被稱為香港的文化區：因為那一帶都是報館、印刷所、學校、書店最集中的地方。尤其多的是書店。但那些書店幾乎全是出售中英文課本和文房用品的，至多也只是兼售一些通俗小說，或是木魚書之類的東西。因此書店雖然不少，對於文化的宣揚卻不能發揮什麼大作用。

在那種文化窒息的狀態下，在四十年前的香港書店之中，最先透出一點新的氣息的，是一家「萃文書坊」。[4]

這家「萃文書坊」開設在荷李活道的首段地區；規模不大，只是一間普通的舖位。我所以特別提起它，是因為這家書店除了基本上發售學校課本和文房用品以外，同時兼售新文化書籍和屬於思想性的雜誌刊物，成為香港最先也是唯一向本地讀者介紹新文化的書店。

有趣的是，這家有新文化氣息的書店，它的面目卻半點沒有新的色彩。從它的名號不叫「書店」而稱「書坊」這一點，可以想像到它的古老程度。[5] 它的門面的儀表和內部的陳設，都是在它的同行中最不講究的一家。

不過它卻有著不尋常之處。主持這家書店的是兩父子；因為店子小，根本用不上夥計。老闆（父親）是個年老的基督教徒。他平日總是穿著過時的洋服，襯衣外面照例加一件背心，結著陳舊的領帶，配合了斑白的頭髮和上唇一撮不加修飾的鬍子，看上去就像一個落泊紳士的模樣。這老人家有著飽歷風霜的一種憤世嫉俗的態度和孤僻的性情。他對當時中國政治上爭權奪利的「時局」極表不滿，碰上熟悉的顧客買書而又有所感觸時，常常會咕嚕幾句牢騷話。聽說這老闆原來是「同盟會」老同志，（他的書店裏掛有一幅孫中山像）早年參加過革命工作，可能還當過「民國官」。後來大概對現實感到「幻滅」，因而退出那個「圈子」做生意。而他選擇了開書店這個行業，也未必沒有消極中的積極意義。

也許因為這老闆的本質和一般書商有所不同，所以連他的書店也帶有革命性。他大膽地經售著各種新文化運動所產生的書籍雜誌。你要買到當時最流行的新文學組織（如創造社、太陽社、拓荒社之類）的出版物，只有到「萃文書

坊」去；就是一切具有濃厚思想性而其他書店不肯代售的刊物，它也在半公開地銷售；只要熟悉的顧客悄悄的問一聲什麼刊物第幾期到了沒有，老闆就會親自從一個地方拿出來。還有難得的一點是，那時候賣新文化書籍和思想性刊物的，在他可說是獨市生意，可是他並不以奇貨自居，價錢仍舊照當時的「大洋」伸算港幣，甚至那些半公開出售的東西，也不額外取價。

「萃文書坊」後來由老闆的兒子主持。到了戰爭結束後，書店關門了。

如果香港的書店對於香港早期新文化發生過推動作用的話，「萃文書坊」是值得記憶的一家。

兩家書店

隨著愛好新文藝的人一天天多，為著適應需求，香港經售新文藝書籍的書店便逐漸出現了。在這裏面，姿態最新的可以說是一九二八年左右開辦的一家「荷李活圖書公司」，舖址在荷李活道中段。這家書店的特點是以經售新文藝書籍為主。它的營業方法也有著和當時的其他書店不同的地方。一般的舊式書店，都是把書籍排列在鑲了玻璃門的書櫥裏面的，要買什麼書只能向店員通知，由店員去把書取出來。這便形成了顧客只能在觀念上有了買某一本書的準備時才能著手去買；卻沒有在事前隨便瀏覽，然後定奪買某一本書的方便機會。但是「荷李活」卻打破了這種「成規」。它除了書櫥之外，還特地在書店中央設置一隻攤台，把各種新書公開陳列出來，供人翻閱。這個情況，在今天的書店中已經是普遍現象，一點不算新奇；可是在三、四十年前的香港書店，卻是很新鮮的作風，這是對於顧客一種精神上的解放。

那時候的舊式書店叫人反感的地方，固然在於像上面所說的那種「書禁森嚴」的狀態，以及連帶而來的不愉快感受：那是當你向店員要到了一本書，翻看之後卻不打算買，店員便會對你露出不悅的面色，你要想再麻煩他一下便感到不好意思。假如你有便利機會，不假手於店員而自動從書櫥裏抓出一本書翻看，看得太久卻又沒有買的意思，縱然你的目的不是「揩書油」，不提防就有一隻雞毛帚子凌空出現：它是拿在店員手裏作打掃書櫥狀在你面前揮舞起來。如果你還不識趣，仍舊捧住那本書戀戀不捨的話，他便一把將你手上的書抓去，一面放回原處一面咕嚕幾句，使你不知道如何下場才好。前面說過的「萃文書坊」對於跡近揩書油的「讀者」也經常有此一著。

說到這類煞風景的事，便不由人不記起一家「綠波書店」了。

「綠波書店」是在「荷李活圖書公司」之後開辦的。店址就在「荷李活」的隔壁。這家書店在精神上比「荷李活」更要鮮明。它不做課本生意，純粹經售新文化書籍和雜誌。開張之始，就在門面窗櫥和店內的書架上貼了字條：聲明他們的宗旨是為文化事業服務，歡迎顧客隨意取書翻閱，店員決不干涉。不管這是出於書店老闆的原意還是招徠生意的一種手法，這種開明態度在香港書店史上算得是破天荒的創舉，對於舊式書店那種頑固作風無形中是個諷刺。

新文藝副刊

泥土裏面埋下了種子，自然會長出嫩芽來。香港既然吹進了新文化空氣，新文藝的活動自然也跟著興起來了。

首先反映了新文化精神面貌的是報紙。

以一九二七年前後的期間作起點，香港報紙一般地呈現了一個難得見到的新氣象。不知道是出於對新文化思想的追求，還是被趨慕「時髦」的觀念所驅使，那一期間的香港報紙差不多每一種都闢有一個新文藝副刊，純粹登載新文藝作品。作者都是香港愛好新文藝的青年，或是來自異地而旅居香港的文藝工作者。以當日所存在的報紙來舉例，就記憶所及，各報的文藝副刊便有如下的盛況。——大光報：〈大光文藝〉[6]；循環日報：〈燈塔〉[7]；大同日報：〈大同世界〉[8]；南強日報：〈過渡〉；華僑日報：〈華嶽〉[9]；南華日報：〈南華文藝〉（後改〈勁草〉）[10]；天南日報：〈明燈〉[11]。……等等。這些還是規模較大的報紙，其他僅是出紙一大張的、或是小報式的報紙，也有同樣重視新文藝的情形。

上述那種蓬勃氣象，無可否認地是對新文藝發生過推動作用的。通過了報紙副刊的引導，愛好新文藝的人（特別是青年人）日漸多起來了，研究新文藝的人也多起來了，進一步提起筆來學習寫作的人也多起來了。

在這期間，由於風氣所趨，有些本來寫著舊式小說的文人，也掉轉筆頭去寫新文藝作品。這種「棄舊從新」的精神是可敬的，但是有部分人卻有個錯誤想法：以為把文言轉換為白話文，把對話寫成獨立行列，便是新的形式，也就是新文藝。在這種想法和所從而產生的作品的影響下，便使一般人對「新文藝」本質上的意義也弄不清楚。就是現在，仍舊有人以為只要用白話文寫的東西就是「新文藝」的。目前在報紙上流行著的連載小說，有部分簡直是「隨意所之」地寫下

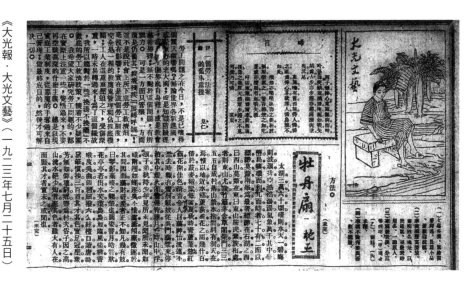

各報副刊版頭：

《大光報·大光文藝》（一九二三年七月二十五日）

《南強日報·過渡》（一九二九年三月四日）

《南華日報·勁草》（一九三四年一月十六日）

來又寫下去的作品，不就是基於那種錯誤想法發展出來的產物麼？——自然，這一筆是題外話。

但是無論如何，新文藝隨了新文化在香港興起以後，仍舊有它好的一面。因為從那個時期起，事實上也培養了一些忠實地、好好地一直為新文藝而努力著的作家。

「標點符號」與「新文化」

這是有關香港新文化的小插曲。

由代表了新文化姿態的新文藝書籍流入香港的時候起，隨之而來的新東西便是標點符號。在新文化書刊未流行之前，香港的出版物——包括報紙在內，所用的句點全是採用小圈點的；到了白話文流行起來，才因文字的體制關係而開始有了標點符號的運用。由於風氣所趨，經營印刷業的，為了生意關係，也不能不置備標點符號以應需求。標點符號從此便普遍的被應用起來了。

但是一般印刷業者，對於這種彎曲小釘頭似的古怪東西，大多數都不叫它「標點符號」，甚至也不認識這麼一個文縐縐的名堂。他們對於「標點符號」另有一個共通的稱謂，說出來叫人發笑。如果你向一家印刷店接洽要印些什麼，聲明要用標點符號排印的話，那老闆可能不知道你指的是什麼；你向他說明之後，他便恍然大悟，隨口叫出來：「我明白了，你要用新文化！」

把「標點符號」叫作「新文化」，也就是把「標點符號」作為「新文化」的代表；真叫人有啼笑皆非之感。然而這正好反映了當日香港「生意人」的「文化觀」。不過，想想現在仍然有人以為只要用白話文寫的小說便是「新文藝」作品，把一部根據什麼庸俗故事改編的影片也稱為「文藝電影」，則對於生意人的文化觀又不足為怪的了。

新文壇第一燕

香港並非新文藝興起以後才有雜誌出版，不過那些雜誌不外是印出來供人消閒的，內容龐雜，庸俗低級，極其量也只是報紙變相的「諧部」而已。（在新文藝欄出現之前，香港一般報紙上的副刊都被通稱「諧部」，意思是說那一欄所登載的都是詼諧東西。）到了新文藝興起以後，加上由上海來的新書刊物日多，影響所及，當地出版物才開始注意內容的改進，並且也開始具有刊物本身的個性。

在這方面，值得特別提起的，是一本名叫《伴侶》[12]的文藝雜誌。

《伴侶》是一九二八年創刊的一個半月刊，也是香港出現的第一本新文藝雜誌。它不但純粹登載新文藝作品，就是雜誌本身也表現了香港出版物中前所未有的新風格。廿四開本，四十頁左右的篇幅，全部用雪白紙印刷。作為雜誌題名的《伴侶》二字是陰底陽文的印章式設計，好像在封面上蓋個硃紅色大印章一般；封面的飾畫通常是用粗線條畫成的女人面像，有時則是套色的圖案；這樣的形式和儀表，在三十年前的香港出版物中可說是十分別致的。

因為是新文藝雜誌，《伴侶》的內容側重刊登創作小說，其次是翻譯小說，此外還有雜文、閒話、山歌、國內文化消息等項目。這個雜誌最大的特點，是每篇小說的題頭和文內都附有技巧極好的襯畫和插圖；擔任這部分工作的是畫家司徒喬[13]和黃潮寬[14]兩位先生。

《伴侶》雜誌並非什麼書店或是什麼文藝團體出版，而是由當日設在雲咸街的一家廣告公司主辦的。主編者是張稚廬[15]（此君後來有兩本小說集在上海光華書局出版，以後不見他再寫什麼）。據說這家廣告公司的經營者同司徒喬是大學時期的同學，也許因為這種關係，便有了這樣的機會合作。也因為具備了這種人事上和經濟上（廣告公司作後台）的優越條件，才能辦出那麼像樣的一本雜誌。也因為這樣，《伴侶》除了登載當地文藝工作者的作品之外，同時也能夠拉到國內作家的稿子。當日國內名家如沈從文，胡也頻，葉鼎洛等也有過小說在那裏發表。

《伴侶》辦了不上一年，就因為銷路打不開而停刊。這是當日環境下一般高級性刊物的命運。但是在香港文化的「沙漠時期」，能夠有勇氣有魄力出版那樣一本純文藝性質的雜誌（雖然是帶有頗濃厚的商業廣告色彩），總算得是難得的事。還有一事值得一提：那時候司徒喬正準備到法國去深造，起程之前舉行了一次「司徒喬去國畫展」；這畫展就是以「伴侶雜誌社」的名義舉辦的。可以說，

伴侶社向香港社會第一次介紹了這位中國現代有名的畫家。

所以，《伴侶》雜誌壽命雖然不長，但是它在香港的新文藝演進史上卻起過相當的推動作用。當日有人寫過一篇推薦這本雜誌的文章，稱《伴侶》為香港新文壇的第一燕。[16]

第一個出版機構

正派的（這是有別於黃色的說法）文化事業從來被認為是經營不得的事業，因為這是吃力不討好，肯定是虧本多於賺錢的生意。在一般講究實利主義的商人是不肯涉手的。除非他對這方面具有特殊興趣，尤其主要的是具有促進文化發展的崇高志願。在三十多年前的香港，居然有這樣一個可敬的人物，敢於嘗試去搞這麼一件吃力不討好的工作。這個人便是不久之前才去世的孫壽康先生。[17]

孫壽康是不純粹以商人身份，但也不純粹以文化界身份去搞出版事業的，而經他的手出版的，全是新文藝作品和屬於新文化範疇的學術性譯著，這不能不說得是難能可貴的事。

孫壽康所辦的出版機構名叫「受匡出版部」[18]，這是香港第一個新文化出版機構。

島上社及其出版刊物

「島上社」是香港第一個新文藝團體。這個沒有什麼組織形式的團體只是幾個對新文藝有共同興趣的年輕朋友一種精神上的結合。他們的工作活動，除了個別從事寫作之外，便是在當日的大同日報副刊版上，出一個附屬的同人周刊。這周刊的名字就叫《島上》。[19]

島上社的中堅分子都是曾經在一九二八年創刊的《伴侶》雜誌上投稿的。《伴侶》停刊以後，香港的新文藝運動失去一根支柱。而在當日的社會環境說來，也不可能有人會辦一個同樣性質的雜誌了。那麼，這責任應該落在誰身上呢？

對於自己的作品因為曾經在雜誌上發表而有了起碼的自信心的人，「搞刊物慾」是和「寫作慾」同樣熾烈的；因此島上社的幾個文藝青年，居然也打算由他們來辦一個文藝刊物。這個想法說起來也是夠天真的，事實上他們都是初出校門的窮小子，有什麼辦法能弄出一筆錢來作印刷費？要希望有什麼書店肯出來作後台，在當時說來簡直是橡木求魚。

但是有志者事竟成，在努力進行之下，希望終於實現了。原來島上社成員之一的張吻冰[20]（即是後來改變作風寫小說的望雲）是香港青年會校友會會員，不知道他怎樣說動了校友會學藝部的負責人：把島上社的雜誌交由青年會校友會學藝部主辦。島上社負編輯責任。但是寫文章的可不能要稿費。印刷費不消說是由主辦的付，卻以第一期為限。一句話說，這是試辦性質；雜誌的命運還得看銷路情形來決定。島上社的呆子們有個天真的想法：只要雜誌能印出來，發出去，日後把賣得的錢收回來，便可以作下一期的印刷費。不管怎樣，在一九二九年九月，一本名叫《鐵馬》[21]的新文藝雜誌便終於面世了。

《鐵馬》是卅二開本的小型雜誌，一百頁，文字橫排，毛邊；形式和風格多少是受著當時上海出版的《幻洲》[22]雜誌的影響。

不管《鐵馬》的文藝氣息如何比過去的《伴侶》更純粹（至少是沒有後者的商業氣味），但是在當日香港的文化環境，差不多讀文章的人就是寫文章的人的情形，雜誌的銷路是說不上的。雖然雜誌是賣去了一部分，可是能夠收回的錢卻與一期印刷費的數目相差很遠。結果《鐵馬》只出了一期就沒有能夠繼續下去。

但是搞文藝的年輕人往往有一種不可理解的呆勁：事情既然開了頭，總是要繼續搞下去才舒服。《鐵馬》失敗以後，島上社的同人還是念念不忘的要再起爐灶。他們千方百計的籌劃印刷費去實現自己的心願。於是在一九三〇年四月，又印出了一本新的雜誌，形式和《鐵馬》差不多。這一回是由於自費印刷，所以正式用島上社名義出版，雜誌名稱就叫《島上》。[23]

雜誌名稱雖然不同，香港還是那樣一個香港；因此《島上》的命運決不會比《鐵馬》好多少。第二期的稿件雖然集好了，卻沒有辦法付印。島上社成員之一的岑卓雲[24]（也就是後來用平可筆名寫小說的），那時候正是香港精武體育會會員。該會有一位愛好文學的高級職員林君選，知道《島上》要繼續出版的困難，慨然的表示願意支持，使《島上》能夠辦下去。島上社便給他一個「社長」名義，好讓他切實負起責任來。林某認為上海的印刷比香港好，尤其是文藝雜誌。於是在他因公往上海之便，把《島上》的稿件帶到上海去付印和發行。作為「復刊號」的雜誌印好了寄到香港時，已經是距創刊一年後的一九三一年秋季。雜誌本身不但印刷得好，而且篇幅還增加了四十多頁。如果沒有什麼障礙，看起來是能夠一帆風順地辦下去的。不幸的是，「九‧一八」接著來了。

「九‧一八」事變之後接著是「一二‧八」事變，時代在動盪中，許多人事

都給影響著發生變化。《島上》的出版計劃受到了打擊，島上社同人也因為各奔前程而解體了。該社的作者中雖然個別已經在香港或上海出版過幾種單行本，但是雜誌卻只出版過三期。

汰社與《字紙簏》

提起雜誌，似乎不應該遺漏了這一筆。差不多與《伴侶》同一時期，——或者比它更早一些，香港已經按期地出版著一個同人雜誌，名叫《字紙簏》。[25] 這個雜誌名字的古怪味道，正代表了它本身的輕鬆、幽默的性格。尤其是這雜誌的主辦者「汰社」這名號，更是不可思議。據說這「汰」字是他們雜誌社同人自己創造的，它是表達拿水潑在火上的聲音。至於何所取意，恐怕除了他們自己，旁人無從理解。但是這一點，正好說明了他們的近於「玩世不恭」的態度。而雜誌內容所表現的異於其他刊物的獨特風格，也作了這種態度的注腳。

《字紙簏》不是純文藝刊物，而是一個中級趣味的綜合性雜誌——名符其實的雜誌，它的內容包括了文藝、繪畫、漫畫、攝影、雕刻，……可以說包括了藝術各部門的材料。文藝方面不大重視小說，刊登的都是散文、散文詩、詩歌，幽默的、或是諷刺的雜文。一個非常新鮮的特點，是在詩歌作品上配上線條優美的襯畫；此外，書頁中常常加進繪畫插頁，有時還是套色印刷的。圖案畫家陳之佛 [26] 經常在那裏刊出他的作品。

《激流》及其他刊物

三十多年前在香港辦雜誌，不刊登商業廣告簡直沒法維持。但是文藝雜誌是沒有人肯把廣告登上去的，大多數的商人不認識什麼是新文藝，他們不相信這樣的雜誌會有讀者，廣告效果決不會大。如果你要在這些實利主義者的商人中拉到主顧的話，除非同他們有特殊關係，他們才肯賣賣交情。在一九三〇年至一九三四年之間，有幾個新文藝刊物就是憑了這樣的關係辦出來的。這幾個刊物是：《激流》[27]，《時代風景》[28]，《時代筆語》，《小齒輪》。[29]

《激流》無論形式（卅二開，但長度）和風格都和《字紙簏》相似，格調卻比後者高，也就是文藝氣味較為濃厚。它也有繪畫和藝術攝影的插頁，但卻是裝點性質；它側重的還是文藝作品，包括短篇創作、詩、散文和雜文等等。

「激流社」的分子有二、三個還是《字紙簏》人員。而這雜誌的主幹人中，

有一方面寫文章一方面任通訊社採訪員的，協助者則有在大百貨公司廣告部工作的。這兩種人都容易拉廣告。《激流》便在這種優越條件下出版了三期。

《時代風景》和《時代筆語》是一而二、二而一的雜誌，因為後者只是前者的易名。這雜誌有三個編輯而以張某為主幹。張某是一家通訊社的採訪員，社會關係廣闊；他就憑了拉廣告的便利，邀了兩個從事文藝工作的朋友合作，因而辦起這份雜誌來。雖然他的動機近於要過過癮，但是《時代風景》和《時代筆語》倒是一九三三年在香港出現的內容較為嚴肅的文藝雜誌。它除了刊登香港文藝界的作品之外，還憑了友誼關係拉了一部分國內作家和詩人的作品。

《小齒輪》是一九三四年的出版物。廿四開本，四十頁左右。也同《時代風景》和《時代筆語》一樣，它刊登的是短篇創作，詩和散文；內容也是嚴肅的。這雜誌並不曾倚靠廣告，而純粹是個人掏腰包作印刷費的。這個人也就是編者自己。他的筆名叫魯衡。這個人有著令人同情的不幸命運：他是個殘廢作家。據說他青年時代在美國作苦工，患上了嚴重風濕病，住過醫院也沒法醫好，只好回到香港來。病症惡化的結果，一雙腿癱瘓了，再也不能走動，他便躺了下來過日子，而且一直不能再豎起身來看看窗外的世界。他愛好文學，便以寫作來忘記精神和肉體的痛苦。他一面向報紙副刊投稿，一面憑通信去結交文化界朋友。當時香港的文藝工作者，幾乎全都因為同情他和鼓舞他而和他做了朋友。一九三四年，他興致勃勃地要想把自己由稿費撙節下來的一點積蓄，辦一份文藝刊物，要求朋友們給他稿。朋友們都願意成全他和滿足他。《小齒輪》便是這樣印出來的。《小齒輪》雖然只是曇花一現地出了一期就沒有繼續下去，但是這個雜誌和它所附帶的故事，應該在香港的新文化史上留下一點「逸話」的哩！

詩與散文月刊──《紅豆》

香港三十年前先後出版了的新文藝刊物，幾乎都是「年輕夭折」，沒有較長的「壽命」。主要原因是缺少了容許它們生存的社會環境，更主要的原因是缺少了支持它們同社會環境戰鬥的經濟條件。在新文化出版物中，只有一份《紅豆》[30] 的壽命最長。它以六期為一卷，一共出了四卷五期。

《紅豆》的主辦人是「梁國英」商店的少東。他們在經商之餘曾經開過「印象藝術攝影院」，辦過消閒雜誌和一本《天下》畫報；在抗戰初期，還在香港中區開過一家「梁國英書店」。《紅豆》創辦初期是一種卅二開本的綜合性雜誌，

文字以高級趣味為中心，附有藝術攝影的插頁。雜誌本身印得很雅致。《紅豆》出版了幾期便停刊。在隔了一個頗長的時間之後，由剛從廣州中山大學唸書回來的另一少東梁之盤接辦。他把《紅豆》接上手以後，改為純文藝刊物，形式也擴大為廿四開本。由上海生活書店經售。雖然只是薄薄的十四頁篇幅，可是每月按期出版。這刊物的特點是不登小說，只登詩與散文；在封面特地印上「詩與散文月刊之始」一行大字，突出它的特殊風格。

　　《紅豆》是香港新文壇上令人記憶的一份刊物。它在太平洋戰爭爆發之前停刊。梁之盤是在日軍攻陷香港後喪生的。

注 ────────────────────

1　一九二四年應為一九二七年之誤。

2　魯迅於 1927 年 2 月 18 及 19 日在香港基督教青年會禮堂分別以〈無聲的中國〉及〈老調子已經唱完〉為題演講兩場。參考鄭樹森、黃繼持、盧瑋鑾合編：《早期香港新文學資料選（一九二七―一九四一年）》（香港：天地圖書有限公司，1998 年）中「魯迅來港及其影響」（頁 53-73）；小思編著：《香港文學散步》第三次修訂本（香港：商務印書館〔香港〕有限公司，2019 年）頁 50-89「魯迅」。

3　「國語研究會」未詳，據報載 1925 年曾有「香港國語運動分會」成立：〈香港國語運動分會成立〉，刊《香港華字日報》，1925 年 12 月 21 日，第 2 張第 3 頁。其中提到：

「昨十九日該會同人假座青年交際室開大會，到會者六十餘人，……編輯主任吳瀾陵」。

〈國語運動之進行〉，刊《香港華字日報》，1926 年 11 月 5 日，第 2 張第 4 頁。其中提到：

「本港中華國語專門學院，定本月八日上午九時半，假大華戲院，舉行國語

運動大會，敦請港大教授許地山碩士演說，並有各項遊藝助興。」

4　萃文書坊由霍汝丁開設，位於荷里活道 60 號。

陳謙：《「五四」運動在香港的回憶》（《廣東文史資料》第 24 輯，廣州：廣東人民出版社，1979 年，頁 40-45）提到：

「在荷李活道『萃文書坊』販賣新文化書籍，雖時被警察查究干涉，沒收書籍不少，但新書一到，讀者聞風而動，搶購一空，仍能弋獲大利。」

5　書坊的名稱最早見於宋代，書坊既賣書，也印書。

6　參考本書下冊〈藝壇俯拾錄（五）〉第二十則，頁 570。

平可：〈誤闖文壇憶述〉（三）（見《香港文學》第 3 期，1985 年 3 月，頁 97-99）提到《大光報》的副刊：

「該報（《大光報》）的文藝副刊全部用白話文，有標點符號，編排新穎……有兩位作者幾乎每天各有一千字左右的散文在那副刊發表，那兩篇文章用悅目的『花邊』圍著，非常突出。其中一位作者的署名是『星河』，另一位是『實秀』。

當年謝晨光龍實秀等在香港倡導新文藝，顯然是在黃天石的鼓勵和扶掖下進行。他們所憑以發表能夠一新青年讀者耳目的文章，是因《大光報》創設了一個新穎的副刊，當時《大光報》的總編輯是黃天石。」

7　貝茜：〈香港新文壇的演進與展望〉（原刊《香港工商日報·文藝周刊》，1936 年 8 月 18 日至 9 月 15 日。後收入鄭樹森、黃繼持、盧瑋鑾合編：《早期香港新文學資料選（一九二七－一九四一年）》，頁 23-31）提到：

「《大光報》的副刊〈微波〉和〈光明運動〉與及《循環日報》的副刊〈燈塔〉。這些副刊都是每天出版，而以嶄新的姿態，湧現於古舊的封建底氛圍瀰漫下的香港文壇，挺然地與舊文壇對峙。在幾個熱心於新文學運動的編輯人領導之下，用純正的態度，充實的內容，妥適的題材的分配，沉著地進行，獲得不少青年熱烈底歡迎和傾向。而且有不少的文學青年在它們獎掖之下努力從事起文學工作來。總之這兩個報紙的副刊是刻劃了香港新文學發動期的光明的一頁，給人以忘不了的印象和記憶。」

8　貝茜：〈香港新文壇的演進與展望〉提到：

「《南強日報》的〈過渡〉,《大同日報》的〈大同世界〉和〈三味〉等,都
是努力於新文學的提倡的,不斷地刊載了許多創作和文藝理論的文章。算是
頗為熱鬧的時期。」

9　張詠梅:〈《華僑日報》文藝副刊研究 —— 試論《華僑日報·華嶽》
(1938-42)〉(見樊善標、危令敦、黃念欣主編:《墨痕深處:文學·歷史·
記憶論集》。香港:牛津大學出版社,2008 年,頁 388-410)提到:

「《華僑日報·華嶽》創刊於 1938.10.1,於 1942.2.14 停刊,五年間每天出
版,……《華僑日報》作為商營報章,風格傾向通俗與注重趣味,〈華嶽〉的
風格與之配合,不走純文藝而走綜合性大眾化路線,希望迎合一般讀者口
味,既刊登本地作者的作品,也不排斥南來作者,兩類作品能夠並存於版面
之上,比較著重副刊的社會性,著重報章對社會的即時反應及影響。」

10　參考本書上冊〈文藝茶話會與《新地》〉及注釋,頁 33。

溫燦昌:〈侶倫創作年表簡編〉(見《八方文藝叢刊》第 9 輯,1988 年 6 月,
頁 66-81)提到:

「一九三一年入香港《南華日報》任職。初時先主編附屬於報紙的畫報周刊,
爾後擔任報紙的文藝副刊編輯。……一九三七年七月一日,辭去《南華日報》
職務。」

11　貝茜:〈香港新文壇的演進與展望〉提到:

「《南華日報》的〈南華副刊〉(後改為〈勁草〉);《天南日報》的〈明燈〉;《新
中日報》的〈洪濤〉…… 等等,都是以純粹新文學的面目出現,雖然立場其
姿態都各有不同,而精神與步驟卻是一致。由於這幾個副刊的出生與行進,
許多新作者集中到這些副刊來努力,於是多難的香港新文壇才漸漸奠定,而
新文學的旗幟與陣線,才達到鮮明和嚴整的境界。」

12　貝茜:〈香港新文壇的演進與展望〉提到:

「直至一九二八年秋間,才有被稱為『香港新文壇之第一燕』的《伴侶雜誌》
出現。《伴侶》的刊出,的確可以在香港文壇史上刻劃一個時期。雖然態度
是不很莊重,(因環境關係,不得不如此)。但形式與編排上,都是獨闢一
格,給予人以新鮮的刺戟。她之所以獲得地位,並不因為其間有著國內作家
的名字,而是因為她內容水準的嚴格和出版較長的命脈。至少從香港出版物

中，要找一本同樣的質量，而銷行到國內去的文藝刊物，至今都還沒有。這雜誌出版未滿一年，至十四期就因維持不住而停刊，這是香港新文壇上的一件損失。」

盧瑋鑾：〈香港早期新文學發展初探〉（見《香港文縱》，頁 9-19）提到：

「直到一九二八年八月，由張稚廬主編的《伴侶》半月刊創刊，才算純白話的文藝雜誌。這本雜誌內容以創作小說為主，翻譯小說、散文小品為副。主要作者有侶倫、吻冰、小薇、鳳妮、稚子、奈生、孤燕，偶然也向國內作家約稿，例如沈從文就以『甲辰』為筆名，寫了〈看了司徒喬的畫〉，在該刊第七期刊出。從內容看，該刊的『洋味』很重，這從舉辦過兩次的徵文題目是『初吻』、『情書』及小說的格調，就可理解他們受上海新派文藝的影響較多。《伴侶》辦了不到一年，就因經濟問題停刊了。雖然這份雜誌壽命不長，但已標誌香港新文藝踏上了第一步。」

楊國雄：〈新文藝期刊（18 種）〉（見《舊書刊中的香港身世》，頁 239-297）提到：

「《伴侶雜誌》由中華廣告公司印行，社長是潘豈園，督印余舜華，編輯初由關雲枝擔任，第 4 期已改由張稚廬（張畫眉）擔任。……《伴侶雜誌》從第 7 期起就改變作風，逐漸由家庭雜誌而成為純粹刊登新文藝作品的雜誌，而翻譯作品的刊載亦逐漸增多。」

13　參考本書上冊〈文藝茶話會與《新地》〉、〈書的裝幀〉、〈司徒喬瑣憶〉及注釋，頁 33、80、190。

楊國雄：〈新文藝期刊（18 種）〉提到：

「根據侶倫所記，原來中華廣告公司的主幹人和畫家司徒喬是大學時期的同學，司徒喬為《伴侶雜誌》寫封面畫及插圖。司徒喬去法國深造前，在香港開了個畫展會，這個雜誌的第 4 期司徒喬的畫作〈船塢〉和記者的〈關於司徒喬及其肖像〉，文中有引周作人和魯迅對他的畫作的評價。第 7 期又刊載了甲辰（沈從文）的〈看了司徒喬的畫〉和司徒喬的〈去國畫展自序〉兩篇文章。」

14　楊國雄：〈新文藝期刊（18 種）〉提到：

「司徒喬去了法國之後，署名『水朝』的青年畫家黃潮寬亦繼續為該刊以木

炭畫作插圖，由於有畫家的美術字幫助，所以《伴侶雜誌》的美術設計是相當有特色的。」

15 楊國雄：〈新文藝期刊（18 種）〉提到：

「張稚廬（1903-1956），廣東省中山縣人，少時就讀私塾，塾師是中山縣舉人彭炳綱。後到廣州習畫，又到香港在英文書院繼續攻讀。完成學業後返中山沙溪辦學，建立輔仁學社，自任校長。1928 年在香港接任《伴侶雜誌》編輯。《伴侶雜誌》結束後，張稚廬往上海開辦鳳凰書局。1932 年『一二八事件』後，回到中山石岐，先後辦理《商報》、《平民日報》和《仁言日報》等報。中山淪陷後，又到港澳。香港淪陷後返穗，戰後又返港。大半生生活潦倒，曾在省港報社和雜誌社任職，但任期都不長，最後賣文為活。因嗜酒，患食道癌，1956 年在香港那打素醫院逝世，終年 53 歲。著有《床頭幽事》和《獻醜之夜》二書，都是在上海光華書局出版。」

另可參考金依：〈香港代有文學出——略談香港文藝拓荒〉，《香港文學》第 13 期（1986 年 1 月），頁 44-45。

16 趙稀方：〈論「香港新文壇的第一燕」《伴侶》〉（見《香港文學》第 381 期，2016 年 9 月，頁 42-47）提到：

「侶倫借用別人的話，稱讚《伴侶》：『當日有人寫過一篇推薦這本雜誌的文章，稱《伴侶》為香港新文壇的第一燕。』因為沒人見過侶倫所提到的文章，只從侶倫這裏第一次聽說『香港新文壇第一燕』的說法，因此『香港新文壇第一燕』的版權後來就落到侶倫頭上來了。」

編按：貝茜為侶倫的筆名。〈香港新文壇的演進與展望〉一文由楊國雄「發掘」，重刊於《香港文學》1986 年 1 月第 13 期頁 46-49，侶倫隨即在第 14 期頁 89 發表〈也是我的話〉，提到：「我把楊國雄先生好意地介紹出來的這篇文章讀了一遍，意外地『發現』這竟是我的拙作。……我給《文藝周刊》寫文章，用的是『貝茜』這筆名。」

17 據〈館藏精粹：《熱血痕》〉，《香港文學通訊》第 118 期，2013 年 5 月網頁：

「《熱血痕》在 1923 年初版，由虞初小說社出版。作者孫受匡原名孫壽康，1900 年生，世居香港，為香港第一家新文化出版機構——『受匡出版部』的

創辦人。本書分別收錄了〈鐵血女子〉、〈五色國旗〉、〈不容少懈〉三個短篇小說及《論衡附錄》兩篇。書中一篇題為〈香港學生學「生」乎學「死」乎?〉,表現作者對二十年代初的香港學生的觀感,呼籲香港學生應具有愛國之心,『盡學生一分子之義務』,深具五四時代的愛國情操。《熱血痕》是民國時期在香港出版的新文學作品,屬於新文學運動早期的著作,但國內出版的《民國時期總書目》及《中國現代文學總書目》兩種專門查找民國時期出版物的大型工具書均未見收錄此書,可見此書非常珍貴。」

網址:http://hklitpub.lib.cuhk.edu.hk/news/iss50.jsp(讀取日期:2018年6月1日)

18 據〈館藏精粹:受匡出版部〉,《香港文學通訊》第118期,2013年5月網頁:

「受匡出版部成立於1927年,由孫壽康成立,『受匡』之名,廣州話與『壽康』同音。⋯⋯受匡出版部的創辦人孫壽康,出生於1900年,為香港渡船公司的『買辦』,從事商貿卻熱衷於文藝,更利用職務之便,聯絡省港兩地文化界。因此,受匡出版部除了出版香港作家的書籍,亦會出版廣州作家的作品。

作為香港首間新文學出版機構,受匡出版部為本地作家出版了不少作品,如黃天石(傑克)的《獻心》(1928年)、龍實秀的《深春的落葉》(1928年)、謝晨光的《貞彌》(1929年)等。此外,受匡重印了一部受魯迅、胡適等新文化旗手推崇的古典小說——清末張南莊小說《何典》(1928年),由廣州文學會重新校注,並採用了新標點。袁振英早於1918年在香港出版的《易卜生傳》(1928年),亦交由受匡出版部再版。此外,受匡出版部結集出版了不少歐美譯著,例如袁振英翻譯的《罪與罰》(1927年)、《牧師與魔鬼》(1927年),黃天石所譯之《戀春》(1928年)等。

據侶倫所述,受匡出版部在兩三年間共出版二十多種書籍,包括卅二開本的普通出版,和袖珍本的『一角小叢書』。孫壽康對書本的裝幀和印刷亦非常講究,『尤其是卅二開本的,通常是文字橫排,封面摺邊,封面飾畫富於藝術意味』。《仙宮》與《獻心》就屬於卅二開本,盧瑋鑾認為『其風格大膽脫俗,大似上海』。」

網址:http://hklitpub.lib.cuhk.edu.hk/news/iss118/index.htm#4(讀取日

期：2018 年 6 月 1 日）

19　盧瑋鑾：〈香港早期新文學發展初探〉提到：

「『島上社』一名，來源是陳靈谷寫了一個連載小說叫《寂寞的島上》，反映了他們『孤軍突起似地掙扎在這個黑暗環境之中』的心態。他們先在《大同日報》副刊出版了《島上》週刊（可惜，現在無法看到這份報紙，不知道當時作品的面貌），後來又成為《伴侶》的主要作者。」

20　平可：〈誤闖文壇憶述〉（七）（見《香港文學》第 7 期，1985 年 7 月，頁 94-99）提到：

「我最初不知望雲是誰，經過打聽，才曉得望雲是張吻冰的筆名。我跟張吻冰好一段時間沒有見面了，只知他忙於編導電影，不料他竟有空閒寫小說。我有一位朋友跟張吻冰也很熟，他說張吻冰因搞電影搞不出名堂，非常灰心，情緒激動時往往幻覺自己已到了窮途末路。他決意暫別電影圈而從事寫作，還說如果連這條路也不通，他只有『睇天』。他用『望雲』做筆名就是這個原因。……《黑俠》刊登不久，就大受讀者歡迎，望雲不用睇天了。」

21　貝茜：〈香港新文壇的演進與展望〉提到：

「承住《伴侶》的氣勢接住而來的是《鐵馬》雜誌，是純然幾個文藝青年自動出版的；內容有點仿模國內的《幻洲》。創作上幼稚。但裏面的一篇〈第一聲吶喊〉卻第一次展起旗幟向灰黯的環境攻擊，可算是這刊物的精神的表現。因為不像《伴侶》的有著自營的印刷所的便宜，《鐵馬》只出了一期便夭折了。」

楊國雄：〈新文藝期刊（18 種）〉提到：

「《鐵馬》是島上社最早主辦的一種文藝期刊，原來張吻冰是香港青年會日校校友會會員，因他的關係，該會學藝部答應幫助島上社出版《鐵馬》，但負擔以出版一期費用為限，由張吻冰負責編輯。《鐵馬》終於在 1929 年 9 月出版，第 1 期印了 2000 冊。島上社打算將第 1 期出版後的收入，用來維持繼續出版下去，但所得的收入，距離支付第 2 期的費用還很遠，所以《鐵馬》出版了一期就停刊了。現存該刊第 1 卷第 1 期當時定價每冊 1 角 5 分，全期共 104 頁。」

22　《幻洲》1926 年 10 月 1 日創刊於上海，1928 年 1 月 16 日終刊。內容分

〈象牙之塔〉和〈十字街頭〉兩部分，前者由葉靈鳳主編，後者由潘漢年主編。〈象牙之塔〉所載的是文藝作品。

23　盧瑋鑾：〈香港早期新文學發展初探〉提到：

「直到一九三〇年四月，他們正式用「島上社」名義出版了形式和《鐵馬》差不多的《島上》。這是一份不定期的文藝雜誌，內容以小說散文為主。毫不例外，這份雜誌也只出版了三期，而第二期的命運更特別，稿件集齊後，一個熱心支持的朋友，因公幹之便，把稿帶到上海去付印及發行。我手頭上只有這一期《島上》的四分之三殘本，版權頁上清楚寫明：出版者『島上社』，地址是香港，而印刷者『東方印書館』，地址在上海，出版日期是一九三一年十月十日。至於第三期情況怎樣，就沒有資料可參考了。不過，『島上社』成員的努力，已構成早期香港新文藝的主要部分。」

24　據〈館藏精粹：平可長篇小說《山長水遠》〉，《香港文學通訊》第 79 期，2010 年 2 月網頁：

「平可，原名岑卓雲，1912 年生於香港。1930 年與侶倫、謝晨光等合辦《島上》和島上社。四十年代初期曾在《工商日報》、《天光報》等報紙副刊發表連載小說。五十年代中後期，平可、望雲、胡春冰等作家經常為早期的《文藝世紀》撰寫小說。……四十年代後期至七十年代末期，平可因工作關係、心境轉變和時間所限，只能利用業餘時間撰寫譯文，並曾擔任《讀者文摘》中文版的特約翻譯十多年。晚年定居美國。」

網址：http://hklitpub.lib.cuhk.edu.hk/news/iss79/index.htm#3（讀取日期：2018 年 6 月 1 日）

25　楊國雄：〈新文藝期刊（18 種）〉提到：

「《字紙籠》（Le Pele-Mele）由氹社出版。最初，該刊和廣州及香港兩地，都有很密切的關係，後來重心逐漸移往香港。……《字紙籠》是該刊封面的刊名，內頁刊名是《字紙籠周刊》，第 2 卷第 2 號改為《字紙籠雜誌》，刊期不定。……《字紙籠》是圖畫和文字並重，圖畫每期都有 20 幅以上，其中包括攝影、圖案、素描、石刻、塑像和中西繪畫等……。」

26　陳之佛（1896-1962），畫家、美術教育家、工藝美術家。畢業於杭州甲種工業學校機織科，留校教圖案課。1918 年赴日本東京美術學校工藝圖案

科學習，1923 年返國，先後於上海藝術大學、上海美術專科學校和南京中央大學、南京大學、國立中央大學任教，專攻工筆花鳥畫，作品有《陳之佛畫集》、《西洋美術概論》等。

27　《激流》，1931 年 6 月 27 日創刊。貝茜：〈香港新文壇的演進與展望〉提到：

「在這頗長期間的沉悶中，打破了這死寂底空氣的，是《激流》雜誌。這是幾個文學青年的新組合的產物。在窮乏的新文壇上，這刊物的出版也可說是劃了一個階段；它不是如《伴侶》雜誌之以內容嚴整取勝，而是以態度之勇敢博得人的注意！在它的『香港文壇小話』一欄裏，毅然地向所謂香港文壇算舊賬，向『舊文壇』的盤踞者作正面的攻擊。氣焰可驚！這種勇敢態度，為前此的刊物所未見，而成為《激流》所特有，也是那時候所不得不有的精神！不過話分兩頭說，在態度上雖有可取的地方，在別方面卻不能說沒有缺點，創作還平常，插畫卻不免流於無聊與低級趣味……。只比《島上》出多了一期（共三期）便停刊。」

28　盧瑋鑾：〈香港早期新文學發展初探〉提到：

「一九三五年一月一日，由易椿年、張任濤、侶倫、盧敦任編輯的《時代風景》創刊，無論在編排，格調方面，均接近上海同時期出版的純文學雜誌，雖然只出了一期，但也說明了青年文藝工作者的足跡不絕。」

29　楊國雄：〈新文藝期刊（18 種）〉提到：

「《小齒輪》第 1 卷第 1 期在 1933 年 10 月 15 日出版，編輯是群力學社編輯部，……

魯衡是《小齒輪》的主辦人。……《小齒輪》從集稿、編輯、付印、校對，以至封面設計，都由他自己一手包辦，發行工作則由他的妹妹和他的家庭朋友去辦。……《小齒輪》只是出版了一期就停刊了。」

30　盧瑋鑾：〈香港早期新文學發展初探〉提到：

「沒有良好經濟條件支持，文藝雜誌實難維持較長壽命，其中一份雜誌，能繼續出版了兩年多，就因有一家商店『梁國英』的支持。『梁國英』是家藥局，也辦過攝影及出版。主人梁晃於一九三三年十二月出版了《紅豆》，最初的風格不定，試圖摸索一條文藝綜合性的道路，開本與出版期都一改再

改。自第二卷開始才走上純文學刊物的路線，每期均有論文、劇本、小說、詩、散文、也出了《英國文壇十傑專號》、《詩專號》、《世界史詩專號》。主要作者有：梁之盤、李育中、蘆狄、路易士、樓棲、侯汝華、柳木下、侶倫、幹蒼等人。⋯⋯但十分可惜，到了四卷六期（編按：1936 年 8 月 15 日出版）就因『登記手續發生問題，不得不遵照香港出版條例，由本期起暫行停刊』。」

編按：關於侶倫對香港早期文學發展的觀察和體會，可參考《香港文學》1986 年 1 月第 13 期頁 42-43 侶倫〈我的話〉一文，見香港中文大學香港文學資料庫，網址：https://hklit.lib.cuhk.edu.hk/journals1-index/

九龍淪陷前後散記

本文原收錄於侶倫：《無名草》（香港：虹運出版社，1950年），其後收入侶倫：《侶倫小說散文集》（香港：星榮出版社，1953年），亦收入《向水屋筆語》。

難忘的記憶

本文原刊《華僑日報・僑樂村》，1946年12月8日，第5版。

　　我永遠也記得清楚，一九四一年十二月八日那個早晨八點鐘左右，我是被一種沉重的爆炸聲震動得醒過來的。一種滲雜著恐怖意味的好奇心，使我跳下床來。一連串遠近不同的爆炸聲在耳邊響著。跑出陽台望望海面，我看見這是陽光明媚的一個晴朗的佳日，蔚藍的海水像天空一般清澈，一隻許久以來停泊在海心的緝私艦旁邊，有一團一團的白煙浮在那裏，白煙下面，水花濺了起來。在緝私艦上空，盤旋著幾隻飛機。一種下意識的敏感使我明白了這是什麼一回事。我立刻回到房間，把同睡的陽弟叫醒：「起來！日本飛機來了！」

　　穿好了衣服再跑出陽台去看看：高空上，銀灰色的敵機以三隻一組的隊形在盤旋著，「簧簧」的機聲瀰漫著空中。同居的楊隱身在窗檻裏面仰望著，一面指住敵機詛咒的說：「就是這些『衰仔』，果然來了！」——楊是歐亞航空公司職員，前兩天他就告訴我，歐亞公司的文件都收拾好，漏夜用飛機運往昆明去；局面似乎很緊張，但是他還不相信會發生戰爭。現在，他禁不住在意外中叫出來：「果然來了！」

　　日軍的進攻香港，最先遭殃的是九龍。不要說住在香港那邊的人，事後許久還以為那是空防演習。就是九龍方面，在事發的時候，也有好些人不相信戰爭已經臨頭。當第一顆炸彈落在城南道的時候，驚動了整個九龍城街市的人群，一個印度警察在安慰著市民，說這是「皇家空軍」的演習。可是到了情形愈來愈不像樣，那個印度警察已經逃得沒有蹤影。在另一個區域裏，一個路人悠閒地望著天空的敵機，推測地自語：「是演習罷？」旁邊跑過一位空防救護隊員，張惶地插嘴應著：「不，這一次是真的了！」

　　是的，這一次是真的了。

　　一聲急激的狂吼破空而來，我回頭向屋後望。我看見一隻敵機用了俯衝的姿勢在不遠的侯王廟上空劃了一條弧線又飛起。接著是隆然一聲，下面冒起一股濃煙：許多磚頭和木材的碎屑在那裏飛舞起來。……

看了這樣的情形，我們再也不能在屋內耽擱下去了。隔一條馬路的對面是可能作為轟炸目標的警署，左邊不遠便是啟德飛機場。我急忙和家人們離開屋子，向樓梯落下去。一種不曾經驗過的恐怖抓住了每個人的心。老人家簡直拖不動步子，只是不斷地唸著菩薩的名字。

樓梯下面，已經成了臨時避難所。許多人擠在那裏，屏息地靜默著，在聽候命運的安排；我們走到樓梯中部就不能再落下去了。外面，轟炸聲已經減少，開始聽到高射炮的聲音繼續不斷。

直到炮聲停止，簧然的機聲也靜了下去，於是避難的人們像潮水一樣湧了出去。我們回到屋裏，立刻分頭撿拾簡單的衣物，準備離開這危險的住居。半點不容疑惑，戰爭的序幕已經拉開了。

街上，店舖都關上了門，人像水銀瀉地似的滾來滾去。許多人揹著包袱或是扛著行李，向著各自以為安全的地點跑去；臉上浮泛著緊張和焦慮的神色；與其說是由於恐懼，不如說是由於惶惑：怎樣打算呢？幾十架敵機突然空襲，卻不見有當地的飛機起來應戰……

差不多每個街頭或街尾，都有敵機隨意肆虐的痕跡。最利害的是城南道：一個巨彈由四層樓上的屋頂直穿到地下，兩旁的毗連樓房都同時塌下來；人大部分是死了，在頹牆碎瓦之中，可以看到血肉模糊的破碎肢體。

我們底目的地是距離危險地帶稍遠一點的姊姊的家。把行李安頓好了，匆匆吃過早飯，我們（除了老人家）都重回舊居去，搬取食糧和別的需用的東西。我們知道，除非到了戰事結束，我們不能再回舊居去的了。走在街上的時候，我們看見一架身上滿是彈痕的練習機，由一輛軍車拖著，從啟德飛機場慢慢地駛出來。一直被拖到九龍城警署對過的一塊草坪上，用禾稈蓋著放在那裏。

重再回到姊姊家時是下午兩點鐘。警報響起來了，簧然的聲音又聽到了；從客廳仰望高空，我們看見已經侵入境內的敵機仍是三隻一組飛翔著；有多少組呢？不知道。人又到了躲避的時候了。最現成的去處，還是比屋子低一點的樓梯；於是幾層樓的人們都不約而同的聚攏在那裏。通過樓梯轉折處的一隻小窗，可以看見外面瀰漫著豐富的太陽光，可是整個城市卻肅靜得好像沒有一個生物。

轟炸又開始了，憑了聲浪和震動，知道目標還是集中九龍區域。每次轟隆一聲，我們便從那透光的窗口，望見只隔一塊空地的一排樓房顯出劇烈的震撼，它們的玻璃窗面也閃著震撼的光波。在這樣的境界裏，誰的心也不容易鎮定下去。

一位鄰居的小姐手上一直捧著一冊劇本，這時候卻沒有能夠再看下去。另一位小姐呢，卻為了想起家人思念她而焦急著：她昨天從香港渡海來這邊看朋友，現在是沒法回家去了。

「該不會在頭頂就落下一顆炸彈來罷？」這個空襲時候的疑問心理所獲得的事實答覆，幸而是否定的。半點鐘後，我們終於還能夠回到屋裏，從陽台探望高空，還可以看見高射炮遺下一朵一朵的煙花。敵機走了。

這一天下午，我們再沒有出外邊去，只是忙著安排今後在戰爭期內的生活計劃。

晚飯吃得很早，為的是聽到一個謠言。一個當空防救護員的人帶來一個消息，說這一夜將有比白天更兇的空襲。

暮薄時分，街上看不到一個行人。謠言使人人都蟄伏著。冷落和愁慘的空氣沉沉地罩著大地。

晚上，從收音機裏聽到廣播電台的新聞報告：日本已經向英美宣戰；接著是報告今天遭日寇轟炸的地名。同時轉述羅斯福和邱吉爾強調消滅軸心國的決心底談話。香港呢，英方軍隊和敵人在香港外圍作戰，當局決心抵抗到底來保衛香港，希望市民鎮定和政府合作。……

市民是能夠「合作」的，不是麼？平日舉行燈火管制演習的時候，在「一千元罰款」的法令下，仍然有不少的人偷偷摸摸的點燈，使空防隊員奔走呼號。今夜的情形卻截然兩樣，縱使一千元獎金，也沒有人能找出一絲外露的燈光來；到處黑沉沉地。這成績，並非完全因為政府的法令，而是為了另一個理由：「這一次是真的了。」

火與淚

本文原刊《華僑日報・僑樂村》，
1946年8月25日，第5版。

局面一直緊張了四天，人好像關在孤舟的艙房裏。這孤舟正顛簸於風暴之中，如果不能夠衝破那驚濤駭浪，它便有傾覆的命運。從好處設想的希望是很渺茫的；風暴是早就醞釀著了，船卻沒有充足的防備，——事變開始的時候就感到香港沒有能夠固守，而昨天卻已經傳出一個並非全無根據的謠言：九龍準備放棄！

在外圍作戰的軍隊向香港撤退了，九龍方面的警察也撤退了。僅是半日時間，市面完全變了樣子。不一定是陰沉底天色才能顯出景象底愁慘意味的；在明朗的太陽光下展開一片不調和的死寂空氣，叫人有煩躁得近於窒息的感覺。街道上沒有了市聲，也沒有了腳步聲和人語；有家的人都回到家裏了，牢牢地關著門。

有什麼比這樣的境界更難分析的情感啊！知道外邊的情形是緊張的，卻不知道緊張到什麼程度；一道門一道牆彷彿把外邊的世界完全隔絕。一切僥倖的希望都完了，卻還得把自己勉強鎮靜下來。——張惶是沒有用處，不張惶，又該怎樣處置自己的情緒呢？我在室內走來走去，沒有一個安適的方法。看到周圍不安的面孔，看到那失了生活常態的情狀，一顆心也不期然地沉重起來了。

壓在我心上的始終是一件事情：兩日來它使我陷入躊躇不決的痛苦之中。一方面知道局面的惡劣，一方面卻又不能斷然地處置我應該捨棄的東西。我是在矛盾中作著無望的拖延，這便使得母親不斷地催促著：「你還不趕快燒掉你的東西，等什麼呵！萬一日本鬼一下來到……」

我明白這警告所涵的恐怖意味，但是等什麼？我不知道。我只知道在最後的時辰來到之前，我還缺少那一種斷然處置的力量。

我太愛惜我的心血了，這是由於我對於自己的工作曾經那麼認真過來；只要是從自己底筆尖寫下來的，一句話，一個字眼，我都注進過那麼多的思維，那麼多的心力。我明白自己的工作成績並不好，然而我珍重它，卻有著我個人的意義；因此當我離開那在轟炸目標的住處，避居到比較安全的地方去的時候，成為我主要行李的只是一個沉重的包裹。那裏面塞著我自己的一本小書，一本編好了準備付印的散文集，和幾十篇三、四年間寫下的雜文；此外，是十多本包括了十三年生活紀錄的日記。這裏面刻劃著一個青春生命的全部歷程。我愛惜我的生命，自然也愛惜這些代表我一部分生命的東西。我縱然會想到在一個危險的圈子裏，儘管走到任何角落都逃不開災難的範圍，而我卻仍舊把它們帶在身邊，讓它們跟著我到任何我所能到的地方去。

屬於作品的書和稿件，我縱使有機會也不能照樣重寫一遍，但究竟是做出來的東西；在觀念上，我的愛也總還有個程度。對於日記，我的珍惜觀念卻是無可比擬的！十三年是多麼悠長的歲月，在我自己，又是多麼曲折的一段生命的行程！生活的折磨，和伴隨著這折磨的許多青春的美夢，都以眼淚和歡笑構成了我

生命中不和諧的畫景。我的十多本日記，大半是刻劃著我這一段生涯的紀錄和掙扎的心聲。

雖然這些日記不一定具有什麼危險性，然而在正義的光隱晦了的日子，沒有理性的野獸正在橫行的時候，只要是文件，便是個人生命的贅疣。我沒有憑藉可以希望人與物都能共同度過這個血的年代！

而時辰也終於來到了！

下午兩點鐘左右，一個屋裏的人因為想冒險到油麻地去買些食糧，中途折了回來。他帶回不尋常的消息：外邊已經開始混亂了，窩打老道的火車橋附近劫匪刺死了行人，日本兵已經進到青山道⋯⋯

屋內立即緊張起來了，好像什麼惡運已經臨頭。混亂的空氣在屋內展開了。

老人家在發抖，姊姊在傾箱倒篋的找尋「危險性」的東西，撕毀著書信和文件。孩子們也奉了緊急命令，分頭從他們的書包裏、牆角裏，翻尋他們的有「抗日」意味的教科書，習字簿和自由畫。字紙在地面堆成一個小丘，孩子們輪流地把它們搬進廚房的火爐裏去。

在家人的惶急的催促下，我再也不能遲疑了。我立即挽出我的沉重的包裹，解開來，把我的稿本和日記全部倒在地上。憤恨和絕望的情緒支配了我，我差不多用了瘋狂的一種意志把它們一本一本的撕毀，讓孩子們一堆一堆的搬到火爐裏去，我沒有勇氣向它們多看一眼。

應該毀掉的全都毀掉了。我好像經歷了一場搏鬥，惘然地在靠近廚房門口的一張籐椅裏坐下，捧住額頭。從一股白煙裏嗅到紙焦的氣味，胸口裏感到一陣無可形容的難過，我才醒覺到剛才不是撕毀我的文件——而是撕毀我的心，眼淚忍不住落下來了。

孤城的末夜

本文原刊《華僑日報・僑樂村》，
1946 年 10 月 6 日，第 5 版。

薄暮的天氣是陰暗而又寒冷，整個城市蒙上了灰色的面幕。街道上是一片靜寂，靜寂得叫人恐怖，好像一個突然絕滅了人煙的荒城。至少，生活在這城市的人，從來沒有看見過比這個薄暮更蕭條，更愁慘，更淒涼的景象。點綴著這景象的，只有滿街滿巷丟棄著的東西：那是撕了封面的書籍，四分五裂的畫報，書

頁，刊物的封面，和種種色色的紙碎；隨了晚風輕輕的飄動。

沒有一個衣裳整潔的行人；只有一些穿黑衫的，蓬頭赤足的，一連串一連串地，從街口從家屋的門外，來來往往的走過。每個人手上都拿了一件東西：鐵棒，短劍，菜刀——準備發財的工具。

一兩輛公共汽車拋棄在馬路邊，司機不知道什麼時候跑了。兩三隻失了主人的西洋狗，在車輛旁邊嗅著，逡巡著。

到處是死氣沉沉地。

一切僥倖的希望都斷絕，整個城市的命運完全定了。暮色愈是陰暗下去，人的心也愈是往下沉。把它們墜向無底深淵的，是一股極度不安的情緒，而這情緒又那麼複雜。誰也不知道日軍什麼時候進來，卻是什麼時候都可能進來；誰也不知道那些獸兵進來了將會怎樣，卻是誰也能夠想像到將會怎樣。關於他們的暴行故事聽得太多了，現在是到了面對著暴行的時候了！此外還有一種謠言，說是有部分英軍據守著九龍的山頭，沒有撤退；他們是準備在這區域對日軍作一最後的打擊。日軍所以遲遲沒有進城，也許是防備自己會中伏。如果這傳說是事實，則日軍進來時，說不定雙方會發生巷戰。而退守到香港那邊去的英軍，也可能隔海向九龍發炮。這一切事情的發生說不定就在這個夜間。

然而罩在人們心上的一個最濃厚的陰影，卻是老早有了消息而現在已接近眼前的災難。——任何幻想和謠言都比不上這災難的現實；因為那些「黑衫隊」已經開始一連串一連串地出發了。

由於那陰影的逐漸擴大，屋裏的情形比較街外死氣沉沉的景象是截然相反的。每個有家的人都回到家裏，彷彿家便是人們最後的避難所。每一間樓房裏都展開了一種愁慘的熱鬧，一種緊張的紛擾……

男人們在整理門戶和窗子；用鐵絲，用繩索，把關鍵地方縛得牢牢；有些人在磨著菜刀和別的利器，把所有可以作武器使用的東西找尋出來。年青女郎們脫下了旗袍和飾物，換上了短衣長褲，帶著埋怨理髮匠的心情用梳子抓著鬈曲的頭髮，很困難地束起來結一隻髻子。好像誰能夠在最短促的時間化妝得成功，誰就有希望逃脫厄運。中年婦人們忙著把鈔票和金飾塞進衣服的縫口裏，衣領裏，或是孩子們的身上；或是埋在香爐灰中，鏡框裏面，和別的自以為安全的不被注意的地方。老人家呢，把命運寄託神明；她們跪在菩薩座前，不斷的叩頭和上香；或是在屋內張惶的走來走去，嘴裏喃喃著經文，手上急急轉動著念珠。她們不是

祈求降福，而是祈求神明賜予「免災」的庇佑！

家家在作著同樣的準備——準備迎接那必然要來的暴風雨。

夜來了，可怕的時辰到了！

大地彷彿蠕動起來，把半日來凝結著的死氣簸碎，開始從各處迸出了單調的卻又雜亂的聲音，這聲音帶著傳染性普遍地展開來；隨了空氣像電一樣震動著人的神經，叫人的心感到收縮。

屋內是混亂著，屋外更是混亂著。大規模的劫掠在進行了！這種劫掠是有組織的行動，也有無組織的。事實上在這沒有了政府沒有了法律的時候，罪惡脫離了束縛，道德觀念為機會思想蒙蔽：只要有一把刀（或別的利器）有膽量，誰都可以有個好運道。他們以幾個人結合的集團為單位，分頭進行他們的勾當。本來是有計劃和有固定對象的，這時候卻因為投機分子多起來而形成了無所選擇；於是整個城市，每一街每一道，都成了他們的目標範圍。幾乎沒有一店，沒有一家，能夠倖免同一的災難。除了關在屋裏的人，成街成巷都是劫匪。他們叫囂著，呼喝著，挨次闖進每一個門口；把利器威脅著屋內的「羔羊」，無所忌憚地搬取一切財物。滿載而去的時候，他們高呼著一致的口號：

「勝利！」

口號的叫喊震撼著夜空，也震撼著整個城市，叫人感到戰慄。沒有輪到份的耽心「他們」來到；已經被劫掠過的，又耽心另一隊「他們」接續到來。有些人家，遭劫的次數在三次或五次以上；什麼都被搶盡了，只餘下滿眶淚水！

可以形容這種情狀的只有兩個字：洗劫！因為難得有人能夠從那劫運中漏出來。有的人家，由於門鍵縛得穩固，不肯向敲門的匪徒屈服，可是轉瞬之間，樓梯就燃起熊熊大火，火油氣味夾著濃煙直冒起來，幾層樓房陷在火中了。無路可逃的人悲慘地叫喊著，從三樓或四樓上面向街跳下來，跌斷了手臂，跌斷了腿骨。有些人，不肯給劫匪開門而終於給打破了門閫進去，結果就死在劫匪的刀尖之下。

空氣裏，整夜震盪著威脅的吆喝聲，重重的打門聲，猛烈的格鬥聲，女人的尖叫聲，搬動器物聲，洶湧的口號聲和槍聲；混成一片而又延綿不斷……

這樣的現象繼續著，整個城市罩在恐怖氛圍之中。

夜是這麼長，什麼時候才天明呢？

淪陷

本文原題〈舊憶一頁〉，原刊《華僑日報・文藝周刊》，1947 年 11 月 7 日，第 3 張第 3 頁。

十二月十二日，市面完全變了樣子。到處都如天色一樣滿佈著愁雲。經過一夜搶掠的浩劫以後，整個城市有如一匹負傷的巨獸，寂寂地躺在地面，連一聲痛苦的呻吟也發不出來；只有繼續地戰慄：因為牠的損傷還不曾停止。幾乎到了天明才作一個段落的大劫掠，到了早飯時分又繼續進行了。

我們又開始聽到街上的騷動。於是一切在這樣的時候所有的聲音又清楚的聽到了。吆喝，打門，尖叫……有如開動的留聲機唱盤似地到處傳出來。街道上，飄揚著劫匪們商議向某家下手的聲音。有些劫匪站在街心，高叫著某號某樓要給他們打開門，好像一個人回來自己家裏拿什麼東西一樣隨便。有些則把別人的私家汽車劫到了，就駕著那輛汽車挨戶地停在門前，把劫到的東西堆到車上載走。

我們在陽台上看著這一切活動的進行，也在等待著厄運的臨頭。但是我們卻獲得意外的幸運。不知道是劫匪的疏忽還是他們已滿足自己的收穫，有幾家住宅竟在他們手下遺漏了。我們的住宅就在這裏邊。

到了下午，搶劫漸漸減少下去而至於停止，好像湧過一個巨浪一樣，一切又歸於平靜。——但卻是劫後的平靜，另一巨浪湧到之前的平靜。

街上已經沒有人跡。到處丟棄著許多零碎的東西，那是被劫掠了又給拋棄了的一些不值錢的傢具什物。此外是滿街滿巷飄揚著的字紙，書報的殘頁；都是來不及燒毀而臨時撕破拋出來的。

只有「死氣」二字可以形容這個景象！一種難耐的感覺爬上人的心了。什麼事情已經來著了呢？

在室內，卻又是另一種情景。我和姊姊在繼續翻尋應該燒毀的東西：都是日記和成箱成篋的舊信。雖然在局面緊張的時刻，卻也擺脫不了平日的習慣，在無論把什麼文件毀滅之前，總愛看看內容才舒服。尤其是在這一切的東西要來一個總毀滅的時候，更有一種不能自已的感情。對著這些珍惜地積存下來的文件，想像融化於一個狹小世界之中，那裏保留著我們過去生命的哀愁和歡樂；我們簡直遺忘了已展開在周圍的可痛恨底現實。然而這滋味卻不能持久。因為當我們想起這些可愛的日記和舊信，化了許多年月積存下來的，立即便要化為灰燼，我們就

忘不了那迫使我們這樣做的是什麼;我們只好加緊的把它們送進火裏去,而那燃燒著文件的火,同時也燃燒著我們的憤恨!

四點鐘左右,二房東丁君由陽台回進屋裏報告:日軍已經進城了!雖然這是意料中的事,可是突然聽到消息,卻也叫人感著震動。我們走出陽台去探望,女人們懷了恐怖多於好奇的心理,躡足跟在後頭。

街上靜寂得連一隻狗也看不到了。全街樓房的陽台外,幾乎都像晾了衣服似地豎出一列太陽旗。這些旗都是臨時製造的,在一張裁成方形的白布或白紙的兩面,貼上紅紙或塗上紅水。從那並不渾圓的紅日顯示出來,它們的完成是多麼匆促,也顯示著這「歡迎」的表示決不是出於誠意;而在無助的絕境中,希望藉此緩和日軍的兇焰底用心,又是怎樣地無可奈何!

這景象是多麼不自然,多麼刺激呵!

「真也有這麼樣的日子了麼?」這樣自己問著的時候,已不能自禁地湧出激動的眼淚。我把視線移向街口去,那裏已經有一個面貌猙獰的日本兵在站崗。

九龍淪陷了!

生死線

本文原刊《星島日報》,1946 年 4 月 28 至 30 日,第 4 版。

掛著「華南電影界救濟會」牌子的一間狹小屋子裏擠滿了人,有男的也有女的。這些所謂斯文人平日根本就不知道米價,有些幾乎也不曾意識到過人該要吃飯才能生活。現在,卻為著比市價較為低一點價錢的幾斤「救濟米」在那裏喧鬧著。

每一個人在分量的分配和次序的先後上都想佔些便宜。因為這樣的機會是不常有的;必須「救濟會」向日寇的糧食配給機關交涉到米,給電影界從業員發出通知,才能夠碰到一次;卻沒有一個固定距離的時間。而他(她)們都是從那因為步行而顯得相當遙遠的四方八面的住處來的。路上隨時會戒嚴,又得防備那些飢餓分子的搶掠,誰都希望迅速量到米,就和同一地方來的同伴一齊走。

在包圍著寫字枱的人堆中間,向「救濟會」主持人付過了錢,登記了名字,把購米證給他劃一格符號,這手續在費了相當時間以後終於辦妥了。把布袋給他們量進了米,我會齊了同來的朋友準備回去。我們一共是四個人。

橫在「救濟會」前面的是譚公道，日寇的「禁區」。「救濟會」背面的北帝街是通行的道路。「禁區」照例在街的兩頭攔著鐵絲網，豎起一塊小木牌：「通行禁止，違者槍殺」。然而這只有日本人自己明白，有好些所謂「禁區」的，在解禁以後木牌卻不跟著除去，跟鐵絲網一同躺在地面；不知道誰做了第一個冒險家以後，就有許多行人放心地在那上面踏來踏去。相反的情形，有些地方簡直沒有鐵絲網和木牌，也可能是「禁區」的了。這對於不知底細的人簡直是陷阱。

　　而譚公道是沒有鐵絲網的，小木牌也不知道豎在什麼地方。

　　但是由於觀念和習慣，我們每次都是沿著北帝街走，照例是轉進一條屋背的小巷，由「救濟會」的後門進出的。

　　當四個人把米袋揹起來之後，站近前門的徐，毫不思索地一手拉開了門就大步踏出去。徐是代表一位女演員第一次來買米的，因為是鄭的親戚關係才一道來，我並不認識他。我察覺到他的糊塗，卻因為同伴中的鄭和陽都已跟了他去，自己的腳步也就不期然地跟在後頭；口裏卻不住地向鄭叫著：

　　「喂，這條路是走不得的呀！」

　　因為徐走得太快，鄭顧不得回答我，只是急急趕上前去問他：

　　「徐，等一等，這條路是通行的麼？」

　　「剛才有人從這裏出去過。」

　　徐很自信地應著，已經走出門外的「騎樓」底下。在匆促中簡直沒有清楚地考慮的餘裕工夫，我們彷彿受了催眠似地跟上去。向前一望，看見在徐的前頭大約十步左右也有一個人若無事然地走著，也許這條街道也和別的「禁區」一樣無聲無息地解禁了罷？我這麼想著的時候，我們已經走盡了「騎樓」底的末端，踏出橫貫譚公道和北帝街的一條通道中間了。正要繼續前行的時候，突然什麼地方飛來了叱喝的聲音：

　　「Hoo！Hoo！」

　　一聽到這野獸似的怪叫，我立即醒覺了這是什麼，向通道的另一頭望過去：兩個提了步槍的日本兵，拖著沉重的皮靴聲向我們飛跑過來。顯然是我們在通道口的出現被發見了。軍褸在寒風裏飄揚著，垂在頸背的帽沿也飄揚著；兩枝槍頭的刺刀閃著直線的兇光。這是兩個躲在通道末端期待著行人踏入陷阱的站崗兵。

　　「糟糕了，鄭，我早說這條路是走不得的！」

　　「徐，你闖禍了！自作聰明，領我們走這條路；我早就提醒你……」

鄭的聲音抖得說不下去。徐沉默著不知道怎樣的好。大家都知道再動一動是不可能的，只好站住聽候不可思議的命運安排。

日本兵已經跑到跟前來了。一個是長身材的，一個是矮的；戴著眼鏡。兩張面孔都是一副兇狠的神氣。長身材的向那個走在我們前頭的路人追前去，那傢伙似乎還不知道出了事情，仍舊若無其事地走著。矮的一個提起槍桿來，挨次向我們四個人的腿部打了一槍柄。然後把槍柄垂直地朝地面重重的樁了幾下。我們就會意地把揹著的米袋放下來。四個人並排地站立著，聽他手指腳劃地咭咭格格著一連串的話。我們聽不懂是他最失望的事；但是卻明白他的意思是說這條路是不通行的。驚惶中的鄭，一面夢囈似的怨咒著徐，一面用了不清楚的聲音連續應著：「Yes Yes。」

然而這認罪式的順承並沒有用處。那個矮兵的腳尖正向著徐不住地踢著。陽倔強的望著他，也挨了幾下。我還幸運，也許我一直是沉默，不曾用什麼表示去惹他。並不是我比他們鎮定，而是我知道表示什麼都沒有用處。事實上，在這樣的情形下說沒有感覺是騙人的話；只是縱然心裏充滿了憤火又有什麼方法呢？我們是手無寸鐵，而面對著的是：步槍、刺刀、短劍，和一副獸性！

我們被交給了一個在街上巡邏的「自衛團」員監視著，那個矮兵便匆匆的離開去。於是我們看見前頭已經開演了的慘劇。

那個長身材的日本兵正在挽著那走在我們前面的人的衣領，全身舉起來向地上摔下去，像摔著一張塵封的破棉被。那個人痛苦得完全失去活動的能力，只是無助地忍受著一切。直到那劊子手給另一件事情分了心，才得到舒一口氣的機會。因為在這時候，五十碼外的前頭又有三個人迎面闖進這陷阱地段來了。長身材的日本兵停止他進行中的酷刑，高聲的叱喝著。那幾個知道碰了釘子的人掉頭就向後跑。日本兵立即迫迫拍拍的扳起槍來，跪下去作瞄準射擊的姿勢。監視我們的自衛團員急急叫住了他們，日本兵招手要他們走前來，在每個人的面上打了幾個巴掌，才揮手叫他們走。

看到這一切的情形我們惶惑極了。我們知道平日走過街道不向站崗兵彎腰的行人，至少要挨幾個巴掌，或在街上跪幾個鐘頭；而我們除了那一個比較起來算是尋常的槍柄，竟什麼也沒有遭受著，實在是一個可怕的意外。我們不敢相信一套可作斯文人標記的洋服可能緩和日本兵的獸性，——不是隨時可以看見穿了洋服的人，在街上被處以高舉一盆水而又加上石頭的刑罰麼？但是他們既不給我們

以一種最普通的待遇，則那不普通的待遇是值得思索了。我們必須把自己從危險中挽救出來。於是我趁勢向身旁的自衛團員說：

「朋友，煩勞你立即到救濟會裏請 × 先生出來！」

但是那個傢伙卻不肯替我們效勞。他說日本兵的脾氣是奇特的，你越是找人同他講道理越是糟糕。

「那麼，我們站到什麼時候呢？」

「站到他們高興釋放你的時候，自然釋放你。」

我不相信事情會這麼簡單。我問他：有沒有人從這條路走過，他們的遭遇怎樣。

「今天早上才槍決了兩個，就在這條路上。」

這回答使我們吃了一驚。這傢伙太可惡，他剛剛說過我們有希望釋放的，此刻卻說出這麼嚴重的刑罰，而他又顯出那麼不在乎的神氣，這使我不能不再提出剛才的要求，——請他替我們通知 × 先生。也許 × 先生能給我們一點援助。

但是那傢伙仍舊不肯動一動；理由是：他給指定了看守我們，不能離開。而那個矮兵又不知道到哪裏去了。

沒有辦法，我們的命運好像定了；正如溺在大海裏的人，連一根水草都抓不到。

前面呢，又表演著新的一幕。長身材的日本兵又回到剛才中止了的「遊戲」（我沒有適合的字眼可以形容）：他提起了刺刀向著對方的膝蓋作著要刺過去的動作。那個可憐的人害怕得佝僂著身子，下意識地用兩隻發抖的手想去擋開那相距不到一寸的刺刀尖，可是又不敢碰到它。他只能夠團團地轉著，閃避著。刺刀尖仍舊不放鬆地追逐著他。這情景，恰如一隻貓在玩弄著一隻絕望的小鼠沒有兩樣。只要還有點血氣的人看到了都會生起這樣一個思想：如果自己手上也有一枝槍……

也許已經玩得夠了，那個日本兵讓那失魂失魄的「羔羊」站在那裏。他突然走回來我們站立的地方，開始對我們作一頓演說：咭咭格格地，說得比那個矮兵還兇狠。除了話裏邊聽出了「大日本」「大日本」這字眼，我們完全不知道他在講什麼，只看到他的神氣越來越是激昂；配合著他的演說，他突然提起槍來，辟辟拍拍地拉開了槍膛，一手打開腰帶的皮包掏出子彈塞進去，便扳著槍機把槍口向住我們。

「我們完了！」這個思想在我的腦子裏一閃。

「轟！」的一聲，槍口冒出一朵火光，子彈射到天空去了。我們的心在緊張中鬆了一下。這一槍的作用，是在使我們明白他那一番演說的意思：走進這段路線是要槍殺的。我們還有一個等待安排的不可知的命運！

這時候，那個起先離開我們的矮兵，在我們剛才被發現的通道口邊轉出來了，旁邊伴著我們正苦於沒法通到消息的 × 君。（事後才知道那個矮兵是到電影界救濟會裏去打電話，向「上峰」請示處置我們的辦法；同時 × 君也接得別人的報告知道我們的遭遇。）他用著誠懇的態度同那手指腳劃的矮兵商量地說話，向著我們這邊走來。一線希望似乎抓住了！可是也不能放心，那個矮兵沒有半點緩和的神氣，而且固執著原來的強硬態度；顯然是不肯接納 × 君的保釋我們的要求。末了，× 君只好指住「報導部」的臂章說：

「請看在我的份上原諒他們。我是和報導部熟識的。」

× 君是電影界救濟會的負責人，為了隨時要為電影界從業員向日寇交涉必需的糧食，他和報導部發生事務上的關係。他希望利用這點關係的提起，對於營救我們的進行有所幫助。卻沒有想到日本人的內部也有不調和底情形的。

聽了「報導部」，那矮兵以一種不屑的神氣舉手在鼻子前面一掃。這一掃把我們全部希望都掃光了。顯然他的某種決定不肯為任何理由所動搖。但是 × 君不肯放棄他的努力。他在日本兵所能理解的語言範圍內運用了他所能說的一切。他說我們四個都是電影公司的職員，我們因為不知道這是禁區而犯了錯誤；我們並沒有什麼不合法的意圖。

矮兵向我們要證據。我們把購米證取出來。兩個傢伙把證件詳細的看一遍；又從新向我們打量一番。把購米證交回我們之後，矮兵向 × 先生豎出一隻食指。

原來矮兵檢查證件的目的，是要個別看看我們每個人的家庭有多少人口（救濟米是按家庭人口配售的）；而豎起一隻食指，是表示至少得留下一個人——槍殺！

× 先生不答應，他繼續商量著，要求著。但矮兵的食指不肯收回去，口裏不斷地說著：

「一個！一個！」

事情已經到絕望的邊緣了。我們的心又緊張了起來。但是有什麼辦法呢？× 先生的言語已經缺少了能力。在窘迫中，他從衣袋裏抽出一個信封和一枝鉛

筆，在信封背面寫出下面的幾個字：「他們是良民。」在字句外面畫了一個圈子，遞給兩個傢伙看，並且補充地說一句：

「我敢保證！」

兩個傢伙一面看信封的字，一面互相商量了幾句話；末了，似乎彼此都表示同意。於是矮兵向我們揮一揮手：是「走罷！」的意思。我們才挽起自己的米袋來，繼續走我們的路。演了一個多鐘頭而幾乎以生命作代價的驚險戲劇，這一刻間才結束了。我們仍舊耽心著背面突然有顆子彈射過來。幸而沒有。

是千言萬語抵不上一個「良民」的字眼，還是日本兵的性格之不容易捉摸呢？這是我們理解以外的事。該慶幸的是我們自己的「運氣」：事後從 × 先生那裏知道，那矮兵去打電話向「上峰」請示處置辦法時，所得的答覆是「看情形辦理」。我想，假如接電話的傢伙恰在心境不快的時候，隨便回答一句「槍殺」，那我們不是已經完了麼？而我現在也不會有機會寫這一篇文章了。

至於那個仍舊站在另一邊的我們的「同路人」呢？我只能在渺茫的希望中祝福他！

橫禍

本文原題〈錢包〉，原刊《華僑日報·文藝周刊》，1947 年 9 月 28 日，第 2 張第 3 頁。

天氣寒冷而又挨近日暮。

在尖沙咀半島酒店對面的一個車站上，一輛等待已久的巴士開到了；下車與上車的幾百個乘客交織著混成了激湧的人潮。我用了差不多是搏鬥的氣力衝破了人潮擠進車裏，而且在不容選擇的情形下佔到一個擠迫的座位。

日寇佔領下的香港，社會秩序完全破壞了；就是平日最「紳士化」的天星渡船和九龍巴士，都變成了混亂的場合。沒有必要原因的人，誰都情願走路，而不願意吃那從巴士的車窗鑽進去爭一點立足的苦。

我穿著臃腫的大衣，一手挽著一袋別人託我由香港帶回九龍來的米；另一手拿著兩本書——是從一個回國去的朋友留下來的許多書中揀出來的。雖然自己也決定要走了，而且自己的藏書也在賤賣中了，可是看到愜意的書，又禁不住帶回來一兩本。這樣累贅的一身，竟然也佔到一個座位，我在慶幸著我的運氣。買了車票，除了希望這輛巴士順利地（至少不要在中途受到戒嚴之類的騷擾）把我

載到目的地，我什麼都沒有想起。

但是當車走了兩個站，我聽到一個女人因為趁錯了車和賣票員發生爭執。她埋怨賣票員事前不通知一聲這輛車是往哪裏去的。我不期然地私下裏看看自己手上捏住的車票：糟了，票孔分明打在「深水埗」的一格裏。我底目的地是九龍城。顯然我也和那女人一樣糊塗。費了那麼大的氣力才擠上了車，開行了才知道一番氣力完全白費。我感到十分倒霉。但是已經沒有辦法。我只好決定讓它走到兩條路線的分岔點時下車，再作打算。而達到那分岔點還可以坐上好幾個站。

巴士經過九龍健康院的時候，跳上來了一個日本軍官和兩個日本兵，從人叢中間擠進了車心站立著。凡有日本官兵混雜的場合，誰都有著呼吸也不自然的一種感覺。除了賣票員在人叢中發出來的「買票！買票！」的單調聲音，全車都沉默了。

當賣票員出現在那日本軍官身旁的時候，一陣騷動忽然在那裏發生起來。那軍官咭咭格格地吵著，暴跳著。同時車裏的鈴聲也連續地發出緊急的停車記號。全車的人都給驚動了。

「什麼事情發生了呢？」有人這樣問出來。

「失去了錢包！」

這一句說明使全車空氣驟然緊張了，因為失主就是那個日本軍官！他仍舊在那裏暴躁地吵著，一面在激動地把自己的衣袋搜來搜去。站近他左右的人們都盡可能地閃開了身子，全車人的注意都集中在他的身上，全車人的心都恐懼著在收縮。憑經驗，誰都明白在淪陷區裏，日本人即使失落一根頭髮，也可能發展得多麼嚴重，何況錢包！

巴士在紛擾中停了下來。日本軍官牽了一個士兵一同落下去，站在車門外面，要把全車的乘客個別檢查。怨咒聲音低低地從四方八面迸出來了。因為縱使能夠檢查出來，這失竊案可以「責有攸歸」，至少也誤了不少時間。萬一來一次日本人的慣技「共同負責」呢，不是夠麻煩的事麼？如果根本尋不出來，事情是更不堪設想了。誰都忘不了這故事的記憶：一個扒手在巴士裏給發現了，巴士被命令著開到憲兵部去，把全車的乘客「灌水」！

最先被叫下去的，是在車上和那軍官貼身站立的一個穿著大衣的青年。日本軍官把他全身檢查一遍，並沒有他失落的錢包。但是還得站住不許走動。於是第二，第三，第四個依次被叫下去受檢查，仍舊沒有結果。看樣子快要輪到我了！

我所擔心的不是檢查，而是我手上帶有兩本書，是知識分子的標記；在那個時候，這是有所顧忌的。而日本人又慣於不憚煩節外生枝。我沒有忘記渡海時是設法閃避了碼頭上的檢查難關的，此刻假如發生麻煩，不是活該倒霉麼？

但是當我那樣想著的時候，留在車上的那個日本兵咕咕格格的叫起來了。他發覺那個錢包就躺在那軍官所站立過的地方，顯然是因為人走空了而現出來的。那個士兵把錢包拿上手，一面報告一面向車外的軍官凌空揮著，遞了出去。全車的緊張局面立即鬆弛下來了。

不管這錢包是因為人太擠擁而不知怎的自動掉下，還是因為別的什麼原因掉下了的，這件公案也該完結了罷？然而並不！那日本軍官深恨他的失物不是從乘客的身上搜出來；他不滿意這麼一種解決方式。當那穿大衣的青年正要跟隨那些同樣受過檢查的乘客回進車裏的時候，他的臂膀被抓住了，隨即是急雨一般的巴掌落在他的面上。那青年張惶得面色發青，他找不到這橫禍是從何而來的答案。開車的鈴聲響起來，那青年已經沒有勇氣回進車裏；他想走，可是不能，那日本軍官又拉住他的臂膀強硬地把他推進車中。軍官和士兵也回進車裏來。巴士又繼續前進。

誰能知道，這情形下面是隱藏著什麼不可知的下文呢？我在思索著怎樣脫離這個厄運。到了還差相當路程才到路線分岔點的油麻地站，趁巴士因為有人上車而暫停的機會，我立即從人叢中鑽隙跳下來。

巴士在繼續開動中，我在馬路上看到車窗裏的人堆中又起了波動，隨即有一個人在車上給推下來，像一隻輪子似的滾了幾下，便躺在馬路上寂然不動；滿面都是血跡。這是剛剛上車的那個新客。也許那輛巴士已成了載「囚犯」的專車；他是被賞光地給日本軍官推出來了。這橫禍是從何而來的呢？我想他是比那個穿大衣的青年更找不到答案；甚至跌死了，也不明白自己為什麼該這樣跌死！

我急急走我自己的路。我擔心我還要看見或者遭遇什麼莫名其妙的不幸：因為這已不是人間！

一九四二年秋寫於紫金縣下黃沙鄉

戰時・書與生活

本文原刊《開卷》第 6 期，1979 年
4 月，頁 136-138。其後收入《向水
屋筆語》。參考本書下冊〈重印《無
盡的愛》〉，頁 722。

「沒有文學的生活是死的生活。」

記不清楚是誰說過這樣一句話。我覺得不如把意義說得廣義一點：「沒有書的生活是死的生活。」這就較為切實一些。文學不一定每一個人都愛好，而讀書卻是人們普遍的趣味。對於這方面的體會，沒有比戰爭時期更深刻；因為我就是曾經在三年多的時間在「沒有書的生活」之中。雖然日子是一樣在工作、吃飯和睡眠的日程中打發著，仍舊深深地感到生活是缺了一個角的。

我常常慶幸自己是個文人。憑了自然成長的一點智慧，使我能夠去發掘一個無盡的寶藏，那是書的世界。它是那麼無私地、那麼富於理性又富於感情地，委身於每一個熱衷於它的人。有如宗教對於修士一樣，對書的熱衷是我的精神上的至高的慰藉，人生的至高的滿足。長期以來，書籍同我締結了深厚的感情。我也許會懊悔在人事中所虛耗了的許多精力，然而我決不會懊悔在書本上所消磨了的每一分時間。書籍對於我是這樣一個知己朋友：在消沉的時候它使我興奮起來，過分興奮的時候它使我平靜下去。它告訴我生命是什麼東西，一個人活下來就應該怎樣活下去。它永遠是象徵光明的沉默的伴侶！

我曾經有過一間小小的書室（其實只是個房間），我叫它作「靈魂的避難所」。在那裏，我有幾百本大半經自己的手裝幀過的書，沿住牆壁的低矮書架排成曲折的長列。當我在空閒中，或是心情落在一種無可排遣的苦悶境界的時刻，它們便成為我最可信賴的良友；我把一切不可言傳的心事付託給它們。對著它們，我可以整天——甚至整個月不跨出家門一步。在它們的身上，我可以忘記一切，甚至忘記自己。它們佔有了我，我佔有了它們。

但是太平洋戰爭爆發以後，炮火摧毀著物質與精神的宮殿。即使是一個人為靈魂的安適劃下來的圈子，也不能繼續存在。在恐怖的氣氛下，那個小小的書室不能庇護我的生命，我也不能維護它的尊嚴；我不能不忍痛離開它，讓它留落在過去的日子中了。

對於自己生活下來的地方，我是沒有什麼留戀的，使我掛心的東西只是我的書籍。我們是相依地度過那麼悠長的年月；在遠行的時候卻不能把它們帶在身

邊。為了減輕別人的負累，我把大部分的書籍賣掉了，只留下一小部分裝進一隻箱子，放在屋裏。我知道要想保存那隻箱子，比把一箱珍寶埋進海底更渺茫；然而要決絕地把剩下來的僅有的部分書籍捨棄，我可沒有支持那種刺激的能力。我像一個殘忍的母親丟下她的孤零的兒女一般，踏上流亡的路。

在那個時候之前，碰到由內地來的人說起戰時的物質生活如何困苦，往往用了慚愧的心情去聽，覺得自己在都市的日子過得不算太好，卻也應該滿足的了。假如自己到內地過活，一定會過不下去的罷？但是到了實踐的時候，我卻驕傲地證明自己以前想像的錯誤。我不但有資格接受困苦，而且更以能夠忍受那種困苦為榮。但是我不能夠說沒有痛苦；這痛苦與其說是物質上的，不如說是精神上的：最主要的是缺乏了書！

我所停留的地方，是個文化低落的窮鄉，除了山和一條水，就不能多看到一些什麼。要不是隔日有個郵務員把報紙帶來，簡直不知道人是生活在怎樣的世界裏，而這個世界又變化成怎樣。雖然有個墟市，可是三日一度墟期的熱潮，卻溫暖不了這個破落的小地方。這個小地方連一間店子也幾乎養不起的，還能夠希望養得起一間書店麼？而我便在這樣的環境裏生活著。

因為感到教育工作在抗日時期還不致於沒有意思，同時也希望利用這種安靜機會寫一點自己喜歡寫的東西，我便在不習慣之中習慣下來。但是沒法習慣的是生活裏沒有書。想起在離開淪陷區之前，把自己的藏書論斤計值幾乎也沒有人肯要，便覺得世界上沒有比這個更矛盾的事了！

在這樣的情形下，最高興的是有一次，在一位知識分子的年青商人那裏，意外地借到幾本舊書。據說是他的在大學唸書的兄弟讀後寄回他的。這在我真有如獲至寶之感。那些書中有一本是意大利作家亞米契斯的《愛的教育》中譯本。這本書在多年前已經讀過，這一次又從頭讀一遍，再流一次感動的眼淚。

還有更高興的，是離亂中隔絕了消息而終於取得聯絡的朋友，從通信中知道我的苦悶，便間中盡可能給我寄一、二本新書來。戰時物資缺乏，出版物都用粗糙的土製紙張印刷的，字粒和油墨都不好，版面一片模糊，看起來很是吃力。但我還是貪婪地讀下去，為的是這些書得來不易。而這種「享受」是沒有保障的，多變的戰局使朋友的行蹤不定，或是郵政發生窒礙，常常使彼此再失去聯絡，因而我多半又落在「死的生活」之中。

但是儘管如此，我還是讀到了一些好書的。其中使我忘不了的，有羅曼羅蘭

著、梁宗岱譯的《歌德與悲多汶》；拉馬爾丁著、陸蠡譯的《葛萊齊拉》；一本似乎是選自卞之琳所譯的《阿左林散文集》；一本忘記了作者名字的蘇聯人寫的《鼓風爐旁四十年》；一本選輯歐美近代名人書信編印的《珠璣集》。此外，還有一本大戰時期出版、出自一位捷克作家手筆的小說《楚囚》中譯本。這本小說的內容是描寫希特拉控制下的捷克，一個參加地下活動反抗納粹統治的愛國女子，怎樣機智地從事鬥爭而勇敢地犧牲的動人故事。我在這裏特別提起這本小說，並非僅僅因為它曾經感動了我，主要的是在於它給了我啟發，給了我以創作的衝動：使我塑造了一個葡萄牙女子亞莉安娜的形象，從而寫成了以日軍攻陷後的香港作背景的中篇小說——《無盡的愛》。

《黑麗拉》序

本文原收錄於侶倫：《黑麗拉》（上海、香港：中國圖書出版公司，1941年），其後收入《向水屋筆語》。

好些年來，我學習地寫過好幾篇小說，由於興致或是一種感念。但是我很少有過要把作品印成集子的念頭；為的是恐怕要後悔。我不敢因為作品的幼稚歸咎於自己的年齡；而事實上，精神與心力都不健康；我只能夠寫出很小範圍內的一些東西。而這些東西又是距離自己有勇氣重讀的日子還遠。

然而這本書的付印，卻為了卸下心頭一個負擔。

有過一個時期，在一種無可奈何的情形下，我的筆幾乎是為忘記痛苦而提起來的。為著滿足一個不自由的遠方人底期望，也為著一個約言，我努力地寫著。因為心緒的關係，行文上就常常被過分濃重的感情所支配。這樣無聊的東西，雖然據我知道，也為一些人喜愛著，在我卻覺得是罪過的事情。可是自己又沒有方法能夠遏止。人生的確不如人所想像的那麼好：我的努力在個人雖然不算白費，然而一個約言卻成了虛願。在我還沒有機會把我的薄弱的成績讓這個人看見的時候，這個人就匆匆撇下一切，躺到另一個世界去了！

對於這個人的死，我只好以一本書來作紀念碑。這裏所輯起來的小說，便是那時期所寫的作品中，題材和筆調都較為一致的幾篇。讀著這裏面的每一頁，我的眼前都會湧現起來那些灰暗的日子，和一副長者一般的姿容。但是當我有了新的故事題材的時候，那「寫起來，寫起來！」的聲音，卻不能再聽到了！

這本集子輯好的時候，恰是民族抗戰爆發，個人的心境也變了樣；於是出版計劃便與稿子一同擱下了三年。現在，趁一個偶然的機會，我終於把它付印，算是了卻一個私願。在烽火連天的時候，這本小書的出現是很不和諧的，然而為了上面一點個人的意義，我原諒自己了。

感謝儉超康丹兩先生，因為他們的鼓勵與幫忙，使這本小書有出版的機會。

一九四一年七月。香港。

《無盡的愛》前記

本文原收錄於侶倫：《無盡的愛》（香港：虹運出版社，1947 年），其後收入《向水屋筆語》。

這本小書所收的幾篇作品，除了首尾二篇之外，都是戰後回來香港的一年間，我的寫作的一部分。

我所最感痛苦的事，是始終不能把生活的擔子從筆桿上解脫下來；而被旁人認為最壞的固執脾氣，又不肯稍微遷就時尚，寫些迎合地方性的流行趣味的作品。但事實上自己還得靠現成的發表機會來補助生活，便只能在不致過於浪費筆墨的限度下，寫些還不致遭拒絕的題材。因此自己計劃中的作品沒有能夠寫出來，而寫出來的卻往往不是自己預備寫的東西。但是我不悲哀，也不氣餒，因為我還珍惜我底筆的。不過在這樣的情形下，這本集子只能有個淺薄和貧乏的內容，也是可能解釋的了。

〈銀霧〉是舊作，是因戰事散失的作品中僅能找回來的一篇；把它加入書末，除了使這本集子盡可能不太單薄之外，似乎還不致全無意思的。

此外，我要提起的是中篇〈無盡的愛〉。並不是說它寫得稱心，都是因為它劃下了我一個時期的生活記憶。那是在異鄉居留的期間，在一條美麗的小河邊，一間學校的狹小房子裏寫成的。在脫稿的深夜，我曾經在原稿上面寫下一個題記；我願意把它抄在這裏——

一九四四年六月，我用了大約三星期斷斷續續的課餘時間，寫成了這個小說。自從離開了淪陷的香港回到自由區以後，兩年來我雖然也寫了一點文章，但是沒有寫過小說，這一篇的完成，可說是兩年中僅有的收穫。

在這個小說裏，我以日寇攻陷後的香港作背景，企圖表現一個愛與仇交織的鬥爭故事。在整個戰爭巨浪中，這只是一點波沫。然而就在這點意義上說，我的技巧也是失敗的。但是在寫作進行的時候我很愉快，寫好的時候也很愉快；我自信在這裏面總算說出了一些東西。

寫這個小說的動機，原是打算寄到遠地去發表，換點錢來補助流亡中的生活。可是寫好的時候，恰值湘桂路戰事發生，郵政斷絕，無法如願。同一期間，盟軍卻在西歐方面大規模登陸成功，全世界擁護正義的人們都感到興

奮。這倒是這小說完成時一件可紀念的事。

為了這一點，我把這篇小說作這個集子的題名。

這本小書的出版，華秀峰、楊顯通兩君給予很多幫忙，一併致謝。

一九四七年十一月。記於香港。

《彩夢》前記

本文原收錄於侶倫：《彩夢》（香港：
香港太平洋圖書公司，1951 年），其
後收入《向水屋筆語》。

　　這幾篇小說本來不預備印成集子，只為了同出版人約好的另一本小說，因事不能如期完成，而出版社方面又等著要印一本我的書；因此我只好用個權宜辦法，拿這個現成的短篇集來暫時補缺。《彩夢》便是在這個理由下出版的。

　　對於一個作者，沒有比在生活的前提下執筆更痛苦的事。在我另一本集子的題記裏，我曾經說過這同樣意思的話。在這算是個人的第四本小說集上，我仍不免要說出這樣的話。因為這裏的幾篇東西，都是在同樣目的下，為著適應它們發表時的客觀情形底需要而寫出來的，說不上有什麼意義。雖然在三兩篇字數較為長些的作品中，我盡可能希望做到不讓自己的筆墨成為浪費。

　　我知道，我的讀者們要求於我的，是屬於帶有感傷意味的作品。也許我的氣質被認為比較適宜寫那種作品的緣故。然而這一點，卻往往引起對於我的作品還高興說些意見的批評家所詬病。我明瞭他們的善意；但我更明瞭的是我自己！在我還不會寫出不被詬病的東西之前，我只願沉默。

　　人生，一個「彩夢」而已，不過我知道該怎樣把夢做得好些。

　　　　　　　　　　　　　　　　　一九五一年八月。於九龍城。

《窮巷》後記

本文原收錄於侶倫:《窮巷》(下卷)(香港:文苑書店,1952年),其後收入《向水屋筆語》。

一九四八年夏季,我著手寫這部長篇小說,同時一面寫一面在一個報紙副刊上發表。一個月後,因為報館改組,人事上有了變動,而我的小說又不能在新編者所希望的短期間內全部刊完,我只好自動把它停止。

我是不能把寫作當作職業,而事實上又被迫著形成了職業的人;一部二十萬字的作品要一口氣的寫成,在我的生活狀態下是沒有可能的事。有許多為著生活而必須應付的事情,不斷地分去我的精力和時間;因此這部小說的寫作進行便時作時輟,甚至往往在長時期擱置之中。我在精神上所負擔的重量,簡直比負一筆債還要痛苦!但是,正如我從不肯在任何打擊之下氣餒一樣,我驕傲著我不曾放下要把它完成的決心,縱然它是失敗的。

現在,我終於寫到最後一個字了。

當這部小說接近完成的時候,恰值文苑書店創辦,需要出版一些新的作品。這部二十萬字的小說,便慶幸有印出來的機會。

在這部小說之前,我從未寫過長篇,我知道自己還缺乏這方面的才氣和魄力。而這部只是一個嘗試。因此我對這部作品不敢寄予怎樣大的希望;自然也沒有什麼大的目的。我只是本著平日的創作態度,去表現一些卑微的小人物的悲喜。也許題材和風格和我已往的作品有了不同的地方,這也只是一個忠於自己的作者自然發展的現象,原不值得怎樣驚異的罷?

時代在進展之中,許多事情都成為陳跡了。然而我相信,在地面的某種角落裏,像這裏所記錄著的社會事象,是依然存在的。因此,我毫不遲疑地讓這部作品面世了。

一九五二年一月。於香港。

關於我的書
——《侶倫小說散文集》前記

本文原收錄於侶倫：《侶倫小說散文集》（香港：星榮出版社，1953年），其後收入《向水屋筆語》。

　　星榮出版社主幹人黃日明先生向我表示：除了準備把我三本書重版發行以外，同時想把它們合訂為一冊「小說散文集」，以適應一部分讀者的興趣。據說，這三本集子在我的作品風格上較為一致，是適宜合訂成冊的。

　　出版人對於他的出版物自有支配的權力。我對於這種出於好意的計劃，自然沒有什麼意見。我知道這並非為了取巧而做的。因此，我願意在這部書的卷首寫上幾句話。

　　把小說和散文編印在一起，在性質上似乎不很調和。其實這只是表面的感覺。如果不囿於因襲觀念，而承認小說不外是散文的一種形式，則在意義上原也沒有什麼不統一之處。所謂「小說散文集」，嚴格地說是有語病的，不過由於一般的觀念把兩者形成有所區分，這本書的題名也只能讓它成立了。

　　說到作品的風格，這是讀者的客觀的看法，在作者自己，卻是很難說得清楚的事。如果這本書的內容有說得上一致的地方，我想大半還是基於感情較為濃重這一因素。其實在我所有的作品中，感情的因素差不多都存在著，——我一直不能夠擺脫那個羈絆，只在乎程度上的輕重；而這三本集子，也許表現得比較純粹而已！

　　在已經面世的幾本羞於見人的作品中，按程序說，《永久之歌》和《無盡的愛》是我最初的兩本集子；而給予讀者較為深刻印象的，似乎也是這兩本集子。從讀者們寫給我的信中，都給了我這麼一個概念。這概念使我慚愧！我明白，並非因為這些作品有什麼特異的地方，而是由於我和讀者們之間，有著偶然可以溝通的感情。我知道有好些人是含住眼淚來掩上我底書的。

　　叫人讀了流淚的作品未必就是好作品，而我寫下它們的時候也沒有這樣的意圖。我還記得，當《永久之歌》第三版出書之後，有過幾位天真的讀者憑了介紹來訪我。她們想從我方面知道：〈永久之歌〉這篇小說包涵的是什麼意義；好讓她們在讀書會裏討論時有所根據。這種精神和盛意使我非常感動。但抱歉的是我

不能滿足她們的願望。我承認我的作品是沒有什麼所謂意義的（至少是截至寫那兩本集子的期間）；也許讀者會從中發現一點什麼東西，那也是我把作品寫出以後的事，而不是我著筆之前的原始動機。正如我在《永久之歌》一書的初版序文裏所說：我是為了一種興致，一種感念，甚至為了忘記某種痛苦，因而企圖從筆墨中去滿足個人感情上的適意；此外並無其他目的。旁人對於我的作品怎樣看法，那是旁人的事，我只是對自己的感情盡著傳達的義務罷了。

由於我的創作態度是以個人的感念出發：感觸到什麼就寫什麼；因此常常在同一個時期內，我會寫出題材不同，甚至風格不同的小說。不過為著顧全集子內容的統一性，我習慣地愛把相近的題材歸類地輯在一起；這便使每本集子的內容或傾向往往有些不同。實際上，後一本集子裏的作品有些是與前一本同期寫的，同樣，前一本裏的作品有些是跟後一本同時期寫的，只為了遷就集子性質的和諧，便把本來的橫面在表面上形成了縱面的發展。在這情形下，假如斷章取義地，拿作品寫出或印出的時期，作為衡量我的思想的根據，即使不致錯誤，也不能算是準確的事。年來我讀過幾篇關於我的作品的批評文章，它們也大部分流於這麼一種錯覺。雖然，我明白別人無論如何立論，都是出於善意的。

我不否認我有著過分地感情的氣質，但我卻否認我是如旁人所想像那樣一個純粹的感傷主義者。我有我的信仰，我的態度，和對於一般事物的觀點。旁人是不能憑了偶然三兩本作品去看出我底全貌的，——尤其是這部「小說散文集」。

一九五三年二月。香港九龍。

《落花》題記

本文原收錄於侶倫：《落花》（香港：
星榮出版社，1953年）。

　　有過一個時期，掙扎在像我這樣的人所容易碰到的劫運中，當某種感念來到心上的時候，我寫下了這幾篇短小的文字。

　　我的動機只在於抒洩心中的鬱結；給自己一種適意的滿足。這樣純然為自己而寫的東西，好壞都沒有閒暇的心情計及，也不必計及。我賦性倔強，不能夠遷就別人的口舌而自己暗裏忍受痛苦；這些文字寫出時的態度也是一樣。

　　從那些劃著笑痕劃著眼淚的迷夢醒來之後，對於浪費了的許多熱誠，不能沒有一點惋惜。春風去得那麼遠，但是從落英的擷拾中，還可以找尋那消逝了的豪華；對於這一卷文字的珍惜心情，是只有我自己知道的。

　　感情濃重是我的弱點。從這幾篇文字裏，可以看得出一個靈魂一次一次和感情的羈絆搏戰的敗跡；這在我只能說是無可奈何的事。但這也是過去的事了。年紀越大，人事越顯出不如一顆年輕的心所感著的那樣單純；在這人世間，我知道，我得準備更大的生命力去抵禦痛苦；同樣，也得準備更強硬的心腸去接受刺戟的。已往的微弱底嘆息，真是怎樣的微弱呵！為了珍惜那一部分過去的生命，微弱的嘆息也好，我都留了起來。

　　然而對於這些已經從自己的手寫下的文字，為了對自己的已往負責任，我沒有懊悔。

　　　　　　　　　　　　　　　　　　　　　　一九五三年四月。

《寒士之秋》前記

本文原收錄於侶倫：《寒士之秋》（香港：星榮出版社，1954 年），其後收入《向水屋筆語》。

出版人希望我在這本小書上照例寫幾句話，可是直至全書都排好了，我仍舊寫不出什麼來。並不是沒有話說，而是不知道該怎樣說。一個人落在這麼樣的境地，是頗有點悲哀的。

而我的悲哀卻並不單純。

在此時此地，沒有比從事文藝工作的人更感到苦悶。撇開思想問題這方面的因素，僅就「為寫作而寫作」的範圍來說，也沒法擺脫種種不成文法則的拘束。除非是以寫作為消遣，否則，如果還得靠發表機會來支持寫作生活的話，便不能不顧全一下客觀條件的要求：無論是作品的題材、性質，以至字數，都得盡可能作若干限度的遷就。在這必須「削足」以求「適履」的情形下，人的思想和筆桿就像擠迫於狹窄鞋窿裏的腳趾，難得有自我舒展的活動餘裕。習慣認為「文章裏面有作者」，在作品已經商品化了的現在，這種說法是消失了意義的。因為我們在作品裏面所發見的已經不是作者，而是文化商人的面影了。

此外，在我們的文化市場上更有一種趨勢：連作品的形式也被判定了它們本身的命運。據說：長篇小說頁數多，書價貴，不適應一般讀者的購買力；短篇呢？內容不夠味，讀者不喜愛。最適合的還是中篇作品；為的是頁數不多不少，而且由頭至尾是一整個的故事；因此為讀者所歡迎。姑勿論這是有所根據的事實，還是一種偶然的現象；但至少對於從事寫作的人又是一道「封鎖線」。一個作家，對自己的工作假如除了職業意義以外，還希望保持若干事業本位的尊嚴，便變成了不可能的事。由於出版商不喜歡接受短篇作品的緣故，我們的大多數作家，不是都已放棄短篇，而集中於中篇的創作了麼？這是從近年來所出版的單行本上可以看出來的。

假如上述那個「趨勢」的確成立的話，我便不能不感謝我的出版人：因為他居然還有興趣印出我的短篇集子，而這裏面所收的，大部分又是「削足適履」地寫出來的東西。

至於有關作品本身的話，這裏所寫的已足夠說明一切；我不須再表白什麼了。

一九五三年十二月

《舊恨》題記

本文原收錄於侶倫：《舊恨》（香港：星榮出版社，1953 年），其後收入《向水屋筆語》。

　　很迅速地，我又印出了這本集子。以年份來說，這是大半年內我的第七本小書了。我知道頗有些人奇怪我一下子寫得這樣多；他們想像我已經走上多產的路。不過我明白他們的所謂多，也只是以我個人平時的寫作標準來比較的。其實說出來半點也不值得奇怪：這六、七本作品中有一半是去年寫好，只是在今年差不多的期間碰巧地先後印出來而已。

　　我承認近來我是寫得稍為多一點，但是距離所謂「多產」的地步還很遙遠。姑勿論「多產」的意義是好是壞，我也決不會掠到一個所謂「多產作家」的美名。我缺乏那種「一瀉千里」的才力，——也不希望有那種才力。固然在職業的意義上說，我是很需要多產的，可是在事業的意義上說，我卻希望自己盡可能寫得少。這種理想與實際的抵觸，是我寫作生活上無法調和的矛盾；同時也使純粹靠寫作來支持的實際生活長久陷於困境。

　　但是，我還願意珍惜我的筆！

　　在這情形下，寫作生活對於我已是痛苦的事。有些時候還得顧全好些條件的拘束，更使工作的進行感到不能如意活動的悲哀。我的筆可能不為迎合讀者的口味而寫作，可是不能不為適應發表場合的性質要求而運用。除非我根本不需要發表，否則便無可避免地使作品的風格趨於分歧，終於連作品的個性也隨之消失了。

　　這個集子裏的幾篇東西，都是分別在性質不同的刊物或報章上刊載過來的，把它們湊合在一起看，便也如我其他的短篇集一樣，顯出很不一致的面目。這實在是無可奈何的事。但願讀者們能夠從分歧之中看出它的統一性來。

　　　　　　　　　　　　　　　　　　　　　　　　　　一九五三年八月

《秋夢》題記

本文原收錄於侶倫：《秋夢》（香港：星榮出版社，1953年），其後收入《向水屋筆語》。

　　一年前，有一本每周一期的綜合雜誌約我寫一篇連載小說，我便著手給它寫一個中篇。每期刊出四千字。我的小說只發表了兩期，那本雜誌突然宣告停刊；連一部分續稿都給編者失去。那篇小說便是現在印成這本小書的《秋夢》。

　　創作的生活對於我是並不愉快的。在世界上無數的生活方式中，自己竟闖上這一條路，實在是沒法怨天尤人的事。我知道自己寫得不好，便不敢隨隨便便的寫；而對工作稍微認真的習慣，卻使創作過程成了個人精神上的苦役。我有一副執拗的脾氣：一種感念來到心上時，不把它寫下來便不舒服；而不可避免的人事上的困擾，以及自己工作進行的遲滯，往往使感念重疊堆積，因而形成了苦上加苦。尤其是開頭寫了一點，又因事擱下了的作品，更成為心理上的一個重擔；無論經過多少時日，我總是念念不忘地要把它繼續完成；儘管那題材在時間和個人興趣的變化中已折扣了幾許原來面目。在這情形下，我能夠著手寫的，往往已不是最新的感念，而能夠具體地寫成的，那感念更可能已成過去。《秋夢》也是這種情形下的產品。

　　我一直把創作當為學習，因此什麼性質的題材都在嘗試。但是由於生活圈子的狹小，我始終還不曾寫出自己認為稱心的東西。加上個人的氣質關係，儘管我如何去變換題材，本質上仍舊脫不了過於感情的趨向。雖然我感覺到，有部分讀者似乎也喜愛著我那種濃重於感情氣氛的作品，但我決不是為了這個緣故而趨向，卻是純粹順承自己的意志去著筆。為著適應讀者的口味而製作，簡直就是侮巂了文學事業的尊嚴。而忠於自己的作者，當著在原稿紙上運筆的時候，是根本不意識起讀者底存在的。

　　我承認《秋夢》是個太感情的作品。也許有人會喜愛，同樣也有人會鄙薄。但除了它的失敗是我所牽心之外，別的都不在我計較的範圍。我只為了有過這個題材的感念，同時有著創作的興趣，於是把它寫下來了。

一九五三年六月

《戀曲二重奏》扉語

本文原收錄於侶倫：《戀曲二重奏》
（香港：藝美圖書公司，1955 年），
其後收入《向水屋筆語》。

　　我很少寫報紙上的連載小說，這本《戀曲二重奏》便是很少數之中的一部。在發表的時候，因為礙於報館方面預定期間的限制，只登出了全書字數三分之二，便在一個段落中作為上卷而結束。因此，這單行本裏的最後部分，是後來才繼續完成的。

　　因為發表時是在段落上結束了的緣故，故事的情節還不能有所交代，便使得有些熱誠可感的讀者們，都直接或間接地表示著對這個小說的關切。——更確切地說，是對小說裏面的人物的關切。讀者的盛情，常常是對於作者的一種有力的鼓勵；儘管自己如何不滿意這個作品，也不免感覺到心頭有個無可奈何的負擔。

　　由於人事和生活的種種阻礙，我把這部未完成的小說擱置了半年以上，才有機會繼續寫下去。要把中斷了的情緒重再銜接是很吃力的事，我希望在這一點上不致有脫節的地方。在故事方面，比原來的意思也有了更動和刪節；這是為了盡可能減省字數的緣故。

　　至於有關這部小說內容的話，我沒有什麼需要說的；反正讀者會看見我所寫的是什麼，我用不著作多餘的附注。在這裏，我想說的是幾句題外話。在這部小說寫作的期間，個人的心境正陷於某種沉悶狀態；我想，這多少可以解釋我為什麼會寫這樣一個題材，並且會寫成這個模樣。此外我要提及的是隔別多年而重聚的一個朋友張任濤兄，他促使我寫完這部小說。

　　最後，我應該感謝蕭敬忠先生和藝美圖書公司同人為了這本小書的付印所給予的種種助力。

　　　　　　　　　　　　　　　　　　　　　　一九五五年暮春。香港。

注釋參考書目

（本書關於文學人物、刊物及活動的注釋，多取材以下資料，為求簡明，或不一一說明出處，請垂察。）

- 溫燦昌：〈侶倫創作年表簡編〉，《八方文藝叢刊》第 9 輯，1988 年 6 月。

- 陳智德：《三四〇年代香港新詩論集》（〈五四新文學與香港新詩〉、〈作者傳略〉）。香港：嶺南大學人文學科研究中心，2004 年。

- 平可：〈誤闖文壇憶述〉（一）至（七）。《香港文學》第 1 至 7 期，1985 年 1 至 7 月。

- 鄭樹森、黃繼持、盧瑋鑾合編：《香港新文學年表（一九五〇——一九六九）》。香港：天地圖書有限公司，2000 年。

- 楊國雄：《香港戰前報業》。香港：三聯書店（香港）有限公司，2013 年。

- 楊國雄：《舊書刊中的香港身世》。香港：三聯書店（香港）有限公司，2014 年。

- 羅琅口述：注者於 2018 年 8 月 16 日訪問羅琅先生，請教部分書中人名的身份及生平。

- 羅孚口述：注者於 1994 年 11 月 5 日訪問羅孚先生，請教香港文學、文化問題，部分有關人物的資料適用於本書提到的人名。

人名索引

《向水屋筆語》記述人名，時有簡稱、別名，人名索引先列原名或較為人熟悉的別名、筆名，其後依次列出書中提及時的名字，另具身份者以括號說明；

只收錄與作者家眷、親屬、同事、朋友，或與其有交往或與其生活、寫作及當時社會文化有關係的人士，不包括小說或故事角色及人物、古代及西方作家。

報章、文學副刊、期刊、集刊、組織、書店索引

（不收錄外語報刊）

特約審訂		許迪鏘
責任編輯		許正旺
裝幀設計		a_kun
書籍排版		陳先英

書　　　名　向水屋筆語（增訂注釋版）（下冊）

著　　　者　侶　倫

注　　　者　張詠梅

出　　　版　三聯書店（香港）有限公司

　　　　　　香港北角英皇道 499 號北角工業大廈 20 樓

香港發行　香港聯合書刊物流有限公司

　　　　　　香港新界荃灣德士古道 220–248 號 16 樓

印　　　刷　陽光（彩美）印刷有限公司

　　　　　　香港柴灣祥利街 7 號 11 樓 B15 室

版　　　次　2023 年 3 月香港第一版第一次印刷

規　　　格　16 開（170 × 230 mm）下冊 416 面

國際書號　ISBN 978-962-04-4941-3（套裝）

© 2023 三聯書店（香港）有限公司

Published in Hong Kong, China.